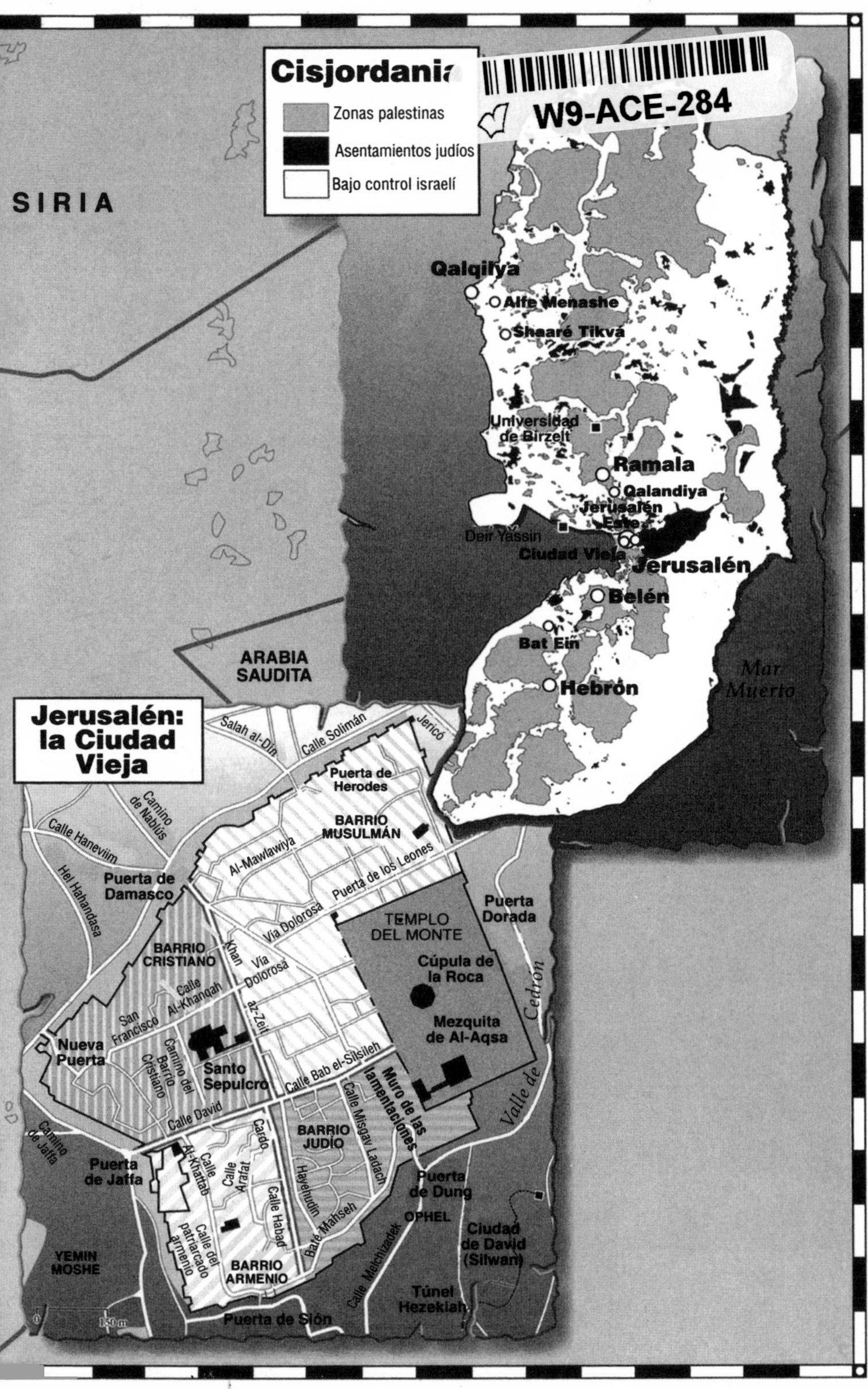
Cisjordania
Zonas palestinas
Asentamientos judíos
Bajo control israelí
SIRIA
Qalqilya
Alfe Menashe
Shaaré Tikva
Universidad de Birzeit
Ramala
Qalandiya
Jerusalén Este
Deir Yassin
Ciudad Vieja
Jerusalén
Belén
Bat Ein
Hebrón
Mar Muerto
ARABIA SAUDITA
Jerusalén: la Ciudad Vieja
Salah al-Din
Calle Solimán
Jericó
Puerta de Herodes
Camino de Nablús
BARRIO MUSULMÁN
Calle Haneviim
Al-Mawlawiya
Puerta de los Leones
Hel Hahandasa
Puerta de Damasco
Vía Dolorosa
Puerta Dorada
TEMPLO DEL MONTE
BARRIO CRISTIANO
Khan
Vía Dolorosa
Cúpula de la Roca
Calle Al-Khanqah
San Francisco
az-Zeit
Mezquita de Al-Aqsa
Nueva Puerta
Camino del Barrio Cristiano
Santo Sepulcro
Calle Bab el-Silsileh
Muro de las lamentaciones
Calle Misgav Ladach
Valle de Cedrón
Calle David
Camino de Jaffa
BARRIO JUDÍO
Cardo
Calle Al-Khattab
Puerta de Jaffa
Calle Arafat
Hayehudim
Puerta de Dung
Calle Habad
Baté Mahseh
OPHEL
Calle del patriarcado armenio
Ciudad de David (Silwan)
YEMIN MOSHE
BARRIO ARMENIO
Calle Melchizadek
Túnel Hezekiah
Puerta de Sión
0
150 m

Exilio

Exilio

Richard North Patterson

Traducción de
Ana Herrera

Rocaeditorial

Título original: *Exile*

Primera edición: octubre de 2007

Marquès de l'Argentera, 17. Pral. 1.ª
08003 Barcelona
correo@rocaeditorial.com
www.rocaeditorial.com

Impreso por Brosmac, S. L.
Carretera Villaviciosa - Móstoles, km 1
Villaviciosa de Odón (Madrid)

ISBN: 978-96791-53-4
Depósito legal: M. 33.967-2007

Para Alan Dershowitz y Jim Zogby

En la guerra, la verdad tiene tanto valor que siempre debería ir protegida por una escolta de mentiras.

WINSTON CHURCHILL

PRÓLOGO

Los mártires

Mirando hacia las aguas transparentes cubiertas de espuma blanca de la Riviera Maya, Ibrahim Jefar se esforzaba por imaginar el acto que pondría fin a su vida: el asesinato justificado, lejos de su hogar, del hombre que dirigía a los enemigos de su pueblo, el artífice con rostro de águila de la vergüenza y el dolor de su hermana.

Ibrahim e Iyad Hassan, que dirigía sus acciones y se uniría a él en la muerte, vivían a la espera de las directrices que transformarían su anonimato en honor. Su refugio temporal era el pueblo de Akumal, aislado en un tramo de playas en la costa oriental de México. En el pasado, la zona la habitaron los mayas, cuya desaparición dejó ruinas de pirámides y templos; en la actualidad era el lugar de diversión de extranjeros ricos, pescadores aficionados y buceadores, atraídos por los arrecifes que ofrecían corales de ricas y variadas tonalidades de colores, así como una plétora de peces tropicales de colores vistosos. Su casa blanca estucada se encontraba en una hilera de casas del mismo estilo, protegidas por cocoteros y construidas sobre unos salientes de piedra negra al borde del Caribe. Para Ibrahim, acostumbrado a la desolación de su país natal, era algo hermoso y extraño, tan desorientador como despertarse de pronto de un sueño.

Llevaban una semana allí. Cada mañana, como aquel día, unas brisas frescas se llevaban las nubes tempranas y mostraban un cielo azul brillante, en consonancia con el azul profundo del océano. La luz del sol hacía destacar a las mujeres con pequeños bikinis que buceaban y nadaban y paseaban por la playa cercana, llenándole de deseo y vergüenza. Se apartó de ellas igual que del sol implacable.

Para Ibrahim, aquellos turistas irresponsables y privilegiados simbolizaban a aquellos que habían avergonzado a su pueblo, los sionistas que usaron el armamento de Estados Unidos para ocupar las tierras que les quedaban y ahogarlas en una red de asentamientos y controles de carretera, cohesionando su exilio con el cemento de la pobreza.

Pensó en su hermana dulce y asustada, que se echó a temblar una vez cuando cayeron las bombas, antes de que los soldados le arrebataran toda la razón que le quedaba en el cerebro; en su padre, cuyo provechoso ejercicio de la contabilidad había menguado hasta reducirse a la mera subsistencia; en su hogar ancestral en Haifa, que ahora estaba en manos de los judíos, y en su belleza, que Ibrahim sólo conocía a través de las fotografías; en otra imagen, la de los escombros de los bombardeos en el campo de refugiados de Yenín, bajo los cuales yacía un cuerpo cuya única señal de identidad era un par de gafas rotas con la montura dorada. Los sionistas le habían llamado «terrorista».

«No —pensaba Ibrahim—, era un mártir, y amigo mío.» Pero fue Salwa, su hermana, quien alentó su titubeante determinación en aquel lugar tan alejado de casa.

Su viaje había empezado en Ramala, en Cisjordania. Usando sus propios pasaportes, fueron en coche hasta Amán, y luego volaron a París, Ciudad de México y Cancún. Allí alquilaron un coche con el nombre verdadero de Iyad y condujeron hasta la casa seleccionada por los autores desconocidos de su misión. Ibrahim no estaba acostumbrado a desplazarse con tanta libertad, por una carretera despejada sin controles ni soldados, conduciendo kilómetros y kilómetros en línea recta.

Allí eran libres, pensó Ibrahim entonces; qué amarga ironía. Ninguno de los dos estaba fichado, ambos hablaban inglés con fluidez. Estaban en Akumal para bucear, dijeron las pocas veces en las que tuvieron necesidad de decir algo, y luego no hicieron otra cosa sino esperar su destino rodeados de lujo. La explicación de aquel refugio era que nadie con una misión como la suya elegiría un lugar semejante: pasaban desapercibidos por la absoluta incongruencia de su presencia, y por la indiferencia de los veraneantes concentrados en su propio placer y entretenimiento.

Y así continuaron, sin que nadie reparara en ellos excepto un ama de llaves que hablaba poco inglés y cocinaba y limpiaba lo poco que necesitaban. Ibrahim estaba seguro de que sus planes iban mucho más allá de lo que la vida había preparado a aquella mujer para imaginar. Los únicos judíos que había conocido eran sin duda norteamericanos ricos, como los propietarios ausentes de la casa, según las pruebas que Ibrahim había detectado en fotografías y libros, y probablemente ella ni siquiera sabía que lo eran. Por ahora, al menos, Iyad y él parecían estar seguros.

No obstante, Ibrahim estaba asustado y triste a la vez. La situación de ensueño de aquel lugar de descanso lo empequeñecía, lo convertía en marioneta de fuerzas invisibles. Trató de imaginarse una vez más el orgullo de sus amigos, la admiración de extraños para los que, en la muerte, entraría en la historia. Pero allí, en Akumal, aquella visión carecía de la intensidad que había tenido en Ramala. Parecía, por el contrario, algo juvenil, la fantasía de un muchacho que se había metido en una película de acción con la que pasar una tarde de ocio.

Su único contacto con la realidad era el teléfono móvil de Iyad. A Ibrahim no le estaba permitido responder: Iyad se retiraba a un rincón de la casa y hablaba en árabe en voz baja. Sus secos comentarios posteriores hacían que Ibrahim sintiera que lo trataba con condescendencia, como a un niño al que sus padres sólo le ofrecen una versión resumida y ensayada de una conversación entre adultos mantenida con la puerta cerrada. Por eso quizá le resultaba más extraño aún imaginarse a Iyad Hassan recibiendo órdenes de una mujer.

Pero estaba seguro de que aquella mujer también era sólo un conducto, un instrumento de otros hombres que compartían su visión. Al final, tanto ellos como sus jefes sin rostro eran todos servidores de su pueblo, y de Dios.

Ibrahim comprobó la hora. Sabía que en el interior Iyad estaba terminando sus plegarias: con la cabeza inclinada y entrecerrando los ojos, de manera que se intensificaban las arrugas de un rostro demasiado agobiado por las preocupaciones de un hombre de veinticuatro años, sólo dos años más que el propio Ibrahim. A veces Ibrahim pensaba que Iyad jamás había conocido la duda.

A veces deseaba que Iyad no lo hubiera elegido.

No era capaz de imaginarse el paraíso. Podía experimentar lo que le supondría el martirio sólo en visiones terrenales de la Ramala que quedaría tras su muerte, poblada por ciudadanos corrientes cuyo placer sería recordar el sacrificio de Ibrahim mientras vivían sus vidas corrientes, en una tierra que deseaba transformada por su acción. Nunca conocería a los niños que aún no habían nacido y que, según le había asegurado Iyad, se sentirían orgullosos al oír mencionar su nombre y estudiarían su fotografía buscando los signos del valor. Los fragmentos de su cuerpo hecho pedazos no encontrarían sepultura en su hogar.

Aquel lugar era su oasis y su prisión: era rehén del tiempo que lo arrastraba con lentitud desesperante, aguardando la llamada de teléfono que lo impulsaría a actuar. Así que, una vez más, se sentó en un banco de piedra encima de un saliente rocoso donde las olas golpeaban con un ruido leve y sordo y arrojaban espuma blanca hacia los aires, humedeciéndole la cara y el pecho desnudo con una neblina fresca. El espacio arenoso entre las rocas y la casa estaba repleto de palmeras; el oleaje impetuoso llenaba el aire con una electricidad estática húmeda e incesante. La casa en sí era luminosa y aireada, y en el jardín vallado de la parte delantera había una piscina. Ibrahim no podía imaginarse que alguien viviera así excepto los colonos sionistas, cuyas casas con tejados rojos se parecían a aquélla, o, pensó con desdén fugaz, las eminencias de la autoridad palestina, que en el pasado fueron sus líderes nominales. Pero según probaban las fotografías, aquél era el hogar de un judío barbudo estadounidense y su escuálida mujer, que sonreían como locos a la cámara en una parodia del regocijo escapista del turista. En su mesa de centro había un libro de fotografías titulado *Un día en la vida de Israel*, un catálogo de logros sionistas, escuelas y ciudades y desiertos repletos de huertos fértiles y frutas y hortalizas brillantes. Aun así, lo que vio Ibrahim mientras hojeaba las páginas fue a su abuelo muriendo en un campamento de refugiados, un hombre pequeño y arrugado con una mirada que al mismo tiempo era miope y ausente, la mirada de décadas de desdicha y despojamiento. En ese momento pensó que no había ningún libro con una imagen de su abuelo; el viejo había muerto tal y como había vivido, y sólo lo vio su familia.

Al recordar, Ibrahim sintió que se le humedecían los ojos de dolor y rabia. El mundo llora cuando muere un niño judío, pensó. Pero no hay cobertura de prensa de los palestinos fallecidos, a no ser que mueran matando judíos; nadie se fijó en su hermana, o en la hija que nunca tendría, porque los medios están obsesionados con los judíos que saltan por los aires en cafeterías y restaurantes, por la acción de aquellos pocos valientes que eligen salir de la miseria impersonal de sus campamentos con la intención de hacer sufrir a su enemigo tanto como ellos hacen sufrir a su gente. Y aun así, aunque Ibrahim respetaba su coraje y entendía su objetivo, no le resultaba fácil concebir la idea de llevarse a mujeres y niños con él a la muerte. Debía estar agradecido de que le hubiesen ordenado matar a un hombre.

Ese hombre, la cara de Israel.

Ibrahim conocía aquella cara desde que era niño, el mismo tiempo que hacía que conocía a los soldados israelíes y el hacinamiento y la humillación; que incluso los perros, pero no los palestinos, tenían derecho a ladrar; que los auténticos terroristas no eran sólo los judíos sino los estadounidenses; que cuando un judío muere, el presidente de los Estados Unidos llora de pena. Sabía todo esto y no había hecho nada al respecto. Hasta el día en que miró a su hermana a los ojos, tan apagados en vida como lo estarían algún día en la muerte, y supo que debía reparar su honor...

Algo pesado le golpeó en la espalda. Estremeciéndose, oyó el primer impacto de la bomba, y se puso tenso ante la idea de la explosión que le destrozaría los miembros. Entonces vio rodar hasta detenerse del todo un coco medio destrozado que había caído del árbol que estaba detrás de él.

Lánguidamente, Ibrahim se rio de sí mismo: un palestino desplazado en un rincón verdeante de México, viendo bombas imaginarias que caían de una palmera.

Antes del trauma de Salwa se reía más a menudo, incluso en las peores épocas. Se preguntaba si lo que veía en el rostro de Iyad había penetrado en su alma sin tocar su propio rostro sin marcas: la sensación de haber sentido demasiado, de una desesperación más profunda y antigua que su propia edad. En la televisión, en casa, veía a gente guapa de todo el mundo, tan libres y felices como las mujeres medio desnudas de la playa de Akumal. Pero aquel televisor, que era todo lo que poseía además de unos pocos libros y ropa y un título universitario de Birzeit sin perspectivas a la vista, le inundaba con la sensación de su propia nada. Sentado en la clase de relaciones internacionales, admiraba furtivamente a Fatin, la de los ojos castaño claro y la sonrisa seductora, y sabía que no le podía ofrecer nada.

Incluso aquella estancia era un tributo a su propio anonimato. Iyad le informó de que el hecho de estar en Akumal en vez de en el oeste de México era un cambio de planes debido a un capricho del racismo y la opresión. Algunos estadounidenses que se autoproclamaban «vigilantes» habían empezado a pasar sus horas libres patrullando las fronteras de Arizona y Nuevo México, esperando detener a los mexicanos ilegales que intentaran atravesarlas. Los que habían planeado su misión no querían que los atraparan unos blancos que iban en busca de invasores morenos y no sabían distinguir a los mexicanos de los árabes.

Estadounidenses y judíos. Cuando Iyad se acercó a él por primera vez, le recitó un sermón que había oído de un imán radical. Adondequiera que vayas, decía el hombre santo, mata judíos y norteamericanos. El que abroche un cinturón suicida a sus hijos será bendito. Ningún judío cree en la paz: son todos unos mentirosos. Aunque unos traidores palestinos y unos judíos firmen un papel, no podemos olvidar Haifa, o Jericó, o Galilea, toda la tierra y las vidas que los sionistas nos han robado, la degradación a la que nos someten día a día los ocupantes. «No tengas piedad con los judíos —repetía Iyad—, estén en el país que estén. Y nunca olvides que los judíos son la espada de los Estados Unidos de América, el enemigo que arma a nuestro enemigo.»

Aquella letanía no conmovió a Ibrahim. Ya la había oído antes incontables veces; volver a escucharla le produjo una sensación repetitiva y sorda, como si le golpearan rítmicamente en la cabeza con un saco de arena. Entonces pensó en Salwa...

Una vez más, Ibrahim se estremeció.

Poniéndose tenso, oyó que sonaba por segunda vez el tono discordante del móvil de Iyad, que se propagaba a través de la puerta mosquitera de la casa. El teléfono dejó de sonar de repente, y después se oyó la voz de Iyad.

Ibrahim cerró los ojos.

Durante unos minutos se quedó en silencio. Entonces tuvo un mal presentimiento y oyó las pisadas de Iyad en la arena, y notó que la sombra del otro le tapaba el sol.

Levantando la cabeza, Ibrahim miró en dirección al rostro descarnado de su compañero. Entonces, como otras veces, pensó que Dios le había dado a Iyad poca piel para cubrirle los huesos.

—Era ella —dijo Iyad. Su voz monótona mostraba ese dejo de desdén que a Ibrahim le resultaba tan discordante, dada la exactitud con la que ejecutaba sus órdenes—. Ésta es nuestra última noche en el paraíso de la tierra. La siguiente será mucho mejor.

Dos tardes después, conducidos por un hombre flaco y de mirada fría del que sólo sabían que se llamaba Pablo, se fueron en una furgoneta hacia la frontera. Cruzar no resultaría ningún problema. Pabló se lo garantizó en un inglés sorprendentemente bueno: miles de personas lo hacían a diario. Aunque no por aquella razón, pensó Ibrahim.

Pablo los dejó a poco más de un kilómetro de la frontera. Pisaron la tierra reseca y se pusieron a caminar con un calor sofocante. Iyad se volvió y vio que la furgoneta de Pablo desaparecía. A continuación le ordenó:

—Dejaremos el móvil aquí. Y nuestros pasaportes. Cualquier cosa que nos identifique.

Ibrahim se percató de que aquellas palabras sellaban su sensación de que algo iba a ocurrir.

Se vació los bolsillos. Con la precaución propia de un hombre que cuida un jardín, Iyad enterró los pasaportes bajo un improvisado montón de piedras.

Una hora más tarde, con el sudor de la caminata cubriéndole el rostro, Ibrahim vio el brillo metálico de una furgoneta plateada que se dirigía hacia ellos por el terreno monótono. Ibrahim se quedó inmóvil, aterrado. Mostrando una calma prodigiosa, Iyad dijo:

—Estamos en América. El país de los valientes, los libertadores de Irak.

La furgoneta se detuvo junto a ellos. En silencio, su conductor, joven y de cabello oscuro, abrió la puerta, haciéndoles señas para que se colocaran en la parte de atrás. En un inglés tan fluido como el de Pablo, les ordenó:

—Echaos. No me pagan para perderos.

A Ibrahim le pareció más árabe que de rasgos hispanos. Pero entonces se dio cuenta de que Pablo también era así.

Cuando el hombre les ordenó levantarse, estaban en Brownsville, Texas. Los dejó cerca de una terminal de autobuses sin nada excepto lo que les había dado: la llave de una taquilla que había en el interior.

La terminal estaba casi vacía. Mirando por encima del hombro, Iyad abrió la taquilla. En la bolsa marrón que encontraron había una tarjeta de crédito, tres mil dólares en efectivo, las llaves de un coche, una carpeta, dos pasaportes estadounidenses con nombres falsos y permisos de conducir de California. Con una cierta estupefacción, Ibrahim miro su fotografía recubierta de plástico, y descubrió que su nuevo nombre era Yusuf Akel.

—Vámonos —murmuró Iyad en árabe.

Inexpresivo, condujo a Ibrahim hasta un Ford sedán poco llamativo, con matrícula de California, aparcado a dos manzanas de allí. Iyad abrió la puerta de pasajeros para Ibrahim.

—Tenemos siete días —dijo Iyad—. Conduciremos hasta que se haga de noche.

Era junio, finales de primavera, y los días eran largos. Apurando lo que quedaba de saliva en su boca seca, Ibrahim entró, sabedor de que pasaría horas sin dormir, si es que lograba dormir en algún momento.

Iyad condujo en silencio. Ibrahim se dedicó a ojear lo que había en la carpeta. Contenía un fajo de mapas que detallaban una ruta de

El Paso a San Francisco. En el mapa final de San Francisco había dos estrellas garabateadas con un rotulador permanente. En una ponía: «Estación de autobuses»; la otra estaba junto a un lugar llamado Fort Point.

Cerrando los ojos a la abrasadora luz del sol, Ibrahim trató de evocar una imagen de San Francisco, el final del viaje de su vida.

PARTE I

La esperanza

Capítulo 1

Hasta que Hana Arif le llamó tras trece años de silencio, y él reconoció tan pronto su voz que sintió que el tiempo se detenía, la vida de David Wolfe se estaba desarrollando tal y como tenía previsto.

Excepto por la primavera de Hana, como siempre la llamaba, David siempre había tenido un plan. Había planeado ser un estudiante sobresaliente en la escuela secundaria y en los deportes, y lo logró. Después del instituto había planeado ir a estudiar derecho a Harvard, y también lo logró. Había planeado convertirse en fiscal y dedicarse a la política, y ahora estaba metido en ambas cosas.

Que todo aquello estuviera pasando con mucha mayor facilidad de la que esperaba se debía a su prometida, Carole Shorr, quien, aunque no lo había planeado, había entrado en su vida porque sus planes combinaban muy bien con los de él, al menos en parte. Ahora tenían el mismo plan: casarse, tener dos hijos y presentarse al Congreso, lo cual suponía una continuación de la línea recta de la vida de David desde que era sólo un adolescente, cuando se percató de que su atractivo moreno, su sentido del humor irónico y su rapidez mental casaban perfectamente con una autodisciplina que le permitía exprimir hasta la última gota los talentos que poseía. Sólo una vez, con Hana, le había importado exclusivamente otra persona, una experiencia que resultó tan aterradora, excitante y, al final, dolorosa, que sólo la resistió aferrándose a sus planes hasta que éstos se convirtieron en él mismo. David había llegado a creer que era pecado dejarse sorprender por la propia vida.

Aquella conclusión no lo había vuelto insensible o desdeñoso ante los demás. La experiencia con Hana le había enseñado demasiado acerca de su propia humanidad. Y sabía que su autodisciplina y su capacidad de distanciamiento formaban parte de esos sentimientos encontrados, intensificados quizá por Hana y transmitidos por sus padres, un psiquiatra y una profesora de inglés que compartían un cierto rigor intelectual, ambos descendientes de judíos alemanes, y tan profundamente integrados que sus emociones contenidas le recordaban a los privilegiados WASP que había conocido cuando lo enviaron de San Francisco a una escuela secundaria privada en Connecticut, con muy poco sentimentalismo, como él había llegado a esperar.

Todo aquello le hacía valorar e incluso envidiar la profunda emotividad de Carole y su padre, Harold, el superviviente del Holocausto, y su hija, para quienes la propia existencia era algo digno de celebrarse. Así que aquella mañana, cuando Carole y él eligieron una fecha para la boda después de hacer el amor, y los ojos de ella se llenaron de lágrimas, David entendió de repente que su dicha no era sólo por ella misma sino también por Harold, que celebraría el día de su boda en nombre de todos los fantasmas cuyas muertes en los campos de Hitler, tan incomprensibles para él como su propia supervivencia, le obligaban a entregarse en cuerpo y alma a cada regalo que le daba la vida, el mayor de los cuales era su única hija.

Así que David y Carole volvieron a hacer el amor. Después, ella se apoyó contra él, sonriendo, con los pezones tocándole el pecho, y los tirabuzones de sus rizos morenos acariciándole el hombro. Y durante un instante de felicidad logró olvidarse de la otra mujer, más pequeña y oscura, que en su recuerdo siempre tenía veintitrés años, con la que hacer el amor era como perder el sentido.

Así que el David Wolfe que contestó el teléfono estaba firmemente apegado al presente, y, felizmente, al futuro. Era un hombre afortunado, se había dicho a sí mismo una vez más, dotado de una genética que, sin necesidad de hacer ningún esfuerzo, le había proporcionado inteligencia, un carácter sensato, un rostro en el que todos los rasgos eran pronunciados: mandíbula marcada, nariz protuberante, mentón hendido, además de unos ojos azules imperturbables que lo convertían en alguien de quien la gente se acordaba y a quien la televisión favorecía. A su altura y su constitución atlética natural se unía su buena forma, reforzada por un régimen diario de pesas y ejercicio aeróbico.

Su vida actual constituía una fusión similar de suerte, autodisciplina y cuidadosa planificación. Aquella mañana, al llegar a su oficina limpia y austeramente decorada, David pasó las páginas de su calendario del escritorio, mirando las anotaciones ordenadas del abogado y futuro político: las vistas, declaraciones y fechas de juicios de una práctica que combinaba el derecho civil con la defensa penal, así como los almuerzos, los discursos nocturnos y las reuniones de grupos municipales que señalaban el avance de un congresista demócrata en ciernes; y marcó la fecha de boda que Carole y él habían seleccionado. Sería un acontecimiento. Harold Shorr no repararía en gastos, y serviría a los intereses de Carole en un día que combinaba una celebración importante con una oportunidad para que David siguiera introduciéndose en la comunidad judía que se convertiría en su base económica en la política.

A David le parecía bien: el ático de Carole era un centro neurálgico de causas demócratas y judías, y se había acostumbrado a que Carole llenara todo su tiempo con actos sociales tan onerosos como interesantes; la cena que Carole iba a organizar aquella noche para el primer ministro israelí, Amos Ben-Aron, entraba en la segunda categoría. De las muchas cenas que organizaba Carole, aquélla prometía ser especialmente interesante. Ben-Aron era un antiguo partidario de la línea dura que estaba recorriendo Estados Unidos en busca de apoyos para su controvertido y desesperado plan para lograr la paz entre israelíes y palestinos. Éstos llevaban demasiado tiempo inmersos en una lucha violenta y corrosiva, de la cual David resultaba saber un poco más de lo que estaba dispuesto a admitir ante Carole sin causarle un daño innecesario o reabrir sus propias heridas.

Descartando aquella idea, David contempló la fecha de su boda. Puede que el primer ministro, se dijo David con una sonrisa, accediera a hacerles de padrino. Estaba seguro de que Carole se lo había planteado; consideraba que el único defecto de David era su escaso judaísmo. No es que resultara evidente: una antigua novia gentil, tras estudiar el rostro de David después de hacer el amor, había señalado: «Te pareces a una estrella de cine israelí, si es que existe tal cosa». Ni entonces ni ahora tenía David la menor idea; nunca había estado en Israel. Estaba seguro de que Carole también se encargaría de cambiar eso.

Sintiéndose animado todavía, acababa de levantar la vista del calendario y mirar en dirección a los edificios de San Franscisco cuando sonó el teléfono.

Miró el panel de identificación de llamadas. Pero el número que señalaba era un montón de cifras sin sentido. Se imaginaba que sería un móvil, extranjero quizá. Intrigado, contestó.

—¿David?

Su voz, suave y precisa a la vez, provocó un brevísimo retraso en su respuesta.

—¿Sí?

—David. —La repetición de su nombre fue en voz aún más baja—. Soy Hana.

—Hana —pronunció. Se puso en pie, en parte por un acto reflejo, en parte porque estaba sorprendido—. ¿Qué diablos...?

—Lo sé. —Ella dudó—. Lo sé. Quiero decir que ha pasado mucho tiempo.

—Trece años.

—Trece años. Y ahora estoy aquí, en San Francisco.

David logró reírse.

—Mira qué casualidad.

—No tanto. Saeb va siguiendo a Amos Ben-Aron sin darle tregua, señalando los defectos e incongruencias evidentes de su nuevo plan, puede que con demasiada severidad a juicio de nuestros huéspedes americanos.

Lo dijo como si fuera algo lógico, esperado.

—Así que estáis casados.

—Sí. Y nosotros..., bueno, yo he decidido que ya era hora de que Munira viera los Estados Unidos. —Entonces fue Hana la que se rio—. Tengo una hija, David.

Había algo en el timbre de su voz que David no lograba definir. Puede que se tratara simplemente del reconocimiento de que ya no era la joven que había conocido en el pasado, la amante que puede que aún recordara.

—Son cosas que ocurren —contestó él—. O eso me han dicho.

—¿Tú no?

—Todavía no. Pero me caso dentro de siete meses. Según las convenciones, los niños vienen después. —Durante un instante se perdió—. ¿Y qué tal es eso de ser madre?

Entonces fue Hana la que pareció distraerse.

—Munira —respondió secamente— es la venganza contra mis propios padres. Es brillante, testaruda y está llena de pasión por sus propias ideas. A veces pienso que nunca se imaginará que yo también fui así. Ni experimentará la diversión, orgullo y desilusión que siente una madre cuando mira a su hija y se ve a sí misma.

Aunque había empezado a impacientarse, David sonrió un poco.

—Así que también es bonita.

—¿Bonita? —La palabra pareció sorprender a Hana. David recordó que a menudo parecía no ser consciente del impacto que producía, al menos hasta que le miraba y lo veía en sus ojos—. Oh —añadió sin darle importancia—, sí, claro.

Después de esto, ninguno de los dos parecía saber qué decir.

—¿Te parece bien? —le preguntó ella.

—¿Qué?

—Que te llame.

—Sí, claro. Me alegro de que lo hayas hecho.

Ella dudó.

—Porque he pensado que podríamos quedar para comer.

David se quedó inmóvil.

—¿Nosotros tres? —preguntó al fin.

Hubo otra pausa.

—O nosotros cuatro, contando a tu futura esposa.

Hana trató de decirlo con un tono generoso, incluyendo en su invitación a una mujer a la que no parecía esperar.

—¿Cómo está Saeb? —David esquivó su comentario.

—Tal y como lo recuerdas, en general. Los dos somos profesores en la Universidad de Birzeit, en Ramala. Puede que sepas que ya ha pasado un tiempo desde que el ejército israelí la cerró por última vez. Saeb sigue siendo brillante, y sigue furioso. Puede que más que yo, ahora. Sigue igual de comprometido con Palestina, pero se ha vuelto más radical y mucho más islamista. —Ahí se detuvo.

«¿Será realmente buena idea —quería preguntarle David— volver a ponernos a Saeb y a mí en la misma mesa?» Pero preguntarle aquello sería como dar a entender que para Saeb, y quizá para Hana, David ocupaba el espacio mental persistente que Hana ocupaba para él. Entonces Hana volvió a hablar.

—Puede que tengas razón —dijo sin más, contestando a la pregunta que él no había formulado—. ¿Estás bien, David?

—Estoy bien. Muy bien. —Sintió una breve punzada, su último recuerdo de Hana—. ¿Y tú?

—Sí. Bastante bien. —Volvió a sonar titubeante, como si se sintiera mal por haber llamado—. ¿Y tú te has hecho abogado como querías?

—Sí.

—Y estoy segura de que eres bueno.

—Bastante. Aún tengo que perder un caso, sobre todo porque casi toda mi carrera la he dedicado a la acusación, y los abogados de la acusación suelen meterse en casos que pueden ganar. Ahora soy abogado defensor y tengo mi propio despacho, con un socio, como tribunos de los culpables impenitentes. Así que hace tiempo que debería haber perdido.

—Espero que no, aunque sólo sea por tu próximo cliente. —Volvió a suavizar la voz—. ¿Cómo se llama tu prometida?

—Carole. Carole Shorr.

—¿A qué se dedica?

—Sobre todo a buenas obras. Tiene un máster en trabajo social. Pero su padre tiene bastante dinero, así que se dedica a causas que le importan mucho: recaudar dinero para el partido demócrata, dirigir el consejo de un grupo que combate la violencia contra mujeres y niños... Dedica mucho tiempo a causas benéficas judías y a promover los vínculos entre Israel y Estados Unidos. —Hizo una breve pausa—. Sin despreciar a los palestinos, tengo que añadir. Lo único que quiere es que haya una paz estable en Israel, y que finalice la matanza.

Hana se quedó un instante en silencio.

—Así que —dijo con delicadeza— una buena chica judía, y rica además. Creo que las cosas acaban como se supone que tienen que terminar.

David pensó que hubo una época para él en la que el «se supone» no contaba. Se preguntó si había sido alguna vez así para Hana. Entonces oyó su propio silencio.

—Así que aquí estamos —dijo finalmente David—. Me alegro por lo de Munira. Si hubo alguna vez alguna licenciada en derecho de Harvard que debía transmitir su ADN, ésa eras tú.

Un instante después, Hana se rio brevemente.

—Entonces, felicidades a los dos, David. —De repente, su voz se serenó—. Pero me preocupa que haya visto demasiadas cosas en Cisjordania, demasiada opresión, demasiada muerte. Creo que se está haciendo demasiado mayor, y está demasiado marcada, demasiado rápido. La ocupación sionista ha sido terrible. Generación tras generación, siempre están con nosotros; Ben-Aron sobre todo.

David no respondió.

Hana hizo una pausa, al parecer sin saber cómo continuar, hasta que volvió a adoptar un tono cálido.

—Me alegra saber que estás bien. Cuídate, David.

—Y tú.

—Claro, lo haré. —Hubo un último momento de duda—. Adiós, David.

—Adiós, Hana.

Lentamente, David colgó. La mañana había cambiado por completo para él.

Capítulo 2

Desde el primer instante en que David vio a Hana Arif y se encendió la chispa incandescente que, para él, nunca se apagó pese a todos sus esfuerzos, estaba ya vinculada a Saeb Jalid de maneras más profundas de las que David podría concebir.

Era febrero, y David estaba calculando el tiempo. Al cabo de tres meses se licenciaría en Harvard y empezaría la carrera de abogado que llevaba tanto tiempo planeando. Las notas ya no le preocupaban; le esperaba un trabajo en la oficina del fiscal del distrito de la ciudad y el condado de San Francisco, y por una vez se permitía el raro lujo de sentir indiferencia. Y así, en una noche oscura de invierno en Cambridge, David se dirigía apresuradamente hacia la universidad con su amigo Noah Klein, ya que llegaba tarde a un debate entre un moderador y dos estudiantes (dos judíos y dos árabes) sobre el conflicto entre Israel y Palestina.

Normalmente, el tema no habría conseguido que David dejara de ver el partido de los Celtics en la televisión. Pero Noah quería compañía y, mientras cenaban, David había concedido que podría ser divertido observar a su compañero de clase Marcus Goodman (un judío ortodoxo devoto de Brooklyn que poseía una sinceridad casi cómica) romper una lanza en favor de la patria judía. Cuando entraron en la sala de conferencias, David localizó a Marcus en un extremo de la mesa con su compañera israelí Ruth Harr, separada de dos jóvenes palestinos por el moderador, un profesor barbudo de derecho constitucional. Pero lo que atrajo la atención de David fue la mujer palestina que interrumpía con desdén a Marcus, que afirmaba que lo que ella sin duda consideraba una parte de su país, la franja de Cisjordania, era, de hecho, «una concesión de tierra inmutable y bíblica hecha por Dios al pueblo judío».

—¿Desde cuándo —preguntaba ella— Dios es agente de la propiedad inmobiliaria?

Hubo risas entre el público que llenaba la sala. Todavía en pie, David se esforzó por reprimir una sonrisa ante la incomodidad que sentía Marcus. Y entonces se dio cuenta de que la mujer estaba contemplando ahora al propio David, aquel desconsiderado que llegaba tarde, y le examinaba de una forma detenida y desdeñosa a la par. Como también era orgulloso, David le devolvió lentamente la mirada, dejando que persistiera su expresión divertida. «¿Cuánto tiempo —le preguntaba a ella en silencio— quieres mantener esto?»

—Sentémonos —murmuró Noah—. Hay dos sitios allí.

Se sentaron, cómodamente alejados de la mesa del debate, y David empezó a estudiar de verdad a aquella mujer.

Merecía la pena dedicarle un tiempo. Era delgada y asombrosamente hermosa: labios carnosos, rostro bien cincelado, pelo negro retirado hacia la nuca, una mirada oscura e intensa. Era una belleza de piel olivácea, acentuada por unos pendientes dorados y un pintalabios rojo, hacia el que David siempre había sentido una atracción química que saboreaba y de la que desconfiaba al mismo tiempo. Pero a medida que el debate continuaba, lo que atrajo aún más a David fue la intensidad con la que debatía, una deslumbrante rapidez mental y verbal acentuada por una vivacidad vibrante. Nada en ella resultaba inescrutable, ni su sonrisa veloz y sardónica que mostraba una dentadura blanca, perfecta, ni la mirada de desagrado con la que contemplaba a sus antagonistas: con la cabeza inclinada, los ojos entrecerrados en señal de escepticismo, y la línea entera de la boca ligeramente deprimida, como para frenar alguna exclamación mordaz. Para David, era como si los demás se hubieran quedado en blanco y negro, y aquella mujer emergiera en tecnicolor.

David descubrió en el programa que era una estudiante de derecho primeriza y que su nombre era Hana Arif.

—En 1947 —le estaba diciendo Hana a Marcus Goodman—, las Naciones Unidas recomendaron la partición de mi país, Palestina, que entonces controlaban los británicos, para convertirlo en un Estado judío y un Estado palestino.

»Mis abuelos eran granjeros en Galilea. —Su tono de voz se transmutó en pena—. Aquello era todo lo que conocían. No entendían que debían pagar por un Holocausto perpetrado por europeos abandonando su hogar, sobre la base de un programa sionista de colonización de nuestros territorios que empezó antes incluso de que naciera Hitler. No conseguían entender por qué era injusto que los judíos vivieran como minoría en un Estado palestino, pero sí era justo que la mitad del pueblo palestino, como los de su propia aldea, se convirtieran de la noche a la mañana en una minoría árabe en un Estado judío creado por alguien del mundo exterior...

—¿Y qué habría cambiado realmente para ellos? —interrumpió Ruth Harr—. Deberían haberse quedado y aprendido a vivir con los judíos en paz. Al marcharse, crearon su propia tragedia.

Al decir esto, el hombre joven y delgado que se encontraba junto a Hana, Saeb Jalid, licenciado en relaciones internacionales según le indicó a David el programa, colocó su mano delicadamente en el brazo de ella, una señal de que deseaba intervenir, a lo cual, para sorpresa de David, ella asintió. Volviéndose hacia Ruth, el fino rostro de poeta de Saeb se convirtió en una máscara de rabia, y las primeras palabras que pronunció estaban entrecortadas por la emoción:

—Las vidas de mis abuelos fueron obra de los tuyos. Vuestros soldados nos expulsaron y destruyeron nuestros pueblos. En Deir Yassin, la organización terrorista Irgun, fundada por tu primer ministro, el gran pacificador Menahem Begin, masacró a más de doscientos cincuenta hombres, mujeres y niños palestinos. Los desnudaron, mutilaron, los arrojaron en un pozo, o simplemente los mataron. Como ha dicho Hana, nuestros abuelos eran gente sencilla. Pero entendían bastante bien lo que era la muerte...

—Y nosotros también. —Ruth se enderezó en su silla. Su oscura intensidad era una imagen reflejada de la de Hana—. No compares vuestra historia con la nuestra. Y no subestimes el antisemitismo como si hubiera sido una curiosa excentricidad europea. Aunque la Inquisición española, los múltiples pogromos sanguinarios llevados a cabo por rusos y polacos y la eficiencia teutona de Hitler conforman una lista bastante impresionante. En tres ocasiones en la década de los treinta, vuestra gente mató a judíos en Hebrón. Vuestro gran muftí de Jerusalén era el amigo árabe de Hitler, un colega con el que compartía la pasión de exterminar judíos.

«Bien», pensó David.

—Y el gran muftí —concluyó Ruth— no era sino la auténtica voz del islam. ¿Por qué si no invadieron Israel las naciones árabes en 1948?

—¿Cómo se puede invadir algo que no existe? —preguntó Saeb con temible cortesía—. ¿Quién hizo que Israel fuera un país? Vuestra «invasión» fue, en verdad, una guerra fallida de liberación, la liberación de los palestinos de un programa sionista de expulsión. No podíais tener vuestra «democracia judía» con más palestinos que judíos. Necesitabais libraros de nosotros, por cualquier medio que estuviera a vuestro alcance. —El joven hizo una pausa, mordiéndose la lengua al pronunciar sus últimas palabras—. Pero nunca os libraréis de nosotros del todo. No de todos nosotros.

Sus ojos hundidos mostraban una señal de advertencia. Había en él, pensó David, una rabia mucho más profunda que la de Hana. Aunque aquella visión de lo visceral resultaba electrizante, David se quedó abatido. Se preguntaba cuándo podrían dejar atrás su historia aquellos dos pueblos.

Como si le estuviera respondiendo, Hana habló en un tono más sosegado.

—Han pasado generaciones desde que mis abuelos huyeron de lo que llamáis el Estado de Israel. Murieron en el miserable campo de refugiados de Líbano donde sus hijos (mis padres) siguen viviendo. Los padres de Saeb también murieron allí, asesinados por milicias cristianas en una matanza aprobada por Menahem Begin y Ariel Sharon. Ahora el resto de nuestro país, incluida Cisjordania, está ocupado por el ejército israelí.

Al oír eso, Marcus le lanzó:

—Cisjordania es un centro de terrorismo...

—Y tú me hablas de terrorismo. —El tono de voz de Saeb era ácido y acusatorio—. Israel se concibió en el terrorismo. Está empapado de terrorismo. El Irgun judío trajo el terrorismo a Oriente Medio. Bombardearon y mataron a los británicos hasta que no aguantaron más, y entonces desplegaron un terror aún mayor para expulsarnos de nuestro país. Y entonces sus secuaces mataron todavía más gente en el fétido agujero libanés en el que estamos confinados.

»Tal vez somos terroristas porque tenemos que serlo. Puede que el matar sea lo único que nos hayan dejado los judíos.

De repente, el silencio de la sala resultó sofocante. David pensó que Marcus y Ruth eran defensores entusiastas, pero Saeb Jalid hablaba desde la cruda experiencia. Resultaba fascinante, y bastante aterrador.

—Esperemos —intervino el moderador— que los acuerdos de Oslo, que pretenden allanar el terreno para el retorno de Yaser Arafat y la Organización para la Liberación de Palestina a la tierra que ahora ocupa Israel, ofrezcan una alternativa a la violencia. Y, con esa idea, me gustaría agradecer al público, y a nuestros invitados...

—Ve saliendo —murmuró David a Noah—. Creo que me quedaré un rato más.

ϒ

Después del debate, David se quedó allí, observando a Hana desde un lado de la avalancha de estudiantes de derecho que se habían reunido alrededor de los invitados para hacerles más preguntas y continuar el debate. Vio que era más menuda de lo que le había parecido antes por su intensidad. En conversación privada su actitud parecía suavizarse, y su mirada directa parecía rebajarse por su cortesía y sus destellos de humor. Era de una especie distinta que Saeb, al que rodeaba una aureola como de profeta, de hombre demasiado consumido por sus ideas como para ser indulgente con los demás. David no tenía ningunas ganas de hablar con él. Su único interés era Hana.

Al final, David logró abrirse camino entre la multitud hasta que quedó frente a ella. David se fijó con curiosidad en que alrededor del cuello llevaba un collar sencillo del que colgaba lo que parecía ser una vieja llave de latón. Su mirada indicaba la misma actitud directa y desconcertante que había exhibido ante él anteriormente.

—Me he fijado en que todo esto te ha parecido divertido.

Una vez más, David decidió aferrarse a su postura.

—No del todo —contestó sin alterarse—. La muerte no es divertida. Nada de vuestra historia me divierte. Simplemente me has pillado admirando tus dones. Pero no estoy de acuerdo con nadie, ni siquiera con mi amigo Marcus, que cree que Dios está para servirle.

Aquello provocó una primera sonrisa débil.

—Dios nos dio también la tierra, pero se olvidó de dejar la escritura.

David volvió a mirar su collar.

—Esa llave que llevas —le preguntó—, ¿qué es?

—La llave de la casa de mi padre, en Galilea.

—En Israel —le corrigió David con tacto—. ¿La ha visto alguna vez?

Ella seguía mirándole fijamente.

—No. Ni mi padre tampoco, desde que tenía siete años. Cuando mi abuelo cogió un carro y una mula y sacó a su familia y todo lo que pudo llevarse de la casa que había construido con sus propias manos, incluida esta llave.

David se metió las manos en los bolsillos de sus tejanos.

—Tras escucharos esta noche, me pregunto dónde creéis que empieza vuestra historia. ¿Acaso tu historia empezó en 1947?

—No seas condescendiente conmigo —contestó Hana con decisión—. Ya me conozco todo el rollo de la historia judía, demasiado bien incluso. Y no infravalores nuestra historia, mi historia con los miles de años que ocupamos la tierra que tú llamas Israel.

David sonrió.

—Resulta que soy judío, como debes de haber adivinado. Pero por lo que recuerdo de mi clase de historia de Oriente Medio, lo que yo llamo Israel (una franja de tierra del Mediterráneo) no estuvo ocupado durante miles de años por árabes o judíos sino por filisteos. Por gentiles, para resumir. Así que supongo que podría presentar argumentos a favor de la Organización de la Liberación de los Filisteos. —Levantó la mano para apartar la irritación que brillaba en los ojos de ella—. No pretendo restar importancia al asunto. Lo único que quiero señalar es que el pasado es un agujero negro. No hay manera de resolverlo.

—Ése no es motivo para olvidarlo...

—No estoy sugiriendo que haya amnesia. La paz bastaría. Y que cesara la matanza.

Al oír esto, Hana miró hacia Saeb, que estaba hablando con dos estudiantes de derecho. David notó que ella, al igual que él, acababa de descubrir que Saeb los espiaba disimuladamente. Desconcertada, al parecer, Hana se volvió hacia David.

—Con todos los respetos —dijo ella en tono desdeñoso—, creo que te queda mucho por aprender.

—Y tiempo para aprenderlo. —David se armó de valor para hacer una sugerencia que, sólo en el caso de aquella mujer, entre todas las mujeres que conocía, le resultaba sorprendentemente difícil—. Me gustaría hablar más contigo.

Durante un instante, Hana pareció sorprenderse de veras. Entonces le miró tan fijamente que a David le pareció que ella creía que podría mirar en el interior de su alma.

—Podríamos quedar para comer —murmuró Hana finalmente. Mirando otra vez hacia Saeb, añadió en voz baja—: En algún sitio un poco menos incendiario.

David sintió una punzada de sorpresa. Aquello no era nada, se aseguró a sí mismo, tan sólo una pequeña distracción del tedio del último semestre, la parada obligada hacia un futuro seguro.

—Pues quedamos para comer —dijo él, y así empezó su historia.

Capítulo 3

Para Ibrahim, San Francisco era un purgatorio gris y frío.

Era el sexto día. Estaba en Ocean Beach, el extremo de Estados Unidos, dándole la espalda al sórdido motel que estaba al otro lado de una carretera de cuatro carriles. Parecía que la niebla densa y arremolinada entre la que se hallaba podía extenderse, como el océano, hasta Asia. El color oscuro y apagado de la playa se mezclaba con el agua gris y monótona, que se desvanecía en la bruma. Una sensación depresiva y funesta le fue calando en los huesos como la humedad del aire. No podía creer que aquel horror fuera el verano.

No había nadie en la playa, excepto ellos dos. Ibrahim cruzó los brazos para protegerse del frío, mirando hacia la nada mientras Iyad, que debía de estar a unos treinta metros de distancia, la llamaba al móvil.

Ella tenía un sistema, le había explicado Iyad. Todas las comunicaciones se hacían a través de teléfonos móviles con números locales, para evitar las agencias de espías estadounidenses que controlaban las llamadas internacionales. Cada dos días, ella le pedía que se deshiciera del teléfono y le indicaba dónde podía comprar otro, comprado en efectivo por una de las personas anónimas que los ayudaban. Sólo ella sabría el número de teléfono del móvil; llamaría a Iyad al nuevo teléfono, dándole instrucciones nuevas y el número de su último teléfono sin registrar. Ibrahim sabía que su sistema era el que utilizaban los traficantes de drogas o de armas; o, bajo el dominio israelí, la resistencia palestina. Iyad reconocía que era una mujer lista, o al menos bien preparada.

Ibrahim trató de imaginarse sus conversaciones. Por un extraño juego mental, éste a veces fantaseaba imaginándose que era su hermana, cuya mente en realidad estaba tan oscurecida como una película fotográfica velada, quien les daba esas instrucciones tan precisas. Puede que el estrés estuviera alterando su juicio.

Ibrahim temblaba, sintiéndose terriblemente mal por el frío, contra el que su polo no ofrecía abrigo alguno. A lo lejos, Iyad cerró el teléfono móvil y se lo metió en el bolsillo. Durante un instante él también miró en dirección al agua, como si estuviera concentrado en lo que había oído. Entonces se puso a caminar en dirección a Ibrahim.

Iyad se situó muy cerca de él y le habló en árabe, en voz baja, como si las palabras pudiera llevárselas la bruma. Irían en coche hasta la estación de la Greyhound señalada en el mapa. Pegada a la parte de atrás del lavabo de hombres, en el último retrete, habría una llave para otra taquilla. En el interior encontrarían un teléfono nuevo, su última garantía contra la detección, para las instrucciones que los llevarían a la muerte.

—Si Alá quiere —dijo Iyad con el sombrío tono de voz de una oración—, el enemigo morirá con nosotros mañana.

Sonó el teléfono en la oficina de David, arrancándole del pasado. Esta vez la voz era de Carole, y David comprendió que una sola llamada de teléfono había sido capaz de borrar los trece años transcurridos desde Harvard.

—Papá quiere llevarnos a comer para celebrarlo. —Su voz era una mezcla de cariño por Harold Shorr y de preocupación porque David lo entendiese—. Le he dicho que te encantaría. ¿Te parece bien?

A David no le entusiasmaba precisamente. Cuando no se trataba de política, evitaba quedar para comer. No quería quedarse rezagado, perder el control del día. Mirando su reloj, se dio cuenta de que había dedicado casi una hora a sus recuerdos. El día que quedaba estaba repleto de compromisos: una reunión con la fiscal de Estados Unidos Marnie Sharpe (que lo odiaba), para hablar de un robo de categoría a un banco perpetrado por su cliente, que obviamente era culpable; una reunión con un experto médico para un caso complejo y lamentablemente fatal de negligencia médica. Carole sabía todas esas cosas, y sabía también que su trabajo del día se reduciría a causa de la cena con el primer ministro Ben-Aron, por la cual había arrancado a David la promesa de llegar media hora antes.

Así que le molestaba un poco que, por emocionada que estuviera, Carole hubiera puesto el entusiasmo de su padre por delante de su propia jornada de trabajo. Pero percatarse de esto hizo que se sintiera mezquino. Y aunque no podía reproducir el estrecho vínculo de

Carole con su padre viudo, lo entendía. A su manera más moderada, David amaba y admiraba a su futuro suegro y se veía obligado a admitir que sospechaba que el cariño que había entre padre e hija ponía de manifiesto sus propias carencias emocionales.

Como Carole, David era hijo único. Las similitudes terminaban ahí. Rara vez examinaba su propio pasado o hablaba de sus padres ya fallecidos. De hecho, lo evitaba. Pero la infancia de Carole, mezclada con su amor intenso por Harold Shorr, era una presencia tan recordada en la vida de ella que para David parecía más fuerte que la suya propia.

Algunos recuerdos ya se los sabía David de memoria. Que cada domingo Harold, que patinaba muy bien, la llevaba a patinar sobre hielo y a tomar chocolate caliente. Que conseguía arreglar cualquier juguete que ella rompía...; bueno, el brazo de la muñeca quedó un poco raro, pero después la muñeca podía rascarse la espalda. Que el padre y la hija aprendieron hebreo juntos. Que los padres de Carole nunca discutieron por ella excepto una vez, en polaco, sobre si podía o no ver la televisión pasadas las nueve.

Sin embargo, había otros recuerdos más oscuros. Que cuando tosía, Harold se estremecía recordando aquellos días y noches de Auschwitz en que los nazis podrían haberlo matado por ponerse enfermo. Que llevaba en su interior un profundo silencio que podía durar horas. Que Carole sentía que para él cada nuevo día era una sorpresa porque nadie deseaba matarlo.

Todo aquello era lo que infundía a sus recuerdos un significado muy importante. Harold Shorr estaba entregado a darle a Carole una vida mejor, llena de cariño y seguridad. Su boda sería la culminación de los sueños más acariciados y anhelados de Harold.

Así que cuando David respondió a su pregunta, adoptó un tono afectuoso aunque irónico.

—¿Comer juntos? Claro, me encantaría. Lo sabías antes incluso de preguntármelo.

Al colgar, David sonrió. Una vez más, acababa pensando que aunque las heridas de Harold afectaban tanto al padre como a la hija, Harold había extraído de un horror que no lograba articular del todo la burbuja de bondad que definía a Carole. Y entonces, con tristeza, David pensó otra vez en una mujer de veintitrés años, oscura y encantadora, cuyas heridas nunca lograría curar, y que nunca lograría sobreponerse del todo.

Capítulo 4

Durante su primera comida, David sintió la vulnerabilidad bajo la dureza competente que Hana Arif presentaba al mundo.

Siguiendo la sugerencia de Hana, se encontraron en un restaurante chino fuera del campus, que destacaba por su falta de clientela. Mientras Hana echaba un vistazo a su alrededor en el restaurante, vacío a excepción de un hombre de aspecto profesional y una mujer hermosa y mucho más joven que parecía tan sospechosa como su acompañante, David se percató de que Hana temía que la vieran a solas con un hombre, sobre todo un judío. Era una sensación de extrañeza que rara vez sentía David.

—¿Por qué —le preguntó en un tono levemente irónico— me siento como un agente secreto? ¿Se supone que uno de nosotros no debería estar aquí?

La pregunta pareció aumentar la preocupación de ella.

—No es que sea una prisionera —le dijo—; pero soy musulmana, y Saeb y yo vamos a casarnos.

Durante un instante, David se sintió estúpidamente decepcionado. Informalmente, le preguntó:

—¿Fue decisión tuya?

De manera casi imperceptible, ella se puso rígida.

—No soy una prisionera —repitió—. Pero hay convenciones. Dentro de lo razonable, intento respetarlas. Saeb no entendería esta comida, y no es importante que lo entienda.

David captó las indicaciones en conflicto que contenía su respuesta: que David en sí era poco importante; pero que, no obstante, ella estaba cometiendo un pequeño acto de rebeldía que le provocaba auténtico malestar.

—¿Cómo ha sido para vosotros? —le preguntó él—. Harvard, quiero decir.

David vio que sopesaba la pregunta, y luego le pareció que escondía a Hana la mujer tras Hana la palestina.

—Nos sentimos aislados. Hay quince estudiantes árabes de derecho, y no a todos les gustan los palestinos. Y muchos de nuestros compañeros son judíos...

—Sí —dijo David—. Estamos por todas partes.

Ella le miró con una sonrisa que no llegó hasta sus ojos.

—Quizá pienses que soy antisemita.

Él le devolvió la sonrisa.

—No sabría decirte.

Un momento después, Hana se encogió de hombros.

—Al menos no das por hecho que lo soy. Pero si digo que no me gusta el sionismo, la gente cree que eso significa que odio a los judíos.

»Mi profesor de responsabilidad extracontractual guarda las preguntas más difíciles para mí. El día después del debate que viste, llegó otro estudiante a clase, se sentó a mi lado y puso una bandera israelí en miniatura en la mesa delante de él. —Su voz sonaba agotada y sardónica a la vez—. Supongo que Dios había cedido esa mesa al pueblo judío. Pero aquel día, lo único que quería era quedarme sentada en clase y aprender todo lo que pudiera. —Hizo una pausa, volvió a encogerse de hombros y habló aún más bajo—. Yo no empecé el Holocausto, y no niego que ocurriera. Pero los judíos americanos ignoran por completo esa historia que tú querrías que dejara atrás. Creo que los judíos están tan consumidos por el antisemitismo que sólo pueden ver sus propias pérdidas y sufrimientos, no los de los demás.

David reprimió su primera réplica: que el lamento de Hana, aunque fuera cierto, también podía aplicarse a sí misma.

—Claro —dijo rehuyendo el enfrentamiento—. Por eso tantos judíos se han unido a nuestro movimiento por los derechos civiles. Por ese motivo te he pedido que comiésemos juntos.

Levantando las cejas, Hana le lanzó una mirada penetrante.

—Sí —dijo—, ¿por qué lo has hecho?

—Porque sentía curiosidad por ti. Y tú ¿por qué has venido?

—Porque sentía curiosidad por saber por qué me habías invitado. Aunque esperaba que me vieras como una novedad relativamente exótica, como encontrarse con una chinchilla en uno de esos zoológicos infantiles.

De repente, David se dio cuenta de la verdad profunda que se ocultaba tras su inteligencia. Su facilidad con las palabras e imágenes escondía un aislamiento mucho mayor del que ella quería confesar. Decidió que sólo la franqueza serviría para atravesar sus defensas.

—Cuando te conocí —dijo él—, vi a una mujer especial. Una

mujer hermosa, cosa que nunca está de más. Una mujer que puede que me desprecie por lo que soy. Pero también con una vida tan distinta de la mía que quería saber más sobre ella. Además, como he dicho, tengo tiempo.

Ella le estudió.

—¿Por qué no se lo has pedido a Saeb?

—Porque no es una mujer hermosa.

Hana se rio, soltó un gorjeo claro y agradable libre de rencor que lo cogió por sorpresa.

—Y porque —terminó David—, con todos los respetos a tu prometido, no creo que diez comidas seguidas supongan la menor diferencia para él.

Un joven camarero chino llegó para apuntar el pedido. Cuando se marchó, Hana miraba a la mesa con un velado gesto reflexivo.

—Bueno —preguntó ella finalmente—, ¿qué quieres saber de mí?

—Para empezar, qué consideras tu casa.

—No tenemos casa —dijo amargamente—. El campo de refugiados es una cloaca abierta, un cementerio. —Hizo una pausa para eliminar el desdén de su voz—. Nuestra casa está en la Baja Galilea. Está construida en una ladera, rodeada por olivos que plantó mi abuelo, con un sistema de tuberías y desagües que recogían el agua de lluvia y la canalizaban, y una cisterna para la casa. La casa en sí es de piedra. El techo está reforzado con vigas de acero, y hay cuatro habitaciones: una para reuniones, y dormitorios para mi padre y mis tíos, mis tías y mis abuelos. Y no hay cocina. Mi abuela cocinaba fuera, y comían en bandejas compartidas...

—¿Cómo puedes saber todo esto?

Hana relajó la cara.

—Mi abuelo nos la describió incontables veces, antes de morir. Piedra a piedra, como Flaubert describía el pueblo de Madame Bovary. Pero el pueblo de mis abuelos era real, no imaginado.

David se puso a pensar en esto: lo que el recuerdo embelleció acabó destruido por el tiempo.

—¿Y Saeb? —preguntó.

—Es del mismo pueblo. No literalmente, por supuesto. En 1948 nuestros padres eran niños. Pero sus recuerdos son tan intensos como los de mis abuelos.

«Quizá sus recuerdos son los de tus abuelos», pensó David, pero no lo dijo. En vez de eso, preguntó:

—¿Cómo llegaste al Líbano?

Hana esbozó una sonrisa que señalaba su paciencia.

—Otro accidente de esa historia que te sirve de bien poco, y de gente que no nos sirve para nada. Después de enterarse de la masacre en Deir Yassin, mis abuelos huyeron a Jordania. Lo mismo hicieron miles de palestinos. La guerra de 1948 trajo aún más, así como la guerra de 1967. Pero todos aquellos palestinos desafiaron el poder del rey Husein. De modo que el ejército jordano bombardeó nuestros campamentos y condujo a nuestros combatientes hasta el Líbano. —Su voz mostraba una rabia contenida—. A partir de lo cual, como resultado de la operación de limpieza que mencionó Saeb, los israelíes obligaron a Arafat y a la OLP a exiliarse a Túnez, afirmando que sus actos de «terror» amenazaban el norte de Israel.

»Ahora están reunidos en Cisjordania, ocupada todavía por soldados israelíes. Mis padres siguen esperando en Líbano. Sólo Saeb y yo pudimos dirigirnos a Cisjordania, y entonces los sionistas cerraron la Universidad de Birzeit antes de que pudiéramos estudiar allí. Y así —Hana continuó con una sonrisa que no era una sonrisa—, con la ayuda de la agencia de refugiados de las Naciones Unidas, el creador de Israel y el dinero de una beca, llegamos a las orillas de América, el benévolo patrocinador de aquellos que nos desplazaron; donde sigo con mi lucha por mi pueblo, embarcándome en estúpidos debates con aquellos cuya idea de los árabes procede de la novela *Éxodo*, y que ven nuestra historia como una película del oeste en la que Israel es Jimmy Stewart y Saeb y yo somos indios. —Hana se contuvo, esbozando una amarga sonrisa—. Tú me has preguntado, pero puede que no quisieras una respuesta tan completa.

—Sí, te he preguntado —dijo David simplemente—. Y tú exageras.

Para su sorpresa, la sonrisa de Hana se volvió más nostálgica que resentida.

—Ojalá fuera así. Pero he aprendido a no esperar nada.

—¿Y Saeb?

—Tiene su propia historia. —Volvió a bajar brevemente la mirada, pensativa—. No estoy preparada para hablar de él, David.

Sorprendido por la tácita intimidad de su nombre en labios de ella, David trató de descifrar qué había bajo su repuesta, y entonces apareció el camarero con platos humeantes de ternera *chow mein* y verduras hervidas. Sirviéndoles a los dos, Hana dijo:

—Así que me he convertido en esta persona contradictoria, una musulmana semiobservante de izquierdas; no porque abrace el comunismo, sino porque sólo la izquierda parece decidida a darnos lo que queremos.

David probó su *chow mein*, más sabroso de lo que parecía indicar la escasez de clientes.

—¿Y que es...?

—Un hogar. Que nos devuelvan nuestra tierra. Si los judíos quieren vivir entre nosotros, que así sea. Pero no en un gueto judío llamado Israel, que nos oprime y excluye.

—Hay negociaciones en marcha —afirmó David—. Arafat y el primer ministro Rabin ya han accedido a que la OLP asuma el control del gobierno civil de Gaza y Cisjordania. Un inicio para tener un país propio.

—Ya veremos —contestó Hana con resignación y hastío—. Es más probable que nuestros hijos tengan la misma discusión algún día. Y será tan académica para tus hijos como lo es para ti.

David no supo lo que le impulsó a continuación. Siempre había vivido la vida restringida de las clases altas de Estados Unidos: padres con profesiones liberales, amigos privilegiados, colegios de elite. Las mujeres con las que había salido, aunque tenían personalidades diversas y en ocasiones neurosis diversas, eran de la misma clase, con aspiraciones similares, cómodamente apoyadas por familias similares. En cambio, aquella mujer poseía una pasión y unas experiencias con las que David nunca se había encontrado, y parecía despertar su propia chispa de rebelión.

Fuera lo que fuera, alargó la mano y cubrió la de ella.

—No es académica. No para mí.

Hana pasó mucho rato mirando la mano de él encima de la suya, aunque no hizo ningún movimiento para apartarla.

—Esto es complicado. —Su voz era suave, apagada—. No tienes idea de cuánto.

—Pues explícamelo.

—Estoy prometida a Saeb —dijo conteniendo el aliento y mirando todavía hacia abajo—. Soy musulmana. Sea cual sea mi hogar, las musulmanas no van con hombres no musulmanes. Y no digamos un judío.

»Hay reglas. Las mujeres representan el honor de sus familias, y yo el de la mía. —Levantó la vista para mirarle. Tenía los ojos empañados—. El simple hecho de que deje que me toques empaña su honor.

—Pero no el tuyo, Hana. Tú y yo somos personas.

Ella meneó la cabeza. Pero seguía sin mover la mano.

—No podemos permitírnoslo. Tú no puedes permitírtelo. El precio podría ser excesivo.

David la miró a los ojos oscuros, llenos de incertidumbre e incluso miedo. Entonces le dio una respuesta que, cuando la recordó más adelante, le pareció tan alegre y ciegamente americana como le debió de parecer a ella. Una afirmación totalmente propia de David Wolfe a los veinticinco años, en su ignorancia del dolor.

—Quiero verte, Hana, tan a menudo como me dejes. Me arriesgaré con lo demás.

Capítulo 5

Sin levantar el brazo, Iyad arrojó su antiguo móvil a la corriente rápida y potente de la bahía de San Francisco.

—Puede que dentro de unos años —dijo con frialdad— lo encuentren en Hawai. Mucho tiempo después de que nuestra gente vuelva a hacerse con Jerusalén y saquen los trozos que hayan quedado de él para enterrarlos.

Estaban de pie junto a Fort Point, al pie de unas columnas enormes de cemento bajo el puente del Golden Gate, un arco pintado de naranja que sobresalía por encima de ellos en la niebla que se deslizaba desde el océano a través del pasadizo hacia la bahía. La sensación de que vivía una pesadilla se incrementó en Ibrahim; se sentía como un autómata, trasladado a lugares cada vez más extraños por alguien que ni siquiera reconocía su existencia. ¿Cómo había llegado a ese lugar, con aquel hombre, en vísperas de su muerte? Él no sabía nada excepto lo que Iyad se había dignado contarle: que su enemigo estaba a punto de llegar, que la mujer pondría pronto las armas de destrucción en sus manos.

Pero ¿cómo? Había tantas personas que odiaban a su presa que ésta vivía en una burbuja de acero, vigilada por una elite escogida cuidadosamente entre el ejército sionista, hombres despiadados con reflejos para matar. De pie en aquel lugar, desarmado, con un fanático lacónico y lleno de odio como único vínculo con la humanidad, Ibrahim se sintió tan desnudo como Salwa ante los soldados insolentes...

Aún veía el control, como si hubiera sido ayer mismo. Se extendía durante kilómetros, coches y camiones bajo un calor implacable que cocía la tierra reseca y el asfalto. Su hermana yacía en el asiento trasero del coche, con el vientre hinchado y el rostro contraído de dolor; la falda larga y suelta estaba levantada a la altura de la cintura mostrando algo que un hermano no debería ver.

—Por favor, Alá —suplicaba sin cesar—, por favor, no nos dejes morir.

Con los ojos cerrados, Ibrahim la había tomado de la mano. Ahora Salwa vivía, con la mente tan vacía como su vientre.

El nuevo teléfono de Iyad sonó.

—No intentes hacerte el listo, David. —Marnie Sharpe utilizó el tono de voz más cáustico que pudo articular—. No me digas que este truco de mierda no tiene tu sello.

Estaban en la oficina de la fiscal de Estados Unidos, que hacía esquina con el edificio federal: Sharpe en su escritorio; David mirando hacia ella y sentado en una silla que no era muy cómoda. Sharpe y David tenían un asunto pendiente del pasado, y ahora lo estaban concluyendo.

El año anterior, Sharpe había pedido y recibido inmediatamente la dimisión de David como ayudante de fiscal de Estados Unidos. Sus problemas habían empezado por su falta de conexión: a veces David encontraba divertidos los caprichos de la ley, pero nada divertía a Marnie Sharpe. Había llegado a la cuarentena con unos hábitos espartanos caracterizados por la falta de sentido del humor y una decisión absoluta, y no tenía pasiones conocidas salvo su visión personal de la justicia, tan inviolable como podría ser una pasión para otra persona. Cuando trabajaba para ella, David intentó imaginar a Marnie Sharpe haciendo el amor con alguien, hombre o mujer, y no lo consiguió. La etiqueta que le había puesto era la de «armadillo».

Podían haberlo superado. Marnie era buena abogada, y en sus mejores momentos David podía mostrarse comprensivo con cualquiera que necesitara un caparazón así de grueso. Sin embargo, la pena de muerte los había separado del todo.

Sharpe creía en ella; David no. Él se negó a pedirla por el asesinato de una niña de ocho años a manos de un pervertido, que había sido víctima de abusos y torturas por parte de su padre, y que David sabía que era retrasado mental. Tras la dimisión de David, su sucesor, siguiendo las instrucciones de Sharpe, pidió y consiguió la sentencia de muerte. Al pedirle un reportero sus comentarios al respecto, David no se reprimió.

—Ese asesinato fue una tragedia espantosa. Pero si yo fuera la señora Sharpe, me reservaría la pena de muerte para hombres lo bastante listos como para saber lo que significa morir.

Aquel comentario puso el broche final a su mutuo desagrado.

Para Marnie Sharpe, David Wolfe ponía su propia sensibilidad enfermiza por encima de la ley; para David, la fiscal de Estados Unidos no admitía, ni siquiera para sí, que su celo para obtener la pena de muerte se debía a su interés por granjearse la simpatía de los que criticaban a los jueces federales. Que se hubiera convertido en un abogado defensor empeoró su relación, porque David pudo usar el único talento que Marnie no poseía: la imaginación para explotar las ambigüedades de un sistema legal que Sharpe consideraba un mapa inapelable. Si David Wolfe se metía en un laberinto legal, lo único que veía eran posibles vías de escape.

Todo aquello había conducido a la conversación que los reunía en aquel momento: la oportunidad de frustrar a Sharpe en interés de un cliente que, si no fuera por David, podría estar de camino a cumplir una larga condena en prisión. Pero bajo esta intención se encontraba un propósito igualmente serio: la absoluta convicción de David de que Marnie Sharpe nunca debería ejercer el poder que se otorga a un juez federal, y que era tan profunda como la creencia de Marnie de que él nunca debería ser congresista.

—No he venido para que me reprendas —le dijo David con calma—. De hecho, me pregunto por qué he venido.

Ella le lanzó una mirada de irritación.

—Tenemos el robo de ocho millones de dólares de Brinks. Pillaron a tu cliente. Lo único que nos dijo fue: «La mafia me obligó a hacerlo».

—«O me habrían matado» —añadió David—. Raymond pensó que esa parte era importante. Y yo también lo pienso. —Levantó las manos—. Es la primera vez que lo declaran culpable, y pretendes culpar a Ray Scallone de cualquier cosa menos de lo del 11 de septiembre. Él no es más que un instrumento...

—Es un matón que amenazó a un guardia de seguridad con una pistola barata. Tiene que estar apartado de la calle.

David se encogió de hombros.

—Así que o hacemos un trato o vamos a juicio.

—¿Por qué tengo que hacer un trato? Supongo que porque alguien, que no es de nuestra oficina, filtró a la prensa que nosotros, es decir, el FBI, estábamos investigando si la mafia estaba conectada con este robo. Pero no estábamos investigando tal conexión...

—Entonces deberías...

Sharpe lo interrumpió.

—Pero después de que el Canal 5 informara de esa supuesta conexión con la mafia, el FBI empezó a investigar esa posibilidad. Entonces, qué casualidad, tú pides acceso a todos los archivos de la investigación, afirmando que eran de vital importancia para la defensa de Scallone.

—Son su única defensa —reiteró David—. Después de todo, lo atraparon con el dinero. Así pues, ¿por qué no entregaste los archivos sin más?

—Ningún archivo podría ayudar a Scallone —replicó Sharpe—. No existen pruebas de que la mafia amenazara a nadie. Pero ahora has presentado una moción para desestimar el caso entero, afirmando que no puedes ejercer una defensa adecuada sin saber por qué el FBI empezó una investigación de algo que parece ser sólo humo..., como si no lo supieras. —Hizo una pausa, dedicándole a David una gélida mirada—. Cualquier juez que estuviera en su sano juicio usaría esta moción para limpiarse el culo. Cualquier juez que tuviera un mínimo aliento vital se habría preguntado cuál era la fuente de esta oportuna «filtración». Pero has tenido la suerte de toparte con Bruce Myers, *el Blandengue*, el último hemofílico de la judicatura federal.

David volvió a encogerse de hombros.

—Mejor que un necrófilo, supongo.

Aquella referencia a la pena de muerte hizo que Sharpe entrecerrara los ojos.

—Sabes lo que está ocurriendo, David. Y yo también.

—Es lo que espero —respondió él secamente—. Estoy dispuesto a discutir la idea de que se declare culpable, si lo estás tú.

Sharpe se reclinó en la silla, analizándolo en silencio. David se lo tomó como lo que era: el reconocimiento de que, por mucho que le desagradara, sería preferible cerrar un trato que esperar a ver qué hacía el juez Myers con la moción de David.

—¿Basándonos en qué? ¿En tu falsa moción?

—No. Basándonos en el respeto mutuo y en que a los dos nos desagradan los excesos judiciales. —David sonrió débilmente—. Excepto en los casos de pena de muerte, claro está. Pero eso lo dejaremos para otra ocasión.

Una hora más tarde, David salió del edificio federal y corrió hacia su oficina para encontrarse con Carole.

Debía sentirse satisfecho. Por mucho rencor que pudiera guardarle Marnie Sharpe, había hecho su trabajo como abogado. No obstante, el enfrentamiento le dejaba un sabor amargo, un regusto venenoso añadido a las emociones que había despertado la llamada de Hana. Puede que fuera el recuerdo de sus propios fallos, pensó, la dolorosa lección que había aprendido por primera vez a través de Hana Arif: que la consecuencia de sus actos podía ser muy distinta de lo que pretendía, o incluso imaginaba.

Sólo era un caso, se dijo, no una aventura amorosa. Las únicas consecuencias que habría, si es que había alguna, se encontrarían en el siguiente caso en el que se enfrentara contra Marnie Sharpe. Lidiaría con ellas en el momento oportuno.

Capítulo 6

Poco después de entrar en su oficina, Carole Shorr dejó de hablar de la boda, inclinó un poco la cabeza como para volver a calibrar la sensación que le producía el estado de ánimo de David y preguntó abruptamente:

—¿Cómo te ha ido el día? Pareces un poco preocupado.

David se vio obligado a sonreír. A Carole se le daba muy bien interpretar las emociones de los demás; incluido, de muchas maneras si no todas, el propio David. Pero no era la ocasión adecuada para soltar la pura verdad.

—¿Por qué iba a estarlo? —respondió afablemente—. Acabamos de fijar la fecha. Me caso dentro de siete meses, a los treinta y ocho años, en una boda por todo lo alto. Soy demasiado mayor y demasiado joven a la vez para hacer una cosa así, y de repente me encuentro en la cinta transportadora camino de la paternidad. Me abruma un poco.

Carole sonrió, recuperando el buen humor. Como si hubieran pasado días desde que la vio por última vez, lo cual, teniendo en cuenta los acontecimientos de aquella mañana, no parecía tan extraño, David se dedicó a examinar a la mujer con la que pronto se casaría. Carole tenía una figura escultural, el pelo castaño ondulado y un rostro hermoso y saludable en el que destacaban unos enormes ojos castaños cuya forma almendrada tenía un toque asiático, lo que motivó que una vez David sugiriera que quizá una antepasada polaca suya hubiese sido asaltada por un tártaro que pasó por su pueblo. Aunque su expresión solía ser agradable, tenía un aire muy decidido, lo cual indicaba que le encantaba planificar y organizar. Según le dijo una vez David, el país necesitaba una Escuela de Administración Carole Shorr.

—El mundo —corrigió ella alegremente—. Si tuviera tiempo para ello...

De una cosa no había duda: Carole Shorr manejaba la porción de mundo que le había tocado con un sentido práctico y una eficiencia consumados. Era inteligente y se le daban muy bien las relaciones sociales. Poseía un encanto firme y lleno de energía, a la gente le gustaba y a menudo conseguía que hicieran lo que ella quería. Su determinación se veía dulcificada por una actitud cálida y en ocasiones ligeramente coqueta, mezclada con sentido del humor. A todos estos rasgos se sumaba el talento para conocer a las personas influyentes de la comunidad judía, del Partido Demócrata, y, en ocasiones, del mundo en general, sin la competitividad o la avidez que habría hecho de ella una figura temida o envidiada.

Todo aquello había hecho que fuera indispensable para David. Y además de todo eso, sólo él tenía el privilegio de saber que era sexi no sólo en sus modales, sino también en sus actos, con una actitud abierta que había sorprendido a David en un primer momento. Y sólo él veía la vulnerabilidad de Carole: un profundo deseo de ser necesaria, de ser amada y respetada por un compañero que supiera que era su igual.

—Sí, ya sé —le dijo Carole entonces—. Qué duro es ser hombre. —Mirando el reloj, cogió su abrigo y se puso en pie—. No te preocupes. Yo me encargaré de todo, incluido lo de tener hijos.

David agarró la chaqueta del respaldo de su silla.

—Bien. Soy el mejor delegando.

—Limítate a hacer tu parte. Un poco como esta mañana. —De pronto, adoptó una expresión más suspicaz—. ¿Qué ha pasado desde entonces? Ha pasado algo.

David abrió la puerta, indicándole que pasara junto al escritorio vacío de su secretaria.

—¿Te he dicho que eres una mujer muy observadora? Nunca das tregua.

Carole se rio.

—En cuanto nos casemos, prometo cambiar. Hasta entonces tendrás que aguantar mi susceptibilidad a tus cambios de humor.

Llegaron al ascensor que conducía al aparcamiento. Apretando el botón, David comentó:

—Recordarás que iba a encontrarme con Marnie Sharpe.

—¿Y no ha ido bien?

El ascensor se abrió. Primero entró Carole, luego David.

—Teniendo en cuenta que me odia —respondió—, nunca va bien. Pero he conseguido lo que quería. Aunque antes Marnie me ha acusado de filtrar a la prensa una información inventada sobre una investigación del FBI, y de explotarla para quitar años a la sentencia de mi cliente.

—¿Y lo has hecho?

David sonrió.

—Claro. Pero aun así duele.

Carole le miró dubitativa.

—¿Y eso no es poco ético?

—Para mí no. Y desde luego no es ilegal. —Hizo una pausa y adoptó un tono más serio—. En primer lugar, creo en la historia de Raymond, aunque un abogado siempre asume un riesgo creyendo a sus clientes. En segundo lugar, el FBI debería haber investigado. Para serte sincero, no sabía lo que estaba haciendo el FBI. Lo único que sabía era lo que tenían que hacer. Sharpe no me quería escuchar. Así que decidí animar al FBI de otra manera. —David volvió a sonreír—. Cualquier abogado puede tener éxito con un cliente inocente. Para los culpables hace falta imaginación.

Carole le miró desconcertada.

—A una chica sencilla como yo, David, a veces le resultas inmoral. Veo ese brillo en tu mirada, y durante un instante no estoy segura de conocerte.

La puerta del ascensor se abrió hacia un garaje subterráneo grande y oscuro.

—No eres la única —la consoló David—. Mi madre nunca me conoció. Aunque la verdad es que yo tampoco la conocía demasiado. Pero, en serio, Sharpe se lo merecía. Se excede en su trabajo, y le gustan más las condenas que la verdad. Los abogados deberían hacer unos test de Rorschach antes de permitirles que se hicieran fiscales.

Encontraron el Jaguar verde descapotable de Carole: británico, no alemán, le había señalado ella a David. Metió la llave en el contacto y se volvió hacia él.

—¿Podemos hablar un minuto? Papá lo entenderá si llegamos un poco tarde.

—Pensaba que ya estábamos hablando.

—Utilizar palabras no es lo mismo que hablar. —Carole miró hacia el salpicadero, pensando en lo que iba a decir—. Al oírte contar esto, me pregunto qué pasará si defiendes a delincuentes (bueno, presuntos delincuentes) dos años antes de presentarte al Congreso.

—¿Aunque crea que son inocentes?

—Aun así, desgraciadamente. Es probable que ganes el caso; al menos Ray Scallone no mató al guardia. Pero ya estás en el lado «equivocado» del tema de la pena de muerte.

—A muchos votantes de mi distrito no les gustan las ejecuciones —objetó David.

—Puede que no. Pero a otros sí. La mayoría de los californianos están de acuerdo, y eligen a los senadores de Estados Unidos.

David sonrió al oír aquello.

—¿No nos estamos adelantando? ¿Por qué no ser presidente?

—¿El primer presidente judío? —respondió ella con brío—. Es cuestión de tiempo.

—Pensé que estabas a punto de decir «medio judío». Sea como sea, lo que me gusta es el derecho penal.

Carole le tocó la mano.

—Lo sé. Y la parte judía la podemos mejorar. Pero a veces parece que seas inmune al desastre, o al dolor, como si Dios te hubiera dado bula.

David sabía que no era así, y una sola llamada telefónica le había recordado el motivo, pero no era algo que quisiera comentar.

—No me siento inmune, pienses lo que pienses de mi afortunada vida.

—No sólo afortunada —replicó ella en voz baja—. Indiferente.

—¿No querrás decir «negativa»? Sé que aún te preocupa que mis padres sólo fueran judíos de nombre. Apenas mencionaban el Holocausto, o Israel. Eran asiduos a los conciertos, la ópera y el ballet, y prefirieron una vida de intelectualidad y refinamiento a una vida centrada en los sentimientos o en la identidad grupal.

—Pero tenían una identidad, David. Eran judíos alemanes, estadounidenses de tercera generación. Nosotros éramos judíos polacos, inmigrantes, de esos de los que tus padres se sentirían avergonzados. Incluso hablamos de funciones fisiológicas.

David sonrió al oír aquello. Pero él entendía que la diferencia iba mucho más allá de los gustos que tuvieran sus padres en música, o de que la nevera de los padres de ella estuviese repleta de remolachas y sopas caseras, o de que la familia de Carole cumpliese estrictamente las festividades judías que apenas se contemplaban en la de él. Se trataba de que la familia de Harold se había desvanecido convertida en humo por las chimeneas de los campos de Hitler, obligando a Carole a recordar a (e incluso a vivir por) hombres y mujeres a los que nunca había conocido. Como le había dicho una vez a David en tono mordaz, ella «sufría por un humo prestado». A ella todo aquello le producía un profundo sentimiento de lealtad tribal, sumado a una aprensión indefinible que yacía bajo la sensación de seguridad en sí misma y el buen humor que desprendía, una sensación de que había que evitar el infortunio, no exponerse a él.

—Menudo par estamos hechos tú y yo —dijo David en aquel momento.

Carole sonrió un poco. David sospechaba que ella sabía a qué se refería. Carole estaba decidida a ordenar el mundo tal y como deseaba que fuera, lo mejor posible para esquivar la fatalidad. Pero, al igual que Harold, mostraba una cierta reticencia, tenía la sensación de que era mejor ejercer el poder en privado, de maneras menos notorias de las que tendía a adoptar David. Así que las ambiciones públicas de Carole eran para él, y fusionaban sus caracteres y necesidades.

David le devolvió la sonrisa, apreciando lo cómodo que se sentía con ella. Al igual que Carole, quería hijos; resultaba fácil imaginársela de madre, era una de las muchas maneras en que la imaginaba, con calidez y confianza. Si algunas veces veía a Carole como si fuera una compañera y no una amante, David sabía que era por culpa suya: entre Hana y Carole ninguna mujer había llegado realmente a su corazón, y había dejado de creer que encontraría un amor que pudiera borrar completamente el pasado. Sólo había amado una vez sin límites, y le había producido tanto sufrimiento que no estaba dispuesto a soportarlo nunca más.

—Menudo par —repitió David, esbozando rápidamente una sonrisa burlona—. Nuestro hijo tendrá su *bat mitzvah*, nuestra hija tendrá su *bat mitzvah*. Y les haremos ir a la escuela hebrea hasta que nos odien a los dos.

Aceptando esta declaración con una mirada divertida y satisfecha, Carole giró la llave en el contacto.

—Tengo muchas ganas de contarle a papá lo de la escuela hebrea. Estará encantado.

Salieron del garaje hacia la luz del sol. David observó cómo se ondulaba el pelo de Carole con la brisa de un día fresco de verano.

«Así que —había dicho Hana— una buena chica judía, y rica además. Creo que las cosas acaban como se supone que tienen que terminar.»

Años atrás, pensó David, ella había intentado explicárselo.

Capítulo 7

Hana miró a su alrededor como si se hubiera caído en la madriguera de un conejo.

Habían sido necesarias varias llamadas telefónicas largas para que Hana accediera a que se vieran otra vez, aquella vez en el único lugar en el que nadie podría verlos: su apartamento. Era realmente una madriguera junto a Harvard Square: un salón con un sofá, una mesa de centro, un televisor, un escritorio y un ordenador; una cocina diminuta, con una mesa para dos personas, un dormitorio con una cama grande, un vestidor y la bicicleta de carreras que usaba David para hacer ejercicio en primavera y otoño. Vestida con unos tejanos y un jersey, Hana se quedó de pie en mitad del salón, sin saber si quedarse o marcharse.

—Tranquila —dijo David con delicadeza—. Estás a salvo conmigo. O de mí, si eso es lo que te preocupa.

—Es que me resulta muy extraño estar aquí.

—Me encantaría llevarte a cenar. Sabes que sí.

—Pero no puedo. Ya lo sabes.

David la analizó.

—¿Lo sé? No sé nada, excepto lo que me has contado.

Hana sonrió un poco.

—Si fueras árabe, lo sabrías sin que tuviera que decírtelo.

—Si fuera Saeb, querrás decir.

Un ligero estremecimiento (de culpa, pensó David) atravesó la mirada oscura de Hana, por lo que David lamentó su último comentario.

—Puedo aprender, Hana. De verdad.

—¿Por qué es tan importante para ti?

—Todavía no lo sé. Sólo sé que es así.

Ella le miró analizándolo fríamente.

—Puede que yo sea algo que tú no puedes tener —dijo finalmente—. Y que me quieras hasta que ya no sea así.

David meneó la cabeza.

—Ahora mismo, lo único que quiero es hacer la cena. Y sólo quiero tu compañía.

Ella le siguió hasta la cocina. David había puesto la mesa: platos blancos, dos copas de vino, servilletas de tela de color, una vela colocada en un candelabro de latón, y puso las chuletas de ternera, sumergidas en un adobo que él mismo se había inventado. Como para decir algo, ella preguntó:

—¿Cocinabas en casa? En casa de tus padres, quiero decir.

—En realidad, no. Solía hacerlo la criada. La pasión de mi madre es la literatura inglesa, no la cocina.

—¿Y tienes hermanos y hermanas?

La pregunta le recordó a David lo poco que se conocían, las brechas que existían entre la forma instintiva de entenderla y la acumulación de hechos y detalles a través de los cuales la gente aprendía (o creía que aprendía) quién era la otra persona.

—No —respondió—. Según parece, agoté su interés por jugar a la lotería genética de la vida. —Señaló hacia una botella abierta de cabernet sauvignon—. Suelo tomar vino mientras cocino. Pero me imagino que tú no bebes.

Hana dudó.

—Sí, un poco —reconoció—; cuando no estoy con Saeb, o con amigas a las que les parece mal.

Le sirvió un poco.

—Entonces pruébalo, si quieres.

Ella dudó y tomó un sorbo.

—Es bueno, creo. Pero ¿cómo lo voy a saber?

David la miró de refilón.

—Lo que importa es lo que pienses tú. Lo de saber sólo les importa a los esnobs del vino. En California, alguna gente dedica su vida entera a ello.

Hana sonrió, como si le pareciera algo inconcebible.

—Americanos... Incluso vuestros placeres se convierten en cosas importantes. Os comportáis como si nadie estuviera muriéndose de hambre, aquí o en cualquier otra parte. —Tomó otro sorbo de vino—. Creo que es lo que hace que este país sea tan peligroso, este ensimismamiento que hace que muchos de vosotros sigáis siendo inocentes de un modo muy extraño. A veces América es como un cachorro grande, con las patas grandes y la cola caída, que pasa corriendo por el salón y tira la cristalería y las cosas que hay en las mesas, demasiado entusiasmado por descubrir todo lo que puede hacer para preocuparse por el daño que puede causar. Pero vuestro salón es el mundo.

La metáfora hizo que David se riera.

—Tengo tantos pecados que expiar...

Hana esbozó una sonrisa indulgente.

—Tardarías la vida entera. Tu día anual de expiación... es el Yom Kippur, ¿no es así? Arrepentirse a plazos no será suficiente.

—¿Aunque cocine?

—Eso está por ver. —Hana adoptó un tono burlón—. Otra cosa que tiene la gente de aquí es que está demasiado segura de sí misma. No están acostumbrados a que gente de fuera cuestione su manera de actuar.

—Continúa. No tengo el ego tan delicado.

—Puede que en la cocina no. Pero todos los hombres son frágiles, de alguna manera.

Sonriendo, David decidió centrarse en las chuletas. Cuando volvió a mirarla, se estaba soltando el pelo, quitándose la goma que lo sujetaba en la nuca. Hermoso, abundante y oscuro, le caía por los hombros. Cuando ella se dio cuenta de que la miraba, se puso nerviosa, como si los hubieran sorprendido haciendo algo.

—Estaba pensando que tienes un pelo bonito. —David hizo una pausa, buscando el modo de hablar de algo más informal—. ¿En casa te cubres la cabeza?

—A veces. Por motivos religiosos, o cuando estoy con mujeres mayores.

David dio la vuelta a las chuletas.

—Qué lástima.

Hana movió un poco los hombros, en un conato de encogerlos.

—Es lo normal. Pero cuando lo hago aquí, los hombres todavía se fijan más en mí. Así que se consigue el efecto contrario.

David se preguntaba hasta qué punto era consciente del poder que su belleza ejercía sobre él.

—La cena está lista —dijo él—. Después puedes ponerme la nota.

Comieron sin prisas, paladeando el vino, hablando al mismo tiempo de temas triviales y de su visión del mundo.

—Entonces, ¿no eres religioso? —le preguntó ella.

—No como tú, aunque culturalmente soy judío, que es algo que me enorgullece. No dejan de intentar aniquilarnos, y, sin embargo, hacemos mucho más que sobrevivir: inventamos, descubrimos, construimos, creamos. Y creas lo que creas, el judaísmo, en su mejor expresión, es una religión tolerante: no hacemos proselitismo, y hemos aprendido lo bastante del sufrimiento y la opresión para detectar cuándo hay otros que sufren y están oprimidos.

»Pero en su peor forma, la historia de la religión es la historia del asesinato masivo. ¿Por qué otras religiones quemaron a los judíos a la parrilla durante dos mil años? ¿Por qué se odian ahora los judíos y los árabes? Resulta difícil pensar en todo eso y levantar los ojos hacia el cielo. A veces creo que fue el hombre quien creó a Dios a su imagen y semejanza: como un asesino intolerante.

Hana le dedicó una larga y reflexiva mirada.

—Lo que se interpone entre tu gente y la mía —dijo ella finalmente— es más que un Dios sanguinario, o la tora y el Corán. Es la historia y la tierra. Son las historias de la gente, la de Saeb entre muchas otras. Y la mía propia.

—Pero ¿no crees que si quedara entre tú y yo, no encontraríamos un modo de resolver todo eso?

—Me lo pregunto. De cualquier manera, no es así, y nunca será así. Esto es mucho más importante de lo que puede afectar a dos personas.

Mirando hacia la mesa, David sonrió levemente, pero no dijo nada.

—¿Qué ocurre? —preguntó ella.

—Estaba pensando en lo que Bogart le dice a Ingrid Bergman al final de *Casablanca*.

Hana esbozó una sonrisa.

—Esto no es una película. No puedes reescribir el final.

—Entonces puede que sea tan americano como tu cachorro. Pero creo que la gente puede escribir sus propios finales.

Hana le miró a la cara. Sus ojos estaban velados por una emoción que David no lograba entender.

—La cena ha estado bien —dijo finalmente—. Deberíamos contentarnos sólo con eso.

—¿Qué estabas pensando antes? —le preguntó David.

Ella apartó la vista un instante, y entonces le miró brevemente.

—Que tengo miedo de lo que pueda desear de ti. Y de lo que desees de mí.

Al principio él no supo qué responder. Entonces, impulsivamente, se puso en pie, cogiéndole las manos, levantándola con delicadeza de la silla para poder mirarla a la cara.

—¿Y qué ocurre si tú no eres simplemente «algo que no puedo tener»? ¿Qué ocurre si al final resulta que te quiero toda?

Durante un largo instante, Hana se quedó quieta, con la mirada fija en la de él, y a continuación apoyó su frente en el hombro de David. Él sintió, o quizá se imaginó, un temblor que recorría el cuerpo de la chica.

—¿Sólo eso? —murmuró ella—. Es mucho más de lo que yo te puedo dar. Yo sólo podría darte una hora de mi tiempo cada vez, hasta que no pudiera soportarlo más.

David olía su pelo, aromático como la hierba recién cortada.

—Haces que suene como una tortura. ¿No crees que deberíamos esperar a averiguarlo?

—No es sólo tortura...

No terminó. Cuando los labios de él rozaron su garganta, sintió el latido de su corazón, y luego la calidez de su cuerpo contra el suyo.

Su beso, delicado y vacilante en un primer momento, no se detuvo ahí.

David palpó por debajo de su jersey, acariciando la esbelta línea de su espalda y sus hombros. Cuando le quitó lentamente el jersey, ella levantó las manos para ayudarlo, una especie de rendición. Hana no dejó de mirarle.

No llevaba sostén. David sintió que temblaba de deseo, y entonces vio que los ojos de ella se llenaban de lágrimas. Le preguntó delicadamente:

—¿Estás bien?

—Sí. —Le temblaba la voz—. Por esta vez.

David le besó los pezones, el vientre, y a continuación le desabrochó el cinturón. Sin mediar palabra, le quitó la ropa, y luego la suya. Estaban apoyados el uno contra el otro, todavía en silencio, atrapados entre la duda y el deseo.

—Todo irá bien —murmuró David.

Cogiéndola de la mano, la condujo al dormitorio. Los dedos de Hana se apretaron en torno a los suyos.

Abrumado por una prisa ante la que no quería ceder, David apartó el cubrecama. La lluvia empezó a salpicar su ventana oscura.

Se metieron juntos en la cama, piel cálida sobre sábanas frías. Hana apoyó sus pechos contra el torso de él, sin dejar de mirarle. Él se permitió disfrutar de la sorpresa de tocarla, de que ella le tocara donde deseara.

—No hay prisa —susurraba él—. No hay prisa. —Y entonces fue ella la que se aceleró.

Cuando la penetró, ella le seguía mirando a los ojos, como para leer en el interior de su alma. Entonces se encadenaron las sensaciones: las caderas de ella se alzaron para acogerlo, sus cuerpos se movieron al unísono, lentamente, y luego más rápido; los suaves chillidos de Hana eran su única guía.

Cuando sintió el primer temblor, Hana gritó su nombre, con los rizos húmedos de su pelo rozándole la cara.

Después se quedaron mirándose el uno al otro, tranquilos y cálidos, redescubriéndose a la luz de la cocina de David. El tiempo transcurría así entre dos nuevos amantes, entregados al asombro.

—Quizá vine por esto —dijo ella finalmente.

David se sintió inseguro.

—¿Para hacer el amor conmigo?

—Más que eso. Quizá pensé que tú podrías hacer que escapara de mí misma.

—¿Y lo he logrado?

La mirada de Hana reflejaba preocupación.

—No durante mucho rato, creo. Pero al menos estoy aquí y puedo mirarte.

—¿Aquí? La primera vez que me viste, tus ojos me parecieron de fuego. Me pareció que, si me mirabas demasiado tiempo, me convertiría en cenizas y huesos.

Hana sonrió al oír aquello.

—Entonces tengo que contarte algo de las mujeres árabes, al menos las palestinas, jordanas o libanesas. Nos permiten mirar a los hombres en público, mientras adoptemos la expresión adecuada de altivez para disimular el hecho de que estamos interesadas. Vi que eras atractivo, así que me permití mirarte con todo el desprecio del que fui capaz, todo el tiempo que me atreví.

David se rio ante aquella confesión.

—Me engañaste de verdad.

—Sí. Y mira cómo me ha funcionado.

David la besó. Y entonces, con menos miedo pero no con menos deseo, empezaron a buscarse otra vez.

No fue hasta más tarde, mientras tomaban café en la mesa de la cocina, cuando Hana miró el reloj.

—¿Tienes miedo? —preguntó David.

El rostro de Hana se ensombreció.

—No es lo que crees —contestó—. Existe otro mito sobre las mujeres árabes, y es que somos sumisas. Las saudíes, puede. Pero en mi cultura, el único imperativo es no enfrentar nunca a un hombre con aquello que le avergonzaría o que te avergüence a ti.

—¿Y para los hombres?

—Es diferente. Por ejemplo, no hay problema si un árabe se acuesta con una mujer americana. Pero se entiende que se casará con una de nosotras.

Su tono de aceptación natural lo pilló por sorpresa.

—Te agradezco que me expliques cómo funciona ese doble rasero.

Hana se encogió de hombros.

—Es cierto que los hombres árabes tienen algo de paternalistas y misóginos..., como muchos israelíes. Espero que algún día podamos progresar hasta la situación de las relaciones sociales de este país, en el que los hombres se muestran hipócritas respecto a su machismo, e incluso les avergüenza un poco.

Aunque sonrió, David no se desvió del tema.

—¿Y qué esperas de Saeb?

—Una actitud más abierta —afirmó Hana—. También para nuestras hijas, en caso de que tengamos niñas.

Ese reconocimiento informal de su futuro hizo que David se sintiera dolido. Como si lo hubiera percibido, ella le tocó la cara.

—Lo siento, David. Pero así es.

—Puede ser así. Pero no entiendo por qué es así.

—¿Tan importante es para ti?

—Eso creo, sí.

Hana cerró los ojos.

—Es algo muy importante —dijo finalmente—. Nuestros padres eran primos; nuestras madres eran primas segundas. Cuando teníamos once años, nuestros padres empezaron a hablar de casarnos...

—Eso no puede ser lo que quieres en realidad.

—¿Porque estoy aquí contigo, en secreto? —Hana contuvo el aliento—. Es verdad que Saeb moriría si se enterara de mi traición: acostarme con un judío, cuando nunca me he acostado con él.

La estupefacción ralentizó la respuesta de David.

—Dormir conmigo es una cosa —logró decir—. Casarse con Saeb, otra muy distinta.

—¿Y por qué te preocupa esto?

David extendió ambas palmas en un gesto de perplejidad y frustración.

—Yo... no lo sé. Quizá porque en mi cultura hipócrita, se supone que son las mujeres las que se ponen sentimentales con el sexo, y los hombres los que lo consideran aparte...

—Y por tanto esto no significa nada para mí —interrumpió Hana—. Qué poco me entiendes. —Su voz adoptó un tono de cansada aceptación—. Casarse con Saeb es mucho más que aceptar un matrimonio concertado, o las tradiciones de una cultura rural. La sabiduría del compromiso de nuestros padres radica en las cosas que nos han hecho ser quienes somos, en que somos palestinos, en que Saeb me iguala con creces en términos intelectuales y de ambición; todo eso y, sí, también la historia.

»La historia no consiste sólo en que nuestros padres nacieran en el mismo pueblo. Se trata de cómo conformó la victoria sionista el transcurso de todas nuestras vidas. Como procedían de Galilea, nuestros padres huyeron a Líbano. Los padres de Saeb se casaron en el campo de refugiados de Tel Zaatar; los míos, en los campos de Sabra y Chatila: esos pozos negros de su exilio, superpoblados, sucios, plagados de enfermedades. —Su voz adoptó un tono de rabia contenida—. Al principio mi familia pensó que tenía suerte. Porque cuando estalló la guerra civil entre los cristianos libaneses y los musulmanes, la milicia cristiana, la Falange, cercó Tel Zaatar y arrojaron misiles en las casas de la gente.

»Tardaron dieciséis días en cansarse. Cuando terminaron, la Falange irrumpió en el campamento y empezó a matar hombres. Saeb, el hijo mayor, sólo tenía ocho años. Así que su madre, sus cuatro hermanos y hermanas y él sobrevivieron, aunque su casa quedó reducida a escombros. Pero entonces pensaron que habían tenido suerte: el padre de Saeb estaba buscando trabajo en Beirut cuando el asedio comenzó, y no pudo volver para morir...

Hana se interrumpió abruptamente.

—Cuando terminó —le explicó a David—, la Falange atrapó a todas las mujeres y niños, los llevó en camiones a la frontera de Beirut occidental, y les dijo que empezaran a caminar.

»El padre de Saeb estaba buscando a su familia. Cuando los encontró, según me ha contado Saeb, las lágrimas empezaron a deslizarse por su rostro. —Su voz se volvió apagada—. Yo nací en su refugio, en Sabra y Chatila. Dos campamentos uno junto al otro, administrados por Naciones Unidas; miles de palestinos amontonados en edificios de cemento de una planta con tejados de chapa y bombillas colgando de los techos. La familia de Saeb encontró un lugar cerca del nuestro, un rincón miserable con el nombre de su pueblo, donde el único olivo que había crecía en un barril lleno de tierra que mis padres habían sacado de su propio jardín.

»Mi padre siempre me decía: "El que no está enterrado en su propia tierra no ha tenido vida". Pero lo enterramos en el campamento, con sus pollos y cabras y el lamentable olivo como único recordatorio de la vida que conocía; un granjero sin tierra para cultivar, parte de una masa anónima que, para los de Estados Unidos, sólo es como mucho motivo de desdén o lástima. Ése es el lugar donde nuestros padres decidieron que deberíamos casarnos.

Dijo esto último con una amargura superficial que, según vio David, ocultaba una rabia mucho más profunda.

—Quizá —terminó con un tono de voz más suave— empieces a entender. Pero no puedes entenderlo realmente si no sabes lo que los judíos y los cristianos nos hicieron en Sabra y Chatila. Al casarse conmigo, Saeb honra los deseos de un hombre fallecido.

David sirvió más café para ambos.

—Cuéntame qué ocurrió en Sabra y Chatila, Hana.

Durante un instante, ella le miró por encima del borde de la taza. Entonces, en voz baja, empezó a hablar.

Capítulo 8

En el verano de 1982, cuando Saeb tenía catorce años, Israel invadió el Líbano, haciendo valer la necesidad de proteger sus fronteras de los combatientes de la libertad de la OLP de Arafat.

La familia de Saeb apenas tenía para comer. Su madre ayudaba a mantenerlos cosiendo y cocinando; después del colegio, Saeb vendía los dulces que ella hacía. Su casa tenía cuatro habitaciones pequeñas: un baño y una cocina unidos, un salón donde dormían sus padres, un dormitorio para Saeb y sus hermanos y otro para sus hermanas. Nadie pensaba en tener intimidad; ése era un concepto occidental. El mundo de Saeb, y el de Hana, estaba tan limitado como sus esperanzas.

No obstante, el mundo exterior estaba muy cerca. Una vez, a las cinco de la mañana, Hana se despertó oyendo el terrible estruendo de los F-16 israelíes sobre los tejados de Beirut. Los temibles aviones, regalo de Estados Unidos, volaban muy por encima de los cañones manuales antiaéreos de la OLP y los misiles accionados del mismo modo. Hana todavía podía sentir el impacto de las ondas expansivas de las bombas al explotar; veía los cielos iluminados por las llamaradas naranjas y rojas; oía los gritos de su madre, su hermano y su hermana mientras su padre les hacía entrar en el salón y echarse boca abajo con la cara contra la alfombra destrozada. Al observar a Hana contar su historia en ese momento, David se dio cuenta de que los ojos de ella se llenaban de terror.

—Aquello fue sólo el principio —dijo Hana.

Durante dos meses, los israelíes bombardearon Beirut y los campamentos. De día había entierros en Sabra y Chatila, mientras los niños jugaban en los cráteres formados por las bombas sionistas. El único modo que tenían Arafat y la OLP de terminar con aquella devastación era accediendo a marcharse de Líbano e ir a Túnez.

Y así los estadounidenses propusieron un pacto y prometieron a los civiles de Sabra y Chatila, que temían tanto a los sionistas como a sus brutales aliados, la Falange Cristiana Libanesa, que vivirían en paz si rechazaban la violencia. Hana, que sólo tenía doce años y era tonta, no entendió lo que querían los israelíes: una última oportunidad de matar más guerrilleros antes de que se fueran al exilio. Por ese motivo, le insistió Hana a David, el gran general Ariel Sharon exigió que los guerrilleros de la OLP que continuaban en Sabra y Chatila se quedaran allí. Saeb, su futuro marido y antiguo amigo, descubrió la trampa antes que ella.

—Saeb ya no creía en la paz —le explicó a David—. Había visto a la Falange en Tel Zaatar.

Y entonces el líder de la Falange, Bashir Gemayel, fue asesinado en su cuartel general de Beirut.

El ejército israelí rodeó los campos.

—Según las leyes de la guerra —dijo Hana—, los sionistas eran los responsables de nuestra seguridad. Hasta más tarde no supimos que Sharon quería que la Falange hiciera su trabajo por él.

La noche del 16 de septiembre, explicó Hana a David, la Falange irrumpió en el campo con machetes, rifles y metralletas, yendo de casa en casa. Los soldados sionistas vigilaban desde los tejados de los alrededores y encendieron bengalas luminosas brillantes para iluminar el campo. Entonces Hana oyó cómo empezaban los disparos.

Al oír esto, David le cogió la mano.

—Nos dispararon en nuestras calles y casas —le explicó Hana en un tono monocorde—. Mi tía Suha, hermana de mi madre, a quien yo quería muchísimo, vio a la milicia de la Falange metiendo a mujeres y niños en un camión como si fueran ganado, y arriesgó su vida para comunicarlo al puesto de guardia israelí al otro lado de su campamento. Durante varios días no supimos qué había sido de ella.

Sólo más tarde, después de que Saeb le dijera que había encontrado a Suha, Hana supo lo que le había ocurrido a él.

Aquella primera noche, tres hombres armados de la Falange echaron abajo la puerta de la casa de los padres de Saeb.

Su familia —el padre de Saeb, su madre, dos hermanos y dos hermanas— se apiñó en la oscuridad del salón. A través de la puerta abierta, Saeb oyó gritar a una vecina. Su hermana de doce años, Aisha, le agarró la mano con fuerza. Su madre empezó a rezar.

Cuando su padre se puso en pie delante de ella, el líder de la Falange le disparó en el pecho.

—¡No! —gritó su madre—. Por favor, mis hijos no...

Un segundo hombre disparó a su madre. Cuando ella cayó junto a su marido, su asesino ordenó fríamente:

—Los demás..., al suelo.

Petrificado de terror, Saeb yacía contra el cemento, sin soltar la mano de su hermana. Uno por uno, tres disparos destrozaron los cráneos de sus dos hermanos y su hermana pequeña. Con los dientes apretados contra su propia muerte, Saeb sentía el terror de Aisha como si lo estuviera padeciendo él mismo.

Por encima de ellos, oyó que alguien decía en voz baja:

—Vosotros dos debéis de ser amantes.

Se quedaron allí echados, esperando a la muerte.

—Levantaos —les ordenó el hombre.

Temblando, Saeb se puso en pie y tiró de Aisha hacia él.

El hombre lo iluminó con una linterna. Saeb no lograba ver sus caras. En plena oscuridad, sintió que alguien alargaba una mano para tocar el pendiente de su hermana.

—¿Oro o cinc? —preguntó la misma voz.

Apoyada contra Saeb, Aisha apenas podía hablar.

—Cinc.

—Déjenla —suplicó Saeb. Las palabras se le atascaban en la garganta—. Dispárenme..., no me importa. Pero dejen vivir a mi hermana...

—¿Vivir? —dijo el hombre con rudeza—. Me has dado una idea...

Brutalmente, arrancó a Aisha de la mano de Saeb, guiándola hasta un rincón con la linterna.

—Vete ahí. Y ten cuidado de no pisar a tu madre.

Mientras Aisha iba dando trompicones hasta donde le habían mandado, el círculo externo de luz mostró la mano extendida de su padre. Instintivamente, Saeb dio un paso hacia delante, y entonces sintió una pistola contra su sien.

El hombre le puso la linterna en la mano.

—Sostenla en dirección a ella —le ordenó.

Tragando saliva, Saeb hizo lo que le decía. A la luz de la linterna, los ojos de su hermana eran como los de un animal acorralado, temerosos y atónitos.

—Desnúdate —le dijo el hombre.

—¡No! —protestó Saeb—. ¡No!

—¡Zorra! —le espetó el hombre a Aisha—. O nos lo enseñas todo o le disparo en las pelotas.

Mirando hacia el rostro de su hermano, Aisha hizo lo que le habían ordenado.

Saeb apartó la vista.

—Mírala —le ordenó otro hombre—. Mantén la linterna en alto o morirá.

Mientras observaba a su hermana desnuda, tan frágil y hermosa, Saeb sintió que el sudor le corría por la cara.

—Échate —le ordenó el primer hombre—. Abre las piernas para que podamos ver.

Al hacerlo, Saeb cerró los ojos con los de ella, en un acto reflejo. Notó una ligera presión de la pistola como advertencia de que debía observar la vergüenza de su hermana. Aisha gritó; Saeb vio que el hombre desnudo la penetraba bruscamente. Llevaba una cruz dorada alrededor del cuello que caía en el rostro acongojado de Aisha.

«Déjala morir», rezaba Saeb. El hombre que la violaba lanzó un gruñido de satisfacción.

Como hipnotizado, el segundo hombre que sostenía la pistola contra la cabeza de Saeb dio un paso adelante, dejando que Saeb observase lo que haría el hombre con Aisha.

Bajo, rechoncho y con bigote, la penetró también. A la luz de la linterna, Aisha miraba fijamente a su hermano; las lágrimas le corrían por el rostro. Mientras el matón la forzaba, articuló una última palabra en silencio: «Corre».

Soltando la linterna, Saeb echó a correr hacia la puerta.

Detrás de él, un falangista gritó. Una bala rozó el hombro de Saeb mientras corría en dirección a la noche asesina; le temblaba el cuerpo y el corazón le latía a mil por hora. Corrió a través de calles sin alumbrar que conocía de manera instintiva, y sólo se detuvo para vomitar.

Llegó hasta la oficina central de la Cruz Roja. Permaneció tres días escondido con otros refugiados, sin comer nada ni hablar con nadie. Cuando la Falange llamó a la puerta dando golpes, un médico, arriesgando su vida, les ordenó que se marcharan. Saeb sólo esperaba morir.

Le sorprendió un poco que la Falange se marchara.

—Eso fue hacia el final —le explicó Hana a David—. Estados Unidos empezó a protestar. Los sionistas decidieron que la Falange se había excedido y les ordenaron que se marcharan. La situación estaba bajo control, le dijo un general sionista a vuestro enviado especial. Su respuesta fue una indignación inútil. Eso fue lo mejor que sacamos de Estados Unidos, protectora de los derechos humanos.

ϒ

Cuando se marchó el último miembro de la Falange, Saeb anduvo por el campo solo.

Encontró un pequeño milagro: aunque la vecina de Saeb, embarazada de nueve meses, había muerto a causa de una bomba, un médico había conseguido sacar a su bebé con vida. Pero el campo estaba lleno de cuerpos y escombros, de debajo de los cuales lograron extraerse más cadáveres destrozados. Saeb vio una fila de hombres muertos al pie de un muro de cemento, y contó unos catorce; la sangre y los agujeros de bala salpicaban la pared bajo las letras sangrientas «OLP». Puede que fuera un bendición que Aisha hubiera quedado enterrada con su familia bajo las ruinas de su casa.

—Imagino que tú estarías jugando al fútbol —le comentó Hana a David—. El fútbol empieza en septiembre, ¿no es así? Si fue así, no es culpa tuya. Pero quizá puedas entender por qué Saeb tenía tan poco interés en comer contigo.

»Saeb ha quedado marcado de por vida. No se trata solamente de lo que vio, o de lo que siente hacia los sionistas, la Falange o Estados Unidos. Se trata de cómo se siente consigo mismo por haber huido, y por vivir.

Saeb encontró a su tía Suha: unos pocos mechones de pelo bajo un montón de escombros. Tenía un pelo rojo característico, explicó Hana; Saeb la reconoció por eso.

David se esforzó en imaginárselo.

—¿Y el resto de tu familia?

—Sobrevivió. Fue Saeb quien perdió a toda su familia. —Hana miró fijamente su taza de café—. Murieron dos mil personas. Algunas por los misiles, otras por las balas, otras decapitadas con machetes. En Israel hubo una gran manifestación en las calles para protestar por semejante atrocidad. A continuación se organizó una comisión de investigación, y reprendieron a Sharon. Pero permaneció en el gabinete y no aceptó culpa alguna. Parece que sólo los vencidos son condenados por ser criminales de guerra. Los vencedores no hacen sino ascender.

»Lo que nos queda es un campo que ahora está lleno de cuerpos, de refugiados que el mundo ha olvidado. —Su voz tenía cierto dejo irónico—. Sin embargo, Saeb y yo somos afortunados: Estados Unidos nos dio becas para estudiar derecho. Y ahora me encuentro contigo. —Hana hizo una pausa, y su mirada se perdió más allá de donde se encontraba David, como si hablara para sí—. Me pregunto qué va a ser de mí, si me dejo tentar por algo que no puede acabar bien.

David se quedó callado. Al cabo de un rato, volvió a buscar su mano, más dubitativo que antes.

—No te pasará nada, Hana. Lo único que pasa es que no lo amas. Que sientes compasión y te sientes obligada a estar con él.

Al propio David aquellas palabras le sonaron trilladas, inadecuadas. Hana apartó la vista.

—Yo soy su familia —afirmó Hana—. La mujer que su padre deseaba para él. Y sí, yo también lo deseo.

La tristeza se apoderó de David, tanto por la historia de Saeb como por las palabras de Hana, que tenía los hombros abatidos por el agotamiento.

—¿Puedo dormir aquí? —preguntó a David—. En tu sofá, una hora o algo así. Estoy demasiado cansada para marcharme ahora mismo.

Incapaz de descifrar sus emociones, David sólo logró asentir.

—Iré a buscarte una manta.

David apagó la lámpara del salón.

Se sentó en la cocina, bebiéndose el café, observándola mientras dormía en la habitación a oscuras. Pasó media hora. Entonces vio que la manta se agitaba, y oyó su grito ahogado al despertarse.

Se acercó a ella.

—¿Qué ocurre, Hana?

Ella se encorvó hacia delante, con los codos apoyados en las rodillas, tocándose la frente con las yemas de los dedos de una mano.

—Era un sueño —dijo en tono monocorde—. Sólo era un sueño, un sueño que he tenido muchas veces.

David se sentó a su lado.

—Cuéntamelo.

—Estaba en casa de Saeb, sola. Aunque en el sueño la Falange no había destruido la casa, las habitaciones estaban vacías. En la pared había fotografías de la familia asesinada de Saeb: sus padres, sus hermanos, sus hermanas...

Los ojos de Hana se sintieron atraídos hacia el rostro de Aisha.

Mientras Hana observaba, Aisha salía de la fotografía, su cuerpo se materializaba de la nada. Era tal y como Hana la había conocido: hermosa y castamente vestida.

—¿Podrías traerme un vaso de agua? —le pidió la muchacha educadamente—. Luego, por favor, llévame a donde esté mi hermano.

Hana fue a la cocina. Pero cuando volvió, Aisha se había desvanecido. El lugar donde estaba su fotografía estaba vacío.

Despierta y sentada con David, Hana meneó la cabeza.

—Siempre el mismo sueño. Nunca sé qué pasa con ella.

«Tranquila —le podría haber dicho David a otra mujer—. Estás a salvo aquí conmigo.» Que no pudiera decirle lo mismo a Hana aún no le indicaba a él, David Wolfe, que ya no estaba a salvo con ella.

Capítulo 9

El espectáculo del centro comercial Stonestown dejó atónito a Ibrahim por su opulencia.

Se quedó al lado de Iyad en el enorme aparcamiento, junto al coche de alquiler que abandonarían allí. Stonestown era un bloque de dos pisos y de casi medio kilómetro de largo, donde había un supermercado, unos grandes almacenes, varios restaurantes y todas las marcas imaginables de zapatos, libros, ropa, caramelos, cosmética, artículos deportivos, discos compactos y obras de arte. Los coches y todoterrenos pasaban ininterrumpidamente. Ibrahaim trató de hacerse a la idea de esa enorme cantidad de personas para las cuales semejante opulencia era algo natural. Se sintió insignificante: su lugar de nacimiento (el campo de refugiados de Yenín) parecía tan lejano como otro planeta. No creía que los que conducían los coches, mujeres sobre todo, hubieran llegado a imaginar alguna vez un lugar como aquél, o les hubiera importado lo que los aliados sionistas habían hecho con su hermana.

—Es enorme —le murmuró a Iyad.

La media sonrisa burlona en el rostro de Iyad le confirmó la banalidad de lo que acababa de decir.

—Sí —respondió Iyad—, y esta gente es muy petulante, pomposa y estúpida. No tienen objetivos, no tienen alma, su único valor es consumir y pagar a alguien para que los entretenga. Para ellos, el mundo es un videojuego. Por eso venceremos.

Ibrahim pensaba que tenía razón: Occidente estaba corrompido, y no pensaba en otra cosa salvo en conservar su poder y privilegios, y el de los judíos que controlaban los instrumentos de ocio que consumían su dinero y drogaban sus mentes. Pero Ibrahim envidiaba la sombría serenidad de Iyad. Ibrahim sentía cierta envidia latente: comprar, gastar e ir al cine a veces parece una actividad más feliz que el privilegio de matar y morir con el que Iyad le había honrado.

Iyad señaló hacia una luz elevada, pensada, se imaginó Ibrahim, para iluminar una sección del aparcamiento de noche.

—Debería estar allí —dijo.

Era una furgoneta blanca sin ninguna característica distintiva, aparcada en la base de un poste. Como anteriormente, Ibrahim se preguntó acerca de la red invisible que provocaba que aparecieran teléfonos móviles, y que ahora se hubiera materializado una furgoneta lo bastante grande para albergar dos motocicletas. Al abrir la puerta, Iyad encontró la llave de contacto bajo el felpudo en el lado del conductor.

Una segunda llave, pequeña y brillante, estaba pegada bajo el asiento.

Cuando Iyad la sostuvo en alto, la llave brilló a la luz del sol.

—Nuestra llave al paraíso —afirmó.

El North Beach era un restaurante luminoso y bien decorado entre el bullicio del barrio italiano de la ciudad. Era el lugar de encuentro preferido de Harold Shorr. El metre, lleno de energía, los condujo hasta la mesa de Harold en un rincón, comportándose como si fueran los hijos de un potentado. Harold besó a Carole en la mejilla sonriendo, y a continuación le agarró la cara entre las manos.

—Nuestra familia sigue adelante —dijo con su acento nativo polaco—, alejándose cada vez más de aquel pueblo miserable.

David sólo podía hacer conjeturas sobre lo que podía significar su matrimonio para Harold. De los seis hermanos y los padres, todos menos él habían perecido en el Holocausto: Carole era su futuro, el único miembro de su familia. Volviéndose hacia David, Harold le agarró por los hombros y apretó su frente contra la del joven. A Harold le costaba articular los sentimientos profundos, se le daba mejor mostrar que expresar. Pero la magnitud de la alegría de Harold no era algo que pasara desapercibido; en su abrazo de oso humano, David sintió una calidez que rara vez había compartido con su propio padre.

—Siete meses —les dijo Harold expresando un disgusto simulado—. ¿Por qué tanto tiempo?

David sonrió, dejando de lado los acontecimientos que le habían ensombrecido aquella mañana.

—Es lo que tardará Carole en hacer la lista de invitados.

—¿Y te quejas? Eso significa que recibirás más regalos. —Al sentarse, Harold tomó la mano de su única hija en la suya—. Por fin una boda —añadió con una sonrisa—, por tu madre, en el templo Emanu-El.

Hizo el último comentario con ligereza, pero había un trasfondo de lamento y recuerdo en lo que dijo: la madre de Carole había muerto el año anterior, perseguida aún por los miedos imborrables de sesenta años atrás.

—Hemos tenido que negociar el contrato de boda —contestó Carole con una sonrisa con la que se burlaba de sí misma, y que David entendió—. Todas las maneras en las que David promete complacerme. Ya me conoces, papá, no dejo nada al azar.

Harold extendió los brazos y se encogió de hombros de forma teatral, como indicando que los hombres y las mujeres tienen que ser pacientes los unos con los otros.

—Espero —le dijo a Carole— que tú también hayas hecho unas cuantas promesas. Puede que un día sin planes al mes.

Harold conocía muy bien a su hija, pensó David. Tenía cariño a aquel hombre que dos años atrás era un desconocido, y que se había convertido en una parte tan importante de su vida.

Harold Shorr tenía setenta y seis años, una frente elevada, el pelo plateado y con entradas, la boca grande, el mentón marcado y unos ojos castaños hundidos bajo las cejas que se arqueaban para realzar sus comentarios. Era bajo y fornido pero no gordo, con unos hombros que parecían encorvados para soportar peso o resistir la presión. En su rostro, vigilante y expresivo, a menudo aparecía una débil sonrisa, que para David delataba un dejo melancólico.

Había una timidez que David pensaba que denotaba una reticencia mayor. En parte se debía a la falta de educación mezclada con la sensación típica de un inmigrante de que su manera de hablar era titubeante y poco elegante, aunque el vocabulario de Harold fuera bueno y su domino del inglés fuera adecuado y estuviera salpicado de humor. Más dentro aún yacía el miedo de llamar demasiado la atención, presente desde mucho tiempo atrás, cuando ser invisible podía significar vivir otro día más. Que Harold hubiera logrado criar a una hija tan culta y segura de sí misma le resultaba una fuente constante de orgullo y asombro.

Así que las sonrisas que los Shorr se dedicaban el uno al otro transmitían que formaban parte recíprocamente de sus vidas de una manera que pocas familias podrían entender. Observándolos, David era consciente de un vínculo que sólo les pertenecía a ellos. Su profundidad procedía de algo que había en el interior de Harold y que nunca había expresado a David; en este caso, al igual que en otros,

Carole había hablado por su padre, cumpliendo con su imperativo de que David los entendiera a ambos.

Carole tenía cuatro años, le había dicho a David, cuando recitó por primera vez los números en la muñeca de él.

Estaban sentados a la mesa del desayuno. «Ocho —dijo con la precocidad y el orgullo propios de una niña—, tres, cinco, siete, uno.» Animándola, Harold recitó los números con ella.

Su madre se había marchado.

Aunque no sabía por qué, desde que era muy pequeña Carole sintió que los números poseían un poder místico.

Sus padres nunca hablaban de ello. Pero ella sabía que los adultos que se reunían en su casa a menudo llevaban esos números, y nadie más los llevaba. Quizá, razonaba Carole, sólo llevaban aquellos números las personas que no habían nacido en Estados Unidos. Pero aquella misma gente a veces pasaba del inglés al yidis cuando Carole estaba presente, y hablaban en tono sombrío de algo que no querían que ella supiera. Cuando vio a los abuelos de sus compañeros de clase, se dio cuenta de que no había nadie mayor en sus vidas con aquellos números. Cuando un amigo de la familia dejó de manera despreocupada un álbum en el salón de casa de sus padres, al abrirlo, Carole encontró la fotografía de un hombre barbudo colgando de una horca en una plaza pública, rodeado de hombres de uniforme que lo miraban indiferentes o incluso satisfechos. Y empezó a preguntarse qué tendría que ver la ausencia de abuelos con el hecho de hablar yidis, y por qué sus padres nunca hablaban de cuando eran niños.

Las preguntas comenzaron a acumularse. Un día, después de ir al templo, mientras la acompañaba a la tienda de la esquina a buscar caramelos, su padre se apartó del perro atado de un vecino; aunque trató de reírse, Carole se dio cuenta de que Harold, que no tenía miedo a nada, temía a los perros de un modo que ella no comprendía. Entonces llegó aquel día excesivamente caluroso en el que el padre decidió llevar a Carole y a su amiga a Baker Beach.

Nunca había visto a su padre en traje de baño. Cuando se quitó la ropa deportiva y mostró el torso, Carole vio horrorizada que tenía el pecho, los brazos y las piernas marcados con cicatrices blancas en relieve. Aunque su amiga Arlene no pareció fijarse, Carole se quedó perpleja y avergonzada.

Aquella noche Carole señaló los números tatuados.

—¿Te los puedes quitar? —le preguntó.

La expresión de Harold era melancólica y de cierta deshonra.

—¿Y hacerme otra cicatriz? —preguntó débilmente—. Como has visto hoy, tengo suficientes cicatrices.

Carole ya estaba segura de ello: había ocurrido algo terrible que su padre no quería contarle.

Fue la madre de Carole la que rompió el silencio.

Rachel Shorr no era como otras madres. Era algo más que su acento. Era la forma que tenía de cuidar a Rachel el padre de Carole, cómo temía ella salir de casa sin él, cómo evitaba hablar con madres que no fueran judías. Saber que el mundo asustaba a su propia madre preocupó aún más a Carole.

Una noche, cuando tenía siete años, Carole y sus padres fueron de compras justo antes de Hanukkah. Atravesaron Union Square; aunque Carole no sabía gran cosa de la Navidad, las luces luminosas colgadas de los árboles y las farolas la embelesaron. Volviéndose hacia su madre, vio que los labios de Rachel temblaban, y oyó que hablaba en yidis con su padre.

Harold le pasó el brazo alrededor del hombro.

—Nos vamos —le dijo en voz baja.

Su padre las llevó a casa; la madre no conducía. Desde el asiento de atrás, Carole preguntó:

—¿Qué ocurre?

No esperaba la respuesta. Para su sorpresa, su madre dijo casi en un susurro:

—Fueron los nazis.

La palabra parecía encarnar el mismo poder totémico que los números.

—Todavía estábamos en el gueto de Varsovia —continuó Rachel en voz baja—. Mi prima mayor Lillian y yo salimos a escondidas de nuestro antiguo barrio, buscando comida que llevarnos al estómago. Pero las calles estaban demasiado iluminadas; eran las luces de las fiestas de Navidad de los gentiles, las luces en sus árboles. Cuando salimos corriendo, los nazis atraparon a Lillian en un callejón. Era el día antes de su cumpleaños, cumplía once. Nunca volví a verla.

En la oscuridad del asiento de atrás, Carole entendió que los nazis habían matado a la prima de su madre. Y entonces su madre dijo:

—Si Israel deja de existir, los judíos morirán.

Aquella noche Carole no pudo dormir.

Sabía que Israel era la patria de los judíos. Recordaba a la profesora de la escuela hebrea recaudando dinero para plantar un árbol en Israel. Se imaginó el Israel que había visto en imágenes, un lugar lleno de desiertos y de hombres y mujeres decididos. Pero lo que no sabía era que Israel estaba unido a su propio destino.

«Si Israel deja de existir —le había dicho su madre—, los judíos morirán.» En algún momento de aquella larga noche insomne, Carole decidió que no debía dejar que ocurriera aquello.

Cuando tenía doce años, Carole obtuvo permiso del profesor para escribir una redacción sobre el Holocausto.

Después de cenar, se lo dijo a su padre.

—¿Me ayudarás? —le suplicó.

Harold meneó la cabeza.

—¿Por qué? —le preguntó—. Sabes usar la biblioteca. Lees más rápido y mejor que yo. Eres demasiado mayor para que te ayude en eso.

La respuesta fue tan poco propia de él, que Carole tuvo que esforzarse por contener las lágrimas.

Harold bajó la vista, avergonzado.

—Sé lo que me estás pidiendo —dijo agarrándole la mano—. Puede que algún día aprenda a escribirlo para ti.

Unas semanas más tarde, Harold se apuntó a la Universidad de San Francisco, a un curso de escritura.

Una noche, Harold empezó a escribir en su estudio. Carole lo vio aparecer con una libreta de espiral en la mano; su cara estaba pálida y abstraída. Apenas pareció fijarse en ella, y no le dijo nada acerca de su nueva actividad. Fue más tarde cuando le oyó sollozar en el dormitorio que compartía con su madre.

No obstante, Harold siguió escribiendo.

El primer día que dejó a Carole leer lo que había escrito, con la puerta de su habitación cerrada, ella lloró por todos.

David Wolfe era la única persona que lo había leído además de ella.

Incluso medio siglo después de los acontecimientos que Harold Shorr había descrito, con tanta simplicidad que el horror hablaba por sí mismo, a David le parecieron tan difíciles de imaginar como de leer.

Harold tenía once años cuando el ejército alemán llegó al pueblo polaco donde había nacido. Para muchos polacos, apenas parecía una invasión. En ocasiones Harold casi no podía distinguir entre los soldados y sus vecinos polacos: ambos se encontraban entre el público alegre y animado la noche en que los soldados reunieron a los judíos para que asistieran a un «espectáculo de humor», obligando al rabino a matar a un cerdo, y a su mujer y sus hijos a galopar y relinchar como caballos. Pero cuando un adolescente medio loco, aterrado y famélico, buscó refugio con sus vecinos, el padre de Harold no se creyó su historia de que los alemanes le habían obligado a enterrar vivos a sus padres.

El día de Yom Kippur de 1942, tres soldados de las SS entraron en su casa. Delante de su aterrorizada esposa y sus hijos, los alemanes pusieron una pistola en la cabeza de su padre. Entonces llevaron a la familia a la plaza adoquinada del centro del pueblo, como si fueran ganado. Más furioso que enfadado, Harold se preguntaba en qué consistiría el último «espectáculo de humor», y qué papel habían reservado los nazis a Isaac Shorr.

En el centro de la plaza había una horca.

«El hombre cuya imagen viste en el álbum —escribió Harold— era tu abuelo. Nadie se atrevió a bajarlo.»

Metieron a Harold en un vagón de ganado con su madre, hermano y hermanas. Su hermana Miriam tuvo que hacer sus necesidades en un cubo, llorando avergonzada, mientras los demás apartaban la vista. Pero cuando se detuvieron, el hedor que permanecía en las fosas nasales de Harold procedía del rabino, fallecido de un ataque al corazón.

Arrimado a su familia y vecinos junto a las vías, Harold parpadeó a la luz del sol.

Un oficial alemán que llevaba una insignia con una calavera en la gorra con visera condujo a cada judío a una de las dos filas, la izquierda o la derecha. Mirando a su alrededor, Harold se percató enseguida de que, aunque estuvieran hambrientos, él mismo y Yakov, de once años también, eran más fuertes que la mayoría. Evaluándolos lánguidamente, el oficial indicó a su madre y hermanas que fueran a la izquierda, y envió a Harold y Yakov a una sección llamada «Cuarentena». Allí, mientras Harold se retorcía de dolor, un cabo sonriente le tatuó un número en la muñeca.

Comparando sus tatuajes, aturdidos, Harold y Yakov se encontraron en un complejo alambrado con otros hombres y muchachos, algunos de los cuales llevaban más tiempo allí.

—Si vamos a estar con nuestra madre y hermanas, ¿por qué nos separan? —murmuró Yakov.

Cerca de él, un prisionero se rio rudamente, y luego señaló en dirección a una sección alejada del campo, donde salía un humo negro de la chimenea de un edificio anodino.

—¿Ves ese humo? —le dijo el hombre—. Ahí están tu madre y hermanas. Con el tiempo, los judíos no serán nada salvo humo y cenizas, hasta que no quede nadie para rezar por nuestros muertos.

Harold estaba demasiado aturdido para rezar, o incluso para llorar. En silencio, estrechaba a Yakov entre sus brazos.

Su diario proseguía con lo siguiente:

> Nos pusieron en las minas de carbón. En ellas me aprendí los nombres de los hombres que morían, y luego los de los hombres que vinieron después, y que también murieron, como generaciones de muertos cuya esperanza de vida era de nueve meses. Pero Yakov y yo seguimos viviendo.
>
> Sólo había un motivo: tenía un segundo trabajo de noche, limpiar la cocina para los alemanes. Robaba pan de aquel lugar, para Yakov y para mí.
>
> No lo compartía con los demás. La vergüenza aún me persigue. Vi cómo morían los demás en nuestras miserables barracas, repletas de futuros cadáveres.
>
> Una noche los vivos se comieron a los muertos.

Pasaron varios días antes de que David continuara leyendo. Harold había escrito:

> Te preguntas por qué tengo miedo de los perros. Déjame explicártelo.
>
> Intenté no robar mucho pan. Tenía miedo de que los alemanes se dieran cuenta, y de que Yakov y yo muriésemos en las minas. Así que sólo robaba lo suficiente para aguantar un mes más, y luego otro.
>
> Pero Yakov se estaba muriendo y yo lo veía. Los ojos se le hundieron en las órbitas, se le encorvó el cuerpo como el de un viejo. Un día, en las minas, cayó de rodillas, sollozando. Tiré de él antes de que los alemanes lo vieran, y sentí lo poco que pesaba.
>
> Amaba a Yakov. Lo amaba tal y como era: dulce y obediente, un muchacho que seguía a su hermano como un cachorro. Y lo amaba porque era todo lo que me quedaba de mi padre, mi madre y hermanas, la única señal, aparte de mí mismo, de que eran reales. No podía dejarle morir.
>
> Los alemanes me atraparon robando una hogaza entera de pan.

Era de noche. Nos llevaron al patio de la prisión, a Yakov y a mí. Entonces hicieron un círculo de soldados sujetando a sus perros que nos gruñían, y nos enfocaron con las linternas.

Hacía frío, y Yakov temblaba más que yo, sollozando como el niño asustado que aún era. Los alemanes vieron las manchas de orina en los pantalones de su uniforme y empezaron a reírse de él.

Uno de los guardias dijo algo en alemán, y entonces los perros saltaron sobre nosotros.

Me eché sobre Yakov para protegerlo. Pero había demasiados perros. Con los dientes nos desgarraron los uniformes andrajosos y me hirieron el pecho, los brazos y las piernas. Mientras me debatía contra ellos, oí a Yakov gritar bajo la jauría de perros, que lo estaban destrozando.

Los soldados me salvaron para que pudiera ver morir a mi hermano. Nunca olvidaré a Yakov gritando hasta que se convirtió en una piltrafa sin rostro, y entonces me obligaron a limpiar sus restos.

Después de aquello, sólo deseaba morir.

Pero no fue así, y los alemanes huyeron.

Harold estaba demasiado agotado para preguntarse por qué. No sabía en qué año estaba; no sabía nada de la guerra. Sólo sabía que sus torturadores habían huido.

Los judíos supervivientes se apiñaban en el campo. Un hombre con ganas de vivir los condujo a los bosques. Cuando los soldados de Estados Unidos los encontraron, Harold deliraba.

El fiambre que le dieron le produjo diarrea. Ya no podía comer comida normal: en el hospital le obligaron a llevar pañales. Se pasó días sin poder hablar.

Cuando Harold despertó de su largo crepúsculo, lo llevaron a un campo para personas desplazadas. No podría volver nunca a Polonia. No tenía familia ni país, ningún pasado que resucitar ni futuro que lograra imaginar. Su única identidad era un número, su paisaje interior era un regalo de Adolf Hitler. Había visto lo peor que podían hacer los hombres.

Carole le explicó a David que, cuando acabó de leer los diarios, fue a ver a Harold y le dijo que lo amaba más que a la vida.

Los ojos del hombre se llenaron de lágrimas.

—Por favor —le pidió él con una sonrisa nostálgica—, no más que a la vida.

—Era extraño —le dijo Carole a David más adelante—. En aquel momento supe que lo más importante que me pasaría en la vida había ocurrido antes de que yo naciera.

ϒ

Ahora, Harold levantaba la copa hacia ellos, llena hasta el borde de buen vino tinto. David vio el 8 tatuado que asomaba por la manga de su camisa.

—*L'chaim* —exclamó Harold.

Levantando su propia copa, David pensó en la llave de Hana.

Tanto Harold como Hana estaban marcados por la historia, pensó, como lo estaban Carole y Saeb Jalid. David no quería compararlos. Para él, el horror del sufrimiento de Harold Shorr se veía reforzado por la calma atroz de sus autores, repetida seis millones de veces. Pero la familia de Saeb estaba tan muerta como la de Harold. Y la pregunta que había hecho a Hana trece años antes continuaba en su mente.

«¿Dónde empieza la historia?»

Para Harold Shorr, la historia empezó el día que los nazis mataron a su padre; el mismo día, se dijo David, que empezó para Carole. Para Hana, la fecha era la huida de su familia en 1948; al igual que Carole, estaba marcada por hechos que no había presenciado. Pero para Saeb, al igual que para Harold, la historia comenzaba realmente con el asesinato de su familia a manos de gentiles, e, insistiría Saeb, judíos. Pensando en otra comida tiempo atrás, en su única cita con Saeb Jalid, David se descubrió deseando, por el bien de Hana, si no por el de él, que Saeb hubiera hecho las paces con su pasado.

Capítulo 10

Era uno de esos momentos después de hacer el amor, cuando Hana parecía apartarse de él. Permanecía tentadoramente cerca, con la espalda contra su pecho, la nuca húmeda y cálida mientras los labios de él le acariciaban la piel. Sin embargo, le apartaba la cara; David sabía que su mirada, aunque no podía verla, era de preocupación y abstracción.

—¿Qué ocurre? —preguntó David.

Ella contuvo el aliento.

—Saeb quiere quedar para comer. Conmigo, y contigo.

Asustado, David se puso rígido, apoyando la cabeza contra la palma de la mano.

—Debes de estar bromeando.

—No.

—¿Cómo puede ser? Nunca hemos hablado. A no ser que me esté perdiendo algo, ni siquiera sabe que existo. Ya no digamos que sepa lo que acabamos de hacer.

Hana se volvió hacia él, con la sábana alrededor de la cintura y los pechos al descubierto. Estaba tan hermosa, que David se quedó callado.

—Le dije que habíamos empezado a hablar, en la facultad, entre clases o en la cafetería. Que te interesa lo que nos ha ocurrido. —Dudó, y a continuación añadió—: Una mentira resulta mucho más convincente si hay algo de verdad en ella.

Las ambigüedades de la psique de Hana, que oscilaban entre la culpa y la ausencia de ella, le desconcertaban todavía más.

—¿Por qué te has arriesgado a hablarle de mí? A no ser... —continuó, sintiendo una esperanza repentina— que estés dispuesta a decirle la verdad lisa y llana.

—No —le cortó ella—. No es eso.

La rapidez de su respuesta hizo que David se sintiera más dolido.

—Entonces, ¿qué otra verdad menor le has contado?

—Ninguna. Sólo que me gustas, y que no eres como otros judíos.

Aquel comentario le hirió.

—No —dijo con dureza—, casi no soy judío.

Hana le tocó el brazo.

—No pretendía decirlo de esa manera.

—¿Quieres decir que no soy como un cliché antisemita? A diferencia de muchos de nosotros, no soy agarrado, ni estoy obsesionado con el dinero. No me extraña que tu prometido se muera de ganas de comer conmigo: soy la clase de judío poco común que a cualquier árabe le encantaría conocer, o con el que desearía acostarse.

—Por favor, David —le imploró con la mirada—. Por favor, lo siento.

David se dio la vuelta.

—Por el amor de Dios, parece que sea yo una mujer rechazada, alguien con quien se folla sin que se entere la esposa; lo cual me parece que es cierto.

—No es tal y como lo has dicho, aun sin el sexismo. Te lo dije la primera vez que estuvimos juntos, lo que significa para mí. —Ella dudó, y entonces preguntó en voz baja—: ¿Así que hoy es el último día que vengo?

David descubrió que el miedo de perderla era tan fuerte como la esperanza de que siguiera viniendo hasta que descubriera que no podía dejar de hacerlo, y se vio obligado a enfrentarse con lo que eso significaba.

—Comer con Saeb no es una buena idea —dijo finalmente.

Hubo un ligero cambio en la expresión de Hana, un relajamiento, como si se sintiera aliviada porque David se estuviera apartando del precipicio.

—Pero ¿cómo podría decirle que no? Al menos para que no pareciera que estoy ocultando algo importante.

—¿Y acaso no es así?

Durante unos minutos más, David sopesó su propia pregunta, lo perturbador que le resultaba que la verdad a medias que Hana le había contado a Saeb fuera un indicativo de la profundidad y la complejidad de su conexión: su necesidad de hablarle de David, y al mismo tiempo sus ganas de ocultarlo. Hana apoyó la cara contra su hombro.

Se iban a encontrar en un restaurante libanés de Cambridge, escogido por Saeb. Era sórdido y un poco oscuro. La tranquilidad se veía interrumpida por la música de Oriente Medio que sonaba, y que a David le resultaba discordante. Las palabras le parecían tan extrañas como la llamada de un muecín a la oración. David estaba nervioso; le agobiaba el hecho de tener que verse obligado a interpretar el papel de futuro amigo judío para una pareja de palestinos prometidos, complicado aún más por su deseo de sacar partido de algún modo de esa farsa a expensas de Saeb.

Cuando Hana llegó con Saeb, estaba serena pero distante. David se sintió como si la estuviera viendo a través de un cristal; Hana se sentó al otro lado de la mesa, pero no lo tocó. El apretón de manos de Saeb fue mecánico y poco firme.

—Nos alegra que hayas venido —dijo Hana con simpatía, como si se tratara de un conocido.

Entre las torpes frases triviales que intercambiaron al principio, David intentó fijar su atención en Saeb Jalid.

Era delgado, mucho más menudo que David; aunque sus movimientos eran fluidos y gráciles, no era nada atlético. Tenía el rostro propio de un intelectual, flaco y de rasgos finos. Pero lo que atrajo la atención de David fueron los ojos de Saeb, la fuente principal de su innegable carisma. Oscuros y líquidos, parecían humanos y terriblemente heridos al mismo tiempo, con lo que denotaban que poseía una mente atribulada e intuitiva a la vez. Al saber lo que le había ocurrido a su familia, David tuvo una extraña sensación de compasión: aquel hombre había sufrido un daño perdurable, y vivía con un trauma que debía de haber penetrado en su alma.

Sin embargo, era su intuición lo que incomodaba a David. Estaba seguro de que Saeb no era ningún tonto, y que se guardaba de sufrir dolor o humillación. Parecía oscilar entre la reticencia, intensificada por su aversión al propio David, y el deseo de averiguar por qué aquel judío americano podía interesarle a Hana, y por tanto suponer una amenaza para él. Lo único que para David no desprendía era la simple curiosidad de un ser humano hacia otro.

—Así que —empezó Saeb— estás a punto de licenciarte, según me ha dicho Hana. Queda poco tiempo para conocerte, pues.

Intencionado o no, aquel comentario con segundas puso más nervioso todavía a David. Hana no le miraba. Restándole importancia, David contestó:

—Es lo único que me sabe mal de licenciarme.

—¿Y qué harás?

—Volver a San Francisco para trabajar de fiscal. ¿Y tú?

Saeb sonrió un instante.

—Eso es un poco problemático. Puede que un máster en relaciones internacionales me capacite para enseñar. Pero ¿dónde? No parece que los sionistas tengan muchas ganas de dejarme volver a casa.

—¿A Israel, quieres decir?

Los ojos de Saeb se iluminaron un momento, pero lo ocultó con una sonrisa aún más breve.

—Así la llaman. ¿Cómo es que tu gente, David, vive en nuestra tierra, y nosotros vivimos en campos o en el exilio?

Cuando David miró a Hana, ella apartó la vista.

—Para los judíos —respondió—, nuestra historia es una historia de exilio, una historia de hace dos mil años. Pero la tierra es sólo tierra. Provengo de alguna ciudad alemana, supongo, aunque mis antepasados habrían sido asesinados si se hubieran quedado allí. Así que la tierra de mis padres es San Francisco. Parece gustarles mucho.

Al decir aquello, Hana abrió los ojos como para advertirle sin hablar.

—¿Israel no? —preguntó Saeb fingiendo sorpresa—. Entonces, ¿por qué se molestaron tanto?

—No quiero restar importancia a lo que os ocurrió —respondió David con calma—. Un pueblo se dispersó. Pero la tierra no hace a la gente; es la gente la que se hace con la tierra. Y esa tierra podría ser Cisjordania...

—Que está ocupada por el ejército sionista. Si los judíos son capaces de recordar dos mil años, no es pedirle mucho a un palestino que recuerde cuarenta y cinco. ¿Esperas que olvide todo lo que nos ha ocurrido? —Saeb hizo una pausa y adoptó tranquilamente un tono más insinuante—. ¿O necesitas que Hana te lo recuerde?

De repente, David notó la intención oculta en la pregunta de Saeb, aún más visceral que la primera. Hana cruzó las manos, mirando hacia la mesa.

—Después de venir aquí —continuó Saeb como si todo fuera estupendamente—, investigué para ver cómo informaron vuestros medios de comunicación sobre la masacre de Sabra y Chatila. El *Washington Post* hizo lo que se podía esperar de él: entrevistar sobre todo a judíos americanos, permitiéndoles que dieran vueltas y más vueltas sobre cómo podían haber tolerado unos judíos tales actos. —Bajó un poco la voz—. Incluso nuestras muertes se centraron en los judíos y sus sentimientos. Nadie pensó en preguntarnos qué pensábamos nosotros del hecho de que mujeres y niños fueran violados y asesinados. Como siempre, éramos anónimos, porque los judíos escriben la historia.

Mirando a Saeb, sentado a la mesa frente a él, David se esforzó por contener su furia. Se dijo a sí mismo que la aversión que Saeb le tenía estaba alimentada por el hecho de ver a su familia masacrada y a su hermana violada, una humillación que le seguiría a la tumba. Ahora, delante de Hana, se tenía que enfrentar a un hombre sin cicatriz alguna, que a ella le gustaba, a quien quizá incluso deseaba. De repente, David sintió una perturbadora mezcla de envidia y superioridad.

«¿Te importa que me acueste con ella? —quería preguntarle a Saeb—. ¿O es que despreciar a alguien como yo está tan incorporado a tu mente como desconfiar de los judíos?»

Por suerte llegó la comida, pensó David.

Hana sirvió el plato de cordero con especias, cebolla y arroz a Saeb, luego a David y luego a ella misma.

—Bueno, pues aquí estamos —se atrevió a decir en un tono conciliador—. Y tú tienes razón, David. Todos tenemos historias. Pero ahora somos los palestinos los que sufrimos. Las muertes que recordamos son de familiares que conocimos. Nuestro recuerdo de haber sido desposeídos está fresco, y los recuerdos crecen día a día. —Bajó la voz. Por primera vez, David vio algo en su mirada que parecía una disculpa, una súplica por entender que era algo más personal que político—. Tienes que darte cuenta de lo duro que es esto para nosotros.

David la miró abiertamente. Empleando a propósito el doble sentido, le preguntó:

—Entonces, ¿qué salida nos queda?

Saeb puso su mano encima de la de Hana, un gesto territorial que David estaba seguro de que estaba pensado más como un mensaje para él que como una señal de que quería hablar.

—No hay «salida» para «nosotros», David. Al final, sólo uno de «nosotros» sobrevivirá.

«¿Y para "nosotros"?», quería preguntarle David a Hana; pero en vez de hacerlo, pagó la comida.

Aquélla fue la última vez que vio a Saeb Jalid.

Capítulo 11

Ibrahim estaba sentado al lado de Iyad en la furgoneta.

—¿Y ahora qué? —preguntó.

—A esperar.

Ibrahim se había pasado la vida esperando. Esperando a Arafat, esperando a que la ocupación sionista finalizara, esperando a que naciera el primer hijo de su hermana mayor, para disfrutar de la alegría de que le llamaran tío. Esperando al soldado que respondiera a sus súplicas desesperadas para poder llevar a su hermana al hospital. En aquel momento, aterrado y frustrado, esperaba el permiso de una mujer para convertirse en hombre.

Puede que en alguna parte de aquella ciudad ella también esperara a que le dieran permiso para dar las instrucciones finales. Pero de dónde procederían era algo que Ibrahim no sabía.

Inquieto, observaba a los compradores que salían y entraban en su coche del aparcamiento. Quedaban muchas cosas que hacer; quedaban menos de veinticuatro horas e Ibrahim e Iyad continuaban sin tener el modo de destruir, ignoraban aún dónde y cómo matar. Ibrahim trató de evitar mirar el reloj, y no pudo; al día siguiente, a aquella hora ya no tendría que estar haciendo semejante cosa.

La una y treinta y siete.

El móvil de Iyad sonó.

Disfrutando de la ocasión, Harold y Carole se entretenían tomando el café mientras David comprobaba rápidamente el reloj.

Podía relajarse, se dijo a sí mismo. Todavía quedaba una cómoda hora antes de la reunión con el experto en aquel caso algo deprimente de negligencia médica, tiempo para disfrutar la compañía de su futura esposa y su suegro. Y ahora incluso su nuevo reloj le recordaba lo mucho que apreciaba a aquel hombre, y que había llegado a entenderlo.

El reloj era un Piaget. Unos momentos antes, David se había fijado en él.

—Entonces, quédatelo —dijo Harold, y se lo sacó de la muñeca.

—Oh no, Harold, por Dios. Es tuyo, y es demasiado caro.

Harold sonrió.

—Y para mí fue un derroche. Iba a guardarlo en una caja fuerte. No hay que llevar un reloj tan elegante en público, al igual que no puedo imaginarme a un superviviente del Holocausto haciendo ostentación de un yate de treinta metros. Y por lo que respecta a los relojes, recuerdo demasiado bien cuando medía el tiempo en días, no en horas. —Con firmeza, Harold agarró la muñeca de David y le puso aquella obra de arte de oro fino—. Es que soy así —susurró—, así es como me hicieron los alemanes. No tienes inhibiciones, ni tus hijos tampoco. Dáselo a tu primer hijo con todo el amor de su abuelo.

Se detuvo, sintiéndose avergonzado de sus propios sentimientos, al igual que a veces le avergonzaba su bien merecido éxito como promotor inmobiliario. Pero su mano permaneció en la muñeca de David; como ocurría a menudo, las manos de Harold hablaban por él, pensó David. Como para disimular ese momento de emoción, Harold se volvió hacia Carole, reprendiéndola cariñosamente:

—Y os veré a los dos esta noche, cuando me obliguéis a escuchar a este hombre, Ben-Aron. Puede que queráis que cante *Beautiful Dreamer* mientras habla.

David sonrió burlonamente a Carole durante un instante. Aunque era un liberal en términos estadounidenses, en la política israelí Harold estaba de acuerdo con los más escépticos sobre la posibilidad de pactar la paz con los palestinos. Amos Ben-Aron había sido siempre igual de obstinado. Pero al salir elegido primer ministro, había cambiado. Pese al creciente influjo de Hamás, empeñada en la destrucción de Israel, Ben-Aron argumentaba ahora que había tantos palestinos como judíos que deseaban la paz, y que Israel debía trabajar con los opositores de Hamás para establecer un Estado palestino viable en los territorios controlados por soldados israelíes.

—Hacerse ilusiones no es hacer planes —continuó Harold—. Ben-Aron ha empezado a pensar en los palestinos como un hombre con síndrome de Estocolmo: resulta intolerable creer que los secuestradores pretenden matarlo, así que se imagina que lo retienen preso porque les gusta su compañía. —Volviéndose hacia David, le preguntó—: ¿Y tú estás de acuerdo conmigo?

—No —dijo David tajante—. Aun reconociendo el ascenso de Hamás. Porque has omitido a los palestinos de tu lista de seres humanos.

Harold esbozó una sonrisa irónica.

—¿Y qué sabes tú de los palestinos?

—Algo sé. Conocí a un par en la facultad de derecho. —David hizo una pausa, jugueteando con su taza de café—. Empecemos por aquello en lo que estamos de acuerdo: que la supervivencia de Israel es un imperativo moral. Pero siempre ha resultado demasiado fácil llamar a Israel «una tierra sin gente para una gente sin tierra». Acepto la idea de que los palestinos estaban viviendo en el lugar con el que los judíos estaban más conectados, y donde el dominio inglés había dejado al pueblo árabe sin un gobierno propio. Pero, geopolíticamente, fue una acción arbitraria, con toda la injusticia que genera una acción arbitraria. Así que los judíos y los palestinos están enzarzados los unos con los otros...

—David —protestó Harold—, esos «seres humanos» colocan cinturones con explosivos a sus jóvenes y los envían para que hagan saltar por los aires a los judíos. Nos odian, sobre todo Hamás.

David pensó un instante en Saeb Jalid.

—Algunos sí. Otros no. Pero esperemos que sus nietos tengan algo más por lo que vivir que matarnos. Tenemos que ayudarlos por nuestro bien.

Harold juntó las manos.

—Soy una persona realista, David. La vida me ha enseñado que el Estado palestino que tú esperas es más probable que sea un refugio para los terroristas de Hamás que un paliativo. No nos quieren allí, y nunca nos querrán. Puede que sepas que, tras acabar la universidad, Carole deseaba vivir en Israel. Se había enamorado de un israelí. Pero yo la disuadí, por la mala salud de su madre, jugando con la culpabilidad de una hija única y afectuosa, hasta que su relación murió. —A regañadientes, miró a su hija—. Te pido disculpas por semejante manipulación. Pero tenía miedo. Aunque hablo mucho de que hay que sacrificarse, tú eras más querida para mí que Israel.

Carole le cogió la mano.

—Te vi venir, papá —le dijo con voz ronca—. No lo dejé por mamá. Fue por ti. —E inclinando la cabeza hacia David, añadió con una sonrisa—: Y todo ha salido bien.

—Sí, así es. —Volviéndose hacia David, Harold dijo—: Tú eres todo lo que podría haber deseado para Carole. Y ninguno de los dos debería arrastrar los miedos de un viejo como un lastre. —Esbozando una sonrisa, añadió—: Te quiero mucho, David, casi tanto como a mi propia hija. Lo bastante, incluso, para compartir la mesa con Amos Ben-Aron. Nuestra última, nuestra mejor esperanza de paz.

Capítulo 12

Eran las cinco pasadas cuando David llegó al ático del décimo piso de Carole en Pacific Heights, y los camareros con chaqueta blanca estaban preparando ya seis mesas redondas para ocho en la espaciosa sala que ella reservaba para eventos de una importancia especial.

Recibir invitados con un propósito concreto era algo muy importante en la vida de Carole, y el apartamento que había elegido servía muy bien para ello. El edificio de ladrillo de ochenta años de antigüedad poseía un aire elegante de los años treinta, con portero, un vestíbulo generoso y un ascensor anticuado, que, aunque traqueteaba un poco, había subido a David sin dificultad hasta la puerta de Carole. Su apartamento tenía suelos de madera noble, molduras y techos altos más propios de una época de construcción ostentosa. Las habitaciones eran espaciosas, y los muebles estaban bien escogidos y colocados, creando espacio para que los invitados se mezclaran y lugares más íntimos para que se sentaran en grupos pequeños. Las zonas de salón y comedor compartían la misma vista del suelo al techo, al otro lado de la bahía de San Francisco, de las colinas de un color marrón dorado de Marin County. Mientras David observaba, el último brillo de la luz del sol se desvaneció en el agua azul cada vez más profunda y los veleros empezaron a virar hacia sus amarres.

Oyó el taconeo de Carole detrás de él, y ella le puso las manos en la cintura.

—¿Ha ido bien la reunión? —le preguntó.

—Bastante bien. Mi acusado, el médico, tiene algunos problemas. Pero para eso están los expertos.

—A veces —le reprendió con una sonrisa— te muestras un poco cínico con tus clientes.

David se volvió hacia ella.

—Sólo no sentimental. Sería un gran error por parte de un abogado.

—No me gustaría nada que fueras sentimental —replicó Carole. Dándole un beso rápido, Carole entró en el salón y empezó a preparar las tarjetas con los nombres.

David echó un vistazo a la televisión y sintonizó la CNN.

—A esta hora —estaba diciendo Wolf Blitzer—, el primer ministro israelí Amos Ben-Aron está llegando a San Francisco, la última etapa de un viaje pensado para conseguir el apoyo de Estados Unidos a su iniciativa de paz altamente polémica...

En la pantalla, Ben-Aron bajaba de un reactor privado, rodeado por hombres vestidos con traje que parecían ser guardias de seguridad. Aunque la cámara estaba muy lejos, era fácil detectar a Ben-Aron. Con el pelo plateado y la figura erecta, era más menudo que los demás, y su paso enérgico y resuelto indicaba que había sido general en el pasado. David sintió un entusiasmo anticipado: tenía muchas ganas de conocer a aquel hombre y esperaba poder hablar con él en privado.

La imagen cambió y apareció una multitud de manifestantes furiosos gritando, uno de los cuales, según vio David, enarbolaba un letrero donde Ben-Aron llevaba un bigote de Hitler.

—Hace unas horas, en Jerusalén —continuó el presentador—, una alianza de judíos ortodoxos ha organizado una protesta masiva contra la nueva propuesta de Ben-Aron. Temen por el futuro de los asentamientos judíos en Cisjordania, la ubicación del Estado palestino defendida por Ben-Aron. Para muchos israelíes, la formación de un Estado palestino es necesaria para que haya una paz duradera; para algunos, como estos manifestantes, supone una traición a la idea de que Dios otorgó Cisjordania (las bíblicas Judea y Samaria) al pueblo judío...

David se acordó de la pregunta de Hana: «¿Desde cuándo Dios es un agente de la propiedad inmobiliaria?». No pudo evitar sonreír al recordarlo.

En la pantalla aparecía ahora un hombre barbudo sobre un fondo de colinas rocosas y áridas, acompañado por la voz superpuesta de Wolf Blitzer.

—Unos pocos colonos extremistas, como Barak Lev, el líder del polémico movimiento Masada nacido en Estados Unidos, ubicados en el asentamiento israelí de Bar Kochba, han estado haciendo algunas declaraciones perturbadoras...

David dejó de sonreír. Lev era joven y flaco, con la mirada oscura y lenta. Las entonaciones insistentes de su voz parecían las de un profeta juzgando a los infieles.

—Como Adolf Hitler —decía Lev a la cámara—, Ben-Aron quiere que nuestra tierra bíblica esté *Judenrein*, libre de judíos. Sus socios palestinos, herederos de Hitler, no poseen ninguna identidad más allá del odio a los judíos, ninguna cultura más allá del asesinato de judíos. Esa «patria» que propone para ellos será la base que utilizarán para exterminar a los judíos de Israel...

En primer plano, David vio que los ojos de Lev parecían disociados de su imagen, como si tuviera la mirada fija en su visión interior.

—Esto no se permitirá —entonó—. Al igual que Dios acabó con Hitler, pronto Él acabará con Ben-Aron.

Carole se acercó a mirar con él.

—Por lo que yo recuerdo —le señaló David—, Hitler se metió una bala en el cerebro. Pero supongo que Dios trabaja de manera inescrutable.

—Este hombre está para que lo encierren —afirmó ella con rotundidad—. No habla por los israelíes: es la minoría de una minoría enloquecida de extremistas.

Mirando aún el televisor, David le pasó el brazo por el hombro.

—Cerca de Bar Kochba —estaba diciendo el presentador—, varias docenas de colonos arrojaron piedras a soldados que intentaban apartar dos caravanas habitadas por colonos ilegales. Un miembro de la derecha del Parlamento protestó por el plan del primer ministro de desmantelar asentamientos declarados ilegales, como Bar Kochba, leyendo los nombres de colonos «señalados para ser expulsados por el traidor Ben-Aron». Fuera, los manifestantes con sacos de dormir se preparaban para ayunar hasta que Ben-Aron cambiara su política, según decían.

»El desafío de Ben-Aron es demostrar, pese al ascenso de Hamás y la agitación que asuela Israel, que puede ofrecer lo que más desean los israelíes: la seguridad y una paz duradera con un pueblo del que muchos desconfían, y al que incluso temen.

David besó a Carole en la frente.

—Felicidades —le dijo—. Esta cena debería ser muy emocionante.

—Pero la polémica —continuó la voz en *off* del reportero— ha acompañado al primer ministro israelí a Estados Unidos. Hoy, en San Francisco, un portavoz de los grupos de la oposición palestina ha calificado el plan de paz de Ben-Aron de «farsa».

Aunque David debería habérselo esperado, la imagen de Saeb Jalid le sorprendió en un primer momento.

Saeb estaba de pie delante del Commonwealth Club, donde Ben-

Aron hablaría al día siguiente al mediodía. Tenía los ojos marcados con patas de gallo, y los finos ángulos de su cara estaban escondidos bajo una barba bien recortada, que le hacía parecer más duro que el hombre atormentado con el que David había compartido el dudoso placer de una comida. A diferencia de Barak Lev, hablaba con la seguridad de un intelectual que, fueran cuales fueran sus creencias musulmanas, tenía fuertes argumentos para defender su versión de los hechos.

—Primero se llevaron nuestra tierra —estaba diciendo Saeb—. Ahora Ben-Aron nos ofrece una «patria» en Cisjordania que es una quinta parte de lo que teníamos. No ofrece nada a los refugiados de Líbano cuyas familias fueron asesinadas siguiendo las indicaciones de Israel, y desde luego no un retorno a la tierra de la que nos expulsaron los sionistas...

—No pueden volver —afirmó Carole.

David observaba, inquieto por la complejidad de emociones (celos, compasión, pura competitividad masculina) que Saeb todavía lograba despertar en él.

—¿Dónde estaba Ben-Aron el pacificador —preguntaba Saeb en un tono mordaz— cuando nos masacraron en Sabra y Chatila? Y ahora propone trasladar a unos pocos y patéticos colonos entre los muchos que quedarán para quemar nuestras cosechas, destrozar nuestros invernaderos y utilizar nuestra agua para sus piscinas. —La voz de Saeb se endureció—. Los colonos permanecerán, al igual que la injusticia. Y el «plan de paz» de Ben-Aron hará que Israel siga teniendo las manos alrededor de nuestras gargantas, ahogando la vida de nuestro pueblo...

—¿Quién es este tipo? —intervino Carole—. Da miedo.

—Ha sufrido.

Carole se volvió para preguntarle.

—Le conocí un poco —añadió— en Harvard.

—¿Erais amigos?

«Una mentira resulta más convincente —le había dicho Hana—, si hay algo de verdad en ella.»

—Saeb y yo nunca podríamos ser amigos. Ni entonces ni ahora.

—¿Porque eres judío?

—Y porque yo soy yo. —Abruptamente, David apretó el mando a distancia para apagar el televisor, desterrando a Saeb Jalid del salón de Carole como una vez había deseado desterrarlo de la vida de Hana.

ϒ

Una semana después de la comida con Saeb, David volvió a su apartamento en Cambridge, arrojó su libreta de espiral en el sofá y entonces se detuvo de golpe.

Junto a la libreta estaba el bolso de tela brillante de Hana.

No la había visto desde la comida, y tampoco le había devuelto las llamadas. Alterado, David fue rápidamente hacia su dormitorio.

Ella estaba de espaldas a él, con la cabeza inclinada. Aunque debía de haber oído sus pasos, no se volvió.

—Hana... —empezó.

Mirando hacia el este, Hana estaba concentrada en su ritual musulmán de oración. En aquel instante, David sintió la distancia que los dividía con mayor profundidad que cuando la expresaba en palabras, aun cuando estaban piel contra piel.

Pasó unos minutos detrás de ella. Entonces, sin volverse, ella levantó la cabeza y empezó a desvestirse en silencio.

Cuando terminó, se dio la vuelta. No hablaron. Hana no emitió ningún sonido hasta que, echada debajo de él, gritó; David no supo distinguir si de placer o de angustia.

Acariciándole la cara con la palma de la mano, David fue el primero en hablar.

—Creí que nunca volvería a verte.

—Sí. Yo también lo pensaba.

—¿Y entonces?

Hana habló en voz baja, casi con tristeza, como si hubiera mirado en el interior de su alma y hubiera visto su debilidad y su deseo.

—Al principio fuiste un capricho, un hombre atractivo de un lugar distinto. Mi pequeña rebelión. Pero ahora estás dentro de mí.

»Te imaginaba, pensaba en cómo me sentiría, en cómo debías de sentirte tú. Como si te hubiera rechazado por Saeb. Es mucho más complejo que todo eso, y no tenía otra manera de decírtelo que no fuera estando contigo. —Hana le tocó la cara—. Y sí, te deseaba. Tenemos tan poco tiempo, tal y como dijo Saeb. Aunque rezo porque él nunca sepa lo valioso que es ese tiempo para mí.

Aunque sus últimas palabras le desanimaron, David trató de sonreír.

—Lo dices como si estuvieran a punto de ejecutarme, y ésta fuera tu última visita conyugal.

Ella no le devolvió la sonrisa.

—Cuando te pones así de obtuso, realmente veo que venimos de lugares distintos. No tienes ni idea de mi mundo, de lo complicado que es, incluso entre nosotros...

—Estás hablando de política —la interrumpió David—. Eso no es hablar de nosotros.

Hana meneó la cabeza un instante, mirándole con un cariño melancólico.

—Eres tan americano, David. A veces eres mucho más americano que judío. Un israelí nunca me diría eso. Pero para tu país, el mundo es Estados Unidos. Si tienes fantasías acerca de compartir una vida juntos, es una vida a la americana, en la que dejo mi turbio pasado atrás y desarrollo todo mi potencial como mujer. —Levantó una de las comisuras de sus labios—. En Estados Unidos, claro está. ¿Dónde si no?

Aquel comentario le dolió.

—No soy tan ingenuo, Hana. No estoy ciego. Te vi en la comida: eres distinta con Saeb que conmigo. Tú no lo elegiste: tus padres y sus tragedias lo eligieron. Puede que yo empezara siendo una «pequeña rebelión», una especie de fuga emocional. Pero las razones para ello no son tan insignificantes.

Hana se volvió y se puso a mirar al techo.

—No necesito que me hagas de psiquiatra. Conozco mis resentimientos, e incluso mis miedos: que, como mujer, puede que no consiga todo lo que deseo. Pero ésta es precisamente la razón principal para que las mujeres lo intenten en nuestra propia cultura, no en la de otro. Nuestra gente tiene muchos desafíos por delante, y necesitan que todos nosotros...

—Pero ¿y tú? ¿Qué será de tus días y tus noches? Quizá logres darle a Saeb lo que necesita: es un hombre herido que necesita una cura, o un hombre árabe que necesita que lo adoren más que yo. Pero ¿con quién quieres despertarte por la mañana? —David sintió que no podía evitar dar rienda suelta a su rabia y su frustración—. ¿Con quién? Mírame, maldita sea.

Lentamente, Hana se volvió a mirarle a los ojos.

—Yo te veo como mujer —dijo David más calmado—. Y como palestina. Pero no te veo como un puntal emocional. Yo te escucho; tú me escuchas. Nos respetamos el uno al otro. Y estoy seguro de que nos queremos el uno al otro, más de lo que ninguno de nosotros ha querido jamás a otra persona. Podemos superar las cosas que nos separan, porque no nos afectan a nosotros como personas. Pero no creo que tú puedas superar lo de estar con la persona equivocada...

—¿Cómo puedes saber lo que está bien? —le replicó ella en voz baja, pero con vehemencia—. ¿Cómo puedes saber tanto sin vivir mi vida, sin saber lo que se siente? Hemos tenido tres meses...

—Y ya te conozco. Mejor de lo que Saeb Jalid te conocerá nunca.

—¿Eso crees? David, ¿cómo puedes decir eso?

Al apoyar el dedo en la piel cálida de la garganta de Hana, David sintió el latido suave e insistente de su pulso.

—Dime una cosa, Hana. ¿Querrás alguna vez a Saeb del modo en que me quieres a mí?

Tras un instante, Hana cerró los ojos. Su única respuesta se materializó cuando ella le tocó, deseando hacer el amor de nuevo.

Ahora, de pie con Carole en su salón, David trató de apartar aquella imagen de su mente.

Ibrahim estaba tenso, esperando a que cambiara el semáforo, mientras dejaba que Iyad sacara el coche del aparcamiento y cogiera la amplia calle señalada como «19th Avenue» hasta donde la mujer les había ordenado ir.

Entre ellos se encontraban su mapa y una lista de nombres que Iyad había apuntado mientras escuchaba lo que le decían por el móvil. Resultaban indescifrables para Ibrahim, al igual que el modo en el que matarían a su enemigo.

Se estaba preguntando por qué estaba tan vacía la calle hasta que oyó el gemido distante de unas sirenas que rasgaban el silencio.

Ibrahim se estremeció involuntariamente: estaba seguro de que iban a por Iyad y a por él. Los dedos de Iyad se aferraron al volante. Al aproximarse el ruido de las sirenas, Ibrahim se hundió en su asiento.

De repente, un montón de policías en motocicleta llenó la calle vacía, patrullando en estricta formación. Pasó una limusina negra flanqueada por más oficiales, la primera de una procesión de limusinas idénticas con cristales tintados, como las gafas opacas de un ciego. En sus antenas ondeaba la bandera azul y blanca de Israel.

—Siete limusinas hasta el momento —murmuró Iyad—. A prueba de balas, reforzadas con blindaje.

A continuación pasaron tres más. Sólo la octava tenía las ventanillas transparentes. A través de las motocicletas, Ibrahim vio a un hombre con el perfil de un halcón, mirando hacia delante.

Era él.

Pasó el último coche, seguido por más policías en sus motocicletas.

Ibrahim se sintió intimidado al ver alejarse el desfile de vehículos. Incluso el sonido de las sirenas que se iba desvaneciendo lentamente le amedrentaba.

Se preguntaba desesperado cómo lograría llevar a cabo su misión, y quién, además de Alá, sería capaz de diseñar un plan que tuviera éxito.

Capítulo 13

Desde el instante en el que Amos Ben-Aron llegó a la fiesta de Carole, David lo observó con bastante fascinación.

Como político en ciernes, David había aprendido a socializar, combinando su aspecto atractivo y sonrisa fácil con una agudeza que le ayudaba a entablar relaciones. Pero el sólido carisma que distinguía a Amos Ben-Aron hacía que David se sintiera artificial. Estaba sorprendentemente en forma para tener sesenta y cinco años. Era pequeño, enjuto y nervudo, con unos penetrantes ojos azules, la cabeza calva y la piel tirante en sus rasgos marcados. Aunque rara vez sonreía, miraba fijamente a todos los que le presentaban, dedicándoles toda su atención y, en ocasiones, con un sentido del humor un tanto frío. Poseía la imagen de un líder: se mostraba autosuficiente, acostumbrado a ser escuchado y obedecido. No parecía fácil desafiarle.

Así se lo expresó David a Danny Neyer, el joven portavoz de Ben-Aron, mientras observaban cómo presentaban al primer ministro a los judíos ricos e influyentes de diversas inclinaciones políticas.

—Sí —dijo Neyer con una sonrisa irónica—. Desde fuera creerías que Amos Ben-Aron nunca duda. Pero de cerca es un hombre acosado por todas partes, que cree que nunca logrará la paz si tiene un momento de debilidad e incertidumbre. Es algo que le agobia mucho.

David se quedó sorprendido por el contraste entre las cargas del primer ministro como líder y la necesidad mucho más trivial de relacionarse con los invitados de Carole. En aquel momento, Ben-Aron se estaba apartando discretamente de Dorothy Kushner, una mujer de cincuenta años cuyo pelo rubio claro, piel demasiado lisa y avidez social inacabable traicionaban la ansiedad de una antigua belleza que temía perderse algo muy importante. Entonces, como si el objetivo de Neyer hubiera sido señalar a David para su jefe, Ben-Aron se dispuso a dirigirse hacia donde se encontraban, junto a las ventanas, un minué sutil en el cual el primer ministro fue interrumpido, pero no apartado, de su aparente misión de conocer a David Wolfe, una cortesía del invitado hacia su anfitriona.

Finalmente se encontraron cara a cara. De cerca, Ben-Aron parecía mayor, y su piel pálida era como de pergamino. No obstante, David experimentó su fuerza de inmediato, la sensación de que, aunque el salón de casa de Carole estuviera lleno de gente que competía por tener unas palabras en privado con él, David disponía de su atención absoluta.

—Así que —dijo dándole la mano en un apretón rápido y firme— me han dicho que estás interesado en meterte en política.

David sonrió.

—¿Me aconsejaría que no lo hiciese?

Los ojos de Ben-Aron brillaron con un humor árido.

—Eso depende de lo que quieras conseguir. No lo recomendaría meramente como ejercicio, aunque a algunos les va bien.

»Vuestro presidente Clinton era un hombre así. ¿Recuerdas el famoso apretón de manos en la Casa Blanca entre el primer ministro Rabin y Arafat, cuando el mundo pensaba que todo era posible?

—Claro.

—Yo estaba allí —continuó Ben-Aron con el aire bien ensayado de un político que cuenta un secretito—, y había mucho más detrás del apretón que el simple hecho de que Rabin no lograse sonreír. Cuando Yitzhak llegó a la Casa Blanca, Clinton lo llevó aparte y le dijo que tendría que darle la mano a Arafat. Esto era de esperar. Pero para Rabin, Arafat era un asesino, un terrorista y un consumado mentiroso, lo cual resumía bastante sus talentos. Finalmente, Yitzhak dijo gruñendo: «Le daré la mano a ese cabrón. Pero me niego a dejar que me bese».

»Clinton era un genio —continuó Ben-Aron con una sonrisa—. Antes de la ceremonia estuvo practicando para situarse de pie entre los dos adversarios, colocándolos lo bastante apartados para que Arafat pudiera darle la mano a Yitzhak pero tuviera que echársele encima para besarlo. Los espectadores que aplaudieron el histórico apretón de manos nunca sospecharon que tu presidente estaba practicando el jiu-jitsu. O tal vez —terminó irónicamente— fuera *judi-jitsu*.

David se rio.

—No conocía esa historia. Pero ha pasado un tiempo desde que pensé que la paz resultaría casi tan fácil como parecía por ese apretón de manos.

—¿Tampoco confiabas en Arafat?

David meneó la cabeza.

—Era más que eso —dijo poniéndose serio—. Conocí a algunos palestinos en la facultad, incluido uno que ha aparecido esta tarde en la televisión. Sus resentimientos son muy profundos: no sólo por la huida de sus padres en 1948, sino también por las muertes en Sabra y Chatila. No olvidó ninguna de las dos cosas, y volvió a mencionarlas hoy.

Ben-Aron lo estudió con mayor interés.

—Lo de Sabra y Chatila —dijo en voz baja— fue una tragedia, compleja y brutalmente sencilla al mismo tiempo. Yo debería saberlo, ya que estuve allí; como supongo que tu amigo se habrá cuidado de mencionar.

—Sí, lo ha hecho.

El pecho de Ben-Aron pareció llenarse y vaciarse en un suspiro involuntario.

—Antes de Sabra y Chatila, el Líbano era una base para los ataques terroristas de la OLP contra Israel. Y Arafat estaba decidido a convertir el Beirut oriental en lo que fue Estalingrado para los rusos en la segunda guerra mundial: un lugar donde sus guerrilleros pudieran practicar una guerra de desgaste. Así que Sharon estaba decidido a pulverizar cualquier bastión de la OLP desde el aire.

»Murieron al menos tres mil personas, muchos de ellos civiles. Pero Sharon logró lo que deseaba: Arafat accedió a marcharse a Túnez. —Hizo una pausa y esbozó una mueca—. Para algunos de nosotros fue suficiente. Para otros no. Había al menos doscientos guerrilleros armados de la OLP en Sabra y Chatila, y era nuestra oportunidad de matarlos antes de que salieran.

»Desde un punto de vista pragmático, no podía estar en desacuerdo: los hombres de Arafat podían matarnos algún día si no los matábamos. Pero el bombardeo perjudicó nuestra reputación internacional y el Líbano se vio convenientemente dividido en una lucha cristiano-musulmana. Así que se tomó la decisión de aliarse con la milicia cristiana, la Falange.

»Yo entonces era coronel, formaba parte del personal del general. Sabía cómo eran los falangistas: podían besarle la mano a tu mujer y a continuación cortarle la garganta. Y se enardecieron ante el asesinato de su líder, Gemayel. —El movimiento de hombros de Ben-Aron indicaba su resignación—. Hasta la fecha de hoy no he sabido si Sharon y los otros estaban seguros de lo que ocurría. Pero por mi parte, alerté a mis superiores de que aquellos asesinos se ensañarían con los palestinos sin discriminar.

Entonces Ben-Aron pasó a hablar tan bajo que David tuvo que aguzar el oído para escucharle, aunque su mirada permaneció inmutable.

—No me escucharon. Cuando terminó, entré en el campo. Y encontré a niños a los que les habían arrancado el cabello, hombres castrados, mujeres violadas antes de cortarles la garganta. Entre los supervivientes había niños a los que les faltaban brazos o piernas, y otros que habían enloquecido. Si yo no puedo olvidarlo, ¿cómo podría hacerlo tu palestino?

»Pero lo que olvida es la respuesta a aquel horror en Israel. Cuatro mil personas tomaron las calles para pedir una investigación pública. Nuestro primer ministro, Begin, intentó contrarrestar aquel espanto invocando al millón de niños gaseados por los nazis, como si soltar a la Falange nos hubiese evitado otro Holocausto. Pero el público no descansó hasta que se hizo una investigación.

»Aunque Sharon y los demás fueron amonestados, algunos todavía creen que fue una tapadera. Pero ¿qué país, aparte de Israel, se ha enfrentado a semejantes amenazas a su supervivencia y aun así ha trabajado tanto por hacer que se cumpla la ley? ¿Y qué país se ha enfrentado a un mayor odio y una mayor execración por parte de sus enemigos, y al estereotipo de ser asesinos y racistas?

—Sí, conozco esa sensación. Demasiado bien —comentó David.

—Estoy seguro de que sí. Pero ahora está nuestra presencia en Cisjordania, y el odio crece cada día. —Para sorpresa de David, el primer ministro alargó la mano para tocarle el brazo—. Cuando era joven, en Jerusalén, cuando vivíamos bajo el dominio británico, idolatraba a mi padre. Un día, después de que el Irgun volara el hotel Rey David, unos soldados británicos lo pararon para interrogarle. Puede que pensaran que mi padre era un terrorista... Puede que lo fuera, no estoy seguro de ello. Pero nunca olvidé a esos soldados que abofetearon y humillaron a mi padre. Y desde aquel día odié a los británicos. —De repente, a David le pareció que Ben-Aron estaba exhausto y, de alguna manera, envejecido—. Ahora pienso en todo el odio que ha habido desde entonces, tan arraigado, que nos espera en la plenitud del tiempo. El momento de la paz está pasando rápidamente.

Tras decir eso, Ben-Aron se volvió y se irguió un poco más, listo para saludar al siguiente desconocido.

Antes de que David pudiera empezar a circular, reapareció Danny Neyer.

—Bueno, ¿qué te parece?

—Que es un hombre excepcional. —Echando un vistazo por la

sala, David se fijó en varios hombres, todos jóvenes, cuyas caras no conocía—. Y que al parecer necesitáis mucha seguridad.

Una sombra cruzó el rostro de Neyer.

—No tanta como en nuestro país. Cuando estaba en la universidad, algo así era impensable: judíos que matan a judíos. Entonces un judío derechista hizo que Rabin pagara su famoso apretón de manos con la vida. —Neyer contempló su vaso de agua con gas—. Ahora siento que podría ocurrirle a Ben-Aron.

—¿Existe una posibilidad real?

—Creo que esa posibilidad aumenta cada día. Se está convirtiendo en un pararrayos: para la extrema derecha, ha traicionado tanto a los colonos como al plan que Dios pensó para Israel. —Neyer hizo una pausa, mirando a su alrededor—. Entre nosotros, David, el Shin Bet (nuestro FBI) dice que hay por lo menos doscientas personas que tienen muchas ganas de matarlo. Amos Ben-Aron sólo ha ido una vez a un restaurante desde que ocupó el cargo, y sin amigos ni familia. Tiene demasiado miedo de que algún fanático se lleve a sus seres queridos con él. Así que una noche como ésta es lo más cercano que se permite a algo normal.

—Entonces lamento haberle entretenido tanto tiempo.

—Si no hubiera tenido ganas de hablar, no lo habría hecho. —Neyer esbozó una brevísima sonrisa ante David—. Por lo poco que he podido ver, puede que incluso le gustes.

Capítulo 14

Al anochecer, Iyad e Ibrahim llegaron a un complejo vallado al sur de San Francisco.

El cartel que había sobre la puerta decía: «Safe Guard. El lugar para guardar lo que no puedes permitirte perder». De la caseta de entrada débilmente iluminada salió un joven chino con uniforme de seguridad.

Tras presentar su permiso de conducir, Iyad dijo lacónicamente un número:

—Treinta y cuatro.

El guardia entró para consultar la pantalla del ordenador. Entonces volvió a salir, le devolvió el permiso a Iyad e hizo señas a la furgoneta para que entrara con aburrida indiferencia.

Allí no había nadie más. Al bajar del vehículo, Ibrahim vio filas de cajas de metal del tamaño de camiones de mudanzas. La creciente oscuridad hacía que parecieran sarcófagos de acero.

Con una linterna en la mano, Iyad se paseó entre los contenedores gigantes hasta que encontró el que tenía el número 34 pintado en la puerta.

Un candado gigante atravesaba un tirador metálico. Iyad rebuscó el papel en el bolsillo.

—Sostén la linterna —le ordenó—. Y lee estos números en voz alta.

Iyad fue girando cuidadosamente el candado con cada número que pronunciaba Ibrahim: derecha, luego izquierda, luego derecha otra vez, hasta que Ibrahim recitó el último número.

Con un movimiento rápido, Iyad abrió el candado. Entonces, mirando por encima del hombro, tiró suavemente de la manija. La puerta se abrió con un leve chasquido metálico, y la luz de la linterna que Ibrahim llevaba en la mano irrumpió en la oscuridad interior.

Ibrahim no comprendía lo que estaba viendo. Había alambres

enrollados en un rincón, y cajas de madera sin etiquetas. Contra la pared del fondo del contenedor se encontraban apoyadas dos motocicletas con las siglas «SFPD».

Rápidamente, Iyad hizo entrar a Ibrahim, y cerró la puerta tras ellos. Con aquella débil luz, Ibrahim se sintió como sepultado.

A sus pies había una maleta grande. Cuando Iyad abrió los cierres de metal, Ibrahim vio cascos, botas de motorista y uniformes azules con placas plateadas brillantes. En los bolsillos estaban bordadas en oro las palabras «Departamento de Policía de San Francisco».

Ibrahim se preguntaba quién podría haber logrado aquello; pero en vez de eso, inquirió:

—¿Qué hay en las cajas?

Con idéntica tranquilidad, Iyad respondió:

—Explosivo plástico. Al parecer, han hecho un buen trabajo.

Ibrahim no pudo reprimir durante más tiempo su curiosidad.

—¿Quiénes? —preguntó.

Iyad le lanzó una mirada cortante.

—Unos desconocidos. No es asunto nuestro. Nadie lo sabrá. Estoy seguro de que la consigna la ha reservado un hombre que no existe. Quienquiera que viniera no dejó huellas. Y todo lo que vemos aquí lo han comprado en efectivo...

—¿Incluso las placas? —insistió Ibrahim.

—Supongo que son robadas. Tampoco sabremos eso nunca. Y cuando hayamos terminado, las autoridades de Estados Unidos nunca encontrarán este contenedor. Lo único que encontrarán es un callejón sin salida tras otro. —Iyad le lanzó una mirada tardía de impaciencia—. ¿Juegas a ser niño? Sólo los niños hacen tantas preguntas. Es suficiente para que mueras con él.

«Y contigo», pensó Ibrahim. Un momento de desesperación se apoderó de su corazón.

La noche transcurría tal y como Carole había planeado: tenía a Ben-Aron sentado a su lado, la charla de las mesas de ocho personas flotaba en el aire y la intimidad existente fomentaba la conversación. Según los preparativos de Carole, David estaba sentado entre Stanley y Rae Sharfman. Era una decisión astuta: Stanley era poderoso en la comunidad, un ferviente promotor de los candidatos demócratas que había elegido; Rae, su burbujeante esposa, era susceptible al encanto de David de un modo inofensivo. De vez en cuando, David y

Carole se hacían señas el uno al otro: estaban entregados a su tarea, cada uno a su manera, y no cambiarían impresiones hasta que el último invitado se hubiera marchado y la cocina se llenara con los ruidos de los encargados del cáterin, recogiéndolo todo.

Hacia el final de la cena, Carole se puso en pie, indicando que se disponía a hablar. David vio que Harold observaba maravillado a una hija que hablaba en público sin aparente esfuerzo.

—Como muchos de ustedes saben —comenzó—, algunos a un precio importante, no es la primera noche que recibo invitados. No obstante, esta noche es gratis... El primer ministro me ha asegurado que no quiere presentarse a ningún cargo en nuestro país.

David, a quien iba destinada tácitamente aquella broma, empezó a reírse con los demás.

—Pero ésta es una noche extraordinaria —continuó Carole— por una razón muy distinta. Nuestro invitado es una persona extraordinaria: un héroe condecorado en tres guerras, abuelo de seis nietos, líder de una nación querida por todos nosotros, y una persona que se dedica a buscar la paz en una época en la que la esperanza de paz es difícil de encontrar. —Carole sonrió a Ben-Aron—. De hecho, le he dicho que no debería buscar mucha paz entre vosotros.

»Ha venido a hablar de vuestras inquietudes, sean las que sean. Y esto también supone una oportunidad extraordinaria para todos nosotros, que nos preocupamos tanto. Es un honor para mí recibiros a todos vosotros y muy especialmente al primer ministro del Estado de Israel, Amos Ben-Aron.

Entre cálidos aplausos, Ben-Aron se puso en pie, abrazó un instante a Carole y esperó esbozando débilmente una sonrisa hasta que los aplausos se apagaron, reemplazados por las miradas de viva atención de los que le rodeaban, dispuestos a escucharle.

—Gracias, Carole, por abrirme tu hogar y reunir a tantos amigos importantes de Israel. Lamentablemente, puede que haya correspondido a tu hospitalidad animando a tu prometido a entrar en la vida pública. Por lo que respecta a los demás —añadió, provocando la risa general—, ésta puede ser vuestra última cena gratuita hasta que David vaya al Congreso.

David pensó que era hábil, ya que mezclando las dosis justas de calidez y humor, Ben-Aron honraba a Carole al dar su aprobación a las ambiciones de David.

—Pero sé que Carole tiene razón —continuó el primer ministro—. Mi experiencia en la política me ha enseñado que la única cosa que resulta más difícil que luchar contra nuestros enemigos es aceptar preguntas de nuestros amigos. —Entre risitas de complicidad, prometió—: No obstante, lo haré lo mejor que pueda.

»Primero déjenme que les diga una cosa. Sé que aquellos con los que debemos lograr la paz están divididos por fuerzas enfrentadas. Algunos han enviado a sus hijos, e incluso a sus hijas, para que maten a nuestros hijos e hijas. Pero creo que somos lo bastante fuertes para encontrar un modo mejor para que los israelíes, y la gran mayoría de los palestinos, puedan progresar hacia el día en que nuestros nietos vivan como vecinos. —Ben-Aron hizo una pausa y echó un vistazo por la sala, muy serio—. Bueno, pregunten lo que quieran.

Sentado junto a David, Stanley Sharfman alzó la mano. Antes de que Ben-Aron pudiera señalar a nadie más, Sharfman preguntó:

—Con todo el terrorismo que hay, ¿cómo puede plantearse devolverle Cisjordania a nuestros enemigos, a gente como Hamás?

—No propongo dárselo sin más —replicó Ben-Aron—. Pero nuestra ocupación de Cisjordania es, a la larga, insostenible. Si insistimos en mantener la población de Cisjordania bajo nuestro control, o bien dejaremos de ser una democracia o, si pensamos en incorporar tres millones de palestinos, dejaremos de ser un Estado judío.

Sharfman parpadeó. David detectó que pese a lo mucho que se había preocupado por Israel, nunca se le había ocurrido semejante dilema.

—Ahora —continuó Ben-Aron de manera convincente— nos encontramos envueltos en el horror de una intifada continua, y los terroristas nos asesinan en autobuses y cafés. Así que para luchar contra los terroristas suicidas, asfixiamos a todos los palestinos con controles dirigidos por soldados jóvenes y asustados que, a veces, terminan abusando o incluso asesinando a los inocentes.

»No pretendo decir que tengamos que ser como los terroristas: los atentados suicidas son infinitamente más terribles que cualquier cosa que hagamos para frustrarlos. Pero hora tras hora, un soldado judío en algún control se crea otro enemigo. —Mirando fijamente a Sharfman, Ben-Aron concluyó—. El círculo vicioso de la intifada está haciendo sangrar las almas de árabes y judíos por igual. No hay ninguna solución militar clara, no hay ninguna justa, y no habrá ninguna, al final, que permita que Israel sea más seguro.

—Pero ¿y los asentamientos? —David reconoció al hombre que preguntaba. Era Sandy Rappaport, un agente de seguros inmerso en la política derechista israelí—. Desde 1967 —continuó Rappaport—, Israel se ha dedicado a pedir a sus ciudadanos más valientes que actuaran de parachoques de la invasión asentándose en Cisjordania.

Entonces permitimos a Arafat y a sus hombres armados que vivieran allí también. Ahora parece que abandonará a la próxima generación de colonos para aplacar a terroristas como Hamás, que disfrutan asesinando a gente.

Ben-Aron alzó una mano.

—Yo no empecé los asentamientos. No tolero el asesinato. Sólo me enfrento a sus consecuencias. Hoy en día el problema resulta bastante sencillo. Hace falta un gran número de soldados israelíes en los asentamientos para proteger un número relativamente pequeño de colonos. Lejos de convertirse en un baluarte, se han convertido en una obsesión nacional, el centro de nuestra vida política y una sangría para nuestro dinero público. Eso lo sabemos. Y una frontera dibujada de manera racional no puede incluir asentamientos indefendibles poblados por fanáticos, como el asentamiento de Bar Kochba, del movimiento Masada. Así pues, ¿tenemos que continuar defendiéndolos? —Ben-Aron terminó sin rodeos—: No podemos. Un puñado de fanáticos religiosos no debería dictar nuestras acciones.

«Eso no se permitirá —recordó David que decía el colono—. Al igual que Dios acabó con Hitler, pronto Él acabará con Ben-Aron.»

El ambiente en el salón de Carole era tenso en ese momento.

—No estoy a favor de las concesiones unilaterales —continuó Ben-Aron—. Tenemos que dejar la tierra por la paz, no la tierra por nada. Y en lo referente a lo que tenemos que decidir, el estatus de ciertos asentamientos es uno de los tres temas principales. El segundo es el estatus de Jerusalén; el tercero es el supuesto derecho de los palestinos de volver a la tierra que ahora es el Estado de Israel. —Ben-Aron hizo una pausa, escrutando la sala—. En lo referente a todos estos temas —dijo con rotundidad—, quizá las mayores barreras para la paz sean los mitos que animan a demasiados judíos y palestinos.

De reojo, David vio a un hombre barbudo (un judío ortodoxo conocido de Harold) que fruncía el ceño para mostrar su desaprobación.

—Nuestro mayor mito —continuó Ben-Aron— es que Dios nos dio derechos exclusivos en Jerusalén y, más allá, en Cisjordania. Su gran mito es el «derecho de retorno», el derecho inalienable de todos los descendientes de refugiados que huyeron en 1948 a volver e invadirnos. —Ben-Aron miró directamente a su hostil oyente ortodoxo—. Esos mitos nos matarán a todos.

»Primero hablemos de nuestro mito. Dios no nos entregó la tierra que amamos como terreno para aniquilar a nuestros rivales religiosos. Ese concepto debería haber desaparecido con las Cruzadas. No debemos mantenerlo vivo. En lo que respecta a su mito —añadió con una sonrisa rápida e irónica—, tenemos que ayudarles a dejarlo correr. No podemos aceptar nuestra destrucción, ni tolerar la idea de que Israel nació en pecado.

»Por nuestra parte, estamos obligados a reconocer algunas verdades bastante duras. En 1948, los árabes no se fueron simplemente porque no podían imaginar ser gobernados por los judíos. Hubo una guerra. Muchos árabes estaban asustados: los judíos invadieron pueblos árabes, expulsaron a las familias que estaban allí y volaron sus casas para evitar que volvieran. Es algo prácticamente único en la historia de la humanidad. Pero es un hecho.

»En resumen, tenemos que reconocer la historia del otro para llegar a trascenderla. —Ben-Aron sonrió durante un instante—. Mañana, en el Commonwealth Club, haré mi modesta propuesta sobre cómo empezar.

Por primera vez en trece años, David Wolfe empezó a sentir esperanza.

Bajo los uniformes de policía, Iyad encontró otro plano de San Francisco.

Arrodillándose, Ibrahim vio tres líneas cuidadosamente dibujadas con bolígrafo que llevaban del centro de San Francisco al aeropuerto. En voz baja, Iyad indicó:

—Seguirá una de estas rutas.

Ibrahim se preguntaba de qué ruta se trataba, y cómo y cuándo lo sabrían. Sin embargo, la expresión dura del rostro de Iyad acalló a Ibrahim.

A la débil luz de la linterna, Ibrahim e Iyad se desnudaron y se probaron los uniformes de dos policías de San Francisco.

Para sorpresa de Ibrahim, el uniforme le quedaba como un guante. Y también parecía quedarle igual a Iyad; el disfraz se complementaba a la perfección con el aire de autoridad que desprendía. Ibrahim empezó a imaginarse con mayor claridad el éxito.

Al menos, se dijo, moriría sirviendo a una causa, en un momento que él había elegido. O elegido por Alá.

Cuando Carole le tocó la manga, señalando su disposición a acabar con las preguntas, Ben-Aron meneó la cabeza un instante.

—Pero ¿quién será su aliado en la paz? —preguntó Sandy Rappaport—. Durante años la Autoridad Palestina estuvo controlada por Fatah, cuyo líder original, Arafat, nunca superó su papel de terrorista. Ahora, la dirección decadente de Fatah debe compartir el poder con Hamás. Si la Autoridad Palestina pudiera controlar a los terroristas, sería muy distinto. Pero no pueden. O no quieren.

Buena pregunta, pensó David. Ben-Aron lo reconoció afirmando brevemente con la cabeza antes de contestar:

—Hay terroristas y terroristas. La Brigada de los Mártires de Al Aqsa, el brazo armado de Fatah, ha cometido actos terroristas. Pero Al Aqsa está luchando por su propio país: aunque piensan que está bien matar a israelíes en Cisjordania, muchos no están a favor de matarnos en Tel Aviv. —Ben-Aron se permitió esbozar una fría sonrisa—. Puede que usted no considere que esto sea una señal esperanzadora, o que Al Aqsa pueda convertirse en un componente posible para combatir el terrorismo. Pero considere nuestras alternativas.

»La primera y peor de ellas es Hamás. —De repente, la sonrisa de Ben-Aron se desvaneció—. La mayoría de los terroristas suicidas que llegan a Israel son de Hamás. Los que están al frente de Hamás piensan en destruirnos, y son hombres pacientes. Y ahora dominan la asamblea legislativa palestina. Su próximo objetivo es sencillo: acabar suplantando a Fatah como líder de la Autoridad Palestina.

David observó que Sandy Rappaport parecía tan adusto como el primer ministro.

—Imagine —le dijo Ben-Aron— un Estado islámico fundamentalista muy cerca de nuestras fronteras, a menos de cien kilómetros de Tel Aviv. Ésa es la pesadilla que deseo evitar.

—¿Cómo?

—Israel no puede lograrlo solo. El líder de la Autoridad Palestina, Marwan Faras, se opone a la violencia. Pero necesitamos algo más que sentimientos nobles por su parte. Necesitamos una autoridad palestina dispuesta a adoptar medidas enérgicas contra el terrorismo, terminar con la corrupción, ofrecer servicios a su pueblo y detener el torrente de odio que convierte a los terroristas suicidas en héroes. —Ben-Aron hablaba de manera lenta y categórica—. Si Faras puede prometer a los palestinos lo que más desean, liberarse de la ocupación, entonces puede que su gente se aparte de Hamás. Entonces los militantes de su propio partido, los Mártires de Al Aqsa, pueden convertirse en el medio a través del cual Marwan Faras controle Hamás.

»Yo lo necesito a él, y él a mí. Los moderados de Israel y Palestina se necesitan los unos a los otros. —Duramente, Ben-Aron contempló a los que le escuchaban—. Si fracasamos, nuestra única alternativa es Hamás.

Cuando David alzó la mano, Ben-Aron pareció sentirse aliviado.

—Sí, David.

David sintió que los demás se volvían a mirarle, no sólo por preguntar sino también por ser el prometido de Carole Shorr, futuro congresista.

—Parece sugerir —dijo David— que la mayor amenaza para la paz es el fundamentalismo religioso, o quizá el extremismo fundamentalista. ¿Podría ampliar esa idea?

—Con mucho gusto —respondió Ben-Aron—. Pero primero déjeme que distinga entre fundamentalismo y religión.

»El fundamentalismo es certidumbre. Es ideología, no religión. Hamás y nuestros colonos extremistas comparten una dialéctica común: la ausencia de duda. Son parecidos a los fundamentalistas cristianos de Estados Unidos que creen que los judíos y los árabes deben aniquilarse mutuamente para que se produzca el segundo Advenimiento. Yo, por lo pronto, preferiría que no representáramos ese papel.

Aunque el mordaz comentario produjo risitas, Ben-Aron continuó sin detenerse.

—Esto es algo muy serio. Hay fundamentalistas judíos en Israel que dicen que estoy traicionando a Dios. Es ese Dios absolutista, interpretado por un loco, el que convirtió al pacificador Yitzhak Rabin en un traidor que merecía morir. Y la oportunidad de lograr la paz murió con él.

»Los extremistas aprendieron esta lección. Si los judíos extremistas destruyen un lugar sagrado musulmán con un misil, pueden destruir esta oportunidad de lograr la paz. Lo mismo ocurre si los extremistas religiosos palestinos vuelan una escuela llena de niños judíos. Oriente Medio es como una bomba, y fanáticos de ambos lados se pasan el tiempo buscando la mecha.

—¿Y qué ocurre con los regímenes extremistas: Siria, o quizá Irán? —preguntó David—. ¿Es cierto que a ellos también les interesa evitar la paz?

Aunque la pregunta subrayaba para los invitados de Carole el conocimiento geopolítico de David, su preocupación era real.

—Sí —contestó Ben-Aron enseguida—. Y los más peligrosos son los mulás de Irán. —Puso el dedo índice sobre la palma abierta, enfatizando cada punto—. Son extremistas y fundamentalistas. Sus servicios de inteligencia son poderosos y hábiles, y poseen tentáculos por todo el mundo. Ayudan a Hamás a reclutar palestinos, y reclutan a árabes israelíes en nuestra contra. Quieren cambiar el equilibrio de poder en Oriente Medio. Por este motivo, no lo dude, están construyendo una bomba nuclear.

»Desde el punto de vista ideológico, Irán desea erradicar el Estado de Israel. Desde el punto de vista práctico, Irán necesita la violencia entre los judíos y los palestinos para distraer al mundo de sus ambiciones nucleares, que, una vez consumadas, suponen una amenaza mortal para Israel. —En un tono de voz bajo pero enfático, Ben-Aron concluyó—: Israel puede detener a los terroristas suicidas. Por sí mismos no pueden destruirnos. Pero una sola cabeza nuclear podría hacerlo sin problemas.

Tal y como David había esperado, su pregunta (y la respuesta de Ben-Aron) parecía haber agotado el antagonismo de la sala.

—Teniendo en cuenta a todos estos enemigos —preguntó Dorothy Kushner con preocupación evidente—, ¿teme por su propia vida?

—¿Temer? —Ben-Aron le sonrió débilmente—. Los que desean matarme son como los clientes de las heladerías. Cuando hay mucha clientela, tienes que coger número.

»No tengo ningún deseo de morir. Pero no puedo añadir más días a mi vida ya en declive ganando seguridad para mí a costa de vidas mucho más jóvenes que la mía, sean israelíes o palestinas. —Encogiéndose de hombros con un gesto fatalista, Ben-Aron concluyó—: He dedicado gran parte de mi vida a mantener vivo Israel. ¿Qué habrá significado todo eso si no es un lugar más seguro cuando me vaya?

Rápidamente, Iyad abrió la caja de madera de plástico explosivo.

Envueltos en periódico, los explosivos parecían ladrillos verdosos. Iyad colocó uno en la mano de Ibrahim.

Ibrahim pensó que resultaba inquietante sostener el instrumento de su propia destrucción.

—Muy ligero —dijo Iyad en un tono ligero—. Fácil de usar.

Quitándole el ladrillo de la mano, Iyad señaló las motocicletas.

—¿Ves esas alforjas a cada lado de la rueda de atrás? Llénalas con éstos y bastará, aunque sea un coche blindado. Lo único que tienes que hacer es poner bien el cableado.

Ibrahim trató de pensar en su hermana.

Arrodillándose sobre la caja de bloques de plástico explosivo, Iyad le lanzó uno con toda tranquilidad por encima del hombro. Asustado, Ibrahim no logró atraparlo antes de que rebotara en el suelo de metal.

Riéndose un poco, Iyad dijo:

—Son muy estables. No detonan por sí mismos. Para eso están los cables.

Al cabo de pocos minutos. Iyad había instalado un conmutador en los manillares de la motocicleta, y había conectado los cables del interruptor a las alforjas. Los cables negros, del color de la motocicleta, eran virtualmente invisibles.

—En realidad es muy sencillo —dijo Iyad con satisfacción—. Cualquiera puede aprender a hacerlo.

Antes de marcharse, Ben-Aron se llevó a David Wolfe aparte.

—Ha sido un honor —dijo David.

Ben-Aron sonrió irónicamente.

—También para mí. Aunque, algunas veces, me he acordado de la historia de vuestro presidente Lincoln sobre el político al que emplumaron y expulsaron de la ciudad, sacándole en unas parihuelas. «Ha sido un gran honor; pero, la verdad, habría preferido irme andando», dijo el político.

—Temen por su país, señor primer ministro.

—¿No es lo que nos pasa a todos? —Ben-Aron le tocó el hombro—. No lo he dicho esta noche, pero necesitamos una mayor implicación de su gobierno. Algunos quieren que Estados Unidos permanezca al margen, sin implicarse en el proceso de paz. Eso podría ser fatal. —Acercándose, Ben-Aron observó a David con renovada intensidad—. Usted puede formar parte de esto, David. Cuando llegue su hora, espero que nos ayude.

Tras apretar brevemente el hombro de David, Ben-Aron se volvió, besó a Carole en la mejilla y se marchó, rodeado por su destacamento de seguridad.

Desde la ventana, David miró la calle. Entre el remolino de luces de coches de policía, David vio que el desfile de vehículos empezaba a moverse, sus luces brillaron en la oscuridad y dieron la vuelta a la esquina de la calle como una serpiente gigante antes de desaparecer.

Capítulo 15

En la oscuridad del recinto, Iyad llevó la furgoneta hasta la puerta del contenedor.

Ibrahim abrió las puertas traseras. Rápidamente se dispusieron a cargar la furgoneta: primero las cajas con sus uniformes y cascos, y luego los cables extra. Después de hacerlo, sudando en el frío aire nocturno, subieron las motocicletas, manipuladas con cables y plástico explosivo.

Al salir del complejo, el guardia levantó la vista de su revista y los saludó mecánicamente. Con el corazón en la garganta, Ibrahim le devolvió el saludo.

Para sorpresa de David, Harold Shorr salió de la cocina con una copita de armagnac y se sentó pesadamente en su butaca favorita. Aquello era algo inusual: rara vez Harold se tomaba una copa después de cenar, y solía dejar a Carole y David solos tras una de sus veladas.

David miró un instante a su prometida.

—¿Y bien? —le dijo a Harold.

Harold dejó de contemplar la copita de cristal y levantó la vista hacia David con una sonrisa apenada.

—El «derecho de retorno» es un mito, ¿no ha dicho eso? Algo que se puede desechar como un cuento de hadas que se explica a los niños. Pero han alimentado ese mito durante sesenta años permaneciendo en lo que todavía llaman «campos de refugiados». Es otra manera de decir: «No queremos judíos aquí». Al igual que no nos querían en Alemania, Rusia o Polonia. —Harold inclinó la cabeza en dirección a Carole—. ¿Adónde volveríamos? ¿Al pueblo polaco de donde procedo, en el que ya no quedan judíos?

Padre e hija intercambiaron una mirada de entendimiento con

un dejo melancólico y, en el caso de Harold, un rastro de amargura.

—Vosotros sois jóvenes —dijo cansinamente—. Yo no. Y estoy harto de ver cómo se repite nuestra historia. Mis padres no creían que los alemanes los matarían hasta que lo hicieron. Ahora son los palestinos: unos pasos adelante, unos pasos atrás. Otro apretón de manos, otra tregua, y luego aparecerá otro palestino que se dedique a volar por los aires israelíes para demostrar que no importa nada de todo eso.

»Siempre lo mismo: nos dan esperanza, y luego nos la quitan. Ahora tenemos a Hamás. —Harold logró esbozar una sonrisa—. Lo siento, David. Pero tengo pocas esperanzas puestas en Amos Ben-Aron.

Cuando se hubo marchado, David se quedó mirando por la ventana de Carole hacia las luces de Marina District, el oscuro lago de la bahía.

Detrás de él oyó el sonido de los pies desnudos de Carole.

—¿Puedes quedarte esta noche?

—Claro.

En el dormitorio se desvistieron sin decir nada y se metieron en la cama. Carole apretó su cuerpo contra el de él.

Suavemente, David la besó en la frente, señal de que quería dormir.

Sin embargo, descubrió que no podía. El último comentario de Harold, que señalaba que había perdido la esperanza, despertaba en él un recuerdo que no lograba ubicar.

Al fin volvió. Fue un fin de semana con Hana, hacia el final. «Eres libre de tener esperanza por nosotros —le había dicho—, pero yo no la tengo de esperar por ti.»

Saeb voló a Chicago para un congreso de estudiantes palestinos que duraría tres días y Hana pudo escabullirse, y David se puso eufórico.

Fueron a New Hampshire en el descapotable de segunda mano de David. El pelo oscuro de Hana flotaba al viento; Bruce Springsteen y Tom Petty ofrecían la banda sonora.

—Normal —dijo David con una sonrisa—. Así es como debería ser: normal.

Ni siquiera la sonrisa ambigua de Hana lograba disminuir su entusiasmo.

Se alojaron en un *bed and breakfast* al pie de Green Mountain. El sábado por la mañana, David le llevó el desayuno a la cama: cruasanes, café y zumo de naranja. Todavía desnuda, Hana se comió el primer cruasán con ganas. David pensó que nunca había visto nada tan encantador.

—Normal —repitió él.

Con la boca llena, Hana sólo alcanzó a levantar las cejas.

—Me gustaría hacer esto cada sábado —dijo David.

Hana acabó de tragar el último pedacito.

—¿Hacer qué? —preguntó con una sonrisa.

Y volvieron a hacer el amor.

Más tarde, salieron a hacer una excursión a pie. Hana nunca había vivido con un hombre, y David, que había aprendido a interpretar su inquietud como aprensión, decidió distraerla en lugar de asegurarle que estaban a salvo. Después de todo, ir de excursión también era algo normal.

El camino que subía por Green Mountain ascendía empinado a través de densos pinos, por lo que Hana tuvo que parar para tomar aire, o para beber de la botella de agua de David. Finalmente, llegaron a un promontorio de rocas erosionadas por el viento y la lluvia. La tarde era templada: brisas ligeras, el sol tibio de la primavera de Nueva Inglaterra; y la vista se extendía kilómetros y kilómetros.

—Qué bonito —susurró Hana.

Lo era. La extensión boscosa de colinas y valles era tan vasta que no parecía terminarse, sino desaparecer en algún horizonte lejano. Entre los bosques sólo se atisbaban unos pocos claros con granjas y aldeas punteadas por iglesias con campanarios. Después de la guerra civil, la naturaleza había empezado a reclamar la tierra, ocupando el espacio de la civilización mientras la energía del hombre se desplazaba hacia el oeste. David le contó todo aquello a Hana.

—Tanta tierra —comentó—. Resulta muy fácil dejarla, si crees que siempre habrá más. Creo que a veces la tierra explica muchas cosas de la gente.

—Así es para la gente de Estados Unidos —respondió David—. Siempre había otro lugar al que ir, la sensación de que las cosas nunca se acababan. Al final es una ilusión. Pero si la ilusión de un pueblo dura lo bastante, puede perfilar su modo de ser.

Hana le dirigió una mirada con el asomo de una sonrisa desafiante en los ojos, como si supiera que también se refería a las ilusiones de los palestinos. Pero decidió no meterse en el debate. Al cabo de un rato, se limitó a decir:

—Gracias por traerme aquí. Esta colina, este lugar, el desayuno en la cama. Nunca lo olvidaré.

David sintió que el deseo de hablar vencía al instinto de permanecer callado.

—Así podría ser la vida para nosotros. Libres para ir donde quisiéramos y hacer lo que quisiéramos. Libres para crecer juntos sin mirar todo el tiempo el reloj.

Pensativa, Hana miró hacia el bosque que tenían delante.

—Libre —dijo, como si se recreara en el sonido al pronunciarlo sus labios—. Para ti es una palabra tan sencilla. Eres un individuo... sin obligaciones con nadie, sólo te preocupa un poco más ser judío que ser de derechas. Satisfacer tus propios deseos es la cosa más sencilla del mundo; si quieres algo, por qué no lo vas a tener. —Le apretó la mano con más fuerza, como para apartar cualquier idea de que pretendiera herirle—. Eres tan americano, tan autosuficiente... A veces, cuando estoy contigo, me siento como una chica feliz y casi despreocupada. Pero entonces vuelvo a mirarte, y te veo muy inocente. Y me siento como si tuviera mil años.

De perfil, parecía nostálgica, o quizá resignada.

—Tienes veintitrés años, Hana. Y se nos acaba el tiempo. Me licencio dentro de un mes...

—No, David. Por favor.

La contención que le quedaba a David le abandonó del todo.

—Si hubiera tiempo, mi paciencia sería infinita, me limitaría a dejar que las cosas fueran siguiendo su curso. Soy capaz de hacerlo. Pero no tenemos tiempo. Tenemos que enfrentarnos a esto ahora: es demasiado importante para considerarlo un romance de verano entre estudiantes universitarios, condenado a terminar cuando la chica vuelve a clase...

—Pero es que sólo puede ser eso. —Hana se volvió hacia él. Su voz adoptó un tono apremiante—. ¿Es que no lo ves? Contigo iría todo el tiempo de un lado a otro, buscando un equilibrio que nunca encontraría. Lo que nos separa es mucho mayor que nosotros mismos. Para mi familia yo soy Sabra y Chatila, y tú serías el asesino...

—No soy un símbolo, por el amor de Dios. Soy una persona. ¿Para ti soy un asesino?

—No. —Hana hizo una pausa, y entonces añadió más calmada—: Pero eres el hombre que me está matando por dentro. Quiero estar contigo, David, hablar contigo, escucharte, pelearme contigo. Y sí, a veces te deseo tanto que parece que estoy hecha para ello. Lo cual es una locura. Porque soy mucho más que una mujer que desea a un hombre.

»En mi cultura, la familia nos define. Nunca entenderás eso. Para ti es fácil: sólo estás tú. No tienes vínculos muy profundos con tus padres, y tus padres no parecen tener vínculos con su historia o su religión. Pero cuando tus hijos pregunten por tu familia, y de dónde vienen, ¿qué les dirás?

—Nada —replicó David—. Nunca preguntarán, porque la pregunta no significaría nada para ellos. No puedo imaginar que un hijo mío se enamore y me pregunte: «¿Qué haría la familia Wolfe?».

Hana meneó la cabeza, como si perdiera toda esperanza de que él llegara a comprenderla jamás.

—Para ti son preguntas estúpidas, no se te plantean como preguntas en absoluto. No eres un Wolfe, eres sólo David. Pero para mí no. Antes de venir aquí, mi madre me dijo: «Por favor, no te enamores de nadie en Estados Unidos. Sólo te dará quebraderos de cabeza». Ya es demasiado tarde. Pero lo que quería decir es que yo les provocaría quebraderos de cabeza también a ellos. Y eso no puedo hacerlo nunca.

Con aquellas últimas palabras, el dolor de Hana se convirtió en el de él.

—Y entonces, ¿cómo puedes hacer esto?

—Miento. —Adoptó un tono distanciado, casi natural—. Venimos de una cultura de la vergüenza, no de la culpa. Nos preocupa nuestro nombre, nuestra imagen, nuestro honor a los ojos de los demás. Pero no lo que hacemos en privado. Conozco a mujeres palestinas de buenas familias que van al extranjero y tienen aventuras. Pero nunca hablan de ello en casa, y su familia nunca se entera. No necesito hablar a mi familia de nada excepto de Saeb.

Cuando volvieron a Cambridge, Hana se bajó a tres manzanas de su apartamento. David la vio alejarse caminando.

«Esto es una locura», pensó.

Se dirigía hacia el final de la licenciatura como un autómata, contando los días a medida que pasaban, apresuradamente, uno tras otro, hacia el instante que había llegado a temer. Algunas noches, robadas precipitadamente a Saeb o a los estudios de Hana, yacían en la cama mirándose a la cara, con los cuerpos húmedos tras hacer el amor. Pasaban minutos enteros sin hablar. David le pasaba los dedos por la espalda. Ya no podía imaginarse su vida sin ella.

Una noche vieron *Casablanca* juntos, y David se dio cuenta de que deseaba que el hecho de que Ingrid Bergman eligiera a su marido, el responsable salvador de la libertad, antes que al hombre que amaba hiciera que Hana se sintiese tan mal como se sentía él. Pero cuando se lo dijo, Hana respondió sencillamente:

—Ingrid Bergman no era una compañera para su marido. Yo sí lo seré.

—¿Estás segura? —la desafió David—. Sólo conozco a Saeb de un día, y ya sé lo herido que está. No estoy seguro ni siquiera de que piense en ti.

—Todos estamos heridos —respondió Hana sin alterarse—. Dime, David, ¿quieres vivir en Cisjordania?

La sugerencia de pasar la vida juntos, por retórica que fuera, dio esperanzas a David.

—No creo que fuera bien recibido allí. Pero tú podrías ser abogada en Estados Unidos, o enseñar.

—Yo no me siento bien recibida aquí. Y éste no es mi país. Es el país del poderoso, el principal aliado de Israel, sin el cual mi abuelo seguiría viviendo en la tierra que sus padres le dejaron. —Lentamente, apartó su mano de la de David—. Sabes que siento algo por ti. Pero te olvidas de lo que siento por tu país. Y por el mío.

Se marchó sin hacer el amor con él. Su rostro y su cuerpo expresaban que estaba sufriendo demasiado para quedarse.

Volvió a la noche siguiente. Hicieron el amor rápida e intensamente, como para disipar lo que ambos habían dicho.

—Quédate a pasar la noche conmigo —le imploró David.

—No puedo. Ya sabes que no.

—Por Saeb —le dijo él cansinamente.

—Y por mí. —Hana se sentó en la cama, con los ojos llenos de lágrimas—. Aún crees que lo entiendes. Pero no entiendes que he hecho un trato: dejarme llevar y entregarme a este hombre unas pocas semanas, y seguir las reglas el resto de mi vida.

»Al menos déjame conservar este momento, le digo a Alá, y quizá el siguiente, y prometo recompensarte. Sabiendo que cada momento me acerca más a no volver a verte.

La voz de Hana estaba teñida de rabia.

—¿Te preguntas si te amo? Sí, David, te amo. Y si me quisieras más, desearías que no te amara.

»Pienso en la vida que podría tener contigo, pero que nunca podremos tener. La felicidad que siento contigo lleva en su interior mucha tristeza. Quizá por eso es más intenso cuando hacemos el amor, más valioso. Pero hay tanto dolor...

—Hay dolor en ambos sentidos, Hana —la interrumpió David delicadamente—. ¿No crees que sentirás dolor de aquí a dos semanas, si decides no volver a verme nunca más? No puedes salir de esto sin hacer daño a alguien, sobre todo a ti misma.

Hana le dio la espalda. Con la voz ahogada, murmuró:

—Se lo he prometido a Saeb.

—¿Qué le has prometido? ¿Una esposa que no le ama? —David la agarró por los hombros—. Mírame, Hana.

Durante un instante, sintió cómo temblaba. Cuando se volvió, parecía herida, como si le doliera verle la cara.

David habló con contundencia.

—Quiero vivir contigo. Quiero que vengas conmigo a San Francisco.

Ella se quedó aturdida, casi perpleja.

—Cásate conmigo, Hana —le dijo bajando la voz.

Ella inclinó la cabeza. Parecía incapaz de hablar, o incluso de moverse. Las lágrimas que le corrían por el rostro fueron su única respuesta.

Capítulo 16

Al día siguiente, un poco antes del mediodía, Carole y David fueron andando desde la oficina de David hasta el Commonwealth Club, en Market Street; los automóviles tenían prohibido el paso por lo menos a diez manzanas de Market, y la calle estaba repleta de barricadas, oficiales de policía y miembros del Servicio Secreto, caracterizados por las gafas de sol que ocultaban a quién vigilaban los agentes.

Los furiosos manifestantes, judíos y árabes, unidos únicamente en su odio por Amos Ben-Aron, hacían presión contra las barricadas.

—Mucha seguridad —señaló Carole en un tono de voz preocupado—. La necesitan.

David asintió con la cabeza.

—Si la cosa adquiere grandes proporciones, los Lee Harvey Oswald del mundo pueden decidir que no es el día adecuado para entrar en la historia. —Señaló hacia las azoteas de los edificios de tres o cuatro pisos—. Habrá tiradores en los tejados, y seguridad por todo el auditorio. El gobierno de Estados Unidos no puede permitirse perder a Ben-Aron bajo su cuidado.

—Es triste tener miedo de esta manera —observó Carole—. Aun así, no es tan malo como Israel. Desde que empezaron los bombardeos, te cachean en los centros comerciales.

El comentario de Carole y los manifestantes eran el recordatorio del odio virulento que hacía que fuera tan difícil imaginar la paz. Pero David se sentía más aliviado de lo que había estado desde la llamada de Hana. El día primaveral era cristalino: para David, que era sensible al tiempo, podía augurar un nuevo comienzo entre israelíes y palestinos. Al entrar en el Commonwealth Club, le señaló a Carole:

—Espero que lo que tenga que decir Ben-Aron esté a la altura de las expectativas de la gente.

Y tras decir eso, ocuparon su lugar en la cola, esperando para pasar a través de los detectores de metales.

Fingiendo la misma autoridad que los oficiales de policía que dirigían las barricadas, Ibrahim e Iyad circularon por Market hasta detenerse en la esquina con la calle Diez. Iyad le había explicado que aquélla era la ruta al aeropuerto, la que se indicaba en el plano. Una vez más, Ibrahim se preguntaba quiénes serían los que habían planeado que se unieran a las fuerzas desplegadas para proteger al enemigo. Habían entrado en la zona de protección sin obstáculo alguno; para alivio de Ibrahim, los auténticos policías permanecían centrados en sus deberes.

La noche anterior no había podido dormir, agitado por la ansiedad y las dolorosas imágenes de su hermana. Pero aquel día se sentía decidido, aunque extrañamente desorientado. Con la cara cubierta por un casco y una máscara de plástico, Iyad se parecía a un soldado sionista vestido de antidisturbios. Entre la gente que bordeaba Market Street, Ibrahim vio a manifestantes que denunciaban a Israel por oprimir a su pueblo. El camino hacia el martirio parecía tan abierto que le sorprendía. Cuando cuatro oficiales de policía los adelantaron, tomando posiciones en la primera manzana de la calle Diez, Iyad murmuró:

—Es tal y como ella había prometido.

Ibrahim rezó en silencio. En poco menos de una hora, si tenían éxito, ya no pisarían la tierra.

Al cabo de unos minutos, David supo que estaba escuchando un discurso extraordinario.

La multitud de cinco mil personas, la elite de San Francisco, parecía entenderlo también: aun considerando las expectativas con las que recibieron las palabras del primer ministro, realzadas por la presencia de cámaras de las principales cadenas de televisión, estaban singularmente quietos.

—La historia épica de los judíos —decía Ben-Aron, con la voz pausada y fuerte—, repetida por nuestros profetas y poetas a lo largo de cientos de años, nos llamaba a reclamar la tierra de Israel. Hoy en día, los palestinos hablan de su destino histórico para reclamar esta tierra como suya. Y ambos se apoyan en los que vinieron antes. Pensemos en Jerusalén. Había judíos allí antes de que se escribiera la

Biblia, y musulmanes desde que nació el islam. Pero a menudo ambos nos mostramos ciegos a la historia del otro...

«¿Dónde empieza la historia para ti?», recordó David haberle preguntado a Hana. Estaba claro que Amos Ben-Aron pretendía ir más allá de esa pregunta.

—Hay judíos —continuó Ben-Aron— tan consumidos por las tragedias de tres mil años que no pueden ver el sufrimiento de los palestinos. Hay palestinos tan ciegos al sufrimiento de hace sesenta años que no pueden reconocer el sufrimiento de los judíos. Hoy en día los palestinos llaman al día de la fundación de Israel el «día de la catástrofe», señalándolo con el momento de silencio con el que nosotros, en nuestro Día de la Memoria, recordamos a las víctimas del Holocausto. Hoy en día los palestinos sufren por la ocupación llevada a cabo por soldados israelíes, mientras los israelíes temen morir a manos de terroristas palestinos suicidas. Ya basta. —Poniéndose en pie, Ben-Aron contempló al público—. Al pueblo palestino le digo: «Conozco vuestra historia. Vosotros, al igual que nosotros, habéis sufrido y habéis muerto. Vosotros, como nosotros, os habéis visto desplazados y desposeídos. Vuestra historia es nuestra historia. Aun así, vosotros, las víctimas, y nosotros, las víctimas, nos hemos enfrentado los unos a los otros en una de las ironías más crueles de la historia...».

David se volvió hacia Carole y vio que sus ojos brillaban de expectación.

—Ya basta —repitió Ben-Aron—. Ha llegado la hora de construir un futuro para nuestros hijos. Nuestra historia no debe ser nuestro destino; su destino no puede ser más muerte...

Iyad sacó el móvil de la chaqueta y escuchó atentamente.

Ibrahim intentó no reaccionar; pero cuando Iyad volvió a meterse el móvil en la chaqueta, su boca dibujaba una mueca, y había perdido la serenidad.

—Era ella —dijo—. Han cambiado la ruta del sionista.

Mientras escuchaba, David perdió la noción del tiempo.

—Tras cuarenta años de guerra —continuó Ben-Aron—, ésta es la verdad que deseo contar a los palestinos. Como judío, me duele vivir en un mundo en el que la seguridad de mi gente no está garantizada. Me duele vivir en un mundo en el que las naciones cuestionan nuestro valor como seres humanos. Me gustaría no tener que preocuparme por muchachos que buscan el honor matando judíos. Me gustaría no tener que preocuparme de si habrá un lugar seguro para mis nietos...

«Y también para Harold Shorr», pensó David. Cuando volvió a mirar a Carole, David supo que estaba pensando lo mismo.

—Eso es lo que me gustaría —dijo Ben-Aron bajando la voz—. Y eso es lo que les pido. Les pido que reconozcan nuestro derecho a existir. Les pido que rechacen la violencia. Les pido que nos ayuden a abandonar su tierra rechazando a aquellos, como Hamás, que nos matarían en nuestra tierra. Les pido que ofrezcan a los que desean abandonar el terrorismo, como la Brigada de los Mártires de Al Aqsa, la oportunidad de entrar en sus fuerzas de seguridad como defensa contra el terrorismo.

David pensó que aquella última frase era arriesgada y tremendamente inteligente: al sugerir que los Mártires de Al Aqsa podrían convertirse en el eje de las fuerzas de seguridad palestinas, Ben-Aron esperaba ponerlos en contra de Hamás, dividiendo en dos grupos a los militantes palestinos y a la vez arriesgándose a que aumentaran las iras de la derecha israelí

—Les pido que se esfuercen —continuó Ben-Aron— en conseguir una sociedad que satisfaga las necesidades de su propia gente en vez de alimentar su ira hacia mi gente. En resumen, una sociedad con la que se pueda pactar la paz.

»Esto es lo que les ofrezco a cambio.

Cuando Ben-Aron hizo una pausa, David sintió que su esperanza se incrementaba.

—El fin de los asfixiantes controles —continuó Ben-Aron—, los arrestos arbitrarios y las humillaciones mezquinas. Una negociación de fronteras justas que garanticen nuestra seguridad y su prosperidad. Un programa de compensación para los descendientes de refugiados palestinos. El desmantelamiento de los asentamientos ilegales. Un acuerdo según el cual Jerusalén será una ciudad abierta, la capital de ambas naciones. Un esfuerzo para ayudar a construir una economía que pueda prometer a nuestros jóvenes algo mejor que la tumba de un mártir. Y, al fin, un país propio.

Una vez más, la mirada de Ben-Aron escudriñó al público.

—También les ofrezco estas verdades —continuó muy serio—. Que nosotros, como judíos, aceptamos nuestra parte de responsabilidad por obligar a huir a sus abuelos, por la innecesaria matanza de Sabra y Chatila, por la presión demoledora sobre sus vidas cotidianas. Que todos nosotros, palestinos y judíos, somos responsables de aquello en lo que se conviertan nuestros hijos. Que tenemos la responsabilidad común de evitar que nuestra tierra acabe siendo una fosa común. Que es responsabilidad de todos nosotros, palestinos y judíos, reemplazar el culto a la muerte y al suicidio por la promesa de paz y dignidad. Y que ustedes, el pueblo palestino, deben hacer lo que les corresponde rechazando el veneno del odio y la venganza que ofrecen extremistas como Hamás.

En aquel momento David deseó poder volverse hacia Hana Arif y decirle: «Podemos hacerlo. O, al menos, nuestros hijos pueden».

—Y esto me hace volver a las reclamaciones históricas —prosiguió Ben-Aron—. Ninguno de nosotros puede resucitar el pasado. Ninguno de nosotros puede volver a una época que desapareció hace sesenta años. Pero para aquellos cuyas vidas están más centradas en el pasado que en el futuro, los palestinos nacidos en lo que ahora es Israel, podemos ofrecer un retorno. —La voz del primer ministro Ben-Aron se suavizó—. No el «derecho de retorno», sino la oportunidad, si lo desean, de volver a donde vivían antes del nacimiento de Israel.

Sorprendido, David trató de imaginarse la emoción de un hombre y una mujer a los que nunca había conocido, los padres de Hana. Volver podría ser doloroso, un final para sus sueños. Y pese a todo, ese sueño había consumido sus vidas, y Ben-Aron estaba dispuesto a reconocerlo.

—Ellos —concluyó Ben-Aron—, al igual que yo, son viejos. Y ellos, al igual que yo, tienen el sueño propio de los viejos: sentarse bajo un olivo y ver a sus nietos jugar, libres de la carga de la historia. Dejemos que éste, el mejor de nuestros sueños, hable de lo mejor que nosotros podemos dar.

Abruptamente, Iyad hizo girar su motocicleta en dirección al Commonwealth Club.

—La calle Cuarta —le dijo a Ibrahim—. Debemos darnos prisa.

Apretando el acelerador, Iyad retrocedió al lugar de donde venían, parándose sólo para arrojar su móvil en un cubo de basura junto a la acera. Ibrahim le seguía. Sus oraciones habían quedado desdibujadas por el pánico, el ruido de la motocicleta de Iyad y las vibraciones de la suya propia.

Capítulo 17

Al salir del Commonwealth Club, David se quedó un momento quieto, demasiado fascinado por el momento para volver corriendo a su oficina.

Estaba de pie con Carole entre la multitud, en la esquina de Market y la calle Dos, mirando las barricadas de la policía, la inusitada vaciedad de la calle en sí, la fila de limusinas negras que esperaban a Ben-Aron.

—Me gustaría verlo marchar —dijo—. Vamos a buscar un lugar estratégico.

David la condujo entre la multitud hacia donde la calle Cuarta cruzaba con Market.

—Cuando estaba en la oficina del fiscal —le explicó—, conocía al policía que llevaba la protección de dignatarios. A veces cambiaban de ruta; si están realmente preocupados, es posible que hagan uso de un desfile de vehículos falso. Pero desde aquí sólo hay tres rutas directas al aeropuerto: por la Cuarta, la Sexta o la Décima hasta la autopista 101. Si nos quedamos en la Cuarta, seguro que los vemos pasar.

Encontraron un lugar tras las barricadas en la esquina de Market con la Cuarta. Con ojo experto, David estudió a los policías en motocicleta que esperaban en Market hacia la calle Diez, las barricadas que bloqueaban la calle Cuarta.

—Diría que van a bajar por la calle Diez.

Carole le cogió de la mano. David analizó a las personas que bordeaban Market Street: un grupo de jóvenes judíos con kipás; unos pocos estudiantes árabes cuyos carteles pedían el fin de la ocupación; un vagabundo barbudo con un carro de la compra y la mirada que indicaba que estaba en las nubes; madres e hijos que esperaban vivir un momento histórico; un hombre joven y esbelto con gafas de sol cuya actitud alerta y en tensión señalaba que era un agente del Servicio Secreto. En la azotea de una tienda de artículos deportivos, David vio a un hombre con un fusil de tirador, y entonces le llamaron la atención dos policías en motocicleta que se dirigían hacia ellos desde la calle Décima.

Como si obedecieran a una señal, un equipo de policías uniformados abrió las barricadas que bloqueaban la calle Cuarta. Abruptamente, los dos motoristas viraron hacia la Cuarta, y sus Harley-Davidson pasaron a toda velocidad, ladeadas. Se detuvieron unos pocos centímetros antes del final de la manzana, los frenos chirriaron, cada uno estacionado en un lado de la calle. Detrás de ellos, David vio más policías y barricadas bordeando la calle de dirección única hacia la autopista 101.

—Esos dos policías en moto —dijo David—. Algo está pasando...

Carole le miró con aprensión.

—¿Problemas?

—Sólo precaución, creo.

De las inmediaciones del Commonwealth Club llegó el gemido de las sirenas de policía, el sonido del desfile de vehículos que se ponían en marcha; a continuación de la calle Cuarta, más policías colocaron barricadas de acero por Market Street, sellándola. Para David, la simetría del sonido y el movimiento reflejaba una cierta majestuosidad.

El desfile se acercaba hacia ellos ahora: era una falange de seis oficiales de policía más en motocicleta, seguidos por las limusinas en formación cerrada, puede que a sólo un poco más de medio metro de distancia.

—¿Cuál es el coche de Ben-Aron? —preguntó Carole.

David detectó a dos hombres con rifles sentados con las piernas cruzadas en el maletero de la cuarta limusina, mirando hacia la limusina que quedaba detrás.

—¿Ves a esos tiradores? —dijo David—. Me parece que él está detrás de ellos.

De manera casi sinuosa, las motocicletas doblaron al unísono por la calle Cuarta, pasando por delante de sus ojos.

Ibrahim veía a los policías pasar por delante de él, señalar los últimos momentos de su vida. Al otro lado de la calle, Iyad estaba encorvado sobre su motocicleta, preparado para dar la señal.

—Yo iré primero —le había ordenado—. Cuenta hasta tres y me sigues. Aunque me disparen, tú lo volarás para que vaya derecho al infierno.

Con los dientes apretados, Ibrahim murmuró el nombre de su hermana a modo de oración. No encontraba palabras para dirigirse a Dios.

La primera limusina dobló la esquina. Mirando en vano sus ventanas opacas, Carole murmuró:

—No creo que seamos capaces de verlo.

La segunda limusina pasó lentamente, y luego la tercera. Ésta también tenían los cristales tintados; David sabía que dentro había asesores, agentes del servicio secreto y miembros del destacamento de seguridad de Ben-Aron. Los dos tiradores en el maletero de la cuarta limusina analizaban cada lado de Market Street.

—Ahí viene, creo.

Cuando la siguiente limusina dobló hacia la calle Cuarta, los tiradores se prepararon. A cada lado, los dos policías en motocicleta que habían estado esperando se unieron al desfile. David trató de atisbar la limusina que se deslizaba por la esquina.

Los cristales no estaban tintados. Apoyándose en la barricada, David escudriñó el asiento de atrás y vio que el primer ministro levantaba la mano, a modo de saludo y bendición a la vez, durante el breve paso de su limusina.

Mientras David y Carole los contemplaban, los dos policías fueron frenando sus motocicletas hasta que la limusina de Ben-Aron pasó entre ellas.

A su derecha, Ibrahim vio que el conductor le miraba con sorpresa. Pero desde el coche de delante, los tiradores seguían observando a la multitud en busca de señales de peligro. Ibrahim esperaba la señal de Iyad con el corazón acelerado.

Iyad acercó más su motocicleta a la limusina, reduciendo la marcha hasta quedar junto a la ventana de atrás.

«Por favor —le imploró Ibrahim—, hazlo de una vez.»

Sin embargo, Iyad seguía sin dar ninguna señal. Desde el asiento de pasajeros, el rostro aguileño de Amos Ben-Aron parecía mirarle fijamente a los ojos.

Una sacudida zarandeó a Ibrahim como una corriente eléctrica. En un acto reflejo de determinación y pánico, apretó el conmutador que pondría fin a su vida y a su...

Pero nada ocurrió. El miedo de Ibrahim se convirtió en incredulidad.

En aquel momento, Iyad viró hacia la limusina.

La incredulidad de David duró medio segundo: lo mismo que tardó una bala en atravesar la cabeza del asesino y arrojar sangre y sesos por los aires. A continuación, una tremenda explosión sacudió la acera bajo sus pies e hizo añicos las ventanas que tenían detrás.

La limusina de Ben-Aron estalló en llamas, arrojando cristal, metal y trozos de cuerpos hacia fuera, a cámara lenta. El grito de Carole ensordeció a David; tambaleándose por la onda expansiva, atrajo a Carole hacia él. Sus ojos registraron imágenes que su mente no podía comprender, un caleidoscopio de horror: un brazo amputado, el armazón deforme de la limusina que se fundía adoptando la forma de una tumba grotesca, uno de los asesinos tirado en la calzada como una muñeca de trapo de tamaño natural. Lo único que sabía David era que Amos Ben-Aron estaba muerto, y que su sueño se había hecho pedazos como el cuerpo del primer ministro.

Carole temblaba y no emitía sonido alguno. David apretó la cara de ella contra su pecho para que no pudiera ver las imágenes que llenaban su alma de horror.

Débilmente, Ibrahim notó la sangre que empapaba su uniforme hecho jirones. El casco se había desprendido; la cabeza yacía en el cemento, que le había despellejado la cara.

¿Estaba vivo? Debía de estarlo. Pero no entendía nada de lo que había pasado.

A su alrededor oyó los lamentos, los gritos de dolor y asco. «Me encontraré con el Profeta, estoy seguro de que me encontraré con el Profeta.» La oscuridad se cernió sobre él, y un sollozo de angustia murió en su garganta.

Capítulo 18

A las cinco de la tarde, David y Carole llegaron finalmente al apartamento de ella.

Se habían pasado las horas anteriores como prisioneros involuntarios, contestando las preguntas de dos agentes del FBI mientras la policía y otros agentes acordonaban la escena y recogían los escombros y los restos carbonizados de lo que una vez fueron seres humanos. Al parecer, había tres víctimas además de Amos Ben-Aron: dos hombres de la limusina del primer ministro y su asesino, cuyo cuerpo simplemente parecía haber desaparecido. El segundo asesino había sobrevivido, al menos por el momento; los enfermeros lo habían puesto en una camilla, con la cabeza caída a un lado, y se lo habían llevado corriendo al hospital con las sirenas atronando. Sin salir de su aturdimiento, David había intentado confortar a Carole, que, a excepción de sus respuestas titubeantes para el FBI, no había dicho gran cosa. Ahora David estaba sentado con ella en el sofá donde, la noche antes, Harold Shorr había despreciado la esperanza de paz de un hombre muerto.

Nada tenía sentido; desde luego, no la inquietante tranquilidad del ático en el décimo piso, la luz del atardecer en un día totalmente despejado, el recuerdo de Amos Ben-Aron hablando en la habitación de al lado. David se sentía suspendido entre la realidad y los restos borrosos de una pesadilla.

Carole parecía tener cinco años más.

—Estaba pensando en Anna Frank —dijo, cansada—, sobre lo que escribió en su diario: «A pesar de todo, aún creo que en el fondo la gente es realmente buena». Pese a lo que le ocurrió a mi padre durante el Holocausto, a todos ellos, yo también intento creerlo. Pero ahora no, no puedo.

Cuando sonó el teléfono, fue David quien contestó.

—¿Estáis bien los dos? —preguntó Harold.

—Dentro de lo que cabe, sí.

—Lo sé. —La voz monocorde de Harold denotaba un cansancio indescriptible—. Es la historia de nunca acabar: nuestra historia, el asesinato de judíos. ¿Quiénes eran, David?

—No lo sé. El hombre al que se llevaron parecía árabe.

—Árabe —repitió Harold en voz baja—. Eso ya lo sabemos. Los terroristas suicidas han llegado a este país. Para matar a un judío que pensaba que podría hacer la paz con los árabes.

Aunque David había quedado marcado por lo que había presenciado, la resignación amarga que oyó procedía del alma herida de Harold, cauterizada pero nunca sanada.

—Por favor, ven —le dijo David—. Es bueno que estemos los tres juntos.

En silencio, los tres miraban la televisión.

David se imaginaba el mundo retumbando, las ondas expansivas de la explosión que había presenciado extendiéndose hacia fuera en círculos concéntricos. Desde Washington, el presidente expresó la vergüenza, la rabia y la determinación de su país, así como el «compromiso de Estados Unidos de encontrar y castigar a los autores de esta maldad, cueste lo que cueste». El presidente de la Autoridad Palestina, Marwan Faras, que estaba como consumido y a la defensiva, condenó «el atroz asesinato de este hombre de paz». El presidente de Israel se unió a multitudes de judíos que rezaban en el Muro Occidental o Muro de las Lamentaciones una reunión espontánea en Tel Aviv alcanzó las cien mil personas. A lo largo de Estados Unidos, los dolientes se reunían ante los consulados israelíes; en la CNN, los comentaristas y estadistas invocaban el asesinato de John F. Kennedy y el horror del primer atentado suicida de Estados Unidos: su matanza inexplicable, su extrañeza, su relación con el terror del 11 de septiembre. El misterio que rodeaba a los asesinos sólo agudizó la sensación de David de que se había producido una alteración cósmica y que la historia había cambiado para siempre.

—¿Crees que conocían la ruta? —preguntó Harold.

—Eso parece. Más aún, creo que sabían que la ruta había cambiado.

—¿Qué quieres decir?

—Que alguien se lo dijo; puede que sin darse cuenta, o puede que a sabiendas. —David sorbió su copa de whisky, sintiendo la calidez anestésica del alcohol—. De algún modo consiguieron uniformes, motocicletas y explosivos, se infiltraron como policías y averiguaron adónde iba Ben-Aron. Quienquiera que planeara esto no sólo tuvo suerte, sino que fueron también sofisticados y resolutivos.

Sonó el móvil de Carole. De mala gana, ella rebuscó en su bolso.

—¿Burt? —respondió. David se preguntaba por qué llamaría su principal asesor político a aquella hora—. Sí —continuó Carole—, es terrible. Y sí, está aquí.

Le pasó el teléfono a David. Burt Newman hablaba rápido, como si el acto de hablar tuviera que pagar impuestos por minuto.

—Siento molestarte en casa de Carole, pero Canal 2 te quiere para las noticias de las diez.

—¿Para qué demonios?

—El asesinato de Ben-Aron. La productora quiere a alguien con conocimientos políticos y experiencia legal, preferiblemente un fiscal, para explicar un poco a la gente lo que está pasando. Tú eres perfecto...

—Burt —dijo David con énfasis—. Conocía a ese hombre. He visto lo que ha pasado hoy.

—¿Visto? ¿Quieres decir que lo has visto realmente, que estabas allí?

—Sí.

—Eso es mejor aún. Eres cuatro personas en uno: conocido, testigo ocular, político, ex fiscal. —Newman hizo una pausa y continuó en un tono más serio—: Lo siento, David. Pero es una hora de programación que alguien va a llenar de todos modos... Vale cien mil dólares, y nos la ceden gratis. Y nadie te puede acusar de exhibicionismo...

—Puede que de necrofilia.

Carole se volvió a mirarle.

—Te estás preparando para presentarte al Congreso —replicó Newman—. El asesinato de Amos Ben-Aron es la mayor noticia que va a vivir esta ciudad jamás, y tú, David Wolfe, puedes hablar de todas sus dimensiones con la seriedad que se merece. Además, al menos un cuarto de millón de personas estarán mirando. ¿Quieres que escuchen a algún charlatán, o que te oigan a ti? Iré al grano: ¿quieres presentarte al Congreso? Si el presidente de Estados Unidos puede aprovecharse de la televisión, tú también puedes.

Era surrealista, pensó David, un chiste cruel. Y le producía una cierta incomodidad en relación con un aspecto de sus propias ambiciones: la necesidad de exponerse, la tierra de nadie entre lo real y lo artificial, entre la sinceridad y el interés. Cuando ya no supiera ver la diferencia, se convertiría en un don nadie.

—Volveré a llamarte —le dijo a su asesor.

Al colgar, David explicó lo que quería Newman.

—¿Cómo voy a hacer eso? —preguntó.

Harold reclinó la cabeza en el sofá, con los ojos cerrados, apartándose de la discusión.

—Porque todo lo que ha dicho Burt es verdad —respondió Carole—. Si le pasara algo a papá, por muy triste que fuera, ¿no dirías algo sobre él si un canal de televisión te lo pidiera?

—¿Y por qué no lo digo ahora, mientras Harold todavía pueda oírme?

Carole meneó la cabeza.

—David —le dijo en tono cansado—, lo que hagas es decisión tuya. Pero no eres como esos narcisistas de los *realities*. A ti te importa Amos Ben-Aron y lo que representaba.

David dejó su bebida.

—Dame el móvil —dijo al final—. Pero no me prestaré al rollo del testigo presencial. No puedo.

Fue una noche muy extraña.

El plató de las noticias de las diez era al mismo tiempo deslumbrante y aséptico, y le recordaba a David a un motel para viajantes, del que no veía la hora de marcharse. Y aunque le gustaba la presentadora, Amy Chan, su diálogo parecía una experiencia extracorpórea, como esos momentos curiosos en un cóctel en los que David, totalmente distanciado, escuchaba sus propias respuestas como si procedieran de otra persona.

—En nuestra época, Amy, sólo ha habido unos pocos líderes a los que podamos calificar de excepcionales: Martin Luther King, Nelson Mandela, puede que Lech Walesa en Polonia. La tragedia es que dentro de un año puede que añadamos a Amos Ben-Aron. Ahora sólo nos queda esperar que su muerte no signifique la muerte de la esperanza, el inicio de más derramamiento de sangre.

La presentadora asintió con la cabeza, adoptando una expresión grave.

—Eso nos lleva a los aspectos legales y de investigación. El FBI tiene a un hombre detenido. Y ahora, ¿qué ocurrirá?

—Empecemos por el delito. —David descubrió que en ese aspecto se sentía más seguro, y sus reflejos de fiscal empezaron a brotar—. Se trata de un triple asesinato; es más, el asesinato de un funcionario extranjero y el asesinato de un agente del servicio secreto son delitos federales, los dos. Eso significa que la investigación y la acción judicial caerán bajo la jurisdicción del Departamento de Justicia y, localmente, de la fiscal de Estados Unidos. Marnie Sharpe es una fiscal capaz y experimentada; supongo que ella ayudará a dirigir la investigación y ella misma emprenderá acciones judiciales. Ya se encuentra bajo una presión tremenda; todo el mundo lo está, del presidente hacia abajo. El resultado de la investigación puede cambiar la historia de al menos dos pueblos, el israelí y el palestino.

—El presidente —señaló Chan— le está dedicando grandes esfuerzos.

David sintió que la cámara le miraba desde las sombras que estaban más allá del plató.

—Un primer ministro israelí bajo nuestra protección ha sido asesinado en suelo estadounidense. Eso significa que el FBI, el Servicio Secreto y la CIA trabajarán con la organización de seguridad externa de Israel, el Mossad, y el Shin Bet, el equivalente israelí del FBI. También trabajarán con la unidad del Shin Bet que se encargó de la protección personal del primer ministro.

»El FBI llevará la iniciativa: prepararán un centro de mando en San Francisco, dirigido sin duda por un experto antiterrorista, e interrogarán a todos los policías y agentes del Servicio Secreto involucrados en la protección a Ben-Aron.

—¿Incluso a los israelíes?

David titubeó.

—Eso es delicado. Para serle franco, existe la posibilidad de que se haya producido un fallo de seguridad, suyo o nuestro. Poniéndose en lo peor, se trataría de algo deliberado. Teniendo en cuenta la situación política en Israel, es algo que resulta potencialmente incendiario. Puede que los israelíes quieran encargarse de su propia gente y llevar a cabo su propia investigación.

»Sea como sea, la investigación no se verá limitada a Estados Unidos. La lista de personas que deseaban asesinar a Amos Ben-Aron empieza en Oriente Medio. Él también sabía eso, desde luego. Así que las agencias de inteligencia de ambos países pondrán en marcha todos sus recursos en la región. —David volvió a hacer una pausa—. Pero la mayor fuente de información posible yace en la cama de un hospital: el segundo terrorista suicida.

Chan frunció el ceño en un gesto de falsa perplejidad destinado al público.

—¿Por qué alguien que desea ser una bomba humana iba a querer hablar con el FBI?

—Buena pregunta. Pero también hay que preguntarse otra cosa: «¿Por qué sigue entre nosotros?». Se supone que los terroristas suicidas no sobreviven. —David sintió que se ampliaba su campo de visión y se imaginó como Marnie Sharpe—. Ahora es todo lo que tenemos, el único que puede saber de dónde procedían sus órdenes. Si dice lo que sabe, podría abrir de par en par este caso… y, potencialmente, todo Oriente Medio.

»Primero querrán a la persona que le daba instrucciones. Luego querrán seguir la cadena de mando, hasta arriba. Así que, menos torturarle, le harán todo lo que quieran hacer.

—¿Como por ejemplo?

—Bajo la ley federal, matar a un líder extranjero puede penarse con la muerte. Así que lo condenarán a la pena capital. También pueden amenazar con extraditarlo a Israel, pero el único problema táctico es que Israel no tiene pena de muerte. Pueden incluso tratar de asustarlo con lo que llaman la «rendición extraordinaria», y enviarlo a un régimen extranjero que sí utilice la tortura.

—¿Y eso suele ocurrir?

—Claro, sobre todo desde el 11 de septiembre, aunque no nos guste hablar de ello. Si el hombre es listo, sabrá que se están echando un farol: no se le puede enviar con los saudíes a la vista de todo el mundo. Lo único de lo que estoy seguro es que no dormirá bien por la noche. Eso siempre y cuando se recupere lo bastante como para contestar preguntas...

—O decida hacerlo.

—Sí. Pero no puede esconder quién es, o de dónde viene. Todo eso lo averiguaremos nosotros mismos.

—¿Y cuando lo hagamos?

Había muchas respuestas posibles, pensó David. Pero la que eligió salió a la superficie de las profundidades de su propio pasado.

—Esperemos que no sea palestino —respondió sencillamente David.

Capítulo 19

La productora del Canal 2 quedó tan encantada que volvió a invitar a David. Y así empezaron las apariciones televisivas diarias que David describió a Carole como «el viacrucis de la TV».

En la mañana del tercer día después del asesinato, David entró en la sala de espera del Canal 2 y se encontró con Betsy Shapiro, la imperiosa y algo acartonada senadora de California que, debido a la larga amistad que la unía con Harold y Carole, era la madrina política de David. Al verlo, le dio un abrazo mecánico y sonrió. Betsy era una mujer formal que a menudo producía la sensación de haberse visto interrumpida por alguna sorpresa inoportuna; aquel día, vestida con su uniforme de senadora —traje de chaqueta, blusa de seda y collar de perlas—, parecía centrada en la entrevista que le iban a hacer. La senadora Betsy Shapiro siempre estaba preparada, y medía todas sus palabras con precisión.

—Creo que estás aquí para hablar de Ben-Aron —le dijo Betsy lacónicamente—. Ten cuidado, David. Estuviste bien la otra noche. Pero plantear la posibilidad de la complicidad de Israel en un fallo de seguridad no es lo que la mayoría de los judíos desea escuchar. Y si es verdad, dividirá a la sociedad israelí...

El joven productor de las noticias de la mañana irrumpió en la habitación y encendió el televisor.

—Perdone, senadora, pero van a dar un comunicado en la CNN.

Marnie Sharpe estaba en un estrado, rodeada de reporteros, micrófonos y cámaras. Para David, la tensión que la atenazaba era obvia: aunque normalmente hablaba sin notas, esta vez leía un discurso preparado, y su voz era mucho más monótona que de costumbre.

—Esta mañana —empezó— hemos identificado de manera concluyente al asesino que ha sobrevivido al asesinato del primer ministro, Amos Ben-Aron. Su nombre es Ibrahim Jefar, ciudadano palestino de la ciudad cisjordana de Yenín, y estudiante de la Universidad de Birzeit en Ramala.

—Mierda —murmuró David.

—El señor Jefar y su cómplice, Iyad Hassan, viajaron de Cisjordania a México usando sus propios pasaportes. Desde ahí entraron ilegalmente a Estados Unidos, donde el señor Hassan alquiló un coche bajo un nombre falso, y los dos hombres continuaron hasta San Francisco. —Sharpe hizo una pausa, como si le ahogara el peso de sus siguientes palabras—. Excepto para informar de que el señor Jefar está en buen estado de salud, en este momento no podemos confirmar nada más. Pero nuestros servicios de inteligencia creen que el señor Jefar pertenece a un grupo terrorista palestino, la Brigada de los Mártires de Al Aqsa...

Shapiro soltó aire lentamente.

—Esto lo desmonta todo. Si el asesino fuera de Hamás, ya sería malo. Pero Al Aqsa es una rama de Fatah, el partido de Faras, la última esperanza de Ben-Aron de tener un socio fiable en el proceso de paz. Como Ben-Aron, Faras incluso había propuesto que Al Aqsa dejara la resistencia armada y se uniera a las fuerzas de seguridad internas. Ahora esta situación lo pone en contra de Israel y también de Al Aqsa.

La mirada de David volvió a la pantalla.

—Esto —estaba diciendo un analista de la CNN— puede poner en grave peligro cualquier oportunidad de una paz negociada...

—¿Puede? —Betsy Shapiro agitó una mano desdeñosa hacia la CNN—. ¿Qué te apuestas a que el próximo primer ministro de Israel será un partidario de la línea dura? Pero cualquier líder que quiera sobrevivir cortará el contacto con Faras, tomará represalias militares contra Al Aqsa, acelerará la construcción del muro de seguridad y declarará a la Autoridad Palestina responsable del asesinato de Ben-Aron. Y eso sólo puede desestabilizar a Faras y fortalecer aún más a Hamás. Si alguien hubiera diseñado un plan para destruir toda esperanza de paz, no podrían haberlo hecho mejor.

Fue esa idea, tomada en su sentido literal, la que se quedó grabada en la mente de David.

A las cinco de aquella tarde, aunque el atribulado Marwan Faras había repudiado rápidamente a la Brigada de Mártires de Al Aqsa, los aviones israelíes ya habían arrasado desde el cielo el campo de refugiados de Yenín, demoliendo una casa en la que los israelíes afirmaban que se escondían miembros de Al Aqsa. Al momento se sucedieron las reivindicaciones palestinas por las muertes de civiles, aderezadas con la virulencia expresada por parte de Hamás.

Mientras miraba la televisión con Carole, David no podía evitar preguntarse qué sentirían Hana Arif y Saeb Jalid, y cómo podría afectar esto a su futuro y al de su hija. Se temía que las vidas de millones de palestinos hubieran cambiado y se añadiera una generación o quizá más aún a todos los atrapados en seis décadas de odio.

—Estamos viendo una tragedia —le dijo a Carole.

—¿Qué más podía hacer Israel? —preguntó ella sin más.

Su tono de voz dejaba entender todo lo demás: la «tragedia» eran los asesinatos que David y ella habían presenciado, no las represalias que se tomaron a continuación. Al cabo de un rato, Carole dijo:

—Hay un servicio religioso en Jerusalén en recuerdo de Amos Ben-Aron. Deberíamos ir, David.

David sintió que aquel comentario tenía múltiples significados: que no sólo era importante políticamente, sino que también lo era para Carole, ya que sellaría la conexión de David con Israel.

—Haré lo que pueda —contestó él, y se fue corriendo al Canal 2.

Cuando llegó, David se enteró por Amy Chan de que Ibrahim Jefar había sido trasladado del hospital a un centro de detención, y que seguía con un abogado de la defensa pública federal.

—Nuestras fuentes —dijo Amy delante de la cámara— dicen que su abogado, Peter Burden, ha iniciado las conversaciones con la fiscal de EE UU. ¿De qué pueden tratar esas conversaciones?

David se reclinó en su asiento.

—En cierto sentido, Jefar tiene todas las cartas en la manga: es el único que puede saber con seguridad quién los contrató, quién los ayudó, quién trató con ellos, cómo burlaron la seguridad de Ben-Aron, y cómo pudieron llegar a una ciudad desconocida y adquirir todo lo que necesitaban para llevar a cabo este asesinato.

—Parece que por todo ello se ha convertido en un testigo con un valor incalculable —dijo Chan—. Es el superviviente que se supone que no tenía que sobrevivir.

—Claro. Pero ese hombre ayudó a matar al primer ministro de Israel. Marnie Sharpe no tiene libertad para hacer un trato. Me sorprendería mucho si cualquier posible trato no fuera vetado de entrada por la Casa Blanca. Lo máximo a lo que puede aspirar Jefar es a cadena perpetua en un lugar seguro, puede que con la posibilidad de la condicional; un breve lapso de libertad entre la vejez y la muerte, en un mundo que se haya olvidado de despreciarlo. —David adoptó un tono sarcástico—. Imagino que es libre de tener esperanza. Después de todo, tiene veintidós años.

»Y en lo que respecta a la fiscal —continuó David—, la opción más agresiva consiste en que Marnie Sharpe le diga al abogado de Jefar que su cliente dispone de un día, y sólo uno, para decirle al gobierno lo que diría en el tribunal sin que pueda ser usado en su contra. Pero si Sharpe y su abogado hacen un trato y el testimonio de Jefar sobre esa conspiración resulta ser distinto de la base de ese trato, Sharpe puede utilizar lo que Jefar haya confesado para condenarlo.

»A esto se le llama ser reina por un día. Este juego tiene una única regla: o dices la verdad o mueres. —David hizo una pausa para poner mayor énfasis—. No se podrá confiar mucho en este caso. Un abogado defensor decente pediría que el trato fuese por escrito. Y Sharpe querrá corroborar las pruebas, algo que indique que Jefar está diciendo la verdad. Si va a juicio y Jefar cambia su historia, Sharpe quedará como una tonta. Ni siquiera enviarlo a la cámara de gas serviría para compensar eso.

Ibrahim estaba sentado en la habitación estéril mirando hacia su abogado, un hombre flaco y barbudo que parecía más un profesor que un temible letrado.

—Es extraordinario —le dijo el abogado en su primera reunión—. No sólo te libraste de la muerte, sino que saliste sólo con rascadas y quemaduras. Así que ahora puedes elegir otra vez.

Ibrahim estaba solo, apartado de todo lo que conocía, y se le había negado el honor de la muerte. El miasma de la nada se estaba apoderando de él. Miraba hacia el vacío de una vida posterior que nunca había imaginado, en compañía de extraños, incluido aquel hombre que le hablaba de cooperar, de mejorar su situación, de vivir con aire para respirar en vez de morir. Su alma estaba más afectada que su cuerpo.

—No saben nada —le estaba diciendo su abogado—. Supongamos, sólo para tu defensa, que te reclutaron en Cisjordania. Supongamos que empiezas tu historia aquí. Me cuentes lo que me cuentes, no se lo puedo decir a nadie a no ser que tú me dejes.

Ibrahim se frotó las sienes. No conseguía comer; no tenía nada en el estómago, y el hambre alimentaba un dolor de cabeza vibrante, que le producía náuseas.

—Nunca hablé con ella... Siempre lo hizo Iyad.

—¿Cómo se comunicaban?

—Teléfonos móviles, siempre nuevos. Arrojaba los anteriores a la basura. Una vez cogió prestado el mío. Me dijo que el suyo no funcionaba.

—¿Y eso cuándo fue?

—El día antes de que matáramos al judío, creo. Fue uno de los teléfonos que tiró.

—¿A qué número llamó Iyad?

Ibrahim se esforzó en recordar.

—En el motel había un trozo de papel con el número de teléfono. Lo vi memorizarlo.

—¿Qué pasó con el trozo de papel?

—No lo sé. —Para Ibrahim, el sonido de su propia voz parecía venir de muy lejos—. También lo tiró, creo.

El abogado de Ibrahim sonrió.

—Tienes suerte —le dijo—. Encontraron un trozo de papel en la papelera. Si te lo enseñaran, ¿sabrías si es ese papel?

Aturdido, Ibrahim asintió.

—Eso creo, sí.

—Y esos lugares que has descrito: la estación de autobuses, el centro comercial, el contenedor..., ¿los reconocerías?

Ibrahim meneó la cabeza.

—No sé dónde están. Como el guardamuebles... Lo único que sé es que está en alguna parte junto a la carretera...

—Creen que lo han encontrado. —El abogado sonrió afablemente, como un profesor que animara a un estudiante—. ¿Recuerdas el número de la puerta del contenedor?

Ibrahim cerró los ojos. Las imágenes pasaban como diapositivas: la puerta, el guardia...

—Treinta y cuatro —se atrevió a decir—. Creo que era el treinta y cuatro...

—Bien. —El abogado se quitó las gafas de alambre y las limpió con un pañuelo. En voz baja, le preguntó—: ¿Te gustaría salir vivo de ésta, Ibrahim?

Capítulo 20

De repente, las apariciones televisivas de David comenzaron a disminuir: el Departamento de Justicia y Marnie Sharpe empezaron a guardar silencio absoluto; no había filtraciones de la investigación ni pistas sobre la dirección que estaba tomando.

David no estaba seguro de cómo interpretar ese bloqueo informativo, pero le facilitaba los cambios de agenda necesarios para asistir al servicio en recuerdo de Ben-Aron. Y así, tres días antes de irse, llegó a su oficina a las siete y media esperando poner su trabajo al día.

Cuando sonó el teléfono, poco antes de las ocho, estaba seguro de que la persona que llamaba debía de ser Carole.

—¿David?

Se sorprendió un instante. Era como si Hana hubiera ido invadiendo sus pensamientos hasta darse cuenta finalmente y llamarle. En voz baja, él le preguntó:

—¿Cómo estás?

—Bien. ¿Y tú? Te he estado viendo en televisión. Lo haces muy bien, y eres fotogénico. Pero me has parecido como triste.

—Lo vi morir, Hana. En parte es por eso. Y también siento que nuestras vidas, la tuya e incluso la mía, nunca volverán a ser igual.

—Sí, a veces yo también pienso eso.

—Y entonces, ¿por qué no has vuelto a casa? ¿Es demasiado peligroso?

Hana vaciló.

—No es eso. Tu gobierno se ha quedado nuestros pasaportes.

—¿Por qué?

—No lo sé. Pero tienen algo llamado orden de testigo material. Quieren interrogarnos sobre el asesinato de Ben-Aron.

David se enderezó en la silla.

—¿A Saeb y a ti?

—Y a Munira también. —Hana volvió a hacer una pausa, y entonces dijo en un tono más apremiante—: Es absurdo, lo sé. Pero puede que necesite verte.

David se tocó la frente.

—¿Como abogado?

—Sí. Y también como amigo, espero.

David se arrellanó en la silla. Era plenamente consciente del paso del tiempo y de que Hana esperaba su respuesta.

—Una vez fuimos más que amigos, que yo recuerde. ¿O fue menos que eso?

En el silencio que se produjo a continuación, David se la imaginó tomando aire.

—Lo siento, David. Pero nunca te he mentido.

—No. Supongo que nunca lo hiciste. —Mirando el reloj, David preguntó—: ¿Vendría Saeb contigo?

—Para esto no. Ya ha sido bastante estresante...

Su voz se fue apagando. David se puso en pie y se puso a mirar por la ventana.

—No estoy seguro de que pueda ayudarte. Pero parece que necesitas a alguien.

—Gracias, David. —Su voz evidenció una sensación de alivio—. No sabía lo que dirías.

Cuando Hana colgó, David cerró los ojos y se quedó con el auricular aún en la mano.

Dos noches antes de licenciarse de la Facultad de Derecho, Hana había ido a verle a su apartamento.

Al principio no dijo nada. Como si estuviera poseída por una emoción que no pudiera expresar con palabras, le había besado con furia impetuosa y, como nunca había hecho antes, empezó a desabrocharle la camisa y a deslizar los labios por su vientre. David sintió los latidos de su corazón, el escalofrío de deseo. Entonces, por primera vez, ella se introdujo el sexo de él en la boca.

David le levantó la cara.

—No, Hana. Quiero que lo hagamos los dos.

Cerrando los ojos, ella asintió. David la llevó al dormitorio. Hana se desvistió rápidamente, volviéndose como para no verle la cara.

—Mírame —dijo él—. Quiero verte.

Volviéndose, le miró a los ojos y se quitó los vaqueros. Cuando se quedó desnuda, le preguntó en voz baja:

—¿Me ves ahora, David?

De repente, le dio miedo preguntar por qué había venido. Ella le tomó de la mano y lo condujo a su lado entre las sábanas blancas y frescas.

Los labios de David se deslizaron por sus pezones, su vientre, buscaron la parte más íntima de ella mientras murmuraba su nombre, una y otra vez:

—Por favor, David, sí...

Cuando la penetró, los murmullos se convirtieron en un grito apremiante y sus caderas empujaron contra las de él. El cuerpo de Hana estaba tenso e insistente; su relación se volvió frenética, se rompieron todas las barreras, dos personas como si fueran una, aunque en el fondo de su conciencia David sentía que estaban separados en sus necesidades particulares. Los últimos gritos de Hana se convirtieron en un estremecimiento que sintió contra su piel.

—Dios mío —dijo con una voz teñida por el dolor—. Eres único...

David decidió entender aquella frase como si hubiera cruzado un puente psicológico, la decisión de estar con él.

—Todo irá bien. Mis padres vendrán mañana. Podrás conocerlos... Les gustarás, seguro, lo sé...

Hana se apartó de él, enterrando la cara en la almohada. Entonces sacudió la cabeza sólo un poco, como si estuviera completamente agotada.

—No puedo.

Hana permaneció mucho rato boca abajo y en silencio. David no podía hacer otra cosa que esperar, temiendo su respuesta. Le parecía, aunque no estaba seguro de ello, que Hana estaba llorando.

Cuando se volvió hacia él, vio que así era. Su voz era clara y tranquila.

—Voy a volver a Líbano y casarme con Saeb.

David no lo entendía: no entendía que hicieran el amor y luego sus palabras, tan frías como una sentencia de muerte.

—No puedes, Hana. No es humano. Has pasado tanto tiempo en prisión que no puedes creer que seas libre.

—¡Libre! —dijo ella con una rabia repentina—. No dejas de usar la palabra «libre» todo el tiempo. ¿Es que no lo ves? Soy palestina; tú eres norteamericano y judío. Casándome contigo, negaría todo lo que soy. En nuestra cultura no nos casamos sólo con un hombre. Nos casamos con su familia, su historia, al igual que él se casa con la nuestra.

»Nadie te pregunta quiénes son tus padres. Pero entre mi gente la primera pregunta es: "¿De quién eres hija?". Nunca podría sustituir a mi familia, ni traicionarlos... Sería como cortarme una extremidad. —Su voz se aceleró, y el sonido de sus emociones quebró los vínculos que había entre ellos—. A sus ojos sería una traidora, la esposa de un enemigo, y les obligaría a llevarse mi vergüenza hasta la tumba. Siempre me han dado amor...

—¿Qué clase de amor —replicó David— separa a una hija de él? ¿Por qué no amarte a ti tanto como se aman a sí mismos? ¿Puede que incluso lo bastante (aunque esto debe de ser algo difícil de imaginar para ti) como para preocuparse de que seas feliz?

Hana se puso en pie de repente, mirándole con rabia. Comenzó a vestirse. Entonces, quizá porque vio cuán hondo era el dolor de él, habló con mayor serenidad.

—Éste no es el drama de los Montescos y los Capuletos, una historia de adultos ciegos e hijos clarividentes y enamorados. Mis padres son palestinos.

—Eso no puede ser lo único que te importe.

—Tú me importas. —De repente, la voz de Hana se quebró—. Te quiero, David. Creo que es posible que te ame siempre. Pero hay muchas cosas que me indican, en lo más profundo de mi alma, que debo estar con Saeb. Por favor, intenta entenderlo. Ningún hombre podría compensarme por el dolor de perder a mi familia. Ni siquiera tú.

Hana le dio la espalda y se puso el jersey. En medio del caos de emociones que experimentaba (ira, desesperación, incredulidad), David sintió que el poco autocontrol que le quedaba se derrumbaba por completo.

—Dices que me amas —dijo muy tenso—, pero ¿sabes qué es peor aún? La vida vacía hacia la que te encaminas.

Hana se volvió hacia él con la mirada iluminada por el rencor. Pero entonces algo parecido al miedo pareció amortiguar su indignación.

—Adiós —dijo con voz apagada.

David se acercó a ella.

—Hana...

La chica volvió a darle la espalda, y corrió hacia el salón. En el instante que tardó en cerrar la puerta de entrada del apartamento, desapareció de la vida de David.

David se licenció en derecho en estado de trance, dedicándose a representar el papel que sus padres habían venido a ver. Nunca les habló de Hana; ni siquiera supieron que existía. No podía soportar que fuera tan vívida para otros como siempre sería para él.

David y sus padres volvieron a San Francisco. Más tarde, cuando vio la foto que su padre le había sacado, sonriendo al recibir el diploma, David no consiguió recordar ese momento.

Capítulo 21

Sentado enfrente de Amy Chan a la mañana siguiente, David se bebió el café recién hecho en una taza donde ponía «Canal 2». Pensó que una de las ventajas de vivir en San Francisco era que incluso las cadenas de televisión servían buen café. Sin embargo, no estaba muy animado: las imágenes de la muerte de Ben-Aron invadían su mente, y en las noticias del día todavía había más muertes, el asesinato de tres israelíes cerca del asentamiento de Bar Kochba.

—Tenemos entendido —le decía Amy Chan a David— que asistirá al servicio religioso en recuerdo de Amos Ben-Aron.

La pregunta cogió a David desprevenido. La información debía de proceder de Burt Newman.

—Sí —contestó sin más.

Chan esperaba que ampliara su respuesta.

—Ustedes eran amigos.

—Sería mejor decir que yo lo admiraba. —David sabía, y le molestaba mucho percatarse de ello, que con aquella respuesta, que otros se tomarían como una expresión de modestia, parecía que era más importante para un hombre muerto de lo que había sido en vida.

—Volvamos otra vez al trágico asesinato —estaba diciendo Chan—. Según fuentes de la investigación, Ibrahim Jefar ha empezado a ofrecer algo de información a través de su abogado. Si usted fuera Marnie Sharpe, ¿cómo decidiría si creerle?

—¿Además de comprobando las pruebas? Le puede pedir que pase la prueba del polígrafo...

—Eso no es admisible, ¿me equivoco?

—Ante un tribunal no. Y supone un riesgo para la acusación: si nombra a algún cómplice, el abogado de esa persona puede llegar a obtener las respuestas de Jefar. —David se encogió de hombros—. Pero lo que mantendrá en vela esta noche a Marnie es el miedo de que aún mienta, que esté ocultando algo. El polígrafo es mejor que nada.

Ibrahim empezó a caminar de un lado a otro. La habitación pequeña le resultaba agobiante, y no le iban a dejar hacer ejercicio. En un tono vacilante, su abogado dijo:

—Sharpe dice que necesita que pase una prueba de detección de mentiras...

—No soy ningún mentiroso —replicó Ibrahim.

El abogado lo observaba atentamente.

—Puede que lo único que desee saber es si está dispuesto a hacerlo. Pero no puedo prometerle que sea un farol por su parte.

Ibrahim se volvió hacia él.

—¿Y entonces?

—Entonces —le respondió el abogado fríamente—, a no ser que crea que puede pasarlo, le recomiendo encarecidamente que le diga que no.

Ibrahim cruzó los brazos.

—Traté de matar a mi enemigo, y a mí mismo. No tengo miedo de hacer ninguna prueba.

La sala que utilizaron era mayor que aquella en la que Ibrahim se encontraba con su abogado; tenía una mesa laminada con espacio suficiente para su abogado, Marnie Sharpe, un agente del FBI y el lacónico examinador del polígrafo. A Ibrahim no le gustaba la idea de estar conectado a una máquina cuyos instrumentos medían su honor como ser humano, ni la manera en la que el examinador hacía las preguntas: monótona, persistente, tratando de encontrar incoherencias.

—¿Usted era miembro de Al Aqsa? —le preguntó el examinador.

—Sí. Ya se lo dije.

—¿Recibió las instrucciones de Iyad Hassan?

—Sí.

—¿Comentó el complot para matar a Amos Ben-Aron con otros miembros de Al Aqsa?

—No, le repito que no.

Inexpresivos, Sharpe y el examinador observaban cómo circulaba el papel, dejando unas marcas que Ibrahim no podía ver.

—¿Y nunca habló del complot con nadie que no fuera Iyad?

—No. Como dije, era una cuestión de seguridad operativa.

—¿E Iyad le dio las instrucciones?

—Sí.

—¿Y él recibió instrucciones de alguien más?

—Sí.

—¿Habló con esa persona?

—No —dijo Ibrahim con paciencia—. Escuche mis respuestas.

El interrogador no reaccionó.

—¿Le dijo Iyad quién era esa persona?

Ibrahim sudaba. Ahora que era demasiado tarde, descubría que se resistía a contestarle.

Marnie Sharpe lo escudriñaba como una muestra en un portaobjetos. Ibrahim permaneció en silencio.

—Déjeme repetir la pregunta —dijo el examinador—. ¿Le dijo Iyad quién era esa persona?

Ibrahim inclinó la cabeza.

—Sí —dijo finalmente—. La misma mujer que lo reclutó: la profesora de Birzeit.

PARTE II

El laberinto

Capítulo 1

Tras dar unos suaves golpecitos en la puerta de su oficina, Hana Arif volvió a entrar en la vida de David tan rápidamente como había salido de ella.

Se quedó quieta en el umbral. Llevaba un vestido floreado y seguía siendo una mujer delgada, con un porte erguido y orgulloso, y la sensación de que poseía una energía cinética en reposo continuaba presente en ella. Su rostro había envejecido, pero muy sutilmente; puede que estuviera más delgada, y cuando le sonrió, aparecieron atisbos de arrugas en los ojos. Para David, poseía la belleza que sólo se puede ganar con el paso del tiempo, recordándole que todo aquello había ocurrido sin que él supiera nada, y que no sabía en quién se había convertido Hana.

—Así que —dijo ella en un tono irónico— ahora eres mi abogado.

Poniéndose en pie, David logró esbozar una sonrisa.

—Eres libre para tener esperanza.

—Yo dije eso una vez, ¿no es así? —Hana se acercó a él rápidamente, poniéndose de puntillas para darle un casto beso en la mejilla, y dejando un leve cosquilleo de electricidad en su piel—. Tienes un aspecto estupendo, David, mejor aún que en la televisión. El paso del tiempo te ha sentado bien.

David volvió a sonreír.

—Hago ejercicio —repuso, restándole importancia.

Hana le miró fijamente, en silencio, y a continuación examinó su oficina como si buscara algo que hacer. Dirigiéndose hacia la estantería, se puso a estudiar una fotografía enmarcada.

—¿Ésta es Carole?

—Sí.

Hana meneó la cabeza y alabó la fotografía.

—Un rostro agradable, cálido, pero inteligente. No parece sólo una buena chica judía.

—Las buenas chicas judías —contestó David— nunca fueron mi obsesión.

—No. Por lo que yo recuerdo, no tenías requisitos étnicos.

Había un dejo de ironía en su voz, y puede que también de disculpa. Cuando se volvió hacia él, que estaba claramente desconcertado, la condujo hasta el sofá.

—Háblame de la visita que recibiste del FBI.

Hana se sentó a poca distancia de él, con los tobillos cruzados, y se le quedó mirando en silencio con una expresión grave.

—Antes de empezar —dijo ella—, te agradezco que hayas accedido a verme. Y me alegro mucho de verte, David. No ha pasado un solo día sin que pensara en ti. —Rebajando el tono con una sonrisa, añadió con mayor ligereza—: O al menos una semana. Han pasado muchas cosas en mi vida.

David no le devolvió la sonrisa.

—Eso parece. ¿Qué tal se ha tomado Saeb que hayas venido?

Hana se alisó la falda y adoptó una expresión pensativa.

—Ha adoptado una actitud ambivalente, es lo menos que puedo decir. Pero no se muestra tan ambivalente acerca de los caprichos del sistema legal estadounidense tras el asesinato de Ben-Aron. —Hana inclinó la cabeza, mirándole otra vez a los ojos—. Los dos te vimos en televisión, y está claro que conoces muy bien el sistema. Y no es que tengamos una lista de abogados por aquí que estén locos por ayudarnos.

—Me imagino que no. Teniendo en cuenta las inclinaciones políticas de Saeb, me sorprende que nuestro gobierno le dejara venir aquí.

Hana se encogió de hombros.

—Saeb no tiene historial alguno de violencia, sólo opiniones apasionadas. No es como dejar entrar a un amigo de Osama Bin Laden. —Hana apartó la vista durante un instante—. No somos terroristas, David. Ni somos ricos. Tenemos muy poco dinero para pagar abogados.

—Ya nos preocuparemos por eso más adelante. Aunque me pregunto quién te pagó el viaje.

—Tampoco somos indigentes —replicó ella adoptando cierta actitud defensiva—. Pero una amplia coalición se encargó de pagarnos el viaje: opositores palestinos a la ocupación, representantes de los refugiados en el Líbano, profesores universitarios, e incluso activistas por la paz europeos. Gente que cree que todavía tenemos que explicar nuestra historia a Estados Unidos, y que los palestinos seguimos siendo estereotipos, terroristas o víctimas, nunca gente corriente...

—Ibrahim Jefar —la interrumpió David— puso las cosas un poco más difíciles a Saeb. Y es de Birzeit, donde ambos sois profesores. ¿Lo conocíais Saeb o tú o conocíais a Iyad Hassan?

La brusquedad de David pareció herirla.

—Veo que vas al grano. —Y añadió con más frialdad—: Por lo que a mí respecta, comprobé si eran estudiantes míos, y no lo eran. Y tampoco Saeb recuerda haberlos conocido. Birzeit tiene varios miles de estudiantes, y uno no se hace amigo de todos. —Su voz se tiñó de rabia—. Así que parece que es Munira, de doce años, la única conspiradora que puede haber entre nosotros.

David se dirigió hacia su mesa, cogió un cuaderno grande y un bolígrafo y volvió al sofá.

—¿Quién se puso en contacto contigo del FBI?

—Un hombre llamado Victor Vallis vino a nuestro hotel. ¿Le conoces?

—No. Debe de ser de Washington. —David escribió su nombre—. ¿Qué dijo Vallis?

—Que tenía una orden judicial por haberse hallado un testigo material, y que no podíamos marcharnos de Estados Unidos. Nos quería interrogar en ese mismo momento. Cuando le dijimos que queríamos hablar con un abogado, se llevó nuestros pasaportes. Entonces dijo que quería verse con nosotros y con Munira el jueves.

«De aquí a tres días», anotó David.

—¿Os dijo Vallis por qué quería interrogaros, o el motivo por el que quería reteneros en San Francisco?

—No de manera concreta. —Echándose hacia atrás, Hana juntó las manos—. Somos palestinos, enseñamos en Birzeit, nos oponemos a la ocupación, y seguimos a Ben-Aron a San Francisco. ¿No es suficiente eso?

—Puede ser. Pero tienes que decirme más sobre el activismo político de Saeb en la actualidad. Y sobre el tuyo.

Hana se miró las manos. Finalmente, dijo en voz baja:

—Debería empezar por el momento en que tú y yo lo dejamos, David. Cuando se firmaron los acuerdos de Oslo, anunciando que la paz estaba cerca. Íbamos a tener un país para nosotros, ¿recuerdas? Pero en vez de eso los israelíes duplicaron los asentamientos, confiscaron más tierras y nos dividieron en bantustanes aislados por carreteras vigiladas por israelíes, y controles que pueden convertir un trayecto en coche a casa de veinte minutos en una pesadilla de tres horas. El desempleo aumentó, los ingresos per cápita descendieron...

—¿Qué pasó con la primera intifada —intervino David—, con los terroristas suicidas que empezaron a actuar en 2000?

—Tras años de ocupación israelí —replicó Hana—, se creaban más terroristas suicidas cada día que pasaba, y se desvaneció cualquier fingimiento de ética sionista. —Tras hacer una pausa, Hana continuó hablando con mayor serenidad—. Saeb estaría de acuerdo conmigo en que Arafat ayudó más bien poco. Se trajo a un grupo de combatientes de la OLP que se convirtieron en la clase privilegiada y se aprovecharon de los monopolios, las influencias políticas y la corrupción en vez de construir un gobierno real que sirviera a su pueblo. Arafat gobernó, al menos hasta el punto en que tuvo el poder o la voluntad de gobernar, en plan casero. Así que entre Arafat y los israelíes ayudaron a crear Hamás, mientras Israel satisfacía los deseos de una minoría fanática, sus colonos zelotes. Basándose en su legado colectivo, nuestros hijos sólo pueden esperar violencia.

»Te explicaré una historia, David. Una amiga mía estaba haciendo un documental sobre unos niños en un campo de refugiados a las afueras de Ramala. El día que fui con ella estaba filmando a los muchachos que habían ahorrado dinero para ir en taxi hasta un control y arrojar piedras a los soldados judíos. —Al recordarlo, la mirada de Hana se perdió en algún punto del vacío—. Pasaron por dos controles y llegaron a un tercero: árido, sin sombra, un lugar donde el calor hacía brillar el asfalto. Le pregunté a un chico de la edad de Munira por qué se dirigían a ese lugar. —Hana se volvió bruscamente hacia David, como esforzándose por transmitir lo que había visto—. Era muy flaco, con unos grandes ojos castaños. Parecía sensible, como había sido Saeb a su edad. Su respuesta fue que los soldados israelíes no habían disparado a nadie en los otros controles, pero habían matado al hermano de su mejor amigo en aquél. Y entendí que este muchacho, que apenas comprendía la muerte, esperaba que lo mataran.

Para David, el tono de voz de Hana reflejaba el agotamiento de alguien que había visto esas cosas desde la infancia y ahora las volvía a ver a través de los ojos de otra generación de niños afectados.

—Le pregunté —continuó Hana— qué deseaba ser cuando fuera mayor: ¿médico, o quizá científico? Me miró como si no entendiera nada. Si vivía el tiempo suficiente, crecer para él significaba matar a unos cuantos israelíes cuando muriera. —Hana miró por la ventana de la oficina de David por la que se veía el puente del Golden Gate, pero no pareció verlo—. Desprecio a los hombres que convierten a los niños en bombas humanas. Uno nunca ve a ningún «líder» de la resistencia que envíe a morir a sus hijos. Pero este muchacho era una tragedia en pleno proceso de desarrollo. Incluso Ibrahim Jefar tendrá una historia propia.

—Por algún motivo, dudo que llegue a sentir compasión por Jefar.

—Puede que no. Pero ahora recuerdo que tú y yo hablábamos del Holocausto, de los judíos que vivían un recuerdo colectivo de violencia. Me preocupa mi pueblo en este sentido, que se vean sujetos a la violencia que deforma el alma. Y aun así, los israelíes siguen sin reconocer el veneno que supone la ocupación.

—¿Cuánto ha afectado a Saeb este veneno? —interrumpió David.

Hana se arrellanó y eligió con cuidado sus palabras.

—No en la misma manera que a mí —dijo finalmente—. Yo también estoy harta de los asesinatos en Israel y de los israelíes. Pero aceptaría la solución de hacer dos Estados si, y esto lo dudo mucho, los judíos estuvieran dispuestos a darnos un país viable.

»A Saeb no le cabe ninguna duda de que nunca lo harán. Para él, los judíos expulsaron a sus abuelos de Galilea, planearon la matanza de sus padres, y ahora ocupan el lugar que Israel llama nuestra "Patria"; nos encarcelan con o sin motivo, nos humillan en los controles delante de nuestros hijos y matan a otros niños que arrojan piedras. —Hana hizo otra pausa y se miró las manos. David sintió en su interior un fondo de tristeza reposada—. Los sionistas han definido a Saeb ante sí mismo. Le avergüenza haber estudiado en Estados Unidos en vez de haberse quedado resistiendo en Cisjordania, al igual que le avergüenza no haber muerto intentando proteger a su hermana, aunque sólo fuera un crío. A veces se burla de sí mismo llamándose "el retórico, el gran teórico de la lucha".

David dejó su cuaderno.

—No sé qué hará la fiscal de Estados Unidos, Hana. Pero si yo fuera Marnie Sharpe y supiera lo que acabas de contarme, puede que quisiera que el FBI interrogara a Saeb.

Hana le miró a los ojos.

—Soy la esposa de Saeb —contestó ella sin más—. Le conozco desde que éramos niños, y ahora tenemos una hija. Puede que en el fondo de su corazón deseara que Ben-Aron muriera. Pero si Saeb estuviera implicado en su asesinato, creo que lo sabría.

David la estudió.

—Cuando me llamaste la primera vez —le recordó—, me dijiste

que Saeb se había vuelto mucho más islamista. Explícame qué querías decir.

En silencio, Hana reflexionó acerca de la pregunta y, según le pareció a David, acerca de su matrimonio.

—Eso es algo —respondió— sobre lo que he pensado mucho. Y he llegado a creer que gran parte de eso tiene que ver con Munira.

—Y eso ¿por qué?

—No estoy segura. Pero para un hombre, la autoridad masculina (el pedir el respeto y la obediencia de sus hijos) es uno de los puntales de nuestra cultura. Y pese a ello, los niños palestinos ven que los soldados judíos adolescentes tratan a sus padres como ganado. —Hana elevó la cabeza—. Un fin de semana, nos detuvieron de camino a una boda: a Saeb, a Munira y a mí. Dos soldados israelíes obligaron a Saeb a bajarse del coche y quitarse la camisa y el cinturón. Se quedó ahí, al sol. Se le veía tan frágil entre esos soldados fornidos vestidos de combate mientras se reían vete tú a saber de qué...

»Miré hacia el asiento de atrás. Munira miraba a los soldados con tanto odio que me alegré de que no tuviera una pistola... Una niña de once años. Y aun así, creo que lo que más odió no fue a los soldados, sino su propia confusión al ser testigo de la impotencia de su padre. —El tono de voz de Hana llevaba el peso de un recuerdo crucial, sobre el que había reflexionado una y otra vez—. Cuando Saeb volvió a entrar en el coche —continuó—, traté de simular que las cosas seguían con toda normalidad. Pero ninguno de los dos hablaba.

»Así que creo que ha habido una alteración en su relación, y que Saeb ahora mira hacia el islam para tratar de recuperar su papel como padre, al igual que ha llegado a creer que es el islam, y no el marxismo, lo que nos devolverá nuestra dignidad como árabes. Pero eso es un problema en nuestro matrimonio, porque yo soy el modelo de mujer de Munira. Saeb quiere que se cubra, y me pide que yo lo haga también. Le prohíbe que vaya con chicos, y me presiona para que no me relacione con hombres. —Hana bajó la mirada durante un instante—. Y quiere concertar su matrimonio, como hicieron nuestros padres con nosotros.

David decidió no comentar nada al respecto.

—Y tú ¿que quieres?

—Quisiera vivir en una sociedad más laica, y en un hogar más laico. —Hana le miró directamente a los ojos—. Quiero la mejor educación para Munira, y una buena carrera, incluso que estudie en Estados Unidos, quizá. Y quiero que tenga una independencia razonable.

—¿Más de la que tuviste tú?

La mirada de Hana no se alteró.

—Quizá —contestó en voz baja—. Hay cosas que aún no tiene por qué saber.

El tono de Hana indicaba que fueran cuales fuesen esas cosas, no iban a discutirlas abiertamente.

—Munira —continuó— tiene también una actitud ambivalente respecto a mí. Durante varios años fui asesora para los negociadores de la paz, y pasaba muchas noches fuera. Munira sufrió todo eso. Más de una vez me dijo que cuando creciera, nunca dejaría a sus hijos.

»Una noche incluso me culpó a mí de la ocupación. A las tres de la mañana, los soldados echaron abajo la puerta de nuestro edificio de apartamentos en Ramala, nos encerraron en el edificio y registraron cada apartamento puerta a puerta. Munira estaba muy asustada. Pero cuando se fueron, me gritó: "Si eres tan buena negociante de paz, ¿por qué sigue habiendo judíos aquí?".

En silencio, David contemplaba la distancia que había entre ellos, el modo en que Hana había redefinido el matrimonio, la maternidad y trece años de vida que él sólo podía imaginarse.

—Decías que Munira quedó traumatizada por la ocupación. ¿Te referías a esto?

Hana sacudió rápidamente la cabeza.

—No, quería decir mucho más —contestó—. Cuando era niña, la despertaba el estruendo de los aviones israelíes que bombardeaban los hogares donde vivía gente a la que llamaban terrorista. Durante un tiempo volvió a mojar la cama. Y desde que vio el complejo de Arafat reducido a escombros, ha tenido muchos problemas para conciliar el sueño.

»Si crece lo bastante entera, hay esperanza. Las mujeres pueden avanzar en nuestra sociedad. Ahora mismo, un veinte por ciento de nuestra asamblea legislativa la forman mujeres. Pero Munira tiene que cicatrizar de alguna manera, y decidir por sí misma qué clase de mujer desea ser. —A continuación esbozó una breve sonrisa cariñosa—. El nombre Munira significa "la que irradia vida", era mi manera de expresar la esperanza para una niña recién nacida. Mi esperanza para ella ahora es que resulte ser así.

—¿Y qué significa «Hana»? —preguntó él—. Nunca lo supe.

—Serenidad —contestó ella—. Y satisfacción.

Ambos dejaron que el último comentario flotara en el aire.

—Si te sirve de consuelo —añadió ella con una sonrisa—, Saeb significa «siempre sincero». Un buen nombre para un posible cliente.

—No lo dudo. Lo que me lleva a preguntarte si Saeb o tú habéis tenido alguna vinculación con lo que los israelíes llaman con tanta descortesía los «grupos terroristas». Empezando por la Brigada de Mártires de Al Aqsa.

La sonrisa de Hana se esfumó.

—No tengo carné de Al Aqsa, Hamás, Hezbolá o la Yihad Islámica. Y no les pregunto a los demás si tienen. Pero es imposible enseñar en Birzeit y no conocer a estudiantes o colegas vinculados a Al Aqsa o Hamás, aunque no sepas muy bien cuáles son. Así que si esos dos estudiantes eran de Al Aqsa, no sería ninguna sorpresa.

»Por lo que respecta a Saeb, no tengo motivos para creer que juegue con fuego o se relacione con gente que practique la violencia. Pero diría que siente mucha simpatía por Hamás. Ellos abrazan el islam, sobre todo para señalar que no son corruptos y que no se dedicarán a otra cosa salvo a librarnos de los israelíes.

—¿Incluidos los que hay en Israel?

—Sí. Ése es otro motivo por el que Saeb los admira.

—Pero tú no.

—Yo no. —Hana le miró a la cara—. Estoy tan cansada de todo esto, David. No niego que desconfiaba de Amos Ben-Aron. Pero su muerte significará más sufrimiento y derramamiento de sangre, más de palestinos que de israelíes, creo. De todos modos, creo que nos hará mucho daño a los dos.

»Una vez me preguntaste dónde empieza nuestra historia. Sé que no empezó en 1948, ni en Tel Zaatar, ni en Sabra y Chatila. Ahora sé que debemos tolerar que Israel sea nuestro vecino. Pero no podemos tener ningún futuro real sin enfrentarnos al pasado. En ese sentido, Ben-Aron tenía razón: no tiene sentido decirles a mis padres que viven sin Estado, atrapados en el Líbano, que Cisjordania es su patria. Israel debe devolver la dignidad a mis padres, y darle un país propio a mi hija. Así que eso es lo que deseo, ahora de una forma más vana que nunca, me parece.

En silencio, David se preguntaba si alguna vez se acercarían más a ese día que cuando Hana y él fueron amantes.

—Bueno —dijo ella bruscamente—, el FBI. Sé que podemos negarnos a hablar con ellos. ¿Deberíamos?

—Eso depende. Alguien debería hablar con la fiscal de Estados Unidos y averiguar qué está dispuesta a contar, que puede que no sea tanto.

Hana dudó.

—Sé —dijo finalmente— que ayudarnos no te haría muy popular. Me preocupaba incluso el venir aquí. Supongo que el FBI me está siguiendo.

—Supones bien. Pero no podía rechazarte.

Hana pareció estudiarlo, tratando de entender qué quería decir.

—Entonces, ¿me crees? —le preguntó ella esperanzada—. ¿Nos ayudarás?

«Quiero creerte —pensó David—. Y ojalá nunca hubieras venido.» Todos sus instintos, personales y profesionales, le transmitían una sensación de inquietud.

—Puede que con el FBI —contestó él—. No si la cosa va más allá.

Hana logró esbozar una tenue sonrisa.

—Con tus consejos —afirmó ella más segura—, hay menos motivos de que así sea.

David descubrió que el alivio que parecía experimentar Hana no hacía sino aumentar su desasosiego.

—¿Tan segura estás de Saeb?

—Como ya te he dicho, es mi marido...

—Eso ya lo sé. Pero no estoy tan seguro de lo que quiere decir eso en relación con Saeb Jalid. Me parece recordar que discrepabas de su personalidad antes de decidir casarte con él.

Hana le lanzó una mirada enigmática.

—Me acuerdo, David. He olvidado muy poco.

Durante un instante, David sólo pudo mirarla.

—Siempre me he preguntado —dijo finalmente— por qué te casaste con él tan rápido.

Hana bajó la mirada.

—Tenía que hacerlo, David. Lo nuestro me estaba destruyendo.

Poniéndose bruscamente en pie, se despidió rápidamente y le tocó la muñeca con sus dedos fríos. Hasta que se marchó, David no se percató de que su interrogatorio estaba previsto el día después del servicio en recuerdo de Amos Ben-Aron.

Los recelos de David, que ya eran muy acusados, se incrementaron ante la respuesta de Marnie Sharpe.

—¿De verdad vas a dejar tu nueva carrera como comentarista —le preguntó Sharpe por teléfono— para ayudar a estos palestinos?

—Hana Arif es amiga mía. —David se esforzó por mantener un tono de voz que sonara natural—. De la Facultad de Derecho. Es un compromiso que sólo se dará una vez. El FBI retiene a ella, a su marido y a su hija como testigos. Me ha pedido que los ayude. Antes de hacerlo, o de saber incluso si puedo ayudarlos o no, necesito saber la naturaleza de vuestro interés.

Sharpe se tomó un instante para responder.

—Nos interesan bastante —dijo bruscamente—. Queremos saber qué hacían aquí, adónde fueron, con quién se vieron, con quién hablaron por teléfono, y qué saben acerca de Ibrahim Jefar e Iyad Hassan.

—¿Qué dice Jefar?

Sharpe no hizo caso.

—Así que si quieres saber qué pensamos del marido y la mujer, definitivamente son «gente que nos interesa». En lo referente a Munira Jalid, es la hija de dos personas que nos interesan, así que eso hace que nos interese también. No estoy dispuesta a decirte nada más. Excepto esto —terminó Sharpe lacónicamente—: Hasta ahora no te había tomado por tonto. Se me escapa por qué esta mujer preocupa tanto a un hombre tan ambicioso como tú.

Tras decir eso, Sharpe colgó, y David se quedó pensando qué era lo que ella no le había contado aún.

Capítulo 2

La expresión de Carole, con la mirada desapasionada y los labios ligeramente apretados, traicionaba sus esfuerzos por evitar enzarzarse en una discusión seria.

—Esto no lo puedo entender —dijo ella sin alterarse—. De ninguna manera.

Estaban sentados en el apartamento de Carole. David llevaba puesto el esmoquin, y Carole, un vestido de noche negro; y estaban preparados para asistir a una noche de estreno en la ópera, una puesta en escena moderna de *Don Carlo*. Pero llegaban tarde, lo cual demostraba, al menos a Carole, que aquella discusión no podía esperar.

—Eran amigos míos —lo intentó David otra vez.

—Ella era amiga tuya —le corrigió Carole—. Y no la has visto ni has pensado en ella, al menos que yo sepa, durante trece años. De repente, es más importante que Amos Ben-Aron.

—Ben-Aron está muerto —respondió David con rotundidad.

—Con la ayuda de Hana Arif, por lo que parece. —Carole hizo una pausa y añadió—: De todos los casos posibles, ¿por qué meterse en uno que molesta a tanta gente? Empezando por nosotros mismos, creo.

—Son profesores, Carole. Tienen una hija de doce años. Puede que sólo se trate de que Marnie Sharpe quiera echar una red demasiado amplia. Todos (los medios de comunicación, el Departamento de Justicia, incluso la Casa Blanca) están desesperados por averiguar quién planeó el asesinato. —David abrió las manos—. El FBI sólo quiere interrogarlos, eso es todo. No tienen mucho dinero, quieren llevarse a su hija a casa, y temen ser los palestinos escogidos por los norteamericanos, después del 11 de septiembre, para hacer un escarmiento por el asesinato de un estadista judío en una ciudad donde resulta que ellos también estaban por casualidad.

—No estaban aquí por casualidad. Vi a Saeb Jalid en la televisión, ¿recuerdas? —Reprimiéndose, Carole bajó la voz—. Tú eres el que se hace el cínico ahora. Ésta es la primera vez que he pensado que eres un ingenuo. ¿Cómo puedes limitarte a obviar ese funeral, como prometido mío, como persona que quiere meterse en política, como ser humano que conoció y admiró a Ben-Aron? Y todo por una pareja de árabes antisemitas que lo despreciaban.

Al observarla, David tuvo una extraña sensación de duplicidad: en su corazón y en su mente, Hana Arif y Carole Shorr habitaban en lugares distintos; una de ellas en un recuerdo muy marcado, la otra en su futuro estable. Ahora, en pocas horas, habían chocado, alterando su equilibrio psíquico.

—Es importante —dijo David tratando de ganar tiempo—. Tú eres importante. Pero soy el único abogado en San Francisco que conoce Hana. También sé que Hana Arif no odia a los judíos.

Carole le miró preocupada.

—¿Y todo esto lo supiste al conocerla en la Facultad de Derecho?

David sintió un pinchazo de culpabilidad.

—¿Tan absurdo resulta? Fíjate en nosotros ahora. Cada no sé cuántos meses quedamos con dos amigos para cenar y tenemos una conversación a cuatro bandas, donde cada uno de nosotros dice lo poco que queremos que sepan las otras tres personas. En la Facultad de Derecho, al menos teníamos un poco de tiempo...

—¿Tiempo para qué, David? —El tono de voz de Carole era mordaz—. Me hablas de todo menos de Hana Arif. Dime, por favor, cómo llegaste a conocer tan bien a esta mujer como para meterla en nuestras vidas, y estar tan seguro de que es imposible que estuviera involucrada con los terroristas que asesinaron a Ben-Aron.

Era algo muy propio de Carole, pensó David: su serenidad, su insistencia, su perspicacia tranquila.

Una parte de él quería reconocer que fueron amantes. Sin embargo, no podía.

—De vez en cuando —dijo en realidad— conoces a alguien cuya personalidad captas al momento. Sentí eso la noche que te conocí.

—Somos pareja —protestó Carole—. Vamos a casarnos. Has tenido dos años para confirmar tu primera impresión. ¿Cómo puedes comparar eso con alguien a quien conociste en la Facultad de Derecho?

Se estaba atascando, pensó David, cometía un error tras otro. Pero aun así, creía que la verdad provocaría más dolor que su bienintencionado ocultamiento.

—No se puede comparar —le aseguró—. Sólo te pido que confíes en mi juicio.

»Sólo pasé dos horas con Hana. Ahora es madre, y está harta de la matanza. Sabe que el asesinato de Ben-Aron supone un desastre tanto para los palestinos como para los judíos, peor aún para los primeros, quizá. Me parece que Hana y su familia se han visto atrapados por la corriente.

—¿Incluso su marido? —preguntó Carole.

Aunque ponía el dedo en la llaga de su incertidumbre, recibió de buen grado la pregunta acerca de Saeb para desviar la atención de Hana Arif.

—Carole —afirmó David—, si tuviera alguna razón concreta para creer que Saeb o Hana saben algo de lo que vimos en Market Street, no me metería en esto. Esto seguirá siendo verdad mañana, y pasado mañana. No sólo porque el caso podría convertirse en una bomba política, sino porque no podría dormir por las noches.

Carole lo analizaba; no se daba por satisfecha, pensó David, pero se resistía a ir más allá.

—De acuerdo —dijo Carole resignada—. Quizá papá quiera venir conmigo a Israel.

A la mañana siguiente, David llevó a Carole y a Harold Shorr (ambos inusualmente callados) al aeropuerto.

Al entrar en el despacho de David, Saeb Jalid condujo a su esposa hasta el sofá, con una actitud protectora, incluso como si fuera su propiedad. Aunque estaban sentados juntos, David notó, o quiso creer, que Hana parecía distante de su marido.

El apretón de manos de Saeb fue mecánico; se acercó más a Hana y contempló a David con una mirada recelosa y adusta. Entonces, para sorpresa de David, Saeb dijo en voz baja:

—Te agradezco que nos ayudes. Sobre todo a mí, ya que casi no me conoces.

Era bastante amable, pensó David, aunque podía haber hecho el comentario con doble sentido.

—Después de que nosotros tres acabemos de hablar —le dijo David a Saeb—, tendré que hablar contigo en privado, como hice con Hana. Al menos sabré, en la medida de lo posible, que no existe desacuerdo entre vosotros dos.

—¿Como un conflicto de intereses? —preguntó Saeb con una sonrisa indescifrable—. Creo que lo entiendo. Pero puedo decirte ahora mismo que yo no sé nada. Tras haber estudiado las fotografías de Iyad Hassan, ahora creo que puede que lo conociera, aunque no recuerdo dónde ni cómo. Por lo que respecta a Ibrahim Jefar, no sé nada. Eso es lo que sé sobre el asesinato de Ben-Aron.

Al menos aquella respuesta no tenía nada de hipócrita. Rápidamente, David se dispuso a hacer una evaluación de los cambios que se habían producido en Saeb Jalid. Sin embargo, al igual que en la televisión, la barba endurecía los contornos de su rostro, su mirada líquida seguía siendo sensible, y su menudo cuerpo se había hecho más ligero aún, de modo que transmitía una fragilidad que contrastaba con la fiereza de su carácter.

—Vamos a centrarnos en aquello a lo que os enfrentáis —dijo David—. Ahora mismo, nadie sabe que Sharpe y el FBI tienen la vista puesta en vosotros. Pero están sometidos a una presión terrible: una hora tras otra de televisión, un artículo de portada tras otro, la presión de la Casa Blanca, del Departamento de Justicia, del Estado de Isarel y de la comunidad judía de Estados Unidos, con el resto del mundo, sobre todo los países árabes, pendientes de ello. Ése es su dilema, y el vuestro. Porque influye en lo que decidan hacer.

Aunque Hana lanzó una mirada de preocupación a su marido, la expresión de Saeb continuó siendo impenetrable.

—Ibrahim Jefar está hablando —continuó David—. Eso lo sabemos. Pero Sharpe mantiene la investigación en secreto: no hay declaraciones ni filtraciones calculadas. Así que sólo podemos imaginarnos lo que está diciendo Jefar, o a qué conclusiones está llegando el gobierno.

»Sharpe os quiere por algún motivo, y no sabemos cuál es. Pero para tener éxito, necesita mucho más que Ibrahim Jefar. Necesita establecer con certeza quién dio las órdenes a Jefar, y quién conspiró para matar al primer ministro de Israel. —Mirando hacia Saeb, David siguió con un discurso seco, objetivo—. Así que dejadme ser franco, a riesgo de resultar insultante. Si Jefar sabe algo que pueda implicaros a cualquiera de los dos, esa persona se podría plantear callarse, al menos ante el FBI. Claro que eso haría que os investigaran aún más. Pero si ya saben que estáis implicados, mentir podría empeorar las cosas. No tiene sentido cooperar si la verdad no resulta útil.

Saeb entrecerró los ojos.

—Eso ha sido admirablemente directo.

—¿Y?

—No tengo nada que ocultar a las autoridades. Ni tampoco Hana.

Aquel último comentario sonó ambiguo a oídos de David: podría tomarse como una afirmación de confianza o como una orden a su esposa. Hana no dijo nada; en presencia de Saeb parecía retraerse, puede que por respeto a los complejos sentimientos que le producía David.

—Hablemos de Munira —sugirió David.

Saeb levantó la mano.

—No hay motivo para hablar de Munira. No dejaré que tu gobierno intimide a mi hija.

—Eso depende de ti —dijo David, y a continuación añadió tranquilamente—: y de Hana, por supuesto. Pero aun así, tenemos que hablar de la situación de Munira. Ya le han quitado el pasaporte, así que pueden retenerla aquí igual que a vosotros. Lo que no pueden hacer es obligarla a hablar. —David miró a Hana y luego a Saeb—. No obstante, me gustaría hablar con ella yo mismo.

Saeb cruzó los brazos.

—Si no va a hablar con ellos —replicó—, ¿por qué es necesario que te conozca a ti?

David se fijó en que Hana observaba a su marido atentamente, y al parecer reprimía su deseo de fruncir el ceño.

—No es «necesario» —contestó David—. Pero es preferible. Me pedisteis consejo, así que os lo estoy dando. Si hay un juicio, por algún motivo, el gobierno podría obligarla a testificar, y permitirle que vea al FBI tiene algunos pros y contras estratégicos.

»El contra es que tiene doce años. No es necesario que ni tú ni Hana ocultéis nada para preocuparos por la falta de cuidado o la desconsideración de unos adultos que interrogan a una niña. Pero cualquier pregunta que haga el FBI, de cualquier persona, nos dirá más acerca de lo que están pensando. Puede que Munira sepa algo que resulte que os ayuda a uno de vosotros o a los dos. —David miró hacia Hana—. También me gustaría ver lo madura que es.

—Munira —afirmó Hana lanzándole una rápida mirada a Saeb— es muy inteligente, y bastante madura. No veo problema en que te conozca.

La irritación apareció fugazmente en los ojos de Saeb, que puso una mano en el brazo de Hana.

—Si tienes que hablar con ella —le dijo a David—, yo tengo que estar presente, porque soy su padre.

—Como padre —replicó David—, puedes influirle en lo que tiene que decir. Me gustaría establecer una relación, aunque sólo sea para ver cómo reacciona Munira cuando no está con ninguno de los dos. Eso también me ayudará a aconsejaros sobre el FBI. Después de eso, los tres podéis decidir qué debería hacer Munira.

Lentamente, Hana asintió. Aunque permanecía en silencio, Saeb parecía aún más resentido: era un árabe en Estados Unidos que estaba tratando con un hombre que no le gustaba, en un campo traicionero que el otro dominaba. Volviéndose hacia Hana, David preguntó:

—¿Habéis traído todo lo que os he pedido?

—Todo lo que tenemos —contestó ella—: registros de llamadas de móviles, recibos de tarjetas de crédito, facturas de hoteles, y los documentos del alquiler del coche, el kilometraje, incluso la cantidad de gasolina que utilizamos. —Las arrugas aparecieron en su frente—. Espero que todo esto no sea necesario.

—Yo también lo espero. Pero si el FBI trata de reconstruir cada uno de los días que habéis pasado aquí, me gustaría haberlo hecho yo primero.

Mirando hacia la alfombra, Saeb permanecía callado.

—Saeb —dijo David haciendo un esfuerzo razonable por ser irónico—, vamos a quedarnos sin Hana un rato. Tú y yo tenemos que ponernos al día.

A solas con David, Saeb no hizo ningún intento de ser amable.

—Hagamos esto de una vez —le dijo.

—Pues sí, por qué no. Empezando por si realmente quieres que te represente.

Saeb se encogió de hombros, desdeñoso.

—Es una idea de Hana. Pero estoy seguro de que estás más que capacitado. —Adoptó un tono de voz cáustico con toda tranquilidad—. Aunque si la inocencia cuenta para algo en el asesinato de un gran hombre, cualquier abogado resultaría bueno.

David se reclinó en el asiento.

—Yo admiraba a Amos Ben-Aron —dijo de manera cortante—. Recordarlo hará que esto sea más fácil para los dos.

—De acuerdo. —Saeb extendió las manos simulando que se mostraba receptivo—. Para ti fue un hombre estupendo. Para mí, simplemente está muerto. Pero no tuve nada que ver con ello...

—¿Tienes algo que ver con la Brigada de los Mártires de Al Aqsa?

—No. Creen en una solución basada en dos Estados. Yo no. Mis simpatías están con Hamás.

—¿Incluidos los terroristas suicidas?

—Incluidos los terroristas suicidas; sobre todo el mártir que murió con Amos Ben-Aron, a diferencia del cobarde que vivió y habló. —Saeb miraba fijamente a David sin apartar la vista en ningún momento—. Para mí, matar a Ben-Aron fue un acto de resistencia. Si también sirve para eliminar este falso plan de obtener la paz, será lo mejor para mi gente.

David sintió que se le agarrotaba la mandíbula.

—Valoro mucho tu franqueza, pero deberás ahorrarte esas opiniones cuando le digas al FBI que eres inocente. Tu entusiasmo por el asesinato puede confundirlos.

Saeb le dio la razón con una sonrisa glacial.

—¿Tan seguro estás de querer representarme?

—Hago esto por Hana; ambos lo sabemos. Y supongo que por una chica de doce años a la que no conozco, pero a quien Hana quiere. Ahora mismo me aferro a eso.

Saeb lo contemplaba con mirada inescrutable.

—De acuerdo —dijo finalmente—. Eso te lo concedo. No conozco a esos hombres. No sé quién los ayudó. No sé nada.

—¿Quién propuso venir aquí?

—Yo, aunque fue Hana la que quiso venir conmigo, y traernos a Munira. El propósito de los que nos pagaron el viaje era sencillo: poner al descubierto que el plan de paz de Ben-Aron era un engaño, envuelto en noble retórica y en su generosa concesión de retorno geriátrico. —Saeb encogió los hombros con elegancia para transmitir su impotencia y desdén al mismo tiempo—. Puede que en Estados Unidos poner al descubierto la hipocresía sionista ya se considere delito. Aparte de eso, no tengo culpa alguna. Ni tampoco Hana.

David ladeó la cabeza.

—Y sabes que no fue Hana porque...

—Porque en realidad llora la muerte de Ben-Aron, aunque no al hombre en sí. —Saeb hizo una pausa y miró a David a los ojos—. Tú la conociste en el pasado..., a veces creo que muy bien. ¿Puedes imaginártela tramando un acto terrorista suicida? Yo no.

David le miró también.

—Lo que puedo imaginarme y lo que sé son cosas distintas.

—No sé más que tú, puede que incluso menos.

El comentario de Saeb, pese a haberlo realizado en el tono de voz más neutro posible, poseía la misma resonancia curiosa, una nueva indicación de que hablaba con doble sentido.

—¿Dónde estabas tú cuando asesinaron a Ben-Aron? —preguntó David.

—En el hotel, con Munira. Escuchaba su discurso en la CNN. Estaba tomando notas para hacer mi propio discurso cuando interrumpieron para decir que lo habían asesinado.

—¿Y Hana?

—Me dijo que estaba comprando. No quiso verlo. Yo lo vi sólo para poder refutarlo después. —Un estallido de rabia tiñó el rostro y la voz de Saeb—. Al morir, Ben-Aron nos ha atrapado en este horrible país. Quiero irme con mi familia.

David ya había oído suficiente por el momento.

—Y yo también lo deseo —respondió suavemente—. Por todos nosotros. Pero primero quiero conocer a Munira.

Capítulo 3

A la mañana siguiente, cuando David llegó a la *suite* decorada de manera sencilla en un hotel situado a tres manzanas de Union Square, se quedó sorprendido al encontrar a Saeb y Hana viendo la cobertura del funeral en memoria de Ben-Aron.

David pasó un rato mirando con ellos. La ceremonia se celebraba en el Monte Herzl; el presidente de los Estados Unidos y luego el presidente de Israel hablaron de los servicios prestados por Amos Ben-Aron en la guerra y su búsqueda de la paz. Para David, la vida y la muerte de aquel hombre condensaban los miedos y esperanzas de un pueblo que siempre sentía que estaba al borde de la tragedia. David buscó a Carole y Harold entre la multitud, pero la cámara recorrió una panorámica hasta el rival de Ben-Aron y su aparente sucesor, Isaac Benjamin, cuya opinión poco disimulada era que aquel servicio fúnebre resumía la futilidad del compromiso. En la *suite* del hotel nadie hablaba: Saeb, Hana y David estaban enfrascados en sus propios pensamientos, hasta que el silencio se vio roto por el estallido distante al romperse la barrera del sonido.

Asustada, Hana miró a David.

—La Semana de la Armada —explicó él—. La armada la celebra cada año: buques de guerra en el puerto, los aviones de los Blue Angels vuelan en formación cerrada por encima de los tejados. A los niños les encanta.

Saeb levantó las cejas, y su boca dibujó una sonrisa irónica.

«Los mismos aviones —se imaginó David que pensaba— con los que Israel aterroriza a nuestros niños.»

Pero lo único que dijo fue:

—Sois un país muy afortunado.

David apartó la vista de la pantalla para dirigirse a Hana.

—¿Dónde está Munira? —le preguntó.

Hana señaló hacia la puerta cerrada.

—En su habitación. Iré a buscarla.

Hana abrió la puerta del dormitorio, dejándola entornada. David oyó el sonido de dos voces femeninas, una de ellas más aguda que la de Hana, murmurando en árabe. Entonces apareció Hana, seguida de una adolescente.

A diferencia de su madre, Munira se cubría el pelo con un pañuelo negro. De manera incongruente, llevaba un radiocasete portátil, que emitía el débil sonido de un hombre cantando, en árabe, lo que podía ser una canción de amor.

—Ésta es nuestra hija, Munira —dijo Hana.

Tras una leve inclinación de cabeza de su madre, Munira extendió la mano, accediendo a que él le tocara las yemas de los dedos. Enseguida vio que tenía un rostro más duro que el de Hana: aunque poseía la misma mirada brillante, tenía la barbillla partida y la nariz más prominente. No se convertiría en una belleza como su madre, pero su aspecto era fascinante y podría, con el tiempo, llegar a tener un aspecto atractivo, de un modo nada común, imperioso incluso. Ya estaba claro que sería más alta que Hana, aunque lo disimulaba encorvándose. La mirada que dirigió a David era muy cautelosa.

Sonriendo, él empezó:

—Esperaba que llegara este momento. Cuando conocí a tus padres, no podía haberte imaginado así.

—Ni nosotros. —Aunque Hana le interrumpió delicadamente, fue un intento torpe y evidente de facilitarle el camino a David—. Munira es nuestra buena fortuna.

El tema de la conversación no alteró la expresión de la niña. Mirando hacia Saeb, David preguntó:

—¿Te parece si llevo a Munira a dar una vuelta?

—Si te empeñas —respondió Saeb a regañadientes, mirando el reloj—. No creo que necesites mucho tiempo.

Sin responder, David se volvió hacia Munira.

—¿Vamos, pues?

La chica miró hacia su padre, como si esperara su intervención. Él asintió brevemente, y como si lo estuviera imitando, ella miró a David asintiendo apenas. Volviéndose hacia Hana, David interceptó una mirada fugaz de melancolía que no logró interpretar.

Con cautela, condujo a Munira hacia fuera.

Diez minutos más tarde, cuando David encontró un banco libre en Union Square, Munira aún no había hablado.

David se preguntaba qué hacer. Sintiéndose incómodo, recordó que aquel parque, Union Square, fue el lugar donde Carole se enfrentó de niña por primera vez al tema del Holocausto. Ahora David estaba sentado con una chica palestina con el pelo cubierto mientras escuchaba el radiocasete donde sonaban canciones lastimeras en árabe.

—¿Quién canta? —le preguntó David.

Munira miraba a los compradores que pasaban al sol del mediodía, hombres y mujeres acomodados de camino a Saks Fifth Avenue o Neiman Marcus.

—Marcel Khalifa —dijo ella finalmente—. ¿Le conoces?

—Me temo que no.

—Es famoso. —Munira continuó con cierta impaciencia—. Incluso ha venido a Estados Unidos.

David se esforzó por seguir hablando.

—¿De qué va esta canción?

Munira frunció el ceño.

—Es la historia de un hombre palestino que se enamora de una mujer israelí. «Entre ella y mis ojos hay una pistola», está cantando. Aunque la ama, están separados por el odio. Así que no pueden casarse.

Mirando a la hija de Hana, David sintió una tristeza ineludible.

—¿Eso crees tú?

—Sí —respondió ella con vehemencia tranquila—. Nunca podría estar con un judío.

David supuso que los únicos judíos que había visto Munira eran soldados.

—Yo soy judío —le contestó amablemente—. Y también soy amigo de tus padres.

Por primera vez, ella lo miró. Con curiosidad lo observaba por debajo de las largas pestañas en las que no había reparado antes.

—¿Por eso los estás ayudando?

—Sí. Y a ti también, espero. Así que ¿te importa que sea judío?

Dándole la espalda, Munira analizó la pregunta con una mirada de profunda reflexión y el dedo índice de la mano izquierda apoyado contra su mejilla. David se percató de que había algo que le resultaba familiar en aquel gesto; seguramente algo de Hana, aunque no lograba evocar ningún recuerdo para confirmarlo. Pero la intensidad de su expresión era tan parecida a la de su madre, que por un instante fue como si los años no hubieran pasado.

—No —respondió ella finalmente—. No si eres amigo de ambos.

—Lo soy.

Una vez más, aunque David no lograba definirla del todo, la mirada escéptica y de reojo de Munira despertaba en él un débil recuerdo, aunque se le escapaba cuál debía de ser su origen.

—¿Cómo era? —le preguntó la chica abruptamente.

—¿Tu madre?

—Sí.

David se detuvo a considerar qué atributos elegir, lo familiarizado que debía parecer con Hana.

—Era muy inteligente —respondió—, y segura de sí misma. Era una de las personas más brillantes para el debate que he conocido en la vida. A veces me costaba seguirle el ritmo.

Munira observaba su cara. En voz baja, le preguntó:

—¿También te parecía bonita?

—¿Tú qué crees?

—Es mi madre —replicó Munira en voz baja, con un tono débil y reprobatorio—. No se cubría, ¿verdad?

—No.

—¿Fumaba, o bebía, o salía con chicos?

David se preguntó si se trataba de la curiosidad propia de una muchacha de doce años, o si estaba recopilando información para alegar en su propio beneficio.

—Cuando conocí a tu madre, Munira, ya estaba prometida a tu padre.

Durante un instante, Munira mantuvo la mirada inquisitiva: David se percató de que no sólo era brillante, sino que además parecía sensible a los matices, puede que por interpretar las reacciones de sus padres el uno con el otro.

—Mi padre no quiere que salga con chicos hasta que me case —le dijo ella con idéntica brusquedad.

David se encogió de hombros.

—No soy padre de nadie, así que no sé qué decir. Pero probablemente lo que quiere es que te evites problemas, o que te hagan daño.

—Entonces, ¿por qué mi madre se niega a cubrirse?

Mientras pensaba la respuesta, David observaba a una paloma paseándose ufana por la hierba que quedaba frente a él, sacando pecho como un plutócrata de mediana edad en su playa privada.

—Porque, como es una mujer moderna, piensa diferente. Yo también, de hecho. Pero eso no es bueno ni malo. Creo que por eso tu madre quiere que estudies aquí algún día, para que aprendas más de cómo piensa gente distinta.

—Ya sé lo que piensa la gente de Estados Unidos —contestó Munira con dureza—. Creen que no somos nada. Así que arman a los israelíes para que nos maten. En Yenín, los judíos llegaron con aviones de combate americanos, los F-16, y bombardearon a mujeres y niños. En los controles los soldados nos apuntan con pistolas americanas. —La chica cerró los puños, y su voz se volvió estridente—. Nunca perdonaremos a los judíos, y nunca perdonaremos a Estados Unidos.

Aunque de repente se estremecía, de manera muy parecida a Hana, David no encontraba ningún placer en ello. Recordaba la historia que le había contado Hana del control, los dos soldados que humillaron a Saeb mientras los ojos de su hija se llenaban de odio.

—Bueno —aventuró David—, ¿por qué crees que nuestro gobierno quiere interrogaros?

Munira cruzó los brazos.

—Porque mi padre es un patriota palestino.

—Lo único que sé —empezó David— es que están investigando el asesinato del primer ministro israelí.

—¿Y por eso —replicó Munira con desdén— hay que culpar a mis padres, a dos profesores de Birzeit?

—Nadie parece hacerse responsable. —David miró a la chica a los ojos, buscando su confianza—. Por favor, entiéndelo, Munira. Para la gente de Estados Unidos, así como para Marwan Faras, esto es algo terrible. Ben-Aron llegó aquí bajo la protección del gobierno de Estados Unidos, para defender la paz entre judíos y palestinos. Ahora nuestro gobierno es el responsable de averiguar quién lo mató, y están buscando información por donde pueden.

»No creo ni por un instante que tu madre o tu padre tuvieran nada que ver con esto. Una vez hecho el interrogatorio, no creo que los investigadores lo piensen tampoco. Mi tarea es acabar con esto para que volváis a casa. Así que ¿puedo preguntarte lo que creo que te preguntaría el FBI?

Con los ojos entrecerrados, Munira miraba a un transeúnte bien vestido como si estudiara a los enemigos de sus padres. Durante el silencio de la muchacha, los cantos suaves y lastimeros llenaron el espacio que había entre David y ella.

—De acuerdo —dijo ella de manera cortante—. Mi madre ya me lo explicó.

David decidió adoptar un tono de leve curiosidad.

—Entonces podemos hablar solamente de cómo fueron los días que pasaste en San Francisco, antes del asesinato. ¿Cómo fue?

Munira se encogió de hombros.

—Bien, supongo.

—¿Qué hiciste?

—Mi madre me llevó a muchos sitios: a la universidad de Berkeley, a un restaurante desde donde estuvimos mirando focas, una torre redonda desde donde se veía la prisión en la bahía.

David no pudo evitar sonreír ante el relato desapasionado de la chica de los esfuerzos de su madre por buscar lugares de interés.

—¿Alcatraz? —preguntó él.

—Sí. Y también un recorrido en autobús por la ciudad, y una vuelta en transbordador.

—¿Y estuvo bien?

Munira volvió a encogerse de hombros.

—Echaba de menos a mis amigas. Apenas tenía tiempo para hablar con ellas por el móvil; mi padre tiene unas reglas muy estrictas con eso. A veces me sentía como su prisionera.

David tomó nota mentalmente, como futuro padre, de no ponerse demasiado pesado en los viajes familiares.

—Imagino que siempre estabas con tus padres, al menos con uno de ellos.

Munira meditó su respuesta.

—Casi siempre con mi madre. A veces mi padre estaba ocupado, hablando contra los sionistas.

—¿Fuisteis a ver cosas cada día?

—Sí. Ella me obligaba a ir.

David pensó que podía reconstruir casi todo a través de los registros de la tarjeta de crédito y los recibos del aparcamiento. Pero el único intervalo específico en el que tenía que centrarse empezaba después de la una, cuando los dos terroristas suicidas, vestidos de policías, se dirigieron a toda prisa hacia la calle Cuarta como si les hubieran alertado de un cambio en la ruta de Ben-Aron.

—Durante el discurso del primer ministro —preguntó David—, ¿recuerdas dónde estabas?

—Sí —dijo Munira rotundamente—. Mirando la televisión con mi padre. Escuchábamos las mentiras sionistas.

—¿Estaba allí tu madre?

—No. Había salido a comprar.

—¿Por qué no fuiste con ella? —preguntó David en un tono ligero—. Ir de compras suena mucho más divertido que escuchar mentiras sionistas.

Munira no sonrió.

—No me lo pidió. Así que me quedé.

—¿Querías ir?

Mientras reflexionaba, Munira apartó un mechón de pelo que se le había salido del pañuelo.

—No me acuerdo. Ella tenía prisa, creo.

Las implicaciones de la respuesta, al menos para alguien menos amigable, preocuparon a David.

—¿Dijo eso? —le preguntó.

—No. Estaba allí, y de repente decidió no verlo con nosotros. David pensó que era mejor no seguir insistiendo en ese sentido.

Bruscamente, Munira se puso en pie. El pánico inundó repentinamente su mirada. David se percató enseguida de la vibración del aire que los rodeaba por el estruendo de los aviones. Volviéndose hacia él, Munira gritó:

—¡Nos están bombardeando!

David la agarró. El pánico que se apoderaba de su cuerpo hacía que temblara de manera incontrolable, al mismo tiempo que se resistía a que la tocara un hombre al que no conocía. Entonces pasaron directamente por encima de su cabeza: los vientres de acero brillante de seis aviones de combate en formación cerrada que casi tocaban las azoteas de los centros comerciales con un aullido ensordecedor. Gritando, Munira se echó en sus brazos, con la cabeza cubierta apretada contra el rostro de él.

—Tranquila —murmuró David—. Tranquila. Sólo son un grupo de pilotos de caza haciendo una exhibición. Se supone que su objetivo es que nos sintamos seguros.

Aunque Carole llamaba desde Jerusalén, su voz se entendía perfectamente. David se reclinó en su silla.

—¿Cómo estás? —le preguntó.

—Triste —contestó ella con voz sombría—. La gente de aquí parece muy afectada. El país entero está como atontado. Es un poco como imagino Europa al borde de la segunda guerra mundial: un estado de sitio en el que nadie cree que lo que vaya a pasar sea bueno.

—¿Y el funeral?

—Muy conmovedor; sobre todo la hija de Ben-Aron, Anat, hablando de su sueño de paz. Pero no sé si pensar que era muy noble o sencillamente estaba desamparada.

David pensó que ella también parecía un poco desamparada.

—¿Cómo está tu padre?

—Deprimido. Ambos lo estamos.

Aunque tenía la voz apagada, a David le pareció captar un débil reproche.

—¿Se ha hablado algo acerca de una brecha en la seguridad personal de Ben-Aron?

—Algo —contestó Carole—. Ya conoces a la prensa de aquí. Pero el gobierno mantiene un secreto absoluto sobre lo que está investigando.

—Sí. Supongo que no debe sorprendernos.

Carole permaneció un instante en silencio.

—¿Cómo están tus nuevos clientes?

—Bien. —David vaciló—. Para mí, lo más destacable fue hablar con Munira, su hija. Al final, quería que escapara.

—¿De qué? ¿De sus padres?

David reflexionó un instante.

—De todo —respondió.

Capítulo 4

A la mañana siguiente, el *New York Times* realzó su cobertura del funeral en memoria de Ben-Aron con las espantosas consecuencias de su asesinato: una acción terrorista suicida en un mercado de fruta en la población costera israelí de Hadela; dos presuntos militantes de Al Aqsa abatidos a tiros por soldados israelíes a las afueras de Ramala; la declaración del nuevo presidente de Irán de que los palestinos debían ayudar a «eliminar a los judíos del mapa de nuestras tierras». David se fijó en que la página 4 del *Times* denunciaba el silencio del Departamento de Justicia en relación con su ingente investigación sobre las circunstancias del asesinato de Ben-Aron, aunque el FBI, la CIA y el Servicio Secreto estaban tirando de todos los hilos de información posibles, en Estados Unidos y en Oriente Medio. En referencia a si se había producido una brecha en el dispositivo de seguridad de Ben-Aron y cómo se habría producido, los estadounidenses y los israelíes estaban llevando a cabo investigaciones por separado: Israel había retirado a su personal de los Estados Unidos, de modo que los estadounidenses sólo podían interrogar a los agentes de policía y del Servicio Secreto implicados en la protección de Ben-Aron. En medio de todo esto, sin saber muy bien cómo podía afectar a la familia Jalid, David y su cliente más ambivalente tuvieron un encuentro privado con el FBI en una sala de reuniones interior del Edificio Federal de San Francisco.

Para sorpresa y preocupación de David, el FBI había pedido interrogar a Saeb primero, luego a Munira, y reservarse a Hana para el final. Al otro lado de la mesa de negociaciones, David y Saeb tenían a Victor Vallis, un agente especial de Washington, y a Ann Kornbluth, de la oficina de San Francisco. David conocía a Kornbluth, una mujer regordeta y con gafas, investigadora extremadamente meticulosa conocida por su memoria fotográfica y su dominio de los detalles. Vallis, un hombre corpulento y pelirrojo con el rostro astuto y duro, era, según un amigo de David en el Departamento de Justicia, el principal experto antiterrorista del FBI, y se encontraba por tanto a cargo de aquella investigación. El que Sharpe hubiera asignado aquellas entrevistas al agente principal incrementaba la sensación de David de haber entrado en una sala oscura donde acechaban problemas invisibles. Sólo podía esperar adivinarlos a partir de las preguntas de los agentes.

Nada más empezar la sesión, Vallis recitó las penas criminales en las que se incurría por hacer declaraciones falsas ante un oficial federal. Con las manos juntas ante él, Saeb le escuchaba impasible, y el hecho de que mirara al techo evidenciaba su desdén. Cuando empezó el interrogatorio, Saeb, tal y como le había aleccionado David, escuchó atentamente y se tomó su tiempo para pensar las respuestas. David le había dicho que lo que importaba no era su deseo de parecer servicial, sino el contenido de las respuestas. «Elige tus palabras —le había aconsejado David—. No imagines, no especules, no inventes una respuesta por decir algo.» Todo lo cual se ajustaba a la actitud fundamental de Saeb: su aversión al interrogatorio y a los agentes que lo llevaban a cabo.

Saeb les había dicho que no conocía a ninguno de los dos asesinos; como mucho podrían haberle presentado a uno de ellos. No, no estaba vinculado con ningún grupo que pudiera llamarse terrorista. No, no tenía ningún otro propósito al venir a San Francisco que rebatir al primer ministro. Su itinerario era un libro abierto: conferencias y reuniones con los medios de comunicación que no tenía ningún problema en ir enumerando. Dijo todo aquello en un tono de voz sin inflexiones que indicaba aburrimiento y una falta de interés absoluta en tratar a los agentes como personas. Vallis hizo la mayor parte de las preguntas; Kornbluth tomó notas minuciosamente. Una hora después de empezar la sesión, David seguía sin saber cuál era el propósito de los agentes.

—¿En sus llamadas a y desde los medios de comunicación —preguntó Vallis con un tono de voz muy natural—, usó un móvil, o el teléfono del hotel?

—El móvil.

—¿Uno, o más de uno?

—Sólo uno.

Vallis echó un vistazo al cuaderno que tenía delante.

—¿Es el número 972 (59) 696-0523?

—Sí.

—¿Tiene servicio internacional de móvil?

—Sí.

—¿Así que cualquier llamada hecha en San Francisco quedaría reflejada en los registros de ese mismo número?

—Sí.

Aunque David escondía sus reacciones tomando notas tras cada pregunta, aquella línea de interrogatorio, centrada en el uso del teléfono móvil, empezó a preocuparle.

—¿Tiene ordenador? —le preguntó Vallis a Saeb.

—Dos.

—¿Dónde están?

—Uno está en mi despacho, en Birzeit. El otro es el portátil que llevo de viaje.

—¿Usa el procesador de textos en ambos ordenadores?

Saeb se miró las manos.

—Sólo en el ordenador de mi despacho.

—Es un ordenador de sobremesa HP.

No era una pregunta. Durante un instante, la mirada de Saeb y la de Vallis se encontraron. Lo que sorprendió a David, al igual que debía de haber sorprendido a Saeb, era lo que sabía ya el FBI.

—Sí..., un HP.

—¿Su esposa también tiene despacho?

—Sí.

—¿Y su propio ordenador de sobremesa HP?

—Sí.

Sin cambiar de expresión, Vallis parecía observar a Saeb más atentamente.

—¿Alguna vez usa ella su ordenador, o usted el de ella?

Saeb vaciló.

—Supongo que habrá usado el mío alguna vez. No me acuerdo. No recuerdo haber usado el suyo.

Kornbluth levantó la vista de sus notas.

—¿Cuál era el propósito de su esposa al viajar a Estados Unidos?

—Acompañarme. Y enseñarle a Munira el país.

—¿A quién se le ocurrió eso?

Saeb hizo una pausa.

—Al principio, a Hana. Pero sólo después de que los grupos que ya he enumerado sugirieran que siguiera de cerca a Ben-Aron. Ella no tuvo nada que ver con eso.

Aquélla fue la respuesta más extensa de Saeb. A David le parecía que el motivo para extenderse era dejar claro al FBI que la presencia de su esposa en Estados Unidos era algo accidental, o que al menos derivaba de la suya. E indicaba que Saeb, al igual que David, había empezado a notar que la atención del FBI podía estar centrada en su esposa.

Kornbluth se ajustó las gafas.

—¿Cuándo decidió ella venir?

—Lo decidimos —corrigió Saeb— los dos, unos tres días después de que Israel anunciara que Ben-Aron iba a recorrer Estados Unidos.

—¿Cuándo supo ella que su itinerario incluiría San Francisco?

La mirada de Saeb se iluminó un instante.

—Era información pública —dijo con un tono ligeramente defensivo—. Yo lo sabía. Y también toda la gente a la que le importaba.

Vallis miró un instante a Kornbluth.

—Durante el tiempo que ha pasado en San Francisco —le preguntó—, ¿ha estado al tanto de los movimientos de su esposa?

—En general —contestó Saeb—. Comentamos qué podría hacer ella. Llegamos sólo un día antes que Ben-Aron. Pero yo tenía que trabajar.

—¿Cuánto tiempo pasaron separados?

Saeb se encogió de hombros mostrando irritación.

—Gran parte de esos dos días, no llevaba un control de las horas.

—Cuando estaban separados, ¿dónde estaba su hija, Munira?

—Con Hana, creo, casi siempre.

—¿Qué le parece que hacían?

—Visitar los lugares de interés. —Saeb hizo una pausa y añadió con leve sarcasmo—: Lo siento, no me dijeron qué tomaron para comer.

Vallis no cambió de expresión.

—¿Y para cenar?

—Cenamos juntos ambas noches.

—Y su esposa y usted ¿durmieron juntos?

A Saeb le brillaron los ojos.

—Claro.

—¿Y Munira?

—Dormía en su habitación.

—Cada una de esas noches —interrumpió Kornbluth—, entre medianoche y las cuatro de la mañana, ¿hizo o recibió alguna llamada telefónica?

Tras oír aquella pregunta, David supo de repente que había un problema, y sintió como si Marnie Sharpe acabara de entrar en la sala.

—No —respondió Saeb sin más.

—Está seguro.

—Sí. Es demasiado tarde para llamar a cualquiera, al menos en San Francisco.

—¿Le llamó alguien?

—Ya se lo he dicho, no.

Vallis se inclinó hacia delante.

—¿Llamó alguien a su esposa?

—No.

—¿Cómo puede estar seguro?

Saeb se enderezó en la silla, como si le hubieran insultado.

—Porque dormimos juntos. Si alguien llamara a Hana, yo me despertaría, al igual que si Hana llamara a otra persona. No oí tales llamadas.

—¿Podría haber llamado Munira a alguien?

Saeb cruzó los brazos.

—Pues no, tampoco.

—Si duerme en otra habitación, ¿cómo podría saberlo?

David vio que la pregunta parecía haber inquietado a Saeb Jalid. Su mirada se congeló, y su expresión pareció endurecerse.

—Es una niña —respondió cortante—. Soy su padre. Tenemos reglas estrictas sobre cuándo puede usar el móvil.

—¿Su mujer cumple también con esas reglas?

—Sí. —El tono de voz de Saeb era categórico—. Estamos de acuerdo en eso.

—¿Tiene su esposa teléfono móvil propio? —preguntó Kornbluth.

—Sí.

—¿Uno, o más de uno?

Saeb vaciló.

—Yo sólo sé de uno.

—En su familia, señor Jalid, ¿quién paga las facturas cada mes?

—Yo.

—Así que sabe cuántos móviles tiene su familia.

—Claro.

—¿Munira tiene su propio teléfono móvil?

—Sí. Es decir —añadió Saeb bruscamente—, tenía uno. Pero por despistada, lo perdió.

—¿Cuándo?

—No estoy seguro. Puede que en San Francisco.

—¿Le ha comprado otro?

—No. Uno no premia a los niños por ser descuidados. —Saeb miró a Vallis y luego a Kornbluth—. Al menos yo no.

—¿El número de teléfono móvil de Munira era el 972 (59) 696-9726?

—Sí.

Kornbuth levantó la vista de sus notas.

—¿Dónde guarda su esposa el teléfono móvil?

Saeb meditó la respuesta.

—En su bolso, supongo. No me consta que tenga un lugar fijo para dejarlo.

—¿Usa alguna vez su teléfono móvil?

Saeb se acarició la barba. Empezaba a notársele cansado, lo cual subrayaba la fragilidad de su aspecto; David pensó que, por fuerte que fuera la tensión que estuviera sintiendo, no parecía tener mucha energía.

—Somos marido y mujer —dijo irritado—. Si se descarga la batería, o sólo uno lleva el móvil, puede que sí. Supongo que eso nos convierte en cómplices en la conspiración.

Rápidamente, David colocó una mano en el brazo de Saeb.

—El señor Jalid está cansado —dijo David a los agentes—. Está aquí voluntariamente, para responder a sus preguntas. Pero nos podría servir de ayuda a los dos si nos explicaran el objetivo de todas estas preguntas tan concretas sobre teléfonos móviles.

—Casi hemos terminado —respondió Vallis con un tono de voz seco. Volviéndose hacia Saeb, le preguntó—: ¿Se sabe el teléfono móvil de su esposa, señor Jalid?

Saeb miró a David, que se encogió de hombros.

—Claro —respondió Saeb.

—¿Y cuál es ese número?

Con precisión sibilante, Saeb recitó:

—972 (59) 696-0896.

David se fijó en que Kornbluth no tuvo necesidad de escribir el número.

—¿Le suena —le preguntó Vallis— el número de móvil (415) 669-3666?

Saeb entrecerró los ojos al pensarlo.

—¿De quién es ese número?

Vallis no contestó.

—¿Ha llamado alguna vez a ese número, señor?

Saeb le miró fijamente.

—El 415 —contestó— es un prefijo de San Francisco. He llamado a reporteros, ellos me han llamado. No he memorizado sus números. Si yo llamé a ese número, señor, aunque no esté almacenado en mi teléfono móvil, habrá algún registro al respecto. No me pida que haga semejantes ejercicios de memoria.

—¿Tiene usted ahora mismo un teléfono móvil?

—Sí, en el hotel.

—El día en que mataron a Ben-Aron —preguntó Kornbluth—, ¿recuerda cuáles fueron sus movimientos?

Saeb le dirigió una mirada muy calculada.

—No hubo ninguno.

—Explíquese, por favor.

La voz de Saeb adoptó un tono monótono de hastío.

—Me levanté, llamé al servicio de habitaciones, leí el periódico, hice varias llamadas a colegas de Cisjordania o a los medios de comunicación, esperé a que llegara el discurso del primer ministro, vi el discurso, empecé a redactar mis respuestas y oí la noticia de que estaba muerto. Todo en la habitación del hotel.

—¿Dónde estaba su esposa?

—En el desayuno, estaba conmigo. Luego se llevó a Munira a pasear en transbordador, creo.

—¿Cuánto tiempo estuvieron fuera?

—No me fijé. Volvieron antes del mediodía.

—¿Esperaba que volvieran?

—No esperaba nada en concreto.

—¿Vieron el discurso con usted?

Saeb vaciló.

—Sólo Munira.

—¿Su esposa no?

—No.

—¿Y dónde estaba ella?

Con gesto ausente, Saeb apoyó las yemas de los dedos de su mano derecha en la sien.

—De compras.

—¿Sabe adónde fue?

—No de manera concreta.

—¿Cuándo salió?

—No estoy seguro. Si el discurso de Ben-Aron fue al mediodía, un poco antes.

—Antes de que saliera —preguntó Vallis—, ¿hizo o recibió alguna llamada de teléfono?

Saeb extendió las manos.

—No lo sé. Tenía cosas mejores que hacer que observarla todo el tiempo.

—Cuando se marchó, señor Jalid, ¿llevaba el teléfono móvil?

—Señor Vallis, no registré su bolso. Así que no puedo asegurárselo en realidad.

Las últimas dos preguntas pusieron los nervios de punta a David; se centraban, tal y como había hecho el mismo David, en el período de tiempo en el que los asesinos debieron de enterarse de que la comitiva de vehículos había cambiado de ruta. Pero, pese al desdén que mostraba Saeb por los agentes, demostró ser un testigo hábil: escuchaba las preguntas, no hacía suposiciones, y sus respuestas eran precisas y prudentes. Parecía tener igual de claro que David que el interrogatorio comportaba un riesgo latente para Hana.

—¿Hablaron de por qué no quería quedarse a escuchar el discurso de Ben-Aron? —continuó interrogando Kornbluth.

—Sí. No tenía interés en escucharle.

—¿Le dijo por qué?

—No hizo falta. —El tono de voz de Saeb era tranquilo—. Somos palestinos. Hemos escuchado esos discursos durante toda nuestra vida: nuevos planes, nuevas promesas, la idea de una paz que va a florecer como rosas en el desierto. Las palabras hermosas de un hombre de Estado empapadas de la sangre de nuestro pueblo ya no nos ofrecen esperanza.

—Si hubiera un juicio —preguntó Vallis abruptamente—, ¿se acogería a la inmunidad marital en relación con Hana Arif?

David contuvo su sorpresa.

—¿En qué contexto? —preguntó.

—Para evitar que su esposa testificara. La inmunidad le corresponde a él.

—Eso sería cierto si Hana tuviera pruebas que acusaran al señor Jalid —le rebatió David—. Pero en la situación contraria, la destinataria de esa inmunidad sería la señora Arif. Sea como fuere, les recomendaría no renunciar a ninguna inmunidad, en principio.

Vallis se dirigió a Saeb.

—¿Es ésa su posición, señor Jalid?

—Seguiré los consejos de mi abogado —contestó Saeb con cierto tono desafiante—. Pero por lo que yo sé, ni mi mujer ni yo necesitamos acogernos a inmunidad alguna. Nuestro único delito fue venir a Estados Unidos.

Vallis miró a Kornbluth, que meneó la cabeza.

—Esto es todo lo que haremos por hoy —dijo Vallis en un tono vago—. Pero antes de irnos, le tomaremos las huellas dactilares.

Sobresaltado, David preguntó:

—¿En qué se basan para pedirlas?

Vallis sacó un documento de una carpeta de cartón y lo deslizó al otro lado de la mesa.

—Una citación del jurado de acusación federal.

Enseguida David vio que la citación solicitaba tanto las huellas dactilares de Hana como las de Saeb.

—Quiero ver a la fiscal de Estados Unidos —exigió—. Ahora mismo.

Marnie Sharpe se sentó detrás del escritorio con los brazos cruzados.

—Sabes que esa citación es válida.

—Lo que no sé —replicó David— es algo que estás obligada a decirme según las leyes del Departamento de Justicia: si uno de mis clientes, o ambos, eran el objetivo de tu investigación cuando los invitaste a venir aquí.

—Te lo dije —dijo Sharpe sin inmutarse—. Ambos nos interesan. Todavía hemos de determinar si alguno de ellos es un «objetivo».

—Tonterías. Acabo de pasar dos horas de interrogatorio. Cualquier abogado recién licenciado sabría que os basáis en algo muy concreto, y que lo queréis usar para atrapar a uno de ellos o a ambos; lo que significa que al menos uno de los dos es vuestro objetivo. —David no hizo ningún esfuerzo para ocultar su indignación—. Estás muy cerca del límite, Marnie. De hecho, creo que te has pasado. Si hubieras sido sincera conmigo, me lo habría pensado mucho más antes de acceder a traer a Jalid. Y ahora no estoy seguro de si te dejaré interrogar a su mujer.

—No eres un novato, David. Ni mucho menos. La línea divisoria entre la gente a la que interrogamos y los que creemos que podemos acusar suele ser imprecisa, y cambia de un instante a otro. —Sharpe tamborileó con los dedos—. Todavía no puedo decir que Hana Arif sea nuestro objetivo en el asesinato de Amos Ben-Aron. Pero queremos que responda a unas preguntas. Es elección de ella, y tuya, si desea cooperar.

En silencio, David analizó a Marnie Sharpe. Estaba seguro de que, a pesar de su aparente frialdad, estaba más desesperada por poder formular cargos contra alguien de lo que había imaginado; había optado por ocultarlo y saltarse su obligación de ser sincera con una testigo en peligro con la esperanza de que se produjera un avance rápido e importante.

—Lo discutiré con la señora Arif —dijo finalmente—, teniendo en cuenta tus opiniones. Y mi valoración al respecto.

—¿Y qué pasa con Munira Jalid?

—Es hija suya, no mía. Yo sólo sé lo que haría yo.

Sharpe se puso en pie para señalar que la reunión había terminado.

—Hazme saber pronto lo que va a hacer Hana Arif. Esto no puede durar mucho.

Saeb y Hana estaban esperando en el despacho de David. La mirada que Saeb dirigió a David fue una acusación sin palabras; los ojos de Hana estaban llenos de dudas y preocupación. Los dedos de Saeb estaban manchados de la tinta del FBI.

David miró a Saeb y luego a Hana, asimilando aún que la verdad podía ser mucho peor de lo que imaginaba.

—Sharpe me engañó —dijo—. No me gusta cómo suena todo esto, todas estas preguntas sobre el uso de los móviles y los teléfonos, sobre huellas dactilares. No podían conseguir la orden judicial sin que hubiera al menos cierta base para ella. Tienen algo concreto, puede que de Ibrahim Jefar, puede que de otra persona. Pero tenemos mucho que pensar, y poco tiempo para hacerlo.

Saeb levantó la mano.

—Primero pensemos en Munira. No quiero que tu Gestapo la maltrate.

David miró a Hana.

—Lo entiendo —le dijo a Saeb—, y no quiero arriesgarme y meter a Munira en una situación que la asuste, o que se sienta responsable si las cosas se tuercen para uno de vosotros o para ambos. Por otro lado, lo único que puedo decir es que cuanto más pregunten a Munira, más sabremos acerca de lo que pueden preguntarle a Hana.

—No —replicó Saeb—. Esto es como la parábola de los cuatro hombres ciegos que manosean diferentes partes de un elefante. Puedes decirnos que este elefante es una pared, si quieres, o una cuerda; pero no a costa de Munira.

David ignoró su insulto poco disimulado.

—¿Hana? —le preguntó.

Hana bajó la vista.

—Estoy preocupada. Me gustaría saber qué están pensando. Pero Munira es lo primero.

—¿Así que le digo a Sharpe que no?

—No sólo que no —dijo Saeb—. Dile que se vaya a la mierda.

David levantó las cejas mientras miraba a Hana. Lentamente, ella asintió.

—Puedes citar a mi marido, y decir que lo he dicho yo.

David trató de interpretar lo que decía su rostro: en pocas horas, el espectro de su posible complicidad se había vuelto real y proyectaba una luz nueva y poco favorecedora en torno a su decisión de representarla. El terror que se había apoderado de la mirada de ella podía ser miedo a lo desconocido, o reconocimiento de culpabilidad.

—¿Quieres verte tú con ellos, Hana? Sharpe ha dado a entender que puede que no seas su objetivo. Yo creo que sí puede que lo seas.

Hana lo miró fijamente.

—Si así lo crees, entonces negarse a hablar con ellos sólo puede ser peor.

David se encogió de hombros.

—Sólo si eres inocente.

Su mirada indicaba que se se sentía herida.

—Soy inocente, David.

Puede que sólo David captara el vibrato de su tono, que indicaba una súplica más profunda e íntima que la propia de un cliente. De reojo, David detectó que su marido la miraba y rápidamente pasaba a mirarlo a él.

—Entonces tú y yo tenemos trabajo que hacer —le dijo David a Hana—. A solas.

Capítulo 5

David la interrogó implacablemente acerca de las llamadas a móviles, los recibos de tarjetas de crédito, los del taxi, reconstruyendo, hora a hora, los dos días que pasó en San Francisco. El único rato largo que había pasado a solas, casi una hora, coincidía con el discurso de Ben-Aron.

—¿Por qué no te quedaste a verlo? —le preguntó David.

Hana juntó las manos y metió los hombros hacia delante; a David le pareció más pequeña y desanimada.

—Por muchos motivos. Puede que el más importante es que no quería estar con Saeb.

—¿Por qué?

—Porque sabía lo que iba a decir: la desesperanza, el odio. —Miró a David a los ojos—. No le culpo. Pero esas palabras han sido el trasfondo de mi vida. Ese día no podía soportarlas.

David la estudió sin sonreír.

—Ese día precisamente. Entonces, ¿por qué no te llevaste a Munira contigo?

—Para evitar una pelea. Saeb habría insistido en que se quedara. No para escuchar a Ben-Aron sino al propio Saeb, para que hiciera de público de su odio a los judíos.

David no comentó nada al respecto. Durante veinte minutos más, trató de aislar aquella hora de su vida, movimiento a movimiento. Al final dijo:

—Todo lo que te he preguntado te lo preguntará el FBI. Si hay una sola mentira en lo que me has contado, ellos lo sabrán.

La piel de las mejillas de Hana se ruborizó.

—Cuando me conociste, David, ¿pensaste que fuera una mentirosa?

—Sabía que lo eras. Por lo menos mentiste a Saeb.

Hana no respondió. Un momento más tarde, enderezó la espalda. Su voz se volvió crispada y decidida.

—De acuerdo. Estoy lista para esta gente.

No volvió a pedirle a David que la creyera, ni que la comprendiera.

Una hora más tarde, Kornbluth colocó una grabadora en la mesa delante de ella, y a continuación la encendió. Las advertencias legales de Vallis, pese a haberlas aprendido de memoria, no parecían presagiar nada bueno: que eran agentes del FBI; que las declaraciones de Hana podrían usarse contra ella en un tribunal de justicia; que las falsedades podrían ser la base para una acusación penal de perjurio. ¿Entendía Hana todo aquello?

—Sí —dijo ella sin mostrar emoción alguna—. Soy licenciada en derecho por la Universidad de Harvard.

Vallis observó su rostro.

—¿Defiende la violencia contra el Estado de Israel?

—No.

—¿Lo ha hecho alguna vez.

Hana se puso un dedo en los labios.

—Supongo que igual dije cosas así, cuando era más joven; a veces puede que incluso las haya sentido. Pero realmente no lo recuerdo.

El agente sacó una segunda grabadora de debajo de la mesa.

—¿Qué es esto? —preguntó David.

Vallis apretó el botón. De la grabadora brotó una voz débil pero enfadada.

—Igual somos terroristas porque tenemos que serlo. Puede que el acto de matar sea lo único que nos hayan dejado los judíos.

David sintió un escalofrío en la piel. Aquélla era la voz de Saeb; recordaba que había dicho esas palabras en Harvard, la noche en que David conoció a Hana Arif.

—¿Reconoce esas palabras, señora Jalid?

—Sí. Las dijo mi marido, hace muchos años.

David pensó que parecía bastante tranquila. Pero él no lo estaba: la grabación había resucitado el pasado, subrayando lo inestable que era la postura de David en ese momento.

—¿Está de acuerdo con esa declaración? —le preguntó Vallis.

—¿Entonces, o ahora?

—En cualquier momento.

No hubo inflexiones en la voz de Hana.

—Entonces, puede; ahora, no. Estoy harta de matanzas.

Vallis colocó una fotografía ante ella: era de un hombre barbudo, claramente árabe, cuya mirada oscura e intensa emanaba de un rostro que sólo podía pertenecer a un asceta o un vagabundo.

—¿Reconoce a este hombre?

—Sí.

—¿De dónde?

Un dejo de amarga burla apareció en los labios de Hana.

—De la portada del *New York Times*. Creo que es Iyad Hassan, que ya no se parece a su fotografía.

David se dio cuenta de que estaba enfadada, quizá por haber sido vigilada, quizá con el propio David.

—¿Conoció usted a Iyad Hassan?

—Como soy profesora, conozco a mucha gente. No tengo el recuerdo concreto de haber conocido a esta persona.

David se volvió para mirarla.

«Estás siendo demasiado fría —trató de transmitirle sin palabras—, recuerda los motivos por los que estás aquí.»

Como si hubiera escuchado su advertencia, la expresión de Hana se suavizó un poco.

—¿Está segura de que nunca conoció al señor Hassan? —insistió Kornbluth.

—No, segura no. Lo único que puedo decirle es que no recuerdo haberlo conocido.

—¿En ningún momento?

—En ningún momento.

—¿Y qué puede decir respecto a las conversaciones por móvil? ¿Ha hablado alguna vez con el señor Hassan por móvil?

—No, que yo recuerde. No sé por qué tendría que haberlo hecho.

—Concretamente en San Francisco, este mes, ¿ha hablado con Hassan?

Hana alzó las cejas mirando hacia David.

—¿En San Francisco? —preguntó con voz incrédula—. No, desde luego que no. Eso lo recordaría. —La voz de Hana se tranquilizó—. No conozco a este hombre. Lo único que digo, para intentar ser precisa, es que no puedo jurar no haberlo conocido nunca.

—¿Cuál es su número de móvil personal?

—972 (59) 696-0896.

—¿Le dio alguna vez ese número al señor Hassan?

David se puso tenso. Pese a sus negativas, las preguntas indicaban que el FBI tenía motivos para creer que conocía a Hassan, y la precisión de sus preguntas estaba pensada para establecer las bases para acusarla de perjurio.

—No —contestó Hana con firmeza.

—Se lo preguntaré otra vez —preguntó Vallis—, ¿está usted segura de eso?

—Sí.

—¿Apuntó alguna vez este número de móvil para alguien?

Hana parecía acorralada y desconcertada al mismo tiempo.

—Creo que no, no.

—¿Ni siquiera para su marido o su hija?

—Este teléfono móvil es nuevo, diría que lo compré hace un mes. Saeb y Munira grabaron el número en los suyos. No tuve necesidad de escribírselo.

David veía cómo corría la cinta, registrando las respuestas de Hana. Eligiendo sus palabras con cuidado, Vallis preguntó:

—¿Imprimió usted alguna vez el número 972 (59) 696-0896 en su ordenador de Birzeit?

Hana le miró como intentando comprender la pregunta, y el hecho de que fuera tan concreta pareció preocuparla tanto como le preocupaba a David.

—¿Quiere decir que si imprimí este número en un trozo de papel, utilizando el ordenador y la impresora de mi despacho?

—Sí.

Hana puso las palmas de las manos hacia arriba, en un gesto de desconcierto.

—¿Por qué habría de hacer tal cosa? Mi escritura ya es lo bastante legible.

—Por favor, responda la pregunta. ¿Ha impreso alguna vez su número de teléfono para alguien en un trozo de papel, utilizando el ordenador y la impresora de su despacho?

—Ya he respondido. No recuerdo haberlo hecho, y no puedo imaginarme por qué habría de hacerlo.

Ahora David estaba seguro de que alguien lo había hecho. Si hubiera sido Hana, su único motivo habría sido el de evitar escribirlo a mano, ya que era la única manera de poder negar que ella misma hubiera transferido el papel, asumiendo que no hubiera dejado huellas dactilares. Kornbluth continuó con esa línea de interrogatorio.

—¿Quién más, además de su familia, tiene el número?

—Sólo unos pocos amigos y colegas. Creo que la mayoría de sus nombres y teléfonos móviles están grabados en el mío.

—¿Y todavía tiene usted ese teléfono móvil?

—Sí.

—¿Utilizó ese teléfono en San Francisco?

—Sí.

—¿Para qué?

—Para llamar a Saeb o a Munira, si estábamos en lugares distintos.

Al menos, David la había preparado para aquellas preguntas. Al igual que había hecho David antes, Vallis preguntó:

—Estando en San Francisco, ¿ha llamado a alguien más?

—Al señor Wolfe —dijo Hana con toda tranquilidad—, nuestro amigo de la Facultad de Derecho. Y también a restaurantes y agencias que organizan circuitos. Llamé a una compañía de taxis para que nos llevara a Munira y a mí al transbordador. Esas llamadas aparecerán en los registros de mi móvil. —Pensó un instante más, y a continuación añadió—: También llamé a mis padres.

—¿Dónde viven?

Hana apretó los labios durante un instante.

—En un campo de refugiados en el Líbano. Chatila.

—¿Cuál es el teléfono de sus padres?

Hana lo recitó. Kornbluth miró a Vallis, y a continuación preguntó:

—Durante el tiempo que ha pasado en San Francisco, ¿ha hecho o recibido alguna llamada telefónica entre medianoche y las cuatro de la mañana?

—Yo no.

—¿Y su marido o Munira?

—Si alguien llamara a Saeb o él llamara a alguien, una llamada así me habría despertado. Por lo que respecta a Munira, ya no tiene móvil propio. Lo perdió, y aún tenemos que comprarle otro.

—¿Le presta su móvil a Munira?

—No. Munira perdió el suyo en San Francisco, aunque no sé dónde ni cómo. Yo necesito llevarlo, y no quiero que ella pierda también el mío.

Aquella vez fue Vallis el que miró a Kornbluth, indicando su deseo de intervenir.

—¿Le resulta familiar el número de móvil (415) 669-3666?

Era la misma pregunta que Vallis le había hecho a Saeb.

—No —contestó Hana, al igual que le había dicho a David—. No me resulta familiar ese número. Si resulta que he llamado a él, o es el número de alguien que me llamó, no sé exactamente a quién pertenece.

Vallis se inclinó hacia delante. En un nuevo tono frío y cortante preguntó:

—¿Habló con alguien del asesinato de Amos Ben-Aron?

Hana se enderezó en su asiento.

—¿Antes de que ocurriera, quiere decir?

—Sí.

—Si se refiere al hecho de que pudieran matarlo, sí. Creo que he comentado esa posibilidad.

—¿Con quién?

—Con amigos, con colegas en Birzeit. Hace tiempo que se especulaba acerca de su asesinato.

—¿Habló alguna vez con alguien del modo en que podrían matar a Ben-Aron?

—¿El modo? Sí, en el sentido de que pensaba que podría matarlo su propia gente, los fanáticos ortodoxos, quizá, o colonos que temieran que él los podía «vender», según su manera retorcida de pensar. —Hana se reclinó en el asiento, mirando a ambos agentes con cierto aire de agotamiento—. ¿Por qué no me pregunta si sé algo acerca del asesinato de Ben-Aron aparte de lo que sabe el público?

Kornbluth se volvió hacia Vallis, y luego otra vez hacia Hana.

—¿Estuvo usted —le preguntó— involucrada en algún sentido en la planificación o en el asesinato mismo de Amos Ben-Aron?

—No —dijo Hana—. Rotundamente, no.

—¿Defendió alguna vez el asesinato de Ben-Aron?

—No. Lo que sentía hacia él era desconfianza, no odio. —Hana alzó ligeramente la voz—. No estoy a favor del asesinato, ni de los israelíes en sus mercados, autobuses o cafés, ni de su primer ministro. Hace muchos años que dejé de creer que semejante violencia sirviera a otro propósito que no sea continuar el ciclo interminable de la muerte. Y para mí está claro, y debe estarlo para cualquier persona cuerda, que no puede salir nada bueno de todo eso.

—¿Dónde estaba usted —le preguntó Vallis— durante el discurso de Ben-Aron?

Pese a haberlo ensayado con David, Hana dudó.

—Deambulando sola.

—¿Por dónde?

—Alrededor de la zona de Union Square.

—¿Por qué no escuchó el discurso con su esposo y su hija?

Hana miró hacia la mesa.

—No tenía ganas. He escuchado demasiados discursos.

—¿Le dijo a su marido que iba de compras?

—Sí.

—¿Y lo hizo?

—No. Me di cuenta de que tampoco tenía ganas de comprar.

—¿Entró en alguna tienda?

—No. No que yo recuerde.

—¿Qué hizo?

—Como he dicho, deambular. No tengo un recuerdo concreto de por dónde.

David sabía que, aunque fuera verdad, la respuesta era lamentable, ya que creaba un vacío en lo que podía ser un período de tiempo crítico.

—¿Habló con alguien?

—No, al menos no que yo recuerde.

Kornbluth juntó las manos delante de ella.

—¿Llevaba el teléfono móvil encima? —le preguntó.

—Eso creo, sí.

—¿Tenía algún otro teléfono móvil que no fuera el que ya había identificado?

Hana parpadeó.

—No.

—¿Está segura?

—Sí.

—¿Recibió usted, mientras deambulaba, alguna llamada de móvil de alguien?

Hana entrecerró los ojos como si lo pensara.

—Creo que no. No recuerdo ninguna.

—¿Llamó a alguien?

—No.

—¿Está segura de ello? —intervino Vallis.

—Muy segura.

—¿Por qué está tan segura, señora Arif?

—Porque no tenía ganas de hablar con nadie. —Su voz era suave—. ¿Reflexiona alguna vez sobre su vida, señor Vallis? Porque eso es lo que estaba haciendo.

La respuesta pareció dar que pensar al agente.

—¿Reflexionar sobre qué, en concreto?

—Muchas cosas, la mayoría personales, y no son de su incumbencia.

—¿También reflexionó sobre Amos Ben-Aron?

—Sólo en el sentido de que estaba cansada.

—¿Del primer ministro Ben-Aron?

Hana lo miró directamente.

—Diría que más bien cansada de sentirme atada a Israel, desde que tuve edad para saber que nací en un campo de refugiados y no en casa. —Bajó la voz—. ¿Por qué estoy aquí, hablando con usted? ¿Por qué tiene mi hija pesadillas de bombas y soldados?

»Contestaré a sus preguntas todo el tiempo que quieran. Pero estaremos igual de cerca de la muerte, ¿y para qué? —Se volvió hacia David. Los ojos se le empañaron de lágrimas—. No he hecho nada. Eso es lo que puedo decirles. Si me creen es algo que no corresponde a mí decir.

Después de aquello, el FBI le tomó las huellas.

Abrumado por un mal presentimiento, David la llevó en coche hasta el hotel. Excepto para responder a sus preguntas y comentarios, con desgana y sin extenderse, Hana no habló. Cuando David detuvo el coche, llevaba callada varios minutos.

—Si te llaman del FBI —le dijo él—, llámame.

Sin responder, Hana abrió la puerta. Cuando ya estaba saliendo, hizo una pausa, se volvió hacia él y le dedicó una larga mirada que no logró descifrar.

—Adiós, David. Gracias por lo que has hecho.

Antes de que pudiera responderle, Hana Arif se había ido.

Capítulo 6

Un buen rato después de terminar de hacer el amor, David aún tenía a Carole abrazada, como para volver a comprender una realidad que sentía que se estaba apartando de él.

Yacían en el dormitorio del piso de estilo hispano de David en Marina District. Era el viernes a última hora de la tarde, un día después del interrogatorio de Hana. Aunque Carole sólo había estado fuera desde el martes, David sentía que en esos tres días había vivido otra vida, una vida en la que había perdido el equilibrio: asustado por Hana, temeroso de pensar en quién podría haberse convertido, reviviendo un pasado con el que pensaba que había terminado para siempre pero que ahora no podía parar de reexaminar, aunque se hiciera pasar por el mismo de siempre. Menos de dos semanas antes, Carole personificaba la sensatez que se esforzaba en alcanzar: una actitud centrada, despejada, racional, en la que la pasión que una vez sintió por Hana se subordinaba a una visión del futuro arraigada en lo que David creía que era un amor coherente con su naturaleza esencial. Lo que sentía ahora era el deseo de volver a abrazar esa vida de estabilidad, y no dejarse engullir nunca más por emociones que no podía controlar. Así que se aferraba a las bondades principales de Carole: su calidez, su cordura y su sentido práctico, con el fervor de un amante infiel pero que sentía que había escarmentado.

David sabía que otra mujer podría haber aceptado esa actitud como un regalo inesperado, la sorpresa de su prometido al percatarse de que la valoraba más de lo que creía. Pero Carole apartó su cara de la de él, mirándole con una expresión que representaba la curiosidad de una mujer que conocía muy a fondo al hombre y sus complejidades.

—¿Has terminado ya con ellos —le preguntó—, con los palestinos?

—Sí, hice lo poco que pude por ellos.

Algo en su tono de voz le llamó la atención a ella.

—¿Se han metido en un lío?

—No puedo hablar de lo que pasó con el FBI. Pero ahora ya ha acabado todo eso. —David le tocó la cara—. Hace once días pusimos fecha a la boda. Esa noche conocimos a Amos Ben-Aron; al día siguiente lo vimos volar por los aires en pedazos. Desde entonces hemos estado encerrados en nuestros caparazones, o separados. Se me ocurre una terapia: que nos levantemos mañana, nos pongamos las zapatillas de deporte, vayamos corriendo por la bahía hasta la cafetería de Fort Point, nos comamos un bagel, volvamos paseando, leamos el periódico y pensemos qué película queremos ver. Incluso puedo hacerte la cena. Y el domingo, después de los programas de entrevistas, podemos empezar a hacer la lista de invitados para nuestra boda. —David la besó, como para despertar en Carole el estado de ánimo que él deseaba—. Normalidad —terminó diciendo—, si empezamos a actuar con normalidad, puede que logremos volver a ella.

—Tienes razón. —Carole dejó de mirarle inquisitivamente y apoyó la coronilla contra su hombro—. A los dos nos han pasado muchas cosas.

Agradeciendo que ella no pudiera leer sus pensamientos, David intentó no preocuparse por Hana, atrapada en las ambigüedades de su matrimonio, en el limbo de un país que no era el suyo, aunque, en la mente de David, oscilaba entre la inocencia y la culpabilidad. Pensó que entonces eran muy jóvenes, inconscientes de que sus vidas, al igual que las de sus padres, acabarían sufriendo las huellas del tiempo, definidas por decisiones tomadas o no tomadas, de maneras que no podían imaginar. Y también le parecía comprensible que, mientras yacía con Carole, sus pensamientos pasaran de Hana a Munira. Sintió que Carole respiraba más profundamente, con el suspiro del sueño que se avecinaba.

Sonó el teléfono. Adormilada, Carole preguntó:

—¿Tienes que cogerlo?

El dial iluminado de su reloj con alarma señalaba las seis menos cuarto.

—Eso es lo que me pasa por faltar a clase.

De mala gana, contestó.

Oyó que se ponía en marcha un mensaje grabado; durante un instante maldijo la omnipresencia de las ventas telefónicas, y estuvo a punto de colgar.

—Hola —dijo la voz—. Está recibiendo la llamada de un interno de una prisión federal. Presione 1 para aceptar o diga «sí». Para rechazar la llamada, presione 2 o simplemente cuelgue.

David se sentó, tratando de despejar la cabeza. Sólo a un cliente se le permitiría llamar a cobro revertido.

—¿Algo va mal? —murmuró Carole.

David apretó el 1.

—¿David? Lo siento, no tenía nadie más a quien llamar. —La voz de Hana era tensa y sonaba asustada—. Me han arrestado por el asesinato de Amos Ben-Aron.

—Dios mío. —David se esforzó por contener sus propias emociones—. Bien. Dime qué ha pasado, paso a paso.

—El FBI ha venido a arrestarme: Vallis, la mujer agente y los otros dos. Han registrado la habitación del hotel, se han llevado los portátiles y los móviles, lo han puesto todo patas arriba. Munira estaba muy asustada...

—¿Han arrestado a Saeb?

—No. Lo siguen reteniendo como testigo material. Por favor, créeme, no he hecho nada malo. No sé por qué me han arrestado.

«Marnie Sharpe lo sabe», pensó David. No habría hecho esto sin estar segura de lo que hacía, y sin obtener la autorización del fiscal general; puede que incluso el presidente lo supiera. No se trataba simplemente de una acusación criminal: era la afirmación que hacía Estados Unidos ante el mundo de que su sistema de justicia funcionaba, y que encontraría y castigaría a los responsables del asesinato de Amos Ben-Aron. Que Sharpe no le hubiera informado de los detalles o le hubiera concedido una oportunidad de implicar a su cliente indicaba no sólo la ausencia de la habitual cortesía sino su deseo de sorprender, para apoderarse mejor de cualquier prueba que Saeb o Hana pudieran poseer.

—¿Dónde estás? —preguntó David.

—En el centro de detención federal. —Hana hizo una pausa, y luego preguntó ansiosa—: ¿Vendrás?

David estaba muy quieto.

—Allí estaré —se oyó decir—. No pierdas la calma. No hables con nadie de nada importante.

David colgó.

—¿Quién era? —preguntó Carole.

David tocó su hombro desnudo, pidiéndole silencio un instante, y alargó el brazo para coger el mando a distancia. En pantalla, Marnie Sharpe estaba de pie detrás de un estrado, con Victor Vallis a su lado.

—Los cinco cargos imputados —estaba diciendo Sharpe— sirven para explicar en detalle las acusaciones del gobierno de que

Hana Arif ayudó a planear y ejecutar el asesinato de Amos Ben-Aron, y que tuvo como resultado la muerte del primer ministro, de Ariel Glick, del cuerpo de protección, y del agente Rodney Daves del Servicio Secreto de los Estados Unidos.

Carole se echó atrás, como rehuyendo la noticia.

—Oh, Dios mío...

—En primer lugar —leyó Sharpe—, el informe afirma que Hana Arif está vinculada con la Brigada de los Mártires de Al Aqsa, un grupo terrorista palestino que se opone al Estado de Israel. —Aunque Sharpe hablaba con claridad, su rostro estaba pálido, y un tartamudeo intermitente traicionaba su nerviosismo al exponerse al escrutinio mundial—. En segundo lugar —continuó—, que la señora Arif reclutó al asesino Iyad Hassan, estudiante de la Universidad de Birzeit y miembro de Al Aqsa, que a su vez reclutó al asesino Ibrahim Jefar.

»En tercer lugar, que la señora Arif ofreció indicaciones a los asesinos mediante las llamadas telefónicas de móvil al señor Hassan, empezando por la ruta que tomaron de Birzeit a San Francisco, sus movimientos el día del asesinato y los medios (uniformes, motocicletas, explosivos, y la ruta del desfile de vehículos del primer ministro) necesarios para llevarlos a cabo.

—¿Y todo eso ella sola? —preguntó David en voz alta.

—En cuarto lugar —prosiguió Sharpe—, que para llevar a cabo el asesinato, la señora Arif conspiró con otros individuos, que en la actualidad se desconocen, dentro y fuera de los Estados Unidos. —Sharpe levantó la vista de las notas, y continuó mostrando mayor confianza en sí misma—. Para formular la acusación contra Hana Arif, el Departamento de Justicia confió en la información aportada por Ibrahim Jefar, así como en las pruebas físicas que corroboran su relato. No se hizo ninguna promesa a cambio, salvo que el Departamento de Justicia tendrá en cuenta la cooperación de Jefar, tras el juicio contra la señora Arif, para determinar qué pena imponerle a cambio de su declaración de culpabilidad.

—No habrá pena de muerte —dijo David—. Ése es el trato.

—La investigación está en pleno desarrollo —concluyó Sharpe—. Queda mucho trabajo por hacer antes de que podamos conocer las dimensiones completas de la conspiración o los medios por los que los conspiradores obtuvieron la información necesaria para llevarla a cabo. Pero con esta acusación estamos dando el primer paso hacia la total atribución de responsabilidades. La comunidad mundial ha de tener por seguro que nuestro gobierno dedicará todos sus esfuerzos a aprehender y procesar a cualquier individuo (independientemente de dónde se encuentre o piense esconderse) responsable de este crimen cometido contra tres personas, el Estado de Israel y la seguridad de Estados Unidos.

—Ella lo mató —dijo Carole con voz sorda.

Cuando David se volvió, la mirada de Carole estaba empañada de horror e incredulidad.

—Eso no lo sé —respondió él.

Fue todo lo que logró decir. Como un autómata, empezó a vestirse.

—¿Adónde vas? —preguntó Carole.

—Al centro de detención federal.

—¿Esa llamada era de ella? —Carole saltó de la cama, sin pensar en que estaba desnuda—. Pero ¿no te das cuenta de lo que ha hecho?

Torpemente, David se puso a abrocharse la camisa.

—No sé nada de todo esto.

—Entonces, ¿cómo puedes ir allí? —le temblaba la voz—. Eres judío, David. Tú conociste a Amos Ben-Aron.

—También conozco a Hana Arif. —David se esforzó por buscar las palabras adecuadas—. No sabía que iba a pasar esto, Carole. Pero sigo siendo su abogado. Antes de dejar el caso, tengo que encontrarle otro.

—Podrías haberle dicho eso por teléfono.

—Ella está asustada. —David se contuvo, intentando apelar a la razón—. Su hija está asustada, y no tienen a nadie. No puedo limitarme a esconder la cabeza debajo del ala, mientras no tengan a alguien que ocupe mi lugar.

Carole le miraba boquiabierta, dolida y sin entender nada.

—He sido un idiota —dijo él—. Ahora necesito al menos salir de esto con una pizca de dignidad.

La besó rápidamente en la frente, y, aunque ella se quedó quieta como una estatua, se marchó.

David atravesó con su coche el puente de la bahía. Las luces parpadeaban en el anochecer gris y azul mientras se dirigía hacia Danville. Se sabía la ruta de memoria y conducía siguiendo sus reflejos, mientras su mente trataba de procesar el zumbido de los comentarios por la radio nacional: que entre las pruebas físicas había llamadas telefónicas y huellas dactilares; que el informe no explicaba cómo podría haber conocido Hana Arif la ruta de Ben-Aron con anterioridad.

Entonces sacó su teléfono móvil y, conduciendo con una mano, llamó a la oficina de Marnie Sharpe.

Quien contestó fue Victor Vallis.

—Víctor —dijo David bruscamente—, soy David Wolfe. Ponme con Marnie.

Hubo un momento de demora. Oyó que Vallis hablaba en voz baja, y entonces se puso Sharpe.

—Dime, David.

—Voy de camino a Danville. No me molestaré en protestar porque no me hayas llamado. Sólo dime lo que hay en la acusación, y asegúrate de que consigo entrar para verla.

El tono de Sharpe era frío e incrédulo a la vez.

—¿Aún la representas?

—Sólo hasta que se lo pase a otra persona. Pero te lo pregunto ahora, no entonces. —David aminoró, y se deslizó hacia el carril de la derecha mientras un torrente de luces pasaba a toda velocidad por delante de él—. Tal y como dijiste en tu declaración, no afirmas que Jefar llegara a hablar con ella.

—Así es.

—Entonces, ¿cómo sabe exactamente quién estaba tratando con Iyad Hassan?

—Hassan se lo dijo varias veces. Y Jefar reconoció a Arif en el acto. —Sharpe vaciló y entonces añadió—: Conoces las reglas del testimonio de terceros tan bien como yo, David. El testimonio de Jefar contra ella es aceptable en un juicio.

—Puede que sí, puede que no. Pero no la acusas por la declaración de segunda mano de un terrorista suicida fracasado. ¿Cómo lo has corroborado?

—Encontramos un trozo de papel con su número escrito en él —contestó Sharpe—, con huellas dactilares de Hassan y de ella. El teléfono móvil de Hassan mostraba una llamada al mismo número, un poco después de la medianoche del día del asesinato.

David sintió una punzada de consternación.

—¿Así que habéis recuperado el teléfono de Hassan?

—Sí, de un cubo de basura en Market Street.

—A ver si lo entiendo. Tenéis una llamada de Iyad Hassan al teléfono de Hana. ¿Es ésa la única llamada que hizo a su número?

—Sí.

—Doy por hecho que Hassan llamó a otros móviles, y recibió llamadas de otros números, incuido el día en el que volaron por los aires a Ben-Aron.

David oyó el silencio del pensamiento. Sharpe sopesaba sus compromisos.

—Esto va más allá de la simple acusación, David. Sin duda, tu afortunado sucesor presentará una moción y le daremos lo que tengamos que darle. Diría que para entonces tú habrás reanudado tu carrera política.

Le había dicho todo lo que tenía que decirle. David le dio las gracias y se puso otra vez en marcha. Ahora conducía más rápido, y los comentarios de la radio nacional iban retrocediendo hacia los márgenes de su conciencia.

El centro de detención federal era institucional y moderno, un complejo de dos pisos sin ningún atributo especial situado en una antigua base del ejército. Para David era como entrar en un hospital: limpio, estéril y totalmente inhóspito. El único rasgo nuevo era el enjambre de medios que esperaba fuera, una multitud de reporteros, fotógrafos y técnicos con cámaras pequeñas. Al pasar por delante de ellos con el coche, David tuvo la incómoda sensación de no querer, por una vez, que lo reconocieran.

David aparcó, presentó sus credenciales en el puesto de vigilancia y pasó por un detector de metales. Unos minutos después, un policía federal lo había hecho pasar por una gran sala con mesas donde las familias podían visitar a los encarcelados. Al fondo había varias puertas con ventanas de tela metálica, de modo que los reunidos en las salas que quedaban detrás podían ser observados pero no oídos. A través de una de las ventanas vio a Hana junto a una mesa de formica, con las manos unidas delante y la cabeza inclinada como si estuviera rezando.

Llevaba el mono rojo reservado para los que estaban acusados de los peores crímenes y sujetos a la máxima seguridad; el mono le iba grande, y ella parecía perdida en su bulto informe. Al pensar en Hana tal y como la había visto por primera vez, abogando orgullosa por la causa palestina, colocada en la cúspide del futuro de su pueblo, y del suyo propio, aquella visión le resultó a David dolorosa y difícil de creer al mismo tiempo.

El policía abrió la puerta y dejó entrar a David.

Hana se puso en pie de repente y la esperanza brilló en sus ojos. Se dispuso a tocarle, pero se contuvo. David era como mucho su abogado, pareció recordar, y había perdido el derecho a la intimidad hacía mucho tiempo.

Él se quedó de pie mirándola. La mesa se interponía entre los dos.

—¿Estás bien?

Ella logró esbozar una tenue sonrisa.

—Menuda pregunta más tonta Pero nadie puede ensayar para momentos como éste, en los que no hay nada bueno que decir. Tú y yo ya aprendimos eso hace trece años.

David se sentó enfrente de ella. No podía quitarse de la mente la imagen surrealista de ellos dos encerrados en una habitación con suelos de baldosas y paredes de hormigón vigilados por un guardia armado.

—¿Cuándo podré ver a Munira? —preguntó Hana.

Al menos aquella preocupación era algo familiar.

—Cada día —le tranquilizó él—. Hay horas de visitas de las familias en las que puedes verla a ella y a Saeb en la habitación de fuera. Habrá un guardia vigilando y no podréis tocaros. También es mejor hablar en voz baja. Los guardias suelen escuchar a escondidas. Pero al menos podrás estar con ella.

Hana se tocó los ojos.

—Eso siempre y cuando desee que me vea así. Pero supongo que no tengo elección. Ya estoy descubriendo que esto es lo peor de todo, ser su madre y no estar con ella, y no tener forma alguna de consolarla.

Su dolor era tan palpable que David no podía creerse que pudiera arriesgarse a ir a la cárcel. Pero lamentaba reconocer que Hana, sintiera lo que sintiese por alguien, podía ser propensa a pasiones que superaban al amor.

—¿Dónde te tienen confinada? —le preguntó.

—En una celda: con una litera, un escritorio, poca luz. Peor que un dormitorio colectivo de la universidad. Pero dicen que el patio de ejercicios es bastante espacioso y aireado. —Meneó la cabeza, desechando aquel débil intento de restarle importancia al asunto—. ¿Qué me ocurrirá ahora?

David echó un vistazo por la sala, que carecía de cualquier rasgo personal.

—Primero tengo que explicarte algo. Diga lo que diga aquí, digas lo que digas, recuerda que puede haber alguien escuchando. Sé que existe la confidencialidad abogado-cliente. Pero según las nuevas disposiciones antiterroristas, el gobierno puede reunir a un grupo de gente para que escuchen nuestras conversaciones, cualquiera que no esté vinculado con la acusación. Se basan en que buscan conversaciones en las que se planee un acto terrorista.

»Por ahora, Hana, eres sospechosa de terrorismo. Tus cómplices son desconocidos, y la presión por identificarlos no tiene precedentes. Dudo que el gobierno se muestre demasiado agradable en lo que respecta a tus derechos.

La mirada de Hana se empañó. Echó un vistazo por la habitación, como si viera con ojos nuevos la prisión que podía convertirse en su vida.

—Puedes llamar a tu abogado a cobro revertido —continuó David—, pero las llamadas telefónicas también están sujetas a escucha. En lo que respecta a llamar a Munira, Saeb o a cualquier otro, dosifícalas cuidadosamente. Te dan trescientos minutos al mes, quince minutos por vez. Si gastas los quince minutos enteros, eso son cuatro o cinco llamadas a la semana. Y el gobierno puede optar por escucharlas, claro está. Y en lo que respecta a llamar a tus padres, me temo que no podrá ser. —David habló en voz aún más baja—. Siento ser tan directo. Pero por tu propia seguridad, e incluso por tu cordura, tienes que saber cuáles son las reglas.

—¿Puedes sacarme de aquí antes del juicio? Tengo que estar con Munira.

—Tu abogado puede intentar que te pongan en libertad bajo fianza, pero no lo logrará. —David mantenía un tono de voz desapasionado—. Éste podría ser un caso de pena de muerte. Y no hay fianza que valga cuando la víctima es Amos Ben-Aron. La única manera rápida de salir es que te extraditen a Israel.

—¿Harán eso? —preguntó Hana, alarmada.

—Pueden hacerlo. Esto escapa a tu control, y ellos están en un callejón sin salida. —David hizo una pausa, afligido al ver cómo asimilaba la profundidad de su dilema—. Esto es muy duro, lo sé. ¿Qué quieres saber ahora mismo?

Hana se irguió.

—Todo.

—De acuerdo —dijo David lentamente—. Israel no tiene pena de muerte, excepto por «crímenes contra el pueblo judío», es decir, asesinatos en masa vinculados con el Holocausto. Por otro lado, un acusado puede tener más derechos aquí. Como acusada de terrorismo palestino, yo preferiría que me juzgaran en Estados Unidos, incluso después del 11 de septiembre.

Hana cruzó los brazos como si tratara de abrazarse para evitar el frío.

—Continúa.

—Lo peor que podría pasar —prosiguió David— sería que te

juzgaran en Estados Unidos por el asesinato del agente del Servicio Secreto, en Israel por los asesinatos de Ben-Aron y Glick, y que luego volvieran a enviarte a Estados Unidos para la ejecución. —Obligándose a interpretar su papel de abogado, David miró a Hana a la cara—. No estoy diciendo que seas culpable, pero Sharpe está convencida de que lo eres. Lo que quiero decir es esto: si sabes algo más que no me has dicho, cualquier cosa, tienes que pensar en revelarlo.

Hana cerró los ojos.

—¿Has dicho todo lo que tenías que decir?

—Sí.

—Entonces me toca a mí. No tengo nada que revelar. Ése es el problema de ser inocente. No me importa lo que digan, no me importa quién esté escuchando. —Abrió los ojos de par en par, y habló claramente, en dirección a la pared—. Así que oídme, quienquiera que esté allí fuera. ¿Qué clase de cerebro terrorista da su número de móvil? ¿Qué clase de genio del subterfugio recibe llamadas a medianoche de un terrorista suicida utilizando su propio teléfono móvil, y luego lo guarda para dárselo al FBI?

»No tengo ningún vínculo con Al Aqsa. No conozco a esos hombres. —Hizo una pausa, y entonces bajó un poco la voz—. Sé que estás haciendo tu trabajo, David; yo te lo pedí. Así que déjame que te diga qué ha sido de mí con el paso de los años, desde que creíste que merecía la pena que me convirtiera en tu esposa. Soy madre: una madre que ama demasiado a Munira para dejar que Saeb la críe sin mí. Para quedarme con Munira, quizá podría matar a Amos Ben-Aron; pero nunca me arriesgaría a abandonar a mi hija.

Se miraron el uno al otro desde su lado de la mesa, tan intensamente como lo habían hecho cuando eran amantes. En voz baja, David dijo:

—Entonces te buscaré un buen abogado.

—¿Tú no?

La pregunta llevaba en sí misma dolor y desafío, y David percibió también desesperación. Sintió que su necesidad de responder superaba el miedo de que escucharan su conversación.

—Yo no —respondió—, por tantas razones importantes que resulta difícil escoger una. Pero te voy a decir unas cuantas: no soy objetivo, fui tu amante, conocí a Ben-Aron y lo vi morir. Te oí hablar a favor de la violencia más de una vez. La fiscal de Estados Unidos me desprecia, y también, por cierto, tu marido, de quien tu abogado necesitará ayuda.

»Pero ésta es la mejor, por lo que a mí respecta. He pasado el último año viendo al otro lado de la mesa a diez personas casi tan asustadas como tú. Pero al mirarlas a los ojos y al defenderlas, no me metía en ningún lío. Ésa es la clase de abogado que necesitas...

—¿Uno al que le importe un pimiento?

—No —contestó David—. Uno que no necesite que seas inocente. Yo perdí esa posibilidad la primera noche que hicimos el amor.

Hana no apartó la vista.

—¿Fue la primera noche, David —preguntó ella, hablando tan bajo como él—, o la última?

David se abstuvo de contestar. Él sabía que el motivo más profundo no radicaba en la primera o en la última noche, sino en la vida que había construido desde entonces, después de no haber deseado otra cosa que no fuera una vida con Hana Arif.

—Te encontraré un buen abogado —le repitió.

Capítulo 7

Con el teléfono móvil pegado a la oreja, David llegó al pie del puente de la bahía, que destacaba contra el fondo titilante y nocturno del distrito financiero de San Francisco, con sus contornos elevados e imprecisos de diversas formas y tamaños.

—¿Con qué dinero va a defender alguien a esta mujer? —estaba preguntando Mark Sacher.

David imaginaba a su mentor legal en el bar de defensa penal: un hombre de pelo plateado y aspecto cortés, en apariencia imperturbable, que se dirigía a él con una expresión socarrona que, en Sacher, parecía indicar asombro.

—No con el suyo —replicó David.

—Pues muy mal, porque no veo a grupos de árabes-americanos legales recaudando dinero para defenderla. Nadie lo hará, al menos nadie con quien yo quisiera que me relacionaran. Pero eso no es lo peor, David; al menos, no para mí. —Sacher hizo una pausa, y entonces adoptó un tono de absoluta franqueza—. Si Arif fuera traficante de drogas, no habría problemas. Pero en vez de eso, parece que hizo que Amos Ben-Aron se convirtiera en la primera víctima por un atentado terrorista de este tipo en Estados Unidos, menos de una hora después de que pronunciara un discurso que yo, como judío que se preocupa por Israel, hacía una década que esperaba escuchar. No habría modo alguno de que pudiera defenderla con la dedicación que va a necesitar.

»Este caso será importante y difícil, el caso más destacado de defensa de una presunta terrorista. Pero por eso es un problema tan grande para ti. —De repente, Sacher adoptó un tono paternal y amistoso—. Entiendo que conociste a esas personas en la Facultad de Derecho y que, como abogados, se supone que tenemos que creer que debería tener la mejor defensa. Pero a mucha gente en esta comunidad, incluida «nuestra» comunidad, no le importa eso. Y muchas de estas personas son necesarias para financiar tu acceso a la política.

»Sinceramente, no sé quién la defenderá. Mientras lo haga alguien, no es que me importe demasiado. Y a ti tampoco debería importarte. Déjaselo al abogado de oficio federal si tienes que hacerlo, David, pero no permitas que descarrile tu vida.

David oyó un clic en su teléfono móvil, señal de que había una llamada entrante.

—Tengo que dejarte —le dijo a Sacher—. Por favor, piensa en un abogado. El abogado de oficio no está a la altura de esto.

David apretó otro botón y dijo:

—¿Hola?

—¿Estás loco? —Burt Newman hablaba incluso más rápido de lo habitual—. Dime que tienes un gemelo malvado metido en esto, o que te olvidaste de tomar el litio que mantiene unidas tus dos personalidades. Dime cualquier cosa.

Lleno de aprensión, David se dirigió hasta un carril de coches detenidos en uno de los peajes a la entrada del puente.

—¿Qué ocurre?

—Tú dirás. Hace treinta minutos era el asesor político del JFK judío. Entonces pongo las noticias, porque quería saber algo de esa terrorista a la que han cazado, y un reportero cualquiera me dice que tú la representas. Así que te llamo a casa, hablo con Carole (que estaba a punto de llorar, por cierto) y descubro que es verdad.

David bajó la ventanilla y le pasó tres dólares al cobrador.

—Es Sharpe —dijo—. Debe de haberlo filtrado a los medios de comunicación.

—Qué sorpresa. Así que Sharpe te ha jodido. Pues me importa una mierda. Bienvenido a las altas esferas, colega. —Mientras David aceleraba, al empezar a cruzar el puente, Newman continuaba sin parar—. Hasta esta noche, todo el mundo estaba de tu parte: la senadora de tu estado; la congresista cuyo escaño quieres estaba ya dispuesta a anunciar que el mandato que está a punto de conseguir será el último; Harold y Carole, con su increíble agenda de contactos; los donantes de mayor nivel de la ciudad, que hacían cola para ayudarte a ganar la primera batalla. En dos años como máximo, entrarías en el Congreso como si nada disfrutando de un potencial ilimitado.

—Voy a salir de esto, Burt...

—El primer presidente judío-americano —continuó Burt sin hacerle caso—, el que haría que todos nos sintiéramos orgullosos. No era inconcebible, David; no con el mayor estado del país detrás de ti, y con todo el dinero que pudieses necesitar para despegar. Al menos eso es lo que me atreví a pensar. Lo que es inconcebible es lo que estás haciendo ahora.

David alcanzó el primer tramo del puente. La ciudad se alzaba cada vez mayor en el parabrisas.

—¿Qué me sugieres que haga?

—Me parece bien que aún te importe. Esperaba que fuera así, de modo que ya he redactado un comunicado. ¿Quieres escucharlo?

—Claro

—Ahí va: como cualquier estadounidense decente, lamento la pérdida de Amos Ben-Aron, un hombre al que conocí y admiré profundamente. Y, como cualquier estadounidense, espero que nuestro gobierno lleve a cabo una investigación completa e imparcial sobre las terribles circunstancias de su muerte. Ése es el preámublo, David. ¿Sigues ahí?

—Sí.

—Y aquí está tu vía de escape: Hana Arif es una conocida de la Facultad de Derecho, al igual que su marido, Saeb Jalid. Antes de que se presentaran cargos, y antes de conocer las circunstancias alegadas en el informe de acusaciones, la señora Arif y su marido me pidieron consejo. A la luz de tales cargos, ayudaré a la señora Arif a conseguir un abogado para darle la defensa que nuestro sistema concede a todo el mundo, independientemente del delito que se les haya imputado. Tan pronto como lo haya hecho, mi obligación con el sistema legal habrá terminado, y mi breve implicación en ese asunto habrá finalizado. —En tono grave, Newman añadió—: Es lo mejor que puedo hacer.

David tuvo una imagen momentánea de Hana sentada en una habitación blanca y austera, hundiendo los hombros mientras él decía: «Te encontraré un buen abogado».

—Suena bastante bien —dijo con esfuerzo.

—Entonces lo sacaré esta noche —dijo Newman con alivio evidente—. Y que tu ayudante me pase todas las llamadas de los medios de comunicación. Mantengamos tu nombre en un plano discreto, ¿de acuerdo?

—Me parece bien —dijo David, y tomó la rampa de salida hacia Marina District.

Carole estaba sentada a la mesa de la cocina vestida con una bata, bebiendo café solo, con el comunicado de prensa de Newman delante. Sin preámbulo alguno, dijo:

—Has hablado con Burt, supongo.

David se sentó enfrente de ella, lo cual le recordó de manera inquietante su reunión con Hana Arif.

—Sí. Tal y como prometí, me aparto de esto.

Los ojos oscuros de Carole, su rasgo más expresivo, dejaban entrever la duda y la preocupación detrás de la máscara de paciencia que estaba intentando mantener.

—En realidad no se trata de eso. Te conozco, al menos eso me parece. Pero aquí hay algo que no acabo de entender.

Mostrándose comprensivo y a la defensiva al mismo tiempo, David preguntó:

—¿Y qué es?

—Tu preocupación por esta mujer, e incluso por su hija.

—No es tan difícil. —David trató de ganar tiempo—. Hana puede perder la vida. Munira puede perder a su madre.

—Pero ¿qué significa ella para ti, David?

Brevemente, David soltó aire.

—Ya te lo he dicho.

—¿De verdad? Entonces mírame a la cara y dime que me has dicho todo lo que tienes que decirme.

David miró su rostro familiar y que ahora le parecía muy preocupado.

—No puedo —dijo finalmente.

Carole pareció estremecerse.

—Fuisteis amantes.

—Sí. Sólo durante unos pocos meses, cuando estaba acabando la carrera. —David se sintió muy incómodo al confesarlo—. Saeb nunca lo supo. Nadie lo supo.

Carole se volvió hacia él.

—Mi padre lo intentaba —dijo finalmente—; pero a veces no podía evitar esconderse, ir a algún lugar en el que nadie pudiera encontrarlo. Así que cuando te conocí, estaba acostumbrada a eso, condicionada por eso, quizá. Me dije a mí misma que la distancia que ponías, y que a veces me parecía falta de pasión, no significaba que no fueras cariñoso; al igual que la esencia de mi padre es la calidez, no la distancia. —Su voz sonaba fatigada, y el tono reprobatorio que empleaba parecía dirigirse a sí misma—. Eras tan agradable, tan listo. Y sabía lo de tus padres: que habían dejado su huella, como hicieron los míos. Nosotros no somos Adán y Eva, me dije a mí misma. Pero nunca pensé que el modo en que te comportabas conmigo podría estar relacionado con otra mujer.

David estaba muy afectado.

—¿Tan malo he sido?

—¿Malo? No te querría si no creyera en tu capacidad de amar. Pero desde que te conozco, nunca te he visto hacer nada temerario, ni irreflexivo.

—¿No? —David trató de sonreír—. ¿Ni siquiera con Marnie Sharpe?

Carole se enfrentó a él.

—Dime una cosa. Si el marido de Hana tuviera problemas, ese hombre al que ambos engañasteis, ¿le ayudarías?

—No.

Carole apartó la vista, como si le doliera mirarle.

—Tanto la quisiste...

Al principio, David no podía decir nada.

—Ha terminado —afirmó en voz baja—. Lo mires como lo mires, ha terminado.

—¿Ah, sí? —Las lágrimas brotaron de los ojos de Carole—. He visto en la foto que han puesto en las noticias de esta noche que es preciosa. Me puedo imaginar que reescribisteis el *Kama Sutra* entre clase y clase.

—Basta, Carole. Esto no lleva a ninguna parte.

—Ah, pero sí que ha ido a alguna parte. Nos ha llevado hasta aquí: tú en el centro de detención federal; yo pensando en mi cuerpo de muchacha campesina y en qué demonios te faltará a ti. —Carole se puso en pie, con la voz teñida por el dolor—. Maldito seas, David. Te debe de haber roto el corazón averiguar lo que ha hecho.

—¡No sé lo que ha hecho! —estalló él—. Ojalá lo supiera. Me habría ahorrado el hacerte daño y odiarme a mí mismo.

Carole le miró la cara.

—Qué perdido estás, David. No puedes aceptar la verdad, y ni siquiera estás seguro de adónde perteneces.

—Eso no es justo —dijo David realmente enfadado—. Te aseguro que todo esto me ha dejado horrorizado. Crees que conocías a unas personas, y entonces de repente ocurre algo que hace que te cuestiones lo que creías de ellas, incluso cosas que sabías acerca de ti mismo. Pero eso me hace humano, no perdido. Y me parece absurdo pensar que la respuesta consiste en decirme simplemente que soy judío y seguir adelante.

»De acuerdo, no eres la primera mujer a la que he amado. Lo siento. Tampoco soy el primer hombre de tu vida; algún macho israelí me ganó en eso. La diferencia es que Hana volvió y me persigue de un modo muy espectacular, y no porque yo lo haya elegido. Eso lo lamento mucho más de lo que crees. Pero al menos déjame que busque el equilibro...

Sonó el teléfono. Instintivamente, David miró el teléfono de la pared de la cocina y leyó el número en la pantalla.

—Será mejor que lo coja —dijo agotado—. Es tu padre.

—Déjame a mí, David,

Carole se puso de pie, pasó un instante rehaciéndose y luego contestó mostrando bastante calma.

—Sí, papá, lo sé.

Mientras escuchaba, Carole miraba hacia el suelo.

—Lo entiendo —dijo finalmente—. Yo también me siento así. Pero ya conoces a David. Tiene sus propios principios, y por eso le queremos. De hecho, estamos hablando ahora, tratando de solucionarlo; y si no, le diría que se pusiera. Pero nadie está en desacuerdo: David no puede defender a esa mujer, y no quiere hacerlo. Se trata de buscar una salida rápida y elegante.

Mientras escuchaba a Carole calmar a su padre, esforzándose por mantener la paz entre los tres aun a costa de la verdad, David sintió una tristeza profunda. Carole se despidió de Harold y colgó el teléfono.

—Has sido más que elegante —dijo David amablemente—. Gracias.

Carole meneó la cabeza.

—Han pasado dos horas —dijo con tristeza—, y ya le está matando. A los dos, en realidad.

»Somos judíos, David. Papá y yo somos americanos porque así lo hemos elegido. Pero somos judíos sólo porque lo somos. Por mucho que lo intentara, mi padre nunca entendería tu relación con Hana Arif.

David se acercó a ella, atrayéndola hacia él.

—Y tú ¿puedes?

Aunque Carole no le abrazó, se permitió apoyar la cara en su hombro.

—Lo intentaré. Pero tienes que ayudarme, David. Es como si no encontraras la salida.

—Hay una salida. —Trató de tranquilizarla—. Burt va a emitir el comunicado de prensa esta noche.

—Y luego ¿qué? —preguntó Carole en voz baja.

En silencio, David la abrazó fuerte.

Capítulo 8

A la mañana siguiente los periódicos indicaban que la maniobra de Newman estaba dando resultado. Era la afligida foto de Hana la que atraía todas las miradas. Aunque el *San Francisco Chronicle* y el *New York Times* mencionaban la implicación de David, ambos informaban de que sería temporal, y su nombre era una simple nota al pie de las columnas de prensa dedicadas a las acusaciones contra Hana Arif. Y según el contestador del despacho de David, había recibido una legión de solicitudes de candidatos a servir como abogado de Hana; aunque, según la estimación desesperanzada de David, todos ellos eran demasiado jóvenes, o viejos, o desesperados, o alcóholicos, o ineptos, o radicales, u obsesionados con la fama para confiarles una defensa tan ardua y exigente. La excepción era Max Salinas, pero David se sentía lleno de dudas. Devoto izquierdista, Salinas a menudo ponía la causa, definida por su sentido de lo dramático, por encima de su cliente. Pero por muy extravagante que fuese, Salinas era un abogado experto y habilidoso, y David no estaba en posición de despreciarle sin más ni más. De modo que fue a Washington Square, donde a Salinas, un hombre del pueblo, le gustaba tomarse un café sentado en un banco de madera y contemplando a los moradores del parque que leían a Lawrence Ferlinghetti, arrojaban *frisbis* a sus perros o echaban una cabezadita junto a las bolsas del supermercado que contenían todas sus posesiones materiales.

El propio Salinas era fácil de distinguir: un hombre bajo, rechoncho, con el vientre prominente, la cara astuta de azteca y el pelo plateado peinado hacia atrás en una coleta. Miró a David desde su banco con el hastiado escrutinio de los proletarios a los burgueses. Pero Salinas tampoco había olvidado, de eso casi estaba seguro David, el juicio electrizante en el cual David, que entonces era fiscal, había conseguido que el cliente de Max, un traficante de cocaína, pasara una larga temporada en prisión.

David se sentó a su lado.

—Sí —dijo Salinas sin preámbulo alguno—, ya veo por qué no quieres a ésta.

—Deja un momento lo de la lucha de clases, Max. Necesita a alguien bueno, y por eso estoy aquí. A ver si conseguimos algo.

Salinas se encogió de hombros.

—Es bastante sencillo. Hay dos formas de defenderla: técnica o contextualmente.

—¿Y qué quiere decir eso?

—La técnica es la misma vieja historia de siempre: carga de la prueba, duda razonable, culpable hasta que demuestre su inocencia... En cuanto a la acusación, las cosas van así: lo que Hassan le dijo a Jefar acerca de Hana Arif es un testimonio de segunda mano; y un trocito de papel con huellas y un número de móvil, así como una simple llamada a ese mismo número, no prueban una conspiración para un crimen, más allá de toda duda razonable. Por ahí es por donde empezaste tú, pero no basta con eso.

—De acuerdo. ¿Y lo del contexto?

Salinas observó a un chino larguirucho que dirigía a un grupito de ancianos en una sesión algo artrítica de taichí.

—Esa fascista para la que trabajabas necesita una condena. Sus amos, desde el presidente para abajo, necesitan un cuerpo para sacrificarlo en el altar del Estado de Israel y de Amos Ben-Aron. Tu compañera de facultad va que ni pintada: palestina, supuestamente asociada con terroristas, profesora de una universidad repleta de radicales de Al Aqsa y Hamás... No importa que los sionistas hayan estado dando por culo a los palestinos durante las tres últimas generaciones.

—¿Todo esto forma parte ya de tu recapitulación, o es sólo una paráfrasis? —Max le miró irritado y David añadió—: En serio, ¿cómo vas a convertir todo eso en una defensa?

—Sin apartarnos del hecho de que es palestina. La gente no conoce su historia. Así que haremos que la oiga el jurado: la desposesión, las masacres en campos de refugiados, y ahora la ocupación..., los judíos que les roban la tierra y el agua, que meten en prisión a sus hijos sin juicio y que, en general, les arrebatan la vida a más de tres millones de palestinos. —El cuerpo de Salinas empezó a vibrar, lleno de energía—. Sharpe expone la versión oficial de la historia, la aprobada por el gobierno de hombres blancos. Y nosotros explicaremos la de Hana.

David examinó la hierba que tenían a sus pies.

—Y luego ¿qué? Al escucharte casi me entran ganas de matar a alguien yo también. Pero ¿cómo convertir todo eso en pruebas? Si yo fuera Marnie, objetaría como un demonio. A no ser que pensara que precisamente tú estás trabajando a su favor.

—¿Y qué quiere decir eso?

—Quiere decir que puedes convencer a doce jurados de que Hana tenía un motivo. —David miró a Max de reojo—. Si eligen al jurado exclusivamente en la zona de San Francisco (gente ni blanca ni rica, y tan liberal que el Partido Verde saca más votos que los republicanos), quizá tengas una posibilidad. Si alguien puede convertir a Ben-Aron en opresor y a Hana en víctima, ése eres tú.

»Pero este caso es ante un tribunal federal. A menos que consigas un cambio de jurisdicción, el jurado procederá de toda la población del norte de California, e incluirá a gente blanca, conservadora, jubilados, antiguos militares, y ciudadanos que todavía creen que nuestro gobierno tiende a encausar a los culpables.

—Les puedo hacer cambiar de opinión. Ya no hay tanta gente así de convencional.

—Quizá. Pero lo que supone tu defensa, aunque no lo digas, es que se trata de un caso de homicidio justificado... o, al menos, que el jurado debería considerar a Hana Arif tan víctima como a Amos Ben-Aron. Dada la imagen que tiene él de pacificador, no es fácil, la verdad. Si añades un miembro de la seguridad israelí muerto, y un agente del Servicio Secreto americano asesinado, que tenía tres hijos de menos de diez años, la verdad es que es muy arriesgado.

Salinas cruzó los brazos.

—Bueno —dijo—, tú y yo no estamos de acuerdo. No es ninguna sorpresa, la verdad: venimos de sitios muy distintos. Pero pregúntate qué otras opciones te quedan. Esa mujer no tiene dinero; el defensor público está saturado de trabajo; la mayoría de los abogados buenos no se acercarían ni a un kilómetro a una terrorista pobre; los que sí querrían quizá tengan mi visión política, pero no mis herramientas, y tú, David, tienes que apartarte de Hana Arif lo más rápido que puedas.

Esa última observación molestó a David, y también le perturbó.

—Bueno, pues entonces, ¿qué sugieres, Max?

—Deja que me reúna con ella. —De perfil, los labios de Salinas formaban una mueca algo fría—. Es a ella a quien van a ejecutar, no a ti. Que decida ella.

David intentó imaginar a Salinas y a Hana uno frente a otro en aquella sala blanca y despojada.

—Hablaré con ella —dijo al fin.

Salinas asintió, se arrellanó en el asiento y miró al otro lado de la calle, a la iglesia de San Pedro y San Pablo, de mármol blanco y ornamentado, como una gema airosa resplandeciente de vidrieras construida con el sudor de los primeros inmigrantes italianos de la ciudad.

—He leído que te vas a casar —dijo Salinas—. Las páginas de sociedad le han dedicado mucho espacio.

—No sabía que las leías.

—Sólo cuando me quedo sin cosas que odiar —respondió Salinas. Señaló hacia la iglesia—. ¿Sabías que ahí fue donde Joe DiMaggio se casó con Marilyn Monroe? Vaya gilipollas el tal DiMaggio.

David prometió que volvería a llamarle.

El trayecto de quince minutos en coche desde la casita estilo tudor de la senadora Betsy Shapiro, en Presidio Terrace, parecía abarcar kilómetros de distancia psíquica. El hecho de que ella le hubiese dejado un mensaje urgente mientras se entrevistaba con Salinas aumentaba la desazón de David.

Betsy estaba sentada en su salón, decorado con ese estilo Chippendale que tenía fuertes reminiscencias de Nueva Inglaterra y que David siempre había encontrado curioso en casa de sus padres judíos, amigos de Betsy. Pero Betsy, como sus padres, tenía buen gusto, y el sentido común suficiente para no adornar sus paredes con retratos de caballos, sabuesos de caza y caballeros ingleses persiguiendo al zorro. La propia senadora, vestida con unos pantalones y una blusa de seda, iba tan informal como se permitía a sí misma, excepto en el entorno de sus amigos más íntimos.

—Menuda idiotez —dijo ella, una vez que el ama de llaves hubo servido el té en unas tazas de porcelana—. Una tremenda y auténtica idiotez.

No era tanto una condena como la constatación de un simple hecho.

—Desde luego —afirmó David—. No sabía dónde me estaba metiendo.

—Eso me pareció al oír tu declaración de prensa, muy habilidosa, por cierto. —El tono de Betsy era árido—. Aunque tú sabías perfectamente, me parece, quién era la víctima. Espero que hayas encontrado ya un abogado para ella.

—Estoy en ello.

—Entonces debo animarte a trabajar con más ahínco todavía. —Betsy bebió un sorbito de té—. El daño político inmediato es obvio. Pero hay otras trampas mucho más sutiles, de las que quizá no te hayas percatado. ¿Has estado alguna vez en Israel?

—No.

—Yo voy por allí muy a menudo, tanto por motivos profesionales como personales. También estoy en los Comités de Relaciones Internacionales y de Inteligencia. No puedo hablar de temas clasificados, y tampoco afirmo saber (al menos, antes de nuestra inevitable investigación del Congreso) quién, además de los dos asesinos y Arif, ha asesinado a Amos Ben-Aron. Pero sí que tengo una cierta perspectiva.

»Este crimen remueve las pasiones más profundas de nuestra comunidad judía, eso resulta obvio. Me sorprendería mucho si no hubiese surgido ya el tema en tu futura familia política. Pero mis preocupaciones empiezan ahí y van mucho más allá. —La senadora levantó ambas cejas, reprobadora—. Hace una semana, más o menos, dejaste flotando en el aire la idea de que existía una brecha en la seguridad personal de Ben-Aron. Entonces ya te advertí al respecto, y por un buen motivo: creo que ha tenido lugar.

De inmediato, los instintos de abogado de David salieron a la superficie.

—¿Por qué?

—Porque hasta el momento (y que quede esto entre nosotros), el FBI y el Servicio Secreto no pueden encontrar fallo alguno en nuestros procedimientos. Ni tampoco encuentran a ningún agente de policía con graves problemas financieros, o con algún agravio contra Israel o contra Ben-Aron. Y sin embargo, como al parecer tú has detectado ya, su ruta hacia el aeropuerto cambió, en efecto, en el último momento, y los terroristas cambiaron su ubicación «antes» de haber podido observar los cambios que estaban ocurriendo..., como sugiere el relato de Ibrahim Jefar. —Shapiro frunció los labios como si estuviese probando algo amargo—. Quizá tuvieron suerte. Pero también existe la posibilidad real de una brecha involuntaria (o deliberada) por parte israelí.

—¿Puede averiguar eso el Departamento de Justicia?

—No es fácil. Al menos por ahora, sea lo que sea lo que estén haciendo los israelíes, lo llevan muy en secreto..., y tienen buenos motivos para ello. —Shapiro hizo una pausa y luego continuó con el tono mordaz que usaba para los testigos recalcitrantes y los burócratas irresponsables—. Tu sugerencia va hasta el mismísimo centro de los conflictos de Israel. El ala derechista, que incluye el movimiento de asentamientos y a los más furiosamente anti-palestinos, está usando el asesinato para obtener más poder y mantenerlo. La única forma que veo de que pueda devolver el golpe la oposición (los moderados, la izquierda, los movimientos por la paz) es encontrar una forma de culpar a la derecha israelí del asesinato de Ben-Aron.

»Si ocurre tal cosa, la acusación misma podría desgarrar Israel por las grietas de su sociedad ya muy dividida: izquierda contra derecha, laicos contra ortodoxos, colonos contra enemigos de la colonización. Y esas mismas grietas dividirán a los amigos en nuestra propia comunidad. Gente como Harold Shorr en un lado y yo en el otro, y la ira se sobrepondrá a la razón.

—Ya lo veo.

Betsy le miró.

—Bien. Porque no querrás tener un papel en esos hechos, ¿verdad? Te perjudicaría políticamente, y perderías amigos que nunca volverías a recuperar. ¿Y para qué? ¿Por Hana Arif? No veo en qué podría ayudarla.

Con cuidado, David bebió un poco de té.

—Querría sugerir una posibilidad. Si había una brecha deliberada por el lado israelí, entonces alguien que posiblemente esté a nuestro alcance tiene la clave de todo lo que ocurrió, y de quien se encuentre tras ello...

—O bien Arif conspiró para matarlo —le interrumpió Betsy, cortante—, o no lo hizo. Desde la perspectiva del fiscal, no importa quién más pudo ayudar a matarlo; al menos, hasta que Arif nos diga quiénes son, suponiendo que sea capaz.

—Eso diría Sharpe —respondió David—. Pero esto es algo más que un complot palestino, aplica un espejo deformante al relato de Sharpe. Al final uno tiene que preguntarse qué conexión puede haber entre Hana Arif y la gente que custodiaba a Ben-Aron.

—Estoy intentando desanimarte, David, no intrigarte.

David se encogió de hombros.

—No puedo evitar pensar como abogado.

Shapiro dejó su taza.

—Ya es hora de que empieces a pensar como congresista. Así que permíteme que amplíe tu campo de visión. Este caso afecta a los intereses más vitales de tu país, como la relación con Israel y el resto de Oriente Medio. La Casa Blanca, el Departamento de Estado y el Departamento de Justicia están sometidos a una enorme presión. ¿Qué hacen? ¿Procesan a Arif o la envían a Israel? Si su abogado se opone a la extradición y gana, ¿algún terrorista, pongamos, en Chicago, podría coger como rehenes a unos colegiales y amenazar con ponerles una bomba si no la soltamos? ¿Y qué haría Israel entonces?

David no había pensado en nada de todo aquello; entonces lo hizo, consternado. Llevando más allá su argumento, Betsy se inclinó hacia delante.

—Y ¿cómo podría un abogado oponerse a la extradición, si la pide Israel? ¿Diciendo que Israel no le podría proporcionar un juicio justo? Si tú fueras su abogado, David, desde luego, estarías interesado en recalcar este hecho. —El tono de Shapiro se hizo abiertamente sarcástico—. Y si ganas y la juzgan aquí, Sharpe pedirá la pena de muerte. O quizá, dado que es una prisionera peligrosa para cualquiera que deba custodiarla, Israel desee que el Departamento de Justicia se la quede y la mate. Sharpe se sentiría muy feliz de hacerles ese favor. Si la acusación prospera, ella se anota un punto.

»En cualquiera de los casos, tendrías que oponerte a la pena de muerte, otra maniobra altamente popular, sobre todo en el caso de terroristas. Mientras tanto, todos los políticos de tu partido, tus futuros colegas, estarán intentando apaciguar a Israel y a sus partidarios. Serás un paria...

—Betsy —la interrumpió David, suavemente—, voy a ceder el caso.

—¿A quién? —La senadora hizo una pausa, moderando su tono—. Ya sé que dices eso, David. Sé que lo piensas de verdad. Pero aún no lo has hecho, y yo me preocupo, porque no puedo comprender por nada del mundo por qué te has metido en este asunto, ya de entrada. Así que por abundar en lo que espero que sea una precaución innecesaria, déjame acabar.

»Tú estás viviendo en un país redefinido por su miedo al terrorismo. Para ti, defender a Hana Arif sería un regalo envenenado, con consecuencias que repercutirían en tu vida mucho después de que dependieras de la Seguridad Social, suponiendo que quedara algo.

El monólogo había dejado a David ligeramente traumatizado. Pero dejando a un lado la vehemencia de Betsy, sabía que su intención era buena: preservar su futuro, en la política y con Carole.

—Gracias —le dijo con sencillez—. Te agradezco mucho que me hayas dedicado todo este tiempo.

—Considéralo un regalo de boda —respondió ella con una leve sonrisa—. Estoy segura de que Carole tiene ya toda la porcelana y el cristal que vais a necesitar en toda vuestra vida.

De camino hacia su despacho, David se dio cuenta de que las dos conversaciones en conflicto (una con Salinas y la otra con Betsy Shapiro) hacían eco en su mente, dando vueltas una y otra vez y formando una plétora de diseños confusos, la razón en colisión con la emoción, y la única constante que se repetía era la imagen de Hana sola en aquella celda. Luego llegó a la oficina y encontró dos mensajes de abogados a los cuales respetaba, ambos rechazando defenderla, y uno bastante angustiado de Harold Shorr.

Capítulo 9

David encontró a Harold Shorr en el ancho camino de tierra que serpenteaba a lo largo de la bahía, entre el Club Náutico Saint Francis y el pie del puente Golden Gate, donde Harold daba su paseo diario. La tarde era típica del verano de San Francisco: soplaba la brisa; el aire era fresco; el cielo, azul eléctrico. Ciclistas y corredores, todos aquellos jóvenes saludables que la ciudad atraía como si fuese un imán, pasaban en ambas direcciones. Pero Harold avanzaba pesadamente, con las manos metidas en los bolsillos, los ojos fijos en el camino que tenía ante él. David sabía que a Harold le resultaba difícil expresar las emociones intensas, el dolor, la ira o la decepción. Lo que sentía parecía atascado en su garganta.

Al fin, Harold habló.

—Perdóname —dijo en voz baja—. Me había prometido no meterme nunca en vuestros asuntos, ni interponerme entre Carole y tú. Pero tengo miedo por ella y por ti.

David se volvió hacia él.

—Todo irá bien, Harold. De verdad.

—¿De verdad? —Harold le dirigió una mirada de soslayo, como examinándole—. Carole no me ha dicho nada, pero entre tú y esa mujer palestina creo que hay algo más que la Facultad de Derecho de Harvard.

David sintió una incomodidad profunda.

—Había —rectificó—. Simplemente, estoy intentando hacer lo que creo que es correcto, como abogado y como hombre.

—¿Y como judío, David?

—No sabía que fuera algo distinto.

Harold emitió un suspiro cansado.

—Como judío, no tienes derecho a hacerte el inocente.

David prefirió no responder. Los pasos de Harold se hicieron más rápidos, así como su voz, que se fue elevando con la emoción.

—Como judío, has decidido ayudar a una asesina de judíos, a esa Arafat con pechos.

—Estoy buscándole un abogado, Harold. ¿Qué se suponía que tenía que hacer, salir huyendo?

—¿Salir huyendo? —Harold se detuvo en seco, hablando al suelo junto a los pies de David—. No tienes ni idea de cómo es el mundo. En América no has visto nada de nada. Colgaron a mi padre en la plaza pública. Lo peor que le ocurrió a tu padre en su vida es que le excluyeran de algún club privado. Y aun así, él ya tenía su propio club: ese mundo seguro en el que tú naciste, lleno de libros y de música; el mundo de los judíos alemanes hasta que Hitler empezó a romper los cristales y...

—Y los asesinó como perros —interrumpió David, secamente—. Porque los nazis no se sometían a la ley. —En un tono más ecuánime, añadió—: Sin duda, la gente a la que viste morir en Auschwitz recordaba demasiado bien que eran judíos. Pero sólo una sociedad que les hubiese dado derechos podía haberlos salvado de los hornos.

—Hana Arif —exclamó Harold— no es judía.

—La ley vale para todo el mundo. En otro contexto, Harold, tú serías el primero en verlo. ¿Por qué los judíos de este país siempre han luchado por las minorías? Porque saben lo que cuesta negarle a la gente, cualquier gente, sus derechos. Lo saben mejor que nadie. Y todo empieza mucho antes de que el gobierno empiece a agrupar a la gente. —Hizo una pausa, buscando alguna analogía—. ¿Por qué decidió Alan Dershowitz defender a O. J. Simpson? —preguntó—. No por romper una lanza en favor de los abusos conyugales, sino para reivindicar la aplicación de la ley. Seguramente serás capaz de ver la diferencia.

—Así que ahora me das lecciones de civismo de manual. —Harold le miró a la cara—. Arriesgas tu futuro y el de mi hija por esas abstracciones, y todo por una mujer que quiere clavar una estaca en pleno corazón de Israel. Y me dices, como judío, que debería sentirme orgulloso de ti.

»Pues no puedo. Los no judíos se burlarán de ti, considerando que sólo buscas llamar la atención de forma patética, intentando promocionarte a cualquier precio, incluso defendiendo a una asesina que nos desprecia. Y en cuanto a nuestra propia comunidad, algunos quizá vean un gran principio en el hecho de defender a la asesina de Amos Ben-Aron. Pero muchos más te verán como un ingenuo, o mucho peor, como un traidor.

—No la estoy defendiendo, maldita sea. Pero si quisiera, no haría ninguna encuesta para ver si debo o no debo hacerlo. —David intentaba no subir el tono de voz—. Ni tampoco pedir el permiso de nadie, ni el tuyo siquiera. Es responsabilidad mía y de nadie más decidir qué tipo de hombre soy.

Se enfrentaban el uno al otro, sin mirar a los corredores que se desviaban para evitarlos. El rostro de Harold estaba retorcido por el dolor.

—Sentémonos —dijo finalmente—. Pelearme contigo me cansa mucho.

David sabía que ésa era la forma que tenía Harold de apartarse del precipicio.

—Ha sido un día muy largo —respondió—. A mí también me cansa todo esto.

Encontraron un banco que estaba algo sombreado por dos pinos agitados por el viento y se sentaron, contemplando la enorme extensión de la bahía salpicada de cabrillas blancas, y las colinas doradas de los cabos de la Marina. Harold se inclinó hacia delante, apoyando los codos en las rodillas, y con las manos unidas al frente. Preguntó:

—¿Es que no comprendes que esa mujer nos va a envenenar a todos? Si la defiendes, niegas tu propio ser y toda nuestra historia. Israel es nuestro refugio.

—El de Carole no —respondió David en voz baja—. El de Carole es América.

—Adonde esa Hana tuya nos ha traído ahora terroristas suicidas. Este crimen pone en peligro a América, y garantiza la muerte de más judíos. Como americano, o como judío, tendrías que rechazar a esa mujer.

—¿Y como abogado?

Harold se volvió hacia él.

—¿Es que eres el único abogado en todo Estados Unidos? Ciertamente, no eres un médico en una sala de urgencias, donde sólo tú te interpondrías entre Hana Arif y la muerte, sin tiempo alguno para hacer una elección moral. Que otro abogado lo haga.

—Así será... Pero tengo que encontrar uno. Así que ¿por qué estamos teniendo esta conversación?

Harold reflexionó sobre el tema.

—Porque esto es algo más que civismo —dijo al final—. No son las abstracciones legales lo que te ha metido en esto, sino una mujer. Y lo que harías por ella es algo impredecible, igual que nunca habría imaginado que corrieras los riesgos que has corrido hasta el momento, sabiendo, como debes de saber, lo que eso podría significar para ti y para Carole. —Las lágrimas acudieron a los ojos de Harold—. Yo soy su padre, David. Y tú le estás haciendo daño. Precisamente tú, a quien ella había confiado su corazón.

La ira desapareció por completo de David.

—Lo siento muchísimo, Harold. Por favor, créeme...

—Amo a mi hija más que a mi propia vida. Quizá tú no puedas amarla tanto. Pero espero que la ames más que a esa mujer por causa de la cual está sufriendo.

—¿Acaso lo dudas?

Harold se volvió hacia él.

—¿Por qué iba a preocuparme por ella si no? ¿Te has parado a pensar que, por lo que ya has hecho, alguien podría decidir hacerle daño a ella?

—¿Qué quieres decir?

—Que lo que has traído a nuestra puerta es algo más que dolor o vergüenza. —La voz de Harold sonaba dura—. Cuando dejé atrás a los nazis, juré que nunca más me obligaría nadie a agachar la cabeza. Pero tuve la hija por la que había rezado al Dios en el que ya no creía.

»Por mí no temo nada. Pero no puedo huir de mis miedos por ella, y por eso no deseaba que Carole se casara con aquel israelí. Pero ahora eres tú quien me da más miedo; no sólo por su corazón, sino por su vida. —Harold miró a David a los ojos—. En Israel hay fanáticos que de buena gana habrían asesinado a Ben-Aron. Aquí hay también extremistas judíos igual de furibundos, en un país que protege su derecho a armarse como terroristas. ¿Crees que si deciden matarte, elegirán una forma que mantenga a salvo a mi hija?

Viendo a Harold, David notó el abismo que se abría entre ellos: el temor instintivo a los enemigos estaba fuertemente impreso en la psique de Harold, como el temor primitivo de los hombres a las serpientes.

—Carole —le dijo David— es preciosa para mí. Lo único que deseo es un poco de paz mental. Siento haber destruido la tuya.

Harold meneó la cabeza, hablando con lentitud y tristeza.

—A mi propia boda no asistió nadie de mi familia, ni de mi niñez, para compartir nuestra felicidad. Y por eso me había imaginado la boda de Carole, rodeada de la gente que la ha visto crecer, una comunidad de judíos que la aman. Me había imaginado a sus hijos, mis nietos, con su fortaleza de mente y de corazón, sin cicatrices por todo lo que vi. Ellos serían nuestro futuro, una reivindicación de todo lo que ocurrió en mi pasado.

»Y serían también hijos tuyos, David: listos como tú, confiados como tú, sin temerle a nada. —Harold se limpió los ojos, y luego apartó la vista—. Te he amado tal y como eres: como a un hijo, y como el hombre que mi hija se merece. Te lo ruego, no me arrebates eso.

Cuando David intentó responder, las palabras se atascaron en su garganta.

—Espera —dijo Barry Levin a David por teléfono—, ¿me estás pidiendo que nuestra oficina se haga cargo de la defensa de Hana Arif, el supuesto eje fundamental de una conspiración de dimensiones desconocidas, en el asesinato del primer ministro de Israel?

El jefe de la oficina federal del defensor público parecía muy irritado porque le hubiesen llamado a su casa un sábado por la tarde.

—¿No está para eso tu oficina, acaso? —preguntó David.

—En teoría. Pero existen algunos problemas éticos de entrada, un posible conflicto de intereses. Ya representamos a Ibrahim Jefar, el testigo principal contra Hana Arif. Aunque Arif decidiese no acogerse a la inmunidad, un juez podría impedirnos que la representásemos. —El tono de Levin era sincero—. Francamente, David, eso sería un favor para nosotros y para ella. Ahora mismo ya estamos abrumados: demasiados casos, pocos abogados y un presupuesto demasiado reducido. Sólo cogería este caso si alguien nos obligara; a menos que Arif decida declararse culpable, no podemos ofrecerle nada parecido a lo que necesita. Va a comparecer ante el juez el lunes, ¿verdad?

—Sí.

—Entonces, lo mejor que podemos hacer, en interés de todos, es dejar que la represente alguna otra persona.

Y así, el jefe de la oficina federal del defensor público volvió a jugar con sus niños.

Capítulo 10

Aquella tarde, después de hacer tres llamadas más a abogados de fuera de la ciudad, David mantuvo la palabra que le había dado a Carole y preparó la cena. La comida transcurrió muy apagada; David notaba que Carole intentaba no expresar la tensión que estaba claro que sentía. Cuando se fueron a la cama, los abogados de Las Vegas y Los Ángeles habían rechazado también el caso de Hana, aduciendo que no eran capaces de encontrar fundamentos para su defensa.

—Con Michael Jackson —observó uno—, eran niños pequeños. Y nadie que fuera bueno habría elegido ese caso a cambio de nada.

Aunque se mantuvieron silenciosos, ni Carole ni David pudieron dormir. A la mañana siguiente, besándola suavemente, David se levantó de la cama.

—Voy a dar un paseo —le dijo. Ella no le preguntó adónde iba ni por qué.

Su paseo le llevó a Fort Mason, al final de un muelle que se internaba en la bahía. Hasta que llegó, permitió que su mente fuese vagando de una persona a otra: Carole, Harold, Hana, Munira, Saeb, Betsy Shapiro, Max Salinas, e incluso, para su sorpresa, su padre y su madre. Sus interrogantes eran a la vez trascendentes y banales, tema de graves decisiones morales y de mil debates en las residencias estudiantiles.

David no dudaba de que las respuestas a esas preguntas pudieran definir su futuro y el de otras personas. El hecho de tener que considerarlas le llenaba de recelos y, en ocasiones, de un fuerte resentimiento hacia Hana Arif. Le había ofrecido una vida con él, y por el contrario, ella había vuelto a estorbar la vida que él cuidadosamente había construido sin ella. Las pruebas contra ella, aunque fragmentarias, eran condenatorias. Y sin embargo, el David Wolfe que la había amado, contra todo razonamiento, no podía aceptar que ella fuese capaz de asesinar.

Que era capaz de mentir y quizá permanecer imperturbable, eso lo sabía bien.

Pero recordaba muy bien lo que le había dicho dos noches atrás: «Para seguir con Munira, asesinaría a Amos Ben-Aron. Pero nunca me arriesgaría a abandonar a mi hija». Aunque David no tenía hijos, aquello le sonaba muy cierto.

«Amo a mi hija —le había dicho por su parte Harold Shorr— más que a mi propia vida. Quizá tú no puedas amarla tanto. Pero espero que la ames más que a esa mujer por la que está sufriendo.»

Sentado al final del muelle, David sopesó sus posibles opciones.

Un abogado que insistiera en la inocencia de Hana tendría poco donde elegir. La naturaleza de las pruebas no admitía la posibilidad de ningún error. O bien la propia Hana había diseñado aquel terror, o bien otro había creado un plan que podía hacer que ella muriese en prisión, de vieja o mediante una inyección letal.

Si él llegaba a congresista pero Hana estaba muerta, ¿podía decirse a sí mismo que había obrado bien?

Encargar aquel caso a un abogado capacitado quizá le diese tranquilidad mental. Aun dejando a un lado los posibles costes para David, las dudas que le había expresado a Hana eran muy imperiosas: podía llegar un momento, fatal para su defensa, en que sus emociones distorsionaran su juicio. Pero Max Salinas no era la respuesta. En ausencia de mejor alternativa, David también conocía sus propias fuerzas. Era un abogado penalista con talento y creativo, dispuesto a aceptar cualquier reto, y comprendía a Sharpe y el sistema mejor que la mayoría. El hecho de que otros le despreciaran no resultaba disuasorio. Si no fuera por Carole y sus ambiciones, él podría muy bien aceptar el caso.

Bueno, pues ya estaba... Pero no, no estaba. Porque había pagado ya un precio demasiado elevado por amar a Hana Arif.

¿Y lo seguía pagando aún? Tal sentimiento era absurdo. Como máximo, lo que amaba seguramente eran los recuerdos de aquella mujer de veintitrés años a la que una vez pensó que comprendía. Y en cuanto a la mujer que estaba ahora en prisión, después de trece años de esposa y madre, creía en ella sólo a su propio riesgo. «Así que déjame que te diga qué ha sido de mí —le había dicho Hana— en los años transcurridos desde que creías que valía la pena que yo me convirtiera en tu mujer. Soy madre: una madre que ama demasiado a Munira para dejar que la eduque Saeb sin mí.»

Inquieto, David se sacó el móvil del bolsillo de la cazadora.

En su buzón de voz había un mensaje de un antiguo colega que vivía en Manhattan. Estaba a tope de juicios, le explicaba su amigo. Acababa de casarse, añadía secamente, y no podía abandonarlo todo por defender a una terrorista palestina acusada de matar al primer ministro de Israel.

David miró el teléfono que tenía en la mano. «¿Qué especie de mente criminal —había preguntado Hana— apunta su número de móvil?»

Una vez más, sus instintos de abogado se aguzaron. «Había una brecha deliberada por el lado israelí —le dijo a Betsy Shapiro—, y por tanto, alguien que puede estar a nuestro alcance tiene la clave de lo que ocurrió, y de quién estaba detrás.»

David se guardó el teléfono y empezó su largo paseo hacia casa, intentando separar los intereses de la pasión, sin tener idea de lo que podía esperarle.

—Sólo asistiré a la comparecencia —dijo David lentamente—, hasta que encuentre a alguien más cualificado para defenderla.

—No, no lo harás. —Sentada en el salón de David, Carole hablaba despacio. Lo que la traicionaba era la mirada que anidaba en sus ojos, llena de dolor e incredulidad—. ¿Tú me amas, David? ¿Y a mi padre?

David notó que tenía la boca seca.

—Por supuesto. Pero si hago esto, ninguno de los dos va a morir. Y si no lo hago, Hana Arif puede que muera. Quizá no pueda vivir contigo si cojo este caso. Pero ¿cómo iba a vivir conmigo mismo si no lo hago? No se trata de quién quiere más a quién.

—¿Ah, no? Entonces, ¿por qué defenderla?

—Porque aquí hay algo que no está bien, y ella se merece un abogado decente...

—Tú y ella fuisteis amantes. No puedes ocultar eso, si eres su abogado... Tú eres mi prometido, tenemos una vida común. Ahora, parece que todo era un guión que había escrito otra persona para que tú lo leyeras. —Carole se puso de pie con la voz entrecortada, llena de emoción—. Creo que todavía la amas, como en una de esas películas de Hitchcock llenas de obsesiones, como *Atracción fatal*, pero al revés. Serías capaz de echar por la borda toda tu vida para sacarla de la cárcel.

—Eso no es justo —la interrumpió David, en voz baja—. No es propio de ti, Carole.

Ella se sentó con actitud implorante.

—Entonces dime, por favor, ¿por qué no te basta conmigo? Parece como si hubieras vuelto a encontrar a tu amor perdido hace mucho tiempo, y ahora te estuvieras dando cuenta de todo lo que has tenido que dejar... por mí.

—Yo no buscaba esto.

—No. Fue ella la que vino a buscarte a ti, y a Amos Ben-Aron. —La voz de Carole se elevó—. Tengo miedo por ti, también. Temo que todo esto te destruya. Serías como un muerto viviente.

Sentado junto a ella, le pasó el brazo en torno a los hombros.

—Todavía sigo queriendo nuestra vida...

Ella se apartó.

—Entonces no puedes incluir a Hana Arif, o la vida que llevemos será la que ella te deje. Nada de política. Nada de comunidad que puedas llamar propia. Ningún sentido de quién eres, o de los límites que ello te impone. David Wolfe, el judío errante. —Su voz se llenó de angustia—. Lo que le ocurrió a mi padre ¿no significa nada para ti? ¿Tienes conciencia, acaso?

David notaba que el dolor le atravesaba entero.

—Claro que tengo conciencia. Y te guste o no, me está diciendo que yo no soy ninguna especie de prototipo judío que encaje como una piececita de rompecabezas.

—Pues yo también tengo conciencia —respondió Carole—. Y la parte más profunda de ella recuerda haber visto volar por los aires las esperanzas de Israel en mil pedazos ensangrentados, por culpa de esa mujer a la que defiendes. —Las lágrimas acudieron a los ojos de Carole—. No puedes amarme y hacer esto por ella. Ni siquiera puedes amarte a ti mismo.

Repentinamente, se volvió, con la cara escondida entre las manos. David se acercó a ella.

—Los dos hemos dicho demasiadas cosas, Carole. Necesitamos tiempo para solucionar esto.

—No queda nada que solucionar. —Carole se volvió hacia él, con los ojos todavía húmedos y la voz desprovista de toda emoción—. Yo te amo, David, mucho más de lo que tú puedas amarme jamás. Pensaba que podía soportarlo. Pero ahora sé demasiado. Por favor, al menos déjame conservar mi dignidad.

Con el corazón roto, David la vio partir, llevándose con ella la vida que habían construido.

ϒ

En la sala blanca, David se sentó frente a Hana. Era extraño. Se sentía tan perdido como imaginaba que debía de sentirse ella. Suavemente, ella dijo:

—Pensaba que no volvería a verte nunca más.

—Yo también.

Hana dudó.

—¿Y tu novia? ¿Qué piensa ella?

—¿Por qué me preguntas eso?

—Hace dos noches, cuando me diste todos los motivos por los cuales no podías ayudarme, su nombre ni siquiera asomó a tus labios. Entonces ya me di cuenta de la omisión.

David se arrellanó en la silla.

—Carole no tiene relación alguna con esta discusión.

Hana le dirigió una mirada inquisitiva.

—Creo que quizá sí la tenga. ¿La amas?

—Sí. —A pesar de su más profundo instinto de reserva, David sintió la súbita necesidad de hablar—. Es muy lista, y muy dulce. Confío en ella. A veces creo que se preocupa más de lo que me pasa a mí que de ella.

David calló, notando una oleada nueva de remordimientos. Hablaba en presente de alguien a quien ya había perdido, sin ser plenamente consciente de que, en efecto, la había perdido, incapaz de asumir lo mucho que podía cambiar su vida. Hana estudió su rostro como si le viera por primera vez.

—Y antes de Carole, ¿nunca habías deseado casarte?

—No, seguía esperando sentir más de lo que en realidad podía sentir.

Por una vez, Hana se quedó silenciosa. Con voz dubitativa, preguntó:

—¿Fui yo quien te hizo eso? ¿Tanto te herí?

David notó un relámpago de rabia hacia ella, hacia sí mismo.

—Ya basta, Hana. Ahora soy tu abogado. Tendrás que contentarte con eso.

Hana apartó la vista. Cuando volvió a mirarle, su voz sonaba clara.

—Te he preguntado demasiadas cosas personales, ahora me doy cuenta. Tenía miedo, y no podía confiar en nadie más que en ti. —Hizo una pausa y acabó, con suavidad—: Deja el caso, David. Pueden nombrar a otro abogado.

—No, otro como yo no, me temo... Sin dinero, no. Nadie de los que he consultado quiere este caso.

Hana se encogió de hombros levemente.

—Lo único que requiere el sistema es un abogado lo bastante bueno para que pierda sin que resulte bochornoso. Aprendimos eso en Harvard. Y te oí la otra noche, bastante bien. No crees que pueda ganar.

David la miró a los ojos.

—¿Lo hiciste, Hana?

Durante un largo instante ella le devolvió la mirada, en silencio.

—Parte de mí —dijo al fin— querría decirte que sí. Entonces, al menos, podrías salir de aquí, quizá recuperar la vida que creo que estás perdiendo. Pero no, David, yo no conspiré para asesinar a Amos Ben-Aron.

Una vez más, pensó David, estaba a punto de perderse por Hana Arif; aquella vez, como abogado suyo. Pensó en los últimos segundos de la vida de Ben-Aron, y en todo lo que estaba abandonando para ayudar a la mujer que quizá le hubiese matado.

—Entonces, hablemos de la comparecencia —dijo.

Capítulo 11

La mañana de la comparecencia de Hana le produjo a David una sensación confusa y desorientada, un torbellino en medio del cual luchó por anular su incredulidad.

Subió los escalones del edificio federal entre el acoso de un montón de cámaras y reporteros, manteniendo la vista al frente e ignorando a los periodistas que le preguntaban a gritos por qué había decidido defender a Hana Arif, y el escándalo de los manifestantes diversos (más pro israelíes que pro palestinos) contenidos por un cordón de agentes federales. La única suerte era que Hana no tenía que enfrentarse a todo aquello: los policías la estaban conduciendo por un ascensor interno desde el garaje, al final de un viaje en furgoneta escoltada por motos y coches de la policía, y helicópteros de los noticiarios por encima, como eco siniestro de la comitiva de Amos Ben-Aron.

David entró en el enorme vestíbulo de mármol, un relativo oasis de urbanidad. El acceso a los pisos superiores, donde se alojaban los tribunales federales, estaba controlado mediante detectores de metales y guardias de seguridad. Cuando David ocupó su lugar al final de una fila de reporteros que pasaban los controles de seguridad, una mujer del Canal 5 intentó entrevistarle. Un agente federal, reconociendo a David de sus días como fiscal federal, le hizo pasar por seguridad y le llevó a un ascensor vacío. Cuando llegó al piso decimonoveno, David comprendió con más claridad que nunca que ya no era David Wolfe, tal y como antes se consideraba a sí mismo, sino que era el abogado que inexplicablemente había decidido defender a una terrorista.

Más reporteros le esperaban al salir del ascensor. Si la elección hubiese dependido de él, Saeb y Munira habrían ido con él; tal como David le había explicado a Saeb, eso recordaría a los que leyesen el periódico o viesen los reportajes que Hana tenía un marido y una hija. Pero Saeb había pedido que David le proporcionase una entrada discreta por el garaje, ahorrándole a Munira de ese modo las atenciones del «hatajo de chacales de la prensa». Saeb había preguntado agriamente si no le parecía ya bastante a David haber insistido para que la niña viera a su propia madre acusada de asesinato.

Y así, obviando las preguntas con una sonrisa mecánica, David corrió por el vestíbulo, con los pasos de los reporteros resonando tras él. Entró en el espacioso pero aséptico tribunal del juez que, suponiendo que Hana no fuese deportada, o bien aceptaría su confesión de culpabilidad o presidiría un juicio que la mayoría de los juristas se alegrarían mucho de evitar.

La sala del tribunal estaba repleta, llena de agentes federales a lo largo de todas las paredes y al final del pasillo que dividía las cinco filas de bancos de madera lacada. En la primera fila, Saeb y Munira estaban sentados entre dos agentes más.

—Por favor, que no se tape la cabeza —le había implorado David—. Quiero que los americanos la miren y se imaginen a su propia hija.

Ante lo cual, Saeb había respondido, lacónicamente:

—Ella no es su hija.

La niña que vio David llevaba un vestido negro y suelto que le ocultaba todo excepto las manos y la cabeza, cubierta a su vez con un pañuelo negro. Pero ningún vestido podía ocultar el deseo de la niña de desaparecer; ningún pañuelo podía esconder su miedo.

David fue hacia ellos, dirigiendo a Saeb una mirada rápida e intensa, que el otro le devolvió de forma similar, y luego inclinó la cabeza hacia Munira. Las ojeras de la niña estaban tiznadas con el hollín de la falta de sueño.

—¿Va a venir mi madre? —preguntó ella.

David asintió.

—Pronto. He procurado que la veas después de la comparecencia. Al menos, unos minutos.

En silencio, Munira intentaba asimilar el hecho de que cualquier contacto con su madre se le concedía a regañadientes por parte de unos extraños. A pesar de su ansiedad, David sintió muchísima pena por ella. Mientras el proceso legal era una segunda naturaleza para él, debía de resultar algo tan ajeno y confuso para Munira como los acontecimientos por los cuales se acusaba ahora a su madre. Recordando el terror que sintió con los Blue Angels, su posterior vergüenza por haberse agarrado a él, David se encontró impotente para tranquilizarla en presencia de Saeb.

—Hablaremos más tarde —les dijo a padre e hija, y se dirigió hacia la zona de la defensa.

Junto a la mesa de la fiscalía, Marnie Sharpe y su ayudante pelirrojo, Paul MacInnis, un fiscal de carrera muy profesional que encontraba tan absurdo defender a Hana Arif como llevar un tutú ante el tribunal, cuchicheaban con Vallis y un hombre delgado y calvo a quien David no reconoció. Cuando se acercó David, Sharpe interrumpió su conferencia con un súbito gesto en dirección a él.

—Increíble, David. No tenía ni idea de que fueses tan idealista.

Su voz transparentaba un dejo de paranoia: insinuaba que David sólo podía actuar por algún motivo oculto que ella todavía no había logrado averiguar. David se limitó a encogerse de hombros, demasiado nervioso para pensar en decir alguna agudeza. Sharpe se volvió, tocó el hombro del desconocido y le dijo:

—Éste es Avi Hertz, David. Entre otras cosas, Avi representa al gobierno de Israel como observador.

David no imaginaba siquiera cuáles podían ser esas «otras cosas». Mientras se estrechaban las manos, David preguntó con cortesía:

—¿Pertenece usted a la oficina del fiscal general?

—Sí. —El aspecto menudo y delicado de Hertz lo contrarrestaban unos ojos de un azul grisáceo tan fríos como los de un actuario de seguros que calculase la duración de la vida de David—. Por el momento.

«Shin Bet —pensó David—, o quizá el Mossad.»

—Es posible que tenga algunas preguntas para el gobierno israelí —le dijo David—. ¿Debo pasárselas a usted?

El rostro de Hertz no demostró sorpresa alguna, y su tono no resultó ni acogedor ni defensivo.

—Desde luego —respondió—. La señora Sharpe sabe cómo localizarme.

Antes de que David pudiera responder, Hertz miró rápidamente hacia el estrado donde presidiría la juez Taylor. Pero en lugar de la juez, apareció Hana por la puerta trasera de la sala, con un agente federal a su lado.

Era su primera aparición en público. A petición de David, la oficina federal le había permitido ponerse una blusa y una falda sencilla y ancha. Hizo una pausa, buscando a su marido y su hija. Se concentraba en Munira, y su sonrisa estaba destinada a asegurar a la niña que su madre no tenía miedo. Sólo después de mirar a Saeb, de una forma mucho más distante y opaca, se fijó en la atestada sala y finalmente en el propio David.

El agente la condujo hacia la mesa de la defensa. Cuando David se colocó a su lado, ella no le miró.

—Lo siento —murmuró.

—¿Por qué?

Con la cabeza gacha, Hana no respondió.

—Pónganse en pie —exclamó el ujier del tribunal. Los espectadores se pusieron de pie, y la juez Caitlin Taylor subió vivamente al estrado.

Elegida por sorteo entre catorce posibles jueces, Taylor era nueva en los tribunales, y David nunca había actuado ante ella. Su reputación estaba en consonancia con su aspecto: esbelta y señorial, Taylor llevaba el pelo largo y moreno, y su rostro era pálido y bien cincelado, acentuado por unas gafas metálicas que le daban un aire de precisión académica. Era una antigua abogada de empresa con una mente aguda y modales decididos, pero resultaba un completo misterio. Tenía poca experiencia en casos criminales, y no se podía predecir cómo se comportaría sometida a la atención del mundo entero («la juez del proceso por asesinato de Hana Arif», podría empezar diciendo seguramente su esquela), o cómo reaccionaría ante la compleja estrategia que se estaba desarrollando en la mente de David.

La actuación de Taylor sería cuestión de carácter, tanto como de intelecto. Los casos notorios, como sabía muy bien David, magnifican las virtudes y debilidades de los jueces, exponiendo su arrogancia, vanidad o indecisión, y recompensando la sangre fría, la prudencia y una brújula interna muy centrada. Lo único que sabía por el momento David era que Caitlin Taylor pretendía hacerse cargo desde el primer momento. Evitando los procedimientos habituales (la comparecencia ante un magistrado), la juez había decidido presidir ella misma.

—Pueden sentarse —dijo la juez Taylor, con la voz clara y tranquila—. El juicio que nos ocupa es «los Estados Unidos de América contra Hana Arif». Por favor, letrados, hagan sus presentaciones.

Poniéndose de pie, Sharpe hizo lo que se le pedía y presentó a Paul MacInnis. David dijo, sencillamente:

—David Wolfe, abogado defensor de Hana Arif.

La juez levantó las cejas. Al no ser ajena a la política, parecía tan sorprendida por su presencia como Sharpe, aunque de una forma mucho más neutral.

—Antes de proceder —interpeló Sharpe—, ¿puedo dirigirme a su señoría con relación al papel del señor Wolfe en este proceso?

Tan sorprendida como David, al parecer, la juez se volvió a Sharpe, con expresión alerta.

—Puede hablar.

Sharpe hablaba con rapidez y precipitación, lo que para David era una señal evidente de nerviosismo.

—Cuando ocurrió el asesinato, señoría, el señor Wolfe se encontraba de pie en la esquina de Market Street y la calle Cuarta. No sólo presenció el atentado suicida que constituye el núcleo central de este caso, sino que incluso realizó una declaración ante el FBI. —Con una rápida mirada a David, Sharpe continuó—: Por ese motivo, puede convertirse en testigo importante en el juicio, y eso le descalifica a la hora de convertirse en consejero legal de la señora Arif.

Cuando la juez se volvió hacia él, David se sintió zarandeado por emociones en conflicto: la certeza de que Sharpe deseaba librarse de él, la idea profundamente tentadora, aunque inoportuna, de que quizá ella podía darle de ese modo la salida a un dilema que él mismo se veía incapaz de resolver; la incómoda sensación de que su profunda conexión con la propia Hana podía ser descubierta de algún modo. Era intensamente consciente de que Hana observaba su reacción.

—¿Señor Wolfe? —le preguntó la juez—. ¿Desea usted retirarse? O, expresándolo de otro modo, ¿no debería usted hacerlo?

David intentó centrar sus pensamientos.

—Señoría, la señora Sharpe tiene al menos un centenar de testigos más, una supuesta confesión de Ibrahim Jefar y, sospecho, una cinta del crimen en sí. ¿Acaso sugiere que necesita mi ayuda para probar que Amos Ben-Aron fue asesinado?

Aunque la expresión de la juez no cambió, el ángulo de la mirada que dedicó a Sharpe indicaba un cierto desafío.

—Por supuesto que no —respondió Sharpe con aspereza—. Pero es un caso de importancia internacional, con muchas preguntas sin responder. Nuestra investigación está en curso, y abarca muchos aspectos. Nadie sabe qué detalle puede resultar importante, ni quién puede dárnoslo.

David pensó que Sharpe estaba peligrosamente cerca de un tema que él dudaba que desease tocar, pero que podía explicar la presencia de Avi Hertz: el aparente conocimiento previo del asesino de que la caravana iba a cambiar su rumbo.

—Lo que aquí se dilucida —respondió David— no es el hecho de las tres muertes, sino quién las planeó y si, en realidad, la señora Arif jugó algún papel en ello. Y en ese sentido, no tengo más conocimiento personal que la señora Sharpe.

»Mientras tanto, la señora Arif está capacitada para elegir el abogado que desee. Nada de lo que indica la acusación es suficiente para privarla de ese derecho.

La juez Taylor unió las yemas de los dedos y se tocó la barbilla con ellos.

—Estoy de acuerdo —dijo al cabo de un momento—. Si usted decide convocar al señor Wolfe como testigo, señora Sharpe, deme razones que trasciendan lo «apenas plausible». Hasta entonces le permitiremos proceder como defensor. —Y volviéndose a Hana, le dijo—: Señora Arif, ¿comprende usted la naturaleza de los cargos que se le imputan?

Hana se puso en pie.

—Sí, señoría.

—¿Y desea usted que le represente el señor Wolfe?

Hana pareció dudar.

—Sí —dijo, más bajo—, lo deseo.

Durante un momento, la juez la observó.

—Está bien —dijo a David—. A su cliente se le acusa, entre otras cosas, de violar la ley 18 USC1116, del asesinato de un representante oficial extranjero en Estados Unidos. ¿Requiere usted una lectura de la acusación?

—No la requerimos, señoría.

—¿Está preparada la defensa para presentar una declaración?

—De cada uno de los cargos de la acusación —respondió David—, la señora Arif se declara inocente.

Hubo un murmullo tras ellos, la incipiente emoción de los medios cuando se avecina un buen artículo, un juicio del que informar, lleno de expectativas de dramatismo y sorpresa. Notando sus propias dudas, David vio que Hana cerraba brevemente los ojos.

—Muy bien —dijo la juez con calma—. ¿Desea usted ser oído con respecto al tema de la fianza, señor Wolfe?

—Sí, lo deseamos —replicó David—. Hasta que acabe este proceso, el marido de la señora Arif y su hija no tienen pasaporte. No tienen ningún sitio adonde ir, y la señora Arif desea estar con ellos. —David se volvió y señaló hacia Munira—. La hija de la señora Arif tiene doce años. Ver a su madre arrestada fue muy traumático, y vivir separada de ella es mucho peor aún. Dado que la señora Arif no tiene pasaporte y que su familia está detenida, no existe ningún motivo para que el gobierno los separe.

—¿Señora Sharpe?

—Los asesinos —dijo Sharpe secamente— no requieren pasaporte para entrar en Estados Unidos. La acusada no lo requiere para abandonar el país. Y sus razones para ignorar las sutilezas de nuestras leyes de inmigración son obvias.

»Tal y como explica con detalle la acusación, el señor Jefar la ha nombrado como responsable de un complot para asesinar a Amos Ben-Aron, planeado por la Brigada de los Mártires de Al Aqsa, del cual fueron víctimas incidentales dos hombres que tenían familia, uno americano, el otro israelí, y la mayor víctima ha sido la perspectiva de paz entre israelíes y palestinos. —Ahora Sharpe hablaba con mayor confianza, tras haber cogido ya el ritmo mientras presentaba el caso para la prensa—. Nuestro siglo es joven todavía. Pero es justo decir que éste es el crimen más grave que ha sufrido nuestra nación desde el asesinato del presidente Kennedy, y que posiblemente sea fruto de una conspiración cuyas dimensiones todavía no hemos llegado a averiguar. Además, creemos que la señora Arif tiene la clave para desenmascarar a otras personas desconocidas, quizá muchas, responsables de este horrible acto.

»Estados Unidos no puede conceder una fianza a una acusada que nos puede dar tanta información, y con tantos motivos para huir…, especialmente, dado que podemos pedir la pena de muerte. Con todos los respetos, señoría, la fianza sería improcedente.

—Estoy de acuerdo —dijo la juez, al momento—. La petición de fianza para la señora Arif queda denegada.

Junto a él, David vio que Hana se desinflaba, y que sus hombros se abatían bajo el peso de todos los días y noches sin Munira y la amenaza de una sentencia que las separaría para siempre. Contemplando a Munira, David deseó que no hubiese venido.

—Este tribunal celebrará su primera vista preliminar en el plazo de treinta días —continuó Taylor—. En ese momento la defensa tendrá que presentar su petición de información por parte del gobierno, y escucharé a ambos letrados para el tema de la fecha del juicio.

—Señoría —dijo —David—, ¿puedo sugerir respetuosamente que el tribunal realice todas sus sesiones sin la presencia de los medios de comunicación o el público?

—¿Por qué motivo? —preguntó Taylor, con obvia sorpresa—. Si existe un caso en el cual el sistema de justicia deba ser transparente, es precisamente éste.

David se preparó para la controversia.

—Normalmente, señoría, estaría de acuerdo, pero mi petición de información por parte del gobierno puede tocar temas muy delicados de seguridad nacional y de relaciones internacionales, información protegida por la ley. Hacerla pública no serviría a los intereses de nadie.

Por primera vez, Taylor se mostró cautelosa.

—¿Señora Sharpe?

Sharpe dirigió una mirada de preocupación a Avi Hertz.

—Por los motivos subrayados por el tribunal —dijo a la juez—, soy reacia a mantener esto apartado del mundo. Pero no sé qué tácticas puede seguir el señor Wolfe, o adónde se propone dirigirnos. Hasta que lo sepa, no puedo responder.

—Yo tampoco. —La juez dudó, consultando a sus propios instintos—. Por el momento, señor Wolfe, procederemos como usted sugiere. Entregue sus peticiones selladas siete días antes de la vista. La señora Sharpe responderá al cabo de tres días. A partir de entonces, decidiré. —Mirando a Sharpe y a David, concluyó—: Gracias a ambos. Los veré dentro de treinta días.

Taylor se levantó y se fue tan rápidamente como había entrado, y la sala se llenó de ruidos procedentes de la liberación de la tensión: la gente que se levantaba, los reporteros que especulaban y comentaban entre sí, los blocs de notas que se cerraban, Sharpe que guardaba sus notas adoptando una expresión de estudiada indiferencia. En aquel breve instante de privacidad, Hana se volvió a David con una mirada tan triste que de algún modo resultaba hasta íntima.

—Gracias —le dijo suavemente.

David intentó sonreír.

—Primero lo sentías; ahora me estás agradecida. ¿Por qué?

—Por lo mismo, David: por ti. —Y entonces los federales vinieron a por ella y David se quedó solo, pensando en sus palabras.

Capítulo 12

La multitud de mirones empezó a disminuir, y la tensión, a disiparse en la sala del tribunal. Captando la mirada de Sharpe mientras ella se disponía a alejarse, David dijo:

—¿Por qué no me has llamado, sencillamente, antes de intentar que me echasen?

Ella le miró con ojos penetrantes.

—Porque no confío en ti. Sigo preguntándome el porqué de ese odio mortal que me tienes. ¿Tan ofendido estás conmigo?

—No te des demasiada importancia, Marnie.

—Quizá sea simplemente un tema de seguridad nacional —dijo Sharpe. Le miró un momento más, luego se encogió de hombros—. Bueno, el caso es que estás aquí, aunque le pese a Taylor..., al menos por ahora. Así que intentemos portarnos civilizadamente. —Y sin más, la fiscal se alejó.

Hana esperaba en una habitación pequeña custodiada por dos agentes federales. Aunque la habitación resultaba algo agobiante, allí ella y David estaban apartados de todo escrutinio, y de los reporteros decididos a interrogarle antes de que él estuviese dispuesto a exponer sus planes.

—Pareces preocupado —dijo ella.

—No es nada..., sólo una conversación con Sharpe. Ella quiere sacarme de este caso.

Hana le miró y luego le sorprendió esbozando una débil sonrisa.

—Una vez fuiste testigo de muchas más cosas de las que ella se imagina. Dado todo lo que ha pasado esta mañana, supongo que debería agradecer la naturaleza de su objeción.

Quizá, entre sus sufrimientos, Hana estuviese buscando alguna distracción. Pero David no replicó, ni sonrió siquiera. Su intranquilidad era demasiado profunda, tanto por el impacto de su pasado sobre su presente como por la sospecha, inoportuna pero imposible de erradicar, de que Hana Arif sabía cómo controlar los hilos que movían sus emociones.

La sonrisa se desvaneció.

—Lo siento. Hay algo más que te preocupa.

—Varias cosas; Saeb, entre otras.

Hana le escudriñó el rostro buscando lo que quería decir.

—Si te preguntas cómo se siente por el hecho de que tú me representes —dijo finalmente—, ¿qué otra opción le queda? Estoy más preocupada por Munira. —Su voz se suavizó—. No tengo derecho a pedir favores, ni siquiera para mi hija, además de todo lo que estás haciendo; pero espero que la ayudes en todo esto, quizá explicándole el proceso, tranquilizándola en lo que puedas.

»Ella sentirá que su padre se halla completamente impotente, tanto como en aquel control israelí. Al menos tú puedes darle esperanza.

Lentamente, David asintió.

—Puedo intentarlo, pero con Munira igual me siento un poco perdido.

Hana esbozó una débil sonrisa.

—Lo dudo. —De repente, su expresión se volvió seria—. Un último favor, pues: ¿podrías entretener un momento a Saeb? Me gustaría hablar con ella a solas.

David sintió su propia reticencia emocional, una profunda aversión a sentirse arrastrado, en contra de sus instintos, hacia una dinámica familiar que no comprendía del todo.

—Lo procuraré —dijo al final—. Aparte de lo de Munira, Saeb y yo tenemos que hablar.

El alivio en el rostro de ella resultó palpable.

—Te estoy muy agradecida, David. Realmente, no sé cómo podré pagarte todo esto.

Resultaba discordante, pensó David, tener a Saeb allí sentado, donde momentos antes se había encontrado Hana.

Ella se mostraba serena, con la voz suave. Su marido parecía inquieto, agitado incluso, tamborileando con los dedos en la mesa de formica.

—Si hay juicio —empezó David con estudiado desapasionamiento—, deberíamos soportarnos el uno al otro, al menos durante un tiempo. La tensión será considerable: ninguno de nosotros sabrá lo que va a pasar, y yo tendré que tomar decisiones con consecuencias que nadie puede predecir.

»Respeto tus sentimientos. Hana es tu mujer; Munira es tu hija. Pero yo soy el abogado de Hana: toda posible esperanza de absolución para ella depende de mí. Tú y yo tendremos que tolerarnos.

Los dedos de Saeb dejaron de moverse.

—Quizá pienses que no estoy agradecido por tu intervención.

—Me ha pasado por la mente.

—Entonces debo decir —replicó Saeb, lentamente— que estoy muy agradecido... y humillado. No tengo dinero para pagarte.

¿Era eso realmente lo que se encontraba en el centro de su antipatía? David se lo preguntaba. Excepto cuando Saeb estaba furioso, le resultaba difícil leer sus expresiones.

—Espero —continuó diciendo Saeb— conseguir dinero de los grupos que han patrocinado mi viaje aquí.

David meneó la cabeza.

—El dinero no me preocupa nada, Saeb. Mis circunstancias son buenas. —Al decir esto, David se dio cuenta de que aludiendo a su generosidad, todavía añadía más sal a las heridas de Saeb—. En cuanto a los grupos que te han enviado —añadió—, decir que tenemos un grave problema de imagen pública es quedarnos cortos. Parte de mi trabajo será defender a Hana ante los medios de comunicación. Los americanos ya están tan familiarizados con las pruebas en contra de ella, que un cambio de jurisdicción no serviría para nada. Coger dinero de alguien que se percibe como antiisraelí, y no digamos de un grupo que propugna la violencia, empeoraría infinitamente las cosas.

—Entonces, el problema soy yo —dijo Saeb, con súbito acaloramiento—. Soy yo el que no rechaza la violencia. Tu gobierno intentará hacerla culpable a ella por asociación. —Saeb se puso de pie, y parecía que quería echarse a andar—. Hana es inocente. Enterró su militancia en Harvard. La única explicación que puedo darte a esto es que mis enemigos le han tendido una trampa.

David le miró, sorprendido.

—¿Qué enemigos? ¿Y por qué?

Saeb cruzó los brazos, al parecer ofendido por el interrogatorio.

—El porqué está bien claro: para vengarse de mí, y para que la sospechosa sea una mujer que no puede cambiar su vida por información ni decir quién más está implicado.

—Entonces, ¿por qué no tenderte una trampa a ti?

—No lo sé todo —respondió Saeb con impaciencia—. Pero Hana no consiguió esas motocicletas ni esos explosivos. ¿Cómo podía planificarlo, si Munira y yo estuvimos con ella casi todo el tiempo?

—En eso estamos de acuerdo. —Haciendo una pausa, David esperó a que Saeb se calmase—. Y ése es uno de los motivos —continuó— por los cuales Hana quizá te necesite como testigo. Y porque se lo debes a ella, como testigo y como marido suyo, no debes decir a nadie más absolutamente nada sobre Amos Ben-Aron, ni sobre el Estado de Israel, los terroristas suicidas, la diáspora palestina, Sabra y Chatila, su persecución ni nada que inflame las sensibilidades americanas después del 11-S. Si eso hace que te sientas como un eunuco, no me importa. Habrá mucho tiempo para expresar libremente tu opinión, después del veredicto del jurado. —El tono de David se enfrió—. Como abogado de Hana, consideraré tu teoría. No quiero que ella muera por el crimen de otra persona. Tu cometido es asegurarte de que no muere por ti.

Saeb se volvió a sentar, uniendo las manos ante él y mirando a David a los ojos.

—Como quieras, pues —respondió, en tono apagado—. Como palestino, estoy acostumbrado a que mi vida la controlen otros.

—Como americano —replicó David—, yo no lo estoy. Y ahora no disfruto. Sin embargo, parece que tenemos un interés común: tu esposa, y tu hija.

—Sí, eso parece. —Saeb dejó que el comentario quedara flotando, y luego preguntó—: Este tema que has sacado, lo de la seguridad nacional... ¿Qué es exactamente lo que buscas?

—No puedo decírtelo, lo siento. Obviamente, tú ya no eres cliente mío. No puedo representar a un posible testigo, ni a nadie que Hana...

—Soy su marido —protestó Saeb.

—Creo que eso está bien claro. Pero Sharpe puede interrogaros a los dos acerca de cualquier cosa que sepáis por mí. De modo que tendrás que confiar en mí por ahora.

Saeb lo pensó y luego se encogió de hombros.

—Como tú digas.

—Eso es. —David miró su reloj—. No nos queda mucho tiempo. Antes de que se la lleven, Hana quiere estar contigo a solas. Haré todo lo posible para distraer a Munira.

Saeb dudó.

—Un momento nada más —dijo a regañadientes—. No quiero que inquietes a Munira. Obligarla a venir ya ha sido bastante duro.

Y

Sentada frente a David, Munira era el vivo retrato del sufrimiento, y el color negro de su vestido y su pañuelo destacaba vivamente contra los muros blancos y desnudos.

—¿La van a matar? —preguntó.

David se preguntó cómo salvar el abismo del sexo, edad, cultura y religión, qué decirle a aquella niña traumatizada, temerosa de perder a su madre, a la que recientemente había contrariado y que por tanto debía de experimentar todo aquello como si fuera culpa suya. Su único consuelo, en ausencia de Hana, vendría de un padre cuyo propio trauma se había producido hacía mucho tiempo. Lo único que podía saber del sistema legal sería lo que David quisiera contarle.

—No —respondió David afablemente—. En Estados Unidos, que te acusen de algo no significa que seas culpable. Nosotros no matamos a las personas inocentes.

—Los sionistas sí —dijo Munira con vehemencia—. O arrestan a gente sin motivo alguno, los encierran en prisión sin juicio. Ellos también dicen que tenemos derechos, pero es mentira.

Aunque parecía muy sentido, aquel discurso tenía una precocidad curiosa, como si fuese un catecismo aprendido de memoria por un niño.

—Bueno, pienses lo que pienses de los sionistas —le dijo David—, te estoy pidiendo que creas en mí, igual que cree tu madre. ¿Serás capaz?

Munira bajó la vista, sin saber qué responder.

—Yo no miento —dijo David rotundamente—. Habrá un juicio; para eso se ha celebrado esta comparecencia. ¿Te ha parecido una persona justa la juez?

Los ojos de la niña parpadearon y miraron a David con sorpresa, quizá por el hecho de que le pidiera su opinión. Y entonces meneó la cabeza, menos como negativa que por confusión.

—Los americanos odian a mi madre. En la televisión la llaman «terrorista». —La niña dudó, y luego preguntó—: ¿Tú la crees?

«Vaya con lo de no mentir», pensó David.

—Sí, Munira, la creo.

La niña le miró más de cerca, y durante un instante David tuvo la extraña sensación de que ella intuía más de lo que era capaz de expresar y que le conocía mejor de lo que era posible. Le recordaba la aguda inteligencia de su madre, su rápida percepción, quizá ya incipiente en Munira.

—Para que el jurado la declare culpable —continuó David—, el fiscal tiene que probarlo más allá de toda duda razonable. Si no es capaz de hacerlo, dejarán libre a tu madre. Estoy decidido a conseguir que sea así.

Aunque las largas pestañas de Munira cubrían sus ojos medio cerrados, a David le pareció que detectaba un leve brillo de esperanza.

—¿Y cuánto tiempo costará? —preguntó.

—Pues no estoy seguro. Seis meses, quizá.

Aunque su estimación era optimista, Munira se quedó muy abatida.

—Seis meses... —repitió sordamente.

David intentó imaginarse lo que pensaba: una habitación de hotel impersonal en una ciudad desconocida, un padre silencioso y absorto, una madre que le era arrebatada por motivos que ella todavía no podía comprender.

—Puedes verla —prometió David—. No se la han llevado.

«Todavía no», vio que pensaba Munira. Las lágrimas aparecieron en sus ojos.

—Si quieres —dijo David suavemente—, cuando tu padre esté ocupado, te llevaré a verla yo mismo.

La tela negra en torno a su cuello vibraba, quizá por el esfuerzo de contener su dolor.

—¿Puedo verla a solas otra vez?

—Sí —prometió David—. Me aseguraré de que sea así.

Alejándose en su coche del tribunal, David vio, por el espejo retrovisor, a un grupito de manifestantes que le perseguían. «¡Judío traidor! —le chillaba un hombre barbudo—. ¡Habrías vendido a tu madre a Heinrich Himmler!» David supuso que era simplemente un adelanto de lo que se avecinaba.

Brevemente, pensó en las decisiones tomadas o no, en la vida que había deseado tener con Hana, la vida que había perdido con Carole, y en las penas que no podía permitirse sentir o compartir con ninguna de aquellas dos mujeres.

«Ya basta», se dijo a sí mismo. Había muchas cosas que hacer, y tenía que ver a un hombre por un tema de seguridad nacional.

Capítulo 13

A la débil luz del sol de una mañana neblinosa, David se reunió con Bryce Martel donde empezaba el camino de Tennessee Valley. Ante ellos, el camino de tierra serpenteaba a través de un valle estrecho hacia el sur del condado de Marin, acabando en un lugar donde las olas de un azul grisáceo rompían en una ensenada entre bajas y escarpadas rocas.

Aunque procedía de la aristocracia WASP, Martel, que fue compañero de estudios del padre de David en Columbia, compartía el interés de Philip Wolfe por el arte y la música. Por lo demás, los caminos de ambos hombres habían sido divergentes: Philip Wolfe se hizo psiquiatra, y Bryce Martel ocupó una serie de puestos del gobierno de adscripción imprecisa hasta que, al final de su carrera, salió a la palestra como analista antiterrorista de renombre, quizá el crítico más duro de un servicio de inteligencia que él mismo describía como «casi tan interesado e incompetente como los políticos que abusan de él».

Esta apostasía había conseguido a Martel un digno exilio en la Institución Hoover, en Stanford. Los vagos recuerdos de niñez que tenía David de las visitas de Martel a su padre, que se pasaban debatiendo cosas como los méritos de la música sinfónica del siglo XX, se vieron renovados por la fiel asistencia de Martel a Philip Wolfe cuando éste murió lentamente de un tumor cerebral inoperable. David, lo bastante realista para saber que, aun en las mejores circunstancias, nunca conseguiría traspasar la coraza emocional de su padre y comprender sus pensamientos más íntimos, se sentía agradecido ante la calmada aceptación de la muerte por parte de Martel, y por la inesperada oportunidad de saber algo más de la vida de su padre. Martel parecía entenderlo; cada pocos meses, y compartiendo una comida soberbia en alguno de los pocos restaurantes cuya bodega era lo suficientemente imaginativa para complacerle, él y David todavía hablaban de temas antiguos y nuevos.

—Tu padre se hizo psiquiatra —le dijo una vez Martel— porque, como muchos psiquiatras, quería comprenderse a sí mismo. Pero lo que descubrió no quiso compartirlo, incluido el tema de lo que sentía por ser judío.

En ese preciso instante, para su sorpresa, David necesitaba a Martel por otro motivo: para que le ayudase a desentrañar lo que prometía ser un caso complejo, incluso endemoniado.

A finales de la sesentena, Martel seguía estando en forma, con el cabello entreverado de canas, el rostro inteligente y curtido y unos ojos de un verde intenso, tan agudos que aún no requerían gafas. Le gustaba el aire libre, como demostraba su atuendo de paseo, cien por cien al estilo de Nueva Inglaterra: botas rozadas, pantalones caqui desgastados y camisa de franela vieja. Además, añadió despreocupadamente, era mejor para David hablar en algún sitio donde a los demás les resultase difícil escuchar.

—Se han cansado de mí —exclamó Martel, con cansada resignación—, pero a ti te tienen en el punto de mira, buscando conexiones radicales, pistas acerca de los que planearon el asesinato de Amos Ben-Aron, cualquier cosa que explique por qué has aceptado este caso. Para ellos es incomprensible, David. Y en estos tiempos peligrosos, eso te convierte en objetivo.

El tono de Martel indicaba que también era algo difícil de entender para él, pero era demasiado educado o respetuoso con la complejidad del ser humano para preguntárselo.

—¿Objetivo de quién? —inquirió David.

—De tu propio gobierno, por no mencionar al Mossad. Con toda probabilidad tendrás pinchados los teléfonos de casa y del despacho, y también el de Harold y el de Carole, y de cualquiera que trabaje contigo o defendiendo a Hana Arif. Y, por supuesto, oirán todas tus conversaciones de móvil.

—¿El Mossad?

—Al momento. Los israelíes tienen agentes durmientes en casi todas las embajadas. En Estados Unidos reclutan a gente para que les dé información vital, o bien la consiguen ellos mismos. —Martel metió las manos en los bolsillos y echó a andar por el camino—. Tú quizá pienses en ti mismo todavía como David Wolfe, el futuro congresista que eras la semana pasada; pero para nuestro gobierno y para Israel, ahora eres el abogado de una terrorista que ha conmocionado a ambos países hasta la médula. Quieren saber lo mismo que tú sabes: quién está detrás del asesinato de Amos Ben-Aron. Por ahora, no lo dudes, estás ya bajo vigilancia.

»La única ventaja que tienes es que ellos quizá crean que eres demasiado ingenuo para imaginarlo. Así que puedes divertirte un poco, mantener algunas conversaciones fingidas para confundir a los que te estén escuchando, de modo que ya no sepan distinguir lo verdadero de lo falso. —Martel sonrió débilmente, con los ojos fijos en el horizonte—. Sé que parecen tonterías sacadas de un libro juvenil, pero es lo más serio que te va a pasar en la vida, y la gente que lo lleva es muy seria. Así que será mejor que no digas nada que pueda ser constitutivo de delito.

Más que nada de lo que había dicho Martel hasta el momento, la última frase estremeció a David.

—Me siento como si acabara de pasar al otro lado del espejo.

—No lo dudes; especialmente porque crees que la brecha en la seguridad de Ben-Aron procedía del interior. Y aún hay otro motivo más para que causes todo este alboroto: nuestro gobierno también lo cree. Nuestra gente quiere saber lo que sabe Hana Arif, y tú quieres saber lo que saben ellos.

—Hana jura que no sabe nada.

Martel se volvió hacia él, con expresión neutra.

—Ya llegaremos a eso. El primer problema que tenemos es ver qué estamos haciendo nosotros (y los israelíes) para averiguarlo.

»Por el lado de los americanos, la CIA está siguiendo la pista de los dos asesinos, de Arif, de su marido y de cualquiera que vaya apareciendo a lo largo del camino. Están tocando todas las teclas, y acudiendo a todas las agencias de inteligencia extranjera que pueden para obtener información. Pero el FBI y el Servicio Secreto han obtenido pocas pruebas de que el Servicio Secreto o la Policía de San Francisco sean la fuente de cualquier posible filtración.

—Eso nos deja a los israelíes.

—Sí, así es, y no están diciendo nada. Pero ciertamente existen precedentes para ello, y no sólo lo de Rabin. ¿Recuerdas el asesinato de Colosio?

—Vagamente. —David sacó sus gafas de sol. El sol, intentando penetrar entre la niebla, había acabado por molestarle en los ojos—. ¿No era candidato a la presidencia de México?

Martel asintió.

—A algunas personas de su propio partido no les gustaba. Por el motivo que sea, le mataron a tiros en un mitin de la campaña electoral, entre una multitud de más de mil personas. La cinta de vídeo mostraba que uno de sus hombres de seguridad retrocedió, como si siguiera una orden, un instante antes de que el asesino apretara el gatillo. De algún modo, el agresor escapó en medio del caos. Nadie fue acusado, ni el asesino ni nadie responsable de la seguridad de Colosio.

»Israel no es México. El Shin Bet y el Mossad están muy controlados. Pero la posibilidad de una traición desde el interior y la vulnerabilidad que ésta sugiere son extremadamente delicadas, al menos hasta que los israelíes averigüen qué fue lo que ocurrió en realidad. —Martel se apartó de la cara un mechón de pelo que alborotaba el viento—. Sea cual sea la respuesta, el señor Jalid tiene razón en una cosa. Aunque sea culpable, Hana Arif no es más que una pieza de un rompecabezas extraordinariamente complejo: un complot meticulosamente planeado, bien ejecutado y concebido por personas que tienen una comprensión muy sofisticada del sistema de causas y efectos geopolíticos. Gente que supo el efecto que tendría no sólo matar a Ben-Aron, sino hacerlo en territorio norteamericano: que Estados Unidos dejaría de presionar para el proceso de paz con objeto de compensar su sentido de culpabilidad ante Israel.

Cuanto más se explicaba Martel, más difícil de abarcar le parecía su tarea, y más alejada del alcance del sistema legal normal.

—¿Y quién podría ser esa gente?

Martel esbozó una sonrisa.

—La Brigada de los Mártires de Al Aqsa, por supuesto. ¿No es obvio?

—Para ti no, sospecho.

—Ni para Al Aqsa tampoco. Dos de sus supuestos líderes lo han negado en Internet; aunque, dado que los israelíes han matado a unos cuantos de ellos y han empujado a los demás a una clandestinidad tal que no pueden ni respirar, resulta difícil saber quién habla por ellos. Así que debemos limitarnos a conjeturar por qué un grupo aliado con Fatah, que apenas depende de la presidencia de la Autoridad Palestina, haría una cosa que podría resultar tan fatal para ambos. —Martel se detuvo, aspirando el aire perfumado por el mar mientras examinaba las colinas ondulantes que los rodeaban—. El nombre de Al Aqsa deriva de la famosa mezquita de la Ciudad Antigua de Jerusalén, y simboliza el fundamentalismo islámico que asusta a muerte a la mayoría de norteamericanos. Pero su génesis realmente es bastante local. Arafat la fundó para crear un rival militante de Hamás, que ya amenazaba su autoridad. —Haciendo una pausa, Martel levantó las cejas—. No es que Al Aqsa no sea sincera; ciertamente, han llevado a cabo atentados suicidas. Pero ¿el primer atentado suicida de Estados Unidos? A menos que nos hayamos perdido algo, Al Aqsa no tiene infraestructura aquí.

—Y eso ¿qué significa?

—Que Jefar y Hassan pueden ser de Al Aqsa, y quizá Arif también. —Volviéndose hacia David, Martel se detuvo—. Pero si lo son, han necesitado la ayuda de otros... desde dentro, en la propia seguridad de Amos Ben-Aron, o desde el exterior, proporcionando apoyo y equipo para los asesinos. Ambos están fuera de las posibilidades de Al Aqsa.

—¿Quién, entonces?

Los ojos de Martel brillaron.

—Bueno, es Oriente Medio, y la víctima es Amos Ben-Aron. Hay musulmanes, judíos e incluso cristianos que le querían ver muerto, una coalición variopinta movida por el odio. Por ejemplo, ¿te suena un judío de Brooklyn llamado Barak Lev, y un movimiento llamado Masada?

David asintió.

—Le vi en la CNN, diciendo que Dios quizá deseaba acabar personalmente con Ben-Aron.

—La gente como Lev a veces intenta echarle una mano a Dios. Y eso me lleva a los fundamentalistas cristianos. Habrás oído hablar del Rapto.

—Vagamente.

—El Rapto fue inventado por una pareja de predicadores fundamentalistas. Cogieron pasajes dispares de la Biblia y los entretejieron formando un relato que ha cautivado la imaginación de millones de personas en estos tiempos de lunáticos. —Martel meneó la cabeza, incrédulo—. Su perfil es sencillo, aunque algo estrafalario. Una vez que Israel haya ocupado sus «tierras bíblicas» (y con ello se refieren, entre otras cosas, al antiguo hogar de tus clientes), legiones de «anticristos» (los musulmanes, suponemos) atacarán a los judíos, desencadenando un enfrentamiento en el valle del Armagedón, el lugar donde en la actualidad se encuentra Cisjordania. Los judíos que no hayan «encontrado» a Cristo arderán; a los verdaderos creyentes se les arrancará la ropa y serán transportados al cielo, donde, sentados a la diestra de Dios, verán cómo sus oponentes sufren plagas de forúnculos, llagas, langostas y ranas, durante años de tribulaciones.

—¿Estás seguro de que no se trata de un documental sobre la política contemporánea norteamericana?

Martel lanzó una risita.

—De algún modo, sí que lo es. El Rapto es el motivo de que nuestros fundamentalistas hayan hecho causa común con los colonos judíos. Para los más locos, una guerra con el islam en Oriente Medio no es algo que haya que temer, sino que debemos darle la bienvenida, ya que Israel es el canario en el túnel de la mina de Dios. Como recordarás, nada de todo esto sentaba demasiado bien al difunto primer ministro.

David se sumergió en el mutismo, pensando otra vez en la claridad de visión de Ben-Aron y su propia confusión moral al defender a la asesina de un hombre a quien admiraba profundamente.

—Desde luego —continuó Martel—, es difícil imaginar a esos comebiblias llevando a cabo este asesinato. Pero todo esto nos indica lo profundo de la irracionalidad que se halla enraizada de forma única en todos los bandos de Oriente Medio, incluido el conflicto entre palestinos y judíos.

»Pero volvamos a los islamistas. —Echaron a andar de nuevo, con los ojos de Martel clavados en la espuma de las olas distantes—. Tal como te decía, soy muy escéptico con Al Aqsa. Lo soy menos con Hamás, sus rivales, que ahora predominan en la infraestructura de la Autoridad Palestina. Son los más propensos a empujar a los judíos hacia el mar. Y, a diferencia de Al Aqsa, tienen una presencia en Estados Unidos, incluidas las supuestas organizaciones benéficas que, según creen nuestros mejores hombres, canalizan el dinero hacia sus terroristas en casa.

»En cuanto a lo que ganaría Hamás, ya estamos viendo lo que ocurre. El plan de paz que deploran ha volado por los aires. Sus rivales en el control de la Autoridad Palestina, Faras y su partido Fatah, han quedado desestabilizados y desacreditados. Sus competidores en cuanto al crédito callejero entre los grupos de «resistencia armada», sobre todo Al Aqsa, hacia el cual tendían la mano tanto Faras como Ben-Aron, están siendo erradicados por las Fuerzas de Defensa de Israel...

—Espera un poco —interrumpió David—. ¿Estás sugiriendo que Jefar podría ser de Hamás?

—Sólo digo que es una posibilidad, David, que muy pocas cosas en el asesinato de Ben-Aron sean lo que parecen. Así que deja que desarrolle mi explicación. En teoría, Hamás podría proporcionar la infraestructura de soporte del atentado suicida; tienen acceso a una red de palestinos radicales, estudiantes y demás, que podrían ayudar a establecer el esquema de trabajo. Algunos aspectos, como adquirir uniformes de policía, podrían resultar bastante fáciles. —Martel se volvió de nuevo hacia él—. Pero considera la gran variedad de cosas que, según la acusación, necesitaban los asesinos: tarjetas de identidad falsas, tarjetas de crédito, explosivos, motos robadas, un camión comprado con nombre falso. Uno se pregunta si todo eso no superaría incluso a los estudiantes más brillantes de Berkeley, cosa que, para mí, convoca de inmediato el espectro de Irán.

A pesar de sí mismo, David se echó a reír.

—Los iraníes. ¿Cómo olvidarlos?

—No deberías. Ben-Aron no lo hacía. Y tú sin duda sabes que su nuevo presidente sugirió eliminar del mapa a Israel. Por muy desagradable que parezca tal idea a algunos, era simplemente un recordatorio, de una forma mucho más ruda, de la política exterior básica de Irán...

—Pero ¿podrían asesinar al primer ministro de Israel en América? ¿Y por qué hacerlo? Parece un riesgo terrible.

—En cuanto a si podrían o no, pues sí. En Argentina, a principios de los noventa, los iraníes bombardearon la embajada israelí y una guardería judía. Nunca se probó formalmente, pero es un hecho. Y tienen un operativo muy extenso en Estados Unidos, que incluye a exiliados iraníes.

Martel hizo una pausa, mirando hacia la playa, sembrada de madera arrastrada por las olas y rocas desgastadas.

—Y en cuanto a si lo harían o no —dijo al final—, pues estoy de acuerdo en que es un riesgo. Su servicio secreto debía de creer no sólo que iban a tener éxito, sino que su operación resultaría impenetrable. Un buen comienzo es que hayan pensado que las dos posibles fuentes de información, los terroristas suicidas, de hecho, cometieran suicidio. O al menos se puede imaginar que los iraníes lo pensaban.

»Y vuelvo a ese acertijo dentro de un momento. En cuanto al motivo, Irán necesitaría una razón realmente imperiosa. Pero los radicales y los mulás que dirigen el servicio secreto son los guardianes de la llama, la vanguardia de la revolución islámica. Junto con Siria, es Irán quien ayuda a financiar grupos terroristas en Oriente Medio, entre ellos, según creemos, Al Qaeda. Irán es quien ha desarrollado armas nucleares. También es Irán quien más desprecia a Israel y quien, más que ningún otro país, intenta instigar actos de violencia que fuercen a los israelíes a responder de la misma forma.

Al llegar al borde de la arena, Martel se detuvo.

—Los iraníes —dijo— son mucho más ambiciosos que los sirios, que hicieron saltar por los aires, por su parte, a uno de sus antagonistas, el antiguo primer ministro de Líbano, llenando una alcantarilla de Beirut con explosivos. ¿Por qué iban a quedar inmunes los americanos?, imagino que se preguntaban los iraníes. Pero lo que me deja más perplejo, entre otras muchas cosas, es esto: ¿cómo demonios habrán podido los iraníes penetrar en la seguridad de Ben-Aron?

La mente de David giraba como un torbellino.

—Hace un momento —le dijo Martel—, decías que se podía pensar que los planificadores querían que muriesen ambos asesinos.

Martel miró hacia el agua, que emitía relámpagos como de mica al incidir la luz del sol sobre las olas azules.

—Eso me preocupa —respondió al final—. Si uno sabe lo que está haciendo, es muy difícil que falle un atentado suicida. El plástico tenía que haber enviado a Jefar al paraíso en pedacitos pequeños.

—Y entonces, ¿qué?

Martel sacó una botella de burdeos que llevaba en la mochila, y señaló hacia un tronco desgastado por el agua que había quedado encallado en la arena.

—Describir el laberinto —dijo— es lo más fácil. Tomemos un poco de vino e intentemos imaginar dónde estás. De esto dependen muchas más cosas que el futuro de Hana Arif.

Capítulo 14

Despojado de corteza, el tronco de secuoya había quedado desgastado por la arena de un gris oscuro que marcaba el lugar culminante de la marea alta. Los dos hombres se sentaron y bebieron un poco de burdeos mientras contemplaban el agua, y las olas iban muriendo lentamente a unos pocos metros de distancia.

—Empecemos con la brecha en la seguridad de Ben-Aron —dijo Martel—. Es remotamente posible que la brecha no fuese interna, que alguien que trabajase con los asesinos interceptase una comunicación sobre el cambio de ruta. Pero habría requerido mucha suerte y un equipo de considerable sofisticación, y parece que no existe prueba alguna de esto último. De modo que hay que asumir que hubo una filtración por la parte israelí.

»Eso significa algo más que unos extremistas furiosos como la gente de Masada. Los conspiradores necesitarían tener a alguien dentro, alguien a quien los israelíes, una gente extremadamente precavida, considerasen fiable, equivocadamente. Pero los terroristas suicidas eran palestinos normales y corrientes. —Martel hizo una pausa y bebió algo de vino, saboreando los interrogantes planteados—. De modo que ¿cómo conectamos esos elementos que aparentemente son irreconciliables? ¿Y quién es capaz de hacer tal cosa?

—Culpable o inocente —respondió David—, Hana no es la respuesta a tu pregunta. Quienquiera que preparase esto se esconde en las sombras. Mientras tanto, yo empiezo a tirar de dos hilos: una posible grieta por el lado israelí, y la certeza de que los asesinos eran palestinos. Lo único que puedo hacer es seguir tirando y ver cómo se puede desenredar todo esto.

Martel asintió.

—Un hilo cada vez, David. El equipo de seguridad de Ben-Aron tiene un círculo interno formado por el jefe del destacamento de nuestro Servicio Secreto y el jefe del equipo israelí. Seguro que se conocían de antemano y habían intercambiado información acerca de las posibles amenazas a Ben-Aron, y habían elaborado con mucho cuidado un itinerario ciudad por ciudad que les permitía preparar la seguridad mucho antes de que él llegase, con una cierta flexibilidad, sin embargo, para adaptarse a posibles cambios de ruta de última hora.

—¿Y quién debió de tomar esa decisión?

—El jefe del destacamento norteamericano, minutos antes de que ocurriera. Se lo comunicó a los israelíes y al jefe de Protección de Dignatarios del Departamento de Policía de San Francisco, y éstos lo dijeron a su respectiva gente. Y eso significa que alguien del interior tendría que haber dado el chivatazo, el mismo que habría llamado a Iyad Hassan en un lapso extremadamente breve. Todo ello sin ser detectado. —Martel se volvió hacia David—. Y por eso el FBI interrogó tan estrechamente a Arif acerca de su paradero, y por eso sus respuestas son tan problemáticas.

David examinió una concha de oreja de mar, con sus tonalidades de madreperla.

—De modo que el cambio de ruta fue transmitido a un pequeño grupito de americanos e israelíes, todos los cuales estaban en San Francisco, y ninguno lo sabía de antemano.

—Sí. Y en realidad hay dos hilos: los americanos y los israelíes. Pero nuestros intereses y los suyos son distintos. Los israelíes quieren que cualquier posible brecha sea culpa nuestra, y nosotros queremos que sea suya. Y aunque está claro que nosotros tenemos la culpa de haber dejado que dos falsos policías se acercasen a la comitiva, hay que echar la culpa a algún israelí por haberles permitido asesinar a Ben-Aron.

—¿Y hasta dónde llegaremos nosotros o los israelíes para averiguar lo que ha pasado?

Martel sopesó la pregunta.

—Normalmente, nuestros agentes de inteligencia buscarían en su chistera mágica antiterrorista. Si se les da carta blanca, son capaces de entregar a sospechosos de terrorismo a países como Egipto, para que sean torturados. Una vez incluso metimos a un sospechoso de pertenecer a Al Qaeda en un avión en Guantánamo y le hicimos dar vueltas durante un tiempo, amenazándole con aterrizar en El Cairo a menos que empezara a hablar. O bien podríamos usar «emplazamientos negros», de los que mantiene la CIA en lugares como la antigua Unión Soviética, donde los sospechosos sencillamente desaparecen.

»Pero aquí no funcionaría nada de todo esto. Los sospechosos podrían ser oficiales de seguridad americanos e israelíes en posiciones importantes, a los que no podemos torturar ni «hacer desaparecer». Y si nuestro gobierno usase algo abiertamente indigno para extraer una confesión y no nos gustase su contenido, tú te quejarías de que es... —Martel hizo una pausa—. ¿Cuál es la imagen?

—Fruto del árbol envenenado.

—Exacto. De modo que, teniendo en cuenta todo esto y el escrutinio mundial al que se ve sometido este caso en particular, nuestro gobierno procederá con mucha cautela. Aunque Jefar quizá no haya creído tal cosa con respecto a él. Y eso puede ayudar a explicar su confesión.

—¿Y los israelíes?

—Pueden ser más rudos; aunque, ciertamente, tienen límites. Israel tiene una prensa polémica, y un considerable respeto por la ley. El problema para el fiscal y para ti es que los israelíes procederán en secreto. La investigación del día a día la llevará su oficina de la fiscalía, una gente extremadamente profesional. Utilizarán el Shin Bet y el Mossad, por supuesto. Y no compartirán pistas ni informaciones con nuestro gobierno, y desde luego, contigo tampoco, sobre todo si indica que alguien de su seguridad está relacionado con el asesinato...

—¿Y cuál es el motivo?

—Los motivos: la integridad de la investigación, el temor de exponer la vulnerabilidad interna y la imprevisibilidad política de la cuestión. Las facciones políticas de Israel están muy divididas, y dependiendo de la respuesta pueden caer unos gobiernos o surgir otros, y el curso de la política israelí puede variar por completo. Al sacar estos temas, lo que harías sería como arrojar un montón de cerillas encendidas en un tanque de queroseno. —Martel hablaba más bajo—. Como yo mismo también me he convertido en una especie de paria, no puedo decir precisamente que te envidie. Tu decisión de defender a esa mujer puede tener consecuencias tan impredecibles como desagradables.

David contemplaba en silencio su súbito aislamiento.

—De modo que así es como hay que interpretar lo que me dices —concluyó, al final—. Voy al juez y le pido acceso a los frutos de la investigación de nuestro gobierno, y el de los israelíes. Sharpe quizá tenga que darme lo que averigüe nuestro gobierno. Pero ella no tiene poder alguno para obligar a los israelíes a darme nada. Si se niegan, ella siempre estará en medio. Yo diré que necesito lo que tienen los israelíes para poder darle a Hana un juicio justo, y Sharpe dirá que ella no puede conseguirlo.

—Y al final ¿qué conseguirás?

—¿Aparte de mucha indignación? Si tengo mucha suerte, una forma de meterme en la investigación de Israel o una posible vía de salida para Hana.

—Sea culpable o no.

David se encogió de hombros.

—Sea culpable o no. Lo único que puedo hacer, como decías, es tirar la cerilla encendida.

Martel sonrió débilmente.

—Por eso me gusta tanto hablar contigo. Los abogados y los espías desarrollan las mismas cualidades: una profunda curiosidad, pasión por la verdad y comprensión de la traición, y apreciación de la ambigüedad moral. Los elementos que conforman la naturaleza humana.

Aun antes de que pasara todo aquello, pensó David, no podía imaginar explicar una conversación semejante a Carole.

—En cualquier caso —siguió Martel—, Avi Hertz está aquí para vigilarte, no para ayudarte. Como sospechabas, pertenecía al Mossad, es muy duro y tiene muchos recursos. Su único interés está en proteger a Israel, manteniendo sus secretos, si es necesario, mientras trata de ayudar a Sharpe a presionar a tu cliente para obtener una confesión.

—Pero si ella no confiesa —preguntó David—, sus intereses y los de Sharpe puede que no sean exactamente los mismos.

—La parte de «mantener los secretos», quieres decir. Supongo que tienes la idea de enfrentarlos a unos con otros.

—Sí.

Con otra sonrisa, Martel pensó en ello.

—Vamos a por los palestinos —dijo al cabo de un rato—. ¿Qué sabes de Hassan y Jefar?

—Muy poco.

—Por ahí tienes que empezar, desde luego, junto con el contexto que puede conducir a un hombre que parece normal a convertirse en una bomba humana.

»Las generalizaciones son peligrosas. Pero es casi seguro que uno o ambos tendrán una historia detrás. Aunque sus familias no quieren decir nada, parece que ambos eran solteros. Pero eso no significa que no tuvieran personas a las que amaban profundamente. En las vidas de los terroristas suicidas palestinos a menudo se encuentra alguna humillación, a ellos o a algún miembro de su familia, que atribuyen a los israelíes.

Con pena, David pensó en Munira, viendo cómo los soldados israelíes avergonzaban a su padre en un control de carretera.

—Muy a menudo —continuó Martel— hay muchas otras cosas implicadas, además de la vergüenza. Hay alguna tragedia, quizá la muerte de alguien a quien amaban, y que se sintieron impotentes de evitar.

Inquisitivo, David ladeó la cabeza.

—¿Qué papel juega en todo esto el islam?

—Varía. Todas las religiones tienen la capacidad de ser usadas para el bien o para el mal. —Martel sirvió más vino—. ¿Has estudiado las fotos de las turbas de linchamientos en el sur?

David meneó la cabeza negativamente.

—En muchas de ellas, los hombres blancos que miran a los negros a los que acaban de colgar van vestidos con traje. Recién salidos de la iglesia... Para ellos, están matando a los hijos de Cam, la raza inferior mencionada en la Biblia. —Martel hizo una pausa, aclarándose la garganta con una tos flemática—. En el caso de estos terroristas suicidas en particular, la pasión religiosa puede servir de aglutinante para sus frustraciones más temporales: ciertamente, Hamás invoca al islam en sus diversas exhortaciones a la violencia. Pero pocos estampan aviones en los edificios sólo para llegar más rápido al cielo.

»Para mí, todo ese rollo de buscar el paraíso es exagerado. —Martel sonrió brevemente—. Creo que la idea de desflorar a setenta vírgenes es muy deprimente y fatigosa, y fracasa por completo a la hora de estimular las aspiraciones sexuales de las mujeres como terroristas suicidas. Pero mi argumento principal es que los terroristas suicidas están guiados por la desesperanza, la rabia y el deseo de liberar su tierra de algún tipo de ocupación, real o percibida. En breve, habría que averiguar qué les ocurrió a Jefar y a Hassan (o qué esperaban ellos que ocurriría) aquí en la tierra.

—¿Y sus manipuladores?

—Son de una raza muy distinta. —Martel dirigió a David una mirada inquisitiva—. Supongo que, en un momento determinado de tu vida, conociste bien a Hana Arif, o al menos pensabas que la conocías. Obviamente, no puedo opinar acerca de sus atributos personales. Pero el conspirador ideal tiene una habilidad única para proyectar su ideología, y una aguda comprensión de cómo motivar a los demás para que se sacrifiquen y para conseguir sus fines. En tres palabras: elocuente, carismático y manipulador.

—Sólo dos de esas cualidades describen a Hana: elocuente y carismática.

—¿No es manipuladora?

David se encogió de hombros.

—No, a menos que me haya manipulado a mí.

Con las cejas levantadas, Martel se volvió hacia el agua.

—Hay que tener un don, David, para hacer que un acto de autodestrucción parezca racional, e incluso deseable. Uno tiene que ser muy hábil, identificarse con el otro, y luego atrapar a las personas susceptibles. Pero tal y como decía, no conozco a Hana Arif.

Durante un momento, David contempló también el Pacífico. Luego dijo:

—Su marido dice que le han tendido una trampa.

—¿Eso dice? Qué interesante. ¿Has leído *El guardián de las mentiras*?

—No.

—Pues deberías leerlo. El tema del libro es un grupo de elite creado por Winston Churchill y la inteligencia británica antes de la invasión de Normandía. Su objetivo consistía en persuadir a Hitler y los alemanes de que la invasión aliada en Europa empezaría no en Normandía, sino en Calais.

»Sus tácticas eran muy imaginativas. Por ejemplo, cogieron el cadáver de un joven en el depósito de cadáveres, lo vistieron con uniforme, le metieron supuesta información clasificada y secreta acerca de la invasión de Calais en el bolsillo y lo dejaron flotando en la costa de la Francia ocupada. En resumen, idearon minuciosamente un mosaico de mentiras para que los alemanes lo fueran recomponiendo, creando la ilusión de una detallada planificación militar. —La voz de Martel cambió de tono, se hizo meditativa—. Entre los aspectos más crueles de su engaño estaba que los británicos suministraron a sus aliados de la resistencia francesa la misma información falsa. De modo que cuando los alemanes capturaron y torturaron a algunos valientes, éstos murieron para proteger una falsedad. Y otros se rompieron, como esperaban los británicos, diciendo mentiras que pensaban que eran verdades para poder vivir.

A David le costó un momento comprender la historia.

—Ibrahim Jefar.

—Sí. Me sigo preguntando por qué ha sobrevivido Jefar. —Martel hizo una pausa—. Quizá tuvo suerte, o no la tuvo. O quizá su papel involuntario fue decir la «verdad». Como los franceses, podría pasar la prueba del detector de mentiras, o dar el nombre de tu cliente si alguien lo atiborraba de pentotal sódico. Al parecer, lo único que sabe es lo que le contó Hassan.

David sopesó esa idea.

—Nos quedan las huellas y la llamada del móvil.

—Sí. —Martel examinó de cerca a David—. Estás investigando al marido, supongo.

—Por supuesto. ¿Quién más adecuado para obtener un papel con las huellas de ella, o para coger el teléfono de Hana mientras ella dormía?

—¿Sospecha él todo esto?

—No lo sé.

Martel rio en voz baja.

—«Ah, qué red más enmarañada tejemos cuando empezamos a practicar el engaño» —citó—. La cuestión es: ¿quién engaña a quién, o se engañan a sí mismos? —De pronto, todo humor se desvaneció—. David, ¿deseas mucho que el culpable sea Jalid?

David no se amilanó, pero tampoco respondió.

—Decías que se trataba de Oriente Medio. La superficie de esta historia está demasiado limpia. El único defecto aparente en una trama sin fisuras es que Jefar puede dar el nombre de Hana, con las pruebas suficientes para enviarla a recibir la inyección letal. Si no sabe nada, Hana se convierte en un callejón sin salida perfecto.

—Entonces, habrás considerado también la otra interpretación.

—Sí. Saeb es culpable, y ella, también. Los aparentes problemas maritales son fingidos.

Martel asintió.

—Con un elemento más —añadió lentamente—: la sospecha, ya sea de él o de ella, de que tú quieres creerlo.

—Sólo existe un problema con esa tesis, Bryce. Si Hana es culpable, se mostró inexplicablemente descuidada, cosa que me devuelve a Saeb.

Martel guiñó los ojos ante el precario sol. Durante largo rato no dijo nada. Cuando lo hizo, fue en el tono de un hombre que continúa otra conversación, una de alcance mucho más largo.

—Tu padre —le dijo a David— era una compañía excelente, a su manera intelectual. Yo le quería mucho. Pero se pasó la vida observando la vida de los demás, hasta que se convirtió en observador de la suya propia.

»En mi trabajo he aprendido a mantener las distancias. Pero el desapego de tu padre era mucho más innato. No tenía nada que ver el hecho de que tú, como hijo, te merecieras algo mejor o no. Tu padre era un hombre frío porque estaba asustado... de sí mismo, es lo que yo pensé siempre, de enfrentarse a sus propias emociones. —Se volvió hacia David expresando en su rostro más preocupación de la que nunca se había permitido mostrar—. Tienes bastante valor, por lo que parece. Pero nunca creí en la vida que estabas viviendo, aunque la verdad es que no se te daba mal.

»No sé qué es lo que te obliga a hacer esto. Pero no tratas este caso como si fuera un truco de magia, un acto de orgullo, otra oportunidad más para mostrarte listo y creativo. Tus motivos son mucho más hondos. —Haciendo una pausa, Martel puso su mano sobre el hombro de David—. Sean los que sean, David, aprende de ellos. Quizá sea lo único que te ofrezca esta experiencia tan dura.

Capítulo 15

Aquella noche David no pudo dormir.

El mundo que se había construido con tanto cuidado se estaba desintegrando. Había recibido una breve llamada telefónica de Burt Newman renunciando a él como cliente y sentenciando que su carrera política estaba «tan muerta como Adolf Hitler». Eso se lo esperaba. Más difíciles eran las llamadas y los mensajes recibidos en los últimos días de amigos de David y Carole, que iban desde la compasión: «¿Te encuentras bien?», pasando por la condescendencia: «¿Has pensado en Carole?», hasta la estridencia y el egoísmo: «¿Cómo has podido hacernos esto?». Igual de deprimente fue la llamada de su compañero de estudios, Noah Klein, con respecto a su decisión de representar a Hana. Aunque Noah intentaba actuar con tacto, se dirigió a David como si pensara que seguramente había sufrido una crisis nerviosa. Lo único que distrajo a David del teléfono fue la avalancha de los medios, enardecidos con la Casa Blanca, Israel y las terribles consecuencias del crimen en sí mismo, ejemplificadas por la guerra sistemática de los israelíes contra Al Aqsa. Las revistas semanales llevaban en la portada fotografías de Hana Arif, una de ellas con el título: «¿Profesora de terror?»; todas exploraban su historia personal en profundidad, desde sus posturas radicales en Harvard hasta la parte más superficial y mundana de su vida actual, en busca de pistas que indicasen cómo había podido convertirse en terrorista. En *Newsweek* seguían la historia de las mujeres terroristas suicidas; *Times* se centraba en la «inexplicable» decisión de David de defenderla, citando a «amigos» y «conocidos» anónimos que contemplaban la clamorosa «caída en desgracia» de David, desconcertante en un hombre con «una ambición tan obvia».

Echado en la cama y despierto, David se preguntaba si se podría considerar a Marnie Sharpe como «amiga» o simplemente como «conocida». El tiempo pasaba con implacable lentitud: minuto tras minuto, finalmente otra hora, marcada por los números rojos e iluminados de su reloj despertador. Una y otra vez pensaba en Carole. Pero la ausencia de sonidos en su dormitorio confirmaba que ella había desaparecido de su vida.

A la mañana siguiente, mientras la empresa privada que había contratado examinaba su despacho en busca de dispositivos de grabación o de vigilancia, David se reunió con Angel Garriques y Marsha Kerr en el parque que había junto al Palace of Fine Arts.

La mañana era fría pero clara. Se sentaron en la hierba con unos cruasanes y un termo de café, mirando al estanque de los patos y la cúpula ornamentada que recordaba a David un templete construido por los romanos en el punto álgido de la decadencia arquitectónica. Angel era un joven abogado, ex defensor público, a quien David había contratado hacía tres años por su astucia instintiva y su rápida inteligencia; Marsha, cuarentona y profesora de la Universidad de San Francisco, era una antigua compañera de David de la oficina del fiscal, experta en litigios que implicasen a gobiernos extranjeros e información clasificada. Como era el único socio de David y acababa de ser padre de gemelos, Angel no estaba en situación de poner objeción alguna a representar a Hana Arif; Marsha, por su parte, estaba intrigada por la complejidad de extraer esa información altamente delicada a ambos gobiernos, y también le gustaba la bonita cantidad por hora que le pagaba David. En ambos casos, pensaba David, la moralidad de los abogados, tan contraria a la del resto de la población, ayudaba mucho: la culpabilidad o inocencia de un cliente, o incluso el horror de lo que pudiera haber hecho, eran de interés secundario ante el hecho de asegurar que el sistema funcionase para todo el mundo. Que esa ética también sirviese para enmascarar el ego y la amoralidad era, según la experiencia de David, poco tenido en cuenta en las tribunas de la ley.

Durante un tiempo diseccionaron las acusaciones contra Hana. Angel se acariciaba la barba oscura que se había dejado para intentar que pareciese mayor un rostro de sensibles ojos castaños y facciones suaves, que consideraba algo embarazoso para un abogado procesal bien curtido.

—No tenemos mucho por donde empezar —concluyó—. La defensa habitual es que las pruebas de la acusación son deficientes. Pero parece que eso no basta aquí. Si no tenemos nada más, como por ejemplo, quién hizo aquello de lo que se acusa a Hana, tendremos problemas.

—Pero ¿quién fue? —preguntó David—. A menos que le pongamos nombre y consigamos alguna prueba, perderemos el juicio. Y Hana puede perder la vida.

—Supongo —dijo Marsha— que el FBI ya interrogó a Jalid sobre todo esto.

—Claro. Lo que consiguieron fue: «No sé nada del trozo de papel»; «Nunca toqué su móvil»; «Estaba mirando la CNN con mi hija». Nada de todo esto, aunque fuese verdad, descarta que también fuese conspirador junto con Hana. Pero esa posibilidad no nos ayuda en absoluto.

Marsha se echó atrás un mechón de pelo canoso.

—¿Por qué iba a disimular Hana su letra imprimiendo el número de móvil primero, para luego dejar huellas en el papel en que lo había escrito? ¿Y por qué dar un número de móvil internacional?

—Y si las pruebas son falsas —añadió Angel—, ¿quién las puso ahí?

—¿Has hablado con Munira? —le preguntó Marsha a David.

Sopesando la pregunta, David notó que el último sorbo de café le alteraba los nervios.

—No, desde el arresto. Y es difícil. Saeb se muestra más protector aún que Hana, y Munira está dividida entre los dos. Además, tiene doce años. ¿Cómo le puedo preguntar si su madre hizo una llamada de teléfono que pareciera sospechosa mientras miraban la CNN?

—Supón que su respuesta fuese buena —dijo Marsha—. El cliente es Arif, no su hija.

—No es tan sencillo —insistió David—. No puedo poner a una niña de doce años en el estrado de los testigos con medio mundo mirándola, esperando que incrimine a su propio padre. ¿Debo explicarle que quiero comprometer a Saeb antes de que jure decir la verdad, o sencillamente explotar a una adolescente ya traumatizada y esperar que todo salga bien?

»De cualquier modo, el jurado me despreciaría. Y si ella delata a uno de sus padres, o a ambos, ¿cómo podrá luego vivir con ese peso? —David se detuvo entonces, y continuó en un tono más suave—. Si Munira acaba por revelar algo que incrimina a Hana en lugar de a Saeb, en vez de insensible, resultaré ser un idiota.

Marsha dejó el café.

—No me importa ser insensible —dijo fríamente—, especialmente cuando la alternativa es ser idiota.

David sabía que necesitaba su pericia, y que sus conflictos internos estaban afectando a su propio juicio.

—Tal y como dices —accedió—, el cliente es Hana. Pero no puedo imaginar que ella desee que haga subir al estrado a Munira.

—¿Y qué necesitamos para ir a por Jefar? —le preguntó Angel a David—. Si Hana es inocente, él miente.

—A menos que esté repitiendo lo que le dijo Hassan. En cuanto a lo que sabemos de esos dos, pues no es demasiado. Al final igual tengo que ir a Cisjordania e intentar obtener más información. —Aunque no quería hacerlo, David bebió un poco más de café, esperando que le levantara el ánimo—. En parte, nuestro caso se debe basar en que Sharpe ignora lo que más importa de todo: quién planeó el asesinato y quién suministró lo necesario para llevarlo a cabo; en particular, quién filtró el cambio de ruta.

—Buenas preguntas —respondió Marsha—. Pero no podemos preguntarle sin más al gobierno todo lo que han conseguido. Sólo estamos autorizados a ver la información que pueda exculpar a Hana Arif, o al menos que pueda ser material para la defensa. Si lo que queremos está clasificado, entonces también pueden ocultarnos las fuentes y métodos que hayan usado para obtenerlo, aunque a nosotros nos resulten muy útiles. De otro modo, según aducen ellos, los abogados defensores como nosotros conseguiríamos agotar todas las fuentes gubernamentales, e incluso poner en peligro la vida de agentes americanos. En cuanto a los israelíes, todo lo que nos den será de forma voluntaria. Y por supuesto, no nos ofrecerán nada.

—En otras palabras —concluyó Angel—, estamos jodidos.

David lanzó una mirada a Marsha.

—Algunos de nosotros, Angel, podríamos considerar esto como una oportunidad.

Marsha esbozó una sonrisa.

—Estás planeando chantajear al fiscal de Estados Unidos, ¿verdad? Chantaje de Estado...

David no hizo caso.

—Hana tiene derecho a un juicio justo, al menos en teoría, lo cual significa que deberíamos conseguir toda información que pueda ayudar a establecer su defensa. Si Estados Unidos o Israel se niegan (por cualquier motivo), lo que harán será asegurar que el juicio de Hana no sea justo. Y ése es nuestro argumento fundamental: juicio justo o nada.

Angel miró a David y luego a Marsha.

—¿Y Sharpe no nos dará todo lo que tiene? Sería una falta de ética profesional...

—Por eso ella estará dispuesta a dárnoslo —respondió Marsha—. Pero los intereses de Sharpe pueden diferir de los de las agencias de inteligencia de ambos países, cuyos propios intereses pueden estar a su vez en conflicto entre sí. El debate sobre «quién perdió a Ben-Aron» es fundamental para los líderes israelíes, y para los nuestros. Al menos hasta ahora, Israel no quiere revelar que el equipo de seguridad de Ben-Aron podía incluir a un traidor. De modo que los americanos pueden estar controlando (por decirlo de una forma más cruda, espiando) la investigación interna de Israel. —Haciendo una pausa, Marsha arrojó el último trocito de cruasán al pato que hacía rato que daba vueltas alrededor de ella—. Estados Unidos quiere redimirse a ojos de los israelíes, igual que el resto del mundo, condenando a Hana Arif y, a través de ella, desvelando toda la conspiración. Pero el presidente y nuestras agencias de inteligencia tienen otros intereses, que son muy distintos a los de Israel. De modo que si David puede demostrar que un topo israelí vendió a Ben-Aron, la Casa Blanca, contrariamente a Sharpe, podría considerarlo un favor. Los israelíes, en cambio, no.

Viendo cómo intentaba Angel asimilar todo aquello, David lo compadeció. En una semana se había transformado de posible congresista en abogado de una supuesta terrorista, enfrentando a su propio gobierno con un aliado que había perdido a su líder en el atentado que David había presenciado. Se volvió de nuevo hacia Marsha.

—Cuéntale a Angel lo del *Achille Lauro*.

Marsha sonrió un poco, achicando los ojos de manera cínica.

—El *Achille Lauro* —empezó— era un transatlántico lujoso que fue secuestrado por unos terroristas dirigidos por un hombre llamado Abu Abbas. La CIA estaba bastante segura de que Abbas se escondía en Egipto, aunque el presidente de Egipto, Mubarak, les aseguró que estaba removiendo cielo y tierra para encontrarle. La CIA tenía sus dudas. De modo que la CIA y los israelíes intervinieron las líneas y oyeron a los ayudantes de nuestro amigo Mubarak preparar la partida de Abbas. En lugar de expresar las quejas de nuestro gobierno, se limitaron a obligar al avión de Abbas a aterrizar en Sicilia. —Marsha se bebió el último sorbito de café y vertió el resto en la hierba—. Ahora, nuestros agentes de inteligencia pueden estar haciendo lo mismo a los israelíes, esperando enterarse de si a Ben-Aron lo mató alguien responsable de su seguridad.

»Si nuestras agencias de inteligencia tuviesen éxito, David podría tener derecho a saberlo. Entonces serán los americanos quienes tengan un problema: quizá no quieran que los israelíes sepan que tienen esa información, o cómo la han conseguido. La resolución de este caso está completamente fuera del alcance de las capacidades de Sharpe.

Angel parecía desconcertado.

—¿Cómo se puede interpretar todo esto? —le preguntó a Marsha.

—Es difícil decirlo. En 1988, el Congreso aprobó una ley requiriendo a la CIA que diera los nombres de los antiguos nazis a los que había reclutado. Pero durante mucho tiempo, la CIA interpretó que esa ley no les obligaba a revelar el hecho de que su nómina incluía a cinco socios de Adolf Eichmann, que planeó el exterminio de seis millones de judíos para Hitler. Supongo que pensaban que era demasiado fuerte para que lo supiera el público. Puede haber diversos motivos para que nuestras agencias de inteligencia no pongan esos expedientes en las manos de David.

—Pero para la prensa —arguyó Angel—, Hana Arif es el nuevo rostro del terrorismo. Si yo fuera Sharpe, alegaría que el gobierno no sabe nada que desautorice sus acusaciones. Y luego nos acusaría a «nosotros» de poner en peligro la seguridad nacional por liberar a una asesina terrorista, y a David de ser un canalla izquierdista. Así conseguiría que el juez tuviese prejuicios, volvería a la prensa en nuestra contra y envenenaría a los posibles jurados.

David se dio cuenta de que Angel había empezado a percibir los costes ocultos que conllevaba la defensa de Hana Arif. Pero lo que hacía más deprimente su predicción es que parecía bastante acertada.

—Por eso quiero que el juicio se celebre a puerta cerrada. Pero sólo como conjetura, intenta pensar que Hana es inocente.

—Ya lo hago —dijo Angel a la defensiva.

—Bien —respondió David—. Entonces, es que le han tendido una trampa. Es víctima de una conspiración acerca de la cual los gobiernos israelí y americano pueden tener una información que nosotros no somos capaces de conseguir. Y ambos gobiernos tienen una asombrosa variedad de intereses que juegan a favor de la posibilidad de que Hana pueda ser ejecutada precisamente porque no sabe quién tramó el asesinato. —David miró intensamente a Angel—. Somos los abogados de Hana. De modo que no tenemos otra solución que hacer que nuestro gobierno y los israelíes elijan: o le dan a Hana lo que ella necesita, o se arriesgan a que la juez Taylor rechace sus acusaciones.

—¿Cómo iba a hacerlo? —exclamó Angel—. La víctima es el primer ministro israelí.

David sentía que la fatiga estaba desgastando su ecuanimidad.

—Sí, estoy de acuerdo, es una apuesta arriesgada. —Hizo una pausa, y cuando volvió a dirigirse a Angel, también hablaba para sí mismo—. Y ciertamente no es del gusto del público hacer que Sharpe luche por los derechos de Hana, o comprometer el placer de facilitar su ejecución. Pero si perdemos, la que morirá será Hana. Y nosotros tendremos que vivir con ese resultado.

Capítulo 16

Cuando David llegó a su oficina, su secretaria, Anna Chu, estaba desviando las llamadas de los medios de comunicación a la empresa de relaciones públicas que él había contratado mientras durase el caso. Anna, una mujer seca, de mediana edad, que conocía muy bien a David, preguntó qué debía hacer cuando empezase a llegar el inevitable correo insultante. Con la teoría de que podía aprender algo útil para cuando tuviese que seleccionar a un jurado, David decidió leerlo. Entonces cerró la puerta de su despacho y escuchó los mensajes de voz del contestador, llegados por la noche.

Había unas cuantas personas a las que conocía, pero nadie le apoyaba. El médico de su caso de negligencia profesional había encontrado otro abogado; Stan Sharfman, que se sentaba junto a David en la cena que dio Carole para Amos Ben-Aron, le había retirado su apoyo financiero y político; la senadora Shapiro sencillamente le había dejado su número de móvil, aunque con un tono tan helado que a David le daba miedo llamarla. La ausencia de mensajes de Harold Shorr le recordó a David su obligación de hacer otra llamada para la que no se sentía demasiado dispuesto.

Después de borrar el último mensaje, David se arrellanó en su silla y cerró los ojos.

Aquélla era ahora su vida. Tenía que contener sus emociones y dosificar sus recursos personales, o no le haría ningún bien a Hana ni a sí mismo. Aquello significaba confiar en los hábitos de toda una vida: mucho ejercicio y sueño, ordenar el caos haciendo listas de sus prioridades y luego enfrentarse a ellas con un rigor que, al menos, le confería cierta ilusión de control. Lo primero que tenía que hacer, concluyó, era enfrentarse a la resaca mental que podía debilitar su concentración hasta que fuese el momento de llamar a Betsy y, en especial, a Harold.

La charla con Betsy Shapiro fue misericordiosamente breve.

—Así que ya debes de saber por qué te llamé —le decía Betsy—. Ni yo ni el alcalde podemos apoyarte para el Congreso ahora. —Su voz era educada pero fría, indiferente a sus razones—. Lo siento, David, pero lo de defender a la asesina de Amos Ben-Aron no tiene perdón. Cualquier esfuerzo para justificarte no conseguiría más que degradarte aún más.

Harold le puso las cosas más fáciles: se negó a coger la llamada de David, y él se quedó sin saber si aquel rechazo se debía a la ira o al dolor, y si el dolor era más por Carole o por él mismo. Ninguna respuesta podía aliviar la culpabilidad de David.

Cuando llegó el correo, le ofreció otro incentivo para la autodefensa.

Después de dar indicaciones a Angel para que investigase los argumentos contra la extradición de Hana, David leyó los mensajes, algunos anónimos y otros no, que Anna le había dejado en el escritorio. Lo único que amortiguaba el impacto era que eran todos iguales:

> Querido judío mentiroso (te recuerdo que yo soy judío):
> ¿Por qué estás intentando dejar libre a una asesina de judíos? Tú y esa árabe podríais follaros el uno al otro y moriros de sida...

Otro decía, con más dramatismo:

> Tus manos están teñidas con la sangre de un hombre que buscaba la paz para el pueblo judío, y de todos aquellos que morirán por causa de su asesinato. Espero que sufras una muerte lenta y terrible de cáncer.

Y otro más:

> Cualquiera que se pone de parte de una puta árabe asesina que mató a un defensor de Israel es un judío que se odia a sí mismo, tan malo como Hitler.

A veces, el tema era la codicia de David:

> Como superviviente del Holocausto, me avergüenza que seas un judío que vende a otros judíos por dinero. Tú confirmas el estereotipo del judío avaricioso, y por tanto declaro que no eres judío.

O bien:

> Eres un picapleitos que vendería a su madre y la llevaría a la cámara de gas a cambio de dinero.

O bien:

> Soy un superviviente del Holocausto y me haces pensar en los colaboradores judíos en el gueto de mi ciudad nativa, Lodz. Pero tú no lo haces por sobrevivir, sino por dólares árabes.

David no leyó las últimas cartas.

—Tíralas —le pidió a Anna—, y todas las que lleguen por el estilo. Y no dejes que Angel las vea. Ya tenemos demasiadas cosas en que pensar.

David cogió el coche y se fue al centro federal de detención.

La conversación con Hana empezó de un modo que se había convertido en norma: una cierta reticencia emocional puntuada con ambiguos silencios, que ambos podían achacar al temor de que espiasen sus palabras. Para David, era como contemplar a Hana a través de un cristal: le parecía intocable y conmovedora, excepto cuando se preguntaba si sería una mentirosa y una asesina.

Aquel día el tema era la extradición.

—No sé qué es lo que van a hacer los israelíes —le dijo David—. Pero a menos que quieras que te juzguen en Israel, necesitamos una estrategia para impedir esa posibilidad. Ya sabes cuáles son los factores. Podemos tener un acceso mejor a los archivos del gobierno en Estados Unidos. Pero Israel no tiene pena de muerte.

Hana cruzó los brazos.

—Sería una verdadera ironía —dijo—. Esperar que los sionistas me salvaran la vida metiéndome en prisión en un país que nos robaron a nosotros, hasta que muriera por causas naturales. La humillación final, interminable.

David la observó.

—¿Peor que la muerte?

—Más segura. —Hana le miró—. Y no creo ni por un momento que los israelíes me hicieran un juicio justo.

Aunque sus miedos eran comprensibles, había demasiada historia detrás, pensó David, para que ella separase la desconfianza de la razón.

—Tampoco estoy seguro de que consigas un juicio justo aquí —respondió.

—Ni yo tampoco. Pero al menos aquí estás tú, David, quizá el único judío que no me odia.

David esbozó una sonrisa.

—No es ésa mi única habilidad, espero.

—No —respondió ella en voz baja—. Hay muchas más cosas, como el valor. Aunque esté encerrada, sé lo que te está costando todo esto.

David prefirió no responder. Discutir sus desgracias personales con Hana, que era quien las había causado, cruzaba sin duda la frontera que él se había impuesto a sí mismo. Como si se diera cuenta de ello, Hana apartó la vista.

—Acerca de la extradición —le dijo al cabo de un rato—, es una decisión tuya. Pero nunca te aconsejaría que te arriesgaras a la ejecución. No sólo por tu bien, sino por el de Munira.

Volviéndose, Hana le mantuvo la mirada.

—Todo esto trata de Munira, David. Muerta o en prisión, no podré hacer de madre para ella. Un juicio en Estados Unidos, creo, es la única oportunidad de influir en la evolución de mi hija, o de abrazarla, incluso.

David observó que los sentimientos por el padre de Munira, Saeb, se hallaban implícitos en su respuesta.

—Está bien —accedió David finalmente—, haré lo que pueda por las dos.

—Acerca de la extradición —dijo Sharpe una semana más tarde—, aún no sé lo que quieren los israelíes. Ni ellos mismos tampoco, creo. Yo quiero conservar aquí a tu cliente.

Estaban sentados en su despacho. David decidió que era mejor que aquella misión en particular la llevara a cabo él personalmente. Con el mayor desapasionamiento que pudo, David preguntó:

—¿Porque aquí tenemos pena de muerte?

—Entre otros motivos —replicó ella, con un tono tan aséptico como el de David—. Eso no tiene que sorprenderte. Si Arif quiere salvar la vida, ya sabes lo que tiene que hacer.

David siguió con expresión impasible.

—Hana insiste en que no tiene nada que darte.

—Pues qué mal. —Un dejo de fastidio se abrió camino en la voz de Sharpe—. En su posición, debería pensar en mostrarse un poco más comunicativa.

—Al ser inocente —respondió David—, una sentencia de reclusión de por vida no le parece a Hana tan atractiva como tú podrías pensar. Y explica también que no pueda ayudarte.

—Todavía hay tiempo. Como sabes, yo no decido si pedimos o no la pena de muerte, simplemente la recomiendo. En este caso, la recomendación de nuestra oficina es pedirla. Si tienes algo de más peso que lo habitual (que es madre, por ejemplo, o que nunca antes había matado a un primer ministro), deberías dirigirte al fiscal general, pidiéndole que aparezca ante el comité del Departamento de Justicia que toma la decisión final. —El tono de Sharpe se volvió árido—. Podrías explicarle por qué aun después de dirigir un acto de violencia que garantiza otra década de violencia, quizá miles de muertos judíos y palestinos, la señora Arif no merece la muerte. Todo esto que me estás contando es una pérdida de tiempo.

—Entonces no pienso preocuparme —replicó David—. Pero tengo algo más para ti.

Sacando la petición de información de Hana de su maletín, David se la pasó a Sharpe por encima del escritorio. Cuando ella empezó a examinarla, la súbita expresión fría que apareció en su rostro traicionó su ira. Colocó el documento a un lado, con aprensión, como si estuviera apartando un trapo sucio.

—Muy detallado. A los chinos probablemente también les gustará esta información, o quizá a Osama Bin Laden.

David cerró su maletín.

—Espero que no empieces a decir esas cosas en público. Tendría que pedir una orden de restricción, o quizá incluso un cambio de jurisdicción.

Sharpe se esforzó por sonreír.

—No te preocupes, David. Me lo guardo para la juez.

Durante las dos primeras semanas después de la comparecencia, David limitó sus comentarios públicos a recitar de memoria comunicados sobre la inocencia de Hana: que tenía una hija, que no tenía relación alguna con los terroristas, que las pruebas contra ella eran anómalas; mientras, esperaba que la marea de la publicidad fuese amainando. Pero apenas lo hizo. Entonces, la mañana después de un atentado en el que murió una suicida, que también era madre, y que mató a veinte convidados a un banquete nupcial en un hotel de Amán, Jordania, David consintió en conceder una entrevista a Meredith Vieira, en el programa *Today*.

Fue mucho más duro de lo que había imaginado David quedarse allí sentado, en un estudio de televisión, mirando al ojo de una cámara mientras la voz de la entrevistadora le hablaba a través del auricular. Vieira estaba muy bien preparada; empezó repitiendo las afirmaciones de David a favor de Hana y rebatiéndolas.

—Las filas del terrorismo —decía— incluyen a madres, padres, hermanos y hermanas. No es difícil concluir que su cliente accedió a participar en ese complot porque no esperaba que Jefar sobreviviera, y porque su propia vida no estaba en peligro.

La misma idea se le había ocurrido a David muchas veces.

—Entonces —contraatacó—, ¿por qué no existe absolutamente ninguna prueba de que Hana Arif esté afiliada a Al Aqsa o a cualquier grupo que lleve a cabo actos de terror? Uno no sale por las buenas de un aula, Meredith, y se convierte en manipuladora de dos asesinos.

—Quizá eso pueda explicar por qué, si las acusaciones son correctas, su cliente cometió los errores que cometió.

—Entonces, convertirla en eje de un complot de asesinato habría sido un auténtico desatino, ¿verdad? —respondió David, rápidamente—. Resulta difícil creer que gente tan lista como para elaborar todos los ingredientes de una conspiración tan complicada y desaparecer sin dejar rastro se la confiase a una aficionada.

De repente, Vieira cambió de rumbo.

—Está usted oponiéndose a la extradición a Israel. ¿Cree que el sistema de justicia de Israel no puede tratar con justicia a su cliente?

David pensó bien sus palabras.

—Tengo un enorme respeto por Israel y por su sistema de justicia. Pero Hana Arif es palestina, acusada de conspirar para matar al primer ministro de Israel. Los cargos contra ella se hacen eco de sesenta años de amarga historia, muchas muertes por ambos lados y el hecho de que el pueblo israelí también ha sufrido por los atentados suicidas durante demasiado tiempo. Dadas estas circunstancias, nadie, en ninguna parte, podría contemplar a Hana de una forma objetiva.

»¿Por qué pedirles eso a los israelíes, cuando no existe un sistema judicial más imparcial que el que tenemos aquí mismo, en Estados Unidos? Aquí es donde se debe juzgar a Hana.

Más allá de la cámara, David veía la imagen de Vieira en una pantalla partida junto a la suya, expresando curiosidad y compasión en la mirada.

—Una última pregunta —dijo—. Mucha gente en todo el país,

David, se pregunta por qué ha aceptado usted su defensa. Al parecer, ha puesto usted en peligro un prometedor futuro en la política, no tiene ninguna afinidad especial pública con la causa palestina, admiraba al primer ministro Ben-Aron y además usted mismo es judío. ¿Es por el hecho de que usted conoció a la señora Arif en la Facultad de Derecho, nada más?

David hizo una breve pausa, recordando la respuesta que había ensayado meticulosamente.

—No es sólo que conociera a Hana Arif, es que la creo. Igual que creo que las acusaciones que se le han imputado son absurdas.

»Creyendo esto, ¿qué otra cosa podía hacer? La esencia de la ley americana es la presunción de inocencia. Como víctimas históricas de prejuicios, discriminación y cosas peores, los judíos sabemos eso mejor que nadie.

David hizo una pausa, mirando hacia la cámara como si fuesen los ojos de un jurado.

—Recuerdo las palabras de un sacerdote alemán que murió en uno de los campos de concentración de Hitler: «Primero vinieron a por los comunistas, y no levanté la voz, porque yo no era comunista. Luego vinieron a por los judíos, y no dije nada, porque yo no era judío. Luego vinieron a por los católicos, y no dije nada tampoco, porque era protestante. Y luego vinieron a buscarme a mí, pero ya no quedaba nadie para que hablara a mi favor».

»Yo no soy ningún mártir, sólo soy un abogado. Pero, en cuanto a Hana, el principio es el mismo. Y a diferencia de la Alemania nazi, en Estados Unidos ella dispone de un abogado para que hable por ella.

En el monitor, Vieira asintió y luego le dio las gracias a través del auricular.

Aquella entrevista al menos consiguió algo de publicidad a Hana, y a David unas cuantas llamadas telefónicas aprobadoras, dos de ellas de miembros de la comunidad judía de San Francisco, entre el incesante desfile de insultos que llenaban su contestador. Pero el mensaje que más le afectó, el de Carole, le esperaba en casa.

No había hablado con ella desde el día en que se fue. Al oír su voz de nuevo, David sintió un momento de esperanza. Pero la familiar suavidad de su tono no era precisamente precursora de paz, sino sólo de su profunda desilusión y aflicción, su dolorosa conexión con un hombre con el que nunca podría vivir, pero de quien todavía no se había liberado.

—Me has entristecido mucho —decía su mensaje—. Incluso me pone triste no poder ayudarte. Pero tu comparación de esa mujer con las víctimas de Hitler ha sido ofensiva, y tu afirmación de que Israel no puede tratarla con justicia, mucho más aún.

»Por favor, David, quítate de la mente a Hana Arif el tiempo suficiente para mirarte a ti mismo en el espejo; no por mí, para eso es demasiado tarde, sino por tu propio bien.

Borrando el mensaje, David se sintió abrumado por el deseo de llamarla. Pero no podía, como tampoco podía exponer su soledad a Hana. Carole y él habían acabado.

Capítulo 17

La incesante avalancha de publicidad, que se repetía diariamente, hacía mucho más difícil aún la vida de David, mientras reforzaba la creencia de la masa de que Hana Arif era culpable. Pero otra fuente de disgustos para David era el poco acceso que tenía a Munira. Saeb la mantenía aislada: aunque Hana veía a su hija cada pocos días, nunca estaban solas, y al final del primer mes de detención de Hana, David sólo había visto a la niña de pasada. Saeb era quien controlaba ahora la vida de Munira.

Al pasar un mes, David y Marnie Sharpe volvieron a presentarse ante la juez Taylor en la audiencia cerrada que él había deseado. Los dos abogados y la juez se reunieron en torno a una mesa de juntas ovalada en el despacho de la juez Taylor, y con el único testigo de un secretario de los tribunales que transcribía las actas. Siguiendo la orden de la juez, la transcripción, igual que los documentos de David y las respuestas de Sharpe, serían archivadas y selladas, y nadie tendría acceso a ellas. Vestida con un traje de chaqueta negro, la juez Taylor estaba sentada a la cabecera de la mesa. Su profunda preocupación resultaba tangible, así como la tensión entre David y Sharpe.

—Antes de que procedamos con la información que desea el señor Wolfe —le preguntó la juez a Sharpe—, ¿desea hacer alguna propuesta para la extradición de su cliente?

—No —respondió Sharpe secamente—. El señor Wolfe ya tiene lo que quería. El gobierno de Israel ha decidido dejar la acusación en manos de Estados Unidos.

David intentó captar la compleja dinámica que había supuesto esa decisión: el deseo de Israel de no mantener a un prisionero peligroso, su esperanza de evitar la demanda de información por parte de David, la intención de Sharpe de usar la pena de muerte para obligar a Hana a confesar...

—Está bien —dijo Taylor a David—. Ha pedido usted mucha información al gobierno de Estados Unidos, gran parte de ella extremadamente delicada, ante lo cual la señora Sharpe se ha ofendido mucho. Oigamos sus argumentos.

David intentó expresar su petición de forma básica.

—La esencia es bastante sencilla. No sólo se nos debe permitir ver toda la información que exculpa a la señora Arif, sino cualquier cosa que sea fundamental para nuestra defensa. —David hizo una pausa, buscando el énfasis—. Nuestra defensa, señoría, es que a la señora Arif le tendió una trampa quienquiera que conspirase para asesinar al primer ministro Ben-Aron. Cualquier cosa que tenga el gobierno concerniente al asesinato puede ayudarnos a desarrollar esa teoría. Por tanto, la señora Sharpe debe proporcionárnoslo.

—Ciertamente, lo ha explicado de forma sucinta —dijo Taylor con resolución—; sobre todo, teniendo en cuenta que sólo está pidiendo usted el sol, la luna y las estrellas. ¿Señora Sharpe?

Sharpe habló con rapidez, con un ligero dejo arrastrado en la voz.

—El tribunal tiene razón. El señor Wolfe no está pidiendo simplemente materiales generados por el FBI para apoyar su acusación. Quiere archivos de la CIA y del Servicio Secreto; registros de nuestros interrogatorios sobre el asesinato, cualquier comunicación existente sobre este tema entre Estados Unidos e Israel, y los frutos de la vigilancia que, según imagina, hemos estado llevando a cabo en el propio Israel. Su petición no sólo es completa y ridículamente exagerada, sino que entra en el terreno de la información clasificada, incluidos las fuentes y los métodos que usa el gobierno para recoger informaciones vitales para la seguridad nacional.

»En resumen, el señor Wolfe ha creado una línea de defensa para justificar un intento de chantaje a nuestro gobierno. Si cualquier abogado puede hacer eso y sacar todos nuestros secretos ante un tribunal, entonces las agencias de investigación y de inteligencia americanas ya pueden cerrar sus chiringuitos y...

—No, claro, no podemos permitir que pase eso —dijo la juez, con una nota de ironía—. Después de lo del 11-S, no. Entonces, ¿qué se le permitirá ver al señor Wolfe?

—Nuestras pruebas concernientes a la señora Arif —respondió al momento Sharpe—, y nada más. Aunque otras personas hayan podido conspirar también para asesinar al primer ministro, el caso contra Arif es sencillo.

—Demasiado sencillo —replicó David—. La cuestión de quién tramó el asesinato de Amos Ben-Aron atañe directamente a si la señora Arif estaba implicada o fueron los conspiradores quienes decidieron involucrarla. Esa increíble falta de curiosidad del fiscal excluye cualquier investigación sobre quién planeó realmente el asesinato, quién proporcionó los materiales para llevarlo a cabo, y si la trama implicaba a uno o más israelíes responsables de proteger a Ben-Aron.

—Este tribunal no es la Comisión Warren —protestó Sharpe—. No es un foro para averiguar cualquier posible aspecto de este crimen, por muy irrelevante que sea para la señora Arif. El señor Wolfe tiene curiosidad por todo, pero el caso es contra su cliente.

David clavó los ojos en Taylor.

—Y volvemos entonces a Ibrahim Jefar —dijo, sardónicamente—. Si debemos creerle, él no tenía conocimiento de primera mano de ninguna de estas cuestiones, ni siquiera conocía a la señora Arif. Yo podría interrogarle aquí todo el día, y no me ayudaría nada. Y sin embargo, según la visión de la señora Sharpe, la historia de Jefar permite a la acusación privarme de todo lo que pudiera resultarme útil para mi caso. —David notó un ramalazo de ira auténtica—. Si otras ramas del gobierno (incluida la CIA) tuvieran lo que la señora Arif necesita para montar una defensa, deberían dárselo. Este presunto chantaje no es más que insistencia ante la justicia.

La juez levantó las cejas, luego preguntó abruptamente a Sharpe:

—¿Existe un punto intermedio entre su sentido de la obligación, al parecer muy riguroso, y el supuesto deseo del señor Wolfe de desmantelar nuestro aparato de inteligencia?

El planteamiento de esa pregunta pareció desestabilizar a Sharpe. A regañadientes, respondió:

—Estoy dispuesta a pedir al FBI o a nuestras agencias de inteligencia cualquier información que pudiera resultar exculpatoria para la señora Arif, excluyendo las fuentes y métodos usados para recogerla. Pero eso es lo máximo que nos exige la ley.

—Exculpatoria, ¿según quién? —le preguntó David—. ¿Incluye eso información concerniente a la brecha en la protección israelí de su propio primer ministro?

—No, a menos que eso se relacione con la señora Arif.

—¿Cómo puedes imaginar que no se relaciona, Marnie?

La juez Taylor levantó la mano, pidiendo silencio.

—Debería preocuparle esto, señora Sharpe. Yo me preocupo. Y entiendo muy bien que lo que pide el señor Wolfe es muy delicado y que, en gran parte, quizá al final no consiga ayudar a la señora Arif.

»Pero éste es un caso en el que, por una vez, no resulta una exageración decir que el mundo nos está contemplando. Si usted oculta información que luego resulte importante para la defensa de la señora Arif y esa noticia se hace pública posteriormente, se podría anular cualquier condena; a menos que la señora Arif ya no esté entre nosotros, lo cual crearía un problema mucho mayor aún. —Inclinándose hacia delante, Taylor reprendió a Sharpe—. Las amenazas a la seguridad nacional no se limitan a filtrar secretos. Una injusticia, ya sea real o percibida, aprobada por este tribunal, no sólo empañaría la imagen de nuestro país, sino que podría provocar más violencia, aquí o en el extranjero. Yo no quiero formar parte de ello. Y no dejaré que usted lo haga.

Sorprendido, David se dio cuenta de que el peso de la responsabilidad de la juez Taylor trabajaba a favor de Hana.

—Así que ésta es mi orden —continuó diciendo Taylor, con voz lenta y clara—: El gobierno entregará a la defensa cualquier material en su posesión que pueda exculpar a la señora Arif, o que se relacione con el asesinato de Amos Ben-Aron. Con respecto a la información que está clasificada o repercute en la seguridad nacional, el señor Wolfe la podrá examinar bajo las siguientes condiciones:

»En primer lugar, los documentos se mantendrán en una sala segura y supervisada por el FBI.

»En segundo lugar, los podrá ver únicamente el señor Wolfe, y sólo después de que el FBI le entregue una autorización de seguridad.

Volviéndose hacia David, añadió:

—No puede usted llevárselos, ni copiarlos, ni tomar notas con relación a lo que contienen, ni revelar su contenido a nadie: ni a sus empleados, colegas, miembros del equipo de la defensa o medios de comunicación, y ciertamente, tampoco a la señora Arif. —Hizo una pausa y añadió, incisiva—: Cualquier transgresión de estas condiciones, señor Wolfe, será tratada como un delito de desacato... o peor aún.

»En tercer lugar, si usted desea utilizar esos documentos ante un tribunal o discutir de ellos con su cliente, tendrá que presentar antes una petición por escrito. A menos que yo conceda su petición, estas condiciones siguen en pie. —Y volviéndose hacia Sharpe, dijo—: Puede usted eliminar la información relativa a las fuentes y los métodos usados a la hora de recopilar la información. Por otra parte, es su responsabilidad (y esto tiene que quedarle bien claro) procurar que si nuestro gobierno incurre en falta, sea en favor de la inclusión.

Eufórico, David intentaba controlar su expresión, aunque veía que Marnie Sharpe luchaba por reprimir su frustración y su sorpresa.

—A continuación —dijo Taylor a David—, me presenta usted otra petición similar para el gobierno de Israel. Por favor, explíqueme qué es lo que puede hacer este tribunal sobre dicho asunto.

La súbita frialdad del tono de la juez Taylor sugería que había concedido a Hana Arif todos los favores que David podía esperar.

—Lo que puede hacer el tribunal —respondió él— es ordenar a nuestro gobierno que haga la petición en nombre de la señora Arif...

—Señoría —interrumpió Sharpe—, ya le ha concedido usted al señor Wolfe acceso a una información que puede poner en peligro nuestra relación con los israelíes. Ahora, él propone que rematemos el daño obligándonos a pedirles a los israelíes lo que tengan «ellos», no importa lo dañino que pueda resultar todo esto para nuestra seguridad interna. El único límite posible para tal irresponsabilidad es este tribunal.

Volviéndose hacia David, la juez Taylor le preguntó:

—¿Qué es exactamente lo que quiere?

David se armó de valor.

—Acceso a los materiales generados por las investigaciones internas llevadas a cabo por Israel, y declaraciones de los israelíes que se encargaban de la protección de Ben-Aron.

—¿Sobre qué base?

—Sospechamos que Ben-Aron fue vendido por un miembro de su equipo de seguridad. Si es así, esa persona sabrá mucho más que Ibrahim Jefar, como, por ejemplo, la verdadera identidad del manipulador.

—¿Está usted realmente seguro de que quiere una respuesta, abogado? —Esa pregunta, bastante inquietante en sí misma, traicionaba las suposiciones de Taylor: que Hana Arif era culpable. Pero rehaciéndose al momento, añadió—: Tal y como ha señalado la señora Sharpe, está usted pisando un terreno mucho más adecuado para un secretario de Estado que para un abogado defensor.

—Como abogado defensor —respondió David—, propongo proceder con las mismas condiciones ya ordenadas por el tribunal, y por el mismo motivo: obtener un juicio justo para la señora Arif.

—Esto es verdaderamente cínico —objetó Sharpe—. Con la excusa de obtener un juicio justo, el señor Wolfe se las está ingeniando para que este proceso resulte tan gravoso a los intereses nacionales que no podamos proseguirlo. Su táctica no es nada sutil: obligar al gobierno a desestimar el caso, o presentar incluso él mismo una moción para desestimarlo.

—Sólo si existe una base —respondió David, muy tranquilo—. Y la única base sería que Estados Unidos o Israel ocultan información que podría establecer la inocencia de Hana. No tengo ninguna esperanza de obtenerla de Israel. Bajo el Tratado de Asistencia Legal Mutua, usted sí que la tiene. Pídala, Marnie, y ya habrá hecho todo lo posible.

—Y cuando los israelíes se nieguen, como espera que hagan, yo habré preparado el camino para su moción de desestimación del caso. —Sharpe se volvió hacia el juez—. ¿No es lo suficientemente obvio?

Viendo la expresión de Taylor, David se contuvo y no respondió nada.

—Ya basta —exclamó la juez—, dejen esto los dos. —Enfrentándose a David, siguió hablando, muy seria—. Lo que pueda hacer Israel es una especulación puramente teórica. Yo le he dado ya un acceso bastante amplio a todo lo que tiene nuestro gobierno. Antes de obligar a la señora Sharpe a hurgar en las tripas del gobierno israelí, señor Wolfe, averigüe si lo que le he dado ya le ofrece una base adecuada. —Sus palabras finales, aunque tranquilas, sonaban definitivas—. Seis semanas después de que Ben-Aron fuese asesinado en nuestra ciudad, no tengo deseo alguno de inflamar aún más nuestra relación con Israel.

Por muy molesta que se sintiera, Taylor le había dado una base para volver a plantear su petición. Era evidente que también Sharpe lo había pensado, por la forma que tenía de contemplar la mesa con los ojos entrecerrados. Satisfecho, David dijo:

—Gracias, señoría.

—Ah, de nada —respondió Taylor—. Hay algo más que también le concedo: un juicio dentro de sesenta días. Supongo que podemos pasar ya a este punto.

David sonrió.

—Por favor.

—Entonces volveremos a hablar de la fecha del juicio dentro de cuatro semanas, celebraremos otra vista en el ambiente acogedor de este despacho. —Con una expresión mucho más grave, dijo a Sharpe—: Una pregunta final. En caso de que se la condenara, ¿el gobierno pediría la pena de muerte para la señora Arif?

—Ésa es la recomendación de nuestra oficina, señoría.

Taylor se limitó a mover la cabeza afirmativamente.

—Eso pensaba.

En el vestíbulo, Sharpe y David caminaron juntos un rato, unidos, a pesar de su antagonismo, por sus experiencias como suplicantes ante la juez Taylor.

—Te ha ido bien hoy —observó Sharpe, con un tono muy neutro.

—Algunos días me va bien, pero no tantos.

Sharpe le miró a la cara.

—¿Sabes, David? Pensaba que el truquito que hiciste para Ray Scallone señalaba tu punto más bajo como abogado. Pero tu actuación de hoy ha sido fastuosa, aunque en plan hortera: las tentaciones, supongo, de salir a la palestra en una causa tan valiosa como la de Hana Arif.

—La única tentación que he sentido es dejar correr todo esto —respondió David—. Pero tú y yo tenemos una historia en común, y creo que además se va a prolongar. Así que intentemos enfocar las cosas según esa perspectiva.

Sharpe se detuvo, colocándose frente a él.

—Vamos, adelante —le dijo, aunque su tono no sonaba nada invitador.

—Tú y yo no nos caemos bien —dijo David—, y a mí no me gusta la pena de muerte. Pero no dudo en absoluto de que crees en lo que estás haciendo.

»En todo esto no hay nada personal, y yo no he disfrutado especialmente esta mañana que hemos pasado juntos. Pero he obtenido lo que quería, por ahora. —Haciendo una pausa, David la miró intensamente—. Una ejecución después de un juicio justo es algo legal. Si ganas, eso es lo que estás autorizada a pedir. Pero sin un juicio justo, no es una ejecución, sino un crimen. No quiero que nuestro gobierno asesine a Hana Arif.

Al cabo de un momento, Marnie Sharpe le dedicó una sonrisa dubitativa.

—Tal como lo dices, parece muy sencillo. Pero sabes muy bien que no lo es. Eres demasiado listo.

—¿Ah, sí?

—Ya encontraremos una forma de convivir, hasta que alguno de nosotros quede por encima. Aparte de la absolución, es eso lo que quieres, ¿verdad? Por si me necesitas.

Sin esperar su respuesta, ella se alejó.

Capítulo 18

—En teoría —le dijo Bryce Martel a David por teléfono—, no es asunto político si el Departamento de Justicia acepta las recomendaciones sobre Hana Arif o no. Pero eso son bobadas. La Casa Blanca encontrará alguna forma de meter mano en la balanza de la justicia.

—¿Y cómo?

—Pues el presidente podría pedir un «informe» al fiscal general. Sin duda, el director del Consejo Nacional de Seguridad estará en contacto permanente con los israelíes, y en la decisión tendrán una influencia importante las preocupaciones acerca de política exterior, seguridad nacional y seguridad federal. A fin de cuentas, no se trata de la vida o la muerte de Hana Arif. Se trata de nuestra relación con Israel, de proteger a los líderes extranjeros en suelo americano, y de castigar y prevenir los actos terroristas. Y ninguna de estas cosas ayuda precisamente a tu cliente.

David no podía más que estar de acuerdo.

Dos días después, David voló a Washington. Pero llegado el momento, su aparición ante el comité del Departamento de Justicia le pareció puramente ritual, como un teatro Kabuki despojado de todo significado.

Se reunieron en una sala de conferencias muy ornamentada situada en el ala dedicada a la Sección Criminal, un atavismo de la época en la que los edificios públicos aspiraban a la majestuosidad. David recitó sus argumentos contra la aplicación de la pena de muerte a Hana Arif. Los miembros del comité escucharon educadamente; el presidente, un funcionario de pelo gris, le interrogó desapasionadamente, como si fuera un caso rutinario. Para David, aquella disonancia con la realidad confirmaba que la decisión se tomaba en algún otro lugar, si es que no se había tomado ya.

En el coche que conducía al aeropuerto, David hizo una llamada a Saeb.

—Quiero ver a Munira.

—¿Por qué motivo?

—Para prepararla. —David esperó un momento—. Van a pedir la pena de muerte, no hay nada que hacer.

—Pero ¿es que hubo algo que hacer en algún momento? —La voz de Saeb no transmitía emoción alguna—. ¿Qué harán con Munira esos burócratas de la muerte?

—Le prometí a Hana —replicó David— que, a medida que el caso avanzase, yo le explicaría todos los asuntos a Munira; al menos, lo mejor que pudiera.

—No es necesario. Puedes explicármelos a mí, que soy su padre. Luego hablaré con ella de lo que sea conveniente. Así es como debe ser una familia.

David hizo una pausa, esforzándose por permanecer calmado.

—Saeb, no te pido demasiado. Pero es una promesa que quiero mantener. Considéralo como mis honorarios.

Sólo después de decirlo, se dio cuenta David de lo insultante que sonaba aquello. Con voz áspera, Saeb dijo:

—Vaya, así es como decides recordármelo, pues.

—No nos peleemos por eso —respondió David fríamente—. Estaré en tu hotel a las seis.

Sin responderle, Saeb colgó.

Cuando llegó a su habitación, Saeb le abrió la puerta. Munira estaba sentada en el sofá, de nuevo cubierta de negro, mirando con expectación a David.

—Le he dicho a Munira —dijo Saeb fríamente— que deseo que hables con ella. Pero está cansada. Por favor, sé breve.

El aire de autoridad de Saeb era impresionante. Por su tono de voz, podría haber estado hablando con un sirviente.

—Gracias —respondió David educadamente.

David y Munira estaban sentados en el restaurante del hotel, un local algo ajado, bebiendo té.

Con total naturalidad, Munira dijo:

—A mi padre no le gustas. Y a ti no te gusta él.

David intentó sonreír.

—¿Qué te hace pensar eso?

—Te miro.

—En Harvard —aventuró David precavidamente—, yo conocía mejor a tu madre. Ahora, él es tu padre y por eso se muestra tan protector contigo.

Munira le dirigió una mirada penetrante.

—¿Y con mi madre?

La ambigüedad de la pregunta, que podía insinuar una conexión entre David y Hana, le hizo mostrarse más precavido aún. Quizá no fuese nada; quizá sobreestimase la capacidad de percepción de una adolescente, o en concreto de esa adolescente, tan parecida a Hana a veces en su agudeza.

—Se preocupa por ella —respondió David—. Todos estamos preocupados. A veces, la preocupación nos afecta de distintas formas.

Munira pensó un momento en ello, y sus largas pestañas cubrían a medias sus ojos, clavados en la mesa.

—¿Por qué quiere mi padre que te vea?

—Yo también lo deseaba. ¿No te importa?

Munira dudó, luego meneó negativamente la cabeza. Suavemente, David preguntó:

—¿Cómo lo has pasado sin tu madre?

Con los ojos todavía bajos, Munira volvió a menear la cabeza, pero con mucha mayor lentitud, con un gesto tan elocuente como el habla.

—¿Qué haces, Munira?

—Me enviaron libros para estudiar, de mi colegio en Ramala. Tengo deberes. Cuando acabo, mi padre me hace estudiar el Corán. —La voz de Munira se volvió más serena—. Excepto cuando puedo ir a ver a mi madre, eso es todo.

La absoluta soledad que manifestaba, la imagen de aquella niña en una prisión propia, donde el lento paso del tiempo era un castigo, conmovió la más honda simpatía de David, evocando también al mismo tiempo a su madre.

—Cuando la visitas, ¿cómo está ella?

Munira cerró los ojos.

—Pues en realidad no puedo hablar con ella. Mi padre siempre está ahí. Ellos no me dejan que la toque siquiera. —La voz de la muchacha se volvió más ronca—. A veces, es como si ya estuviera muerta.

Durante un momento David pensó en la enfermedad terminal de su padre: Philip Wolfe se retiró a su propio interior, era un esqueleto sin capacidad de habla, con la muerte ya segura, y el único interrogante era qué día y a qué hora llegaría. David todavía recordaba la visita en la que su sensación de indefensión se convirtió en deseo de que llegase la muerte.

—No dejaré morir a tu madre —le prometió a Munira.

Dos semanas después, Marnie Sharpe dio una conferencia de prensa.

David la vio desde su despacho.

—El Departamento de Justicia —empezó— está decidido a pedir la pena de muerte en la acusación de Hana Arif...

Aquella tarde, a invitación de Sharpe, David volvió al despacho de ella.

—Supongo que vas a decirme cómo podrá burlar Hana a la muerte.

—Empecemos por algo mucho más modesto —respondió Sharpe—: por el marido.

Para su sorpresa, David se echó a reír en voz alta.

—Desde luego, es una teoría tuya —continuó ella, imperturbable—. ¿Quién si no podría haberle «tendido una trampa»? ¿La camarera del hotel? Estamos de acuerdo en una cosa, David: existe una posibilidad auténtica de que Jalid estuviese implicado. Si es así, ¿por qué no hacer que Jalid ocupe el lugar de ella?

—¿Y dejar a la niña huérfana? Hana cambiaría la vida de Saeb por una vida entera en prisión. Entonces, existe la cuestión de a quién llegaría a enterrar primero Munira. —David meneó la cabeza—. Aun asumiendo la culpabilidad de Hana, tienes un sentido muy perverso de la dinámica de su familia.

Sharpe no sonrió.

—Quiero al que planeó esto. Alguien nos lo va a decir. Jalid puede ser la única posibilidad de vivir que tiene tu cliente. Y después, que tome él sus propias decisiones.

—Te lo repito, Marnie: Hana no sabe nada. Aunque Saeb esté implicado en esto, ella no puede ayudarte.

Sharpe se echó hacia atrás como si se viera frenada por el abismo que se abría entre ellos. Luego rebuscó en su escritorio y sacó un documento mecanografiado de varias páginas.

—Lee esto —dijo.

—¿Qué es?

—El informe de nuestra prueba del polígrafo con Ibrahim Jefar.

—La dejó encima del escritorio—. Como sabes, no me fío demasiado de estas cosas. Pero nuestro examinador es tan bueno como el del FBI, y dice que Jefar dice la pura verdad. Yo presencié la prueba. O bien Jefar es un psicópata, o un mentiroso de primera, o bien es lo que yo creo firmemente que es: un joven atormentado y confuso que no esperaba seguir vivo para pasar la prueba del polígrafo, y que ha decidido decir la verdad.

David examinó el informe y volvió a leer fragmentos determinados con mucha atención. Afortunadamente, Sharpe jamás podría presentar todo aquello como pruebas. Pero David sabía que ella sentía lo que él, como fiscal, habría sentido también: que el acusador de Hana estaba diciendo la verdad.

—Habla con tu cliente —concluyó Sharpe.

Capítulo 19

—Bueno —dijo Hana en voz baja—, quieren matarme. ¿Cómo quieren hacerlo? Me gustaría saberlo.

David se preguntaba qué quería ella de él. Había decidido mostrarse lo más desapasionado posible.

—Hay una cámara de la muerte en San Quintín. Atan al reo en una camilla y le abren dos vías intravenosas en el antebrazo izquierdo para inyectarle cloruro de potasio. Y eso es todo.

—Muy clínico —dijo Hana—. Limpio, no como una bomba. —Ella hizo una pausa y luego preguntó—: Supongo que hay público.

—Sí, funcionarios del Estado. Hay plazas también para los familiares de las víctimas, si quieren asistir, y para la familia del reo.

—No quiero que Munira y Saeb lo vean. Y en cuanto a los demás... —Su voz se apagó, y entonces miró a David—. De todas las conversaciones que podíamos haber tenido, ésta nunca la imaginé.

Durante un momento David esperó a hablar.

—Sharpe quiere que hagamos un trato: información a cambio de tu vida, el nombre de los otros implicados en la muerte de Ben-Aron, y datos sobre Saeb, quizá.

—¿Y por qué no el propio Mahoma? —preguntó Hana, con un tono irónico, y luego inclinó la cabeza, contemplando a David—. En cuanto a Saeb —dijo, más serena—, ¿qué es lo que cree Sharpe que debo saber?

—¿Qué es lo que sabes en realidad, Hana?

Sus ojos se encontraron, y Hana apartó la vista.

—He pensado en ello —dijo, tranquila—, muchas horas. Me preguntaba quién me habría hecho esto.

—¿Saeb?

—Eso has pensado. —Hana cerró los ojos—. Podría haberlo hecho, ya lo sé. Pero hay formas mucho más fáciles de disimular su papel, y yo soy su mujer. ¿Por qué iba a hacer semejante cosa?

—No sé, dímelo tú.

Al cabo de un momento, ella abrió los ojos.

—¿Quieres que mienta? ¿Que haga con Saeb o con otro cualquiera lo que me han hecho a mí? —Su voz estaba llena de resignación—. Soy inocente, David. No tengo a nadie a quien traicionar.

—¿Y nada que contarme? Sharpe está investigando tu historia: declaraciones que sugieran que tú estás a favor de la violencia, y si Saeb lo está o no.

—Hay una diferencia entre nosotros, David; también entre aquella que era yo cuando me conociste y la que soy ahora. En unos pocos años habrá tres generaciones de judíos nacidos en Israel, que crecerán hablando hebreo como sus padres y sus abuelos. Es lo único que conocen, como Galilea era lo único que conocían mis padres y abuelos. ¿Qué vamos a hacer, erradicarlos a todos, o sencillamente convertirlos en refugiados? ¿Y dónde acaba eso? —Hana meneó la cabeza, con expresión compungida—. Yo deseo que Israel no exista. Pero si no me hago todas estas preguntas ahora, ¿qué tipo de persona sería?

—¿Y Saeb?

—Saeb se definió cuando tenía catorce años. Perdió a todos los que tenía; yo sólo perdí a una tía. A partir de esto, quizá podría imaginar que él se pudiera convertir en terrorista suicida. Nuestros jóvenes han visto demasiadas cosas, y no sienten apenas esperanzas. Pero ¿explotarlos? Sería la quiebra moral.

—¿Es eso lo que cree Saeb?

Hana cruzó las manos.

—Ya te lo he dicho, David. Si Saeb tiene tratos con supuestos terroristas, es algo que ignoro. Como le dije al FBI, no sé nada de Ibrahim Jefar. Y mucho menos por qué está mintiendo.

—No estoy del todo seguro de que mienta. —David hizo una pausa—. Le hicieron pasar por un detector de mentiras, Hana, y salió airoso.

La reacción de ella fue indetectable, un ligero movimiento de los hombros que la hacía parecer aún más pequeña.

—Ya.

—Sharpe le cree, y descarta mi teoría de que te han tendido una trampa diciendo que es una excusa para entremeterse en nuestras agencias de inteligencia y el gobierno israelí. Por eso pide la pena de muerte con tanta soltura.

Con la cabeza gacha, Hana no decía nada.

Era el momento de enfrentarse a ella, pensó David.

—Puedes hacer una cosa.

—¿Cuál?

—Pasar tú también la prueba del detector, igual que Jefar.

Durante un momento Hana se quedó callada.

—¿Y los riesgos?

—Sólo hay uno: que no la pases.

Como Hana no respondió, David notó que la tensión se acrecentaba en su pecho.

—Habría que hacerla aquí —continuó—. Así, Sharpe sabrá que te la hemos hecho. Lo filtrará a los medios de comunicación. Si no puedo decir que la has pasado...

Sin embargo, Hana seguía sin mirarle. Con una calma que no sentía, David continuó:

—Si la pasas, Sharpe quizá quiera que el FBI te haga la prueba. Pero al menos eso la hará parar un poco. Y puedo usar los resultados de la prueba ante la juez Taylor para justificar el hecho de ir a por los israelíes, y decirles a los medios que Sharpe está acusando a una mujer inocente.

David omitió el resto: que otro uso de la prueba podía ser forzar a un cliente culpable a enfrentarse con la realidad; o que la respuesta de Hana le importaba, y mucho más de lo que hubiese deseado. Como a David, a ella parecía costarle respirar.

—En la Facultad de Derecho —dijo ella al fin—, aprendimos que esas pruebas son en realidad poco mejores que la brujería. El culpable puede pasarlas, pero no el inocente. Y al fiscal no le importará en absoluto.

—Así que no piensas hacerlo.

—Sí, David, sí que lo haré. —Ella levantó la vista entonces, con los ojos brillantes de lágrimas—. Porque a ti te importa.

David no le dijo cómo funcionaba la prueba ni lo que haría el examinador para suscitar sus temores, o que era el temor precisamente lo que hacía tan útil la prueba. Reconoció eso mismo como una crueldad más propia de un hombre que deseaba saber si Hana le había traicionado que de un abogado. Que también él estaba traicionando a Hana lo comprendía demasiado bien.

Se reunieron con el examinador del polígrafo, un antiguo agente del FBI rechoncho y de aspecto paternal, en una habitación que, aunque grande, era tan blanca y carente de todo rasgo distintivo como aquella en la que David y Hana se entrevistaban. El examinador, Gene Meyer, se sentó frente a ellos, con la máquina encima de la mesa. Empezó intentando entablar con ella una conversación al parecer intrascendente, mientras iba comprobando sus reacciones. Las respuestas de Hana eran mecánicas; sus modales, indiferentes. De repente, Meyer le preguntó:

—¿Ha dormido usted suficiente, señora Arif?

—Dadas las circunstancias...

—Entonces le explicaré cómo funciona la prueba. Cuando yo le haga una pregunta, tres agujas registrarán su reacción mientras un rollo de papel va pasando por la máquina, del mismo modo que los médicos miden el funcionamiento de su corazón. De modo que no es la máquina el detector de mentiras, sino usted misma.

—¿Y cómo es eso?

Hana hablaba con aire de aburrimiento, como si no tuviera unos sensores unidos a sus muñecas, los pulgares y, por debajo de la sudadera, junto al corazón.

—Cuando mentimos —continuó Meyer—, nuestros cuerpos reaccionan de formas que nos traicionan: cambios en la respiración, los latidos del corazón, incluso un aumento de sudor en la piel. A usted no le gusta mentir, ¿no?

—Eso depende —respondió Hana—. Pero normalmente no.

Meyer echó una ojeada a David. Sólo David sabía, desde hacía mucho tiempo, que lo que podía pasar por helada indiferencia podía ser una ira que Hana estaba luchando por contener.

—Entonces vamos a probar una cosa. —Meyer sacó un mazo de cartas de su bolsillo y las extendió encima de la mesa—. Coja una.

Hana lo hizo. Cuando la levantaba, David vio que era la reina de picas.

—Voy a ir nombrando todas las cartas que hay en la baraja —dijo Meyer—, desde el as hasta el final, y le preguntaré si ésa es la carta que ha sacado. Usted ha de intentar no responder a ninguna pregunta, aunque la respuesta sea que sí. ¿Me comprende?

—Completamente. En todas las cartas excepto una, tengo que decir la verdad. Una vez, mentir. Y entonces sabrá si soy buena mentirosa.

La apariencia amistosa de Meyer había empezado a desvanecerse. Volviéndose hacia su máquina, dijo bruscamente:

—Ésa es la idea, señora Arif. ¿La carta que tiene usted es un as?

El papel empezó a desenrollarse.

—No —respondió Hana.

—¿Es un rey?

—No.

—¿Es una reina?

Hana hizo una pausa breve.

—No.

No cambió de expresión al responder, ni con la respuesta que siguió. Impasible, Meyer contemplaba el gráfico que se desarrollaba ante él.

—¿Su nombre es Hana Arif? —preguntó.

—Sí.

—¿Está usted casada con Saeb Jalid?

—Sí.

—¿Tiene una hija llamada Munira?

—Sí. Y me gustaría volver a estar con ella algún día. Así que ¿por qué no me pregunta por lo que se supone que he hecho?

Meyer entrecerró los ojos.

—¿Recuerda usted haberse reunido con un hombre llamado Iyad Hassan?

—No.

—En los últimos seis meses, ¿ha hablado usted por teléfono con Iyad Hassan?

—No. —Hana se inclinó hacia delante—. Déjeme que le sugiera una pregunta señor Meyer: ¿está usted implicada en el asesinato de Amos Ben-Aron?

David notó que se ponía tenso. Meyer la miró y repitió la pregunta.

—No —respondió Hana con calma—. Pero para ser mucho más precisos, quizá debería preguntarme si yo sabía que existía un plan para matarle.

Cuando Meyer la miró, David asintió. Le costó toda la disciplina que tenía no mirar la aguja.

—Antes de la muerte de Amos Ben-Aron —preguntó Meyer a Hana—, ¿sabía usted si existía un plan para matarle?

—No. —Con la misma indiferencia, Hana se echó atrás en la silla—. Y ahora responderé a las demás preguntas.

Hubo muchas, y muy detalladas: si Hana había escrito a máquina su número de teléfono en un trozo de papel; si había recibido una llàmada de móvil la noche antes de que mataran a Ben-Aron; si había hablado alguna vez con Ibrahim Jefar; si había hecho alguna llamada de móvil entre el principio del discurso de Ben-Aron y la bomba. El modelo fue adquiriendo un ritmo que David encontraba hipnótico: dos voces, una haciendo preguntas condenatorias, otra respondiendo que no; el débil rasgueo de las tres agujas en el papel. Viendo cómo se desenrollaba el papel, David notó que el sudor le cubría la frente.

Hana no le miraba. Era como si se hubiese olvidado de que estaba presente.

Cuando Meyer acabó, se quedó un momento en silencio, estudiando el rollo de papel.

—¿Cómo cree usted que ha ido? —le preguntó a Hana.

Hana se encogió de hombros.

—Supongo que depende de lo buena que sea la máquina, o usted.

Meyer levantó la vista del papel.

—¿Cree que hay algún motivo por el que pueda no haber pasado la prueba?

—Lo siento, no es algo a lo que pueda responder sí o no.

Lentamente, Meyer sonrió.

—Ha pasado la prueba, señora Arif. Ni un parpadeo, excepto con lo de la reina de picas.

David aspiró aire con fuerza. Volviéndose hacia él, Hana habló con una calma que traicionaba una emoción más profunda.

—Así que ahora ya he respondido a tus preguntas, David; excepto, por supuesto, a si tengo o no conciencia. Para eso ninguna máquina te puede ayudar.

Capítulo 20

Con los ojos entrecerrados debido a la concentración, Marnie Sharpe leía el informe de la prueba del polígrafo de Hana. Cuando hubo terminado, su tono era cansado.

—Algunas mujeres ahogaron a sus bebés en una bañera y luego pasaron la prueba. Ésta también podría ser una psicópata.

—¿A diferencia del terrorista de la bomba, a quien decidiste creer?

—Jefar pretendía morir. Su historia parece lógica. Hay pruebas que apoyan la implicación de Arif. —Su tono se volvió sardónico—. Pero esta prueba sólo sugiere que puedes llamarla a declarar como testigo a su propio favor. Quizá tenga el mismo efecto hipnótico sobre el jurado que ha tenido en la máquina, y en ti, según parece.

—¿Y qué quiere decir eso?

Sharpe le miró.

—Se te da mucho mejor cuando no crees —dijo con voz neutra—, cuando un caso es un simple juego de ajedrez. Arif te hace perder el equilibrio.

Aguijoneado, David contuvo su ira.

—Este tipo de cosas no nos ayudarán. Yo también podría decir que tú eres una fiscal demasiado ambiciosa con un caso decisivo, que ha experimentado tanta presión que prefiere condenar a una inocente antes que a nadie.

—Y lo dirás, supongo, más tarde o más temprano.

—Sólo si me obligas —respondió David—. El primer día que llegué a este despacho, tu santo predecesor, Bill Kane, me metió en la cabeza que tenía la obligación ineludible de averiguar la verdad, actuar con justicia e integridad y no dejar nada al azar, y no presentar nunca acusaciones contra alguien que no creyese con absoluta seguridad que era culpable. ¿Es así todavía, Marnie, o ya vale con «menos que seguro» si la víctima es el primer ministro de Israel?

Sharpe bebió un sorbito de té, mirando a David por encima del borde de la taza.

—¿Qué insinúas?

—Que quizá los dos tengamos razón: Hana está diciendo la verdad, y también Jefar. La diferencia es que Hana sabe la verdad, y Jefar sólo sabe lo que le contó Hassan.

Sharpe negó con la cabeza.

—Eso es absurdo. ¿Por qué iba a mentirle Hassan a alguien que va a matarse?

David se encogió de hombros.

—¿Por qué no explotó la motocicleta de Jefar?

—Por accidente —respondió Sharpe con displicencia—. Tu teoría acumula una coincidencia sobre una incongruencia: que a Arif le tendiese una trampa sin motivo alguno un hombre que iba a morir. Al menos dame una motivación humana plausible para dar algún crédito a esa idea.

Con certera puntería, Sharpe había iluminado de lleno el fallo de la lógica de David.

—Todavía no puedo —confesó.

La sonrisa de Sharpe era escéptica.

—Y la señora Arif no tiene ni idea, lógicamente.

—No. Ni tú tampoco. Al menos por lo que me parece a mí, estás acusando a Hana sin tener ninguna pista de cómo se tramó el asesinato, ni de quién lo hizo. ¿Eso no tendría que incomodarte un poco?

Por un momento, Sharpe pareció contemplar la franja de sol matinal que incidía en una esquina de su escritorio.

—Nuestra investigación está lejos de haber concluido. Mientras tanto, ¿qué quieres que haga? ¿Que presente disculpas públicamente y devuelva a Arif a Ramala?

—No antes de hacerle pasar por tu mismo polígrafo —dijo David muy calmado—. Dale una oportunidad, Marnie. Hana está deseosa de pasar por el mismo examinador que usaste con Ibrahim Jafer.

Sharpe levantó las cejas con una expresión de sorpresa teñida de leve desconfianza.

—Habrá condiciones, claro.

—Sólo una: si pasa la prueba, desestimarás el caso. Si encuentras más pruebas, siempre puedes volver a abrir el caso.

Sharpe meneó la cabeza con énfasis.

—¿Dejarla libre porque puede pasar la prueba del polígrafo? Ni hablar. Tampoco la examinaría aunque tu propuesta no fuera completamente absurda. —Golpeó con un dedo el expediente que tenía ante ella—. Por el motivo que sea, que puede ser un entrenamiento previo o bien por despiadada, siempre supimos que Arif podía pasar la prueba del polígrafo. Si ha pasado la tuya, ya me imagino cuál será tu próxima actuación en el programa *Today*.

De repente, la frustración se impuso a la paciencia de David.

—Esto es kafkiano —exclamó—. Me dices que Jefar ha pasado el polígrafo, y luego que el hecho de que Hana también lo haya pasado no significa nada. Así que ahora estamos en una especie de correa de transmisión, dirigiéndonos hacia el juicio de una mujer que no puedes estar segura de que sea culpable. —Su discurso se hizo entrecortado—. Quizá consigas condenarla. Quizá incluso consigas la pena de muerte. Pero basándote en las pruebas que tienes ahora, ¿tendrás el estómago de aparecer cuando la ejecuten?

Los ojos de Sharpe se mostraban tan opacos como ventanas con los postigos cerrados.

—Parece que estamos en un callejón sin salida. Basándome en las pruebas que tengo ahora, hará falta algo más que polígrafos y retóricas para no dejarme dormir por la noche. Dile a tu cliente que se lo piense un poco mejor.

Aquella tarde, en una habitación interior y sofocante proporcionada por el FBI, David empezó a revisar cajas de documentos entregados por la fiscalía.

Las cajas estaban repletas de documentos inútiles que reflejaban el deseo del gobierno de proceder con exhaustividad o simplemente de que perdiera horas de su tiempo, cumpliendo la orden de Taylor hasta el exceso. Sin embargo, no existía pista alguna de una conspiración más amplia: la multitud de declaraciones de testigos, aunque captaban muy bien el horror del asesinato, añadían muy poco a lo que David ya sabía, y el informe del forense era espantoso, pero tampoco aportaba nada. Cuando David le señaló todo esto a Sharpe, ella le respondió:

—Ésta es una operación en marcha. Me pediste muchas cosas, y no podemos dártelo todo de golpe; especialmente, dada la amplitud de la defensa que has propuesto: palestinos e israelíes, todos juntos.

Durante días interminables, David siguió prisionero, alimentándose de comida preparada, seleccionando porquerías hasta altas horas de la noche, siempre dispuesto a salir corriendo antes de que amaneciera, ducharse y volver a otro día más de cautividad. En ocasiones, cuando comía con Angel o uno de los pocos amigos que le quedaban a pesar de su defensa de Hana y su ruptura con Carole, se sentía como un topo que saliera de su agujero, parpadeando a la luz del sol después de un invierno muy, muy largo.

Después de un almuerzo de ese tipo, Sharpe le llamó a su móvil.

—Acabamos de dar con algo, a lo mejor quieres echarle un vistazo —le dijo—. No sé si ayudará a tu cliente; pero dada tu imaginación, estoy segura de que ya se te ocurrirá algo.

El documento, según averiguó David, era un informe preliminar del FBI relativo a su petición de las circunstancias que rodearon la muerte de Ben-Aron. Su estilo literario le era familiar: una mezcla de jerga burocrática, extraña estructura sintáctica y uso excesivo de la voz pasiva. Sin desatarse la corbata, David lo examinó durante unos minutos hasta que un pasaje llamó su atención:

> Con referencia a Saeb Jalid, no se ha encontrado prueba alguna que lo ligue con los acontecimientos que se investigan, aunque se han encontrado algunas declaraciones que sugieren su defensa de la violencia con relación a Israel.

Dos páginas después, David encontró un informe de la investigación que había llevado a cabo el FBI del trasfondo del asesinato. Como catálogo de frustraciones, el sumario resultaba bastante elocuente:

> La operación parece muy profesional. Los explosivos usados eran robados, quizá de una base militar. La procedencia de los uniformes de policía todavía no se conoce, aunque se pueden adquirir en Internet. Las motocicletas fueron compradas por hombres desconocidos, aparentemente de Oriente Medio, a quienes los agentes no han podido rastrear. El contenedor de almacenamiento no tenía huella sospechosa alguna, excepto las de Hassan y Jefar, ni tampoco la motocicleta que quedaba. Los carnés de conducir de Hassan y Jefar eran imitaciones de gran calidad; sus tarjetas de crédito, obtenidas bajo nombres falsos y enviadas a apartados de correos. Ninguna otra persona sospechosa que se sepa que haya entrado en Estados Unidos antes del asesinato parece implicada hasta el momento.
>
> La ausencia de pistas se puede interpretar como indicativa de una conspiración muy bien planeada, llevada a cabo por agentes enormemente hábiles en número y origen indeterminados.

David hizo una pausa para reflexionar sobre la conjetura de Bryce Martel, y luego siguió leyendo:

> Hasta el momento no se ha encontrado prueba alguna que una a Hana Arif con los acontecimientos que se investigan. Las llamadas de teléfono móvil realizadas por Hassan se hicieron desde teléfonos móviles comprados en efectivo, y también por parte de un hombre que parecía de Oriente Medio. Estos móviles no se han encontrado ni se han conseguido rastrear hasta ningún individuo. Del mismo modo, aunque la señora Arif ha estado asociada con personas conocidas o sospechosas de ser miembros de la Brigada de los Mártires de Al Aqsa, Hamás y, en un caso, la Yihad Islámica, no se sabe si ella se halla o no afiliada a tales grupos.

«¿Y qué hay del propio Al Aqsa?», se preguntó David. Siguió leyendo y encontró la respuesta, en parte:

> Desde el asesinato, Al Aqsa ha tenido graves pérdidas debido a operaciones militares israelíes, que incluyeron ataques a coches y la destrucción de pisos francos usados por supuestos miembros. Aunque algunos elementos de Al Aqsa han negado la implicación en el asesinato, se puede atribuir al temor de más represalias, tal como ya ha ocurrido. Sin embargo, nuestras agencias de inteligencia tienen dudas con respecto a una presencia sustancial de Al Aqsa en Estados Unidos.

David no encontró especulación alguna sobre quiénes podrían ser los conspiradore; pero la penúltima página le afectó tanto, que se enderezó en la silla.

> A las 13.10, el líder del séquito ordenó que la ruta al aeropuerto tomase por la calle Cuarta, en lugar de la Décima. El líder del séquito asegura que ésta era una precaución habitual. Transmitió su orden por medio de un teléfono seguro a los miembros de su séquito, y también al líder del contingente de seguridad de Israel y al jefe de Protección de Dignatarios de la Policía de San Francisco, que entonces transmitió la misma instrucción a la gente que estaba bajo sus órdenes.
>
> Estas nuevas instrucciones se completaron a las 13.16. A las 13.22, según una cinta de una cámara de seguridad de una tienda en Market Street, junto a la calle Diez, se ve a Hassan recibiendo una llamada en su móvil, y luego corriendo a dejar su posición.
>
> Es posible concluir que la llamada telefónica alertó a Hassan del cambio de ruta ordenado por el líder del séquito. Además, el número de

> teléfono del interlocutor que aparece en el móvil de Hassan es el mismo número de móvil desconocido de la persona que llamó a Hassan los dos días anteriores al asesinato. Jefar ha señalado que un mapa que ellos dejaron en el contenedor de almacenamiento, pero que quedó destruido en la explosión, delimitaba con tinta la ruta original en la calle Décima que había sido elegida tres días antes, así como dos rutas alternativas.
>
> En conjunto, estos hechos sugieren que la ruta original, así como el cambio, fueron transmitidos a Hassan por una brecha deliberada de la seguridad que implica a una o más personas informadas del plan. Nuestras investigaciones indican que esa información estaba limitada a los miembros del Servicio Secreto responsable de la protección del primer ministro Ben-Aron, así como del personal de policía y de la seguridad israelí con similares responsabilidades.
>
> Una investigación preliminar apuntaba a la posible complicidad de miembros del Servicio Secreto o de la Policía de San Francisco. Esta investigación incluía extensos interrogatorios de todas las personas implicadas, exámenes mediante el polígrafo, una revisión de registros financieros, telefónicos y de móviles, cargos a las tarjetas de crédito y otras medidas de investigación, como escuchas telefónicas y vigilancia electrónica. Sin embargo, no fue descubierto ningún hecho que sugiriera una posible implicación por parte de alguna de estas personas.

La página final, sorprendentemente lacónica, le contó a David lo que deseaba saber:

> Dos días después del asesinato, el gobierno israelí ordenó a todo el personal de seguridad implicado que volviese a Israel. Se proporcionó un oficial de enlace para facilitar la comunicación con respecto a estos acontecimientos. Hasta ahora, sin embargo, no hemos podido seguir investigando la posibilidad de que algún miembro del séquito de seguridad del primer ministro hubiese filtrado los arreglos destinados a su protección por parte del Servicio Secreto.

David se sentó con Bryce Martel en un banco de madera junto al tiovivo del zoo de San Francisco, contemplando a los niños que cabalgaban en los animales de madera tallada a mano y pintada que subían y bajaban al ritmo de la estridente música circense. Con el sol del verano en el rostro, Martel miraba a los niños con una sonrisa en la que se mezclaba el deleite con la pena.

—Algunos de esos animales de madera —observó Martel— son casi tan viejos como yo. En las raras ocasiones en que mis nietos vienen a visitarme, parece que les gusta. A mí, desde luego, me encanta.

Consciente de que la relación de Martel con su única hija había quedado menguada por el divorcio y el secretismo, David dejó que el amigo de su padre se quedara pensativo durante un rato. Luego Martel se volvió hacia él y le dijo:

—Quieres saber más acerca de los israelíes; específicamente, de la gente de seguridad. Supongo que tienes algo más que sugiere que han encontrado una filtración.

—Sí.

—Bien. El grupo asignado a Ben-Aron es la Unidad Especial de Protección. Son la elite, casi todos ellos ex militares. En Israel, a diferencia de aquí, el servicio militar es casi universal, un tema de supervivencia nacional. Así que los posibles aspirantes son de una gran calidad. La investigación es extensa, y una vez que se consigue el trabajo, se pierde toda posibilidad de tener una vida privada: estás sujeto a polígrafos y vigilancia.

»Los israelíes no han dejado nada al azar: hacen volar a sus líderes en aviones privados para que los de seguridad puedan llevar armas, y los aviones mismos tienen sistemas antimisiles. —Quitándose las gafas, Martel las limpió con un pañuelo blanquísimo—. Por eso, que esté implicado un miembro del equipo de seguridad de Ben-Aron es algo casi impensable, peor aún que cuando Rabin fue asesinado por un extremista judío.

—Pero ¿es imposible?

—Resulta difícil imaginar que la Unidad Especial de Protección hubiese admitido a un traidor. —Martel se volvió a poner las gafas, después de juguetear brevemente con las patillas—. Lo que me parece más plausible es que un miembro en activo se haya descarriado, ya sea por dinero o, quizá, por una conversión religiosa o política que le revelase que estaba protegiendo a un enemigo del pueblo judío. Y aun así, no sé cuánto tiempo podría pasar una persona así sin que la detectasen.

—¿En ese grupo se podría haber infiltrado un extremista?

—¿Quieres decir si los miembros de la unidad conocen a algún extremista? Pues seguro. Tal como digo, son todos ex militares. El ejército israelí también tiene sus fanáticos. Pero ¿reclutar a uno? —acabó Martel, contemplando el carrusel—. Aun así, no crees que hayan sido los americanos.

—No.

Martel sopesó ese dato.

—Aun dentro de este grupo tan selecto —dijo al fin—, uno puede hacer distinciones. Ben-Aron podría tener tres capas de protección: el perímetro interior, los que estaban más cerca de él literalmente, y por tanto los más veteranos; el perímetro medio, con los que eran un poco menos veteranos; y luego el exterior. El perímetro interior incluiría sólo a aquellos en los que Ben-Aron, que era buen juez del carácter de la gente, confiaba plenamente; casi como una extensión de su familia. A medida que la veteranía va menguando, tu tesis se desplaza de lo inimaginable a lo simplemente difícil de concebir.

—Entonces, ¿cuál es tu consejo?

—Si estás pensándolo, es que los israelíes ciertamente están en ello... y por eso sacaron a sus agentes de Estados Unidos. Obviamente, tienes que ir a por ellos. —Martel sonrió secamente—. Yo creo, y lamento decirlo, que tus oportunidades de verte con todas esas personas son mucho menores aún que tus posibilidades de entrar en el Congreso. Pero si los israelíes los pusieran a todos en fila y te dijesen que escogieras a uno, yo elegiría a uno joven.

—Del perímetro exterior, en otras palabras.

—Desde luego. —Volviéndose hacia David, Martel concluyó—: Para matar a Ben-Aron, había que estar cerca de él. Pero para traicionarle, sólo había que saber lo del cambio de ruta. A partir de ahí, lo único que se requería era un teléfono móvil, y una completa indiferencia por tu futuro. Y, por supuesto, un motivo.

Capítulo 21

El consulado israelí ocupaba una mansión reformada a pocas manzanas del ático de Carole, con altos techos y molduras decorativas como vestigios de un San Francisco próspero de los días anteriores a los impuestos federales. Pero el despacho que le habían dado a Avi Hertz parecía apenas más ancho que alto, y amueblado sólo con un escritorio, dos sillas y un teléfono. Señaló una silla a David con la mano, sin hacer esfuerzo alguno por congraciarse con él, trayéndole al momento a la mente el consejo de Martel: «Avi Hertz ha dedicado su vida a una sola cosa: la supervivencia del Estado de Israel. La forma de tratarte vendrá determinada por eso y nada más que eso». Aunque en su rostro menudo se apreciaban trazas de humor, su habla lacónica, su economía de movimientos e impenetrable mirada sugerían una autodisciplina a través de la cual Hertz se había convertido en el equivalente humano de un espejo de una sola cara, que absorbía mucho pero no traicionaba nada.

Con un ligero gesto de la mano izquierda, Hertz indicó la carta que tenía en su escritorio.

—He leído su carta, señor Wolfe. Reducida a su esencia, parece querer toda información que posea nuestro gobierno sobre Hana Arif, Saeb Jalid y los asesinos de nuestro primer ministro, incluido cualquier posible lapso en su protección, y culminando con las declaraciones juradas de todos los miembros del equipo de seguridad que estaban presentes cuando ocurrió. ¿O había algo más?

El tono monótono de Hertz hacía que aquella enumeración pareciese ridícula, incluso al propio David. Decidido a mostrarse tan poco comunicativo como Hertz, respondió:

—No, nada más.

—Comprenderá usted las dificultades, por supuesto.

David se encogió de hombros.

—Comprendo las dificultades de mi cliente. Coherentemente

con mis obligaciones hacia ella, intentaré acomodarme a las suyas.

Hertz se tocó los dedos.

—La dificultad principal —acabó diciendo— es que usted contempla sus intereses como primordiales, y los intereses de Israel como subordinados. Según su concepción de la realidad, nosotros nos convertimos en un arma de su investigación. La Oficina del Fiscal General, el Shin Bet, incluso el Mossad, todos trabajarían a su favor.

—Yo sólo quiero aquello que pueda ayudar a mi cliente —respondió David—, sujetándose a las mismas condiciones que la juez impuso para proteger a mi propio gobierno. Existe un lugar en el que nuestros intereses se cruzan: a su gobierno le interesan muchas más cosas del asesinato que la simple acusación contra Hana Arif, y para defenderla, yo tengo que saber muchas más cosas.

—¿Esto ha sido un *haiku* —preguntó Hertz—, o simplemente una paradoja? En cualquier caso, nuestra investigación sobre la muerte de nuestro primer ministro incluye temas muy delicados. Se debe realizar con mucha calma y con gran cuidado. Lo que está en juego para nosotros es mucho mayor, y más concreto, que sus especulaciones sobre un solo cliente...

—Dígame una cosa —le interrumpió David bruscamente—. ¿El gobierno de Israel cree, o al menos sospecha, que alguien en el séquito de seguridad del primer ministro pudo ser cómplice en su asesinato?

La expresión de Hertz no cambió.

—Estoy autorizado a decirle —contestó— que no hemos encontrado información que tienda a exonerar a la señora Arif.

—¿Y a implicarla?

Por primera vez el tono de Hertz traicionó su impaciencia.

—Si tuviéramos tales pruebas, inmediatamente informaríamos a su gobierno, que, tal y como creo que funciona su sistema, se vería obligado inmediatamente a proporcionárselas a usted.

»No es ésa nuestra situación. No tenemos pruebas de que Arif no hiciera exactamente aquello de lo que se la acusa: conspirar para asesinar a Amos Ben-Aron. Y tampoco hay pruebas de que lo hiciera, aparte de lo que ustedes ya saben.

—¿Nada más? —David siguió con tono educado—. Ella, por ejemplo, no compró la motocicleta ni robó los explosivos, ¿verdad?

El gesto de Hertz, extendiendo las manos con las palmas hacia arriba, sugería que aquella pregunta era demasiado absurda para contestarla.

—Y entonces, ¿quién lo hizo? —le apremió David—. Supongo que no sería Al Aqsa.

Hertz se tocó las cortas cerdas del pelo ralo, cortado a cepillo, y luego miró silenciosamente a David.

—Ahora se le ha ido a usted la cabeza —dijo al final—. Y está completamente fuera del ámbito de su defensa.

—No es a usted a quien corresponde decir eso —respondió David—. Para eso tenemos a una juez.

—Para eso está usted aquí —replicó Hertz—: para consolidar sus teorías mediante cualquier táctica legal que sea capaz de perseguir. —El desdén que escondían sus palabras resultaba aparente—. No me molesta que sean esas sus prioridades: al fin y al cabo, es usted abogado. Pero sí que lo haga por una mujer acusada de ayudar a hacer un gran daño a Israel. Tenemos muchos enemigos de ese estilo, y unas prioridades mucho más importantes, por las que usted no parece nada preocupado. Sólo puedo pedirle que intente comprenderlas.

David manifestó también su irritación.

—Ya he tenido esta conversación antes, con Sharpe. La misma condescendencia, las mismas altivas referencias a la seguridad nacional, la misma invocación a las «importantes prioridades». Mi trabajo es procurar que Hana Arif no resulte devorada por las «prioridades» de nadie, ya sean geopolíticas o, expresado de forma menos fatua, simplemente políticas.

»La cuestión de si un israelí elegido para proteger a Ben Aron conspiró para matarle debería causar grandes problemas a su gobierno, quizá incluso decidir qué fuerzas dentro de Israel ostentan el poder. Y eso también nos lleva directamente a si Hana formaba parte de una trama mucho más importante o era su víctima. Y a ese respecto, yo sospecho que su gobierno quizá ya sepa mucho más de lo que está diciendo. —David hizo una pausa para elegir cuidadosamente sus palabras—. Ya sé que es un tema delicado, especialmente si alguien de la seguridad de Ben-Aron facilitó un atentado con bomba planeado por aquellos que quieren que desaparezca Israel. Quizá llegará un momento en que sus prioridades y las mías requieran un cierto acuerdo.

Hertz se tomó su tiempo para sopesar las palabras de David, absorbiendo tanto su sentido como la amenaza encubierta que deseaban transmitir.

—Su carta dice que piensa visitar Israel —dijo sencillamente—. Siempre que se ajuste a nuestros intereses, le ayudaremos si podemos.

»Repito que no tenemos nada que exonere a Arif. —Su voz, aunque se había suavizado, traicionaba una ira soterrada—. Recordamos bien el Holocausto, señor Wolfe. No nos dedicamos a asesinar a inocentes porque no sean de los nuestros, ni a proteger a culpables porque lo sean.

—Así que —dijo Hana con suavidad— ahora estás enfrentado con los israelíes. Y sigues sin querer hablar de tu novia.

Era la primera visita de David desde el examen con el polígrafo, y se sentía aún más confuso que antes: a sus dudas acerca de la inocencia de ella y su miedo a ser manipulado hasta llegar a un final catastrófico, se unía un sentido de culpa por haber desconfiado de ella, después de la prueba. No se sentía con fuerzas para hablarle de todo esto, ni de ganarse sus simpatías insinuándole todo lo que había sacrificado para ayudarla.

—¿Cuántas veces en nuestra relación —le dijo— no habrás empezado una frase con «así que»? ¿Y qué porcentaje de esas frases no habrá sido el origen de una gran inquietud?

Los labios de Hana esbozaron un atisbo de sonrisa, aunque sus ojos no sonreían.

—Así que —insistió— Carole ya no es tu novia.

—Esa frase en particular —dijo David— demuestra mi teoría.

Los ojos de Hana se encontraron con los de él.

—Lo siento —dijo ella en voz baja—. Y me avergüenzo. He descubierto que el hecho de que te acusen de asesinato te crea una especie de narcisismo. «¿Me ayudará él?» «¿Comprenderá cuánto le necesito?» Y también: «¿Me creerá?».

Hizo una pausa, bajando la vista por un momento.

—Estaba enfadada contigo, David. Y entonces pensé en lo mucho que te podía estar costando defenderme. Durante trece años ha permanecido en mi corazón y mi mente el David que eras cuando estuvimos en Harvard. Tenías derecho a esperar que considerase un poco más los estragos que yo he causado en tu vida tal y como es, o como era.

Aunque conmovido, David consiguió dominar sus propias emociones. De una forma neutra, dijo:

—Tienes famila, te han acusado de un crimen capital, tu cara aparece en la portada de *Newsweek*, y tienes algunas preocupaciones con respecto a la persona que se está ocupando de tu hija. No espero nada de ti.

—Quizá deberías. —Para su sorpresa, Hana tendió la mano por encima de la mesa y la apoyó en su muñeca—. Quiero ser amiga tuya, si no es demasiado tarde.

Instintivamente David miró a la ventana para ver si algún guardia los vigilaba. Viéndolo, Hana retiró la mano.

—Y lo de tu prometida —preguntó al fin— ¿no tiene arreglo?

—Parece que no.

—Por mi culpa —dijo ella, con voz átona—. Y ahora, los israelíes también están enfadados contigo.

—Sí, pero al menos eso sí que resulta relevante para tu defensa.

Con los ojos turbios, Hana aceptó ese rechazo velado.

—Entonces, dime.

—Hay un conflicto —empezó David— entre tus derechos y lo que perciben Estados Unidos e Israel como intereses de seguridad nacional. Cómo definen Estados Unidos e Israel esos intereses puede estar en conflicto también: para mantener sus acusaciones, nuestro gobierno puede requerir a los israelíes que cooperen conmigo más de lo que les gustaría.

—¿Y eso hace la posición de Sharpe más difícil?

Era más fácil, según descubrió David, hablar con Hana en su faceta de antigua abogada.

—Podría ser —respondió—. Como primer recurso, ella dirá que la acusación que ha presentado contra ti es un sencillo caso de asesinato, más notorio aún debido a la identidad de la víctima. En esencia, que estoy usando la identidad de Ben-Aron para expandir el caso de una forma que amenaza los intereses de ambos países, pero no tiene nada que ver con tu inocencia o tu culpabilidad. Y sólo tengo dos medios de influir en los israelíes: presionarlos a través de los medios de comunicación y, con la ayuda de la juez Taylor, a través de Sharpe.

—¿Y tienes alguna base para hacer tal cosa?

—Eso creo. —David pensó cómo describir la situación en la que se encontraban las cosas—. Los americanos, israelíes y tú formáis parte de un dilema tripartito. Pero tenemos la oportunidad de dar a elegir a los israelíes: o bien me dicen lo que han averiguado acerca del asesinato de Ben-Aron, por doloroso que sea, y conduzca a donde conduzca, o pondrán en peligro la capacidad de Sharpe de mantener sus acusaciones contra ti.

Hana inclinó la cabeza, mirándole a la cara.

—¿A qué coste para ti, David?

—¿Qué quieres decir?

Ella hizo una pausa para elegir bien sus palabras.

—Vives en un país asustado. No es el mismo que existía cuando nos conocimos. Me he visto en las revistas: soy una criatura monstruosa, como Bin Laden, y las acusaciones que me han hecho provocan que los americanos teman por sus hijos y por el mundo en el que viven; igual que yo misma, durante años, he tenido miedo por Munira.

»Y ahora tú, que eres judío, estás jugando con esos mismos miedos existenciales en los israelíes y, peor aún, sugieres que sus enemigos no son palestinos, sino quizá judíos. Esto debe de ser parte de lo que ocurrió entre Carole y tú. —Su voz era suave—. Y por eso yo no puedo evitar preguntarme, aun en medio de todo esto, cómo estás viviendo esta situación.

David esbozó una sonrisa.

—Pues a base de comida china para llevar, básicamente.

—Al menos, dime esto: ¿sabe Carole lo que fuimos nosotros el uno para el otro? —inquirió Hana.

—Sí —respondió David—. ¿Y Saeb?

Hana bajó la vista, y luego meneó la cabeza.

—Nunca se lo he dicho con palabras.

Durante un minuto largo, los dos compartieron el silencio. Luego, Hana levantó la vista hacia él.

—Me gustaría ver a Munira, David; sin su padre, si pudiera ser. Ha pasado demasiado tiempo.

Al cabo de otro momento, David asintió.

—Intentaré arreglarlo —le dijo.

Capítulo 22

—En vista de las acusaciones de nuestro gobierno —preguntaba Larry King—, ¿por qué cree usted con tanta fuerza en la inocencia de Hana Arif?

Durante semanas David había sopesado la conveniencia de presionar a los israelíes ante el riesgo de enfrentarse a la juez Taylor. Ahora estaba sentado en la semioscuridad de una sala en un edificio de la CNN en San Francisco, intentando proyectar sinceridad hacia el ojo de cristal de una cámara. En un monitor que se encontraba a un lado, la boca de King, en virtud de un retraso de tres segundos, se había dejado de mover aun cuando su voz todavía resonaba en el auricular de David.

—La señora Arif pasó una prueba del detector de mentiras muy minuciosa —respondió David—. Negaba cualquier conocimiento del asesinato de Ben-Aron, de los asesinos o de los actos de los que se la acusa. El polígrafo muestra que sus respuestas eran verdaderas.

»Yo entregué esos resultados a Marnie Sharpe, la fiscal de Estados Unidos, y me ofrecí a que la señora Arif pasase otro examen, esta vez llevado a cabo por el FBI. La señora Sharpe rechazó mi ofrecimiento. —David hizo una pausa y luego añadió con firmeza—: Se está sacrificando a Hana Arif en el altar de la conveniencia política..., literalmente, si se la llega a ejecutar a pesar de esta nueva prueba de que se le ha tendido una trampa. Y los americanos, los israelíes y el mundo entero seguirán sin saber nada de la conspiración para asesinar a Amos Ben-Aron.

En el monitor, la boca de David todavía se movía cuando King preguntó:

—¿Tiene usted alguna idea de quién pudo haber planeado un acto tan horrible?

David había preparado su respuesta con cuidado.

—En este momento, Larry, no soy libre de contarle todo lo que sé o sospecho. Pero creo que la muerte del primer ministro fue la consecuencia de una filtración deliberada a los asesinos de que la comitiva cambiaba de ruta. Y por eso estaban en la calle Cuarta, y por eso pudieron matarlo.

»Que yo sepa, no hay pruebas de que la filtración procediese del Servicio Secreto o de la Policía de San Francisco. —Durante un momento, David dudó—. Eso nos deja a los israelíes. Desgraciadamente, Israel se ha negado a compartir con la defensa o incluso con el gobierno de Estados Unidos lo que ha descubierto en su propia investigación.

»En resumen, Estados Unidos está acusando a la señora Arif e ignorando al mismo tiempo que ella ha pasado un detector de mentiras, e Israel se niega a enfrentarse al hecho de si uno de los suyos pudo haber matado a su primer ministro...

—¿Está diciendo —le interrumpió King— que los israelíes y los americanos están encubriendo el asunto?

—Lo que digo —objetó David— es que si mi cliente es culpable o inocente es algo que puede dejar de tener importancia. Y eso podría ser fatal para la señora Arif y para tener la más mínima oportunidad de averiguar quién mató en realidad a Amos Ben-Aron.

—De lo cual, según usted asegura, Israel tiene la culpa, al menos en parte.

—El pueblo israelí ha sufrido una gran tragedia —respondió David, en tono seco—. Espero que su propio gobierno no lo agrave aún más. El crimen judicial de una mujer inocente va en contra de los preceptos sobre los cuales se fundó Israel, no sólo como refugio para un pueblo perseguido, sino como faro de justicia en una región que, por desgracia, ha conocido poca. —David hizo una pausa, eligiendo sus siguientes palabras con cuidado—. El asesinato de John F. Kennedy todavía nos atormenta. Ahora, una conspiración de origen desconocido ha asesinado a Amos Ben-Aron y, probablemente, la posibilidad de una paz duradera. Y por eso este juicio debe preocuparnos tanto. Porque si Estados Unidos ejecuta a Hana Arif, basándose en parte en el silencio de Israel, será una maldición para tres pueblos: americanos, israelíes y palestinos.

En el monitor, el rostro de King aparecía grave.

—Es una advertencia muy dura, señor Wolfe. ¿Y qué solución propone usted?

David siguió con una expresión contenida, la voz más calmada de lo que él se sentía en realidad.

—Si el gobierno israelí no colabora con la defensa —respondió—, le pediremos a la juez Taylor que desestime la acusación de nuestro gobierno contra Hana Arif.

De vuelta a casa, David escuchó el mensaje de Sharpe en su móvil. El tono de ella era gélido.

—Has traspasado la línea —dijo—. Antes de que la juez Taylor decida si se carga o no el caso, tendrá que decidir si has desafiado sus órdenes.

La llamada no le sorprendió. Sin embargo, las palabras de Sharpe le recordaban de una forma muy deprimente la polémica (por no mencionar el odio) que sus tácticas podían suscitar.

Mientras metía el coche en la entrada de su casa, vio que las ventanas de su salón estaban iluminadas.

David rebuscó en su memoria. Apagar las luces antes de salir de su casa era algo tan habitual que no recordaba si lo había hecho o no. Usando la apertura automática de la puerta de su garaje, delataría su presencia. Aparcó el coche en la calle, pues.

Caminando con precaución, David subió los oscuros escalones que conducían a su puerta de entrada con la llave en la mano. La metió en la cerradura, abrió con suavidad y penetró en el vestíbulo.

La luz de una lámpara de pie del salón incidió en el rostro sobresaltado de Carole.

Ella le esperaba en el sofá. Con algo de retraso, David notó que se le ponía la piel de gallina, y luego sintió un leve renacimiento de la esperanza.

—¿Debería alegrarme de verte aquí? —preguntó.

—Te he visto esta noche. —La voz de Carole sonaba apagada—. Espero que a ella le hayan dejado verte. Tan apasionado y tan convincente... Mucho mejor que el hombre con el que cometió el error de casarse.

Abatido, David notó la profundidad del sufrimiento de Carole; ella era incapaz de estar con él, pero también era incapaz de dejarle. Acababa de ver a David desplegar sus habilidades en favor de una mujer que ella despreciaba y envidiaba por igual, y desafiar a un país al que ella adoraba.

—No he tenido elección —dijo David—. Los medios de comunicación requieren exceso, y lo que he dicho es cierto. Sienta lo que sienta, los abogados no podemos permitirnos el lujo de dividir nuestras lealtades.

—¿Y qué es lo que sientes, David?

David se sentó en el brazo del sofá, a poca distancia de la mujer con la que había pensado compartir su vida.

—Excepto por la noche, cuando estoy solo, intento mantenerme distante. De modo que lo único que hago es pensar, y no sentir.

—Quizá sea así como prefieras vivir. —Aunque se controlaba, Carole apartaba la vista—. Me pregunto ahora si es imposible llegar a conocerte, para los demás e incluso para ti mismo.

Aquella observación dio tan cerca del blanco, que David se sintió a la defensiva y a la vez incomprendido.

—Esto es muy duro para mí, Carole. ¿Realmente crees que no me afecta nada de todo esto? Intento seguir mi propia conciencia como abogado y como hombre, preguntándome siempre dónde pueden entrar en conflicto las dos condiciones.

—¿Y Hana?

—Ojalá nunca la hubiese conocido —dijo él, sin expresión en la voz, y luego se preguntó si eso sería cierto del todo—. Ojalá nunca hubiese necesitado mi ayuda. Ojalá tú y yo siguiéramos todavía viviendo la vida que teníamos, y no pasara las noches en vela preguntándome por mis motivos y mis decisiones. —Su tono se volvió más blando—. Y más que nada, desearía no haberte hecho daño nunca. Y no haber descubierto lo que eras capaz de decirme (o peor aún, de pensar) cuando transgredí la idea que tenías de lo que significa ser judío.

Carole meneó la cabeza.

—Eso no es justo, David.

—¿Ah, no? Vaya, qué ironía. Hace años, Hana me dijo: «Qué americano eres. Para ti, lo único que importa es el individuo». Y quizá sea así. Para mí, las dos estáis tan marcadas por la historia colectiva de vuestros dos pueblos que habéis perdido alguna parte de vosotras mismas. Pero sólo una de las dos está acusada de asesinato. Y existe una posibilidad bastante importante de que sea inocente...

—Y eso te autoriza a menospreciar a Israel —le interrumpió Carole—. Después de todo, judíos y palestinos son imágenes reflejadas cada uno del otro, como Hana y yo. ¿No es eso lo que crees, David? Las mismas tragedias, las mismas pérdidas, la misma ceguera.

—Sabra y Chatila no fueron Auschwitz —exclamó David—. Igual que las tragedias de judíos y palestinos no son similares, ni remotamente. Para mis propósitos, tampoco tienen que serlo. Si hubiesen muerto seis millones de palestinos, en lugar de judíos, eso no haría que la contemplación de la violación de su hermana y el crimen de su familia hubiese hecho menos daño a Saeb Jalid, ni que Hana no mereciese un abogado.

—Entonces, ¿qué es, David? ¿Que Hana fuese tu amante?

—Sí —respondió David con toda sencillez—. Yo la amé en tiempos. Años después, te amé a ti. Pero no puedo arriesgar su vida sólo para merecer tu aprobación. Todas las cosas en nuestras vidas tienen huellas de otras personas. Haberla amado no significa que no pudiera amarte, y defenderla no me convierte en un judío que se odia a sí mismo. —La voz de David se volvió más dura—. Lo que yo habría odiado de mí mismo sería tratar a Hana como si su vida no significase nada para mí. Y lo que habría odiado de ti es que tú necesitases que yo hiciera tal cosa.

Carole meneó la cabeza, lentamente.

—Algunas huellas son indelebles —respondió—. Lo que yo necesitaba era que no la amases ahora. Quizá, de esa forma, deseaba que fueses un poco más difícil de conocer. —Hizo una pausa, como si le costara añadir algo más—. Si hubieses averiguado que yo te mentía, David, ¿qué habrías hecho?

David no respondió. Al irse, Carole le tocó ligeramente en el brazo, como un último reflejo. Sólo entonces David vio la llave plateada en su mesita de centro.

Capítulo 23

Con la cabeza alta y los ojos entrecerrados, Bryce Martel degustó el rico cabernet, y luego asintió aprobadoramente a la camarera, una joven con el pelo trenzado y teñido de varios colores. Cuando la joven se fue, le dijo a David:

—Parece que los has alterado un poco.

Estaban comiendo en Bacar, un antiguo almacén reformado al sur de Market Street con altos techos, paredes de ladrillo y una larguísima carta de vinos, una variante chic de los restaurantes más formales que prefería la gente algo mayor.

—¿Y eso? —preguntó David.

—Israel es un país maravilloso —respondió Martel—. Pero es muy dado a facciones y contradicciones: lo religioso contra lo secular, palomas contra halcones, los pragmáticos que apoyaban a Ben-Aron contra los profetas que le despreciaban... Y todos ellos, de forma bastante comprensible, ven la política como una cuestión de vida o muerte. Lo que sugeriste anoche en *Larry King*, que el crimen de Ben-Aron puede ser de algún modo un trabajo interno, si fuese verdad, se podría volver contra todas las facciones a las que pudiesen acusar los diversos antagonistas en Israel. —Martel dejó la copa—. Una noche en la CNN no cambiará la mentalidad del gobierno. Pero puede resultar que, a diferencia de los amigos, sí que tengas algún aliado provisional, una vez que visites Israel.

—¿Por ejemplo?

—Periodistas, partidarios de Ben-Aron, opositores a su sucesor, quizá los que esperen conseguir alguna ventaja política y electoral cargándole ese crimen a la ultraderecha... —Martel hizo una pausa y examinó el menú—. No obstante, encontrarás que esas aguas son muy turbias, y es difícil navegar en ellas. Israel no es un lugar que se preste a una comprensión fácil. Por eso necesitarás a alguien que te guíe.

David bebió el vino elegido por Martel.

—Ya me imaginaba que habrías pensado en un candidato o dos.

—Uno en especial: Zev Ernheit, historiador y arqueólogo de formación, y antiguo agente de inteligencia de profesión, y que ahora trabaja por su cuenta. No hay rincón ni resquicio de la sociedad israelí donde Zev no conozca a alguien, y es capaz de oír los ecos del pasado hasta remontarse al rey David y más atrás aún.

»Israel, después de todo, se asienta en una tierra antigua, y la memoria histórica está codificada en el ADN de judíos y árabes por igual. Sólo si llegas a captar los agravios y divisiones de cada sociedad, puedes comprender plenamente la defensa que estás preparando para la señora Arif.

—¿Y el gobierno? —preguntó David—. ¿Me puede ayudar ahí tu hombre?

—El gobierno te ayudará hasta cierto punto. No dándote lo que tú pides, pero sí proporcionándote algunos chismes por aquí y por allá, una cierta accesibilidad, aunque no sea más que para seguir la pista a lo que estés haciendo. Por lo cual no se los puede culpar demasiado, la verdad, teniendo en cuenta las brasas donde pretendes meter un atizador. —Haciendo una pausa, Martel miró a su alrededor, observando a los jóvenes y prósperos profesionales con un aire que indicaba lo insignificantes que le parecían—. Vivir en Israel requiere estar mucho más alerta de lo que son capaces muchos americanos. Si un israelí te lleva a un restaurante como éste, probablemente lo ha elegido no por la carta de vinos, sino por un sistema de seguridad que hace un poquito menos probable que acabes volando por los aires antes del postre. —Martel se llevó una servilleta a los labios—. Y en cuanto a esas cosas que el gobierno no quiere que sepas..., pues sí, mi amigo Zev puede ayudarte.

—Y se lo agradeceré muchísimo —dijo David—. ¿Y qué hay de Cisjordania?

—Es un lugar totalmente distinto. Y tus motivos para ir allí, por supuesto, también son diferentes.

David asintió con la cabeza.

—Tengo que investigar las vidas de Saeb y de Hana, conocer a sus colegas, sus secretos, cualquier cosa que ande buscando nuestra gente de inteligencia. Y lo mismo con los terroristas suicidas, Hassan y Jefar.

—Necesitas algo de contexto —observó Martel—. De dónde venían esos hombres, qué era lo que los movía, quién sabía cómo utilizarlos, y a favor de quién. Y dónde encaja todo eso en las complejas relaciones entre las fuerzas contendientes: Hamás, Fatah, el partido de Faras, y Al Aqsa, el brazo armado de Fatah. Comprender las corrientes y contracorrientes de la política palestina es la única forma de averiguar quién puede haber planeado el asesinato, y por qué.

David encontró aquel catálogo más descorazonador aún que las tareas que le esperaban en Israel.

—¿Algo más? —inquirió secamente.

—Sí. Para tener alguna esperanza de éxito, necesitarás penetrar en el propio Al Aqsa, que los israelíes han convertido en un movimiento completamente clandestino. Y finalmente, necesitarás una conexión en Hamás.

David meneó la cabeza.

—¿Conoces a alguien que pueda hacer eso?

Martel sonrió.

—Por supuesto. Y también conozco a las personas que pueden ayudarte. Y por eso me vas a pagar la comida.

David no sabía qué le había dicho Hana a su marido. No obstante, aunque el aire aparentemente indiferente de Saeb no ocultaba su resentimiento, permitió a Munira que saliera con David, y su autoridad quedó preservada por su insistencia en el momento de su regreso y, como de costumbre, en los ropajes negros que envolvían su cabeza y su cuerpo.

Saeb y Munira se habían trasladado a un apartamento amueblado en Pacific Heights, una estructura de cemento estilo bauhaus de nueve pisos que servía de refugio para desplazados: recién separados, ejecutivos con destinos temporales... David conocía aquel edificio. Había ayudado a un amigo cuyo matrimonio se había roto a trasladar allí sus ropas y sus libros, y encontraba totalmente deprimente aquel entorno estéril, con su mobiliario de motel y sus cuadros comprados en los grandes almacenes. Ahora, mientras llevaba a Munira a la prisión donde se encontraba su madre, le pareció mucho más lóbrego aún.

La niña se acurrucaba en el asiento del pasajero, ligeramente inclinada hacia delante, y su postura sugería la actitud de la plegaria. Intentó imaginar la soledad y desorientación que debía de sentir.

—¿Qué tal estás, Munira? —le preguntó.

Ella le dirigió una mirada de soslayo, tímida, o quizá precavida. Al final, dijo:

—Mi padre te vio en la televisión la otra noche.

—¿Ah, sí? ¿Y qué dijo?

—Pensaba que yo estaba dormida. Así que bajé el volumen y lo vi en mi dormitorio.

David se quedó sorprendido ante aquella imagen: padre e hija separados el uno del otro, viendo la televisión a solas en dos habitaciones a oscuras.

—Estuviste muy bien —dijo Munira—. Creo que eres muy buen abogado.

David no pudo resistirse y sonrió.

—Gracias, Munira. Por eso me contrataron tus padres.

La niña le miró algo recelosa.

—No, te eligió mi madre —dijo.

Era parte de su personalidad, pensó David. Como su madre, Munira a menudo afirmaba con convicción algo que sólo sospechaba. Dobló hacia Gough Street, dirigiéndose hacia la rampa de entrada del puente.

—Los sionistas —empezó entonces Munira—. Tú los has desafiado, aunque eres judío.

—Sí. —David hizo una pausa, preguntándose lo que podía decir o no—. Piensas que todos los judíos son sionistas, y que Israel es enemigo tuyo. Quizá por tu experiencia te parezca así. Pero los judíos han sufrido también cosas terribles, y se preocupan porque hay unas personas que parecen ser enemigos suyos. No quiero que eso perjudique a tu madre.

La frente de la niña se arrugó con una especie de escepticismo reflejo. Al final, dijo pensativamente:

—Yo me equivoqué.

—¿Y cómo es eso?

—Fui mala con ella, y ahora me están castigando. —Munira volvió a fruncir el ceño, como si estuviera confusa y no supiera qué palabras elegir—. No puedo estar con ella —añadió—, ser amable de la forma que debería serlo.

—Hana ya sabe cómo te sientes —respondió David—. También tuvo tu misma edad, y también fue hija, seguro que nada perfecta tampoco. Pero si te preocupan todas esas cosas, quizá sería hoy el día adecuado para decírselas.

Munira apretó las dos manos juntas.

—Pues no lo sé. A veces ella me confunde.

David sonrió.

—A mí también —respondió, y luego se preguntó si la suave broma revelaba más de lo que debería—. Lo que no está nada confuso —añadió— es lo mucho que te quiere tu madre.

Con los ojos bajos, Munira se quedó pensativa.

—Creo que por mi culpa se pelea tantísimo con mi padre.

Su franqueza sorprendió a David. De repente, le pareció, con más intensidad que antes, que Munira no tenía nadie en quien confiar excepto Saeb, ni siquiera un móvil para llamar a sus amigas.

—No sé por qué se pelean —respondió David—, ni quién puede tener la culpa. Pero sí sé que tu madre cree en ti, y en todo lo que puedes hacer en esta vida.

Munira se quedó pensando con solemnidad. Durante el resto del camino, David y ella apenas compartieron nada más, excepto un silencio que parecía bastante cómplice. Pero en el centro de detención, cuando David contempló el encuentro a través del cristal, Munira apoyó su frente en la de su madre, dejándola descansar allí mientras los ojos de Hana se cerraban con fuerza.

Capítulo 24

A primera hora de la mañana, horas antes de la segunda vista, David estaba sentado a la mesa de su cocina con un bloc ante él, demasiado espabilado para dormir.

Atentamente, redactó borradores, tachó, volvió a escribir las respuestas a las preguntas que podía hacer la juez Taylor, poniendo a punto cada una de ellas hasta que quedaron todo lo sucintas que pudo. En cierto sentido, su meticulosidad era un antídoto contra la preocupación inherente a toda vista en la cual las apuestas eran altas; a un nivel más profundo, reflejaba las tensiones agobiantes de un caso en el que cada paso podía determinar si Hana vivía o moría. Pero la obstinada concentración de David en su tarea de abogado servía también a otro propósito: mantenía a raya las emociones mezcladas que de otro modo le habrían abrumado por completo.

Estar en presencia de Hana resultaba agotador, era una lucha constante por suprimir simpatía, sospecha, resentimiento y el temor de la manipulación que le provocaba su ambigua conducta. Ella se mostraba alternativamente fría, compasiva, furiosa y asustada; a veces insinuaba un sentimiento hacia él que podía ser real o fingido. Incluso sus imágenes de Hana eran un caleidoscopio de contradicciones: la helada lejanía con la cual había pasado el polígrafo, sus elípticas referencias a su pasado como amantes, el evidente dolor que sentía ante la desconfianza de él. Incluso se preguntaba por el momento en que, con su frente tocando la de Munira, los ojos de Hana se habían cerrado, evocando así el amor y la añoranza de una madre. ¿Estaba destinada a él aquella escena?

Y sus propios motivos para defenderla seguían mostrándose esquivos. Aún no podía separar los principios del orgullo, ni la pasión recordada, del temor a vivir una vida de comodidades pagada, al final, con la muerte de Hana. Fuera cual fuese la verdad, ya no podía recuperar aquella vida, y en el lejano horizonte de su caso no veía ninguna otra posible imagen de su vida. Sólo una cosa le parecía clara: lo que sintiese acerca de aquella futura vida probablemente dependería de lo que fuese averiguando por el camino. Quién había llegado a ser Hana, y si era inocente de asesinato o no, era algo que importaba muchísimo.

David miró por la ventana de la cocina hacia el cuadrado de oscuridad y no vio nada sino su propia y cansada imagen que le devolvía la mirada. Al cabo de cinco horas tenía que actuar como abogado, mostrando una presencia de ánimo y un dominio que, por la razón que fuese, a veces le desequilibraba. Los abogados no pueden permitir que se les cuele el terror insidioso de la madrugada.

Apartando la vista de la ventana, David pulió otra frase más.

Sentado ante la mesa de juntas de la juez, junto a Marnie Sharpe, David notaba la actitud de alerta exagerada que provenía del exceso de café y la escasez de sueño. Taylor empezó dirigiéndose a Sharpe.

—Creo que usted tiene una queja sobre la aparición del señor Wolfe en *Larry King*.

—Sí —respondió Sharpe—; en concreto, por la insinuación del señor Wolfe de que Israel está ocultando información acerca de la muerte de Amos Ben-Aron. Esa insinuación se basaba en una información altamente confidencial que el gobierno proporcionó al señor Wolfe, de conformidad con la orden del tribunal de que no debía usar tal información sin pedir permiso previo. —Haciendo una pausa, Sharpe parecía observar la expresión de Taylor en busca de indicios—. Además, las afirmaciones del señor Wolfe amenazan con contaminar la posibilidad de encontrar jurados justos con teorías conspiratorias que, en el mejor de los casos, son especulativas. Por ambos motivos rogamos a este tribunal que le prohíba hacer comentarios públicos sobre el caso y acerca de las diversas teorías mediante las cuales puede o no puede defenderlo.

Con el rostro inescrutable, la juez Taylor inclinó la cabeza hacia David. Con aire de diversión, David alzó las manos.

—Llevamos dos meses de publicidad masiva desfavorable a la señora Arif: portadas de revistas, titulares de periódicos, informes en los noticiarios a todas las horas del día, declaraciones de líderes mundiales; millones de palabras, miles de horas, todas las cuales desdibujan la clara frontera que existe entre acusación y condena. Pero ahora, con una sola hora en la CNN, he contaminado un proceso que, según sugiere la señora Sharpe, no estaba previamente contaminado por su negativa a hacer pasar a la señora Arif la misma prueba del polígrafo que pasó el único testigo que tiene contra ella. El problema, según parece desear que pensemos la señora Sharpe, no es la clara injusticia que comete con su conducta, sino mi injusticia al ponerla de manifiesto.

»Ya hay suficientes prejuicios en contra de mi cliente, no tenemos por qué amordazar a su abogado para hacer que la acusación parezca mejor de lo que merece. —David colocó un documento grapado encima de la mesa—. En cuanto a mi supuesta violación de la orden de su tribunal, he preparado una transcripción de mi entrevista. Como podrá observar, no existe referencia alguna a documentos confidenciales, y sí, por el contrario, a una verdad que pone muy nerviosa a la señora Sharpe: Israel se está negando a proporcionar información potencialmente vital para la defensa.

—Y esa «verdad» ¿en qué se basa? ¿En la adivinación? —La expresión de la juez era tan pétrea como su tono—. No tengo que leer esto. Me tomé la molestia de escucharle. El mensaje era bastante claro: usted tiene motivos para creer que uno o más miembros del séquito de seguridad de Ben-Aron pueden estar implicados en su muerte. Y ese motivo sólo podía ser la información que le había proporcionado la señora Sharpe obedeciendo mi orden.

David aceptó la reconvención en silencio, esperando que la ira de la juez se enfriara antes de que acabase por perjudicar a los procedimientos.

—Mi orden —continuó Taylor— no le permite bailar la danza de los siete velos en la CNN: una insinuación por aquí, un amago por allá, un jugoso anticipo de las cosas sabrosas que se avecinan. —La voz de la juez se hizo más calmada—. Comprendo el problema de la publicidad adversa. Por eso no le voy a prohibir que exprese su escepticismo acerca de este caso, basándose en los informes públicos. Pero si alude, aunque sólo sea vagamente, a un documento sujeto a mi orden, volverá aquí a explicar por qué no debe usted ocupar una celda junto a la de la señora Arif. —La juez miró a David un momento más—. Bueno, oigamos su requerimiento a la acusación para que pida información al gobierno de Israel.

David hizo una pausa para organizar sus pensamientos.

—Discúlpeme, señoría, pero empezaré justo donde lo dejé: en la confianza de la señora Sharpe en el examen del polígrafo pasado por un único testigo para acusar a una mujer que pasó a su vez un examen de polígrafo...

—Sí —le interrumpió la juez Taylor—. ¿Qué hay de eso, señora Sharpe?

Sharpe pareció algo sobresaltada.

—La prueba de Ibrahim Jefar estaba destinada más bien a ver si él se prestaba a hacerla que al hecho de que la pasara.

—¿Y si no la hubiese pasado, fiscal?

Sharpe se rehízo.

—Habríamos examinado ese resultado a la luz de las pruebas que sugerían que decía la verdad. Al acceder a pasar la prueba, y al pasarla, añadimos un grado más de tranquilidad.

—¿Y los resultados de la señora Arif le dejan menos tranquila, o es que hay unos polígrafos más fiables que otros?

—A los ojos de la ley —respondió Sharpe—, son igualmente inadmisibles; lo cual significa que debemos remitirnos a las pruebas que se refieren a la señora Arif, todas las cuales (la declaración del señor Jefar y las pruebas físicas que la corroboran) apuntan a su culpabilidad.

Taylor arqueó las cejas.

—¿Se refiere usted a todas las pruebas disponibles? —Se volvió hacia David—. ¿No quiere decir usted algo, señor Wolfe?

—Exactamente. Hasta el momento, Israel ha retenido información que puede ayudar a la señora Arif a establecer que se le tendió una trampa como parte de una conspiración que puede implicar a los miembros de la seguridad de Ben-Aron. Estados Unidos no puede mantener su acusación mientras se niega a pedir pruebas que puedan desacreditarla.

—Dígame una cosa —preguntó Taylor—. Supongamos que un israelí colaboró en un asesinato llevado a cabo por palestinos. ¿Eso en sí mismo haría que la señora Arif fuese menos culpable que el difunto Iyad Hassan?

—Déjeme contestarle con otra explicación no tan hipotética —dijo David—. Quienquiera que filtrase la ruta llamó a Hassan o, más probablemente, a la persona que manipulaba a Hassan. Suponga, como hago yo, que esta segunda persona no es Hana Arif.

»Bueno, el único testigo real contra Hana es un hombre muerto. No obstante, una brecha en la seguridad puede significar que alguien en Israel quizá sepa mucho más que Ibrahim Jefar acerca de la inocencia o culpabilidad de mi cliente... o, al menos, puede saber quién lo sabe. ¿Cómo podemos tener un juicio justo sin intentar desentrañar todo eso?

La juez se volvió hacia Sharpe.

—¿Y qué responde usted, señora Sharpe?

—«Desentrañar todo eso» —repitió Sharpe—. ¿Cómo? ¿Pidiendo declaraciones de todos los miembros del equipo de seguridad de Ben-Aron, al coste que sea para la seguridad nacional de otra nación soberana? Israel nunca lo permitiría.

—Pero fue el primer ministro israelí el que murió, señora Sharpe. El gobierno israelí cuenta con que el gobierno de Estados Unidos procese a los responsables. Y Estados Unidos no puede hacerlo sin proporcionar al señor Wolfe lo que tiene derecho a tener.

—Que es todo lo que Estados Unidos posee, señoría, no lo que pueda tener Israel.

—Que Israel puede decidir entregar... o no. —El tono de la juez se volvió impaciente—. Está usted montando una acusación basándose en afirmaciones de segunda mano de Jefar, contra una acusada que ha pasado una prueba del detector de mentiras, y a quien, sin embargo, propone, si tiene éxito, que ejecutemos. Usted no puede controlar lo que hacen los israelíes, pero nada le impide presentarles un ultimátum: o dan a Estados Unidos toda la información relevante que está en su posesión a la defensa de la señora Arif, o ponen en riesgo toda la acusación.

El cuerpo de Sharpe, tan tieso como su expresión, traicionaba su resistencia a lo que veía como una trampa de David.

—Señoría —protestó—, este tribunal debe ser consciente, como ciertamente lo es el señor Wolfe, del caso Jonathan Pollard. Pollard era un judío americano que se convirtió en ciudadano de Israel y fue arrestado por robar secretos de nuestro gobierno. Cuando Estados Unidos acusó a Pollard, Israel se negó a identificar a sus superiores a petición de la defensa. Ésa es la misma respuesta que el señor Wolfe está esperando aquí. —Sharpe adoptó un tono más mesurado—. A pesar de eso, Estados Unidos pudo acusar al señor Pollard. Si, como anticipa la defensa, los israelíes declinan nuestra petición a favor de la señora Arif, eso no afectará a nuestra capacidad de proseguir la acusación.

—¿Sobre qué base? —replicó Taylor—. Llevo en este trabajo toda mi vida. Sea cual sea el destino de la señora Arif, lo que me importa más es poder dormir por las noches. Así que ésta es mi orden.

»Primero, Estados Unidos solicitará que los israelíes proporcionen cualquier información que tienda a exculpar a la señora Arif o que sea relevante para su defensa, incluida —añadió Taylor con mucho énfasis— la aseveración del señor Wolfe de que se le tendió una trampa.

»Segundo, si esa información garantiza declaraciones del personal del gobierno israelí, el señor Wolfe puede realizar otra petición para obtener tales declaraciones, exponer la identidad de los declarantes y el concepto por el cual deben declarar.

Asombrado por su éxito, David miró a Sharpe, que parecía demasiado aturdida para ocultar su consternación.

—Tercero —continuó la juez—. Postergo la decisión de fijar una fecha para el juicio a fin de dar al gobierno israelí tiempo suficiente para emitir, y al señor Wolfe para investigar, cualquier información relevante para la defensa. —Enfrentándose a Sharpe, la juez concluyó—: Si Israel se niega, este tribunal considerará temas mucho más importantes que el momento en que debe comenzar este juicio. Por favor, transmita todo esto de la manera que nuestro gobierno considere más apropiada.

Sharpe, al parecer, no era capaz siquiera de pronunciar un gracias por simple formulismo.

—¿Hay algo que no haya entendido, señora Sharpe?

—No, señoría. Gracias.

Asintiendo, Taylor se volvió hacia David.

—Sus documentos sugieren que va a viajar usted a Israel. Con independencia de que su gobierno responda o no a mi orden, le sugiero que haga ese viaje cuanto antes. —Su tono era frío—. No quiero que vuelva sin haber hecho nada más que presentar esta petición, cosa que, con toda probabilidad, espera usted que le proporcione ni más ni menos que lo que realmente desea: motivos para desestimar la acusación. Eso podría indicar un cierto cinismo por su parte, o incluso provocarlo; un poco como su entrevista en la CNN.

Era una advertencia, que David ciertamente no necesitaba, de que su camino sería duro, y su fin, incierto.

—Gracias, señoría. Tomaré este consejo muy a pecho.

—Así que te vas a Israel —dijo Hana suavemente—, la tierra natal que no has visto nunca.

—Sí, y también a Cisjordania.

Hana asintió, y luego le tendió un trocito de papel.

—Éstos son los nombres que querías, amigos y colegas que me conocen bien —su sonrisa, aunque irónica, parecía casi melancólica—; cuidadosamente seleccionados, claro, para eliminar a aquellos que me creen capaz de matar. —David no supo qué decir. Hana apoyó un dedo en el último nombre que había escrito—. En Galilea, ésta es mi prima Sausan. Sólo la he visto una vez. Pero es una mujer joven y con interesantes contradicciones, una musulmana cuya madre era cristiana y cuya abuela era judía; por eso, sin duda, sigue soltera y lleva una escuela en Israel. También es muy lista y muy guapa.

David sonrió.

—¿Y por eso tengo que conocerla?

—Si lo prefieres. —El rostro de Hana estaba serio—. Pero tengo otro motivo para pedírtelo. Sausan puede enseñarte el pueblo de mis padres, creo, e incluso la casa donde vivían. Su padre sabrá dónde está.

David se sintió sorprendido. Pero la intensidad de la expresión de ella sugería lo importante que era aquello.

—¿Quieres que lo visite en tu lugar?

—Sí, y en el de mis padres. —Hablaba más rápido, apartando los ojos—. Te he escrito cómo encontrarlos en el campamento. Ése sería otro favor más, David, que hagas un desvío en tu viaje y vayas al Líbano. Yo no tengo ninguna forma de tranquilizarlos de verdad, y ellos no tienen forma tampoco de saber qué fue lo que ocurrió con su pueblo. Quizá tú puedas hacer las dos cosas.

David dudó: una parte de sí mismo se resistía a reunirse con el hombre y la mujer que tanto habían influido para que Hana se negara a casarse con él, y que, si le veían como amante, más que como abogado, no dudarían en echarle de su presencia.

—Ya sé —dijo Hana en voz baja—, es meterse demasiado en mi vida, tú no querías. Y yo tampoco lo habría querido nunca. Pero nuestro viaje se ha hecho mucho más complicado de lo que imaginábamos, y por eso te lo pido.

Al cabo de un momento, David asintió. Se metió el papel en el bolsillo y se puso de pie.

—¿David? —Levantando la vista hacia él, Hana dudó—. Espero que sea un buen viaje, no sólo por mí, sino también para ti. Pero ocurra lo que ocurra, por favor, vuelve sano y salvo.

Durante unos instantes, sus ojos se encontraron, y luego ella apartó la vista.

—Lo intentaré —dijo David, y salió. Cuando, por instinto, se volvió hacia la sala de testigos, vio que Hana le miraba a través de la ventana empañada.

David se fue a casa e hizo las maletas para el viaje a Israel.

PARTE III

Los asediados

Capítulo 1

David tomó un vuelo nocturno hacia Tel Aviv.

Su asiento en clase preferente se reclinaba y se convertía en cama. Se acomodó la almohada y miró a su alrededor a los pocos pasajeros, predominantemente hombres de negocios israelíes de mediana edad o judíos jasídicos, las mujeres con ropas sobrias, los hombres con sus tirabuzones y sus sombreros y levitas negros. Los hombres estaban bastante pálidos, y eran corpulentos o demasiado delgados. A David le pareció que les habrían ido bien unas horas de gimnasio, o al menos un poco de sol sin filtrar. No se sentía más unido a esos tipos judíos que a los musulmanes.

Cerró los ojos y se quedó dormido.

Hacia el amanecer, cuando se despertó, los hombres jasídicos, envueltos en unos chales para plegarias, se dirigían hacia un pequeño rincón del compartimento, al parecer buscando la primera luz del día. Llevaban unos libros de oraciones, una tira de cuero atada en torno al brazo, una pequeña cajita de cuero atada a la frente. La caja, como descubrió David en una guía que llevaba, contenía un pergamino que llevaba escrito un fragmento de la tora. El objetivo de la tira de cuero era ligar el cuerpo, la mente y el corazón lo mejor posible, de modo que los hombres actuasen siempre bien, y no hiciesen nunca el mal. Un objetivo encomiable, se dijo David.

Entre los asientos que tenía delante, un chico jasídico de unos siete años, vestido como su padre pero con los ojos brillantes de curiosidad propios de la infancia, atisbaba a David como si fuese una criatura extraña. Pero cuando David le sonrió, el chico le devolvió la sonrisa, encantado. Al momento, David pensó en Munira, siempre enfundada en ropa negra, leyendo el Corán bajo la vigilante mirada de su padre. Se dio cuenta de que cualquier cultura que impusiera su sistema de creencias a sus niños, sin tener en cuenta el libre examen y la libre elección, era algo que seguía siendo muy raro para él, a pesar de las duras lecciones que había aprendido de Hana.

Una hora después aterrizaron. David había llegado por fin a Israel.

Dejando el avión, siguió las señales hacia la zona de entrega de los equipajes, el lugar donde tenía previsto encontrarse con el amigo de Bryce Martel, Zev Ernheit.

Ernheit era un hombre de anchos hombros, de cuarenta y pocos años, con el pelo corto y gris, unos rasgos muy marcados y unos penetrantes ojos castaños que parecieron examinar a David con escepticismo y hasta una pizca de diversión y desaliento, como diciendo: «¿Qué es esto que tenemos aquí?». Era la respuesta de esperar, suponía David, por parte de un antiguo agente del Mossad hacia el abogado judío de una palestina acusada de asesinar a Amos Ben-Aron.

El apretón de manos de Zev Ernheit era firme, y sus modales, directos.

—Si no está demasiado cansado —le dijo—, nos detendremos un momento para dar una pequeña lección de historia de camino a Jerusalén. Martel me asegura que todo lo que le diga será nuevo para usted.

Mientras hablaba, David notaba el aire de tensa alerta de Ernheit, la forma en que su mirada examinaba con rapidez todo lo que los rodeaba. David percibió que la camisa suelta de manga corta que llevaba ocultaba un arma.

—Cualquier cosa —respondió David con una sonrisa—. Todo, incluido quién mató realmente a Amos Ben-Aron.

Ernheit se limitó a encogerse de hombros, y su mirada de diversión desapareció.

La carretera de Tel-Aviv a Jerusalén, recién pavimentada, corría entre un paisaje de colinas rocosas que en tiempos fue desierto, pero ahora estaba salpicada de pinos. Según le había dicho Carole, los primeros sionistas decidieron crear una tierra cultivable plantando árboles. En la escuela hebrea, Carole y sus amigos recogían dinero para apoyar la plantación de más árboles. Ernheit le dijo que lo que David veía ahora era el resultado de cien años de repoblaciones, más de doscientos millones de árboles que habían creado el pequeño milagro de Israel, el único cambio climático obra del hombre en toda la historia humana que había sido para mejorar.

—Todos estos árboles —observó Ernheit— son una metáfora. El Estado de Israel no sólo está enraizado en nuestra historia, sino en el sudor de un millón de judíos. La tierra que los palestinos reclaman como suya no es la tierra que dejaron.

Las casas modernas de los judíos israelíes, según vio David, eran por lo general estructuras blancas estucadas con tejados rojos, que parecían brotar de la nada. Apiñadas y juntas, le recordaban a David a los barrios residenciales del sur de California, algo un poco improvisado, lleno de vitalidad, una empresa humana irresistible. En una colina cercana David vio un puñado de casas que se extendían hacia lo alto, con la cúpula de una mezquita recortada contra el cielo azul.

—Un pueblo árabe —observó Ernheit.

David asintió.

—La arquitectura es distinta.

Ernheit mantuvo los ojos clavados en la carretera.

—Las culturas son distintas —respondió lacónico—. Los niños judíos se van de casa; los árabes llevan a sus esposas a vivir con sus familias. De modo que las casas en sí siempre están creciendo.

David pensó con serenidad en Hana y sus padres.

—Acerca de Ben-Aron —dijo Ernheit abruptamente—, nuestras conversaciones importantes tendrán lugar siempre al aire libre. Usted es un intruso aquí, no es bienvenido. Dé por hecho que sus conversaciones telefónicas serán registradas siempre, y su habitación del hotel tendrá micrófonos. También es posible que le sigan.

—¿Y por qué motivo?

Guiñando los ojos por la luz del mediodía, Ernheit se puso las gafas de sol.

—Supongamos —dijo— que nuestro gobierno cree lo mismo que usted: que hubo una conspiración para asesinar a nuestro primer ministro que incluía a judíos. Asumamos también que ellos todavía no saben quién estaba implicado en la conspiración, ni sus dimensiones; en cuyo caso, están tan ansiosos por saberlo como usted mismo, o quizá más.

—¿Y por qué perder tiempo conmigo?

—¿Por qué no? Puede usted dar por casualidad con algo que ellos quieran saber. Hay algunos en Israel que, por motivos personales, pueden desear ayudarle.

«¿Y de qué parte está usted?», se preguntó David, que pensó con incomodidad que no podía estar completamente seguro de que el mismo Ernheit no fuese un micrófono humano.

—Lo tendré presente —respondió.

ϒ

Se detuvieron en una colina desde donde se divisaba, a lo lejos, la ciudad de Jerusalén. En su cima, parcialmente sombreado por unos árboles verdes y frondosos, se encontraba un antiguo edificio de piedra que, por las inscripciones islámicas que había encima de la entrada, bien podía ser una mezquita. Al aproximarse a pie, David preguntó:

—¿Qué lugar es éste?

—Un buen lugar para empezar —respondió Ernheit—. La iglesia que se convirtió en mezquita. El lugar donde está enterrado Samuel, quizá el mayor profeta de los judíos, uno de los tres únicos (los otros dos eran Aarón y Moisés) que conversaron con Dios.

—¿Quién construyó la estructura original?

—Cruzados, la escoria de Europa. Vinieron a buscar reliquias sagradas y en realidad lo que hicieron fue golpear en el corazón del islam, iniciando así el inacabable conflicto con Occidente. —Ernheit hizo una pausa y señaló hacia la inscripción—. Esto es obra de Saladino, el gran emperador que reconquistó Jerusalén y restauró el honor del mundo musulmán. De modo que se convirtió en un lugar sagrado para tres religiones.

David siguió a Ernheit, y entraron. Dentro, el edificio de piedra estaba dividido en varias partes: una mezquita donde podían orar los musulmanes; una parte de la antigua iglesia reservada para los cristianos, y, en el centro, dos hileras de escalones, uno para hombres y otro para mujeres. David subió por los escalones de piedra detrás de Ernheit, y vio la tumba de Samuel cubierta de tela, junto a la cual estaban sentados tres judíos Hasidim, con las cabezas gachas, recitando plegarias mientras sus cuerpos se balanceaban lentamente adelante y atrás.

Al salir, Ernheit y David se sentaron en la ladera de la colina, frente a Jerusalén. Señalando una colina adyacente, Ernheit le dijo:

—Ahí es donde Saúl, el primer rey de Israel, construyó su palacio. Pero la estructura que ve es el palacio inacabado de Husein, el rey beduino de Jordania, abandonado cuando lo conquistamos nosotros en la guerra de 1967. Ahora empezará a entender qué es lo que le estoy contando.

David revisó la sensación que le producía todo aquel cambio de fronteras, de lugares religiosos construidos unos encima de otros, las historias entrelazadas de pueblos en litigio.

—Que aquí todo es complicado —aventuró.

Ernheit se echó a reír suavemente.

—Gran verdad. En Oriente Medio hay al menos cuatro versiones. Para los creyentes está la teología, la palabra de Dios puesta por escrito, con su verdad infalible. Para los judíos y musulmanes, la verdad de Dios es diferente y está en conflicto. —Ernheit señaló con el pulgar hacia la estructura que tenían detrás—. Aquí, como ya habrá visto, se trata de la verdad arqueológica, los registros de huellas humanas, que no siempre se ajustan a la verdad teológica. También está la verdad histórica, que combina los hechos con los mitos, un relato del pasado como a la gente le gustaría que fuese.

»Y finalmente está la verdad política: el primer esbozo de historia, un relato del día a día en el cual la religión, la arqueología y la historia están moldeadas según las necesidades del que relata. Por eso Arafat insistía, contrariamente a la verdad judía, en que la cúpula de la Roca, el santuario musulmán, no fue construido en el sitio donde Abraham vino a sacrificar a su hijo favorito, Isaac, que, en la tradición islámica, era Ismael, el precursor de todos los musulmanes.

David sonrió.

—Rivalidad entre hermanos.

—Sí, pero de tres mil años de antigüedad. En esencia, es una competición entre musulmanes y judíos para ver quién es el pueblo favorito de Dios, y cada uno asegura que Él le ha concedido la tierra a la que ambos han deseado siempre regresar. —Ernheit hablaba con resignación—. Según el punto de vista de Hana Arif, ella vive en los Territorios Ocupados, rodeada por opresores judíos. Pero para muchos judíos, ella vive en la tierra bíblica de Judea y Samaria, ahora ocupada por terroristas árabes y antisemitas, los descendientes de aquellos que asesinaron a los colonos judíos en los años veinte y treinta, y llaman a nuestro Día de la Independencia el Día de la Tragedia.

—Y usted ¿qué cree? —preguntó David—. ¿Dónde empieza la historia, y dónde acaba?

Ernheit se quedó pensativo, y luego señaló hacia el distante horizonte de Jerusalén.

—Para mí, sentado aquí en este lugar, todo empezó hace tres mil años. —Se volvió y miró con dureza a David—. Aquí es donde nació el pueblo judío, no en Argentina, ni en Uganda, ni en ninguno de los otros lugares de paso donde quiso el mundo que nos asentáramos después del Holocausto, y donde seis millones de los nuestros murieron porque no tenían un lugar adonde ir. Sudamérica no es para nosotros. África no significa nada para nosotros. Nuestra herencia y nuestras raíces están aquí. De modo que aquí es donde empieza nuestra historia, y aquí es donde terminará.

«Vivos o muertos», pensó David. Sin duda, no se podía negar la absoluta decisión que reflejaban las palabras de Ernheit.

—Quiero que entienda una cosa —dijo David al fin— acerca de este viaje y de mí. Quizá yo sea una mierda de judío para algunos, pero es problema de ellos y no mío. A mí no me dicen nada los terroristas suicidas, ni los terroristas en sí, ni nadie que quiera erradicar este país. Si yo pensase que Hana es uno de ellos, no estaría aquí. A mí este caso sólo me ha causado dolores de cabeza y problemas, y quizá la necesidad de conocer la verdad que se esconde detrás de todo esto, me guste o no.

Ernheit lo observó.

—Le guste o no —repitió—. Una precisión importante. He leído algunas de las afirmaciones que ha hecho de Arif: que es madre, que nunca arriesgaría el futuro de su hija. Y he sabido de inmediato que usted supone que comprende muchas cosas.

»Así que déjeme que le cuente una historia. Hace dos años, una mujer palestina, vestida con un traje largo y negro, pero obviamente embarazada, disparó un detector de metales en un control en el este de Jerusalén. —El tono de Ernheit era seco, objetivo—. Aquel día hacía un calor terrible. Con los ojos llenos de lágrimas, ella explicó al joven soldado israelí que la había detenido que de niña se había roto la pierna de mala manera y que el cirujano había tenido que recomponerla con tornillos y una placa de metal. Dijo que como era musulmana, no podía enseñarle las cicatrices de la pierna. Pero debía comprender que ella era inofensiva: ninguna madre, ni judía ni árabe, sacrificaría a su propio hijo para dañar a otras personas.

»Como le decía, el soldado era joven. Explicó más tarde que ella parecía a punto de dar a luz, y por tanto, aunque a regañadientes, la dejó pasar. Quizá treinta metros más allá había un grupito de soldados israelíes. El chico vio a la mujer acercarse, pedirles agua. Cuando uno de ellos sacó la cantimplora, ella se hizo volar por los aires e hizo pedazos a los cuatro soldados.

—No estaba embarazada.

—Sí, sí que lo estaba —objetó Ernheit, con una sonrisa sardónica—; de ocho meses, de hecho. Pero su marido, activista de Hamás, llevaba en una prisión israelí dos veces ese tiempo. Y por eso su cuñado, también de Hamás, le había dado a elegir: o morir a sus manos por haber manchado su honor, o redimirse llevándose a algunos israelíes con ella y con su hijo bastardo. Y ella eligió la última opción.

David intentó imaginarlo.

—¿Y cuál es la lección?

La sonrisa de Ernheit se desvaneció.

—Es muy sencilla. No crea que conoce este lugar. Y nunca crea que comprende de verdad a su cliente, o qué fue lo que la pudo impulsar a asesinar a nuestro primer ministro. Porque no lo sabe.

Capítulo 2

En la ventosa carretera a Jerusalén, David y Ernheit pasaron por pueblos judíos y árabes; un cementerio británico, reliquia del colonialismo, y el moderno edificio de la Universidad Hebrea, cuyos fundadores, según le explicó Ernheit, habían reinventado una lengua que tenía tres mil años de antigüedad en un decidido acto cultural de resurrección. Se detuvieron de nuevo en el monte Scopus, que domina Jerusalén.

David se apoyó en la barandilla del mirador. En la empinada ladera de la colina que tenían debajo había un cementerio judío. La costumbre, según le explicó Ernheit, era enterrar a los muertos al este de Jerusalén, donde el viento dominante venía desde la ciudad. En ese momento, llevados por el mismo viento, los sonidos evocadores de la llamada a la plegaria de un muecín surgían de la Ciudad Antigua de Jerusalén, cuyos muros de piedra arenisca, construidos por los conquistadores romanos, rodeaban los lugares sagrados de tres civilizaciones.

El panorama de la ciudad era como el de Oriente Medio, antiguo y, según le parecía a David, sugerente, lleno de una sensación de belleza espiritual, con las agujas de sus mezquitas y sus minaretes alzándose por encima de los muros, entre palmeras y pinos. Enmarcada por los barrios modernos y los edificios que la rodeaban, la Ciudad Antigua parecía etérea; aun a aquella distancia, David podía comprender el deseo de los hombres de poseerla. Ernheit señaló la dorada cúpula de la Roca, el santuario sagrado musulmán, la iglesia del Santo Sepulcro, construido en el supuesto lugar de la crucifixión de Cristo, y la cúpula negra de la mezquita de Al Aqsa.

—Para los musulmanes —le dijo Ernheit—, la mezquita de Al Aqsa era el «fin del viaje», un lugar sagrado al que acudir si La Meca quedaba demasiado lejos. Más recientemente, ha dado nombre a un grupo terrorista que, según dice su asesino, planeó el crimen de Amos Ben-Aron.

—¿Y usted lo cree?

Ernheit se apoyó en la barandilla, con su expresión aguda concentrada en la ciudad.

—¿Por qué cree que le estoy ayudando? Si Hana Arif es culpable, cosa que parece bastante probable, que los americanos la ejecuten. Pero ella no puede haber tramado todo ese plan sola. Y aquellos que la ayudaron no son de Al Aqsa.

Ernheit dijo esto último con tal convicción que David se volvió a mirarle. Al cabo de un rato, Ernheit señaló el paisaje suave más allá de la ciudad.

—¿Ve aquella línea de árboles que hay más abajo de la muralla?

Mirando hacia allí, David vio, en efecto, una línea, una zona densamente boscosa que corría a lo largo del horizonte.

—Es como una frontera —dijo.

—Efectivamente, es una frontera: la «Línea Verde», la llamamos, el borde de las plantaciones sionistas. Después de 1948 se convirtió en una frontera de facto, y siguió siendo así hasta la guerra de 1967. Como ve, no incluye la Ciudad Antigua de Jerusalén. Y es muy difícil de defender. —Volviéndose hacia la izquierda, Ernheit levantó el brazo para indicar un muro verde, de seis metros de alto, que serpenteaba a lo largo de la colina, con su construcción aún incompleta—. Y ésa es nuestra nueva frontera de facto, al menos por ahora: la barrera de seguridad, que está destinada a protegernos de Al Aqsa, Hamás, la Yihad Islámica y todo aquel que, desde Cisjordania, pueda enviar al siguiente Iyad Hassan a asesinarnos en Jerusalén, Tel Aviv o Haifa.

»Entre esas dos fronteras hay una tierra de nadie de terror. Algunos opositores a Ben-Aron, entre ellos los religiosos, creían que él entregaría a Faras y a los palestinos la tierra sagrada de la Ciudad Antigua; otros creían que abandonaríamos nuestros asentamientos en Cisjordania. Lo único que se requiere para tener miedo es mirar allá fuera, a la Línea Verde, una ilustración histórica de lo precaria que era y es aquí la existencia. Y entonces quizá se podría empezar a pensar en Ben-Aron como en un traidor. Hay líderes que han muerto por menos.

—¿Así que cree que pudieron ser judíos los que ayudaron a matarle?

—Creo que eso no se puede descartar. Pero la respuesta a quién le mató quizá se encuentre también en los errores manifiestos de otro líder, Yaser Arafat, y en el asesinato de otro más, Yitzhak Rabin.

David pensó un momento.

—Líderes muertos, oportunidades perdidas.

—Arafat nunca perdió la oportunidad de perderse alguna, pero a veces tuvo ayuda exterior. —Ernheit se limpió las gafas de sol, colocándolas cuidadosamente en el bolsillo de su camisa—. Después de que Arafat volviese a Cisjordania de su exilio en Túnez, Rabin decidió que los Territorios Ocupados eran un verdadero atolladero para los judíos, y que tenía que encontrar otra forma más pragmática, a través de Arafat, de dar a los palestinos su propio país a cambio de una paz duradera. Y eso le consiguió una bala a Rabin a manos de un judío de extrema derecha.

»Se podría pensar que ese crimen conduciría a una reacción contra la derecha israelí, un alzamiento político en pro de la paz. Pero Hamás, que no quería la paz, eligió ese preciso momento para lanzar una oleada de atentados suicidas contra Israel. El resultado de eso fue la elección del enemigo más acérrimo de Arafat, Benjamin Netanyahu, el candidato de la derecha israelí y, como podrían sostener algunos, de Hamás. Una sinergia de extremistas por ambos lados mató toda oportunidad de paz.

Tras ellos, los rayos del sol del crepúsculo arrojaban su luz desfalleciente sobre la Ciudad Antigua, oscureciendo el tinte de la cúpula dorada.

—Sean cuales sean nuestros fallos —continuó Ernheit con serena amargura—, este lío de ahora es, en gran medida, un legado que nos hace Arafat a todos nosotros. A Netanyahu le sucedió como primer ministro Ehud Barak, que estaba dispuesto a negociar una paz duradera, con el presidente Clinton como intermediario. Pero Arafat carecía de valor, y desde luego de deseos de abandonar el derecho de retorno tan codiciado por radicales como el marido de su cliente. Y para acabar de enredar la cosas, el oponente máximo de Barak, Ariel Sharon, eligió ese momento crucial para visitar la mezquita de Al Aqsa; supuestamente, para afirmar la soberanía israelí sobre las ciudades santas musulmanes. —Ernheit sonrió desalentado—. Si fue así, el mensajero no se pudo elegir peor: los palestinos veían a Sharon como el artífice de la masacre de Sabra y Chatila. Su visita se convirtió en el desencadenante de más atentados suicidas por parte de Hamás, Al Aqsa y otros, en lo que se convirtió en la segunda intifada.

David se apuntó la observación.

—¿Es eso lo que piensa? —preguntó.

—No, realmente no. Lo que creo es que Arafat usó la visita de Sharon como pretexto. Pensaba que aceptar el terror le equilibraría más en las negociaciones de paz con Barak. En esto, como en tantas otras cosas, Arafat era un iluso. Pero lo que consiguió fueron novecientos judíos muertos, tres mil palestinos muertos, y la derrota de Barak por parte de Sharon, archienemigo de Arafat, que se convirtió en primer ministro de Israel.

»El resultado es esencial para comprender quién puede haber planeado el asesinato de Ben-Aron. Después de sesenta atentados suicidas en diecisiete meses, Sharon rodeó el complejo de Arafat en Ramala y casi arrasó por completo todo lo que le rodeaba, dejando que Arafat recriminase a los sionistas por teléfono móvil hasta que se quedó sin batería, los medios de comunicación empezaron a bostezar y su entorno se quedó sin comida. —Ernheit se encogió de hombros, como diciendo que sólo era cuestión de justicia—. Durante los tres últimos años de su vida, Arafat se convirtió en un paria, humillado por su virtual encarcelamiento, despreciado por Estados Unidos e Israel, obligado a mirar, impotente, cómo Sharon construía una barrera de seguridad y desataba un ataque de doce días sobre el campo de refugiados de Yenín, red de terroristas y hogar de Ibrahim Jefar, matando a cincuenta y seis palestinos, que Arafat añadió a su lista de mártires. Aquel hombre estaba ya muerto antes de morir. Y no dejó a su pueblo otra cosa que ocupación, violencia, una economía en ruinas, un rosario de asentamientos israelíes en Cisjordania (algunos de ellos ilegales), con un sistema de carreteras reservado para los israelíes que los conectaba como una telaraña, y, por supuesto, esa barrera. Un campo fértil para el extremismo, desde luego. Y de ahí el ascenso de Hamás.

—¿Y la muerte de la paz? —preguntó David.

—Eso creo. Para mí, la última esperanza de paz era la colaboración entre Faras y Ben-Aron. Ahora, Ben-Aron ha sido asesinado, como Rabin; como Arafat, Faras ha perdido toda credibilidad; en gran parte como Netanyahu, nuestro primer ministro ha realizado nuevos ataques a los terroristas. Y el sueño de paz de Ben-Aron está tan muerto como él. Así que lo que queda de Cisjordania —concluyó Ernheit, con un tono de fatalismo—, aparte de los soldados israelíes, que ahora mismo están enfrascados en la eliminación de Al Aqsa, es el vacío que dejó atrás Arafat: una lucha por el poder entre Faras y Fatah, quizá fatalmente debilitados por el asesinato y la respuesta israelí a éste, y los extremistas de Hamás. La cuestión es quién gana con este vacío, y con la muerte de Amos Ben-Aron.

—Es fácil: cualquiera que no desee la paz entre israelíes y palestinos.

—Una lista muy larga y contradictoria —accedió Ernheit—. Desgraciadamente, en lo que respecta a quién conspiró para asesinar a Ben-Aron, también lo es su lista de sospechosos.

—Sin duda su gobierno está trabajando a contrarreloj para ir analizándolos.

—El Shin Bet en particular. Recoge información sobre los palestinos y otros grupos terroristas, así como de las actividades de espionaje iraníes en Israel y en Cisjordania; también de extremistas de la ultraderecha como el movimiento Masada.

—Ya vi a su líder, Barak Lev, en televisión —dijo David—. Está loco.

—Quizá. Pero el que para un hombre es un psicópata, para otro es un salvador, comprometido con la verdad religiosa. Quizá por eso el Shin Bet lo está pasando fatal para investigar al movimiento Masada. Esos hombres no hablan, excepto unos con otros y con Dios.

—Y Dios sólo habló con Samuel —respondió David—, y con Moisés y Aarón.

Ernheit rio brevemente.

—Aún va a resultar usted judío y todo. Pero si uno le da órdenes a Dios, como hizo Lev, quizá Dios responda a su manera. La última petición de Lev, no sé si lo recordará, era que Dios aplastase a Ben-Aron y lo dejase tan muerto como a Adolf Hitler.

—¿Existe alguna posibilidad —preguntó David sin demasiadas esperanzas— de que el Shin Bet me diga al menos algo de lo que sabe?

—No, ninguna. Pero hay otros, como he dicho, que podrían desear (de una forma muy discreta e indirecta) ponerle en el camino, proverbialmente largo y tortuoso. —Ernheit consultó su reloj—. De hecho, vamos a reunirnos con uno de ellos en el hotel Rey David, para tomar algo y charlar un poco.

»Se llama Moshe Howard. Oficialmente es su consejero legal en Israel, encargado de ayudarle en su petición de información. Resulta totalmente inútil y supondría una pérdida de dinero absurda, suponiendo que alguna vez le enviase una factura; cosa que, dado su profundo disgusto por su cliente, nunca hará.

—¿Y por qué nos vamos a reunir con él?

—Dentro de cuatro meses elegimos a otro primer ministro. A menos que ocurra algo dramático, será el que acaba de asumir el poder, Isaac Benjamin, apoyado por los colonos y los religiosos y condenado por los partidarios de Ben-Aron. —Ernheit hizo una pausa, midiendo sus palabras—. Moshe tiene interés en cambiar la dinámica electoral, y usted quizá pueda servir a sus intereses. Por ahora dejémoslo así, y espero que él decida confiar en usted.

Capítulo 3

El hotel Rey David era majestuoso. Era el antiguo cuartel general del cuerpo de oficiales británico, un edificio de arenisca de seis pisos construido al estilo imperial. Su patio flanqueado con palmeras, patrullado por camareros con chaquetilla nívea, daba a la Ciudad Antigua, que se dibujaba con una silueta fantasmal en la oscuridad. Recién duchado y con una americana deportiva recién planchada y unos pantalones limpios, David bebía vino tinto con Ernheit y Moshe Howard.

Howard era de la edad de David, esbelto y de rasgos finos, con el pelo corto y castaño y unos inquisitivos ojos azules.

—La ocasión de su visita es incómoda —le dijo a David al cabo de unos momentos de conversación—. Pero es necesario que vea la geografía que compartimos. Esto no es América.

David asintió.

—Uno mira la Línea Verde y le resulta fácil comprender por qué la gente se puede sentir amenazada.

Howard sonrió débilmente.

—Mi padre —dijo— era un oficial judío en el ejército británico cuando ayudaron a liberar Bergen-Belsen. Eso le cambió. Después de venir aquí, solía hablar a menudo del «síndrome del Holocausto», un profundo trauma en la psique de los israelíes, de modo que cualquier peligro, interno o externo, resuena como si fuera una amenaza de exterminio.

»Es inevitable que temamos a los palestinos, que envían a sus jóvenes para que se maten a ellos y nos maten a nosotros. ¿Quién no temería a gente con un desdén tan enorme por la vida humana? Pero también nos tememos unos a otros: los judíos israelíes, a los árabes israelíes, que, según creen muchos, son posibles agentes de enemigos exteriores como Irán; los laicos (entre ellos, defensores de la paz como Ben-Aron), a los colonos y los religiosos, que temen la traición a manos de sus propios compañeros judíos.

Escuchándole, Ernheit inclinó su cabeza hacia David.

—Hablamos un poco del derecho de retorno —le dijo a Howard—, esa pasión pertinaz que el marido de su cliente y otros como él esgrimen como una queja incesante.

—Muéstreme al líder palestino que diga a su gente que no habrá retorno —respondió Howard—, y le mostraré a un líder sin futuro. Y si los cuatrocientos mil descendientes de refugiados en Líbano, y el medio millón más que están en Cisjordania, volviesen a Israel, nosotros no tendríamos futuro.

David miró a Howard y luego a Ernheit.

—¿Y no es cierto también lo contrario? —preguntó—. Hay tres millones de palestinos en Cisjordania. No pueden hacer que formen parte de Israel, ni pueden ocupar sus tierras para siempre. Ben-Aron buscaba una salida a ese hecho.

—En 1967 —contestó Howard con un tono árido—, cuando nuestro ejército expulsó a los jordanos de Cisjordania, fue como cuando Eva mordió la manzana. Ya en aquel momento la mayoría de nuestros líderes lo vieron así. Pero muchos de los judíos religiosos estaban extasiados: al fin habían recuperado la tierra que nos había otorgado Dios. Y los jordanos, al parecer, se sentían felices de librarse de unas propiedades inmobiliarias llenas de palestinos que, bajo Arafat, habían creado muchos problemas al régimen del rey Husein. En resumen: no podíamos vender a esa gente.

»Y por tanto, a lo largo del tiempo, construimos asentamientos en la tierra que habíamos adquirido como baluarte contra la invasión, en gran manera como los *kibbutzim* junto a Jerusalén habían conseguido frenar la invasión árabe de 1948. Habría sido mejor poner soldados allí, pues éstos se pueden retirar y firmar la paz. Pero ¿echar de allí a un cuarto de millón de judíos que habían hecho su vida en aquel lugar? No es tan fácil.

—Te llevaré a los asentamientos —dijo Ernheit a David—. Verás hogares, sinagogas, cementerios, el trabajo de tres generaciones. Y comprenderás lo que ha alimentado a un puñado de extremistas peligrosos como Barak Lev.

Durante unos momentos, los tres hombres bebieron vino en silencio en el patio débilmente iluminado, con la Ciudad Antigua como un espectro a la luz de la luna, los camareros de chaqueta blanca evolucionando entre las mesas llenas de clientes.

—Qué pacífico —dijo David al final.

Howard asintió.

—Y hermoso, también. Pero Jerusalén está rodeado de cementerios, y los muertos a veces parecen más poderosos que los vivos: el rey David y el emperador Saladino, todavía persiguiendo su propia visión de su tierra. Y sin embargo, éste es todavía el único lugar en Oriente Medio donde cristianos, judíos y musulmanes tienen una oportunidad de vivir juntos en paz, crear una visión de futuro. Que un solo pueblo lo poseyera sería trágico...

De repente, el sonido de una explosión rompió el silencio. Una mujer en el patio lanzó un grito; de inmediato Ernheit se puso en pie, con la mano en la culata del arma, escuchando atentamente el eco amortiguado, el sonido de los chillidos distantes.

—En la Ciudad Antigua —murmuró.

Recordando el momento del asesinato de Ben-Aron, David notó que le temblaban las manos. Algunos de los que estaban en torno a ellos, según vio, habían buscado refugio debajo de las mesas. Howard no se había movido. Con calma y deliberadamente, de una forma que parecía estudiada y precaria, sacó su móvil y empezó a marcar. En torno a ellos, los móviles sonaron con una algarabía que ponía los nervios de punta.

Howard escuchó atentamente. Al cabo de un momento, preguntó:

—¿Están contigo los niños?

Mientras David le miraba, la cara de Howard se relajó. Ernheit se volvió a sentar.

—Están bien, entonces —le dijo David a Howard.

Asintiendo, Howard se arrellanó en su silla, con los brazos a los lados. Pasó largo rato hasta que volvió a hablar.

—Alguna persona ha perdido a sus parientes —le dijo a David—, o al menos a alguien a quien conocía, ante un terrorista suicida. Mi esposa solía coger el autobús para volver a casa desde el trabajo. Una tarde, una manzana antes de que pasara a recogerla, explotó. El brazo del conductor acabó a sus pies.

»Ahora ya nunca coge el autobús. Intenta apartar a nuestros hijos de los lugares frecuentados. Y cuando oye alguna explosión, en cualquier parte, los llama. —Howard hizo una pausa y luego dijo, cansado—: La religión puede ser la muerte de todos nosotros.

David contempló su vino.

—El fanatismo religioso, querrá decir.

—Sí, y que es mucho más peligroso en Oriente Medio. Empiece por los clérigos islámicos que gobiernan en Irán, que planean desarrollar cabezas nucleares mientras financian el terrorismo en toda la región. Después vayamos a sus aliados naturales entre los palestinos, incluido Hamás. Si tenemos un Irán nuclear, y Cisjordania se convierte en un estado fundamentalista islámico y no en un próspero socio comercial, una barrera de seguridad no nos servirá para nada.

»Pero ¿cómo podemos desmarcarnos de los asentamientos en Cisjordania, tan despreciados por los palestinos? Trasladar a un cuarto de millón de colonos por la fuerza, entre ellos a gente como Barak Lev y el movimiento Masada, puede fragmentar nuestro propio ejército. —Howard miró a David fijamente—. Usted asegura que sabe que la conspiración para asesinar a Ben-Aron llegó incluso al interior de su servicio de seguridad. Si tiene razón, los judíos que ayudaron a planear su muerte comprendieron que colocando en el poder a Isaac Benjamin, estaban matando cualquier posibilidad de paz.

David asintió.

—La noche que conocí a Ben-Aron, uno de sus ayudantes me dijo que quizá había doscientas personas buscando activamente formas de eliminarle.

—Un puñado de fanáticos —respondió Howard—. Aquellos a los que el plan de Ben-Aron amenazaba más viven en los asentamientos que están más expuestos o (como el de Lev) fuera de las fronteras autorizadas por nuestro gobierno. Muchos son judíos americanos que vienen de sitios como Brooklyn y cuya única autoridad es el Dios del Antiguo Testamento. Para ellos, la única forma de mantener vivo su sueño de un gran Israel es que no haya paz aquí.

Llegó el camarero y les sirvió la cena y encendió una segunda vela. Los tres hombres vieron cómo vacilaba la llama y luego prendía bien, arrojando un círculo de luz en el mantel blanco. Echando una mirada a la espalda del camarero mientras se retiraba, Howard inquirió:

—¿Conoce usted el principio del *rodef*?

—No.

—A grandes rasgos, la ley bíblica judía sostiene que un judío está autorizado a matar a cualquier hombre que intente matarle. Eso no es excepcional en sí. Pero si dejamos que ese principio penetre en la mente de un judío fanático decidido a aguantar fuera de las fronteras del Estado de Israel, un hombre dispuesto a morir antes de abandonar el hogar que Dios le ha concedido, asesinar a Ben-Aron se convierte en un acto de autodefensa.

David echó una mirada a Ernheit.

—¿Qué sabe de Barak Lev?

—Muy poco. —Ernheit dejó su copa de vino—. Lo que sabemos es que ha elegido deliberadamente crear su propia frontera judía, un asentamiento ilegal fuera de cualquier frontera. Hace cuatro años, dos de sus seguidores llevaron una caravana por la noche a un pueblo musulmán y la aparcaron en la puerta de un colegio al que asistían niños palestinos. La caravana estaba llena de explosivo plástico preparado para explotar cuando los niños asistieran a la escuela.

»Nuestra policía capturó a esos hombres cuando estaban deshinchando un neumático. Por lo visto, intentaban que la presencia de la caravana resultase menos sospechosa. Sólo esa actuación evitó una tragedia que habría inflamado mucho más aún la intifada.

David pensó en aquel hecho mientras comía un poco de pasta.

—Cuando un judío mató a Rabin —dijo al final—, Hamás lanzó una oleada de atentados suicidas, cambió de forma efectiva la dinámica electoral y transfirió el poder a los oponentes de Rabin. Supongamos que el asesinato de Ben-Aron contó con la ayuda de judíos, pero que se les achaca exclusivamente a los palestinos. Se conseguiría lo mismo desacreditando a Faras y Al Aqsa, llevando al poder a Isaac Benjamin y reforzando a los partidarios de la línea dura por ambos lados.

—Dos problemas —respondió Ernheit—. Primero, su teoría requiere la colaboración de alguien cercano a Amos Ben-Aron. Un judío fanático que viviera en una caravana en Cisjordania no podía conseguirlo. Y segundo, requeriría una cooperación operativa muy estrecha entre esa persona y los palestinos que llevasen a cabo el asesinato.

»Es concebible que pudiera existir un plan paralelo para asesinar a Ben-Aron; uno por parte de judíos, otro de árabes. Pero resulta difícil concebir cómo es posible que dos bandos que se odian tanto entre sí se llegasen a poner de acuerdo en una conspiración sin resquicio alguno. —La sonrisa de Ernheit fue breve—. Y mientras tanto, como de paso, tenderle una trampa a la desdichada señora Arif.

David se arrellanó en la silla, mirando a ambos hombres.

—Su gobierno ha llevado a cabo una investigación exhaustiva —dijo—, pero está muy controlada. Si algún judío ultraderechista ha estado implicado en la muerte de Ben-Aron, y eso se hace público, difícilmente podrá ayudar a Isaac Benjamin.

Howard meneó la cabeza.

—Si lo que quiere decir es que los que investigan lo han ignorado deliberadamente, o han encubierto tal posibilidad, debería pensarlo mejor antes de acusar a los implicados. Nuestro sistema legal es tan honrado como el suyo, al menos, e Isaac Benjamin, sean cuales sean sus carencias, desea que los asesinos comparezcan ante la justicia.

—Pero ¿antes de las elecciones? Esta investigación se llevará a cabo cuidadosamente, de una forma parsimoniosa y confidencial. Sean cuales sean sus motivos, Benjamin no puede presionar para que haya una solución precipitada; lo cual significa, efectivamente, que él seguirá en el poder.

David le estudió.

—¿A menos que...?

—Tiene usted una agenda muy apretada —respondió Howard amablemente—. Debe defender a su cliente. Otros, profundamente interesados en el resultado de nuestras elecciones, quizá compartan su prisa. Algunos incluso tengan fuentes en el seno del gobierno que, calladamente, lleven una agenda similar.

»Y quizá, a su debido tiempo, oiga usted hablar de ellos.

Capítulo 4

A la mañana siguiente, respondiendo a la invitación del gobierno israelí, David se dirigió a Tel Aviv para reunirse con el general Ehud Peretz, jefe de la Agencia de Inteligencia del ejército de Israel, el IDF.

Aquella cita, según explicó Zev Ernheit, era una concesión de Israel a la petición de información por parte de David. Peretz era una figura nacional; fue un joven y heroico oficial en la guerra de 1973 y consejero de primeros ministros en asuntos de inteligencia y terrorismo, y ahora estaba a cargo de las actividades contraterroristas en Cisjordania, como las rápidas y extensas represalias llevadas a cabo en Cisjordania y destinadas a erradicar la Brigada de los Mártires de Al Aqsa. Hasta la guerra de 1973, según le contó Ernheit, la madre de Peretz no le dijo que era superviviente de un campo de exterminio nazi, el de Maidanek. Cuando acabó la guerra, Peretz fue allí y, al ver los huesos y las cenizas de los muertos que todavía se conservaban, decidió dedicar toda su vida a la defensa de Israel.

A medida que David iba pasando todos los trámites de seguridad para entrar en la enorme estructura de cemento y cristal, el Pentágono de Israel, reflexionaba y pensaba en su historia. Los jóvenes que entraban y salían del edificio, casi adolescentes, irradiaban una sensación de compromiso con el servicio militar muy distinta de lo habitual en Estados Unidos. Incluso en aquella ciudad del Mediterráneo, la frontera entre Israel y Cisjordania estaba como mucho a una hora de camino. Para los israelíes, no era posible abstraerse, y la defensa nacional no era una actividad opcional. David Wolfe, el judío americano, allí no era más que un extranjero.

Ehud Peretz parecía enormemente hábil y duro, y sin duda lo era: el pelo cortado a cepillo, unos ojos castaños muy intensos, un rostro curtido y de facciones duras, el pecho amplio, con musculosos antebrazos que asomaban de las cortas mangas de una camisa color caqui. Aunque saludó a Wolfe con un firme apretón de manos, su fría expresión indicaba su disgusto por la visita de David. Le señaló una silla y dijo sin rodeos:

—Conozco sus teorías. Sin embargo, la actuación del servicio de seguridad de Amos ahora es asunto de otras personas. Así que sólo nos queda hablar de esa gente mítica llamada palestinos.

Era mejor ser directo, pensó David.

—Mi cliente no se considera mítica.

—Quizá no, pero su marido es uno de los principales sustentadores del mito. —A pesar de su aparente frialdad, el tono de Peretz traicionaba un sarcasmo hastiado—. ¿Sabe de dónde eran Ibrahim Jefar e Iyad Hassan? De los campos de refugiados: Hassan, del campo de Aida; Jefar, de esa alcantarilla que es Yenín. ¿Y por qué existen unos lugares semejantes después de casi sesenta años? Porque ningún país árabe quiere encargarse de esa gente, y la Autoridad Palestina no hace nada para aliviar su sufrimiento. Los campos dramatizan nuestro papel como «ocupantes» y mantienen viva esa fantasía del retorno. Y lo más importante, alimentan el odio a los judíos... y, no de forma casual, a los terroristas suicidas.

»Déjeme que le enseñe una cosa. —Dando la vuelta alrededor de su escritorio, Peretz se sentó junto a David y dio la vuelta a la pantalla de su ordenador para que ambos pudieran mirarla juntos. Apareció una grabación, al parecer una mezquita llena de hombres que escuchaban a un imán, cuyo discurso era traducido a unos subtítulos en inglés—. Esta emisión es de la televisión pública de Ramala, dos días antes de que los asesinos de Ben-Aron saliesen para Estados Unidos. El imán es uno de los favoritos de Hamás.

Con una voz estridente, el barbudo y joven clérigo hablaba con un tono furibundo, subrayado por la atención extasiada de sus oyentes y las palabras ponzoñosas que traducían los subtítulos: «Israel es un cáncer —leyó David—, y los judíos son un virus peor que el sida».

—Protestamos a Faras —dijo Peretz—, y el imán fue apartado de las emisiones en antena. Pero sigue empleado por la Autoridad Palestina en su Ministerio de Religión.

En la pantalla, los rostros de los oyentes del imán estaban muy concentrados, algunos hombres asentían y todos, excepto unos pocos, parecían seguir cada una de sus palabras. «En la historia del mundo, los judíos están detrás de todo sufrimiento. Los británicos y los franceses tuvieron que castigar y expulsar a los judíos. Lo mismo hicieron los españoles.»

—Es una alusión bastante somera a la Inquisición española —observó David.

«Los judíos provocaron el nazismo. Alentaron el odio de Alemania, y el boicot de bienes, ya que los banqueros judíos estrangulaban al pueblo alemán hasta que éstos se alzaron y se defendieron. Bendito sea Alá por darnos al peor enemigo de los creyentes, los piojosos judíos.»

David sintió que se le revolvían las vísceras.

—¿Y esto lo emitía la televisión palestina?

Peretz congeló la imagen apretando una tecla. En una esquina de la pantalla, David vio unas flechas negras que marcaban las cabezas de dos hombres, uno con la cabeza baja y el otro mirando directamente al frente. A este hombre fue al primero que reconoció David: era Iyad Hassan. El que tenía la cabeza inclinada parecía ser Ibrahim Jefar.

—Faras puede hablar muy educadamente —dijo Peretz con frialdad—, pero este imán se ha convertido en el verdadero rostro de la Autoridad Palestina, y estos asesinos, en su progenie. ¿Qué otra elección nos deja, sino matarlos?

David buscó entre los rostros de los hombres que se imbuían de la prédica del imán. El rostro de Hassan parecía iluminado por el fervor; Jefar miraba hacia abajo, como si, apartado de la multitud que le rodeaba, estuviera reflexionando sobre algo ajeno. Otro hombre captó la atención de David: de perfil, con el rostro en las sombras, no parecía mirar al imán, sino a Jefar.

Con los nervios de punta, de pronto, David se acercó más. El hombre era un poco más delgado y menudo que los demás. Algo en el ángulo de su cabeza le resultaba extrañamente familiar.

David apoyó el dedo en la pantalla.

—¿Conocen a este hombre?

—No. —Peretz sonrió ligeramente—. Se pregunta usted si se trata de Jalid.

—Sí.

—Nosotros también. Sea quien sea, parece tener mayor interés en Jefar que en el imán. Pero hemos aumentado al máximo esta imagen, y la verdad es que no podemos estar seguros. Antes y después de esto, no aparece por ningún lado. —Peretz observó la imagen—. De cualquier manera, esta grabación indica por qué Cisjordania es el Jardín del Edén para los terroristas. Hassan y Jefar son notorios sólo por la persona a la que mataron, por donde le mataron y por lo que nos costará a todos.

—Y, por tanto, también por la persona que les envió.

—En teoría, pudo ser cualquiera. Hay incontables personas en Cisjordania que ven el terror como la única arma y creen que los judíos no tienen historia sino como «opresores». En sus colegios, hasta en los cuadernos de los niños, encontrará fotos de terroristas suicidas. Hombres como Hassan y Jefar crecieron con la creencia de que, matando y muriendo, traerían honor a sus familias, redimirían su condición de víctimas y pavimentarían el camino para el retorno a la tierra que nosotros les «robamos». Y por eso existe un inacabable suministro de «mártires».

—A principios de los noventa —dijo David—, creo que la inteligencia israelí daba apoyo encubierto a Hamás, esperando minar así el apoyo de Arafat.

Peretz le dedicó una mirada de sorpresa, como si estuviese volviendo a considerar los conocimientos de David.

—Un terrible error. Pero la ley de las consecuencias no previstas nació aquí, en Oriente Medio.

—Y por eso Arafat alentó la creación de la Brigada de los Mártires de Al Aqsa —continuó David—, para evitar que Hamás monopolizase la «resistencia armada». Tanto Faras como Ben-Aron creían que se podía apartar a Al Aqsa de la violencia, quizá uniéndola a una fuerza de seguridad que podía cumplir uno de los requisitos israelíes para la paz: que la Autoridad Palestina controlase a Hamás y a otros. Pero ahora usted personalmente está llevando a cabo la erradicación de Al Aqsa en Cisjordania.

Peretz levantó las manos.

—¿Y qué otra cosa podemos hacer? Creemos que Jefar estaba vinculado con Al Aqsa. Faras no controla a los terroristas, y su gobierno, ahora dominado por Hamás, es poco más que una serie de bandas armadas que juegan a la democracia.

—Y cuando Israel haya destruido a Al Aqsa —preguntó David— y Faras se vea reducido a un eunuco, ¿quién sacará provecho?

Sentado junto a David, Peretz se cruzó de brazos, mirando por la ventana hacia los rascacielos de Tel Aviv.

—Cualquiera que se oponga a la paz, y en Cisjordania, cualquiera que quiera recoger los trozos. En particular, Hamás.

—¿Y los iraníes?

Peretz le dirigió otra mirada de reconocimiento.

—Sí, los iraníes. Nosotros y ellos tenemos una historia común. A principio de los noventa nos la jugaron en Argentina; en 2002 los cogimos intentando pasar de contrabando sus explosivos más avanzados, cohetes y misiles de largo alcance a Arafat, en un barco llamado el *Karine A*.

»La piedra angular de la política exterior iraní es nuestra destrucción. Han destinado dinero a Hamás, a la Yihad Islámica y a Al Aqsa. Y no les gustaba nada Faras por sus acercamientos a Amos Ben-Aron.

—Dado todo esto —preguntó David—, ¿opera Irán en el interior de Israel?

La expresión de Peretz se hizo inescrutable.

—Sí —respondió con toda sencillez—, y en Estados Unidos; pero a través de árabes y no de judíos. Nosotros tenemos muchos menos extremistas que los palestinos, y nos encargamos de controlarlos. No podrían jamás asesinar a nuestro primer ministro, y no han hecho volar todavía ninguna escuela de niños árabes.

»Nosotros no somos asesinos, señor Wolfe. Estamos atrapados en un ciclo de violencia, luchando por nuestra supervivencia. ¿Sabe usted algo de la bomba de Pascua?

—Sólo lo que he leído.

—Cada año, un grupo de ancianos supervivientes de Auschwitz llevaban a sus hijos y nietos a un restaurante de Haifa a celebrar su

amor por su familia y su vida. Hace dos años, como siempre, se reunieron con mucho cariño y risas, maravillándose por su buena suerte al estar vivos. Y entonces, a las siete en punto, una palestina entró en la sala e hizo volar por los aires a treinta personas, sobre todo niños. Los ancianos que sobrevivieron se vieron obligados a buscar entre los cuerpos destrozados a los hijos y nietos a quienes amaban mucho más aún por haber sobrevivido a Hitler.

Al escuchar aquello, David se imaginó a Harold Shorr en una reunión semejante y se dio cuenta de que, en la lógica de aquella fantasía, David, Carole y sus hijos habrían estado con él. Peretz continuó con serenidad:

—Estoy seguro de que Arif y su marido condenan nuestra operación en el campo de refugiados de Yenín: cómo murieron los niños, cuán indiscriminadamente matamos a los inocentes. Yo ordené esa operación. —Se puso de pie y miró a David—. El terrorista de Pascua era de Yenín. El grupo que era nuestro objetivo fue el que planeó el atentado. Yo le pregunto, como hombre y como judío, ¿qué haría usted si tuviera que elegir? ¿Y se siente mejor como abogado de esa persona acusada de asesinato que si estuviera en mi lugar?

En las palabras David leyó la amargura de un soldado cuyas decisiones más duras creía que eran inevitables.

—No puedo responder a eso —contestó.

—Bien. Porque ahora forma usted parte de todo esto. —Peretz seguía hablando con calma—. Usted anda buscando conspiradores, y se convence de que Arif es inocente. Yo he leído sus declaraciones. ¿Cómo puede esa mujer, que es abogada y madre, ser también asesina? La dura experiencia me proporciona una respuesta. La persona que hizo estallar la bomba de Pascua era una joven madre, una abogada, como Arif. Al detonar los explosivos, sonreía a una niña de dos años, bisnieta de un superviviente del Holocausto. Ahora sus dos hijos son huérfanos.

»A su cliente no se le exigía morir, ni tampoco, si Jefar no hubiese sobrevivido, sacrificar su libertad. Así pues, ¿por qué iba a hacer eso una madre? —El tono de Peretz se hizo más glacial—. Por odio: el de su marido, el suyo propio, alimentado por Sabra y Chatila, por su propia versión de Yenín. No crea que su cliente es inmune al odio. He leído informes de sus clases. Ahora es usted el invitado de «el peor violador de los derechos humanos de todo Oriente Medio», de unos «imperialistas que se escudan como víctimas», y Amos Ben-Aron no era más que otro de los hombres «que nos roban nuestra tierra y ponen detrás de un muro nuestras esperanzas». Quizá, según la opinión de su cliente, un hombre así merezca morir.

David mantuvo la calma.

—Si tiene alguna prueba contra ella, dígamelo.

—Ninguna aparte de las que usted ya conoce; ni tampoco nada concreto contra Saeb Jalid, aunque noto que a usted esto le gustaría más. Sin embargo, he pasado una hora con usted, aunque usted está jugando con la seguridad nacional de Israel a favor de una mujer que, a menos que su poco probable «trampa» sea real, resulta que es la asesina de Amos Ben-Aron. —De repente, la voz de Peretz se suavizó—. En el ejército, fue mi mentor y mi mejor amigo.

David no tenía respuesta para eso.

—Así que ahora le pediré un favor —dijo Peretz abruptamente—. Quiero que se reúna con unos supervivientes de la bomba de Pascua, al menos los que pueden soportar estar en la misma habitación que usted. No quiero que se vaya usted tan impasible como ha venido.

—No estoy impasible —respondió David—. Pero me reuniré con ellos, por supuesto. Nunca han asesinado a una persona a la que yo quisiese.

Υ

De vuelta al hotel, David estaba mucho más cansado de lo que correspondía sólo por el desfase horario.

Encontró un sobre cerrado encima de su cama. La nota mecanografiada que había dentro rezaba: «Visite el Museo de Historia del Holocausto en Yad Vashem. Puede aprender mucho allí».

David llevaba en Israel sólo veintitrés horas.

Capítulo 5

Después de poner el despertador, se quedó dormido.

Empezó a soñar. Iba conduciendo un coche por una carretera con mucho tráfico y mojada por la lluvia, con una mujer cuyo rostro no veía. De pronto, se daba cuenta de que tenía que cruzar rápidamente dos carriles y girar a la derecha. La carretera estaba muy llena, y David sólo tenía unos segundos; frenó de golpe, giró a través de un carril y luego aceleró, intentando meterse entre dos camiones articulados para acceder a la rampa de salida. La mujer lanzó un grito ahogado. Cuando el camión que tenían detrás dio en su parachoques, David perdió el control...

Cuando sonó el despertador y abrió los ojos, estaba atravesado en el colchón, con las sábanas enredadas. Le costó unos segundos recordar que estaba en Jerusalén, solo, y que la ventana de su habitación en un quinto piso enmarcaba una vista de la mezquita de Al Aqsa. Nunca se había sentido tan solo, tan perdido, tan completamente a merced de otros.

Se vistió lentamente, como si todavía estuviera soñando, y se preparó para acudir a Yad Vashem.

El modernísimo museo se erguía en una colina rodeada por pinares. El día era luminoso y claro, y en torno a David, chicos y chicas jóvenes, soldados israelíes, iban y venían. Los que salían parecían apagados: para que comprendieran mejor cuál era su servicio, le había explicado Ernheit, el IDF los llevaba a Yad Vashem. El otro viaje iniciático, añadió Ernheit, era a la fortaleza del desierto de Masada, donde los rebeldes judíos habían cometido un suicidio en masa antes que entregarse a los romanos.

—Una vez que acabe en Yad Vashem —decía Ernheit—, entenderá lo de Masada.

Al entrar, saludó a David un colaje de películas en blanco y negro que mostraba la vida cotidiana de los judíos europeos antes del Holocausto: los tenderos en el mercado, niños de caritas iluminadas en el colegio, celebrantes que observaban la Pascua; todos ellos ignorantes de lo que les aguardaba. Luego, por una rampa, se descendía hacia el museo.

En la parte inferior de la rampa se encontraba una enorme fotografía de un campo de concentración. Estaba lleno de cuerpos de adultos y niños apilados como haces de leña; algunos con los ojos cerrados, otros con la mirada sin vista de los muertos, con los brazos y piernas en ángulos extraños que no se suelen ver en vida. Al final de la guerra, los alemanes que gobernaban los campos intentaron quemar las pruebas de sus crímenes; había tantos cuerpos, que los guardias, obligados a trabajar a toda prisa, no pudieron completar la incineración de todos ellos. Además, se exhibían también fotos más pequeñas recuperadas de los cuerpos medio carbonizados: una familia en la playa, parejas sonrientes, niños con uniformes de atletismo; la única prueba que poseían los muertos de que sus vidas habían sido diferentes en otro tiempo.

Durante unos momentos, David no se movió.

En la siguiente sala empezaba el itinerario entre esas dos representaciones de inocencia y de muerte: una película de unos sonrientes alemanes que arrojaban libros de los judíos en una hoguera, como si prefigurasen la quema de los propios judíos; un tablero de un juego infantil en el que el objetivo era expulsar a los judíos de Alemania; jarras de cerveza con eslóganes antisemitas grabados encima de los retratos; fotos de médicos alemanes midiendo las cabezas de los judíos, intentando identificar los rasgos que los marcaban como «infrahumanos». Entonces, sin advertencia alguna, David entró de pronto en la sala de estar de sus padres.

Perfectamente conservada, era la de una familia judía que vivía en Berlín: austera, enteramente laica, con sillas y mesas de madera y espejos antiguos. David siempre había pensado en la selecta decoración de sus padres como una afectación, el esfuerzo de una pareja que apenas se consideraba judía por apropiarse del estilo de los episcopalistas de Nueva Inglaterra. Ahora se daba cuenta de que, fuera de forma consciente o no, habían replicado la vida paralela que podían haber vivido en Alemania; excepto que para la época de la Noche de los Cristales Rotos, la madre y el padre de David, que entonces eran niños, estaban a salvo en la bella ciudad americana que habían elegido para vivir sus abuelos.

«Tu padre se hizo psiquiatra —le había dicho Bryce Martel a David— porque, como muchos psiquiatras, deseaba comprenderse a sí mismo. Pero descubriera lo que descubriese, decidió no compartirlo, incluidos sus sentimientos como judío.»

Igual que con el sexo y la muerte, Philip Wolfe había evitado toda mención del Holocausto.

Más allá de la montaña de zapatos que se quitaban a aquellos que esperaban la cremación, estaba un espacio semicircular donde se exhibían documentos de algunos de los seis millones que habían perecido.

Detrás había una sala llena de ordenadores. En cada ordenador, los visitantes podían introducir los nombres de sus parientes y quizá saber algo más de su destino. Pero David nunca había sabido los nombres de sus familiares, aparte de los de sus abuelos, ni siquiera sabía de qué lugar de Alemania podían proceder. Si el Holocausto había tocado a sus antepasados, él lo desconocía.

Dudó y luego decidió experimentar con el pasado.

Escribió en el teclado «Wolfe», seguido de «Alemania».

Encontró veintidós nombres y varias fotografías de hombres, mujeres y niños, quizá parientes suyos o tal vez no. Examinó los rostros, pero no encontró ninguna huella de posible consanguinidad. Wolfe era un apellido bastante corriente y, por lo que sabía David, era una anglicanización de otro apellido mucho más difícil de pronunciar y menos atractivo.

Probó con el apellido de su madre, Schneider, con similares resultados. Luego, por una suerte de memoria residual (una inscripción leída en un libro encuadernado en cuero, suponía), otro apellido le vino a la memoria: Wolfensohn.

Escribió el nombre en la pantalla y pulsó «*enter*».

Aparecieron varios nombres y caras. La segunda fotografía le dejó helado: Hans Wolfensohn, cirujano, había perecido con su familia en Birkenau. Era un rostro que David recordaba de la niñez, y cuyo recuerdo le alteró mucho: el padre de su padre, un abogado patrimonial que llevaba a David al zoo y le contaba cuentos al meterle en la cama, pero nunca le hablaba del pasado.

Conmovido, David miró al doctor, que era como el gemelo asesinado de su abuelo. Pensó en sus amigos del colegio, con sus hogares ancestrales y sus progenitores famosos, senadores o industriales, cuyas vidas conservaban en retratos o biografías. Pero como el de Hans Wolfensohn, el pasado de David había sido borrado.

Fuera le esperaba un hombre, calvo y musculoso, con las gafas de sol colocadas encima de la cabeza y un aire informal. Sin preámbulos, le dijo a David:

—Cuando murió el primer judío en la guerra de Independencia, no empezamos a contar desde el uno, sino desde el seis millones y uno. Pero si cree que Israel es la respuesta de Dios al Holocausto, al menos existe una simetría.

David estaba demasiado alterado para apreciar las sutilezas.

—¿Quién es usted? —preguntó.

—Me llamo Ari Masur.

David le reconoció de inmediato. Aunque todavía juvenil, el antiguo general venía de una de las familias fundadoras de Israel, y su padre había sido un héroe en la guerra de la Independencia de Israel. Percibiendo que David le reconocía, Masur añadió, con una sonrisa irónica:

—Algunos creen que deseo convertirme en primer ministro de Israel. Pero hoy sólo seré su chófer. Le prometo que su viaje será mucho menos difícil que el que acaba de realizar.

Fueron en coche a Jerusalén, en silencio, cogiendo lo que le pareció a David una ruta elíptica, mientras Masur miraba sin cesar por el espejo retrovisor.

—En tiempos yo dirigía el Shin Bet —le explicó—. A veces, por diversión, practico el arte de la evasión.

Aunque tenía los instintos alerta por la curiosidad, David no le preguntó nada. Las últimas horas estaban demasiado presentes.

Aparcaron junto a una plaza pública y caminaron por unas callejuelas empedradas y entraron al fin en un edificio de arenisca de tres pisos. Tenía quinientos años de antigüedad, observó Masur, pero estaba perfectamente conservado. A través del arco vio un patio sombreado por árboles y rodeado por un jardín; ascendiendo las escaleras, pasaron por unas habitaciones cuidadosamente restauradas, combinando luz y sombras, con un enorme sentido histórico. La terraza, sombreada por olivos, permitía ver un panorama de Jerusalén.

Una mujer de pelo oscuro, que observaba la ciudad, se volvió al oír los pasos. Tenía unos cuarenta años, el porte erguido y unos rasgos aquilinos que hicieron que David se detuviera en seco.

—Soy Anat Ben-Aron —le dijo—. Creo que usted conoció a mi padre.

Sobresaltado, David la miró al rostro, que tanto recordaba el de Amos Ben-Aron.

—Yo admiraba a su padre —dijo al fin—. Por eso conocerla me resulta tan difícil.

—Sí, ya me lo imagino.

La frialdad de su tono y modales no le dejaba posibilidad alguna de escabullirse de una forma educada.

—No sé quién lo mató —dijo David—, pero no creo que fuese Hana Arif.

Anat Ben-Aron asintió con la cabeza, brevemente.

—Eso también lo comprendo. Sentémonos, pues.

Lo hicieron bajo un olivo, en un rincón de la terraza. En la mesita esperaban el hielo y el agua embotellada. No sabía qué era lo que iban a discutir, pero era evidente que Masur y Ben-Aron no querían que les oyese ningún criado. Masur vertió agua en los vasos con la precisión de un boticario.

—Supongo que nuestra conversación será confidencial —dijo a David.

—Por supuesto.

—Bien, entonces. Anat y yo estamos entre los asediados que todavía creemos que la paz es posible. Por una grotesca coincidencia, usted puede convertirse en aliado nuestro.

Ben-Aron se inclinó por encima de la mesa, estudiando el rostro de David con intensidad y agudeza.

—Si Arif vive o muere —le dijo entonces— es algo que me preocupa bien poco. A mí me preocupan dos cosas: saber quién planeó la muerte de mi padre y asegurarme de que no murió para nada. Por ahora, su muerte es un arma para aquellos que le despreciaban en vida: terroristas árabes y colonos fanáticos como Barak Lev.

Intentando reponerse, David bebió un poco de agua.

—Yo también he pensado lo mismo —aventuró.

—Pronto tendremos elecciones —dijo Masur—. Tal y como están las cosas, se completará la transferencia de poder a Isaac Benjamin y a aquellos que definen la paz como una barrera separadora, fortaleciendo a Hamás y dejando que Cisjordania se convierta en una llaga infectada, que contenga a los furiosos y a los empobrecidos. —Una vez más, Masur miró a Ben-Aron—. Ahora, de nuevo los estamos bombardeando, esta vez para exterminar a Al Aqsa. Y de nuevo no tenemos elección.

»Pero ¿qué conseguiremos con eso? Más poder para Hamás. Sin la esperanza de paz, el pueblo palestino se volverá hacia ellos del todo. Y los únicos ganadores serán los que más odio sienten a ambos lados de esa barrera que estamos construyendo.

—Eso es geopolítica —dijo David—. Mis intereses son distintos. Yo sólo soy un abogado que defiende a una clienta que puede morir...

—Sí, sugiriendo que los judíos ayudaron a matar a mi padre —interrumpió Ben-Aron, bruscamente—. Recordará usted el asesinato de Yitzhak Rabin. Los colonos radicales también le odiaban a él. En su mente, estaban inmersos en una guerra clandestina con los judíos seculares, a los que tenían que ganarse antes de que hicieran un trato con los árabes. —Sus labios se curvaron, llenos de desprecio—. Cuando Rabin fue asesinado por un judío, algunos literalmente cantaron y bailaron. Pero la gran mayoría de nosotros nos quedamos destrozados, y esperamos que las políticas de Rabin tuviesen continuidad.

—Hasta que los terroristas palestinos —añadió David—, especialmente Hamás, lanzaron una oleada de atentados suicidas.

—No sólo los palestinos —añadió Masur—, también los iraníes.

—¿Está diciendo que los iraníes estaban detrás del asesinato de Rabin?

—No. Lo que digo es que lo aprovecharon, fomentaron y financiaron la oleada de atentados suicidas llevados a cabo por palestinos, y así destruyeron las oportunidades de paz y dieron lugar a la elección de un gobierno derechista para Israel. Y al hacerlo así, los iraníes aprendieron una lección muy valiosa para el futuro.

»Por sí solos no podían matar a Rabin. Pero un fanático de extrema derecha sí que podía. De modo que percibieron que aquellos que los odiaban y odiaban sobre todo a los palestinos (los colonos fanáticos) eran también los enemigos del Estado de Israel.

Ben-Aron miró hacia la mesa, con sus hermosos rasgos concentrados, como si luchara por reprimir sus emociones.

—Para los peores colonos —dijo entonces, con tranquila amargura—, Israel no es un lugar de democracia o de esperanza, sino de tierra, tumbas y lugares sagrados. Eso no es judaísmo, sino idolatría, y ahora se ha convertido en una locura. A lo largo de la historia los locos matan para conseguir sus sueños.

—El servicio de seguridad de su padre —respondió David serenamente— estaba destinado precisamente a repeler a los locos.

Aquella afirmación y el desafío que suponía provocaron una rápida mirada de Ben-Aron a Ari Masur.

—Ésta es una sociedad pequeña —dijo Masur al fin—, con diversas esferas de influencia, que se superponen unas con otras, y muchas conexiones. Y una de las conexiones abarca a la mayoría de los judíos.

David reflexionó sobre lo que ya sabía.

—¿El ejército?

—El servicio militar —corrigió Masur—. La mayoría de nosotros sirve en él, hasta los fanáticos «chicos de las colinas» como Barak Lev. El ejército es el lugar donde hombres muy dispares forjan amistades de por vida.

Anat Ben-Aron, como veía David, estaba contemplando la mesa.

—También es el lugar —replicó David— de donde se extrajo al séquito de seguridad de su primer ministro. Incluyendo al más novato, y por tanto quizá el menos fiable. Pero estamos hablando todo el rato con acertijos. ¿Qué hombres «dispares» son ésos? ¿Y cómo pueden estar conectados con Irán?

—Si hubiera tal conexión —respondió Masur con cautela—, podría traumatizar al pueblo israelí. Pero al final, este conocimiento podría ser la salvación de todos nosotros, y del plan del padre de Anat. Más pronto o más tarde, señor Wolfe, todo en Israel acaba por saberse. ¿Por qué no por una buena causa? —Una vez más, Ari Masur sonrió—. Ya sea ésta el plan de paz o la defensa de una antigua amante.

Asombrado, David se dio cuenta de que Anat Ben-Aron le estaba examinando.

—Por ahora —dijo ella, tranquilamente—, hemos acabado. Pero no debería abandonar demasiado pronto Israel. Con habilidad y paciencia, puede empezar a encontrar algunas respuestas a sus acertijos.

Capítulo 6

En las colinas de Haifa, una bella ciudad costera con unas preciosas vistas al Mediterráneo, David se reunió en un patio con tres israelíes de mediana edad, una viuda, una esposa y un marido cuyas familias habían quedado destrozadas por el atentado suicida del campo de refugiados de Yenín.

Aquello ocurrió, como le había contado Ehud Peretz, la noche del sábado de Pascua, cuando cuatro generaciones —los mayores, supervivientes de Auschwitz— se reunían a celebrar la regeneración de sus familias. El restaurante era de propiedad árabe. Haifa era un lugar donde israelíes y descendientes de árabes que habían decidido no huir vivían en relativa armonía. En el momento de la bomba, cada uno de los supervivientes acababa de degustar una deliciosa comida y se sentían llenos de bienestar y amor por su familia.

David conoció sus historias por Zev Ernheit, que le había conducido hasta allí en coche. Shoshanna Ravit, una mujer morena y esbelta de cincuenta años cuya dolorida gravedad evocaba a David una pintura de Velázquez, había llegado al restaurante con su marido, Isaac, coronel retirado del ejército convertido en hombre de negocios; su hijo David, buen jugador de fútbol y estudiante de arquitectura, y su hija Rachel, joven maestra de alumnos con necesidades especiales. Eli y Myra Landau habían asistido a la celebración con su hija Nurit, estudiante de secundaria con el pelo negro como el azabache y una sonrisa radiante captados en una fotografía que contemplaba a David desde la mesa de madera en torno a la cual los cuatro se sentaron en la penumbra.

David luchaba por encontrar palabras que salvaran el abismo de dolor y desconfianza que se abría entre él y aquellos padres dolientes, preguntándose entre tanto por qué le había preparado el general Peretz aquella reunión.

—Siento muchísimo sus pérdidas —les dijo—. No puedo decir

que sé cómo se sienten; pero quiero que sepan, especialmente dado el motivo por el cual he venido a Israel, que me repugna la idea de que les hayan causado este sufrimiento.

Shoshanna Ravit le miró en silencio. Iba sentada en una silla de ruedas, y sus pantalones colgaban flojamente en el lugar donde debían haber estado sus pies; tal como les ocurría a los demás, su voz estaba desprovista de vida.

—El general Peretz dijo que usted venía a aprender —le dijo—, pero que no se le permitiría elegir. Por nuestra parte, ya estamos acostumbrados a hablar de nuestros familiares para mantenerlos vivos en el recuerdo, esperando también que los que viven fuera de Israel comprendan a qué debemos enfrentarnos.

David asintió.

—Entonces, ¿quiere que le cuente mis recuerdos? —preguntó.

A la luz de las velas, Shoshanna miraba el rostro de su hija. La atmósfera era ruidosa, llena de conversaciones y risas, y aprovechando la privacidad que aquello les ofrecía, Rachel se inclinó hacia ella y le confió:

—Hace dos semanas conocí a ese chico...

Por el rabillo del ojo, Shoshanna vio un movimiento que la distrajo: una mujer árabe joven, con los ojos oscuros y llenos de dolor, se acercaba a una mesa donde se agrupaban cuatro bulliciosas generaciones de una familia israelí; la más joven, una niñita pequeña en el regazo de su abuelo. El brazo del hombre en torno a la niña mostraba el tatuaje que llevaba en el antebrazo.

—Arik es muy majo —decía Rachel—, y muy listo...

La mujer árabe sonrió a la niñita. Cuando el abuelo levantó la vista, devolviéndole la sonrisa, ella cerró los ojos y luego explotó con una tremenda sacudida que levantó de su silla a Shoshanna.

Cuando recuperó la conciencia, yacía en un charco de sangre, apenas consciente de los sonidos agudos que la rodeaban y de que no notaba las piernas. Junto a ella yacía su marido, con la sangre manando de la boca. Llegó a ella lentamente la convicción de que estaba muerto.

Volviéndose de cara, Shoshanna miró hacia la sala. Nada era como había sido. Donde antes hubo familias ahora se veían mesas destrozadas, cuerpos o fragmentos de cuerpos, sangre salpicada por las paredes.

Shoshanna cerró los ojos. Debía ser fuerte por sus hijos, se decía a sí misma, y luego la oscuridad la invadió.

Se despertó en la ambulancia, cuando un enfermero le ponía una inyección.

—¿Para qué es esto? —le preguntó ella, medio amodorrada.

—Para el tétanos y la hepatitis B.

—Entonces póngasela también a mis hijos —le dijo ella—. Aunque Rachel todavía se queja cuando le ponen inyecciones...

Y finalmente le dijo a David:

—Me gustaba pasear por la orilla de la playa con mi familia, notando el agua fría que me salpicaba en los pies y los tobillos. Cuando me desperté, vi que ya no tenía pies, ni tobillos, y también supe que no tenía familia.

Al contrario que a Shoshanna Ravit, el dolor había dejado a Saar Mendel con una expresión de pasiva perplejidad, como si se enfrentara a un rompecabezas cuya solución no pudiese encontrar.

Ella había conocido a Shoshanna en una reunión organizada por Eli Landau, alentada por la comprensión de que a la gente «normal» le asustaba estar con ellos.

Seis meses después del bombardeo, decididas a la par que asustadas, habían ido a la policía y les habían pedido ver las fotografías de los que una vez habían sido sus seres queridos.

El marido, la hija y los niños de Shoshanna aparecían en las fotografías con un aspecto bastante similar a como los recordaba en vida. Saar, no obstante, no pudo reconocer los despojos que, según había confirmado la ciencia médica, eran los restos de Mickey y Dov; sólo pudo identificar a Dov, y únicamente gracias a la cadena de oro que llevaba para que resaltara su bronceado. Pero las fotografías le procuraron un terrible consuelo: su familia no podía haber sufrido más de un segundo. «Si Dios me hubiera permitido elegir —le había dicho a David con los ojos húmedos—, le habría rogado aparecer en una de esas fotografías. En lugar de eso, me ha maldecido con el papel de testigo.»

Comparado con aquello, explicó Myra Landau, la muerte de su única hija fue una fatal casualidad.

—El mismo clavo que me dio en el codo perforó la aorta de Nurit. Tenía la cara tranquila, sin alterar, como si estuviera dormida; pero cuando acerqué la cara a sus labios, noté que no respiraba.

Se volvió a su marido, Eli, enmarcado por un exuberante jardín y, detrás, una vista del Mediterráneo en penumbra; el resplandor menguante del ocaso se iba convirtiendo en morado oscuro en el agua, mientras llegaba la primera oleada de noche. Resultaba una visión muy bella; pero a David le interesó muy poco, salvo para preguntarse si Eli Landau podría contemplar alguna vez aquello como algo parecido al placer.

—¿Por qué defiende usted a esa mujer? —le preguntó Eli.

La alusión que había hecho Ari Masur a su verdadera relación con Hana todavía nublaba la mente de David. No obstante, suponía que aquel conocimiento era resultado de la vigilancia que habían sufrido Saeb y Hana en Harvard.

—Porque creo que ella no lo hizo —respondió—. Y porque quiero saber quién fue. Hay algunos en Israel a quienes no les gustaba Amos Ben-Aron.

Eli le miró.

—Los palestinos, y no los judíos, fueron los que mataron a Amos Ben-Aron, y con él nuestras ilusiones. Lo único que puede hacer nuestro gobierno es construir esa muralla y mantener alejados a los terroristas. Por lo que hemos sabido de esa mujer y del entorno del que viene, si entonces hubiese existido la valla, quizá nuestra hija también existiría. Pero por el contrario, nuestro ejército fue a Yenín. Y después, nos dijo Ehud, no quedó nadie a quien castigar.

Pero siempre quedaría alguien a quien castigar, pensó David. Contemplando su rostro, Myra Landau dijo:

—Los americanos nos juzgan, como el mundo entero. Sin embargo, nadie lo puede comprender. Nosotros somos gente normal, que sufrimos al azar; lo único anormal que tenemos, como víctimas del terror, es que simbolizamos la pérdida de la seguridad y la serenidad que los americanos dan por sentada. Al menos, hasta que Hana Arif ayudó a un terrorista suicida a matar a un judío en San Francisco. —Consiguió esbozar una sonrisa que no llevó ninguna luz a sus ojos—. «¿Cuándo haréis las paces?», nos pregunta el mundo. Yo antes esperaba que hubiese paz, pero ahora ya no. Es como lo de Nurit. En un momento dado tienes una hija, y luego ya no la tienes. Así que uno se pregunta: «¿No habré soñado con esa hija?». Lo único que te mantiene cuerdo es hablar de ella... —Tras hacer una pausa, añadió en voz baja—: aunque sea a usted.

A la luz de las velas, David miró los rostros de aquellos tres padres sufrientes, y no encontró nada que decir.

—Por herencia —le dijo Eli Landau—, somos europeos. Pero vivimos rodeados de gente para la cual la vida tiene un significado distinto. Las familias árabes matan a sus hijas por crímenes de honor, envían a sus hijos a matar a nuestros hijos y matarse ellos. Nuestros propios colonos, piense usted lo que piense de ellos, no lapidan a sus mujeres ni asesinan a familias árabes.

Al escucharles, David decidió no mencionar a los seguidores de Barak Lev, que habían intentado volar por los aires una escuela llena de niños palestinos.

—¿Qué averiguaron de esa terrorista suicida? —preguntó.

—Ehud Peretz dijo que usted nos preguntaría esto. Se llamaba Farah Abud. —Eli Landau le dirigió una mirada irónica—. Era de Hamás, la cuñada de Iyad Hassan.

Zev Ernheit estaba en el coche aparcado fuera. David se metió en el asiento del pasajero, agotado por la emoción de la velada. Sólo entonces comprendió plenamente por qué había acudido allí: a cambio de acceder a la experiencia de escuchar aquellas historias, Ehud Peretz le había dado una brizna de información, la posible conexión del asesino de Ben-Aron con Hamás.

—¿Cómo ha ido? —le preguntó Ernheit.

—Desgarrador. —David se echó atrás en el asiento—. Pero yo también vi a un terrorista suicida. Mi imaginación puede trabajar un poquito mejor de lo que ellos suponen.

Ernheit cogió un móvil que llevaba en el bolsillo de la camisa y lo colocó en la mano de David.

—Me han dicho que le dé esto. Una vez que esté solo, escuche los mensajes.

En la habitación de su hotel, David abrió el móvil y apretó una tecla.

La voz del hombre era israelí, en un inglés con poco acento. Al día siguiente, David tenía que acudir a la Ciudad Antigua y deambular como un turista. Pero a las cuatro en punto debía encontrarse, como por casualidad, en la capilla Asiria, en lo más profundo de las entrañas de la iglesia del Santo Sepulcro, el lugar de la crucifixión de Cristo.

Capítulo 7

A las dos en punto, David entró en la Ciudad Antigua de Jerusalén a pie, con un mapa metido en el bolsillo trasero de sus pantalones color caqui.

Hizo una pausa en la base del muro construido por los romanos más de dos mil años atrás, lleno de cicatrices de las balas de las guerras de 1948 y 1967. Pasando bajo un arco diseñado por musulmanes, siguió el camino usado por los cruzados y entró en un mundo vibrante, atestado de turistas, árabes, ortodoxos, judíos, estudiantes y hombres y mujeres de aspecto profesional y diversos orígenes. Reflejando su historia, la ciudad estaba dividida en cuatro barrios: judío, musulmán, cristiano y armenio, este último ocupado por aquellos cuyos antepasados habían huido de las matanzas de los turcos. Pero en muchos lugares esas personas se entremezclaban. Tomando una estrecha callejuela empedrada, flanqueada por edificios de piedra sin espacio alguno entre ellos, David pasó junto al hogar de una familia armenia, una mezquita y un joven judío que leía un libro en el patio de sus padres, sombreado por una palmera. Era difícil imaginar a ningún país adjudicándose la propiedad exclusiva de aquel lugar, aunque muchos lo habían intentado; David pensó en la bomba que había explotado mientras comía en el hotel Rey David, añadiendo más víctimas a las miles de personas muertas en aquella ciudad durante miles de años.

Fingiendo que consultaba su mapa mientras investigaba los rostros que le rodeaban, siguió un camino que no parecía obedecer a objetivo alguno, aunque de hecho lo había confiado a la memoria. Vio otras imágenes incongruentes. En una plaza con ruinas romanas excavadas después de 1967, parloteaba por un móvil una chica judía que le recordó mucho a Munira. Un barrio judío se convertía en zona de compras musulmana de pronto, sin advertencia previa; el callejón era de pocos metros de anchura, y los carteles de las tiendas en árabe ofrecían velas, condimentos, almohadas, alfombras de vivos colores, grano, fideos y aceite de oliva. El vendedor era un hombre árabe que fumaba una pipa de agua turca. Levantando la vista, vio cámaras de vigilancia de la policía. Allí no se permitían las papeleras, como precaución contra las bombas terroristas; todas las tardes a las cinco, un ejército de barrenderos inundaba la Ciudad Antigua.

David consultó el reloj.

A las dos cuarenta y cinco, se detuvo en la parte alta de una escalera por encima de la plaza del Muro Occidental. Más allá del muro se veía la dorada cúpula de la Roca, y la severa cúpula negra de la mezquita de Al Aqsa, piedra angular del grupo que había engendrado a Ibrahim Jefar. La entrada a aquellos lugares le estaba prohibida. Pero la cúpula de la Roca era el lugar donde Abraham había construido un altar para sacrificar a Isaac, o Ismael, dependiendo de si uno era judío o musulmán. David recordó el abismo que se abría entre Hana y él, las diferencias que puede haber entre las personas, por las que pueden hasta matar, y sus diversos conceptos de Dios.

David levantó la vista y vio, encolados a los muros de piedra, el cartel de la campaña de Isaac Benjamin y otro más antiguo de Amos Ben-Aron, con un bigote de Hitler pintado en el labio superior. Tomó un par de fotos al azar. Si le seguía alguien, no era capaz de detectarlo.

Bajando por las escaleras del Muro Occidental, vio a un judío ortodoxo que distribuía casquetes de papel para los hombres que deseaban rezar allí. Dudó, luego aceptó un casquete y ocupó su lugar junto al muro entre los hombres barbudos, que oscilaban y hacían reverencias para ser mejor vistos por Dios.

David cerró los ojos, intentando aclarar sus pensamientos de toda distracción. Luego en su mente se formó lo más parecido a una plegaria que podía imaginar: un recuerdo dedicado a su padre y su madre, luego a Hans Wolfensohn y a su familia. Finalmente, pensó en todos los que habían muerto, o que morirían, por la posesión de aquel trágico y bello lugar.

Cuando acabó, eran un poco más de las tres.

Consultando de nuevo el mapa como si estuviera decidiendo adónde ir, David empezó a trazar el camino de Jesús en la Vía Dolorosa hacia la iglesia del Santo Sepulcro.

Era un largo camino de subida por unos escalones muy gastados, con las estaciones de la Cruz marcadas por placas de metal grabadas con números romanos. David pasó junto a un cortejo nupcial de jóvenes y bellas mujeres árabes que corrían y reían, con los vestidos y chales adornados con filigrana de oro. Volviéndose como para mirarlas, David no reconoció a nadie que hubiese visto antes.

Al final, al salir del estrecho callejón, David se situó en la plaza, ante la iglesia del Santo Sepulcro. Ya no miraba el reloj. Había llegado a su destino y no quería que pareciese que le importaba el tiempo.

Aquella iglesia de diseño romano era la más antigua del mundo, construida en el año 330 siguiendo las órdenes de la madre de un emperador que se había hecho cristiana. En el interior, las rivalidades sectarias que llenaban todo Jerusalén llegaban a su punto álgido. El oscuro y vasto interior estaba dividido entre varias sectas, y aquel día cada una de ellas llevaba a cabo una procesión distinta. David encontró su discordancia a la vez bella, obsesiva y perturbadora: monjes franciscanos con ropajes oscuros leían en voz alta en latín de unos misales y subían con velas las escaleras de piedra, y cerca un grupo de cristianos armenios, elevando las voces para competir en volumen, cantaban su propio himno. Por encima de ellos, dos capillas, una católica y otra griega ortodoxa, representaban la crucifixión de su salvador según sus propias luces. A medida que David descendía al piso que había debajo, iluminado por las velas y perfumado por el misterio religioso, vio un grupo separado de católicos que recitaban una misa en latín. De repente, encontró su camino bloqueado por una congregación de sacerdotes ortodoxos griegos, arrodillados para realizar aparte su observancia.

David debía pensar ya en la hora prevista. Cuando miró a su alrededor en busca de una ruta alternativa, no vio a nadie conocido. El tiempo pasaba con exasperante lentitud; él se quedó observando hasta que al fin acabó el último de los cánticos, y prosiguió su camino fingiendo una despreocupación que ya no sentía.

Minutos después, en las entrañas de la iglesia, David entró en la capilla Asiria. Era pequeña, circular y oscura, ocupada sólo por cinco mujeres etíopes con velos blancos y mantos. Hicieron la señal de la cruz y luego se postraron a la manera de los musulmanes. Cuando David comprobó su reloj, vio que eran las cuatro y once minutos.

No podía hacer otra cosa que esperar.

A su izquierda, a través de una grieta en el muro de piedra, se veía una cueva. Atisbando en el interior, oyó unos suaves pasos tras él.

—Algunos creen —pronunció una voz tranquila— que Cristo estaba enterrado en esa cueva, lo que concuerda con la costumbre de la época.

David se volvió y vio a un hombre bajo, de edad y origen indeterminados, con la frente alta, el pelo castaño peinado hacia atrás y un rostro dulce con los labios bien modelados y unos ojos sagaces y almendrados. Con más sigilo, el hombre dijo:

—Parece que nadie le ha seguido.

—Excepto usted, quizá —respondió David—. Y no tengo ni idea de quién pueda ser.

El hombre se encogió de hombros, como si ese detalle careciera de importancia.

—Sentémonos en la cueva de Cristo —dijo—. Un par de judíos no pueden causar daño alguno.

David se preguntó si eso significaba que el hombre era judío o no. Por un instante tuvo una idea absurda, veleidosa: si él muriera en el interior de aquella cueva, no tenía esperanza alguna de resucitar.

—Después de usted —le dijo.

La cueva era claustrofóbica, demasiado reducida para que David pudiese permanecer de pie. Se arrodilló junto al extraño, dos turistas contemplando el supuesto lugar de enterramiento de Cristo.

—Déjeme que le cuente una historia —dijo el hombre con un tono despreocupado, como si fuese un guía turístico—. Hace unos años, dos hombres se unieron a nuestro ejército: uno era de Tel Aviv, y el otro, un emigrante de Estados Unidos. Ambos eran ortodoxos, devotamente religiosos; los dos eran disciplinados y estaban altamente motivados. Ambos se apuntaron en una unidad militar de elite, los paracaidistas; ambos se convirtieron en oficiales. Y ambos se consideraban como hermanos. —Los labios del hombre formaron una sonrisa, como si le complaciera pensar en su amistad—. Tomaban los permisos juntos, visitaban los lugares sagrados y cultivaban su interés común por la arqueología. Pero cuando expiró el tiempo de su servicio, sólo uno se quedó en el ejército. El otro hombre se fue, porque había decidido establecer un asentamiento para cumplir el destino bíblico de los judíos de repoblar la tierra del Gran Israel. Aunque se sintió decepcionado al ver que su amigo no se decidía a unirse a él, el colono y el soldado siguieron muy unidos, ligados por las experiencias compartidas y por sus creencias comunes.

David miró a sus espaldas. La capilla Asiria estaba vacía; su compañero seguía hablando, en tono de conversación, aunque bajo.

—El soldado conoció a una mujer ortodoxa en Tel Aviv que, pensaba, se alegraría de formar parte de la nueva oleada de pioneros. La mujer viajó hasta el asentamiento y conoció a su amigo; para el placer de los tres, ambos se enamoraron y decidieron casarse.

»Pero la mujer cayó víctima de la terrible lotería del terrorismo. Al coger el autobús un día para ir a trabajar, se sentó junto a un terrorista suicida de Hamás. —El hombre meneó la cabeza—. Aunque la explosión mató a muchas personas, ella sencillamente desapareció. No quedó nada que enterrar.

David pensó en la fotografía de la hija de Eli y Myra, de radiante sonrisa y cálida mirada.

—Destrozado por el dolor —siguió su compañero—, el colono se consumía por su odio a los palestinos. El soldado, que sufría también, pidió que le asignaran a la protección de un hombre al que reverenciaba como protector de Israel, Ariel Sharon. —El hombre se volvió, calibrando la reacción de David—. Creo que ya empezará a ver adónde va a parar mi triste historia.

—No hasta que termine.

—Decían que usted era un hombre muy frío —respondió el hombre—. Ya voy llegando al asunto. Aunque el colono encontró otra esposa y tuvo una hija, nada conseguía curar su corazón. El soldado, al cabo de algunos años, se convirtió en el protector del hombre que, según el colono, era peor que Arafat: el nuevo primer ministro, Amos Ben-Aron. Y el colono, cuyo nombre es Barak Lev, se convirtió en líder del movimiento Masada, el supuesto conspirador que intentaba poner una bomba en una escuela palestina, y padre de una niña asesinada a los seis años.

David le miró.

—A ver si le entiendo. ¿Está usted sugiriendo que esos dos hombres fueron cómplices en el asesinato de Amos Ben-Aron?

El hombre cogió una piedrecilla que tenía junto a los pies.

—Lo que estoy diciendo es que Barak Lev habría estrangulado a Ben-Aron con sus propias manos, pero nunca consiguió acercarse a él. Su amigo soldado pudo cumplir sus deseos por medios mucho más astutos.

—Después del asesinato de Ben-Aron, supongo que el soldado recibió un trato muy duro.

—Todo lo contrario. Se podría esperar que todos los miembros del séquito de Ben-Aron tuviesen completamente prohibido el contacto con personas como Lev, y que si había dudas sobre algún individuo, se viera sujeto a privación del sueño, polígrafos o pentotal sódico. Sin embargo, nuestro hombre sigue intacto.

—¿Cree que aún se desconoce su amistad?

—Sabemos perfectamente que se conoce. Pero este crimen, al parecer, es muy complicado. Quizá los investigadores de nuestro gobierno estén procediendo con toda la cautela que merece el asunto. Ciertamente, los que están en el poder no tienen interés alguno en dar pasos que puedan ser descubiertos por los medios, y que puedan indicar, antes de que resulte prudente que lo hagan, adónde se dirigen sus investigaciones. —El tono del hombre adquirió un dejo irónico—. En tal caso, el interés político podría ser una consecuencia indirecta del buen juicio y la discreción. Sea cual sea el motivo, la verdad (si lo que sospechamos es verdad) puede que no emerja a tiempo para favorecer a su cliente. Pero eso no es lo que me interesa.

—¿Y qué es entonces?

—El futuro de Israel, y quién decidirá ese futuro.

A David le empezaban a doler ya las rodillas.

—Nuestros intereses pueden coincidir —dijo con mesurada impaciencia—. Pero hasta el momento, su historia no me aporta nada. Yo necesito el nombre del amigo de Lev.

—Comprendemos sus requisitos legales, señor Wolfe. Sabemos que su juez pedirá un nombre. Mejor aún, ¿querría usted conocer a nuestro sospechoso?

Asombrado, David se rio.

—Está usted bromeando.

—No se ha quedado tan frío ahora, ¿eh? —El hombre sacó un móvil de su bolsillo—. Éste es su nuevo móvil. Lo siento si eso hace que parezca un asesino, pero tendrá que llevarlo encima. Y tenga paciencia: pueden pasar horas, o días quizá. Pero recibirá una llamada. Shabbat Shalom.

Y sin una palabra más, el hombre se fue.

Capítulo 8

A la mañana siguiente, con el teléfono a su lado, David fue en coche desde Jerusalén hasta Masada.

El lugar era formidable, un acantilado a pico rodeado por el desierto. Tomando el teleférico que conduce a la amurallada meseta donde se encuentra la antigua fortaleza, David podía ver kilómetros y kilómetros de páramos de Judea, y la extensión azul del mar Muerto. La fortaleza en sí, un ingenioso reducto con almacenes, espacios para viviendas y piscinas de las cuales todavía quedaban ruinas, había servido en tiempos como palacio al rey Herodes. Allí fue donde los rebeldes judíos, sitiados por los romanos, mataron a sus familias y se mataron ellos mismos, dejando a los victoriosos con cadáveres en lugar de esclavos.

Contemplando el desierto, David consideró sus conexiones con aquella tragedia. Los rebeldes eran de una secta religiosa extrema, los zelotes, que mataban a otros judíos por no adoptar sus prácticas; su resistencia había precipitado una campaña militar romana que empeoró aún más la represión de los judíos. En el mito y las películas, David había visto a los judíos de Masada retratados como mártires; sin duda, ese heroico simbolismo hizo que Barak Lev adoptase el nombre del movimiento de Masada para sus asentamientos en Cisjordania. Pero lo que más sorprendía entonces a David era que los «mártires» hubiesen empezado por matar a sus propios hermanos judíos y, después de conseguir que sus conquistadores se adentrasen más aún en las tierras de Israel, acabaran con el exterminio propio. Sólo cabía esperar que aquel ciclo no se volviera a repetir.

David descendió al aparcamiento y se dirigió hacia la Baja Galilea, el lugar desde el cual los padres de Hana hacía sesenta años habían huido del ejército judío.

ϒ

El mensaje electrónico de la prima más joven de Hana, Sausan, le daba instrucciones precisas formuladas con bastante humor. «Cuando los productos vegetales superen en número a las personas —le había escrito—, sabrá que ya está cerca.»

Dos horas después, vio que así era. La tierra ondulada de Galilea estaba repleta de grano, girasoles, olivas, cítricos, tomates, ajos, guisantes... Aquella riqueza era producto del agua y la irrigación, empleadas por los judíos para transformar la tierra años antes de que naciese el Estado de Israel. Aquí y allá, David veía restos de la cultura árabe: una mezquita, una ciudad distante en una colina donde los residentes, como los padres de Hana, antes cultivaban olivos, si bien, a diferencia de ellos, se habían quedado. Entre sus descendientes se encontraba Sausan Arif, hija musulmana de un cristiano y nieta de un judío.

El pueblo de Mukeble, donde Sausan era directora de la escuela primaria, bordeaba Cisjordania. Justo antes del cruce había un control, y su garita de guardia estaba protegida con cristal antibalas, y detrás el IDF estaba construyendo una fortificación con barracones y una torre de vigilancia. Una alambrada de al menos seis metros separaba Mukeble de un campo de hierba, más allá del cual David podía ver la silueta de Yenín, hogar de Ibrahim Jefar.

Junto a la entrada de la escuela, una mujer joven y esbelta estaba sentada en un banco, esperando. A distancia, se parecía tanto a Hana que David notó que su corazón se detenía.

De cerca, la ilusión se disipaba. La mujer que le saludó tenía la misma suavidad de movimientos y, suponía David, de pensamiento; su piel olivácea y su cabello liso, aunque ligeramente teñido con henna, recordaban al de Hana. Pero sus ojos, que eran de un verde asombroso, formaban una media luna cuando ella se reía, dándole un aire de diversión ligeramente escéptica que indicaba que, si tenía suerte, él también podía quedar incluido en la broma.

—Debes de ser David —le dijo Sausan, tendiéndole la mano—. Si hubiese otro hombre nuevo en el pueblo, yo lo habría sabido.

—Me has pillado. —David examinó el pueblo situado en una colina detrás de la escuela; muchas de las casas eran modernas, y algunas estaban construidas hasta la altura adecuada para las extensas familias árabes—. Has elegido un lugar muy bonito para vivir.

—Bueno, no es Tel Aviv —respondió Sausan—. Pero es único en esta parte del mundo, como averiguarás pronto. Y por eso vivo aquí.

—¿Y la valla? Hubo problemas, supongo.

—Algunos. Al principio la valla era un dilema para nuestro pueblo... Muchos aquí tienen parientes en Yenín. —Sausan frunció el ceño—. Pero antes de que la construyeran, los terroristas venían aquí, buscando refugio en nuestras casas. Ésta es una ciudad de cristianos, judíos y musulmanes, pacíficos unos con otros, que comparten las mismas escuelas y el ayuntamiento. Nadie quiere problemas. Aunque la valla ofendía a algunos, una vez más vivimos en una tranquilidad relativa. Igual que pasaba, como me dice mi padre, en 1948. Esto forma parte de nuestra historia.

La última frase llevaba en sí un tinte de tristeza, pero también de satisfacción: la catástrofe que había cambiado tantas vidas, incluida la de Hana, de alguna manera había conseguido pasar de largo por su familia. Sausan se acercó más, mirando a David.

—¿Crees que Hana morirá?

La franqueza de su pregunta le intranquilizó.

—Espero que no.

Sausan cogió aire.

—Ojalá se hubiesen quedado —dijo al fin—. Mi padre todavía pregunta: «¿Qué vida es ésa, atrapados entre un montón de escombros, tratados como perros por los libaneses?».

—Hana dice que estaban asustados por la masacre de Deir Yasin.

—Sí, en parte era eso, ya lo sé. Los israelíes querían que los árabes se fuesen, asustándolos y acosándolos y a veces incluso echándolos por las buenas. Es un mito que los líderes árabes fueron quienes les pidieron que se marcharan. —Su voz sonaba sombría—. Pero también es verdad que esos mismos líderes se negaron a aceptar la partición de la ONU que separaba Israel de Cisjordania, eligiendo a cambio la guerra. De modo que la culpa está bien repartida por ahí.

David miró su rostro; sus estados de ánimo cambiantes, como los de Hana, no eran difíciles de seguir para él. Bruscamente, ella dijo:

—¿Te gustaría ver mi escuela?

En el interior, las clases estaban bien equipadas, con libros de texto nuevos y diferentes exposiciones en las paredes. En la sala de arte, David vio un cartel en el que se veía una menora, un Santa Claus y el símbolo del Ramadán.

—¿Qué tal se llevan tus alumnos?

—Bueno, no te creas que no tiene sus complicaciones. Antes de la valla, en nuestro pueblo se establecían a veces palestinos cristianos o musulmanes. Pero los niños de Yenín eran más pobres que los nuestros, y habían absorbido en demasía la violencia generada por la ocupación. —Sausan se puso más tiesa, con el rostro decidido—. De modo que trabajamos con ellos. Sin excepción, los niños que se fueron de Yenín prefieren estar aquí. A lo largo del tiempo, su ira empieza a ceder. En parte, por eso también me quedo aquí.

Sausan le llevó en coche por el pueblo.

—¿Y qué tal se vive aquí? —le preguntó él.

—¿Yo? —Sausan esbozó una irónica sonrisa—. Estoy soltera, pero soy muchas personas en una. Eso me complica mucho la vida. —Ajustó la visera para tapar el sol del atardecer—. Mi padre, el tío de Hana, es árabe. Yo soy musulmana..., para bien o, como pienso a veces, para mal. Pero mi madre es judía de nacimiento; su madre venía de Polonia y se casó con un árabe cristiano. De modo que, a diferencia de Hana, yo estoy envuelta en la ambigüedad.

David pensó que la vida de Sausan allí no debía de ser fácil. Como si ella leyera sus pensamientos, dijo:

—Me faltan dos meses para cumplir los treinta, una mestiza de mil razas con una licenciatura universitaria. Eso me convierte, al parecer, en una especie de intelectual... No es un trofeo que codicien muchos hombres musulmanes. —Esbozó una sonrisa—. No puedo culparles del todo. Debo admitir que carezco de docilidad.

David sonrió.

—Sin embargo, pareces bastante pacífica.

—Sospecho que no te dejas intimidar fácilmente. Pero en el contexto de Mukeble, soy algo problemática.

—¿Y eso?

—Cuando llegué aquí, organicé un foro de reunión para mujeres musulmanas y judías, y eso inquietó a unos pocos maridos. Y lo peor de todo: organicé una carrera de coches para mujeres, con todoterrenos, la «Carrera Reina de Galilea». —Sausan volvió a sonreír—. De hecho, estás en el mismo coche que la actual reina del volante.

»Todo eso sería llevadero. Pero intenté organizar un foro para que nos reuniéramos con mujeres palestinas de Yenín. Antes de la intifada, existía una tradición de cooperación. Pero ahora la Autoridad Palestina se ha colapsado, y el alcalde de Yenín tiene demasiado miedo de Hamás para sacar el cuello a instancias de una mujer árabe-judía. —Una vez más, su tono era de lamento—. El asesinato de Ben-Aron, el supuesto crimen de Hana, ha matado este plan para siempre. Hemos perdido la oportunidad de conocernos unos a otros.

ϒ

Pasando junto a casas diseminadas y pueblos prósperos, aminoraron en una curva de un camino de tierra serpenteante que separaba dos cementerios, uno para musulmanes, otro para cristianos.

—Recientemente —dijo Sausan— murió una anciana cristiana. Primero hubo un funeral en la mezquita, luego otro en la nueva iglesia de nuestro pueblo, y muchos musulmanes presenciaron un funeral cristiano por primera vez en su vida.

»Después, tanto musulmanes como cristianos ayudaron a limpiar y arreglar el antiguo cementerio cristiano, el último lugar de descanso de la mujer. ¿Por qué, sigo preguntándome, la gente decide odiarse entre sí? ¿Y por qué ha devorado ese odio a Hana?

David se volvió hacia ella.

—¿El odio de quién, Sausan?

Frunciendo el ceño, Sausan contempló la carretera.

—También me he preguntado eso.

Se detuvieron en la iglesia, un edificio de piedra arenisca con las puertas de madera pulida. Sausan explicó que era una iglesia católica obediente a Roma, cuyas misas se celebraban en árabe, y cuya construcción había aprobado el gobierno de Israel y habían financiado cristianos árabes de Inglaterra y América.

—De las tres mil personas que viven en Mukeble —dijo Sausan—, quizá sólo ciento cincuenta son cristianos. Pero en cien años, sólo se han construido unas pocas iglesias nuevas en Oriente Medio. Y ésta es una de ellas.

Dentro, la iglesia era espaciosa y contenía un altar con filigrana y letras árabes y un confesonario con dos cabinas separadas por una pantalla de madera.

—Si quieres confesarte —dijo Sausan, irónicamente—, yo te escucharé de buen grado. Hay tan pocas diversiones aquí.

David sonrió.

—Demasiado tiempo —dijo—. Demasiado complicado. Y además, soy judío.

Ella le dirigió una mirada.

—Lo de ser judío no es lo que importa, creo. Es la complejidad.

Fuera, David examinó el teléfono móvil: ningún mensaje. Una vez más se sintió desorientado, como si fuera el juguete de unas fuerzas que no podía comprender del todo.

Sausan miraba hacia fuera, a la ciudad no demasiado distante de Yenín.

—No conozco bien a Hana —dijo, al cabo de un rato—. Aun así, la admiraba. Pero incluso antes de esto, pensar en ella me ponía triste.

David se volvió hacia ella.

—¿Por qué?

Sausan asintió.

—Hace dos años la visité en Ramala. Ella es muy lista y encantadora, y adora a su hija; pero creo que a su marido no. Entre ellos hay una especie de lucha por Munira, y quizá algún otro problema más profundo.

—¿De qué tipo?

Sausan le miró muy detenidamente.

—Creo que eres algo más que su abogado, ¿verdad?

—Verdad —afirmó él, cauteloso—. La conocí hace muchos años en la Facultad de Derecho.

—Ya. Esto que te voy a contar ahora es personal, es un instinto de mujer. Sea cual sea la causa, Saeb parecía enfadarse siempre ante mi presencia. Quizá fuera por mi independencia; quizá la simple idea de mi existencia, por ser nieta de un judío, le ofendía. Pero tampoco parecía muy afectuoso con Munira, era más juez que padre. Cuando se fue a Jordania, después de cuatro días de mi visita, noté que las tres (la madre, la hija y yo) nos quedábamos mucho más contentas. Y pensé: «Ella no quiere a este hombre, y él no las quiere a ninguna de las dos». Hana es prisionera de su hija, y por tanto de su marido.

Analizando sus emociones, David decidió hacer una pregunta de abogado:

—¿Sabes por qué se fue él a Jordania?

—Para ver a un médico. Tenía no sé qué problema del corazón, aunque el tipo de problema no estaba claro para mí. Tampoco entendí por qué se quedaba en Amán toda una semana. —Con los ojos bajos, Sausan dudó y luego añadió en voz baja—: Si no fuera un musulmán tan estricto, imaginaría que tenía una amante. Hana también. La mayoría de nosotros necesita mucho más de lo que yo vi ahí.

Pasaron los momentos siguientes en silencio. Mirando el sol que ya se ponía, David dijo:

—¿Hay tiempo todavía para ver dónde vivían los padres de Hana?

—Eso creo. —Y como si respondiera a un impulso, Sausan continuó—: O podemos ir a verlo mañana y tomarnos más tiempo. Conozco una posada aquí cerca donde podemos alojarnos. —Avergonzada de pronto, añadió con una sonrisa—: En habitaciones separadas, por supuesto. Soy musulmana, después de todo...

Su vergüenza despertó un recuerdo. «Venimos de una cultura de la vergüenza —le había dicho Hana—, no de la culpa.»

—Por supuesto —respondió David, sonriendo también—. Yo soy judío, después de todo.

Capítulo 9

Mientras conducía, Sausan observó que la Alta Galilea se había convertido también en una tierra exuberante, como legado de los *kibbutzim*. Pero el verdor acababa en la frontera entre Israel, Siria y Líbano, por encima de los cuales se alzaban los Altos del Golán, cuya historia era un recordatorio de la guerra que había asolado aquella tierra en la que ninguna frontera parecía permanente. En las afueras de una ciudad alojada en un valle que corría desde Israel a Líbano, Sausan señaló un asentamiento israelí, una torre de observación de las Naciones Unidas y, justo en el interior de Líbano, una posición de artillería que manejaba Hezbolá, cliente terrorista de Irán y Siria, esta última con más poder en aquel lugar que los libaneses.

—Al venir aquí —observó Sausan—, pienso en Saeb Jalid, y en por qué se volvió tan amargado.

—Yo suponía que fue por lo de Sabra y Chatila.

—Al final sí. Pero, como siempre, hay una historia. Antes de que Saeb naciese, algunos palestinos de Jordania intentaron asesinar al rey Husein; otro motivo para que, años más tarde, éste se sintiera bastante complacido cuando Israel ocupó Cisjordania y a su pueblo.

»Pero en este caso, Husein fue más activo. Se cansó de que la OLP actuase como gobierno en la sombra, agitando las aguas para que le derrocasen. De modo que Husein expulsó a la OLP a Líbano con todos sus bártulos. —Sausan se volvió hacia él—. Quizá ya conozcas el resto. Arafat empezó a usar Líbano como base, ayudando a precipitar la guerra civil entre los musulmanes libaneses (suplentes de los de Siria) y cristianos maronitas, cuya milicia era la Falange. El colapso del orden permitió a los palestinos lanzar operaciones terroristas contra Israel, aquí en Galilea. Y así el ejército de Israel entró en Líbano para derrocar a Arafat y la OLP.

»Después, los asesinos de la Falange se convirtieron en aliados de Israel. De modo que lo que le ocurrió a Saeb y a su familia en Sabra, por muy horrible que fuese, no es más que otro ejemplo sangriento de la relación de causas y efectos de la historia. Ésta es nuestra maldición: demasiada historia, demasiada poca geografía. Esto ha sido lo que ha creado a Saeb Jalid.

Mientras iban en el coche, David pensó que Sausan era una mujer muy inteligente; aunque agudamente analítica, tenía una sensibilidad poética también, como si las contradicciones de su herencia y el lugar en el que había elegido vivir le permitieran ver el horror y la belleza en las vidas de gentes en conflicto.

En el último pueblo antes de llegar al albergue, David le preguntó por los tejados de cemento reforzado que había visto en algunos edificios.

—Fueron construidos antes de 1982 —explicó Sausan—. El año de Sabra y Chatila, cuando Israel fue al Líbano. Antes, la OLP bombardeaba la ciudad; después, cuando Arafat se fue a Túnez, dejó de bombardear. Así que los tejados nuevos ya son normales. —Su voz se hizo más leve—. Hay tantas historias, David, tantas formas de ver las mismas cosas... A veces envidio a aquellos que sólo ven una verdad, como Saeb o Hana. Pero ése es el problema de este sitio: la gente no quiere oír las historias de los demás. Yo no puedo evitar oírlas todas.

Metido en el bolsillo de su camisa, el teléfono móvil de David todavía no había sonado.

Alojado en la ladera de una colina, el albergue Shulamit era un antiguo hotel de piedra habilitado como fortaleza en 1948 y luego renacido como encantadora posada. Aunque la ubicación ofrecía una sensación de refugio, sus impresionantes vistas de los Altos del Golán y de Líbano y Siria recordaban a David qué era lo que hacía tan traicionera esa parte del mundo.

—¿Has pensado alguna vez en vivir en otro sitio? —le preguntó a Sausan.

Estaban sentados junto a una ventana en el restaurante, en penumbra y sólo iluminado por la luz de las velas, y amueblado con pequeñas mesitas de madera cubiertas con manteles blancos. Sausan había pedido una copa de vino tinto; probándolo apenas con los labios, meditó su respuesta.

—A veces —dijo—. Sería emocionante vivir en una ciudad. Y a veces esto es muy solitario. —Se echó a reír—. Quizá por eso te he secuestrado.

David sonrió.

—No estoy seguro de que eso sea un cumplido.

—Ah, sí —exclamó ella, con compungido humorismo—. Es que halagar a los hombres no va demasiado bien con mi temperamento. Me temo que no tengo nada de práctica.

Notando la primera oleada de calor del vino, David se dio cuenta de lo solo que había estado, y de lo mucho que disfrutaba de la compañía de Sausan. Quizá, se dijo a sí mismo, ella le recordaba demasiado a Hana.

—No me importa —respondió—. Prefiero la sinceridad al halago. —Hizo una pausa y luego reconoció—: Ésta ha sido una época muy difícil para mí. En este caso hay mucho en juego, y a mucha gente no le gusta nada lo que estoy haciendo. A veces me siento solo.

Sausan le examinó.

—¿A veces? Quizá eres demasiado modesto...

—Quizá.

—Y quizá también tengas miedo de perder a alguien a quien amas.

Desconcertado, David la miró a los ojos.

—Antes de aceptar este caso, yo estaba comprometido. Pero ya perdí a Carole hace semanas.

Sausan meneó la cabeza. Con incómoda franqueza, dijo:

—Me refería a Hana.

David intentó esbozar una sonrisa de disculpa.

—Tu prima es una antigua amiga que se ha convertido en cliente. Y está casada, felizmente o no, eso no lo sé; y también tiene una hija, Munira. Y por si todo eso fuese poco, es palestina y muy orgullosa.

La sonrisa de Sausan era a la vez escéptica y cómplice.

—Cuántos motivos y qué rápido se dicen. Sólo espero que ante el tribunal sepas fingir un poco mejor, o si no, pobre Hana. —Sus ojos adoptaron un aire serio—. Esta tarde, cuando hablaba de Saeb y Hana, me he fijado en tu cara. Lo que he dicho de su matrimonio te importaba mucho; no sólo como abogado, de eso me he dado cuenta enseguida, sino también como hombre.

David comprendió que sentía un gran alivio al poder abandonar toda impostura.

—¿Tan transparente soy?

—Quizá sólo para mí... al verte y al conocer a Hana. Soy mujer, después de todo. Para eso no necesito práctica.

La camarera les llenó las copas, dando así tiempo a Sausan para observarle más. Cuando se quedaron solos, ella dijo:

—Esto debió de ocurrir ya en la Facultad de Derecho, sin que lo supiera Saeb. O al menos eso es lo que debisteis de pensar Hana y tú.

Aquella afirmación le desconcertó más aún.

—Estoy seguro de que Saeb no lo sabía —respondió David—. Si lo hubiera sabido, probablemente la habría matado antes que casarse con ella.

Sausan bajó la vista, con los ojos velados.

—¿Y aún la amas? —preguntó.

David se volvió hacia la ventana, mirando las luces diseminadas de Galilea.

—Años atrás me obligué a mí mismo a no pensar en ello. Ahora no puedo hacerlo; tal como sugieres, es fatal para ser su abogado. ¿Y cómo amar a una mujer a la que no estás seguro de haber conocido siquiera, y a quien quizá no conociste en absoluto?

Sausan levantó la vista hacia él. Dijo con delicadeza:

—Especialmente si te preguntas lo que podría haber hecho.

El silencio de David resultó tan elocuente como sus palabras.

—Tal y como te decía —dijo Sausan al final—, no conozco bien a Hana. Pero ciertas cosas sí que las he visto. Hana es madre; Munira es la persona a la que más ama en todo el mundo..., más que a su marido, más que a cualquier país imaginario. Dadas las circunstancias, más de lo que podía permitirse amarte a ti. —Sausan contempló su copa de vino—. No sé en realidad qué es lo que te estoy diciendo. Pero si Hana estuviese implicada en la muerte de Ben-Aron, habría sido por el bien de su hija y por ninguna otra causa, por absurdo que pueda parecer esto.

David se quedó pensativo.

—Pues en realidad no es absurdo.

Encogiéndose de hombros, Sausan cambió de tema.

Por tácito acuerdo, dejaron el tema de Hana. Se comieron los gustosos platos que habían pedido: ella, cordero; él, conejo. Y mientras, hablaron de sus propias vidas.

—A partir de aquí —decía ella—, realmente, no sé qué es lo que viene a continuación. A veces me siento dispuesta para una aventura, un cambio espectacular para una vida que noto ya muy estable; otras veces, creo que estoy haciendo exactamente lo que se supone que debería hacer, cerca de mi familia y de la gente a quien amo. —Ladeó la cabeza—. ¿Qué harías tú en mi lugar?

—Cambiar —respondió David, con una sonrisa—. Pero yo soy

americano, como nunca se cansaba de decirme tu prima. Y mi consejo es sospechoso, se mire como se mire: hasta ahora, he evitado el cambio como si fuese una enfermedad mortal. Así que quizá estoy demasiado confuso para dar consejos.

—Pero ¿y cuando acabes la defensa de Hana? ¿Qué harás?

La pregunta le intranquilizaba. Decidido a salvar a Hana, había suprimido cualquier pensamiento de lo que se encontraba más allá.

—Pues no lo sé —reconoció—. Lo máximo que puedo decirte es que soy libre para elegir. Soy lo que queda de un compromiso roto y de un suicidio político. —Sonrió irónicamente—. Es como aquella vieja canción de Janis Joplin: «La libertad es sólo otra forma de decir que no queda nada que perder».

Mirando a David a los ojos, Sausan le devolvió la sonrisa.

—Pues sorpréndete a ti mismo, David. Y dime qué se siente.

Acompañó a Sausan hasta su puerta, a unos pocos metros de la suya propia.

—No me has secuestrado —le dijo—. Eres la mejor compañía que he tenido desde hace meses.

Poniéndose seria de pronto, Sausan le miró a la cara.

—Gracias —le dijo—. Pero sé que esos meses han sido muy duros. Sólo soy la prima de Hana, que se le parece un poquito. No tan guapa ni tan lista.

David intentó sonreír.

—Eres demasiado modesta.

—No, sólo soy sincera. —Sausan hizo una pausa y luego añadió—: Me gusta también tu compañía, David. Espero que baste con esa alabanza.

Vio cómo ella abría la puerta y desaparecía dentro de la habitación.

Solo en la suya, David se quedó despierto y echado en la cama, consciente de la mujer que se encontraba al otro lado de la pared, de la mujer que esperaba el juicio en Estados Unidos y del dichoso móvil que no sonaba.

Capítulo 10

Cuando David y Sausan se reunieron para el desayuno, ella estaba más apagada que la noche anterior, y le miraba de vez en cuando por encima del borde de su taza de café, con aire burlón. Quizá, suponía David, se estaba preguntando, igual que él, si su compenetración no habría sido en parte una ilusión, una coincidencia de tiempo, lugar e incertidumbre en la vida de ambos.

—Me lo pasé bien anoche —dijo él al final—. En realidad, muy bien.

Los ojos verdes de ella ahondaron en los de él y luego traicionaron un atisbo de sonrisa.

—Sí —respondió—. Yo también.

Después de aquello, el silencio que compartieron de camino hacia el pueblo de Hana resultó menos incómodo que cordial.

Unos pocos kilómetros antes del pueblo, se detuvieron en un cementerio judío. Algunos de los enterrados allí, según vio David por las lápidas, cayeron en las guerras de 1948, o 1956, o 1973, o incluso en 1982, en Líbano; allí estaba la historia de la supervivencia de Israel, interrumpida por la guerra y la muerte.

—Quizá sólo en Estados Unidos —le dijo Sausan— la gente cree que puede borrar el pasado. Aquí sabemos que no es tan sencillo.

Aproximándose a la tierra donde nacieron el padre y la madre de Hana, Sausan intentó evocar su mundo. Ellos, como sus vecinos, eran olivareros. Cada octubre recogían el fruto de los árboles y llevaban las olivas a lomos de burro a un molino de aceite, que visitaban con otros agricultores. Después sembraban en sus campos el trigo para el invierno. Si el invierno era bueno —si Dios les enviaba la lluvia suficiente—, el trigo crecía y ayudaba a alimentar a su familia; si salía raquítico, alimentaba sólo a ovejas y cabras, que proporcionaban leche, queso y algo de carne para las celebraciones.

—Igual que esa forma de vida —le dijo Sausan—, esos pueblos han desaparecido. Los israelíes destruyeron algunos; otros se derrumbaron por sí solos. Pero la memoria ha resultado ser menos perecedera.

Cuando llegaron a su destino, David se sentó un momento y miró por el parabrisas el paisaje que cultivaron los antepasados de Hana, las ruinas de un sueño.

Sausan le guió entre las ruinas de piedra y los árboles descuidados hasta los restos de una casa al borde de lo que en tiempos fue un pueblo. Los muros tenían como máximo medio metro de alto; los techos habían caído todos, dejando las piedras desperdigadas en montones al azar, tanto dentro como fuera. Las vigas de acero que en tiempos reforzaron los techos, según le dijo Sausan, las habían robado hacía mucho tiempo; el cemento que ligaba las piedras se había convertido en polvo.

—Ahora estamos en el salón —continuó—, que sólo usaban el abuelo de Hana y sus invitados. Las mujeres cocinaban en un hogar de leña fuera de la casa. El agua provenía de un pozo que usaba el pueblo entero: quizá veinte familias, doscientas cincuenta personas en total, muchas de ellas primas o primas segundas entre sí. Excepto para prensar las olivas, raramente salían de aquí. Para ellos, bastaba con esto.

David miró la amplia vista de Galilea. Aquel lugar daba una sensación intemporal, hablaba de una vida pasada de una generación a otra. Entre las ruinas, David vio trozos de cerámica vidriada, los restos rotos, explicó Sausan, de una bandeja de servir en la que comía la familia.

—Hana dice que su abuelo enterró dinero en una caja de metal —le dijo—, y pensaba desenterrarlo cuando volvieran.

—No importa. La moneda debía de ser del Mandato Británico, ahora ya no serviría. Como las ruinas de esta casa.

David se sintió profundamente triste. Pensó en Munira, que no podría volver jamás allí, igual que tampoco podría viajar en el tiempo. Y era imposible imaginar a Hana viviendo como una sencilla pueblerina. Dentro de la perversidad de las causas y efectos de la historia, los fundadores de Israel, así como los asesinos de Sabra y Chatila, habían hecho a Hana como era: feminista, abogada, desarraigada de las tradiciones rurales de su familia, soñando con un futuro de liberación para su hija, que era bisnieta de un olivarero cuya llave

Hana todavía llevaba colgada al cuello. Era la llave de un mito, la llave de su vida. Pero había servido para sus objetivos hacía mucho tiempo, fortaleciendo su decisión de abandonar el campo de refugiados donde nació. Ya era hora, si David conseguía liberarla, de que Hana dejase a un lado aquella llave y liberase a Munira del mito en el cual Saeb, por pura amargura, quería suspenderla, como una mosca atrapada en ámbar.

Quizá él le contase todo aquello a Hana. Pero lo que iba a decirles a sus padres, cuando llegase el momento, eso no lo sabía.

—Cuando visité a Hana —decía ahora Sausan—, ella no me preguntó por este lugar. Y por lo tanto, no se lo conté.

David meneó la cabeza.

—Cuánto sufrimiento —murmuró, a Hana, a Munira, a sí mismo, y finalmente a Sausan, su compañera en aquel momento.

—Ya lo sé —respondió ella, sencillamente.

Mientras Sausan iba conduciendo de vuelta a Mukeble, ambos iban silenciosos. Por una vez en su vida, David no tenía adónde ir. Las siguientes horas o días no estaban programadas hasta que le llamase un extraño o bien Zev Ernheit, a través de alguna misteriosa alquimia que no podía explicarse, materializase otra pista. David podía permanecer en Galilea o bien volver a Jerusalén.

Entonces, justo cuando llegaban a Mukeble, el teléfono móvil que llevaba en el bolsillo emitió un zumbido.

Despertando de golpe de su amodorramiento, David apretó el botón para hablar.

—Hay una habitación reservada para usted en el hotel Dan, en Tel Aviv —dijo la voz—. Allí sabrá cómo y dónde reunirse con la persona que está buscando.

Era la voz del hombre de la capilla Asiria. Antes de que David pudiese contestar, el que llamaba cortó la comunicación.

—¿Qué pasa? —preguntó Sausan.

De repente, David se sentía lleno de emoción e incertidumbre.

—Algo acerca del caso de Hana —respondió—. Me temo que tengo que irme.

Sausan aparcó y se quedó quieta un momento.

—Tu visita ha sido interesante —dijo con una sonrisa torcida—, aunque breve.

—Demasiado breve —replicó él—. Gracias de todos modos.

Sausan le miró intensamente.

—Te deseo mucha suerte, David. Y por favor, dile a Hana que pienso en ella.

Ella le tocó la mano y luego se alejó, caminando con prisa hacia la escuela. Al mirarla, David recordó de pronto una imagen: Hana, en Cambridge, alejándose rápidamente de su coche después de su descanso en New Hampshire. Sausan, como Hana, no miró atrás.

Concentrándose en lo que debía hacer, David se dirigió a Tel Aviv.

Capítulo 11

Tel Aviv estaba a menos de una hora en coche de la frontera de Mukeble, otra medida más de la vulnerabilidad de Israel. No obstante, allí era más factible que en Jerusalén tener la ilusión de seguridad, ya que no se veía valla alguna, ni muchos árabes tampoco, ni había pueblos árabes en las colinas circundantes. La ciudad en sí era mucho más secular y cosmopolita, con sus atascos de tráfico, sus altos edificios, zonas con tiendas elegantes y mujeres bien vestidas en la calle. Allí era donde, a pesar de la insistencia de Jerusalén en ser la capital, el IDF mantenía sus cuarteles generales. Y en parte por el mismo motivo (la seguridad), Estados Unidos había situado también su embajada en Tel Aviv.

Llamando desde el coche, David preguntó si el embajador americano consentiría en verle, una cortesía para proporcionar al menos la apariencia de cooperación con un gobierno que, por orden de la juez Taylor, debía presionar para que los israelíes le ayudasen. La secretaria le prometió que ella misma le llamaría, porque aunque esperaban la llamada de David, la agenda del embajador cambiaba constantemente. Y también la suya propia, pensó David.

Llegó al hotel Dan a última hora de la tarde. Era un edificio alto y moderno junto al mar, tan diferente del Rey David como Tel Aviv lo era de Jerusalén. Pidió una cena ligera en el servicio de habitaciones y contempló el Mediterráneo a la luz del crepúsculo y con el teléfono móvil a mano. Cuando llamaron a la puerta, abrió esperando que fuese la cena; pero encontró a un camarero que llevaba una cesta con queso, fruta y galletitas, y un sobre en el que ponía, escrito a mano: «David Wolfe». El hombre le dijo que era un regalo de bienvenida del hotel. David le dio una propina y abrió el sobre.

El mensaje que iba dentro estaba mecanografiado. A las diez de la mañana del día siguiente, le esperaría un taxi en el garaje que había en el sótano. El conductor le llevaría a dos manzanas de distancia del café Keret; David debía ir andando hasta el local y buscar a un hombre que bebiese café en la última mesa del fondo. El hombre era miembro del equipo de seguridad de Ben-Aron, y su nombre era Hillel Markis. Markis esperaba reunirse con alguien del Shin Bet, concluía el mensaje, y era cosa de David averiguar lo que pudiera antes de que su presa se diese cuenta del subterfugio.

David acabó de leer el mensaje con los sentidos plenamente alertas. Markis podía ser «el soldado», el amigo de Barak Lev de los tiempos que ambos pasaron en el ejército. Y si el nombre de Markis se relacionaba públicamente con el de Barak Lev, la ecuación legal del caso de Hana —y la ecuación política con Israel— se vería totalmente transformada.

Siguiendo las instrucciones, David rompió en pedacitos la tarjeta y los arrojó por el inodoro. Un momento después, sonó el teléfono. Era de la embajada; el embajador desayunaría con él a las ocho en punto en el salón del hotel. De pronto, Galilea parecía a años luz de distancia.

David durmió mal. Se despertó con una sensación de agitación y de ahogo. Dos minutos antes de las ocho, ya estaba tomándose un café en el restaurante y mirando un tractor que pasaba una y otra vez por la playa.

—¿Señor Wolfe?

David se puso de pie y vio a un hombre calvo y robusto con el rostro ancho y agradable y unos astutos ojos azules, que dio un firme apretón de manos a David y le dijo:

—Me llamo Ray Stein. Soy su hombre en Tel Aviv —sonrió—. Bueno, algo así.

—Es todo lo que necesito.

Stein se sentó frente a él.

—¿Qué hace ese tractor? —preguntó David.

—Es una excavadora especialmente diseñada. Cada mañana elimina las latas y las colillas. La arena es el lugar ideal para colocar una bomba, y por eso no hay papeleras. Por la tarde, la playa queda llena de basura. Así lo resolvemos.

—Una vida dura.

—Pues es obra suya —respondió Stein, sin rodeos—. El otro día me entrevisté con un reportero del *New York Times*. Lo único que intentan es informar de lo que está pasando aquí. Pero si sacan una foto de una madre llorando a un ser querido, se considera una provocación, sea por un lado o por otro. La objetividad es una ofensa: los judíos dicen que el *Times* es antisemita; los palestinos quieren que quiten a todos los reporteros judíos. Y a cada nueva muerte, se supone que el *Times* debe dar una lección de historia, explicando por qué cada facción piensa que un acto de violencia en particular es adecuado. —Stein le dirigió una mirada penetrante—. Defender a Hana Arif es infinitamente peor, ya sea usted un completo idealista o simplemente un loco, como la mitad de Oriente Medio, según pienso yo a menudo.

—Sólo me he vuelto loco recientemente —respondió David—. Antes de este caso, estaba bien.

—Eso he oído decir. Bueno, ¿qué tal su viaje por aquí? ¿Emocionante?

Poco dispuesto a hablar de los acontecimientos que le habían conducido a Tel Aviv, David describió su visita al pueblo de la familia de Hana.

—Nadie va a volver —le dijo a Stein—. Eso es lo más triste: no la violencia ni el odio, sino la absoluta inutilidad de todo esto. El «derecho de retorno» es algo psicológico, no real.

—Ben-Aron lo comprendía —respondió Stein—. Es terrible que haya muerto. Aunque no estoy seguro de si habríamos ido muy lejos. Cuando los líderes palestinos apuntan en privado que renuncian a la idea de retorno, yo no les creo ni por un momento. No lo creeré hasta que empiecen a decirlo en público. Y para entonces seguramente usted y yo ya habremos muerto.

—¿Cree que existe alguna esperanza?

Levantando la vista, Stein hizo una seña a una camarera.

—Tiene que haberla —respondió—, o si no, ¿de qué sirve todo? La extrema derecha de este país, aquellos que odiaban a Ben-Aron, no ven nada más que guerra perpetua o la amenaza de guerra. ¿Y por qué tenemos país entonces? ¿Por qué no irnos a un lugar más seguro con la esperanza de convertirnos en una minoría protegida, como los judíos de Estados Unidos?

»No creo en ningún enorme complot panarábigo contra Israel. Muchos de esos países, como Egipto y Jordania, tienen cosas más importantes de que preocuparse. Yo creo en amenazas concretas, como Hamás, Al Qaeda o Irán. Ya es un problema bastante gordo del que ocuparnos, pero se puede hacer. —Stein bajó el tono de voz—. Éste es un país maravilloso en muchos aspectos, del que podemos estar orgullosos. No me gustaría nada verlo arrastrado al abismo.

Llegó la camarera para tomar el pedido. Una vez hecho esto, David pensó en lo que podía contarle o no a ese hombre, y hasta qué punto, a pesar de la franqueza que había mostrado Stein, podía confiar en él.

Cuando se fue la camarera, Stein preguntó:

—Bueno, entonces, ¿cómo puedo ayudarle?

Por instinto, David eligió la sinceridad.

—Supongamos que puedo encontrar una información importante que una el asesinato con Barak Lev. ¿Me ayudaría nuestro gobierno a poner a los israelíes entre la espada y la pared?

El embajador le miró.

—¿De dónde demonios ha sacado eso? ¿Y cómo espera que yo le conteste?

—Como alguien que desea que si por mi causa aparece algún trapo sucio, no sea nuestro.

—No se le escapará —dijo Stein al final— que preferiríamos desviar toda responsabilidad por el asesinato. Lo que usted me quiere decir, supongo, aunque no lo diga, es que Lev está relacionado con esa brecha en la seguridad de la que ha hablado usted, y que nuestra propia gente cree que podría haberse dado.

—Ajá.

Stein frunció los labios.

—Bueno, aquí habría bastante movimiento, sí, gobierno israelí incluido. El caso es que cualquier solución entre israelíes y palestinos va bien para nuestros intereses en la región. —Entrecerrando los ojos, Stein contempló su taza de café y luego miró de nuevo a David—. Dígame, ya que parece usted tan enterado de todos los misterios de este caso, ¿quién preparó la red en Estados Unidos? Estoy de acuerdo en que no fue Al Aqsa: no tienen capacidad para ello. Y no creo ni por una milésima de segundo que el Mossad, que sí la tiene, fuese cómplice de una conspiración contra su propio primer ministro. ¿Qué nos queda, pues?

Al oír esta pregunta, David supo que estaba pisando arenas movedizas.

—¿Quién más puede operar en Estados Unidos e Israel? —aventuró.

—Irán —exhaló Stein—. Pero la gente como Lev y la inteligencia iraní no viven en el mismo universo. Seguramente los iraníes usarán a algunas personas que sirvan de barrera, que no se puedan rastrear hasta el Ministerio de Seguridad de Teherán.

—¿Como lo que hicieron cuando trataron de enviar armas a Arafat en el *Karine A*? ¿Por qué tengo la sensación de que nada de lo que he dicho es una sorpresa total para ustedes?

Stein rio con ligereza.

—Le diré una cosa: usted ha hecho bien los deberes. El problema es que está dando palos de ciego hacia un supuesto enemigo. Sospechar es una cosa, y probarlo es otra.

—¿Y si le consigo algo que caiga justo en medio, entre la sospecha y la prueba?

Stein se arrellanó en la silla.

—Ya pasaré la información que nos ofrece, señor Wolfe. No sé con quién estará tratando, pero seguro que tiene intereses propios. Pero le diré que nuestro gobierno tiene unos intereses que no se limitan a la acusación de su cliente.

Por primera vez desde que había llegado a Israel, David sintió una momentánea esperanza.

—Me alegro de que sea así —respondió.

Unos minutos antes de las diez, David cogió el ascensor que bajaba al garaje.

El conductor del taxi, un hombre rechoncho con aire engreído y barba de dos días, tenía su coche aparcado junto al ascensor. Cuando David se inclinó a través de la ventanilla abierta del pasajero y le dijo: «David Wolfe», el taxista le hizo señas de que entrara.

Al salir del garaje, el conductor miró por los espejos laterales. Durante veinte minutos viajaron en silencio, girando a un lado y otro. La sensación era similar a estar secuestrado. David no hizo preguntas. No tenía ni idea de dónde estaba.

Después de un último y abrupto giro, el taxi se detuvo en un barrio lleno de tiendas y restaurantes. Señalando hacia la calle, el hombre dijo, con un marcado acento ruso:

—Dos manzanas por ahí. Salga ahora; ya me han pagado.

El día era soleado, pero fresco. Con las manos en los bolsillos, David se quedó de pie en la acera un momento, abrumado por la importancia y al mismo tiempo la incongruencia de aquel momento: era un abogado de un caso de asesinato perdido en un país extranjero, comportándose como un espía.

El estruendo de una gran explosión cortó el hilo de sus pensamientos. En la calle que tenía delante rechinaron los frenos y los coches empezaron a hacer sonar sus bocinas, sus conductores intentaban escapar, los peatones corrían a su alrededor y se alejaban de la dirección de la explosión. De pronto, David comprendió exactamente lo que había pasado: la explosión había ocurrido en el café Keret. También supo que no debía acercarse allí.

Durante otro momento más se quedó quieto, escuchando las sirenas de los coches de policía y las ambulancias que ya venían de camino. Luego se volvió y echó a andar en la dirección opuesta.

Cuando llegó a la habitación del hotel, ya se emitían los primeros boletines de la CNN. El reportero informaba de que se había producido otro atentado suicida en un café de Tel Aviv.

Capítulo 12

Al cabo de treinta minutos, David había dejado su hotel y había llamado a Zev Ernheit al móvil. La conversación fue lacónica: David le pidió que se reunieran de inmediato; Ernheit le dio instrucciones para que fuera a un lugar junto a la ciudad de Qalqilya. Mientras conducía, David miró por el retrovisor y no vio a nadie que le siguiera.

Cuando hubo localizado el coche de Ernheit, David comprendió el motivo por el que eligió aquel lugar de reunión: un largo trecho de asfalto a un lado de la autopista, rodeado por campos abiertos, que no proporcionaba cobertura alguna para una vigilancia próxima. La estructura más cercana era un muro de cemento de nueve metros, desde el cual se extendían kilómetros y kilómetros de verjas de seguridad, serpenteando por los campos abiertos, por encima de las colinas, destinadas a contener entre sus límites los asentamientos israelíes con sus casitas de tejado rojo. El muro y la verja daban a aquel paisaje agreste el aire de una zona de guerra.

Ernheit se echó atrás, apoyándose en el coche. Todavía con los nervios de punta, David preguntó:

—¿Qué lugar es éste?

—Nos encontramos en la frontera de hecho entre Israel y Cisjordania —respondió Ernheit—. Antes de la intifada, el lugar donde estamos ahora era un mercado al aire libre bastante floreciente. Los campesinos palestinos traían aquí sus productos para vendérselos a compradores israelíes; los hoteles de Tel Aviv compraban frutas y verduras en cajas. Luego se convirtió en un lugar donde los terroristas suicidas conseguían los explosivos.

»Ahora tenemos una infraestructura de doscientos cincuenta kilómetros de seguridad: una verja electrónica, una zanja, más verja. Donde los israelíes con sus coches o sus hogares están al alcance de tiro de pistola, la barrera se convierte en muro. —Ernheit señaló la barrera que serpenteaba hasta una colina distante—. Se ha realizado para que incluya los asentamientos judíos y deje fuera los pueblos palestinos. Pero los palestinos que antes podían ir de un pueblo a otro en veinte minutos ahora tienen que viajar cinco horas. Así que empezamos a construir túneles subterráneos para facilitar sus movimientos y al mismo tiempo permitirnos comprobar que no lleven bombas ni armas. No obstante, el comercio entre nosotros ha muerto.

—Esto es Alicia en el País de las Maravillas —dijo David—. Verjas, muros, zanjas, túneles...

—Es bastante real para los colonos. —Ernheit se volvió hacia él—. La verja excluye puestos de avanzada como Bar Kochba, donde Barak Lev y el movimiento Masada tienen su base. Ése es otro motivo por el que Lev quería que Dios castigase a Ben-Aron. Para él, estas barreras condenan su futuro y el del Gran Israel.

David intentó imaginar la desesperación que podían sentir esos hombres.

—Hace unas pocas horas —le dijo a Ernheit—, hubo un atentado suicida en Tel Aviv. ¿Qué sabe de eso?

Ernheit no mostró sorpresa alguna.

—Bastante. Además del suicida, murió sólo una persona, un israelí que estaba solo tomándose un café. Es muy poco habitual, pues los suicidas intentan matar al mayor número posible de personas. También es raro que nadie se haya atribuido el atentado.

David recordó una observación de Moshe Howard: que después de que empezase la segunda intifada, buscaba restaurantes poco concurridos, pensando que la ausencia de clientes haría que un suicida se dirigiese a otro lugar.

—No lo harán —dijo David—. Ha sido un asesinato. La víctima era Hillel Markis, miembro del equipo de seguridad de Ben-Aron y amigo íntimo de Barak Lev. Y se suponía que yo iba a reunirme con él.

Ernheit le miró.

—Salgamos de la carretera —dijo—. No es el día adecuado para estar de pie a su lado.

David siguió a Ernheit con su coche a lo largo de la verja de seguridad, subiendo por una colina hasta una bonita urbanización con casas espaciosas. En la cima de la colina se encontraba una zona de recreo con césped donde unas niñas jugaban en unos columpios; a su alrededor, unos bancos de madera ofrecían una panorámica que abarcaba hasta Tel Aviv. David salió de su coche y siguió a Ernheit hasta un banco.

—Desde aquí —dijo Ernheit—, los asentamientos y tierras que ve albergan a cuatro de los siete millones de ciudadanos de Israel. Antes de 1967, éste era el asentamiento de una batería de la artillería jordana. El asentamiento que tenemos detrás, Alfe Menashe, se había establecido para reclamar para nosotros un punto estratégico. Después de cuarenta años, no se parece demasiado al puesto fronterizo que imaginan la mayoría de los americanos.

Señalando a su izquierda, Ernheit dijo:

—Ese pueblo del otro lado de la verja, a un kilómetro más o menos colina abajo, es árabe. Lev y sus colonos también viven más allá de esa verja. Es la división entre la vida y la muerte, según creen ellos.

Del pueblo árabe surgió la llamada de un muecín a la plegaria, un grito leve que penetró en el aire cálido y seco. Ernheit se volvió hacia David.

—Antes o después del atentado, ¿le siguieron?

—No lo creo.

—Hizo bien en irse al momento. No querrá que la gente le pregunte cómo es que andaba por allí, y quién pudo haberle enviado. Aunque parece que alguien lo sabía.

—No soy ningún agente de la CIA, pero quienquiera que arreglase esa cita fue muy precavido.

—Pero no lo suficiente. —Los ojos de Ernheit estaban rodeados por arrugas de concentración—. Tomemos su teoría —continuó—. En San Francisco desapareció la red de asesinos, dejando a los americanos sin otra cosa que Hana Arif. En Israel, un miembro del equipo de seguridad de Ben-Aron es asesinado en un «atentado suicida» que puede dejarle a usted sin nada más que conjeturas sobre Lev. El eslabón israelí de su «conspiración» ha quedado roto.

David permitió que penetraran en su interior unas emociones que había postergado: indefensión, horror, confusión, miedo, y sobre todo desesperación al pensar que el destino de Hana podía haber sido planeado por alguien cuya presencia sólo podía sospechar.

—¿Quién está haciendo esto, Zev?

—Le diré quién no lo hace —dijo Ernheit bruscamente—: el gobierno israelí. Sin duda, le están vigilando. Pero los israelíes creen en la ley; al menos —añadió Enrheit, con ironía—, como los americanos, dentro de los límites de nuestro propio país. Si el

Mossad quisiera cargarse a Markis, lo habrían atraído hacia Montecarlo.

»Puede que nuestro gobierno no esté ansioso por compartir sus pistas con usted, y tienen sus motivos, dado que su interés puede haber precipitado la muerte de Markis. Pero nuestra gente tiene al menos la misma curiosidad que usted por saber cómo se consiguió romper la seguridad de Ben-Aron. Si pensasen que aquel hombre sabía algo, habrían querido que continuase con vida.

—Pues había otras personas que lo querían muerto.

—Empecemos con el suicida, un árabe, por lo que parece; aunque si usted tiene razón, nadie reivindicará el atentado. El problema de su conspiración es que todavía no consigue ser coherente. —Ernheit sonrió torvamente—. ¿Recuerda aquella película absurda que hizo Oliver Stone sobre el asesinato de Kennedy? Según la alucinación de Stone, JFK fue asesinado no por Lee Harvey Oswald, sino por Lyndon Johnson, la CIA, Fidel Castro, los petroleros tejanos de extrema derecha y los travestis gays de Nueva Orleans. Todas esas conexiones no tenían sentido alguno, y habría tenido que alquilar la sala de baile de un hotel sólo para reunirlos a todos.

—Oswald —dijo David— pudo actuar solo. JFK iba en un coche descapotable, y su ruta era del conocimiento público. Lo único que necesitaba Oswald era un rifle y una ventana abierta. Pero Hassan y Jefar necesitaron mucha ayuda en San Francisco para conseguir los uniformes, las motocicletas y los explosivos. Y eso no bastaba: también tenían que saber que la ruta de Ben-Aron había cambiado.

»La lista de grupos que podían establecer ese tipo de red en Estados Unidos es muy pequeña. También lo es la lista de gente que podía filtrar un cambio de ruta. Tengo que saber cómo consiguieron reunirse, y cuáles eran sus motivos. En algún sitio tiene que haber una respuesta.

Erhneit se inclinó hacia delante, con la barbilla apoyada en las manos, mientras contemplaba el paisaje.

—Pero ¿en Israel? Alguien acaba de volar en pedazos a su testigo, y usted se está quedando sin tiempo. Más tarde o más temprano, su gobierno le situará junto al café Keret. Tendrán mucha curiosidad. Y sus amigos invisibles se volverán mucho más precavidos aún.

—Así pues, tengo que darme prisa, ¿verdad?

—¿Para hacer qué?

—Ver a Barak Lev.

Ernheit se echó a reír en voz alta.

—¿Quedar para comer, quizá? Siguiendo su lógica retorcida, alguien acaba de asesinar a su compañero de conspiración, haciéndole de ese modo extremadamente precavido. ¿O quizá fue el propio Lev quien asesinó a Markis?

—No, para comer no —insistió David—. Sólo hablar con él. Esperaba que tuviese alguna idea de cómo conseguirlo.

Ernheit meneó la cabeza.

—¿Es necesario que me vea metido en esto? ¿Y usted? ¿Y qué espera conseguir con esa entrevista? ¿Una confesión?

—Una conversación. Lo suficiente para llevárselo a la juez. —El tono de David se hizo más apremiante—. No puedo esperar a su gobierno. ¿Está tan seguro, después de hoy, de que alguien lo bastante despiadado para matar a Hillel Markis habría dejado vivir a Hana si fuese culpable?

Al cabo de un momento, Ernheit se volvió hacia él. Le dijo con voz sosegada:

—Tiene razón, por supuesto. No carezco de ideas.

Capítulo 13

De vuelta en Jerusalén, inquieto pero agotado, David no salió de su habitación en el Rey David.

Estaba sentado en la cama en plena noche, pensando que lo poco que sabía estaba envuelto en oscuridad, y con la única certeza de que las complejidades de la defensa de Hana sobrepasaban a sus recursos. Nadie llamaba. Temiendo que le espiasen, no buscaba contactar con las pocas personas que podía identificar —Moshe Howard, Ari Masur, Anat Ben-Aron— y que, al parecer, le habían puesto en el camino del café Keret.

Él había seguido aquel camino, y un hombre había muerto. La culpa que sentía David, fuera lo que fuese lo que hubiese hecho Hillel Markis, se veía incrementada por el temor de que alguien, siguiendo sus movimientos, hubiera ordenado aquel crimen para evitar que descubriese una trama compleja que había desenmascarado Amos Ben-Aron. Al intentar ayudar a Hana, quizá hubiese conseguido sellar su destino.

Su única compañía era la televisión. Las autoridades se mostraban notablemente reticentes: en público, nadie conectaba el crimen de Markis con el de Ben-Aron. David se preguntaba cuánto tiempo tardaría el gobierno en aparecer ante su puerta preguntándole por su viaje a Tel Aviv.

Una vez muerto Markis, la única pista que le quedaba a David era Barak Lev; su única esperanza era persuadir a la juez Taylor de que Lev formaba parte de una conspiración que David era incapaz de definir. Lev era un recluso, hostil a los extraños. Excepto quizá a través de Ernheit, David no tenía forma alguna de llegar hasta él. Después del crimen de Markis, no estaba seguro de que debiese intentarlo.

Poco después de las nueve en punto de la mañana siguiente, Ernheit apareció ante su puerta. Él también parecía inquieto.

—Sigo pensando en Markis —dijo Ernheit—. He analizado este crimen desde seis perspectivas distintas. La única forma de que adquiera algo de sentido es si tiene usted razón. Pero me gustaría saber en qué tiene exactamente razón.

Como Bar Kochba, explicó Ernheit mientras iban en coche, el asentamiento que iban a visitar se encontraba fuera de la barrera de seguridad, despertando así un profundo miedo al abandono entre aquellos que vivían allí. Pero, como Alfe Menashe, no se correspondía con la imagen de un puesto de avanzada pionero, poblado sólo por unos pocos judíos ortodoxos y fanáticos que vivían al margen. Lo que vio David, por el contrario, fue una suntuosa ciudad en una colina con calles en bancales, jardines de gran colorido llenos de flores, con palmeras y jacarandás. Las aceras eran de ladrillo; las calles estaban bien marcadas, y la escuela moderna tenía el patio de recreo lleno de niños. Las casas espaciosas, estilo rancho o mediterráneas, tenían los característicos tejados de teja roja del Israel moderno. Se llamaba Shaaré Tikvá, las Puertas de la Esperanza.

El hombre a quien habían ido a visitar, Akiva Ellon, era un faro intelectual del movimiento de los asentamientos. Editaba una revista que era la voz de la derecha israelí, intransigente en su pureza y rigor, y también era conocido por sus conexiones, incluso por su fidelidad incuestionable a los miembros del movimiento Masada. Pero lejos de resultar antipático o austero, el hombre con el pelo blanco que les hizo entrar en su jardín tenía unos modales corteses, los ojos azules muy juveniles y una expresión suavemente humorística. Sin duda, la presentación que hizo Ernheit de David jugó su papel. Según su ambigua descripción, David era un abogado americano con muy buenos contactos e interesado en el punto de vista de los colonos. Su defensa de Hana Arif quedó sin nombrar.

Ellon, que era un anfitrión atento, sirvió café en tacitas de porcelana china, insistiendo en que Ernheit y David probasen sus pastelitos caseros. Preocupado por su engaño, David se recordó sus obligaciones hacia Hana.

—Usted ha convertido esto en un lugar precioso —dijo—. ¿Cómo vino a vivir aquí?

—¿Yo personalmente? —Ellon esbozó una sonrisa irónica—. Como la historia de tantos otros por aquí, la mía empezó con los nazis. Cuando yo tenía sólo catorce meses, en Ucrania, llegaron a nuestro pueblo con una invitación para todos los judíos. Nos teníamos que reunir en la plaza al nacer el día para que nos dieran una rebanada de pan, una ración de azúcar y un transporte hacia un «campo amistoso». Mi padre ya servía en el ejército ruso, y cuando mi madre descubrió que yo tenía fiebre, se negó a exponerme al frío. Todos los demás judíos de nuestro pueblo, por supuesto, fueron fusilados.

»Lo que siguió fue el paradigma de la negación judía. Mi madre huyó conmigo e hizo correr la voz en los pueblos vecinos. Todos se negaron a creerla, y cuando llegaron los alemanes, los judíos siguieron sus órdenes, apareciendo para que los condujeran al «campo amistoso». Cómo se debieron de reír aquellos nazis.

David comprendió de inmediato que aquella historia definía a Akiva Ellon.

—¿Y cómo sobrevivieron ustedes dos? —preguntó.

—Mi madre hablaba un alemán impecable; yo era un bebé rubio y con los ojos azules, idéntico al retrato del niño alemán típico publicado por Rosenberg, el árbitro de la perfección aria de Hitler. De modo que nos establecimos en otro pueblo donde nadie nos conocía y nos hicimos pasar por gentiles. Afortunadamente, nadie salvo mi madre me vio jamás desnudo. —La voz de Ellon se volvió más ronca—. Después de la guerra, mi madre me dijo: «Todos los días yo pensaba que tú serías mi ejecutor». Pero se aferró a mí, su único hijo, esperando que volviese mi padre. Él no volvió. Y por eso me trajo aquí, a Israel, a nuestro refugio.

David notó una ligera amargura en las últimas palabras de Ellon.

—¿Y después de eso?

—Desde el principio, yo me entregué a mi nuevo país en cuerpo y alma: trabajé en un kibutz, luché en las guerras de 1967 y 1973, y luego me trasladé aquí para ayudar a asegurar el futuro de nuestra nación y nuestro pueblo. Y ahora el Estado de Israel no sabe qué hacer con nosotros.

Ernheit echó una mirada a David.

—Cuéntele a David cómo se creó Shaaré Tikvá —sugirió.

Ellon extendió las manos en un gesto de apacible tristeza y modestia.

—Es una historia muy típica, verdaderamente. Muchos de nosotros somos *kibbutniks*; para nosotros, establecernos en este lugar, en la Samaria bíblica, era parte normal de la repoblación de la tierra de Israel. No le robamos a nadie la cima de esta colina. Hace un cuarto de siglo, sencillamente se la compramos a un árabe y vinimos a vivir aquí en caravanas, ocho familias, sin carreteras, ni escuela, ni electricidad. Ahora somos ochocientas familias, cinco mil personas en total, y no tenemos ningún otro hogar. De hecho —añadió en voz baja—, mi madre está enterrada aquí.

David hizo una pausa, examinando el sombreado jardín y la villa de Ellon, recién pintada.

—El gobierno, según me dice Zev, afirma que Shaaré Tikvá sería difícil de defender.

—¿Defender? —Un atisbo de rabia impregnó el tono de Ellon—. Precisamente por la defensa de Israel el gobierno nos animó a instalarnos aquí. Éramos héroes, los nuevos pioneros, y nos abrazaron los políticos de toda condición. Nosotros no hemos cambiado. Hombres como Amos Ben-Aron sí que cambiaron, y usaron frases orwellianas como eso del «pueblo palestino», como si tal pueblo hubiese existido alguna vez. —Ellon meneó la cabeza con incredulidad—. ¿Y qué hay de nuestro pueblo? Nosotros somos padres que amamos a nuestros hijos y nuestros vecinos, y no queremos otra cosa que vivir en la única tierra que nos ha dado Dios, convertida en hogar gracias a nuestro trabajo. Sin embargo, quizá nos sacrifiquen debido a la necesidad de limpieza étnica de los árabes. Quizá Hamás o Al Aqsa nos lleven a algún «campo amistoso».

Una idea asaltó a David. Aunque habían pasado junto a pueblos árabes, no habían visto ningún árabe; la carretera de circunvalación que habían tomado era para israelíes, y los árabes se habían vuelto invisibles.

—Entonces, ¿qué haría usted con la población árabe de Cisjordania? Ustedes son un cuarto de millón, y ellos son quizá doce veces esa cantidad —le dijo David.

Ellon se encogió de hombros.

—Devolverlos a Jordania, supongo... Étnicamente, es de ahí de donde vienen, de Jordania. No es sencillo, ya lo sé. Pero la historia nunca dio a elegir a los judíos entre algo bueno o algo malo, sólo entre algo malo y algo peor. Y lo peor de todo sería abandonar esta tierra. —Puntilloso en su papel de anfitrión, Ellon se levantó y volvió a llenar la taza de café de David—. Ben-Aron era una desgracia. Empezó como soldado y acabó como cobarde: la patética caricatura histórica del judío servil, que en Israel era mucho más peligroso aún por la seducción que ejercía su retórica.

»¿Y por qué esa transformación? Como otros muchos, su mente se desmoronó bajo el peso de la historia judía. —Sentado de nuevo, miró a David con intensidad—. Ningún otro pueblo ha sido objetivo de exterminio a lo largo de toda su historia; ningún otro país se pregunta durante cuánto tiempo seguirá existiendo. Así que ¿cómo reaccionan los israelíes ante una realidad insoportable que, excepto para las mentes más fuertes, resulta psicológicamente destructiva? Inventándose la «paz» cuando no existe esperanza alguna de paz. Negando que aquellos que envían terroristas suicidas a asesinarnos nos matarían a todos, si les dejásemos. Y volviéndonos la espalda a nosotros, sus hermanos y hermanas. Nosotros, los colonos, íbamos a ser los primeros sacrificados de Ben-Aron en el altar de su negación.

David pensó que para aquel hombre, la certeza de que sus compañeros judíos estaban atrapados por un engaño colectivo resultaba casi insoportable.

—¿Y cómo consigue sobrevivir con todo esto? —le preguntó.

Ellon esbozó una sonrisa nostálgica.

—Escribiendo poesía y traduciendo los sonetos y dramas de Shakespeare, excepto *El mercader de Venecia.*

Por encima de las rosas de Ellon, un pequeño pajarito se cernía en el aire, delicadamente suspendido.

—Pero ahora Ben-Aron ha desaparecido —aventuró David.

Ellon le miró atentamente.

—Sólo es un aplazamiento —dijo al final—. Aparecerán otros como él. Dentro de Israel, la enfermedad judía vuelve a florecer de nuevo: los políticos que creen que los árabes que nos odian deben ser seducidos mediante la amabilidad, intelectuales para los cuales el pueblo que sufre es el palestino, y no el judío. Hace dos años, la hija de seis años de uno de nuestros líderes, Barak Lev, murió debido a los disparos de un francotirador árabe. Ningún político habló de ella, ningún poeta la conmemoró en sus versos. Ella se convirtió en una cosa poco notoria, una judía asesinada. Ahora, yo miro esta barrera y me pregunto cuántos de nosotros nos uniremos a esa niña entre los muertos anónimos.

—Si es eso lo que espera a sus hijos, ¿por qué siguen aquí?

—¿Y adónde podemos ir en toda la historia del mundo? ¿Dónde no nos ocurrirá esto? —El tono de Ellon se endureció—. Ésta es nuestra tierra. Y por eso algunos tomarán las armas antes de abandonarla. Si yo fuera más joven, me uniría a ellos y lucharía contra nuestros enemigos hasta el fin. Sean árabes o, Dios me perdone, judíos.

David notó un escalofrío. En una hora, en el jardín encantador de aquel hombre tan civilizado y atormentado, se había acercado mucho a comprender por qué podía haber muerto Ben-Aron.

—Quizá David debería conocer a Barak Lev —sugirió Ernheit—, y ver Bar Kochba.

Ellon pensó en ello, con los ojos bajos. Luego volvió a mirar a David con una mirada calmada que, a pesar de la culpabilidad que sentía, David le devolvió.

—Discúlpenme —dijo Ellon con cortesía—. Tengo que hacer una llamada.

Capítulo 14

Conduciendo hacia Bar Kochba, el puesto de avanzada de Barak Lev, David y Ernheit penetraron más en los Territorios Ocupados. David vio las ruinas de un hogar árabe destruido por los bombardeos, con una cicatriz negra en el muro donde las habitaciones que había encima se habían derrumbado. El paisaje era accidentado, quemado por el sol. Por encima de las colinas escalonadas se encontraban los pueblos árabes; en la carretera, controlada por israelíes, David no vio a ningún árabe.

A medida que la carretera los iba llevando más arriba, el paisaje se volvió aún más inhóspito. Al dar la vuelta a un recodo, se encontraron con los rudimentos de una civilización judía: caravanas, cabras, una prensa de uvas, una modesta sinagoga. Para David, el asentamiento de Bat Ein era como un aparcamiento de caravanas en el desierto de Mojave, sólo que se encontraba encaramado encima de un paisaje recortado con una historia dura y contenciosa. Siguiendo las indicaciones proporcionadas por Ellon, pasaron al lado de una escuela destartalada y se detuvieron junto a una viña con una preciosa vista de las colinas de Judea. En la distancia, David vio la boscosa Línea Verde, que indicaba lo lejos que habían llegado, mucho más allá de lo que en otros tiempos fue la frontera de Israel.

Entre las vides, un hombre robusto y de barba roja vestido con un peto estaba apoyado en un tractor. Al irse acercando a pie, David vio que el hombre llevaba un casquete y un chal de plegarias metido por debajo del peto. Sus ojos grises eran inquisitivos, tenía la cara curtida por la intemperie y su alta frente brillaba por el sol y el sudor. Sonriendo, extendió la mano hacia David.

—Soy Noam Bartok. Usted es el americano que busca a Barak.

—Eso es.

—Soy su portavoz, cuando es necesario. También soy americano... o lo era. —Volviéndose, Bartok señaló hacia el paisaje—. Ahora éste es mi hogar, muy lejos de Newark. Para mis doce hijos no existe otro lugar.

—Ciertamente, esto no es Newark —afirmó David—, ni se parece a nada que haya visto antes.

Bartok sonrió de nuevo.

—Sentémonos. Ha hecho un largo viaje.

Condujo a David y Ernheit hacia un tronco de pino desnudo. Se sentaron los tres mirando hacia la viña, y Bartok les pasó un termo con agua tibia.

—La mayoría de las tardes —dijo Bartok—, antes de volver a casa, me siento un rato y miro esas colinas. Cuando Leah y yo decidimos ayudar a rescatar la tierra que verdaderamente es de Israel, vinimos a este lugar, que ahora es nuestro. No lo ha decidido así ningún gobierno, sino Dios.

Hablaba con la claridad y convicción de un hombre que ha encontrado la verdad.

—Ya he visto la barrera —dijo David al cabo de un rato—. Está a muchos kilómetros de aquí.

—Y la Línea Verde está más lejos aún. —Bartok miró al suelo, hacia la roja tierra—. Hombres como Ben-Aron mutilaron nuestra tierra con líneas que ellos mismos se inventaron... Dibujaron fronteras, nos dijeron dónde podíamos vivir y lo que era legal y lo que no. Como si los hombres pudieran decidir algo así.

»Dios le otorgó esta tierra a nuestro pueblo, a nuestros hijos, nuestros nietos, los hijos de nuestros nietos... hasta el fin de los tiempos. La tierra no es un despacho ni un escritorio. —Inclinándose hacia delante, Bartok bajó los hombros como si soportara el peso de la historia—. La única forma de que Israel se salve es volviéndose hacia Dios. Aquellos que sacrifican su tierra por la paz sólo conseguirán cubrirla de sangre.

Ernheit contemplaba el rostro del colono. Casi con amabilidad, dijo:

—Yo soy israelí. Y aun así, me pregunto qué ocurrirá si el ejército viene a desalojarlos.

—Entonces enviaré lejos a mi mujer y mis hijos. —Bartok cerró brevemente los ojos—. Si Dios me lo pide, moriré aquí.

David y Ernheit compartieron su silencio. Sin mirar a David, Bartok exhaló el aire lentamente.

—Puedo decirle dónde está Barak —dijo, al fin—. Pero no sé si él hablará con usted o no. Según me ha dicho, acaba de perder a un amigo, casi un hermano. Hoy es un día de oración para él.

ϒ

El viaje a Bar Kochba fue como un viaje al fin del mundo.

Las carreteras eran de tierra, el terreno rocoso, la aridez de la tierra sin agua se hacía patente en los raquíticos y achaparrados robles. Aquí y allá un retazo de tierra irrigado producía uvas, melocotones, o cerezas. Pero las colinas en las que se asentaba Bar Kochba, rodeadas de pueblos árabes, se veían desoladas desde la distancia, y la única señal de humanidad era una hilera desordenada de caravanas.

En la cima de la primera colina, David y Ernheit encontraron una escena sorprendente por su normalidad: en un trocito de terreno herboso que dominaba el desierto, cuatro madres jóvenes estaban sentadas viendo cómo jugaban sus hijos en un columpio y un tobogán de plástico. Si no fuera por el entorno y porque las mujeres llevaban la cabeza cubierta por unos pañuelos, podría haberse tratado de cualquier lugar del mundo.

—Comprobemos la dirección —sugirió Ernheit.

Aparcaron y se aproximaron al grupo. Una mujer joven, con la cara redonda y con gafas, levantó los ojos y los miró con curiosidad. Ernheit se agachó junto a ella, mirando hacia el desierto.

—Qué sitio más curioso —dijo.

La mujer se encogió de hombros.

—Es nuestro hogar.

Los rostros de las demás mujeres revelaban su incomprensión. David supuso que sólo hablaban hebreo. Señalando hacia los niños, Ernheit dijo:

—¿Cuáles son los suyos?

Durante un momento, la mujer bajó la vista.

—Sólo tenemos uno: el niño con el pelo oscuro y gafas —dijo en voz baja—. Pero supongo que busca a otra persona.

—A Barak Lev.

Una sombra cruzó por el rostro de ella.

—Yo soy su esposa —dijo al fin.

David la volvió a examinar con más detenimiento. Aquélla era la madre de la niña asesinada en aquel lugar, una mujer de dulce rostro que era esposa de un fanático que, posiblemente, había facilitado el asesinato de Amos Ben-Aron. Ella no hizo pregunta alguna; quizá hubiese aprendido a no hacerlas.

—Sigan esa carretera —dijo—. Al final, verán a un hombre. Él les dirá adónde tienen que ir.

ϒ

La carretera trazaba el reborde de un acantilado escarpado, que caía en picado y formaba el muro de un cañón muy profundo, una extensión de terreno expuesta a todos los vientos y de múltiples tonos marrones. Al otro lado, una hilera de caravanas estaban situadas en la tierra rocosa, llena de cicatrices; muy lejos, al otro lado del cañón, había más caravanas apostadas como centinelas.

—Desalentador —dijo Ernheit—. Pero así es como empezó Shaaré Tikvá.

Mirando hacia los acantilados tallados por el viento, David vio agujeros oscuros en la roca, de un color pardo anaranjado.

—¿Eso son cuevas? —preguntó.

—Sí. Hace siglos ahí vivían unos monjes benedictinos. Es un buen lugar para los ascetas.

David sintió que su aprensión iba en aumento.

—¿Cree que Lev querrá hablar con nosotros?

—Quizá. Por lo que hemos visto por televisión, está de humor profético.

Al final del camino, un hombre con un rifle de asalto se encontraba de pie junto a un todoterreno. Ernheit paró el coche y bajó la ventanilla.

—Buscamos a Barak Lev.

El hombre miró dentro del coche.

—Salgan —ordenó.

Frente al cañón, David y Ernheit se quedaron de pie junto al coche mientras el hombre daba la vuelta a su alrededor. Delante, un estrecho sendero conducía entre unos matorrales achaparrados hacia el borde del acantilado.

—Cojan ese camino —les indicó el hombre—. Yo iré detrás de ustedes. Pero primero denme las armas que lleven.

Sin inmutarse, Ernheit le tendió la pistola y empezó a caminar, y David le siguió. Parecía que iban directos hacia el borde del acantilado.

A sólo medio metro del borde, Ernheit se detuvo.

De pie junto a él, David vio una plataforma de madera que sobresalía del acantilado. Al final del camino, se habían tallado unos escalones hacia abajo en el costado del acantilado. Con cautela, Ernheit empezó a bajar, y David le siguió, consciente de que un tropiezo o un empujón desde atrás los podía enviar al más allá. A un lado del último escalón, según pudo ver David, un repecho en el costado del acantilado quedaba protegido por la plataforma. A su sombra había libros, provisiones, un lecho, una lámpara de aceite y varias cajas de munición. A David le pareció menos un refugio que un lugar para morir.

Barak Lev emergió de las sombras con un rifle automático en las manos. Era alto y barbudo, y los perfiles austeros de su rostro eran tan duros como el propio terreno. Aunque no tendría más de cuarenta años, presentaba el aspecto fiero de un patriarca, y su mirada ostentaba un brillo antinatural.

—Yo le conozco —dijo a David—. Usted ha venido por Hana Arif.

David esperó y no dijo nada. Mirando a Ernheit, Lev señaló con el rifle hacia el bajo muro de piedra que se alzaba a un lado de su reducto.

—Siéntense —ordenó—. Allí, donde pueda vigilarlos a los dos.

David se sentó junto a Ernheit. De cerca, los ojos de Lev parecían traicionar un alma más perturbada que inflamada.

—¿Qué es lo que quiere usted de mí? —preguntó a David.

—Averiguar quién mató a su amigo.

Los ojos de Lev parpadearon. Se sentó en el borde de su cama, a pocos metros de David, con el arma sujeta en el brazo derecho y el cañón apuntando hacia Ernheit.

—¿Y usted cree que yo lo sé?

—No el nombre del terrorista, pero sí quién lo envió y por qué. —David le miró a los ojos—. Si han ido a por Hillel Markis, también pueden venir a por usted.

Lev no parpadeó.

—Es usted quien fue a por Hillel —dijo con un tono de fría acusación—. A continuación murió. Y ahora está usted aquí.

—La muerte fue después de la de Amos Ben-Aron —replicó David—. Quienquiera que planease ese crimen mató a Markis. Supongo que no le dijeron que ocurriría eso.

Junto a él, David notó que Ernheit le miraba muy tenso, y luego Lev. Justo después, Lev respondió con calma:

—Usted querría que yo muriese en una prisión israelí.

David notó una tensa expectación. Al fin, si era hábil, quizá podía descubrir un aspecto de la verdad.

—Usted no controla a esa gente —dijo David—. Nunca lo ha hecho. Ahora ya comprende el coste que eso tiene, y que no dudarán en matarle. Es mejor morir en prisión habiendo dado el nombre de aquellos que mataron a su amigo.

La sonrisa de Lev era siniestra.

—Y que mataron a Ben-Aron, según cree usted. Eso es lo único que le interesa: sacar a esa mujer árabe de la conspiración de la que cree que yo formo parte.

—Eso es lo que me interesa a mí. A usted lo que le interesa es vengar a Hillel Markis.

La risa de Lev hizo vacilar a David.

—Lo único que me interesa a mí es el Gran Israel. Lo que usted quiere que admita podría destruir perfectamente su futuro.

»Cada noviembre, en este estado maltrecho llamado Israel, los judíos lloran la muerte de Yitzhak Rabin. Yo la celebro y honro al hombre que lo mató. Pero todavía somos pocos, y hay demasiados de los otros. Dejemos que la muerte de Ben-Aron sea obra de dos estudiantes palestinos y esa puta suya profesora de derecho. —La sonrisa de Lev traicionaba un cierto desdén por sí mismo—. Por lo que yo sé, es tan culpable o tan inocente como yo mismo. El peón que pensaba que era un rey.

David notó que la verdad, como algo terrible, se agazapaba entre las sombras, fuera de su vista y de su alcance.

—¿El peón de quién?

—Aunque lo supiera, no se lo diría; ni siquiera por Hillel. —Su tono se hizo más tranquilo—. He perdido a una mujer, una hija, y ahora un amigo. Sólo puedo esperar que todos ellos sean peones de Dios.

»Nuestro destino es más grande que el de cualquiera de nosotros o que el de todos nosotros juntos. Dios pide la destrucción de este estado secular judío que está podrido, por los medios que sean: enemigos o amigos. Entonces podrá surgir el Israel de la Biblia, un lugar libre de árabes y limpio de esa supuesta democracia. —Sus ojos brillaron de nuevo, iluminados al revivir su visión—. Comparado con eso, Hillel no es nada, yo no soy nada y Arif es menos que nada. Ha perdido usted el tiempo viniendo aquí.

Sin embargo, David creía que no: su diálogo con Lev, presenciado por Ernheit, podía constituir una base suficiente para exigir más información por parte de los israelíes, o incluso, quizá, para obligarles a entregar a Lev para que hiciese una declaración. A partir de ahí, el diseño de una conspiración que implicaba tanto a palestinos como judíos, por muy compleja y oscura que resultase, podía suscitar más dudas razonables acerca de la culpabilidad de Hana. Poniéndose de pie, David le dijo a Lev:

—Simplemente, siga viviendo. Por ahora, es lo único que deseo de usted.

Ernheit se puso de pie también, mirando con dureza a David.

—Dígame esto —le preguntó Lev—. ¿Qué es lo que hace que un judío se preocupe por la vida de una puta árabe?

—Hay judíos y judíos —respondió David—. No todos los judíos tenemos un dios psicótico que nos dice a quién matar.

La piel que rodeaba los ojos de Lev se tensó. Con una sonrisa despectiva, señaló hacia los escalones con su rifle.

—Váyase —dijo, y su sonrisa había desaparecido—, antes de que Dios me hable de nuevo.

Mirando a Ernheit, David se volvió, notando pinchazos en la nuca. Mientras los dos hombres se dirigían hacia los escalones, se oyó un breve estampido y luego un sonido espantoso y gorgoteante. David se agachó instintivamente, y luego miró a un lado, hacia Lev.

La parte superior de su cabeza había desaparecido. Sangre, sesos y cabello se hallaban esparcidos por toda la roca. Con los ojos en blanco, Lev cayó al suelo. Ernheit cogió el codo de David y lo apretó contra el suelo.

—No se mueva —susurró.

Con el rostro a sólo unos centímetros de los ojos sin vida de Lev, David volvió rápidamente la cabeza. Ernheit se arrastró como un gato hacia la boca del reducto, con el arma agarrada en la mano derecha. David notó la conmoción y el terror como una náusea pegajosa que le heló la piel y le agarró la garganta y le oprimió la boca del estómago. Lo único que podía ver era la pared lejana del cañón, agujereada por las cuevas.

David inspiró, luego exhaló, con la cara apretada contra el suelo. Él y Ernheit se quedaron allí echados durante unos minutos interminables, con el cadáver de Lev caído junto a ellos.

Finalmente, Ernheit cogió el teléfono móvil que tenía en el bolsillo y empezó a marcar.

El Shin Bet llegó en helicópteros: policía científica, oficiales armados y dos agentes investigadores que llevaron a Ernheit y a David a una caravana vacía.

Los agentes se mostraban fríos, inexpresivos, concienzudos. Ernheit les había asegurado que el tirador era un profesional que había disparado desde una gran distancia. Su único objetivo era Lev; David y Ernheit sabían demasiado poco para incluirlos en aquella misión.

Los agentes interrogaron a David separadamente. Él les dijo lo que pudo: que Markis y Lev eran amigos, que él sospechaba de su complicidad en el asesinato de Ben-Aron; que no conocía al hombre que se había reunido con él en la capilla Asiria. Su descripción del extraño fue somera. No mencionó a Ari Masur ni a Anat Ben-Aron.

Hacia el final, para sorpresa de David, Avi Hertz —el contacto de Israel con el fiscal— entró en la caravana. Cansado, David dijo:

—Pensaba que estaba en América.

—Donde debería estar usted —respondió Hertz con helada calma—. Usted ha conseguido muchas cosas en los últimos dos días: una muerte en Bar Kochba y, sospecho, otra en Tel Aviv.

»Ha jugado un juego muy peligroso con nosotros. Ahora, lo que supieran esos dos hombres ha muerto con ellos. ¿Creía usted que nos mostrábamos tan cautos y discretos sólo para frustrar su defensa, o quizá imagina que podíamos tener algún objetivo más importante en mente?

—Me mantuvieron ustedes al margen —replicó David—. Yo tengo que salvar a mi cliente de la ejecución. Podríamos haber reconciliado nuestros intereses.

—Váyase a casa —dijo Hertz en voz baja—. Ya ha concluido usted su trabajo en Israel.

Capítulo 15

A la mañana siguiente, después de ascender de un profundo pozo de sueño, David fue al Muro Occidental.

Fue un acto de pura voluntad: no podía escapar a la imagen del hombre muerto con el cráneo destrozado, o al temor instintivo de que el siguiente muerto fuese él mismo. De modo que era necesario no acobardarse y quedarse en su habitación, perseguido, desorientado y solo. Junto al muro, David vio un grupito de manifestantes furiosos: seguidores de Lev, según le explicó un hombre, protestando por la incapacidad del gobierno para proteger a los judíos en las tierras bíblicas. Sin embargo, el muro parecía un lugar tan bueno como cualquier otro para meditar.

Con un casquete de papel, David inclinó la cabeza. Tres meses atrás, antes de la llamada de Hana, él vivía una vida que había elegido. Las únicas muertes que conocía eran naturales o por accidente; la única desgracia, su romance con Hana; las únicas barreras a su éxito, las ambiciones opuestas de otros, una contingencia que podía planear y superar. Y todo lo había arrojado por la borda, junto con Carole y Harold, por una mezcla de principios y pasión que todavía no podía desentrañar. Hasta entonces se había mostrado ingenuo, demasiado seguro de su habilidad y sus nervios, y había infravalorado el peligro y la complejidad de la estrategia que había diseñado. Ahora habían muerto dos hombres, uno justo delante de sus propios ojos. Era difícil no verse a sí mismo como el hombre que podía haber impedido fatalmente, en perjuicio de Hana, el descubrimiento de cómo había muerto Ben-Aron y quién le había matado.

¿Y para qué? Todavía no estaba seguro de la inocencia de Hana, y las ambigüedades de su relación con Saeb, mezcladas con las pruebas contra ella, eran difíciles de dilucidar. Las únicas creencias de David eran contradictorias, y por ahora no se podían probar: que Al Aqsa no había podido tramar por sí sola un crimen en Estados Unidos, que Iyad Hassan podía estar conectado con Hamás, que Barak Lev e Hillel Markis habían facilitado el crimen de su propio primer ministro, que los autores de una conspiración no definida los habían matado a los dos, y que alguien más, aparte del Shin Bet, había seguido a David.

A causa de todo ello, él ya no podía hacer nada más allí. No había escuchado a aquellos que, por motivos propios, habían intentado ayudarle; los asesinos de Lev y Markis los habían retirado, sin duda, hacia un lugar mucho más secreto, reacios a tratar con un hombre que se había convertido en un verdadero estorbo. Mirando a los hombres que rezaban a su alrededor, David se preguntó quién de todos ellos sería su sombra.

Ya no le quedaba ninguna elección. A pesar de su disgusto por haberse confiado demasiado y dejarse derrotar, no podía abandonar el caso, ni olvidar lo que ya sabía: que la clave de la culpabilidad de Hana, o de su inocencia, como él esperaba, se encontraba en una conspiración cuyas dimensiones sólo empezaba a atisbar. Protegerse tras el escudo de la «duda razonable» no bastaría para salvarla. Tendría que ir, tal y como había planeado, a Cisjordania.

David se volvió y siguió las callejuelas empedradas que pasaban por el borde de la Ciudad Antigua. No hizo ningún esfuerzo por evadirse, ni siquiera miró tras él.

Aquella noche, mientras hacía el equipaje, David estuvo mirando la CNN. En la pantalla vio a los hombres del movimiento de Masada que llevaban a Barak Lev en una litera, con la cabeza destrozada a la vista. Su esposa lloraba abiertamente; su hijo, de apenas cinco años, caminaba estoicamente a su lado. Enterraron a Lev donde había muerto.

Cuando acabó la filmación, la CNN siguió con un segundo reportaje: sólo unas horas después del funeral de Lev, en un pueblo junto a Bar Kochba, alguien había disparado y matado a una adolescente árabe. La herida fatal de la chica era casi idéntica a la de Lev.

A la mañana siguiente, David dejó el hotel. Educadamente, la joven que estaba tras el mostrador le preguntó:

—¿Adónde piensa ir ahora?

—A Ramala.

Ella parpadeó con perplejidad.

—¿Y eso está muy lejos?

—A dieciséis kilómetros.

La respuesta pareció sorprenderla. Como si le hablase de un rumor que le había llegado, le dijo:

—He oído que es un lugar peligroso.

A David le chocó la doble ironía: no sólo había precipitado dos crímenes en Israel, sino que Ramala era visible desde numerosos puntos elevados de Jerusalén. Sin embargo, para aquella joven, era como si él se hubiese propuesto viajar a Zimbabue: la única impresión que tenía de aquel lugar y de su gente era que había que evitarlos.

—Tendré cuidado —le prometió David.

Capítulo 16

David conoció a su detective frente al hotel. Mahil Ashawi era un antiguo miembro de las fuerzas de seguridad palestinas; las virtudes de Ashawi, según Bryce Martel, incluían la discreción, buen ojo para los problemas y a veces unas conexiones bastante oscuras que podía usar para ayudar a David a investigar las vidas de Hassan y Jefar, e incluso la de Saeb Jalid. A David le pareció que era tranquilo y contenido, un hombre esbelto, con el pelo escaso, la voz suave y penetrante y unos ojos castaños algo melancólicos. El otro atributo con el que contaba, raro para un palestino, era un pase para entrar en Jerusalén.

Instalándose en la furgoneta de Ashawi, David le contó lo que le había dicho la recepcionista israelí del hotel. Ashawi se rio sin alegría.

—Gracias a los controles —respondió—, Ramala podría estar perfectamente en Zimbabue. Ya lo verá.

Al cabo de veinte minutos, David notó el impacto del control de Qalandiya.

Esperaron en un solo carril de tráfico, con un muro de seguridad de nueve metros de alto por un lado y, en el otro, una fila de palestinos que avanzaba lentamente detrás de una tela metálica, hacia un control situado demasiado lejos para que lo viera David. El retraso dio tiempo a Ashawi para explicarle la diferencia que suponía para israelíes y palestinos viajar a Cisjordania. Una de las carreteras de circunvalación israelíes estaba completamente fuera del alcance de los árabes; las otras estaban protegidas por más de seiscientos controles de carretera que los aislaban de las ciudades árabes, dejando las carreteras usadas por los israelíes completamente libres de obstáculos y, en su mayor parte, libres también de palestinos. David se dio cuenta de que era eso lo que hacía invisibles a los árabes aun cuando Ernheit le había llevado muy cerca de sus pueblos.

David comprobó su reloj.

—¿Cuánto nos costará llegar a Ramala?

—Debería costar como máximo media hora. ¿Hoy? Una hora, dos horas. Nunca se sabe. —Apoyando el codo en la ventanilla, Ashawi contemplaba con desgana la carretera—. Lo que muchos no comprenden es que los controles no separan Israel y Cisjordania, sino una parte de Cisjordania de otra. Su objetivo, según dicen los israelíes, es impedir los terroristas y las armas. Pero esos controles no discriminan, porque todos somos palestinos y todos somos sospechosos. Y por tanto, todos debemos esperar.

—¿Qué frecuencia tienen los controles?

—Son muy frecuentes e impredecibles. Existen controles permanentes, como éste, y barreras temporales llamadas controles volantes, establecidas para crear el elemento sorpresa para los supuestos terroristas. Para el resto de nosotros, a menudo hacen que no lleguemos a casa a comer, o a visitar a un pariente enfermo. —A medida que Ashawi hablaba, la fila del tráfico que llevaba unos minutos detenida empezó a avanzar lentamente—. Los israelíes nos dividen en zonas. Las ciudades son zona A, en teoría controlada por la Autoridad Palestina; aunque en cualquier momento el IDF puede entrar para seguir a algún terrorista, como hicieron en Yenín. La zona B, que comprende las áreas inmediatamente alrededor de las ciudades, está administrada en conjunto por el IDF y los palestinos. Y la zona C, el campo que rodea a A y B, lo controla exclusivamente el IDF. De modo que nuestras ciudades son enclaves separados; Hana Arif, para ir de Ramala a la Universidad de Birzeit, debía pasar por todos los controles que el ejército israelí quisiera imponer. —Ashawi se encogió de hombros con ánimo fatalista—. Algunos días ella podía dar todas las clases, otros días no. Y nunca sabía qué días serían ésos. Lo mismo pasaba con estudiantes como sus asesinos, Jefar y Hassan.

—¿Y qué le parece que podrían hacer los israelíes? —preguntó David—. Por lo que he visto, me parece que es un problema como el de la gallina y el huevo: ¿hay terroristas suicidas porque continúa la ocupación, o la ocupación continúa porque hay terroristas suicidas?

—Habrá terroristas suicidas —respondió Mahil Ashawi— mientras haya odio y desesperación. Y habrá odio y desesperación mientras haya ocupación.

—¿Sólo hasta entonces? —preguntó David—. Para alguien como Saeb Jalid, habrá odio y desesperación hasta que los palestinos vuelvan a Israel e Israel deje de existir.

Con el rostro impenetrable, Ashawi se encogió de hombros. Detrás de la alambrada, David vio a una mujer palestina con su pañuelo andando con la cabeza gacha, como si caminase por una rueda sin fin hacia la eternidad, con pasos lentos e iguales que denotaban un cansancio profundo que llegaba hasta el hueso y el cerebro, días y días interminables e iguales. Al final, Ashawi dijo:

—Quiere usted que averigüe si Jefar es de Al Aqsa o de Hamás. Pues no lo sé todavía. Pero he averiguado algo de él que es pertinente para su reflexión sobre las gallinas y los huevos.

»La hermana mayor de Ibrahim Jefar y su marido vivían en un pueblo junto a Jericó, encerrado por un control de carretera y rodeado por una barricada. Hace un año, y estando embarazada de ocho meses de su primer hijo, la hermana de Jefar sufrió una hemorragia. Su marido llamó a los servicios de urgencias y le dijeron que le esperaba una ambulancia al otro lado del control. —El tono de Ashawi era objetivo, como si explicase un hecho normal, de la vida cotidiana—. Jefar estaba de visita. Juntos, se subieron los tres en un coche. Pero el control había detenido el tráfico por completo. Aunque era obvio que ella estaba sufriendo unos dolores horribles, durante más de una hora su marido y su hermano suplicaron a los soldados israelíes que la dejasen pasar. Finalmente, su marido les dijo a los soldados que iban a ser responsables de la muerte de una mujer embarazada y su hijo. Sólo entonces permitieron a su marido y a Jefar dejar el coche y llevarla caminando hasta el control.

»Justo antes de llegar a la ambulancia —continuó—, ella se desmayó. Cuando se despertó en el hospital, el bebé había muerto y ella había sufrido una histerectomía. No ha vuelto a hablar desde entonces —dijo volviéndose a David—. Su historia explica más cosas sobre Jefar que cualquier etiqueta que quiera ponerle. Quizá los soldados israelíes que detuvieron a la hermana de Jefar impidieron también que pasara un terrorista suicida en otro coche y salvaron una vida judía; pero fueron ellos, no Al Aqsa ni Hamás, quienes convirtieron a Ibrahim Jefar en el asesino de Ben-Aron. La causa y efecto de la ocupación no es una ecuación matemática.

Media hora después llegaron al control. Con una indiferencia pétrea en el rostro (quizá para ocultar su miedo), una mujer soldado israelí armada con un fusil de asalto cogió los documentos de Ashawi y el pasaporte de David y entró con ostentosa lasitud en una garita de guardia a prueba de balas. Dos soldados más, tan jóvenes como la mujer, registraron el coche y el maletero, mirando de soslayo a Ashawi mientras tanto. Nadie dijo una palabra. A David, aquel momento le pareció cargado de tensión y desconfianza.

Al cabo de diez minutos, la mujer le devolvió el pasaporte a David y soltó una parrafada a Ashawi en hebreo, haciéndole señas con el pulgar para que se apartara de su furgoneta. Cuando Ashawi se volvió hacia David, apretaba la mandíbula y tenía la voz tensa:

—Dice que no puedo llevarle, que mis documentos no están en orden.

David se sintió alarmado e indefenso.

—¿Qué problema hay?

—Quizá que un americano quiera entrar en Cisjordania. A lo mejor quiere impresionar a sus amigos. Mis documentos servían perfectamente ayer, y también estarán bien mañana. Lo único que pasa es que esa zorra quiere demostrar que puede hacer lo que quiera conmigo. —Mientras la mujer soldado continuaba chillándole, Ashawi añadió, en voz más baja—: Cuando ella no mire, siga con la furgoneta y luego deténgase junto al mercado de fruta. Yo intentaré alcanzarle.

La mujer se llevó a Ashawi. Mirando por encima del hombro, David condujo la furgoneta hasta pasar por la garita de los guardias, mirando directamente al frente. Nadie le detuvo.

Al otro lado del control, vio un mercado de fruta donde los árabes —las mujeres cubiertas, muchos de los hombres con kefiya— se reunían para comprar. Perdido en el mundo árabe, David aparcó junto a la carretera.

Durante más de veinte minutos esperó lleno de aprensión. Luego Ashawi se subió de pronto en el asiento del conductor, después de mezclarse con los peatones que pasaban por detrás de la alambrada.

—Bienvenido a la ocupación —dijo lacónicamente—. Ya ha vulnerado las leyes israelíes.

David comprobó de nuevo su reloj. Llevaba en Cisjordania menos de dos horas y ya se sentía tenso y enfurecido. Ashawi se había quedado callado.

Ramala era una ciudad de contrastes: muchachas jóvenes con vestidos modernos mezcladas con sus hermanas árabes cubiertas; calles atestadas, cuyo aire destartalado se veía aliviado por el bullicio de los puestos de frutas y las tiendas de bocadillos con letreros llenos de colorido en árabe, y, entre diversas mezquitas, una iglesia. De los cincuenta mil residentes, explicó Ashawi, quizá una cuarta parte eran cristianos. Pero fuera cual fuese su religión, el carácter de la ciudad era profundamente árabe. Cualquier judío fanático que imaginase un Gran Israel que pudiese incluir de alguna manera o expulsar a aquella gente estaba completamente fuera de la realidad, y David se dio cuenta de inmediato.

Ramala era el hogar de Hana y Saeb. También era el lugar donde se hallaba la tumba de Arafat, que antes había sido el complejo donde vivía y que fue bombardeado hasta reducirlo a escombros mediante los ataques aéreos que tanto habían traumatizado a Munira. Allí, le explicó Ashawi, encontrarían a un amigo, un hombre cuyos conocimientos podían ser útiles para David. Después seguirían hacia Birzeit, donde David tenía una entrevista con la rectora de la universidad, amiga de Hana.

Recubierto por una urna de cristal, el mármol negro de la tumba de Arafat estaba colocado en una plaza abierta, rodeada por edificios medio derruidos. La tumba estaba cubierta de flores y fotos de Arafat sonriente; a sus pies se encontraba una placa enviada por los niños de Sabra y Chatila. Dos policías palestinos hacían guardia muy tiesos a ambos lados, una guardia de honor para el padre de un supuesto país al que no pudo acabar de dar vida.

David y Ashawi se quedaron de pie ante la tumba.

—Es un símbolo —dijo Ashawi—. No construyó una sociedad civil, y subestimó la fuerza de los judíos. Algunos dicen que permitió que la Autoridad Palestina se sumiera en la corrupción, indiferente a las necesidades del pueblo, y que eso nos trajo a Hamás. Pero ¿dónde estaríamos sin él?

—¿Ahora? Algunos dicen que tendrían un país, en lugar de una ocupación.

—Entonces, hablan demasiado —respondió Ashawi brevemente—. Los judíos ya nos han quitado tres cuartas partes de nuestra tierra natal, y se niegan siquiera a discutir nuestro derecho de retorno. ¿Debía aceptar Arafat todo eso, y los asentamientos también? ¿Esperaban que comprase la paz al coste de nuestra dignidad?

David no respondió.

—¿Recuerda cuando trajeron el cuerpo de Arafat aquí? —preguntó Ashawi en un tono más calmado—. Habían planeado una ceremonia adecuada, pero una multitud de dolientes cogieron su ataúd y le dieron un funeral espontáneo.

»Lo demás se conoce poco. A las tres de la mañana, algunos soldados de la Autoridad Palestina desenterraron su ataúd, sacaron su cuerpo y lo prepararon para un entierro islámico adecuado. —La voz de Ashawi se volvió más reverente—. Lo más notable, según decían los soldados, es que tenía el mismo aspecto que en vida. La muerte no había tocado su rostro.

Ashawi no parecía creerse aquello del todo. En silencio, David se preguntaba si aquellos que sucediesen a Arafat, como Marwan Faras, se verían condenados por el crimen de Ben-Aron y la violencia subsiguiente a no encontrar jamás la paz con Israel. Dudaba que el siguiente líder palestino fuese capaz, ni siquiera de forma mítica, de hacer innecesario el embalsamamiento renunciando al derecho de retorno.

A su manera, la mujer del hotel Rey David tenía razón. David había ingresado en un mundo distinto, el hogar de Hana Arif y Saeb Jalid.

Capítulo 17

El amigo de Ashawi, Amjad Madji, era un activista pacifista enjuto, de voz suave y de treinta y tantos años que daba un curso de derechos humanos en Birzeit. Entre sus antiguos estudiantes, parece ser que se encontraban Iyad Hassan e Ibrahim Jefar.

—Dos hombres muy distintos —dijo Madji, poco después de reunirse con ellos—. Cuando le conocí, Ibrahim estaba buscando algo. Todavía se le podía enseñar, creo, era alguien a quien se podía apartar de la violencia. Pero a Iyad no. Ya estaba cerrado, era como un misil que sólo esperaba que le dirigieran.

Mientras Ashawi los llevaba en el coche y se iban alejando de la tumba de Arafat, David se volvió hacia Madji.

—Pero ¿quién?

Aunque sus modales eran seguros, Madji hablaba con una calma que sugería una naturaleza observadora atemperada por la experiencia.

—No por los Mártires de Al Aqsa —respondió—. Al menos, si tengo capacidad para juzgarlo. Quizá para matar a Ben-Aron Iyad cooperase con Al Aqsa. Pero su familia era de Hamás, creo... Ciertamente, su cuñada, la suicida, lo era. Y Hamás cuadraba mejor con su temperamento, tal como yo lo veía: puritano, con un enorme desdén por las mujeres, un fanático para el cual el islam significaba odiar a los judíos y a Israel. Al Aqsa podía servir a sus objetivos, pero nunca satisfaría sus necesidades. Y por lo que respecta a mí, no tuve ni la menor oportunidad con él. —Encogiéndose de hombros, resignado, añadió—: Almas como las de Hassan son un terreno muy estéril para la no violencia.

Como toda Cisjordania, sospechaba David. Posponiendo su pregunta sobre Hassan y Jefar, preguntó:

—¿Y cómo ha llegado a creer en la no violencia?

—Siguiendo la gran tradición de Gandhi y Mandela —respondió Madji secamente—, conseguí que me detuvieran.

»Es más fácil de lo que la gente cree, y mucho menos agradable de lo que el pueblo de Israel se permite concebir. La justicia en estos territorios es como una opereta de Gilbert y Sullivan, una pantomima de ley, un cascarón sin sustancia. ¿Ha tenido usted tiempo de conocer las leyes de detención de Israel?

—Todavía no.

—Pues muy mal —respondió Madji con una sonrisa irónica—. Por lo que he leído de la «guerra al terror» de Estados Unidos, a lo mejor algún día ese conocimiento le resulta útil a usted también.

»Aquí hay dos tipos de detenciones, y ambos le permiten al IDF encerrarte más de seis meses sin ningún motivo en especial. La detención regular se basa en la acusación de alguna otra persona, ya sea fundada o no. Durante los primeros dieciocho días te pueden retener sin abogado, si la acusación asegura que se trata de un caso excepcional..., casos que, de hecho, son bastante corrientes. Si no confiesas, el fiscal puede aplicarte una extensión y luego otra en base a una «prueba» secreta que el acusado nunca llega a ver. —Ahora, la sonrisa de Madji era dolorida—. El objetivo, naturalmente, es obtener una confesión. Los problemas surgen cuando uno no tiene nada que confesar.

De inmediato, David pensó en Hana. «No tengo nada que ofrecer —le había dicho—. Ése es el problema de ser inocente...»

—Contrariamente —decía Madji—, la detención administrativa se reserva para los sospechosos de algo menos concreto aún, que ni siquiera hay que comunicarle al acusado. Y ése era mi caso.

El tráfico se estaba haciendo más lento. Por delante, David vio a unos soldados que colocaban una barrera a través de la carretera. Volviéndose hacia Madji, David vio que los ojos del hombre se cerraban un poco, una preocupación instintiva que despertó su curiosidad.

—Me gustaría saber algo más de eso —dijo.

Madji había vuelto de la Facultad de Derecho de Stanford hacía menos de treinta días cuando un soldado le detuvo en un control volante entre Ramala y Birzeit.

Era en 1996, durante el período en que los terroristas suicidas estaban sacudiendo la paz de Israel y alterando el curso de sus elecciones. Había un «error» en la identificación de Madji, según le dijo el soldado. Debía ir con él a un complejo dirigido por el IDF.

—Y así —dijo Madji en voz baja— fue como perdí el contacto con el mundo tal y como lo conocía.

ϒ

La habitación en la que le encerraron parecía estar a oscuras; pero no podía estar seguro, porque el saco que llevaba encima de la cabeza no dejaba ver a Madji. La cuerda que le ligaba las muñecas a la espalda le impedía quitarse el saco. Tenía los tobillos encadenados a la silla en la que estaba sentado.

Dos veces al día le llevaban comida y le permitían aliviarse. Conocía a sus carceleros por las voces, especialmente aquellos que le chillaban cuando se dormía en la silla. No pudo llamar a nadie, ni a sus padres ni a un abogado. El dolor lacerante de los músculos oprimidos se hacía insoportable; vomitaba casi todo lo que comía, hasta que se le puso el estómago en carne viva. Su celda apestaba a vómito y orina.

Al cabo de un tiempo —no sabía cuánto—, empezó a perder el contacto con la realidad. Habría confesado cualquier cosa, dicho cualquier nombre que resultase sospechoso de cualquier crimen. Pero llevaba demasiado tiempo en Estados Unidos y no sabía casi nada, así que no pudo inventarse ninguna confesión.

La única clave de su problema era un nombre que repetían una y otra vez: «La Liga de Asistencia Palestina-Americana»; pero sólo cuando le quitaron el saco y le enseñaron la solicitud de beca que había redactado, recuperó la memoria. La Liga era un grupo de árabes americanos que ofrecían dinero a los palestinos que estudiaban en Estados Unidos.

—Financian el terrorismo —insistía su interrogador.

—Yo no sé nada —decía Madji, abatido—. Rechazaron mi solicitud.

Volvieron a ponerle el saco en la cabeza, y regresó la oscuridad.

Madji notaba que iba decayendo, en físico y en espíritu. Cuando le interrogaban, lloraba en lugar de hablar.

Un día, como todos los demás días, oyó que se abría la puerta de su celda. Como siempre, tembló, y sus músculos atrofiados se tensaron por el terror.

Suavemente, alguien le quitó el saco. Un israelí a quien no había visto antes se arrodilló ante su silla, le quitó los grilletes de los tobillos y luego le soltó las manos. Era un hombre delgado, con cara de erudito, y parecía sentirse casi tan mal como Madji.

—Lo sentimos muchísimo —dijo sencillamente—. Tú no eres el hombre a quien buscamos.

Colocando una mano en la muñeca de Madji, quemada por las ligaduras, le ofreció una sonrisa de ánimo.

—Te limpiaremos y te dejaremos libre.

—¿Cuánto tiempo llevo aquí? —preguntó Madji.

Apenado, el hombre meneó la cabeza.

—Cuarenta y dos días.

Cuando Madji salió de allí, había perdido quince kilos. Lo que le había hecho el IDF, según supo después, era legal: las circunstancias de su encarcelamiento ni siquiera se podían considerar auténticas «torturas», sino la «fuerza física moderada» permitida para obtener la confesión.

—Quizá —le dijo a David— otros que tenían en el mismo recinto dieran información que permitiera a sus interrogadores frustrar algún acto de violencia. Quizá para los israelíes yo no fuese más que un triste error, un desgraciado efecto colateral de su obligación de salvar vidas. Pero aquello cambió mi vida para siempre.

Madji contempló el control en la distancia, con la cara angustiada.

—Durante días y días me quedé sentado en mi apartamento, reviviendo lo que me había pasado. Una y otra vez pensaba en el israelí que parecía sentirse casi tan humillado como yo. Me di cuenta de que los israelíes estaban preparados para responder ante la violencia: sabían cómo luchar, y eso justificaba sus excesos, aunque esos excesos no hiciesen más que generar más odio y más violencia. Pero quizá un movimiento basado en la paz, fundado en la resistencia no violenta, que incluyese a las mujeres, podría obligarles a enfrentarse a sí mismos. Su propia conciencia era el único enemigo que los judíos no podían derrotar.

David estaba impresionado, pero también se mostraba escéptico.

—¿Y cuánto costará eso?

—Mucho, me temo. Mi propio grupo, Palestinos por la Paz, está en la infancia. La no violencia todavía se ve como debilidad, y no como resistencia. Pero cada vez hay más palestinos que están empezando a comprender que la violencia no nos ha conseguido el regreso, ni nos ha dado nuestro propio país. —Madji sacó un cigarrillo de su bolsillo con los movimientos suaves de la persona que está conteniendo un deseo intenso de tabaco—. La cuestión es quién acaba ganando por ambos lados. Los israelíes están asustados; los palestinos, humillados. La psicología de los extremistas de ambos lados es muy similar. Si el asesinato de Ben-Aron continúa su ciclo vicioso, ellos serán los ganadores. —Mirando con intensidad a David, Madji dijo—: Pero por eso está usted aquí: para saber quién esperaba ganar con esto, y rezando para que eso no incluya a su cliente.

—En resumen, así es.

Madji abrió la portezuela de su lado.

—No nos moveremos durante un buen rato. Salga conmigo a fumar. Desde el tiempo que pasé con los israelíes, he averiguado que me ayuda a pensar.

Apoyado contra el coche, Madji dio una profunda calada a su cigarrillo.

—Mi opinión de Jefar es que es sincero. O, digámoslo de otra manera: que, como yo, se rompería con la prisión y el terror. Pero su confesión deja muchos puntos oscuros.

—¿En qué sentido?

Madji volvió a fumar.

—Es muy fácil encontrar grupos de «resistencia» que quisieran ver muerto a Ben-Aron: Hamás, Hezbolá, la Yihad Islámica... Quizá algunos de Al Aqsa también quisieran que muriese. Pero ¿conspirar activamente para asesinarle?

»Observemos el resultado. Al Aqsa está hecho trizas. El motivo de su existencia (desviar el apoyo radical de Hamás a Fatah, el partido de Faras) ha tenido el efecto contrario de lo que pensaban. Ahora que Israel se burla de Faras y éste no puede conseguir la paz, Hamás recogerá sus pedazos y el sucesor de Faras será un miembro de Hamás.

David miró hacia el control volante. Los coches iban avanzando un poquito; caminando junto a la furgoneta de Ashawi, hacia el control, Madji empezó a respirar más rápido y su mirada se desplazaba entre el paisaje áspero y rocoso y la barrera que atravesaba la carretera, como si buscara alguna ruta alternativa.

—Quizá —sugirió David en voz alta— Al Aqsa no pensase que iba a verse implicada. ¿Alguien esperaba que sobreviviese Jefar? De Hassan no quedó nada.

Distraído, Madji parecía contar sus propios pasos.

—Es bastante sencillo seguir la pista de Jefar hasta Al Aqsa —dijo—. Estaba entre un grupo de personas a las que yo hablé de la no violencia... sin éxito, desde luego. Más tarde, después de lo que le ocurrió a su hermana, dejó la universidad. Nunca volví a verle.

Su tono denotaba un cansino fatalismo.

—¿Y Hassan? —preguntó David—. ¿Sabe algo más que pudiera relacionarle con Hamás?

—No. Lo que me sorprende es que, según me pareció, Hassan

despreciaba realmente a las mujeres. En clase, apenas miraba a ninguna de sus compañeras, especialmente a las que no iban cubiertas. Actuaba como si fueran sucias. —Madji se quedó quieto donde estaba, aspirando la última calada de su cigarrillo—. Por lo que me parece de la confesión de Jefar, Hassan decía que Hana Arif no sólo le dio instrucciones, sino que fue la que le reclutó ya en un principio. Me resulta un poco difícil imaginar la relación entre Arif y Hassan que hiciera posible tal conversación. —Hizo una pausa, considerando lo que iba a decir—. Y sin embargo, como le he dicho antes, tiendo a creer la confesión de Ibrahim. ¿Y por qué iba a mentirle Hassan?

—Buenas preguntas. ¿Conocía a Hana o a su marido?

—Sólo por su reputación, como profesores que estaban abiertamente en contra de la ocupación. Aparte de eso, nada.

David echó una mirada a su reloj. Eran casi las tres, y aunque la rectora de Birzeit le estaba esperando en cualquier momento, suponía que ella sabría esperarle. El sol de la tarde, aunque no resultaba opresivo, había dejado un brillo de sudor en la frente de Madji. David le dijo:

—Así que piensa que si Al Aqsa es destruida y Faras pierde toda su credibilidad, Hamás se hará con todo el poder...

—Sí. Hamás siempre ha sido el principal crítico de Fatah y Faras. Decía que eran corruptos, que estaban comprometidos con Israel, que habían traicionado a una generación nueva más brillante y más honrada. Fue Hamás quien puso en marcha una red de beneficencia, escuelas, instalaciones médicas, campamentos veraniegos y clubes deportivos para los palestinos, mayores y jóvenes, estableciendo un gobierno en la sombra que también promueve y financia a los terroristas suicidas y otros actos de violencia contra los judíos. Una vez, en Ramala, los israelíes encontraron un alijo de armas y explosivos escondido debajo de una escuela de párvulos de Hamás. —Madji tiró la colilla de su cigarrillo y la aplastó con la puntera de su zapato de cuero negro—. Dentro de Fatah, Al Aqsa era un recurso para la gente joven que pensaba que Arafat y su gente eran unos sinvergüenzas y un fraude. Desde la perspectiva de Israel, seguramente hay que temer a Al Aqsa; prueba de ello es Jefar. Pero al destruir Al Aqsa, Israel está ayudando de forma efectiva a un grupo de fundamentalistas musulmanes (Hamás) expresamente comprometidos en su destrucción, cuyo ardiente desdén por Arafat y sus herederos iguala a su abierta admiración por yihadistas como Bin Laden. Que Dios nos ayude si lo único que queda es Hamás.

—¿No formaba parte de la estrategia de Faras convertirse en líder de la Autoridad Palestina para seducir a Hamás y que éste se uniera al proceso político?

Madji encendió otro cigarrillo, observando el control mientras lo hacía. Apenas estaban a treinta metros de la barrera, y los coches junto a los cuales caminaban iban avanzando poco a poco.

—Unirse al proceso es una cosa —le respondió Madji—, pero que Hamás gane las elecciones es otra muy diferente. Ahora esto puede colocar a Israel ante una elección terrible: dejar la Autoridad Palestina en manos de los fundamentalistas islámicos o abolir el proceso electoral y, de forma efectiva, cualquier simulación de autogobierno palestino, extendiendo la ocupación durante años. Sólo un hombre como Iyad Hassan celebraría un momento así. —Madji hizo una pausa, volviendo la cabeza lentamente hacia David—. Ésa es otra cosa que me tiene perplejo. Ciertamente, puedo imaginar una operación conjunta entre Al Aqsa y Hamás. Ya ha ocurrido antes: si Hamás tiene una bomba y Al Aqsa alguien que la ponga, se convierte en lo que podríamos llamar un feliz acuerdo. Pero una conspiración para matar a Ben-Aron... Las posibles consecuencias para Al Aqsa y para Faras parecen demasiado obvias. Deconstruir todo eso requiere una mente mucho más aguda que la mía.

—O simplemente más información —opinó David—. ¿Es posible que alguien de Hamás pudiera infiltrarse en Al Aqsa?

—¿Alguien como Jefar, quiere decir? Pues claro. Pero ¿con qué objetivo, y siguiendo las órdenes de quién? ¿De Hana Arif? —Madji meneó negativamente la cabeza—. Hay demasiadas cosas aquí que no comprendo. O quizá, como dice usted, ambos sabemos demasiado poco.

David guiñó los ojos y luego se puso las gafas de sol.

—Dígame —preguntó—, ¿qué ocurre cuando uno les dice a los palestinos que no van a volver al lugar donde vivían sus padres?

El rostro de Madji se endureció.

—Pues no lo sé —respondió—. Personalmente, no tengo ningún interés en volver a Jaffa, el antiguo puerto de Tel Aviv, donde vivía mi abuelo antes de que lo matara el Irgun. Pero no podría enfrentarme a alguien que vive en un campo de refugiados y decirle que no tiene derecho a volver.

»Entonces nunca tendrán paz», pensó David, pero no lo dijo. Incluso entre Amos Ben-Aron y Marwan Faras, el abismo que los separaba se medía por aquello que Amjad Madji había preferido no decir.

Quince minutos después, caminando todavía junto a la furgoneta de Ashawi, David y Madji llegaron al control.

Madji sudaba mucho más por entonces. Cuando el joven y robusto soldado israelí cogió sus documentos de identidad y se retiró unos pasos para llamar a alguien por el móvil mientras los seguía examinando, Madji empezó a caminar en pequeños círculos y apagó el cigarrillo retorciéndolo entre sus dedos.

—Siempre hacen lo mismo —dijo—. Es típico. Como nos oponemos a la ocupación, los israelíes piensan que mi movimiento de paz es su enemigo.

David tuvo la sensación de que intentaba convencerse a sí mismo de que no pasaba nada malo. Pero Madji nunca pasaba por un control sin recordar cómo le ardían los músculos y el hedor de su propio vómito. Parecía mucho más menudo que antes.

Cuando el soldado le devolvió los documentos a Madji y cogió el pasaporte de David, Madji encendió su cigarrillo a toda prisa. Bruscamente, el soldado le preguntó a David:

—¿Qué está haciendo aquí?

—Estoy de visita —respondió David sin pensar—. ¿Y qué hace usted aquí?

El soldado los retuvo otros quince minutos más.

Capítulo 18

Con la rectora de Birzeit a su lado, David estaba de pie en el despacho de Hana.

Tal y como había esperado, el despacho estaba muy limpio: la única fotografía que contenía, de Munira cuando era pequeña, mostraba a una niñita sonriente, demasiado pequeña para taparse el cabello oscuro y brillante. Desde la ventana de Hana, en el segundo piso de la Facultad de Derecho, se podía ver gran parte del campus. Situados en una colina rodeada por pinos, los edificios eran blancos y modernos, y los estudiantes se parecían a los de cualquier otro lugar, una mezcolanza de chicos y chicas que fumaban y parloteaban o corrían de un sitio a otro, salvo que algunas de las mujeres llevaban velo. Exteriormente al menos, poca cosa sugería aquel semillero de radicalismo que había producido a Jefar y Hassan. Pero a lo largo de su historia reciente, Birzeit había sido cerrada o rodeada por la IDF repetidamente.

Su rectora, Fatima Jalil, una mujer corpulenta y guapa de cincuenta y tantos años, se lo explicó todo a David con mucho más detalle.

—Entre 1987 y 1991 —empezó—, cuando Hana y Saeb esperaban estudiar aquí, el IDF cerró por completo la facultad. Cuando nuestros profesores intentaron dar clase en sus apartamentos o casas, el IDF los atacó. En el año 2000 habían cerrado Birzeit catorce veces.

»Lo que ocurrió desde el 2000 no fue mejor, sino tan sólo distinto. Durante un breve tiempo, en 2002, el IDF impuso un toque de queda en la mayoría de nuestras ciudades, bajo el cual no se podía salir de casa durante más de tres o cuatro horas a la semana. Los niños no podían ir al colegio, ni los adultos a trabajar. —Aunque su aspecto seguía siendo calmado, la voz de Jalil se hizo más áspera—. Durante ese tiempo, el IDF mató a diecisiete personas en Ramala. El personal del hospital se vio obligado a meterlos en neveras y, al final, a excavar en un aparcamiento y enterrarlos debajo. El toque de queda valía hasta para los muertos, al parecer.

—¿Y aquí?

—El IDF rodeó nuestro campus con controles y obstruyó las carreteras de acceso son bloques de cemento y montones de tierra. En un momento dado, bloquearon el suministro de alimentos y nos cortaron el agua y las comunicaciones telefónicas. Decían que éramos un avispero de radicales, y procedieron a radicalizarnos más aún. —Los ojos de Jalil mostraban su furia y también su tristeza—. Mi hija es así, por ejemplo. Ella estudiaba aquí, era una chica amable, dulce, que estudiaba literatura y escribía cuentos. Un día, participó en una protesta pacífica contra el IDF. Los soldados israelíes la metieron en un todoterreno y le dieron patadas en brazos y piernas hasta que se desmayó de dolor. Y luego la tiraron a la carretera, como si fuera basura.

—¿Está bien ahora?

—No le han quedado secuelas permanentes —respondió Jalil—, excepto en el corazón: después de ese incidente, no podía pasar por un control sin gritarles a los soldados con un odio que yo no sabía que poseyera. Su padre y yo la mandamos a estudiar a Turquía para evitar que la metieran en la cárcel. —Jalil fue hacia la ventana y miró afuera, a los estudiantes que corrían por el campus entre clase y clase—. Entre nuestros estudiantes, desde luego, hay gente de Hamás, de la Yihad Islámica y de Al Aqsa. Ahora somos famosos por lo de Hassan y Jefar. Pero cuando miro a todos esos chicos, lo que veo es un desperdicio y una pérdida.

»Mientras están aquí, nosotros los ayudamos financieramente en todo lo que podemos: la educación es la sangre vital de la nación que esperamos construir. Pero después de licenciarse, ¿adónde irán todos esos jóvenes? Nuestra economía está en ruinas. Para los más educados, los futuros ingenieros o abogados obligados a convertirse en trabajadores manuales o camareros, el índice de desesperación sigue siendo muy elevado. A veces pienso en todos esos muchachos, nuestros estudiantes y los estudiantes israelíes enviados a ser sus carceleros, ambos asustados los unos de los otros, y me los imagino en una carrera trágica de enfrentamientos en la cual ninguno es capaz de encontrar una salida. Pero, excepto por los soldados que mueren aquí, los jóvenes israelíes pueden dejar atrás su pesadilla. Nuestra pesadilla nunca concluye.

Al escucharla, David comprendió qué era lo que el IDF encontraba tan peligroso en Birzeit: profesores carismáticos, inflamados por la impotencia y el confinamiento; alumnos frustrados, cuyo resentimiento encendían sus mentes bien aguzadas.

—Pero usted no ha venido aquí —le dijo entonces Jalil con una sonrisa de disculpa— para pensar en problemas tan cósmicos. Por su mensaje electrónico, sé que le gustaría saber algo más de Hana y Saeb Jalid. Igual que el Shin Bet y el IDF, que pasaron un día entero en esta misma habitación.

David se volvió hacia ella.

—¿Y qué querían saber ellos?

—Más o menos, lo mismo que usted. Por ejemplo, si los ordenadores y las impresoras usados por nuestros profesores son los habituales, como la que ve usted en el escritorio de Hana.

—¿Y el papel?

—También es normal y corriente. Cualquier profesor o estudiante podría, en teoría, haber impreso el número de teléfono en el papel entregado a Iyad Hassan. —Jalil sonrió irónicamente—. Soy abogada por mis estudios, y también he intentado pensar lo mismo que usted. Pero lo que acabo de decir, lamentablemente, no explica por qué aparecen las huellas de Hana en el papel.

—No. No lo explica. —David se inclinó sobre el escritorio—. ¿Quién tenía acceso a este despacho?

—¿Antes de que arrestaran a Hana? En teoría, nadie. —Jalil se sentó en la silla de Hana, mirándole con curiosidad—. ¿Quiere saber si cerraba el despacho con llave?

David se dio cuenta de que evitaban hablar de Saeb Jalid.

—Sólo por la noche —respondió—. Nadie más tenía llave, eso me dijo ella al menos.

Jalil asintió con la cabeza.

—Yo sé por nuestros registros que le entregamos a Saeb y Hana un ordenador y una impresora para que los usaran en su casa, iguales que éstos. No tengo ni idea de qué papel usaban allí.

Durante un momento David estudió la fotografía de Munira, preguntándose si significaba algo la ausencia de una fotografía de Saeb, o del marido, esposa e hija, todos juntos.

—Las huellas son problemáticas —dijo al fin—. Para que alguien hubiese tendido una trampa a Hana, ella tendría que haberle dado primero el papel en persona. O bien podrían haber usado un papel que ya sabían que tenía sus huellas. —Puso una mano en la impresora de Hana—. Esta impresora puede contener unas cincuenta hojas. Cuando Hana la recargaba, podía haber dejado huellas en la primera hoja o en la última, pero no en las de en medio. De modo que alguien que entrase en su oficina y robase un papel no podía saber si sus huellas aparecerían en el papel de delante, sino sólo en el de detrás.

—De modo que tendría que haber sido una persona inteligente.

—O con mucha suerte.

«A menos que viviera con ella», pensó David, pero no lo dijo.

Jalil cruzó las manos, pensativa.

—Los israelíes también querían los archivos personales de los dos. Y como hizo usted en su mensaje electrónico, preguntaron por las ausencias de Saeb de sus clases.

David adoptó un tono neutro.

—Tiene un problema del corazón, me dijeron. Supongo que va a visitar a un especialista jordano en Amán.

Jalil sonrió débilmente.

—El problema tenía que ser grave. Uno sale de Cisjordania a su propia cuenta y riesgo, sin saber nunca si el IDF te permitirá o no volver. Por eso yo ya no hago vacaciones. —Su sonrisa desapareció—. Durante la guerra de 1967, mi hermano voló a Amán. Nunca le dejaron volver; treinta y cinco años después, ni siquiera le permitieron asistir al funeral de mi padre. Era demasiado radical, dijeron.

—¿Y cómo consiguieron volver aquí Saeb y Hana después de Harvard?

—Buena pregunta. Quizá las fuerzas de beneficencia internacional les echaran una mano, como hicieron al darles una educación en América. —Jalil se alisó los pliegues del vestido—. Una pregunta aún mejor es por qué dejaron que Saeb volviera de Jordania, dado lo sincero que se ha mostrado desde que vino aquí. Supongo que revisaron su historial médico y no quisieron que los acusaran de asesinar a un hombre enfermo negándole los cuidados que necesitaba.

—¿Ha visto usted su historial médico?

Jalil negó con la cabeza.

—Aceptamos su palabra. ¿A usted le parece que está bien?

—Ni bien ni feliz —exclamó David con sarcasmo.

Jalil rio en voz baja.

—La felicidad, creo, no está en su naturaleza; ni él tampoco es una fuente de revelaciones.

»Me ha pedido información específica sobre sus ausencias, de modo que he intentado volver a comprobar nuestros registros. Hizo seis viajes a Amán, cada uno de más de una semana, y el más reciente fue justo hace tres meses. En otras palabras, dos semanas antes de que Saeb, Hana y Munira viajasen a América. —Su expresión se hizo pensativa—. De nuevo, que los israelíes les dejaran ir es una sorpresa. Supongo que tienen gente más violenta de la que preocuparse…, o eso pensaban. Incluso los paranoicos tienen enemigos reales, y todos los días que pasan aquí se ganan algunos más.

David la estudió y luego decidió ser directo.

—¿Está Saeb con Hamás?

Los ojos de Jalil se entrecerraron.

—Procuro no meterme en esos asuntos, y no lo hago. En cuanto a Saeb o Hana, no sé nada.

—¿Y en cuanto a Jefar y Hassan?

—Sólo conozco su procedencia. Ambos venían de campos de refugiados: Jefar, de Yenín, y Hassan, de Aida…, otra versión del infierno. En cuanto a si pertenecían a Al Aqsa, tendrá que preguntárselo a los de Al Aqsa que todavía queden vivos. Pero no creo que sea capaz de encontrarlos: los israelíes están buscando a los que quedan para matarlos, y entrevistarse con usted es un riesgo demasiado grande para Al Aqsa.

—¿Y las clases? ¿Jefar o Hassan conocían a Saeb o Hana?

—Sé que Iyad Hassan tenía una clase con Saeb. Pero eso significa muy poco, o nada. Saeb es muy popular, y sus clases son demasiado concurridas para que recuerde a todos sus estudiantes.

Y sin embargo, pensó David, Amjad Madji sí que recordaba a Hassan, que se había singularizado por su rabia y su desdén por las mujeres. Jalil cogió la fotografía de Munira.

—Qué sonrisa tan bonita —observó—. Parece sonreír menos ahora, como la mayoría de nuestros niños.

»Uno de nuestros profesores fue siguiendo la trayectoria de cinco niños desde la escuela elemental hasta los dieciocho años. Los más jóvenes querían ser artistas, escritores o músicos. Al llegar al instituto, un chico había visto morir a su novia cuando el IDF hizo volar su casa, que se suponía que era un refugio de terroristas; el hermano de otra chica recibió una paliza en un control; el padre de otra chica estaba en prisión. Y su visión del futuro se había estrechado hasta abarcar sólo el odio a los israelíes. —Jalil dejó la fotografía, aunque siguió examinando el rostro de Munira—. Hana y yo hablábamos de esto. Munira era su ancla, yo lo pensaba a menudo. Hana quería una vida mejor para ella en Palestina, no la guerra perpetua con Israel en nombre de no sé qué sueño islámico.

—Así que ¿no cree que sea una asesina?

Jalil le dirigió una mirada neutra.

—Hana, como yo, es madre. Haríamos cualquier cosa para proteger a nuestros hijos. Y por eso mi hija está en Turquía.

»Nosotras no abandonamos a nuestras hijas, ni queremos que sean mártires. Si alguien pudiera demostrar que Hana estaba implicada en ese asesinato para proteger a Munira de cualquier daño, entonces sí, lo creería. Hasta entonces, yo le diría que es completamente imposible.

Capítulo 19

Aquella noche, David se reunió con la amiga más íntima de Hana, Nisreen Awad, en Stones, un restaurante de Ramala.

Stones no era lo que David había esperado. Un café de dos plantas, todo cristal y vigas de acero, atestado de gente joven comiendo y fumando y bebiendo en el bar, mientras una música internacional sonaba por los altavoces. Tampoco Nisreen era como la había imaginado: alta, bien formada, espectacular, se sentó con David fumando de una pipa de agua turca y hablando con una despreocupación que convenía más a una bohemia que a la abogada seria que, según sabía David, era compañera de Hana en las negociaciones con Israel antes de que Hana, llena de rabia, acabara por irse.

—¿Así que soy una testigo de carácter? —dijo Nisreen—. Intentaré mejorar mi carácter, pues, hasta que llegue el momento. Tendré que hacer un poco más de limpieza en los establos de Augias, como dirían algunos. —Exhalando el humo de la pipa de agua, miró a David con aire divertido—. ¿Esperabas que fuese distinta?

—Quizá un poco más reprimida.

—Me he esforzado mucho por evitarlo. Probablemente ayuda el hecho de que sea cristiana, y que no estoy casada con Saeb Jalid. —Movió una mano hacia la multitud; muchas de las mujeres llevaban pantalones vaqueros, como ella misma—. Ramala está llena de contradicciones. Muchas de esas personas son cristianas, tradicionalmente más ricos y mejor educados. Pero justo a la salida de la ciudad hay un campo de refugiados lleno de gente que no sabe siquiera que existe un lugar como éste. Son musulmanes, y terriblemente pobres. Ni que decir tiene que sus mujeres jamás vienen aquí.

—¿Y cómo llevan los palestinos sus contradicciones?

—Pues no es fácil. Somos una sociedad mucho más abierta que la mayoría de los países árabes; hay más educación, y las mujeres tienen una voz más fuerte. Pero muchos cristianos se han ido a Estados Unidos o a Europa, y muchos musulmanes no creen en un gobierno democrático secular. —Nisreen dio una profunda calada a la pipa de agua, exhalando el humo en un hilillo sinuoso que se desvaneció en la oscuridad—. Si esos problemas se curan o se infectan dependerá, en gran medida, de si los israelíes se creen de verdad su propia retórica sobre la paz. Hana cree que no, y por eso los desprecia.

Esta última afirmación preocupó a David, que ya se imaginaba a Marnie Sharpe sacándole a Nisreen un retrato de Hana que ponía en el centro de su pasado reciente aquel odio a Israel.

—A causa de Munira —siguió Nisreen—, resulta muy difícil creer que Hana esté envuelta en el asesinato de Ben-Aron. Pero mucha gente la ha oído llamar imperialistas a los israelíes, y decir que Ben-Aron era un beato y un farsante. —Su voz adquirió más énfasis—. Una advertencia, pues: si intentas hacerla pasar por la Madre Teresa, la fiscal se te echará a la garganta.

David se arrellanó en la silla, bebiendo el sauvignon blanc que Nisreen había pedido para los dos.

—Supongo que será mejor que me cuentes por qué se fue Hana.

Nisreen dio otra calada a la pipa de agua.

—Primero, tienes que comprender el contexto de la rabia de Hana: esos asentamientos, y esa apropiación cínica de la tierra que los israelíes llaman valla de seguridad.

»En 1993, como parte de los acuerdos de Oslo, Israel prometió congelar los asentamientos. Pero, por el contrario, siguieron expandiéndolos, añadiendo territorio y población y usando más agua de la nuestra. —Nisreen dejó la pipa de agua—. Desde 1993, la población de los asentamientos casi se ha doblado, cortando Cisjordania mucho más aún. Pero casi tan mala como la expansión geográfica de Israel ha sido su distancia psicológica.

»Los colonos viven en una burbuja. Sus carreteras de circunvalación conectan los asentamientos entre sí, dividen Cisjordania y consiguen que los israelíes viajen sin ver a ningún árabe. De modo que han creado su propia fantasía. —Nisreen esbozó una breve y sarcástica sonrisa—. Una vez nos reunimos con unos colegas israelíes de un asentamiento judío. Hana señaló una pintura en el muro: era una representación del paisaje de la zona circundante totalmente fiel, excepto que los pueblos árabes habían desaparecido. Hana les dijo que nos habían borrado, igual que borraron a sus padres de la historia del lugar que ellos ahora llamaban Israel.

»Aquello inició un furioso debate. Cuando Hana acusó a los israelíes de romper su palabra expandiendo los asentamientos, un hombre respondió que tenían que hacer aquello para aplacar a los israelíes de derechas. Hana dijo que, entonces, la verdad no era más que una conveniencia y que no debería creer ya nada más de lo que le dijeran.

David se imaginaba el relampagueo de los ojos de Hana mientras reprendía a los israelíes.

—La rabia es una cosa —dijo David—, pero ¿la oíste alguna vez apelar a la violencia contra Israel o Ben-Aron?

Nisreen pensó en la pregunta.

—A los israelíes les dijo más de una vez que estaban fabricando terroristas suicidas a montones. Pero todos decimos esas cosas. —Haciendo una pausa, Nisreen añadió, con obvia renuencia—: Una vez Hana me dijo que Ben-Aron ciertamente moriría, y que lo único que importaba era quién le mataría. Sé lo que quería decir: mejor que fueran sus extremistas que los nuestros. Cuando llegue el juicio, espero que esa conversación se haya desvanecido de mi memoria; pero espero también que ella no se lo contara a otras personas.

El tácito reconocimiento de que protegería a su amiga mintiendo, aunque no resultaba sorprendente, dejó intranquilo a David.

—¿Qué fue lo que provocó la renuncia de Hana? —preguntó.

—El muro de seguridad. La mayoría de los israelíes y palestinos saben que debe haber una solución con dos Estados que tengan unas fronteras sensatas. Pero Hana les preguntaba a los israelíes: «¿Cómo podéis llamar a esto muro de seguridad, cuando va haciendo eses por aquí y por allá para incluir precisamente los asentamientos, los puntos de extracción de agua y cada vez más y más tierra palestina?» Y tenía razón, claro. Si lo terminan tal y como habían planeado, bloqueará todas nuestras carreteras y creará una frontera que nos quitará toda la tierra posible, agrupando a nuestra población en enclaves separados. —Nisreen miró a David con intensidad—. Hana viene de gente atrapada en los campos de refugiados de Sabra y Chatila, que no pueden ir a ningún sitio. Vernos atrapados detrás de una valla la ponía enferma y la desanimaba mucho. De modo que cuando Ben-Aron se negó a renunciar al muro o a rediseñarlo, ella se fue. Me dijo que no había nada que hacer, que no podía tomar parte en la farsa de ese hombre. Los sionistas no pueden evitar insistir, una y otra vez, en intentar quitarnos un trozo más de pastel.

»Después de dimitir, ella se deprimió muchísimo; nunca la había visto así. Era como si todo (su vida, sus esperanzas para los palestinos) estuviese desmoronándose a su alrededor. Una lenta muerte del espíritu. —La voz de Nisreen se volvió ronca—. Dios mío, pensaba yo, esa mujer se merece mucho más.

—¿Más que qué, exactamente?

—Que la vida que le esperaba. Ella volvió de Estados Unidos en un momento de esperanza, creyendo que podría ayudar a construir un país, y se encontró rodeada de muerte y opresión, con el odio creciente por ambas partes. —Nisreen se inclinó hacia delante, y su voz y su actitud se volvieron más apasionadas—. La ocupación da a los jóvenes soldados israelíes poder sobre la vida y la muerte, y los expone al mismo tiempo a un miedo constante, todo lo cual los vuelve cínicos y traumatizados y, en cierto modo, los deshumaniza. Y su presión constante sobre los ocupados alimenta el odio entre los palestinos y un trauma duradero en los niños. Ver esos efectos en Munira le rompía el corazón a Hana. —Mirando a David, Nisreen continuó con un tono de resignación más profunda—. La mayoría de los israelíes se niegan a venir aquí. En parte por miedo, pero también por una cierta negación. Es muy curioso, de verdad. Los israelíes son como un imán para la culpabilidad de los demás, a causa del Holocausto y de siglos de persecución. Pero no pueden reconciliar el sufrimiento que ellos han soportado con la realidad de que, bajo su ocupación, somos nosotros los que estamos sufriendo.

»En la Facultad de Derecho de Nueva York, una de mis amigas más íntimas era una chica judía de Tel Aviv. Pero ella nunca venía a verme a Ramala, y cuando hablábamos por teléfono, siempre era de terroristas suicidas y nunca de la ocupación. No parecía escucharme. Y sin embargo, ella, mucho más que yo, es la que tiene la clave de nuestro futuro.

»Para Hana, el futuro se ha convertido en el futuro de Munira. ¿Y qué futuro tendrá ella aquí, exactamente? —Nisreen examinó rápidamente a la multitud que los rodeaba—. Lo que ves aquí es que nos gastamos lo que tenemos hoy, en lugar de planear para un mañana que no podemos controlar. No tenemos voz; por mucho que gritemos, el mundo no nos oye.

Mientras duraba ese interesante monólogo, David observaba las emociones que se iban reflejando en el rostro de Nisreen: rabia, tristeza, resignación, la profunda necesidad de expresarse ante alguien que no era palestino.

—Ya sé algo de Hana —le dijo él entonces—. Ahora háblame de ti.

Nisreen le dirigió una sonrisa modesta.

—En realidad, te he hablado de mí misma todo el tiempo. Lo único que conozco es la ocupación. Pero si quieres saber algo más de mí, te contaré algunas cosas sobre mi vida. Después de todo, voy a ser testigo.

»A diferencia de Hana, soy nativa de Cisjordania. Mi madre era de la OLP. En 1967 fue arrestada, y mi padre, que era su prometido y apolítico, fue detenido también. La soltarían, le dijeron los israelíes, si ella revelaba los nombres de sus socios de la OLP. Ella se negó. —En el tono de Nisreen se mezclaban el orgullo y la indignación—. Tres años después, la soltaron. Estaba sorda del oído izquierdo por haberle golpeado en la cabeza. Cuando se casó con mi padre, tuvo que colocarse a su izquierda para poder oír sus votos.

»Ésos son mis padres. Uno de mis primos está cumpliendo nueve años de condena por ser de Hamás. Mi hermano estuvo un año por unirse a Al Aqsa. El novio de mi hermana fue al complejo de Arafat a recoger a un amigo (que también era de Al Aqsa, aunque el chico no lo era), y los mataron a los dos unos soldados israelíes que iban persiguiendo al tipo de Al Aqsa. —La voz de Nisreen se endureció—. Se podría pensar que la mía es una familia poco corriente, o al menos especialmente desgraciada, pero no es así.

»Por motivos de tradición y economía, todavía vivo en casa de mis padres. La mujer que se la limpiaba hasta hace poco tiene ocho hijos y problemas matrimoniales, porque su marido no podía encontrar trabajo en el lugar donde vivían y, a causa de los controles, se pasaba la mayor parte de la semana en otro pueblo.

»Una noche el hombre vino a nuestra casa a buscar a su mujer. Mis padres y yo no supimos decirle dónde estaba. Luego, mientras hablábamos, oímos su nombre en la televisión. Cuando nos volvimos a mirar, la vimos de pie entre dos soldados israelíes, en un control. La habían arrestado por llevar explosivos. —Nisreen meneó la cabeza—. Nos quedamos todos asombrados. Ni siquiera eran musulmanes, y mucho menos políticos. Sólo eran una pobre gente con ocho hijos que alimentar.

»Resultó que alguien de Hamás le había dado dinero a la mujer para que pasara unos explosivos por el control, los ingredientes para un atentado suicida que podría haber matado a niños israelíes. Lo más extraño de todo es que aquella misma mañana ella había ido al mercado y había comprado ropa para sus niños. Luego había limpiado nuestra casa y se había dirigido hacia el control. En su mente, aquélla no era más que otra oportunidad de conseguir algo de dinero y, supongo, de expresar hostilidad hacia su marido por su incapacidad de proporcionarlo.

»Es una locura total, desde luego, práctica y moralmente. Pero debería introducir algo más de complejidad en nuestra visión de los que llevan a cabo actos de terror, y cómo llega a distorsionar nuestra vida la ocupación.

Al escucharla, David experimentó distintas reacciones. Al final le dijo:

—Cuando los palestinos hablan de atentados suicidas, a menudo parece como si fuesen los israelíes quienes los arrojan a ellos. Pero cuando yo estaba en Israel, vi una grabación de un imán que se dirigía a un grupo de hombres entre los cuales estaban Jefar y Hassan. Decía las mayores estupideces antisemitas que he oído, en las cuales los judíos no tenían más valor que simples cucarachas. Y peor aún: ese sermoncito del imán lo pasaban por la televisión palestina.

Nisreen hizo un gesto de desdén con la mano.

—Es deplorable, desde luego. Pero nadie mira esas cosas. Es sólo propaganda del gobierno, una reacción refleja al hecho de que los *lobbies* sionistas y sus simpatizantes dominan el mundo de los medios de comunicación.

—Como judío —la cortó David—, yo no me lo tomo tan a la ligera, ni tampoco Hassan. —Su voz se suavizó un poco—. En este mundo tuyo tan estupendo, ¿podría casarse Munira con un chico judío? Y tú ¿podrías hacerlo? ¿O el odio a los judíos es algo mucho más profundo que la ocupación?

Por primera vez, Nisreen no le miró directamente a los ojos. Se limitó a aspirar la pipa de agua, sumiéndose en sus propios pensamientos.

—En el trabajo —dijo al fin—, un hombre árabe salía con una mujer judía en Jerusalén. Es difícil, y no sólo a causa de los controles. Para algunos de nosotros resulta ofensivo que no salga con una palestina. Ésa es la verdad, para serte sincera. —Miró de nuevo a David—. Mis motivos son políticos. Lo que sentirán los demás, eso no lo sé.

»Para mí todo se relaciona con la ocupación. Todos nosotros, judíos y árabes, necesitamos acabar con esto. Y por eso continuamos negociando, y por eso yo no despreciaba a Ben-Aron como lo despreciaba Hana. —Nisreen hablaba con un tono de voz teñido de pesar—. Mientras él estuviera vivo, nuestra gente tenía al menos una cierta esperanza. Ahora, sólo habrá más odio y más represalias, y la Autoridad Palestina se desmoronará ante nuestros propios ojos. Los únicos ganadores aquí son los extremistas de ambos lados. Si ése es el futuro de Munira, la verdad es que parece bastante sombrío.

»Para Hana, la ocupación es aún peor que para mí. Al menos, yo tengo a mis padres. Los suyos están atrapados en el Líbano; los israelíes no les dejan venir a vivir aquí. Y ahora, su hija puede estar atrapada también, no sólo por los israelíes, sino por la insistencia de su padre en lo que debe ser una mujer árabe.

David pensó en esto último.

—En Harvard —observó—, Saeb no me pareció un fundamentalista musulmán.

—Según Hana, no lo era. De otro modo jamás se habría casado con él. —Pensativa, Nisreen bebió un poquito de vino—. Lo que me parece es que su giro hacia el islam mezcla la política y la psicología. Políticamente, Hamás es más antagónico con respecto a Israel, y usa el islam como una especie de pegamento ideológico. Psicológicamente (y aquí es donde la cosa se pone difícil), lo que supongo es que cuanta más fricción hay entre Saeb y Hana, especialmente sobre Munira, más impulsado se siente él hacia una religión cuyos extremistas insisten en la dominación masculina.

»He llegado a ver el enfrentamiento entre Saeb y Hana por su hija como algo simbólico. Por una parte tenemos a Hana, un ejemplo bastante bueno de mujer árabe progresista que podría constituir un apoyo muy importante para una niña como Munira. —Nisreen sonrió brevemente—. Yo no soy ningún modelo, desde luego; pero en muchos sentidos a Hana le gustaría que Munira viviese como yo: libre para decir lo que quiero, salir con quien me apetezca, ir a donde quiera, pasar el tiempo con quien me interese, satisfacer mis ambiciones y extender mi curiosidad en el sentido que yo elija. Puede ser una vida dura, desde luego. A mí me critican, y muchos palestinos tradicionalistas encuentran imperdonable mi actitud. Pero cada vez hay más mujeres como yo. En la mente de Hana, nosotras somos el futuro que ella desearía para Munira.

David recordó al momento a Munira, cubierta con el velo y explicando con voz monótona que su padre la obligaba a estudiar el Corán. En aquel momento sintió, más aguda que nunca, la lucha visceral entre marido y mujer por definir el destino de su única hija.

—Por otra parte —decía Nisreen—, está la vida estructurada de una mujer atrapada por el islam fundamentalista, en el que no tiene ninguna relación con hombres excepto para el matrimonio, y que, en el peor de los casos, se manifiesta como abusos maritales, poligamia y asesinatos de honor. ¿Conoces todas esas cosas?

—En general —dijo David—. Creo que es cuando una mujer puede ser asesinada por su propia familia por alguna transgresión sexual, real o imaginaria. Me dijeron que, en una ocasión, una mujer casada que se había quedado embarazada como resultado de una aventura fue obligada por su cuñado a convertirse en terrorista suicida.

Nisreen asintió.

—No siempre es un asunto de sexo, ni siquiera de la conducta de la mujer. El año pasado en Ramala, un padre musulmán mató a su hija por querer casarse con un cristiano. En otro caso, un padre violó a su hija y luego intentó venderla para que se prostituyera porque había perdido el honor. Cuando un grupo de mujeres intentó intervenir, el padre, sencillamente, la mató. Grotesco. —Su rostro se suavizó—. Tu historia de la terrorista suicida la comentamos Hana y yo. Parecía preocuparle más que otras historias.

Este último comentario despertó la curiosidad de David.

—¿Por algún motivo en particular?

Con extraña renuencia, Nisreen miró hacia su propio regazo. En voz baja dijo:

—Eres amigo suyo de la facultad, ¿verdad?

—Sí.

Nisreen expulsó el aire.

—Hana es una mujer profundamente infeliz. Con eso quiero decir no sólo en su matrimonio, sino infeliz en su corazón y su alma. Debajo de su intelecto y su seguridad en sí misma, esconde una soledad terrible.

David sintió una gran tristeza.

—¿A causa de su matrimonio?

—De su matrimonio y su arrepentimiento. —Nisreen levantó la vista hacia él—. Esto que te voy a contar es un secreto, ¿de acuerdo?

—Sí, bien.

—En la Facultad de Derecho, Hana tuvo una aventura. Saeb nunca lo supo, por supuesto; si lo llega a saber, podría haberla matado... literalmente. Pero ese amante la dejó marcada.

David notó un hormigueo en la piel.

—¿Y qué decía de él?

—Muy poco. Sólo que era americano y que la historia era imposible, pero que nunca había podido olvidarle. —Nisreen se quedó pensativa—. Sólo hablamos de ello dos veces; la última, justo antes de que Hana se fuera a Estados Unidos.

»Ella se preguntaba si debía intentar volver a verle. La atracción era muy fuerte, pero Hana tenía miedo de sus propias emociones. Entonces me dijo: "¿Sabes lo que siento? Que él habría sido un padre mucho mejor para mi hija". —Nisreen sonrió tristemente—. No era propio de Hana: esas ideas románticas, algo imposible en la vida. Si ella hubiese elegido a ese hombre, no habría tenido a Munira. Y Munira lo es todo para ella.

»Lo que me dijo todo eso es que su sensación de pérdida era tan profunda, y sus preocupaciones por Munira tan acusadas, que se permitía caer en la fantasía. Y me puse mucho más triste que si me hubiese contado cualquier otra cosa.

David no encontraba las palabras. Se quedó allí sentado mientras se iba dando cuenta de un montón de cosas, que transformaban la forma de entender todas las palabras que Hana le había dicho, y todo lo que había hecho desde el día en que le llamó por primera vez. Mirándole extrañada, Nisreen inquirió:

—¿Conocías a ese hombre, quizá?

David consiguió esbozar una sonrisa.

—Tú eres su mejor amiga, Nisreen. Sabes lo reservada que es, especialmente en este tipo de cosas.

Satisfecha, Nisreen asintió. En aquel momento, David comprendió por qué ella no se daba cuenta de algo que, para una mujer tan perspicaz, tendría que haber resultado obvio. Nisreen ni siquiera podía imaginar que David fuese el amante de Hana porque David era judío.

Capítulo 20

Como flotando, David cogió una habitación en el hotel Park y se encerró en su habitación.

Se quedó echado en la cama durante horas, sin moverse apenas, pero incapaz de dormir. Desde que Hana le pidiera ayuda, él había desconfiado de ella, no sólo por sus dudas acerca de su inocencia, sino porque recelaba de la evolución que ella había seguido. Era absurdo preocuparse por ella después de trece años, se había dicho a sí mismo, e infantil creer que ella todavía podía quererle, si es que alguna vez le había querido como él la quiso. David se había mostrado precavido, distante, resentido por el impacto provocado por ella en su vida, indeciso en su juicio como abogado y como hombre. Y ahora, la mejor amiga de Hana había transformado todo lo que pensaba de ella.

Deseó vanamente poder ver a Hana, sólo para oír su voz, y preguntarle por las confesiones de Nisreen. Al no poder hacerlo, revisó mentalmente las imágenes que había grabado en su memoria de todos los encuentros con ella: sus palabras, sus expresiones, el tono de su voz. Ahora, sus preguntas sobre Carole y hasta sus dudas quedaban iluminadas. Ella le amaba en Harvard; ella seguía amándole todavía; como esposa y madre enfrentada a la prisión o a la ejecución incluso, estaba tan afectada por sus sentimientos como David.

Pero esa nueva comprensión no cambiaba las dudas que sentía acerca de su inocencia; aunque, intuitivamente, los sentimientos de Hana por él arrojaban una luz mucho más positiva de su experiencia con el polígrafo. Sin embargo, las pruebas que existían contra ella seguían intactas, y su refutación principal, que como madre, Hana jamás se arriesgaría a verse implicada, suponía que el amor por Munira equivalía necesariamente a la inocencia. Un hecho podía cambiar completamente aquella presunción de la noche a la mañana.

Una y otra vez los pensamientos de David volvían a los crímenes de Markis y Lev, y a su propio papel como catalizador. Todavía no estaba seguro de su competencia, ignorante de las dimensiones o designios de la conspiración que imaginaba, y temiendo que si se acercaba mucho a la verdad, alguna otra persona, o quizá él mismo, podía morir. Apagó la luz con la sensación de que cuando se despertase, se sentiría más confuso aún, atrapado entre sus dudas acerca de la inocencia de Hana y su conocimiento de que lo único seguro era que ella había ocultado sus sentimientos por el propio David.

Zahi Farhat, consejero principal de Marwan Faras, se sentó con David en el exuberante jardín de su villa situada en las colinas que dominan Ramala, que reflejaba la prosperidad de que gozaban los líderes de Fatah y que tanto resentimiento despertaba entre los palestinos corrientes, especialmente hombres como Saeb Jalid.

—Son blandos y corruptos —le había dicho Saeb con desdén—. Olvidan para qué los trajimos de vuelta.

Que Saeb con ello no se refería simplemente al establecimiento de un gobierno que funcionase, sino a la extinción de Israel, era algo que no se le escapaba a David.

Farhat era un hombre distinguido, con el pelo gris y unas gafas que le daban un aspecto de profesor, y ciertamente, mejor compañía que Saeb. Y Mahil Ashawi le había recalcado lo importante que era para David: si así lo decidía, Farhat podía facilitarle el acceso a los líderes de la Brigada de los Mártires de Al Aqsa. Mientras le servía té con una tetera de porcelana, Farhat hablaba a David de los asesinos de Ben-Aron.

—Esos campos de refugiados —decía con expresión melancólica— son un terrible problema. Y ahora, esos dos estudiantes pueden haber acabado con todo: no sólo con Ben-Aron, sino también con Fatah, Al Aqsa y, por supuesto, cualquier esperanza de paz. Mientras Hamás se aprovecha, Marwan Faras y todos nosotros estamos pendientes de un hilo.

—Satisfaga mi curiosidad —dijo David—. Ustedes tienen a un millón de personas en esos campos, y más en el extranjero, algunos desde el nacimiento del propio Israel. Los israelíes dirían que la Autoridad Palestina los mantiene ahí con el propósito que usted dice lamentar: alimentar la violencia y el resentimiento de Israel, distrayendo al mismo tiempo la atención de sus propios fracasos. En resumen, que Hassan y Jefar son creación de ustedes, y no de ellos.

Farhat esbozó una tenue sonrisa.

—Supongo que si nosotros nos limitásemos a desmantelar los campos, a los ojos del mundo ya no existiría el problema de los refugiados, ni recordatorio alguno de la injusticia que tantos han padecido. Ya somos bastante invisibles. Pero la verdad esencial es que los campos preservan un sentido de identidad, donde los refugiados se dividen en comunidades que conmemoran los pueblos de los que proceden...

—Y donde viven en un pasado idealizado —le interrumpió David—, aferrados a los símbolos de su expulsión del paraíso, mientras sus nietos juegan en alcantarillas abiertas. Es un justificante para sus problemas. Si algo tengo claro es esto: ni los judíos ni los palestinos se van a ir a ninguna parte, y cualquiera, por las dos partes, que piense que eso puede suceder, al menos sin indescriptibles desplazamientos y brutalidades, está loco. Entonces, ¿por qué no pueden ustedes decirlo?

Farhat se examinó las uñas con su cuidadosa manicura.

—Un líder que dijera a los palestinos que no tienen derecho de retorno dejaría de ser un líder. Fatah está dispuesto al compromiso. Pero ¿cómo podemos aceptar el derecho de Israel a excluir a todos los palestinos de las tierras de sus abuelos, basándose únicamente en su religión?

»El mismo concepto de Israel es racista. Ningún otro estado en el mundo propone mantener una democracia limitada a los de una sola etnia o religión, aunque nos dejen sin estado. Los israelíes viven en estado de sitio, creyendo que el antisemitismo es una condición permanente de la humanidad; erigiendo muros, cuando se están tirando los muros en todo el mundo; retratándonos como terroristas, más que como seres humanos, e importando judíos rusos a millones en su desesperación por ganar lo que más temen perder: la guerra demográfica. —Farhat dio en la mesa con el dedo—. Un general israelí me hizo una vez la observación más racista y sexista que jamás he oído: "La principal bomba de relojería es el útero de una mujer palestina". Y sin embargo, se quejan si ese discurso lo pronuncia un imán. Qué hipocresía.

De repente, David sintió que ya había oído demasiado.

—Ciertamente —dijo con sarcasmo e ira—, no puedo imaginar por qué un pueblo que ha sufrido tres mil años de genocidio y rechazo, culminando con el Holocausto, podría querer tener un refugio propio. Después de todo, son los palestinos precisamente los que han sido expulsados de un país tras otro, y sólo los judíos se han negado a reconocer cualquier sufrimiento ajeno.

»Aparte de los asesinos, ¿sabe quién creo yo que mató a Ben-Aron? Todos ustedes. Porque están viviendo en distintos planetas, y el suyo pronto estará felizmente libre de antisemitas. Estupideces. Igual que la idea de los israelíes de que, los llamen como los llamen, en realidad los palestinos no son un pueblo. La historia los ha convertido en ello. —David bajó el tono de voz—. Sólo llevo aquí dos semanas y lo único que puedo decir es: que Dios ayude a todo el mundo en este lugar, asumiendo que podamos ponernos de acuerdo en cuál es ese Dios. Lo único que espero es poder sacar a mi cliente con vida de todo este maldito lío.

Farhat le miró y esbozó una sonrisa.

—Hay algo de verdad en lo que usted dice, aunque con un poco de rudeza. Y comprendo que el miedo de Israel a los terroristas suicidas es legítimo. Pero no se puede oprimir y sumir en el subdesarrollo a toda una sociedad y luego construir una valla entre usted y los problemas que ha ayudado a crear. Sólo cuando termine la ocupación puede construirse una sociedad civil. Y sólo entonces esos atentados suicidas que todos deploramos llegarán a su fin.

David meneó la cabeza.

—¿Cómo puede esperar usted que acabe la ocupación antes de que termine le violencia? ¿Cómo va a protegerse Israel sin controles y sin muros?

—Pues dejándonos, y rápidamente, antes de que Hamás tome el control por completo. ¿Quiere usted saber cómo se hacen terroristas? Piense en Jefar y en su hermana embarazada. O hágase usted palestino por un día. Vaya en coche hasta un control hasta que se detenga el tráfico, salga del coche y camine casi un kilómetro hasta la barrera. Encontrará allí a un soldado israelí con un cigarrillo en la boca y, posiblemente, con el arma apuntando a una de las doscientas o más personas apretujadas ante usted.

»Quizá sea estudiante y no pueda asistir a clase. Quizá sea uno de los cientos de mujeres que han dado a luz y que esperan seguir vivas. Quizá sea usted el marido, avergonzado ante su familia por un soldado tan joven como su propio hijo. —La voz de Farhat se volvió casi elegíaca—. Quizá usted esté retrasando el momento de volver a casa. ¿Y qué le espera? La pobreza está muy extendida, el desempleo es creciente. Su pueblo está separado de todo lo que le rodea; sus hijos, separados de un futuro que tiene mucha más esperanza que el de ellos. Y en la colina que tiene delante, hay un asentamiento poblado por judíos que se burlan de usted, o quizá tenga el propio muro.

»Y en cuanto a esos mártires, olvídese de la idea de que reciben alabanzas generales. La mayoría de nosotros nos avergonzamos ante cada israelí muerto. No culpe sólo a la religión ni a la ideología. A la incitación del imán que ha mencionado añada la desesperación, la humillación y el deseo de venganza. Es la ocupación, no el fanatismo, lo que produjo a Ibrahim Jefar.

—Por no mencionar —replicó David— a las redes terroristas que ofrecen dinero a las familias de los mártires. Por eso los israelíes los hacen responsables, y deben hacerlo. Pero no nos metamos en detalles. A usted le interesa ayudarme antes de que Hamás se consolide.

Farhat apoyó el codo en la mesa, mirando el jardín multicolor que los rodeaba.

—Antes de que asesinaran a Ben-Aron —dijo finalmente—, Hamás consiguió el control de la legislatura. Nuestra estrategia ha sido seguir atrayéndolos hacia el proceso político, aun a riesgo de perder por completo el poder. No teníamos elección: cualquier intento de desarmarlos conduciría a una guerra total entre nosotros, y la Autoridad Palestina carece de los recursos de seguridad para ganarla.

»Pero esto también era delicado. Para recuperar la legislatura, necesitábamos la paz con Israel. En otras palabras, necesitábamos a Ben-Aron. —Su tono se tiñó de profunda tristeza—. Ahora los israelíes nos culpan por no ser capaces de controlar a esos asesinos; nuestro pueblo nos culpa por dar a Israel represalias en lugar de paz. Que Jefar fuese de Al Aqsa puede haber conseguido sellar el destino de Fatah. Ciertamente, acabó con nuestra capacidad de llevar a Al Aqsa a nuestras fuerzas de seguridad, cosa que podía haber fortalecido nuestra mano contra Hamás.

»Y eso deja a Hamás más poderoso aún que antes. Pronto ellos lanzarán sus propias represalias contra Israel. Sólo si Israel nos deja constituirnos en nación podemos recuperar el poder, desarmar a Hamás y detener esos atentados suicidas. De otro modo, Hamás es el futuro de los palestinos.

—¿Y si lo fuera?

—Entonces tendríamos un estado fundamentalista musulmán, dedicado a la destrucción de Israel. Malo para Israel, obviamente. Y también malo para nuestras clases educadas, especialmente para mujeres como Arif y Nisreen Awad, que podrían verse separadas de los hombres en los acontecimientos públicos, incluso obligadas a cubrirse, y la educación de cuyas hijas sería extremadamente limitada. Muchos palestinos seculares emigrarían, por supuesto. La democracia aquí habría terminado.

—Y todo ello porque Ben-Aron está muerto —respondió David—, y porque se supone que sus asesinos eran de Al Aqsa. Desde luego, Jefar lo era. Pero fue reclutado por Hassan. Y algunos miembros de la familia de Hassan eran de Hamás, entre ellos una terrorista suicida en Haifa.

La precaución veló los ojos de Farhat.

—Ya hemos pensado en todo esto. Pero no podemos probar su conexión con Hamás. Y tales acusaciones a veces hacen que muera gente. —Haciendo una pausa, Farhat miró la mesa—. Desde que mataron a Ben-Aron, hemos perdido el poco control que teníamos.

—¿Y cómo favorece eso a Al Aqsa?

—Pues no lo hace. Por eso lo encuentro tan extraño. Pero no todos sus miembros obran de forma racional, ni siquiera sus líderes.

David esperó hasta que Farhat levantó de nuevo la vista.

—Quiero entrevistarme con ellos —dijo.

Farhat negó con la cabeza.

—Ya están muertos —dijo en voz baja—, o tan ocultos que ni siquiera Israel puede encontrarlos.

—¿Ni usted tampoco? Estoy dispuesto a entrevistarme con quienquiera que esté vivo y sea lo bastante valiente para asumir ese riesgo.

Farhat levantó las cejas.

—¿Como Barak Lev? Ni siquiera sabe quién le mató, ¿verdad?

David notó que su confianza se desvanecía.

—Bueno, es verdad —aceptó—. Pero ahora ya no estamos en Israel. Los líderes de Al Aqsa deben ser muy hábiles en su propia protección, o si no, los israelíes los habrían matado hace muchísimo tiempo.

—Aun así, ¿por qué arriesgarse a verse con usted?

—Porque podría resultar un medio mejor de autodefensa que quedarse oculto. Los líderes de Al Aqsa han negado toda conexión con Hassan y con el complot para matar a Ben-Aron. La mayoría de la gente lo desdeña, porque cree que es una simple táctica de supervivencia. Pero ocurre que yo sí lo creo. Y más concretamente, creo que nada en este asesinato es lo que parece. Esto no ha sido una operación de Al Aqsa, ni mucho menos, y Hana Arif no era la persona que estaba detrás. Y quienquiera que organizó todo esto calculó con mucho cuidado las consecuencias, tanto aquí como en Israel.

»Si tengo razón, mi defensa de Hana puede ser la mejor esperanza de supervivencia para ustedes. Necesito la ayuda de Al Aqsa, y la suya, para intentar conectar a Iyad Hassan con Hamás. A partir de ahí quizá pueda averiguar quién es realmente el contacto, y para quién trabajaba. Tal como están las cosas, pronto no tendrá nada más que perder.

Farhat le evaluó concienzudamente.

—Está bien —dijo al fin—. Pensaré en lo que me dice.

—Bien. Porque quiero también otra cosa: el historial médico de Jalid.

Aunque los ojos de Farhat se abrieron mucho, David sintió que su asombro era fingido.

—¿Con qué propósito?

—En los pasados años, Jalid viajó a Amán, supuestamente para consultar a un especialista por un problema grave del corazón. Quizá sea verdad que lo tiene. Pero el último viaje fue justo antes de que Saeb fuese a América. Como en sus viajes anteriores, en ese último pasó varios días, así que tuvo tiempo para hacer otras cosas. Tengo curiosidad por saber qué cosas fueron, y a quién pudo ver.

Farhat le contempló con cierta diversión.

—¿Así que desea sustituir a la mujer por el marido?

—Sólo si es necesario. Pero si él no tenía ninguna enfermedad del corazón, o si consultó sólo de pasada a algún médico jordano, eso podría despertar mi curiosidad.

Farhat extendió las manos.

—Pero ¿por qué preguntarnos a nosotros por el historial confidencial de Jalid? ¿Por qué no a los israelíes? Quizá ellos también se hayan interesado por él.

—Sabe usted perfectamente que así ha sido —soltó David—. Pero los israelíes no me ayudarán, por eso se lo pido a usted. Saeb Jalid quizá sea palestino, pero no es amigo de Fatah. Y me gustaría conseguir su historial médico sin recurrir a él y sin que nadie, excepto nosotros, lo supiera. —Haciendo una pausa, David habló con más calma—. Nadie sabe qué ocurrió aquí. A menos que lo averigüemos, Oriente Medio podría estallar, y el Estado palestino volar también por los aires. Quizá yo podría soportarlo, pero no quiero que ejecuten a Hana por todo esto.

Farhat sonrió débilmente.

—Como antes, señor Wolfe, admiro su sinceridad. Por hoy ya es suficiente.

Capítulo 21

Una mañana más tarde, David viajaba a Hebrón en compañía de un extraño.

—Debe usted ver las condiciones en Hebrón por sí mismo —le había dicho Mahil Ashawi—, y ese hombre podrá ayudarle en cosas que yo no puedo. Vaya y verá.

Su guía, Abu Jamal, era un hombre delgado, con gafas, antiguo profesor de matemáticas de cuarenta y tantos años, encarcelado en dos ocasiones de joven por supuesta asociación con la OLP. En el asiento trasero de su todoterreno llevaba un chaleco antibalas y también un frasco de perfume que, según explicó Jamal, podía ayudar a combatir los efectos del gas lacrimógeno aplicado en unas bolitas de algodón introducidas en la nariz.

En el control de Qalandiya se detuvieron de nuevo, empezando el proceso con el que David ya estaba familiarizado: media hora de retraso mientras unos soldados tensos comprobaban los documentos y registraban el maletero y todas las bolsas en busca de explosivos. Una vez más, David sintió como si hubiese entrado en un estado de ensoñación que, provocado por un acontecimiento azaroso, pudiese convertirse de forma repentina en una pesadilla. Asumía, no obstante, que Jamal le había llegado a través de Farhat, y esperaba que aquel viaje le conectaría con un líder de Al Aqsa.

En el asiento del conductor, Jamal observaba el muro de cemento de nueve metros de alto que separaba Qalandiya de Jerusalén.

—Los judíos —dijo— han robado nuestras tierras, y ahora nos están robando más aún. Si alguna vez conseguimos atravesar esta barrera, le enseñaré el pueblo de Atwani.

Aunque el paisaje en torno a Atwani era rocoso y árido, sus colinas se veían suavizadas por higueras y olivos donde pastaban las ovejas. En la colina más elevada, cubierta de pinos, se encontraba un asentamiento dominado por el movimiento Masada.

—Los colonos —dijo Jamal— acosan a la gente de este pueblo con toda impunidad, matan a sus ovejas, les roban las cosechas, tiran piedras a sus niños cuando van de camino al colegio... Son lo peorcito de los judíos, provocando problemas para que nunca haya paz.

Aquella forma que tenía Jamal de repetir «los judíos», teñida de antisemitismo, empezó a alterar los nervios de David.

—Quienquiera que le volase la cabeza a Barak Lev —dijo Jamal, pronunciando aquel nombre como si fuese una maldición— es un héroe.

A los pies de la colina donde tres palestinos apacentaban a sus ovejas, llegaron a una clínica que mantenía el Equipo de Pacificadores Cristianos. Fuera se encontraban dos jóvenes, un canadiense de cabello castaño y una mujer rubia de rostro fresco que venía de Minnesota, y su supervisor, una maestra de escuela de Nueva York que llevaba el pelo plateado recogido en un moño. La rubia llevaba un brazo en cabestrillo, y David vio que también tenía un hematoma a lo largo de la clavícula.

—Eso no parece un accidente de esquí —dijo.

La joven, Shannon Heath, esbozó una sonrisa que apareció y desapareció con rapidez.

—Hace unas semanas —dijo—, algunos colonos empezaron a cortar el trigo de la gente del pueblo. Lo que nosotros queremos es reducir la violencia y la fricción, si es necesario, pidiendo a las autoridades israelíes que intervengan. Esta gente —indicó a los otros con un movimiento de la cabeza— no estaban aquí. Así que empecé a grabar en vídeo a los colonos yo misma...

—Le pegaron con cadenas —dijo la supervisora, lacónica—. Lo que no se ve es que le pincharon el pulmón a Shannon.

Con los brazos cruzados, Jamal se quedó de pie a un lado, sonriendo de forma adusta.

—Los judíos —dijo de nuevo, como si bastara con ese comentario.

David le ignoró.

—¿Alguien la protegía? —le preguntó a la supervisora.

—En teoría, las autoridades israelíes. Pero los colonos robaron la cámara de vídeo de Shannon y ella no conoce a los hombres que la atacaron. —La mujer se mordió el labio—. Unas pocas semanas antes, el IDF dijo a la gente del pueblo que nuestros informes a los medios de comunicación estaban causando problemas, y que ellos mismos protegerían a los campesinos. La gente del pueblo respondió que el único motivo por el que los israelíes se preocupaban era precisamente porque nosotros estamos aquí.

—Así que no nos vamos —dijo el canadiense.

David contempló el rostro alterado de Shannon.

—No podemos irnos —afirmó ella—. El año pasado los colonos envenenaron ovejas, este año han robado el trigo. Justo antes de que empezaran a pegarme, le pregunté a uno de los colonos (era un niño, un adolescente en realidad) qué derecho tenía para quitarles el trigo a los campesinos en sus tierras. «Yo tengo la escritura. Se llama la Biblia», me respondió. Si nosotros no estuviésemos aquí, le aseguro que no se contentarían con matar ovejas.

Su supervisora señaló hacia una colina cercana.

—¿Le gustaría ver el pueblo? —me preguntó—. Uno de sus líderes habla inglés. Él le puede contar más cosas.

En la cima de la colina, David entró en otro lugar y otro tiempo, donde los pastores y agricultores vivían igual que hace siglos. Las mujeres con pañuelos en la cabeza y largos vestidos iban andando junto a los hombres delgados, arrugados por el sol, que llevaban sacos de grano hacia una cueva oscura que usaban como almacén. La cueva databa de la época de los romanos, según descubrió David; en el interior todavía quedaba un resto de columna.

El líder del pueblo, un profesor llamado Jader Mafouz, saludó cortésmente a David. Conduciendo a David a su casa, Mafouz señaló hacia las ruinas de una mezquita.

—Hace unos veinte años construimos esto. En cuanto acabamos, el IDF lo destruyó. —Se detuvo, con las manos en las caderas, examinando los edificios de cemento que formaban el pueblo—. Los israelíes tienden a no darnos permisos de construcción. De modo que la mezquita era una edificación ilegal, igual que nuestra escuela. Construyamos lo que construyamos, ellos lo pueden destruir en cualquier momento. Y ahora está ese muro...

David vio un camión lleno de soldados del IDF que subía por una carretera hacia el asentamiento, levantando nubes de polvo.

—El muro —siguió Mafouz— rodeará mucha de la tierra que tenemos a nuestro alrededor. Decimos que es nuestra; ellos dicen que lo probemos. Pero no tenemos escrituras. De modo que ahora estamos volviendo a los cementerios, intentando demostrar que llevamos siglos viviendo en este lugar.

La tranquila desesperación que asomaba en su voz indicaba que su misión suscitaba escasas esperanzas.

—Una vez nuestro pueblo vivió en cuevas —le dijo a David—. A veces temo que tengamos que vivir de nuevo en las cuevas. Pero no queremos que a nuestros hijos los espanten esos colonos, ni que los aparten de sus tierras. Es un gran dilema. Cometer violencia contra ellos es un riesgo demasiado grande. Pero con la ayuda de nuestros amigos cristianos, resistimos.

Entraron en su casa, que era una estructura de cemento con alfombras desgastadas que cubrían el suelo de la habitación principal. David se sentó en una de las alfombras: junto a él, Mafouz se puso en cuclillas, manteniendo el equilibrio sin aparente esfuerzo. Mientras bebían té, Mafouz iba espantando las moscas que volaban a su alrededor.

—Lo siento —dijo—. Vienen de los colonos. —Señaló hacia el asentamiento, visible a través del espacio abierto que era su puerta—. Echan su basura por la colina, y convierten nuestro pueblo en su vertedero particular.

David se volvió hacia él, pensando en hacerle una pregunta. Pero Mafouz seguía mirando la colina.

—Si pudiera —dijo en voz baja—, los echaría de este lugar. Y si se negaran, los mataría a todos. Cuando alguien viene como han venido ellos, te quita tu tierra y tu forma de vida, resistirse a ellos no es terrorismo. Es supervivencia.

De camino hacia Hebrón, Jamal y David pasaron junto a un paupérrimo campo de refugiados limitado por una verja de alambre de seis metros de alto, seguido por un pueblo árabe sobre el cual se cernía una torre de vigilancia del IDF, mientras Jamal le relataba la larga y contenciosa historia de Hebrón. Antiguamente fue el hogar del profeta Abraham y su familia, y a continuación, el lugar desde donde gobernaba el rey David, y fue ocupado sucesivamente por romanos, cruzados y árabes dirigidos por el sultán Saladino. La mezquita de Ibrahimi, obra de Saladino, era el cuarto lugar más sagrado del islam. Que ese lugar fuese sagrado tanto para judíos como para musulmanes ayudaba a explicar por qué los ochenta años anteriores habían sido tan sangrientos. En 1929, sesenta y siete judíos fueron asesinados por palestinos, pero sólo, se apresuró a explicar Jamal, porque los judíos habían asesinado a unos palestinos en Jerusalén el día anterior.

—De lo que nunca hablan los judíos —dijo Jamal— es de que otros palestinos salvaron a varios cientos de judíos de la muerte.

Y lo que tampoco decía Jamal, pensó David, era que hubo una segunda masacre varios años después que acabó con casi todos los judíos que quedaban.

—En 1967 —siguió Jamal—, cuando empezó la ocupación, los colonos judíos más fundamentalistas establecieron su presencia en la vieja ciudad de Hebrón, acosando a sus vecinos árabes bajo la protección del IDF.

»Ahora, cuatrocientos cincuenta de ellos, protegidos por tres mil soldados del IDF, gobiernan el corazón de una ciudad de ciento cincuenta mil palestinos. —Jamal sonrió amargamente—. Es un arreglo especial para esos colonos, llamado Protocolo de Hebrón. Pronto verá cómo lo honran.

Para David, Hebrón era como el corazón de Oriente Medio. De vez en cuando veía ciertos toques de modernidad: una tienda de perfumes y cosméticos muy elegante, un punto de venta de CD, videojuegos y DVD. Pero las calles que conducían a la Ciudad Antigua estaban atestadas de vendedores ambulantes y peatones, de modo que los coches y los taxis amarillos casi estaban completamente parados. Casi todas las mujeres que vio David iban cubiertas, algunas tan completamente que sólo sus ojos resultaban visibles, sugiriendo de ese modo una cultura a años luz de Ramala y de la vida que Hana quería para Munira. Pensando en Hana y luego en Saeb, David se preguntó si estaba entrando en el pasado o en el futuro. No le sorprendió saber por Jamal que Hebrón, tradicionalmente conservador en su observancia del islam, fuese entonces un reducto de Hamás.

—Los colonos —dijo Jamal con voz neutra— no hacen más que cosechar lo que han sembrado.

La única certeza de David era que habría poco lugar para mujeres como Nisreen Awad o Fatima Jalil, si Hebrón resultaba ser el futuro de Cisjordania. En temas de educación y de punto de vista, tenían mucho más en común con las mujeres seculares israelíes como Anat Ben-Aron o Sausan Arif y su mezcla de dos mundos que con esas mujeres cuyas caras David no podía ver. La única elección posible, al final, sería el exilio; un motivo para ello podía ser que los absolutistas de dos religiones habían impedido que las mujeres de ambos lados hiciesen causa común.

—Enséñeme dónde viven los colonos —dijo David.

Al borde de la Ciudad Antigua, los dos hombres dejaron el coche. Unos ochocientos años antes, cuando Saladino construyó la mezquita Ibrahimi, los estrechos y atestados callejones y calles empedradas habían sellado el carácter de aquel lugar, y con él la forma de vida que David notaba que se iba cerrando a su alrededor. Con dificultades, David y Jamal fueron introduciéndose por entre un mercado atestado y lleno de puestos de vendedores y tiendas que suministraban fruta, pan, carne de camello, bocadillos, ropa, zapatos y juguetes. Estaban tan asediados por los vendedores, que a veces David encontraba imposible avanzar. De vez en cuando, unos jóvenes empujaban unos carretones de madera llenos de fruta u otros artículos y reabastecían los puestos callejeros. Aunque estaba fascinado por el mercado de Hebrón, David encontró muy extraño como judío encontrarse en aquel lugar, con un carácter tan inequívocamente árabe, y mucho más extraño aún pensar que unos judíos habían decidido establecerse allí.

La plaza del mercado acababa en un callejón estrecho lleno de tiendas, una especie de zoco no distinto del de la Ciudad Antigua de Jerusalén, repleto de comerciantes y compradores. Pero después de algunas manzanas, el vibrante aspecto del zoco terminó de repente.

La arquitectura era la misma, pero los compradores empezaron a escasear hasta casi desaparecer; sólo quedaban unos pocos vendedores ambulantes sentados junto a la pared, tan abatidos como sus clientes.

—Éste es el lugar de los colonos —dijo Jamal.

La sensación de vacío era extraña.

—Pero ¿dónde están? —preguntó David.

—Es sabbat. Están dentro con sus libros de oraciones y sus armas de combate. —Deteniéndose, Jamal señaló hacia las ventanas de un segundo piso—. Ahí es donde viven.

Al mirar hacia arriba, la vista de David quedó obstruida por la tela metálica que cubría montones de basura, restos de comida podrida mezclada con latas y botellas e incluso pañales. En una grieta entre la basura, David vio la bandera de Israel. Con rabia contenida, Jamal dijo:

—Vinieron aquí porque, antes del islam, el lugar de la mezquita de Ibrahimi era un lugar sagrado para los judíos. Ahora, los herederos espirituales de esos antiguos judíos han vuelto para echar su basura a los vendedores árabes. La tela metálica es la única defensa de los vendedores.

El zoco seguía de ese modo durante unos cuatrocientos metros, y su quietud era la única prueba de la existencia de los colonos, salvo por los insultos garabateados en las paredes en hebreo, el hedor de la basura y las barreras de alambre que bloqueaban los callejones laterales, erigidas por los colonos. Ante ellos, David vio una puerta de acero giratoria que funcionaba por control remoto desde una caseta de guardia manejada por soldados del IDF. A medida que se acercaban, dos soldados apuntaron sus armas hacia él, con el rostro completamente inexpresivo.

—Son los guardianes de los colonos —observó Jamal, sarcástico—. Por supuesto, aseguran que nos están protegiendo de los colonos, o quizá del próximo Baruch Goldstein.

»Sin duda habrá oído su nombre. Goldstein era médico del ejército israelí, amigo de Barak Lev. En 1994, un viernes como éste, entró en la mezquita Ibrahimi con un rifle de asalto y empezó a disparar a los palestinos que estaban arrodillados rezando juntos. Sus espaldas fueron un blanco perfecto. Mató a veintinueve árabes e hirió a otros cien antes de que los supervivientes le golpearan hasta matarle.

Mientras Jamal hablaba, él y David pasaron por la primera puerta y se dirigieron a la segunda, también custodiada por soldados.

—El gobierno israelí —dijo Jamal— lamentó el acto de Goldstein y compensó a sus víctimas. Pero Yigal Amir asegura que la idea de disparar a Yitzhak Rabin se le ocurrió cuando vio los centenares de asistentes al funeral de Goldstein. Y fue Lev, según me dijeron, quien ayudó a escribir el epitafio de la lápida de Goldstein. —Mientras llegaban a la segunda puerta, Jamal recitó el epitafio de memoria—: «Aquí yace el santo doctor Baruch Goldstein. Bendita sea la memoria de este hombre justo y santo. Que el Señor vengue la sangre de quien dedicó su alma a los judíos, a la religión judía y a la tierra judía. Sus manos son inocentes, y su corazón es puro. Fue asesinado como un mártir de Dios». —Con desdén, Jamal añadió su propia apostilla—: Los judíos también tienen sus mártires. Y ahora Barak Lev se ha unido a ellos.

David no estaba pensando en Lev, sino en Amos Ben-Aron.

—Después de esa masacre, ¿qué ocurrió en Hebrón? —preguntó.

—Hubo muchos tumultos. Murieron veintiséis palestinos y dos israelíes. Después vinieron más colonos a honrar la memoria de Goldstein, protegidos por más soldados.

En el tercer control, David miró la cara pétrea del soldado israelí que tenía más cerca. Impaciente, el soldado hizo señas a David para que continuara adelante.

—Le dejaré aquí —dijo Jamal abruptamente—. Vaya a la mezquita y espere.

Solo, David llegó al control final a los pies de los escalones que conducían hasta la mezquita. Con una insolencia informal, un joven soldado le pidió su identificación. Examinando el pasaporte de David, le preguntó secamente:

—¿Por qué ha venido aquí?

David miró al soldado fríamente.

—A ver la mezquita. Qué pasa, ¿hay algún problema?

El soldado le miró fijamente. Luego le tendió el pasaporte e hizo señas a David de que pasara. No estaba del mejor humor posible, pensó David mientras subía los escalones. Pero la verdad es que no todos los lugares sagrados tenían un soldado y un detector de metales en el umbral, como recordatorio de una masacre. Y su última visita a un lugar similar, la capilla Asiria, había conducido a la muerte de dos hombres; las imágenes de sus asesinatos ensombrecían los pensamientos de David mientras éste llegaba a la entrada.

David pasó a través del detector de metales y cruzó el umbral de la mezquita. Aquél era el lugar de la caverna donde se encontraba la tumba de Abraham, junto con su esposa Sara y los hijos que personificaban las reclamaciones en disputa de musulmanes y judíos, Ismael e Isaac. Aunque la mezquita se había construido encima de la cueva, durante los siglos posteriores tanto árabes como judíos habían celebrado allí su culto en relativa paz. Luego llegó el influjo de los judíos europeos inspirados por el sionismo; después, el asesinato por parte de los musulmanes y la expulsión de la ciudad; más tarde, el advenimiento de colonos y soldados; y por último, Goldstein: todos ellos movidos por su supuesta reverencia a aquel lugar y al Dios que se proponían honrar.

Nadie se acercó a él. Cansado, anduvo por una habitación vacía y aireada en la cual unas fieles estaban arrodilladas en unas alfombrillas, pasó junto a la tumba de Abraham, rodeada por una urna de cristal, y entró en un vasto y ornamentado santuario, con los muros repletos de ricas filigranas, en el cual rezaba un hombre ciego, con sus pupilas blancas fijas e inmóviles. En la parte posterior había un muro, legado de Goldstein, que separaba la parte judía de la mezquita de la reservada para los árabes; en la parte delantera, un altar muy adornado, inspirado en el de Saladino, estaba lleno de cicatrices de agujeros de bala, como los muros de la Ciudad Antigua de Jerusalén.

Hizo una pausa allí, solo, y otro hombre apareció tras él.

—Obra de Goldstein —dijo el hombre señalando hacia los agujeros—. Para algunos no simbolizan pérdidas, sino oportunidades desaprovechadas. Si hubiese apuntado mejor, habríamos muerto más.

David se volvió. Era un hombre joven, con bigote, guapo, y su tensión la traicionaba la mirada que pasaba más allá del rostro de David.

—No tengo mucho tiempo —dijo en voz baja—. Está buscando a unos hombres que no se encuentran fácilmente. ¿Está dispuesto a arriesgarse a morir con ellos, si los israelíes eligen el momento de su visita para acabar con sus vidas, ya sea con bombas o con balas?

David dudó.

—Si no tengo otra elección...

—Entonces, vaya al campo de refugiados de Yenín y pregunte por Ala Jibril. Él empezará a enseñarle cómo vive nuestra gente. —El hombre puso una mano en el hombro de David—. Buena suerte. Y concédase a sí mismo algo de tiempo y de paciencia. Esos hombres cambian de lugar cada hora, y es mejor verlos por la noche.

Capítulo 22

Aquella noche, David cogió una habitación en el hotel Paradise de Belén.

Siguió su rutina normal: deshizo el equipaje, se duchó y planeó el día siguiente. Mientras tanto, sus pensamientos se desplazaron hacia Hana: cómo estaría, qué se dirían el uno al otro con tantos cambios... y los riesgos que estaba corriendo él por causa de ella. En sí mismo, Yenín era ya un lugar peligroso, y verse con algún líder de Al Aqsa lo hacía mucho más peligroso todavía. La práctica israelí de asesinatos selectivos no podía ser tan quirúrgica como el término suponía: las balas disparadas en un piso franco destinado a una reunión clandestina no escogerían a un participante en lugar de otro; las bombas o los cohetes no discriminarían en absoluto. Pero no tenía otra elección: reunirse con Al Aqsa era asumir todos los riesgos de Al Aqsa.

Distraído, David hojeó el *International Herald Tribune*. Junto a Yenín, dos miembros de Al Aqsa habían quedado incinerados en su coche por un cohete israelí; en el control de Qalandiya, unos soldados habían arrestado a un miembro de la Yihad Islámica, también de Yenín, destinado a llevar a cabo un atentado suicida en la terraza del hotel Rey David, donde, dos semanas antes, David había cenado con Zev Ernheit y Moshe Howard. Pensativo, David fue a reunirse con Abu Jamal, el hombre que le llevaría a Yenín y que despertaba en él tales aprensiones, preguntándose si sería sensato apostar su vida, y quizá la de Hana, por los manejos ocultos de aquel hombre.

El restaurante, el Shepherd's Palace, estaba dentro de una tienda de estilo beduino, la mitad de larga que un campo de fútbol e igual de ancha, y el suelo estaba compuesto de una alfombra tras otra, todas muy recargadas. Jamal y David se sentaron en una de las muchas mesas rodeadas por sofás, donde amigos y familiares compartían unos platos especiados de cordero, buey, pollo y verduras, junto con bandejas de pan y humus. La atmósfera era ruidosa y sociable: amigos que se abrazaban, reían y conversaban; niños que corrían entre las mesas... Entre los comensales, fueran árabes o cristianos, la mayoría eran seculares, y en escasas mesas las mujeres iban cubiertas o con pañuelo siquiera. Después de la multitud bullente que era la Ciudad Antigua de Hebrón, David experimentó aquella mezcla de gente dispar como un alivio. Sin embargo, no podía olvidar que era el único judío que había a la vista.

—Muchas familias —observó David a Jamal.

—Es nuestra forma de vida —respondió Jamal—. El divorcio es muy difícil aquí, y nuestras familias son extensas: primos, sobrinos y sobrinas, tías y tíos, y toda nuestra red de amigos. Así es mi familia también. —Examinando el restaurante, Jamal añadió—: Quizá conozca a unas treinta personas aquí, y eso que no vivo en Belén. Eso de aislar nuestras ciudades mediante controles judíos resulta muy duro para todos nosotros; pero no tan duro como para Hana Arif, supongo, cuya familia estaba atrapada en Chatila.

La observación recordó a David lo diferente que era la cultura de Hana de la suya propia, lo pequeño que le parecía el reducido círculo familiar de David y sus padres, tan reservados y solitarios, comparado con lo que veía a su alrededor. Contemplando a las tres generaciones que llenaban una mesa cercana, abuelos, padres, tías, tíos, niños y niñas de diversas edades, David comprendió, de una forma que no había comprendido en Harvard, cómo le separaba la cultura de Hana, y lo distinta que era su visión del futuro de la que tenía ella.

Todo aquello lo pensó, pero no lo dijo. De una cosa sí que estaba seguro: su aventura con Hana y los sentimientos de ésta por él resultarían repugnantes para Abu Jamal.

—Sus familias —observó David— parecen funcionar mejor que su gobierno, al menos según demuestra la Autoridad Palestina.

Jamal se encogió de hombros como tácita aceptación.

—Por eso existe Hamás. Desde luego, la ocupación es nuestra gran tradición. Cisjordania ha sido gobernada sucesivamente por los romanos, los bizantinos, los sarracenos, los turcos, los británicos, los jordanos y ahora los judíos. En cuanto a la Autoridad Palestina, reconozco que ha sido corrupta.

—Es un caso perdido —dijo David con rotundidad—. No me sorprende que tantos israelíes sintieran que no podían confiar en ellos, mucho antes del surgimiento de Hamás y la muerte de Ben-Aron. Sus fuerzas de seguridad son débiles y están divididas, y los atentados suicidas hacen volar por los aires las familias como éstas que tenemos a nuestro alrededor. La única diferencia es que son judíos.

—Quizá se nos da mejor la resistencia que el gobierno —replicó Jamal—. Nuestra experiencia en autogobierno es mucho menor. Construir una sociedad civil cuesta tiempo; primero debemos liberarnos de los judíos y de su opresión.

David pensó que era imposible que Jamal no supiera que él era judío, o que su debate era también un sustitutivo de emociones mucho más personales.

—¿Y por tanto Israel es su excusa? —preguntó—. ¿Tan indefensos están los palestinos que no tienen ningún gobierno en absoluto?

Jamal apretó los labios.

—Habla de poder. América tiene poder. Los judíos tienen poder. A causa de los medios de comunicación y el dinero de los judíos, el gobierno de Estados Unidos ha creado un Estado para ellos, y continúa armando y financiando ese Estado racista de Israel, para asegurar su supervivencia y su ocupación de nuestra tierra. De modo que no me hable de poder. El poder es propiedad de los judíos.

—Los judíos —respondió David en voz baja— pueden ser una gente lista, pero no tanto como para evitar que los hayan asesinado a lo largo de todas las épocas, ya sea en Auschwitz o en Hebrón. Si eso les ocurriese a los árabes, este restaurante estaría casi vacío. Quizá tendría usted que adivinar cuáles de todas esas familias todavía seguirían existiendo.

—Ah —exclamó Jamal con aire de condescendencia—, al fin sale el típico comodín de los judíos, el Holocausto. Qué gran exageración.

David notó que perdía el control.

—Se refiere a seis millones de judíos muertos. ¿Cuántos cree que son, entonces? ¿Dos millones de nada? ¿Un milloncito nada más? —Bajó la voz—. Hasta hace poco estaba comprometido con una mujer cuyo padre sobrevivió a Auschwitz. He visto las cicatrices que tiene en el pecho y he notado las cicatrices de su alma. Alguien se las hizo...

—Los alemanes —le cortó Jamal—. Entonces, ¿por qué no han ido los judíos a establecer su propio Estado en Baviera?

David esbozó una sonrisa.

—Supongo que está superpoblado. Y los judíos y los alemanes tienen una cierta historia común.

—Y nosotros también con los judíos. Hasta que nos robaron nuestra tierra, vivíamos relativamente en paz. Se quejan de que los alemanes querían convertir su país en un *judenrein*, una nación sin judíos. —Jamal dio unos golpecitos en el brazo de David con la yema de un dedo—. Los judíos trajeron el nazismo a Palestina: su propio Estado libre de árabes. Qué hipocresía. Ahora son los asentamientos, ilegales según todas las leyes internacionales. Pero para los judíos, la ley no importa. —Frotando las yemas de los dedos, concluyó—: Para los judíos, siempre se trata de lo mismo: dinero. De ahí es de donde viene su poder.

David se inclinó hacia delante hasta que su rostro y el de Jamal quedaron sólo a unos centímetros de distancia.

—He visto la ocupación —dijo en voz baja pero decidida—. Yo me volvería loco. Y ustedes se han vuelto locos, por supuesto. Sin embargo, deseo que tengan su propio país, igual que lo tienen los judíos, con la esperanza de que no acaben devorándose unos a otros. —David apoyó deliberadamente el dedo índice en la muñeca de Jamal, como haciéndose eco del gesto que antes había hecho éste—. Esto sí que lo sé: si ustedes tuvieran el poder absoluto, matarían a todos los judíos de Israel, o al menos conseguirían que hubiese un retorno masivo para procurar que perdieran su Estado judío. Y uno de ellos podría decidir entonces hacer saltar por los aires a su familia, igual que Irgun mató a todos aquellos británicos. El siguiente Baruch Goldstein sería una creación suya. —Con serenidad, David concluyó—: Me pregunto dónde acabará todo esto. Escuchándole, creo que la respuesta es: nunca.

Jamal se apartó, de modo que el dedo de David ya no se apoyaba en su muñeca. Con un tono crispado, dijo:

—¿Qué quiere usted de mí?

Brevemente, David se preguntó si su ira hacia Jamal no sería una forma de encubrir su miedo, la esperanza inconsciente de que, al ofender a aquel hombre en nombre del respeto propio, evitase colocarse a sí mismo en peligro.

—Ir a Yenín —dijo—, tal y como hemos comentado.

—Y también quiere algo más, ¿verdad?

Al oír esto, David supo que estaba llegando a su fin aquel tira y afloja de preguntas indirectas.

—Sí, el historial médico de Saeb Jalid.

—No sólo eso. —La sonrisa de Jamal tenía un aire burlón—. Lo quiere sin que nadie lo sepa, y no tiene escrúpulos en cuanto al método, mientras caiga en sus manos de alguna forma misteriosa.

—Exactamente —respondió David—. Y mejor pronto que tarde. Como dice usted, es una cuestión de dinero judío. Este judío está dispuesto a pagar por ese historial de buen grado.

Capítulo 23

Poco después de amanecer, Jamal y David se dirigieron a Yenín en silencio.

El viaje se vio marcado por todo el ceremonial de la ocupación: una extensión de la barrera de seguridad que rodeaba la propia Belén; un control donde unos trabajadores indocumentados palestinos, a los que se impedía buscar trabajo en Israel, esperaban apiñados y abatidos; un pueblo árabe destruido en 1948 y ahora ocupado por colonos; una red de asentamientos y puestos de vigilancia a ambos lados de la carretera; un colono que caminaba con un rifle y un dóberman. El paisaje se hizo más verde, más exuberante: un valle con bancales y olivos, y plantados en la tierra, pepinos, maíz, guisantes, trigo y uvas. A David le recordó Galilea, que en tiempos fue hogar de la familia de Hana, y todavía era el hogar de Sausan Arif. Pero estas vistas resultaban de un desvío; a causa del estado de sitio, el IDF había bloqueado la carretera principal a Nablús y, por tanto, a Yenín.

El retraso dio a David mucho tiempo para pensar en su dilema: obligado a depender de un hombre que no le gustaba ni le inspiraba confianza, se encaminaba hacia una reunión que albergaba unos peligros que no era capaz de predecir. Hacía mucho tiempo que había perdido toda ilusión de control.

Tres horas más tarde, llegaron a las afueras de Yenín.

La ciudad en sí estaba llena de pintadas y desnuda de árboles, sus lúgubres calles y sus edificios con los postigos cerrados indicaban una extrema pobreza. En la entrada del campo de refugiados había un enorme caballo de metal multicolor, hecho con los fragmentos de coches, camiones y ambulancias volados por los aires por los cohetes israelíes. La calle que se veía detrás estaba atestada, destrozada y llena de coches decrépitos, entre los cuales un niño de pelo oscuro con una bicicleta destartalada buscaba un recorrido en zigzag junto a los edificios de cemento de dos pisos, cubiertos de polvo y de pintadas. Aquello no era un campo, pensó David, sino un suburbio tercermundista en zona de guerra, refugio de Al Aqsa y Hamás, primo hermano del lugar donde Hana había nacido y los padres de Saeb fueron asesinados.

Se reunieron con Ala Jibril junto al centro comunitario, un edificio de estuco de dos pisos en un callejón estrecho. El hombre era alto, algo desgarbado, con los párpados caídos, el semblante sombrío que apenas cambiaba de expresión y una voz suave pero profunda. Ayudaba a llevar el centro, explicó Jibril vagamente, y era su tarea enseñarle a David la vida que se veía obligado a vivir su pueblo. Dijo esto como si David fuese un turista o un trabajador social, y no un abogado judío americano que buscaba a Al Aqsa.

Mientras Jamal esperaba fuera, David y Jibril entraron en una clínica de rehabilitación para niños. Mientras seguía a Jibril por un vestíbulo, David vio carteles del pato Donald y del oso Winnie junto a fotos de luchadores que empuñaban armas. Al final había una sala abierta donde tres niños estaban echados en unas mesas con las piernas atrofiadas desnudas y eran tratados por unos terapeutas para paliar los efectos de la parálisis cerebral.

—Tenemos siete terapeutas de éstos —dijo Jibril a David—, pero no basta.

—¿Por qué tienen tanta parálisis cerebral?

Jibril miró a los niños.

—Por la ocupación. Son niños nacidos en los controles, o de madres que no se han atrevido a ir a dar a luz a los hospitales y no han recibido el oxígeno suficiente en el nacimiento. Las madres toman medicinas sin la supervisión médica adecuada, y las fiebres infantiles no reciben tratamiento. Y éste es el resultado.

Desde una de las mesas, una niña de ojos brillantes sonrió a David. Sin embargo, sus flácidas piernas mostraban pocos signos de vida.

En la escuela, una profesora enérgica y de pelo oscuro llamada Reem condujo a David hasta una sala de juegos con alfombras que representaban hipopótamos, rinocerontes y elefantes, unos pupitres donde dibujaban los niños, y estantes llenos de juegos y juguetes. Todo habría parecido bastante normal si no hubiera sido porque el niño que dibujaba en el pupitre llevaba una prótesis en lugar de la pierna izquierda.

Reem siguió la mirada de David.

—El IDF —dijo ella sencillamente—. El padre del niño era de Hamás. Pero la guerra no se puede limitar tan fácilmente.

»Para nosotros, es terrible ver a los niños mutilados por las minas terrestres y las granadas que dejan atrás los israelíes. Y es preocupante ver cómo usan las ruinas de un tanque para jugar a combatir, o dibujan repetidamente cohetes, bombas y soldados, o luchan entre ellos. —Señaló hacia los estantes de los juguetes—. Aquí no verá pistolas ni espadas. Nuestro objetivo es que el juego sea terapéutico, poder aliviar las presiones psicológicas de unos niños traumatizados por la violencia. Nuestra esperanza, al final, es enseñarles que la violencia sólo engendra más violencia.

David pensó en Sausan Arif, luchando con los impulsos de unos niños que habían llegado a su escuela desde Yenín. Era extraño pensar en ella ahora, separada de Yenín por veinticinco kilómetros y un alambre de espinos. Señalando hacia el niño del pupitre, David dijo:

—¿Le importaría si mirase su dibujo?

Reem se dirigió hacia el niño, hablándole con delicadeza. El chico se encogió de hombros, y ella le hizo señas a David de que se acercara. El dibujo era feliz: las figuras de una madre, un padre y un hijo, todos de pie junto a un océano que sin duda nunca había visto. Pero entonces David recordó que el padre del niño había muerto. El niño no levantó la vista.

Reem acompañó a los dos hombres al salir de la escuela. El vestíbulo que conducía hasta la calle estaba lleno de fotografías de niños. Sin embargo, aquellos niños estaban muertos: una niña de seis o siete años, caída en un charco de sangre; otra niña caída junto a sus dos hermanos muertos, con los rasgos irreconocibles; un chico de pelo oscuro en un ataúd. Las fotografías querían evocar el horror y despertar simpatía. Pero a David también le provocaban una gran inquietud: ¿qué aprendería un niño que salía de una sala de juegos despojada de juguetes violentos al ver aquel retablo de violencia y venganza? El último cartel sugería una respuesta: un joven palestino con un arma de asalto, un retrato de resistencia y resolución. Volviéndose hacia Reem, David dijo:

—¿Preguntan sus niños por estas imágenes?

Ella no pudo mirarle.

—Cuando los israelíes nos dejen en paz —murmuró—, ya no habrá más imágenes.

ϒ

De camino hacia lo que Jibril llamaba el Cementerio de los Mártires, señaló hacia unas ruinas producidas por una incursión del IDF. Junto a una hilera de casas que estaban siendo reconstruidas a partir de unos escombros, se encontraba el cascarón de una casa bombardeada.

—Aquí era donde vivía Zacharias Ibaide —dijo Jibril a David y Jamal—. Una vez estuvo con nuestros niños y niños judíos en un campo, obra de un activista pacifista de Israel. Pero cuando creció y vio que aún no había paz, se unió a Al Aqsa. En sus esfuerzos por matarle, el IDF mató a su madre y su padre.

»Ahora, nuestros niños juegan en las ruinas de su hogar y encuentran los restos de misiles disparados por F-16, enviados a Israel por su país. Los mayores recuerdan que el IDF venía entre una lluvia de misiles, fuego de tanques y balas. —Mirando hacia las ruinas, dijo, más calmado—: Los israelíes aseguran que han matado sólo a terroristas. En el cementerio yacen dos hombres retrasados, asesinados mientras corrían por las calles porque no sabían lo que hacían. Para ellos, los terroristas fueron los judíos que les arrebataron la vida.

—Bienvenido al infierno —dijo Jamal a David—. Una colaboración de los judíos y los americanos, que a menudo son los mismos.

Junto al cementerio pasaron junto a otro edificio de tres pisos bombardeado, hueco desde el tejado hasta los cimientos. En el solar vacío que había al lado, se encontraba un coche lleno de agujeros de bala, con las ventanillas destrozadas y el capó adornado con flores.

—Era de mi primo —explicó Jibril, flemático—. Era de Al Aqsa y fue asesinado por una unidad especial del IDF.

Situado en la tierra roja y desnuda junto a aquellas ruinas, el Cementerio de los Mártires había empezado con cincuenta y ocho tumbas, abiertas después de la incursión del IDF; ahora incluía muchos más muertos. Al entrar, los tres hombres se quedaron de pie entre unos rectángulos de cemento con inscripciones en árabe, la mayoría rodeadas de bancales de flores.

—A nuestra izquierda están dos hermanos —dijo Jibril a David—, asesinados por el IDF. A nuestra derecha está el hombre que poseía la casa que acaba de ver, enterrado sin cabeza. Junto a su tumba yace mi primo.

»Los monumentos más pequeños son para niños o bebés. Se puede adivinar su edad por el tamaño de sus lápidas. —Jibril señaló hacia una tumba en el centro del cementerio—. Ésa es de mi tío, que tenía setenta años cuando le sacamos de entre los escombros de su casa. Ya hacía mucho tiempo que había dejado de ser una amenaza para nadie. Y en cuanto a los niños, la muerte les ha privado de toda oportunidad.

—Hay otros que deberían estar aquí —añadió Jamal amargamente—: nuestros mártires, los que murieron en Israel. Pero los judíos se niegan a traerlos de vuelta.

La cerrazón del hombre sacaba de sus casillas a David.

—Quizá —sugirió— resulten difíciles de distinguir de sus víctimas. Los trozos de cuerpos tienden a parecer iguales. —Volviéndose hacia Jibril, David dijo—: En Israel conocí a los supervivientes de la bomba del restaurante de Haifa. El IDF asegura que esto fue su represalia.

—No, en absoluto —respondió Jibril sin ironía—. Eso es lo que el mundo no acaba de comprender. La bomba de Haifa fue nuestra represalia contra el IDF, que había entrado ya cuatro veces en nuestro campo, y por los mártires que murieron resistiéndose a ellos. No crea que nosotros somos asesinos y luchadores por naturaleza. Si nos hemos convertido en algo semejante, han sido los israelíes quienes nos han hecho así.

David pensó en Shoshanna Ravit, en Eli y Myra Landau, en su inconmensurable pérdida y su dolor. Pero para muchos de los que habían sufrido en aquella tierra, no había más sufrimiento que el suyo propio. Aquí la gente moría no sólo por las bombas y balas, sino por la muerte de la empatía.

—¿Qué piensa de esto? —preguntó Jibril a David.

David miró hacia el cementerio.

—Creo que no hay palabras que sirvan.

Con los hombros abatidos, Jibril pareció sopesar esa ambigua respuesta. Luego asintió con la cabeza.

—Esta noche le invito a cenar. Más tarde, si tiene suerte, igual conoce a alguien. Quizá sepa lo que está usted intentando averiguar.

Aquella noche, después de cenar en un modesto restaurante situado en las afueras de Yenín, Jibril condujo a David y a Jamal a la parte trasera de otro restaurante, y entonces, después de recibir una llamada en su móvil, se internaron en la oscuridad del campo.

Jibril los llevó una vez más al Cementerio de los Mártires. En silencio, esperaron en el frío aire nocturno. Una media luna iluminaba a duras penas las lápidas, creando vagas siluetas de diversas formas y tamaños. David notó un escalofrío en la espalda; cansadamente, Jibril levantó la mirada como si esperase algún disparo del IDF. Nadie hablaba.

Mientras David miraba a su alrededor, la sombra de una lápida pareció cambiar de forma y hacerse más elevada, como una presencia fantasmal. Entonces se elevó también una segunda sombra, y David oyó unas suaves pisadas mientras la luz de la luna transformaba aquellas sombras en dos hombres con ropajes oscuros y el rostro cubierto con unas medias, cada uno de ellos con un arma de asalto sujeta entre los brazos.

El primer pistolero habló en voz baja a Jibril en árabe. Siguiendo a los dos hombres armados, Jibril hizo una seña a David y Jamal de que avanzasen, pasando junto al coche agujereado por las balas y caminando en fila india por un callejón tan oscuro y estrecho que David apenas veía. De repente, se abrió una puerta que dejó escapar una luz pálida. Con gestos apresurados, un tercer hombre ataviado con la proverbial media en la cara les hizo señas de que entrasen.

—Debemos quedarnos todos —susurró Jibril a David—. No quieren que haya errores.

El tercer hombre armado los condujo a través de un vestíbulo hacia una sala central vacía, sin ventanas, iluminada por una sola lámpara, que parecía el lugar donde vivía alguien, según pensó David, con una alfombra, un sofá y unas sillas. El tercer hombre se sentó en una silla, flanqueado por los dos hombres armados del cementerio. Con un gesto breve indicó a David, Jibril y Jamal que se sentaran frente a él, en el sofá. Dejando descansar la M-16 en el regazo, lentamente se quitó la media que le cubría la cara y vieron a un hombre que apenas tendría treinta años, con barba de dos días y los ojos brillantes y negros bajo los cuales David vio las oscuras ojeras de la privación de sueño.

—Me llamo Muhamad Nasir —dijo el hombre—, comandante de la Brigada de los Mártires de Al Aqsa en Yenín. —Como si notase la tensión de David, Nasir le dirigió una sonrisa irónica—. Perdone todo este teatro, pero el IDF quiere matarme. No permanezco más de una hora en ningún sitio, quizá menos incluso. Y su historial en Israel no me anima precisamente.

Hablaba con cansada resignación, demasiado agotado para las bravatas o incluso para aparentar animación; pero sus ojos seguían mirando agudamente hacia la puerta. Por segunda vez en su vida, David sintió que estaba contemplando a un hombre condenado a morir; como en el caso del padre de David, la muerte se había asentado en el rostro de aquel hombre; pero la diferencia era que Nasir estaba consciente para verla aproximarse.

—Yenín fue mi hogar en otros tiempos —dijo a David—, así fue. Después del bombardeo en Haifa, los israelíes vinieron con sus armas, sus tanques y sus soldados, destruyeron las casas, incluso se mearon en las ollas donde cocinaban nuestras mujeres. Ahora nos echan la culpa por lo de Ben-Aron.

Un hombre esbelto trajo unas tazas de té. David supuso que sería el propietario de la casa, que cumplía su papel de anfitrión nerviosamente antes de desaparecer de nuevo. Aceptando el té con un gesto cortés, Nasir se volvió a David y dijo bruscamente:

—Quiere saber la verdad acerca de Hana Arif, sea buena o mala.

David asintió, con la taza de té cogida entre ambas manos. Con un atisbo de sonrisa, Nasir dijo:

—Para su vergüenza eterna, no es de los nuestros.

David notó que se liberaba la presión, y el ritmo de su propio pulso.

—¿Está seguro?

—Por supuesto. He preguntado a nuestra gente en Birzeit. Por lo que ellos saben, la única contribución que ha hecho ella a la liberación de Palestina son palabras airadas, lo que es un artículo bastante barato. —Su voz se endureció un tanto—. Resulta difícil saber qué es más insultante: que fuésemos lo bastante idiotas para asesinar a Ben-Aron, o usar a esa mujer para hacerlo. Pero Ibrahim Jefar sí que era de los nuestros, y eso basta para el IDF. Y por eso estamos muriendo por una mentira.

—Cuénteme algo de Jefar.

Nasir encendió un cigarrillo y aspiró el humo, distraído y algo inquieto.

—Era un chaval —dijo con una mezcla de compasión y desdén— que pensaba vengar a su hermana convirtiéndose en mártir.

»Algunos en Al Aqsa ven un cierto sentido a eso. Yo no. Cuando Jefar vino a verme lleno de deseos de venganza, yo intenté convencerle de que era mejor conservar la vida, ver si nuestro líder, Marwan Faras, podía traernos la paz y conseguirnos nuestro propio Estado. —Nasir dio otra chupada apresurada, y sus siguientes palabras emergieron entre una nube de humo—. Le dije que si Faras fracasaba, era mejor matar a los soldados del IDF que asesinar a niños en un centro comercial.

—¿Y cómo reaccionó él?

—Ya hemos visto cómo reaccionó: matando al judío equivocado, en el momento equivocado. Quizá hacer volar a Ben-Aron sea algo demasiado histórico para no hacerlo, aunque el coste sea la destrucción de Al Aqsa. —La voz de Nasir era tranquila, pero acerada—. Quienquiera que usase a Jefar quería que ocurriese tal cosa; si no, no tiene sentido.

—Jefar parece creer que actuaba para Al Aqsa.

—Jefar debería haber muerto —replicó Nasir con súbita vehemencia—. ¿Por qué sobrevivió? Aquí tiene mi respuesta: para contar esa historia falsa.

—¿Y si él está diciendo la verdad, tal y como él la conoce?

—Entonces Hassan le mentía. Y Hassan no era de Al Aqsa.

Uno de los guardaespaldas enmascarados, según observó David, miraba nerviosamente el reloj y luego dijo algo a Nasir en árabe. Con voz cortada, Nasir le dijo a David:

—Mi amigo cree que no debería pasar más tiempo aquí...

—¿A qué movimiento pertenecía Hassan? —preguntó David, urgentemente.

—Pregúntese usted mismo: ¿quién gana con todo esto? Hamás. Al Aqsa apoya a Fatah y a Marwan Faras; nuestras filas incluyen a cristianos y a seculares; muchos de nosotros preferimos matar sionistas aquí, en lugar de en Israel. Incluso podríamos convivir con un Estado judío, si así terminase la ocupación, desmantelasen sus asentamientos, liberasen a nuestros prisioneros y nos compensaran por haber expulsado a nuestros padres de sus tierras. Para nosotros, con eso basta. —Los ojos de Nasir ardieron, más brillantes aún—. Pero para Hamás, no. Ellos no se conforman con menos que destruir a Israel y establecer una Palestina islámica, desde el Mediterráneo hasta el río Jordán. Entre Hamás y Al Aqsa hay una enemistad de sangre. Primero, Hamás quiere erradicarnos; luego desea hacerse con la Autoridad Palestina, y más tarde, ir a por los judíos.

David vio a un muchacho de pie en el umbral mirando a Nasir con timidez, pero con obvia admiración. Su padre vino nerviosamente a alejarlo.

—Si todo eso es verdad —dijo David—, entonces Hassan debe de ser de Hamás...

Una detonación sorda los interrumpió: un disparo o el tubo de escape de un coche. Sin hablar, uno de los guardaespaldas de Nasir se dirigió hacia la puerta mientras Nasir tocaba el gatillo de su arma.

—Hassan viene del campo de Aida —dijo Nasir, apresuradamente—. Su hermano era de Hamás; su cuñada, la mártir de Yenín que murió en Haifa, era de Hamás. Nuestra gente en Aida cree que el propio Hassan era también de Hamás. Su madre vive todavía allí. Si ella desea, quizá pueda decírselo. —Nasir apagó su cigarrillo a medio fumar en un plato de cerámica, aplastándolo—. Es todo lo que sé. Quienquiera que eligiese a Jefar, ya fuera Hassan o cualquier otro, escogió a un primo a quien pudiesen engañar, y que se rompiese bajo la presión. Todo eso formaba parte de su plan.

Junto a David, Jibril se agitó, traicionando su aprensión.

—Una pregunta más —dijo David—. ¿Es de Hamás Saeb Jalid?

Nasir levantó la vista de la colilla todavía ardiente.

—Algunos en Birzeit lo creen —respondió—. Pero dicen que es un misterio, un hombre difícil de interpretar. Conoce a mucha gente. Si come con alguien, ¿es una conspiración, o sólo una discusión entre amigos? Es difícil saberlo. Quizá, como su mujer, no sean más que palabras, o quizá no.

Al volver, el guardaespaldas habló con Nasir y soltó una parrafada en árabe.

—Tengo que irme ya —le dijo Nasir a David—, pero debo decirle una cosa antes. Me he resistido a la ocupación desde que tenía quince años, y pasé cuatro años en prisión por arrojar un cóctel molotov a un tanque israelí. Ahora, no conozco otra vida que ésta. Pero estoy cansado, y no nos hallamos más cerca de tener un hogar propio. Muchos de nosotros morirán aún; muchos israelíes morirán también, como los de Haifa, muertos para castigar a los judíos por ignorar el sufrimiento que sus soldados han causado. —Sus ojos se clavaron en los de David—. Si averigua la verdad, debe contársela al mundo. Por eso me he arriesgado a reunirme con usted. En un mundo que no oye nuestro sufrimiento, ni tampoco quiere oír las negativas de Al Aqsa sobre lo de Ben-Aron, usted puede ser nuestra única esperanza. Después de nosotros, sólo quedará Hamás.

—Y si en lugar de eso viene la paz, ¿qué hará?

La pregunta pareció coger por sorpresa a Nasir, haciéndole dudar.

—Tendría una familia —respondió—, y vería crecer a mis hijos, lo normal. —Sin embargo, su afirmación carecía de convicción; no era capaz de imaginarse una vida, según le pareció a David, más allá de la que llevaba, o quizá más allá de las siguientes horas o días.

Se puso en pie de repente.

—Una velada muy inusual para usted —dijo a David—. Una historia que contar a sus hijos cuando los meta en la cama.

Nasir se volvió a Jibril, le abrazó, luego puso una mano encima del hombro de Jamal, hablando con aparente calidez en árabe. Jamal se irguió, y su cuerpo esbelto casi vibró de placer ante la bendición del héroe. David pensó que mil Gandhis no hubieran puesto más orgulloso a aquel hombre.

Al cabo de unos segundos, Muhamad Nasir se había desvanecido en la noche. Notando el sudor que perlaba su frente, David esperaba oír disparos; pero por el momento, sólo hubo silencio.

Capítulo 24

Después de Yenín, el campo de Aida presentaba pocas sorpresas para David. Llegando con Mahil Ashawi, examinó el entorno desolador: un edificio con un mural toscamente pintado que representaba la huida palestina de Israel; el puesto de vigilancia del IDF en la entrada del campo; los dos niños que jugaban a soldados en una calle polvorienta. A treinta metros de distancia, el propio muro de seguridad, alzándose por encima del campo, separaba a sus habitantes del asentamiento de Gilo, en la colina.

—Durante la intifada —dijo Ashawi—, Aida estuvo bajo toque de queda durante treinta y siete días. Doce personas murieron aquí: algunos de ellos eran miembros de la resistencia; otros, simples viandantes. —Señaló hacia el segundo piso de una escuela—. Dos de ellos eran un alumno y una maestra, que murieron por bombas israelíes. Después tapiaron las ventanas con cemento.

»Aquí viven siete mil personas, sin servicio sanitario alguno. El desempleo entre los hombres es del ochenta y cinco por ciento. No es de extrañar que Hamás medre tanto. Iyad Hassan es inevitable. Sólo el nombre de sus víctimas distingue a unos de otros.

David miró el muro de seguridad.

—¿Interrogaron los israelíes a la madre?

—Lo intentaron. Pero ella estaba de luto y los desprecia. Su hija asegura que no les dijo nada. Al menos usted representa a una palestina, y viene conmigo como intérprete. No perdemos nada; quizá incluso consigamos algo. —Le dirigió a David una mirada de soslayo—. ¿Qué tal le ha ido con Jamal, por cierto?

—Ya somos amigos íntimos.

Para sorpresa de David, Ashawi sonrió.

—Tiene un punto de vista muy personal. Pero sospecho que quizá le esté ayudando, incluso ahora mismo, mientras hablamos.

Tres niños palestinos, de unos diez u once años, corrían a toda velocidad alrededor del muro y se metieron en un callejón. Entre una nube de polvo, un todoterreno lleno de hombres armados con uniformes y gafas de sol fue tras ellos, persiguiéndolos. Los hombres saltaron del coche, con las armas empuñadas; su líder, un hombre robusto de cara brutal, ladró a David y a Ashawi en hebreo. Ashawi respondió brevemente, meneando la cabeza. Los hombres corrieron por el callejón, mirando a ambos lados.

—Rusos —dijo Ashawi escupiendo la palabra—. Guardias de seguridad privados del asentamiento. Sin duda, esos jóvenes criminales les han tirado piedras.

»Israel asegura que nadie en este campo volverá a donde vivían sus abuelos. Pero dieron la bienvenida sin problema alguno a los gañanes más estúpidos que jamás vomitó Rusia, simplemente porque aseguran que son judíos. De modo que aquí están, en Aida. Que Dios nos ayude y no maten a nadie más que a sí mismos, al menos hasta que nosotros salgamos de aquí.

Fueron a buscar a la madre de Hassan.

Ella les dio la bienvenida en la sala común de su destartalada morada. Era una mujer menuda, vestida de negro, que tapaba todo su cuerpo salvo la cara y las manos. Sus párpados arrugados ocultaban en parte unos ojos que miraban más allá de David, hacia un lugar indeterminado que quizá no existiera en este mundo. También vestida de negro, la esbelta mujer joven que parecía una centinela protectora, la hermana de Iyad Hassan, estaba sentada junto a su madre. Para David, aquella sala sin ventanas indicaba cuáles eran las vistas que les permitía apreciar la vida.

David y Ashawi estaban sentados en la alfombra, frente a ambas mujeres. Dulcemente, Ashawi dijo algo que parecía una condolencia, mientras David intentaba imaginar a Iyad Hassan, el contumaz asesino de Ben-Aron, creciendo en un lugar como aquél. Aunque el rostro de su madre carecía de expresión, las lágrimas asomaban a sus ojos.

Al final del discurso de Ashawi, la mujer murmuró unas pocas palabras.

—Ella nos da las gracias —dijo Ashawi, sin apartar la vista de ella—. Llora a su hijo.

—¿Sabe por qué hizo lo que hizo? ¿Por el ejemplo de su cuñada?

Ashawi hizo una pausa, formulando la pregunta, y luego dijo unas pocas palabras. La mujer meneó la cabeza y respondió brevemente.

—No —tradujo Ashawi—, Iyad eligió su destino mucho antes.

—¿Qué quiere decir?

Ashawi habló de nuevo. La mujer bajó la vista y empezó a responder, primero lentamente, y luego con más pasión. David vio que la mano de la hija cogía la muñeca de la madre.

—A su hermana no le gusta lo que ella está diciendo —explicó Ashawi—. Pero la madre asegura que el viaje de Iyad empezó a los once años, cuando fue a una escuela islámica. Un día, ella fue a recogerle. Había un letrero en la pared que decía: «Israel tiene bombas nucleares; nosotros tenemos bombas humanas». Entonces oyó que Iyad recitaba: «Convertiré mi cuerpo en una bomba que destrozará la carne de los sionistas, esos hijos de cerdos y monos». Ese fervor la asustó.

De repente, la mujer habló de nuevo, con la voz teñida de dolor.

—Iyad empezó a rezar constantemente —tradujo Ashawi—. Siempre estaba en la mezquita, hasta altas horas de la noche, y desde temprano por la mañana. Ella intentó pensar que eso era normal. Pero él se volvió más callado, apenas le hablaba. Sólo después supo que estaba viendo películas de mártires que habían muerto matando judíos.

—¿Quiénes eran sus amigos? —preguntó David.

Cuando Ashawi hizo aquella pregunta, los ojos de la hermana de Iyad se cerraron un poco. La madre dudó y luego respondió.

—Eran de la mezquita —dijo Ashawi—, y también del club de fútbol de Iyad. En 1998, el club de fútbol incluso fue a Jordania y a Irán.

David se puso alerta al momento.

—Una escuela fundamentalista, una mezquita para mártires, un club de fútbol que visita Irán... ¿A qué le suena todo eso?

—Ya lo sé. —Ashawi intentó mantener un tono neutro, para no inquietar a la mujer—. Pero si le hago la pregunta, la hermana puede echarnos sin más.

—Intentemos desviar el tema, pues. Pregúntale a la hermana qué siente ante la muerte de Iyad.

Volviéndose hacia la joven, Ashawi habló. Ella se puso tensa y emitió unas pocas palabras entrecortadas.

—Está orgullosa de Iyad —dijo Ashawi—. Era un hombre de fe, y no como los hijos de puta de Al Aqsa, que están promoviendo la corrupción de Fatah.

David contempló el rostro de la hermana.

—No puede ser imparcial, ¿verdad?

—Parece que no —afirmó Ashawi—. Pero me sorprende que no haya ningún guardaespaldas aquí para evitar que alguna de ellas nos hable. Dios sabe qué tipo de hombres podrían aparecer.

—Entonces, será mejor que vayamos al grano. Pregúntales quién condujo a Iyad a convertirse en mártir.

Ashawi habló brevemente. La hija meneó la cabeza, negándose a responder. Con súbita amargura, la madre dijo:

—Hamás.

La hija se volvió hacia ella cogiéndole la muñeca con más fuerza aún. Con gesto desafiante, la mujer repitió:

—Hamás.

Y luego continuó en tono acusatorio.

—Fue Hamás —tradujo rápidamente Ashawi—. Hamás dirigía la escuela, la mezquita y el club...

La hermana de Hassan interrumpió, hablando apresuradamente.

—No saben nada del tiempo pasado por Iyad en Birzeit —comentó Ashawi—, ni quién estaba implicado con él en matar a Ben-Aron.

—Pregúntale a la madre si puede decirnos algo más acerca de su hijo.

La madre escuchó y luego miró al suelo. Después, soltándose de su hija, se fue a otra habitación y volvió con un cuaderno de espiral que colocó en las manos de Ashawi.

—Es el diario de Iyad —dijo Ashawi a David—. Ella lo ocultó a los judíos.

Mientras Ashawi leía, la hermana de Iyad se dirigió a él en tono vehemente.

—No podemos quedárnoslo —dijo Ashawi a David—. De todos modos, son todo paparruchas: mucho fervor religioso sin dar ningún nombre ni detalle, excepto al final, donde aparece un número de teléfono.

—Memorícelo si puede.

Ashawi miró la página. Luego, hablando con delicadeza, devolvió el cuaderno a la madre de Hassan. Ella respondió con unas pocas palabras cansadas.

—Dice que somos bienvenidos, pero que es hora de que nos vayamos.

David saludó con la cabeza a ambas mujeres y siguió a Ashawi hacia la puerta, dejando atrás el dolor de una madre, la ira de una hermana y su desacuerdo por la muerte de un mártir.

En el todoterreno, Ashawi escribió el número de teléfono para

David, luego lo marcó en su teléfono móvil y escuchó atentamente cuando alguien respondió. Luego dijo, lacónico:

—Era Birzeit, la Escuela de Relaciones Internacionales.

—La facultad de Saeb Jalid —respondió David.

En el hotel, David escribió notas, examinando todas las cosas de las que se había enterado: la relación entre Hillel Markis y Barak Lev; la infelicidad del matrimonio de Hana; el acceso de Saeb a su ordenador, tanto en casa como en el despacho; el que Muhamad Nasir negara que Al Aqsa estuviese conectada con Hana o con la trama contra Ben-Aron; los largos viajes de Saeb a Jordania; la conexión de Iyad Hassan con Hamás y, quizá, con Irán; las clases de Hassan con Saeb. En sí mismos, todos aquellos hechos eran intranquilizadores; pero la información que iban tejiendo aquellos hilos dispersos hasta darles forma, si es que había alguna, todavía estaba fuera de su alcance.

Mentalmente exhausto, David empezó a hacer el equipaje. Iba a viajar al Líbano, como había prometido a Hana, para ver a su madre y su padre. Aunque sentía curiosidad, no esperaba que aquel viaje fuese gratificante. Pero no le daría demasiada pena alejarse de Cisjordania, y no sólo por la sensación, que antes no había sentido, de que como judío podía ser objeto de un odio indiferenciado. También notaba la presión desgarradora de la ocupación, el hecho de convertirse en miembro accidental de una población cuyo único interés para el ocupante era que uno podía ser un terrorista suicida. La Tierra Prometida, que tantos por ambas partes pensaban que se les había otorgado a ellos en exclusiva, podía verse consumida no sólo por el odio y la violencia, sino también por la más banal de las faltas humanas: la incapacidad de imaginar la vida de los otros. El único denominador común de la ocupación es que degradaba a todo el mundo.

Lo que más necesitaba era dormir, se dijo David.

Al quitarse la camisa, vio un sobre plano que alguien le había metido por debajo de la puerta. Lleno de esperanza, lo abrió. En su interior, torpemente traducido al inglés, estaba el expediente médico de Saeb en Ramala.

Mientras leía, David suspiró. Si aquel expediente decía la verdad, Saeb sufría de una grave arritmia cardíaca que, en determinadas circunstancias, podía provocarle un fatal ataque al corazón. Había una derivación a un especialista en Amán, registros de sus exploraciones que confirmaban las visitas de Saeb. Por lo que parecía, Saeb Jalid era un hombre muy enfermo.

Pero no tan enfermo, observó David, como para que sus exploraciones médicas en Jordania durasen más de un día. Y entonces descubrió otro hecho curioso: Saeb también había pedido a su médico en Ramala que enviase determinadas muestras, que no se describían, al único laboratorio que el doctor pensaba que era lo bastante avanzado para realizar los análisis requeridos: un laboratorio de Tel Aviv.

David llamó a Zev Ernheit y preparó una entrevista con él en Jerusalén. Pero primero tenía que cumplir una promesa en Líbano.

Capítulo 25

Una calurosa mañana de martes en Beirut, David cumplió la promesa que le había hecho a Hana.

Por entonces, el campo de refugiados de Chatila le parecía familiar. Hasta los escombros, preservados durante un cuarto de siglo, le evocaban las ruinas vistas en Yenín, aunque en este caso eran más extensas y estaban habitadas por más fantasmas y por el horror de las matanzas sistemáticas. No podía evitar pensar en Saeb Jalid, un chico de catorce años obligado a presenciar la violación de su hermana y el crimen de su familia.

En el centro comunitario, David preguntó la dirección del hogar de los padres de Hana, situado en la parte que recibía su nombre del pueblo del que habían huido de niños. Era un rectángulo de cemento entre otros muchos iguales que se alineaban a ambos lados de un estrecho callejón que olía a alcantarilla. Bastante nervioso, David llamó a la puerta de madera.

Abrió una mujer de pelo blanco, y David supo al momento quién era. Delgada y nervuda, tenía los ojos de color castaño claro, en contraste con su rostro arrugado por la edad y los sufrimientos y la dureza de su sencilla vida. Maha Arif era como un atisbo de lo que podía haber sido el futuro de Hana si no hubiese abandonado aquel lugar y aquella cultura; aunque David sabía que, en el fondo, nunca había pertenecido plenamente a ellos. Maha le miraba con recelo, mientras iba penetrando en David el hecho de que aquella menuda mujer árabe era la madre de Hana.

—Soy David Wolfe —le dijo—, el abogado de Hana. Ella me pidió que viniera a verlos.

El nombre de Hana suscitó una mirada aguda e inquisitiva que expresaba miedo y esperanza a un tiempo. David se dio cuenta de que no había tenido en cuenta el abismo que separaba a Hana y sus padres.

—Soy americano —dijo David—. ¿Conoce a alguien que hable inglés?

La mujer levantó la mano un momento y luego desapareció en el interior de la casa, dejando la puerta entornada. David oyó voces que hablaban en árabe, y luego un hombre rechoncho, de mediana edad y con bigote oscuro llegó y le saludó.

—Soy Basim —dijo—, el tío de Hana.

Una vez más, David se identificó.

—Por favor —le dijo Basim abriendo de par en par la puerta.

David le siguió hasta un pequeño saloncito, bastante parecido al de la madre de Hassan, pero con una ventana que daba al callejón, dejando entrar así una franja de luz natural que incidía en un olivo raquítico plantado en una maceta. Un hombre mayor, con el pelo gris y el rostro demacrado, le contemplaba cansadamente a través de unas gruesas gafas que sugerían una miopía extrema.

—Éste es Yusif —explicó Basim—, el padre de Hana.

Basim dijo unas pocas frases a Yusif y Maha, y Yusif miró a David parpadeando, como si éste acabase de caer de la luna. David tuvo una visión dolorosa e incongruente de los padres de Hana junto a los suyos propios, el psiquiatra judío y la profesora de lengua, intentando conversar mientras Hana hacía de intérprete. Con los ojos fijos en David, Maha Arif dijo unas frases en árabe.

—Ella necesita saber —tradujo Basim— si su hija estará bien.

Encarándose con la madre de Hana, David respondió:

—Por ahora sí, está bien. Prometo hacer todo lo que pueda para liberarla.

Basim tradujo esto, y entonces Maha preguntó:

—¿Fue usted con Hana a la escuela de abogados?

David se dio cuenta de que en la vida que Hana había compartido con ellos, él jamás había existido.

—Sí —dijo sencillamente—, la conocí en Harvard.

Las lágrimas acudieron a los ojos de la mujer.

—Desde que Hana se fue a América —explicó Basim—, su madre apenas la ha visto. De la hija de Hana sólo tiene algunas fotos.

Con retraso, Maha le rogó que se sentara con ellos en los gastados cojines repartidos por la alfombra, y luego le ofreció té. Bruscamente, Yusif Arif habló con un tono tan acongojado como duro.

—Él ruega que su hija pueda encontrar justicia en América —tradujo Basim—, porque aquí no hay justicia.

David pensó que desde que el padre de Hana era niño, aquel lugar era lo único que él conocía, y también pensó en la hermana de Maha, la tía de Hana, enterrada bajo las ruinas de su propio hogar.

—En América —dijo David—, sí que hay justicia.

—¿Incluso para los palestinos? —preguntó Basim, bruscamente.

—Sí.

Cuando Basim tradujo aquello, Yusif habló con más vehemencia aún.

—Aquí —dijo Basim—, somos prisioneros. No hay trabajo para nosotros, y no se nos permite ser ciudadanos. Ese pobre olivo que ve ahí es lo único que queda de nuestro auténtico hogar. Y ahora quieren tomar la vida de nuestra hija.

Maha habló de nuevo, con voz urgente.

—¿Es usted un buen abogado? —preguntó Basim.

—Sí —dijo David con sencillez—, soy un abogado muy bueno.

Cuando Basim tradujo aquello, los primeros asomos de alivio aparecieron en los ojos de Maha. Habló con un tono más reposado.

—Es lo que se merece su hija —explicó Basim—. Hana tiene un buen marido, una buena familia. Pero Saeb no es abogado. Sólo un abogado puede salvarla.

Al oír aquellas palabras, David recordó que Hana citaba la advertencia de su madre: «Por favor, no te enamores de nadie en América». Y deseó poder decirle: «Si Hana hubiese sido libre de amarme, ahora estaría completamente a salvo». Por el contrario, se limitó a asentir con la cabeza.

—¿Y cómo está mi nieta? —preguntó Maha a través de Basim—. ¿Tiene miedo?

David dudó.

—Tiene a su padre —respondió—. Y como su madre, es muy fuerte y muy lista.

Cuando les tradujeron aquello, Yusif dirigió una mirada a su mujer, y luego respondió a través de Basim.

—¿Es tan respondona como su madre?

—Sí, Hana me dijo que Munira es su venganza contra ella.

Yusif chasqueó la lengua y su breve sonrisa se desvaneció. Aquella vez, su voz era gutural.

—Ella no mató al judío —tradujo Basim.

David no estaba seguro de si era una afirmación o una pregunta.

—No —respondió—. Ella no mató a Amos Ben-Aron.

—Entonces son todo mentiras sionistas —persistió Basim.

—Son mentiras de alguien, sí —respondió David—. Y yo pienso averiguar de quién.

Cuando Basim tradujo aquello, la madre de Hana le miró con recelo. Lo que quedaba sin decir, se suponía, era lo intensamente que creía ella en la perfidia sionista, en su insondable desdén por los derechos de los palestinos. Para desviar la conversación, David pasó a los saludos de Sausan.

—Su abuelo —respondió Yusif a través de Basim— era el hermano de mi padre. Pero él se quedó. Estaba casado con una judía.

Fue su única respuesta. Más tarde, Maha dijo:

—No conocemos a Sausan. Él recuerda al padre de ella sólo de niño.

Yusif habló de nuevo.

—No es natural —tradujo Basim transmitiendo también en su expresión la tristeza de las palabras de Yusif—. Las familias están separadas de su tierra, y unos de otros. Yusif vende los dulces que hace Maha en un carrito por las calles, es un hombre sin hija y sin nieta. Esto no es vida, es como la sombra de una vida.

Sentado junto a él, Maha tocó la manga de su marido, hablándole en voz baja. Basim dudó y luego le dijo a David:

—Ella dice que ya se las arreglarán.

Yusif no pareció oír aquello. A través de Basim, dijo:

—Cuando huimos, mis padres dejaron sus tazas encima de la mesa, para demostrar que volveríamos a llenarlas. No se imaginaban que morirían en este sitio.

Como para afirmar el recuerdo de su marido, Maha habló a Basim.

—Había olivos —le dijo Basim a David—, y también limoneros. Ella dice que todavía puede olerlos.

—Y usted ¿puede? —preguntó David.

La sonrisa de Basim fue amarga.

—Algunos días, creo que puedo. Pero yo nací aquí. Sólo recuerdo la Falange.

Ante la palabra «Falange», la expresión de Maha se ensombreció. Poniéndose de pie, Yusif buscó en el cajón de una mesa destartalada. Con los dedos hinchados, cogió un papel arrugado, que se había vuelto de color sepia por el paso del tiempo, y se lo tendió a David.

Para sorpresa de David, estaba escrito en inglés.

—Es un documento de registro de tierras —explicó Basim—, emitido por el gobierno británico de Palestina. Prueba el título de propiedad de Yusif del hogar de su padre.

David pensó en aquellos muros caídos, en los trozos de cerámica rota. Para los padres de Hana, sin embargo, la casa seguía siendo igual que cuando ellos eran niños, un lugar al que podían volver, en un tiempo que todavía existía. Aquello era tan imposible de imaginar para David como que Hana y Munira viviesen en un lugar semejante. Sin embargo, Hana conservaba aún la llave de su abuelo, y Munira recitaba sus recuerdos.

Mirando con detenimiento el rostro de David, Maha le habló.

—Cuando vio usted a Sausan —preguntó luego Basim por ella—, ¿la llevó a nuestro pueblo?

David miró a los ojos de la madre de Hana.

—No —respondió en voz baja—. Pero por lo que dicen, debía de ser precioso. Espero que vuelvan allí algún día.

Cuando Basim repitió sus palabras en árabe, los ojos de Maha se empañaron: parece que sabía que ella nunca volvería, y que David lo sabía también. Alzó la mano y le tocó la muñeca, y la ligereza de su contacto era como un fantasma de la de Hana.

—Sólo quiero abrazar a mi hija —dijo—. Por favor, sálvela de nuestros enemigos.

Capítulo 26

La última noche antes de volar a casa, David se reunió con Zev Ernheit en el restaurante Katie's de Jerusalén.

Katie's era un lugar pequeño e íntimo, con velitas en las mesas y una propietaria muy locuaz, una judía marroquí que bromeó con Ernheit antes de traerles el vino.

—Bueno —Ernheit preguntó a David por el tiempo pasado en Cisjordania—, ¿qué impresión ha sacado?

—Que la ocupación es un desastre —respondió David bruscamente—, para todo el mundo.

Ernheit alzó las manos.

—¿Y qué otra elección nos queda? Hace unas horas, en un control de Ramala, hemos capturado a un chico de veinte años de Hamás que llevaba una bomba y uniforme del IDF. Ése es el balance de hoy: inconvenientes para miles de árabes, y las vidas de unos judíos desconocidos salvados de otro terrorista. ¿Habría preferido que muriesen?

—Lo que yo preferiría es que la gente cuerda de ambas partes encontrase una salida por fin. —David dejó su copa de vino—. ¿Qué demonios hacen esos colonos en Hebrón?

—Hebrón está en el corazón de la herencia judía —replicó Ernheit—. Los judíos tienen derecho a estar allí.

—¿A qué coste? —preguntó David, realmente exasperado—. ¿Desplegando al IDF para que un montón de fanáticos judíos sean libres de echar su basura a los pobres vendedores musulmanes?

»¿Sabe lo que más me asombra, Zev? Que a tantos judíos y palestinos les importe un comino la historia de los otros. Hay demasiados palestinos que no comprenden por qué tres mil años de muerte y persecución hacen que los judíos deseen tener su propio hogar, ni tampoco que los atentados suicidas enloquecen a los judíos y no hacen más que empeorar la ocupación. Y hay demasiados judíos que se niegan a reconocer su papel en la desgracia de los palestinos desde 1948, y que el peaje diario de la ocupación ayuda a azuzar más aún el odio y la violencia. De modo que los dos se convierten en tópicos: los judíos son víctimas y opresores; los palestinos son víctimas y terroristas. Y el ciclo de las muertes sigue imparable. Los extremistas tienen dos cosas en común: lo mucho que odian a Ben-Aron y un don especial para mantener el odio bien fresco. —David calló y luego continuó, más apagado—: En tres semanas escasas, he visto todo tipo de sufrimientos, desde las familias de Haifa a la miseria de los padres de Hana. Pero viven en mundos diferentes. Hana se ha convertido en actriz secundaria de una tragedia que no muestra señal alguna de acabar, ni para ella, ni para su hija, ni para nadie de los que viven aquí.

Ernheit le examinó fríamente.

—Al final, David, ¿qué lado elige?

La mirada de David no vaciló.

—Soy judío. Me siento más a gusto aquí; en Cisjordania he oído los comentarios antisemitas suficientes para recordarme que muy a menudo los judíos no han tenido otra elección que luchar o salir huyendo. De modo que si tuviera que decidir, no tendría elección.

»El problema es que cada día resulta más difícil elegir para los que viven aquí. Cada día que los judíos luchan por establecer más asentamientos, o que los palestinos avivan la fantasía del retorno, procuran la muerte de alguna persona más. Y el odio incrustado en el ADN de esta región continúa creando metástasis.

»Una vez muerto Ben-Aron, no me parece que vaya a haber paz en breve. Quizá no la haya nunca. Y si no la hay, ustedes no tendrán más elección que concluir la ocupación, sea como sea, y retirarse detrás de su muro de seguridad en un Israel como una fortaleza, que incorpore asentamientos que nunca deberían haber existido. Por otro lado, en lugar de un pueblo diverso y resistente, tendrán un montón de palestinos que se irán a Los Ángeles y dejarán a una población furiosa y herida en un trozo de tierra enconado, oyendo las voces del fundamentalismo y la retórica del retorno. Y tendrán Hamás para rato, igual que han tenido ya Irán.

Ernheit le dirigió una débil sonrisa.

—Entonces, ¿qué?

—Éste no será un lugar adecuado para criar niños.

Ernheit cruzó las manos ante él.

—Todavía hay muchas cosas que no entiende. Lo que quiere usted lo quieren la mayoría de los israelíes, y quizá la mayoría de los palestinos. Pero nuestros colonos extremistas no definen nuestro futuro matando palestinos. Son fanáticos como Hamás y Al Aqsa los que dan a los colonos el poder que tienen, y convierten la ocupación en una dura necesidad. Fueron los palestinos los que asesinaron a Ben-Aron.

—No, no por sí mismos —respondió tranquilamente David.

Ernheit miró a su alrededor y a los demás clientes, con los rostros iluminados por las velas.

—¿Lo sabremos alguna vez? —preguntó—. Quizá lamente usted las tácticas que ha seguido aquí.

David aspiró aire.

—Lamento las muertes, y sus consecuencias.

—¿Para su cliente?

—Para todo aquel que se aproveche de la verdad. —Y al decir esto, David notó su propia fatiga, combinada con la sensación de que el acceso a la verdad estaba controlado por otras personas—. Todo esto debe de tener un sentido determinado, sólo me falta averiguar cuál es la clave, que además podría suponer una gran diferencia, aparte de este juicio. Alguien mató a Lev y a Markis para evitar que nos llevaran hasta el corazón de este asunto.

—¿Y no ha averiguado nada nuevo de esos crímenes durante su estancia en Cisjordania?

—Si lo he hecho, todavía no lo sé. Pero confío en que Al Aqsa no fuera responsable. Y no creo que Al Aqsa llevase a cabo el asesinato de Ben-Aron en América. —David bebió un poco de vino—. Lo que sí cuadra es que Jefar fuese sólo un primo, que Hassan perteneciese a Hamás y que quienquiera que planease todo esto se propusiera que el plan de paz de Ben-Aron llegase a su fin, y que Israel eliminase a Al Aqsa y Hamás llegase al poder.

—¿Y por qué iban a querer Lev o Markis a Hamás en el poder?

David hizo una pausa.

—Según la lógica de los extremistas —respondió—, ambos lados en conflicto pueden dar al otro lo que quiere: un enfrentamiento perpetuo entre israelíes y palestinos. La única diferencia es quién quieren que gane.

Apoyando la cara entre sus manos, Ernheit miró a David desde el otro lado de la mesa.

—Aparte de una paz duradera, ¿qué quiere usted de nuestro gobierno?

—Me gustaría saber qué estaba haciendo Saeb Jalid en Amán. La mayor parte del tiempo que pasaba allí no estaba con los médicos. Quizá el Mossad lo sepa.

—Quizá. Pero que nos lo digan o no es algo completamente distinto. —Por un momento, Ernheit pareció perplejo—. Pero también está ese laboratorio en Tel Aviv adonde Saeb Jalid mandó unas muestras sin especificar de las que me habló.

—Sí. Quizá no sea nada; quizá sólo sea algo relacionado con su corazón. Pero las notas de su historial médico son intrigantes y poco esclarecedoras.

Ernheit asintió.

—A mí también me lo parecen. El laboratorio en cuestión no es una instalación médica. Es forense, lo llevan criminólogos y se suele usar a menudo en casos de asesinato.

La mano de David se quedó helada con la copa de vino a un centímetro de sus labios.

—¿Para qué?

—¿Para qué cree usted? Huellas digitales, evaluaciones de la escena del crimen, ADN, estudios de heridas de bala... Ciertamente, nada de cardiología.

David pensó un momento.

—Quizá su gobierno esté dispuesto a conseguir el expediente de lo que quería Jalid que analizasen.

—¿Con qué pretexto? ¿Sólo porque puede relacionarse con la defensa de Arif?

—No lo sé todavía. Pero como las estancias de Saeb en Amán, es extraño; aunque sólo sea porque no tiene una explicación obvia.

Ernheit sonrió débilmente.

—Veré qué podemos hacer —respondió—. Al menos no mataremos a nadie.

Y en ese mismo tono acabaron dos horas después su última cena juntos. Después de estrecharle la mano, Ernheit tocó el hombro de David.

—A pesar de todo —dijo—, le deseo suerte. Al menos, deja Israel con vida.

De vuelta en el hotel, David se sentó en el bar y se bebió un calvados mientras daba vueltas a sus pensamientos, con un televisor ronroneando tras él. El viaje le había cambiado, eso desde luego; pero aún no había tenido tiempo para comprobar en qué sentido. Le habría gustado poder hablar con Carole, Harold, y sobre todo, con Hana. En su corazón y su mente, el viaje la había cambiado también a ella.

Se preguntaba cómo serían las cosas la próxima vez que se volviera a sentar frente a ella. Al cabo de un par de días lo sabría...

Un nombre familiar resonó en los oídos de David entre sus pensamientos: Muhamad Nasir.

David levantó la vista sobresaltado, y una fotografía policial de Nasir apareció en la CNN.

—El IDF —decía un presentador— ha anunciado que han matado a Nasir, prominente líder de Al Aqsa, mediante un ataque con cohetes a una casa del campo de refugiados de Yenín. A través de Internet, Al Aqsa afirma que dos civiles inocentes, un hombre y su hijo de ocho años, murieron también en el ataque, y asegura que habrá represalias por lo que llaman «barbarie israelí».

«Si llega la paz —había preguntado David a Nasir—, ¿qué hará?» Una pregunta estúpida.

«Esto no acaba nunca», pensó David. Una profunda tristeza le llenó. Se acabó el brandi y miró hacia el patio del hotel Rey David, y por última vez a la silueta de la Ciudad Antigua de Jerusalén. Y luego se fue a su habitación e hizo el equipaje.

PARTE IV

El secreto

Capítulo 1

La misma habitación blanca, las paredes desnudas, la mesa laminada. El mismo guardia que observaba a un abogado y a su cliente a través de la ventanilla a prueba de balas con tela metálica incrustada. Pero para David, aquella reunión tenía un sentido completamente distinto. Lo que había sabido de Hana desde la última vez que la vio hacía que deseara tocarla, aunque se decía para sí que tenía que luchar por controlar aquel impulso.

Por un momento, Hana le miró, como para comprobar que era él de verdad.

—Te he echado de menos, David.

Suspendido entre la ternura y la sospecha, David comprendió que su único refugio posible era mostrarse tan profesional, desapasionado y frío como pudiera.

—Lamento haber tardado tanto —respondió—. El viaje ha resultado un poco más complicado de lo que pensaba.

Intrigada, Hana inclinó la cabeza a un lado.

—¿Qué has visto?

—Muchas cosas, y a muchas personas, incluida Nisreen.

Hana bajó la vista un momento y luego le miró con renovada franqueza.

—¿Sí?

—Cuéntame cosas de tu matrimonio, Hana. —Aunque la voz de David sonaba tranquila, no era una simple petición—. Y esta vez no te dejes nada, lo cual incluye a Munira.

Hana le miró a los ojos.

—¿Por dónde empiezo?

—Por el momento en que estabais Saeb y tú cuando llegasteis los tres a este país.

Hana se encogió de hombros con un gesto mínimo.

—Pues no estábamos bien.

—Y eso ¿qué quiere decir?

—Estábamos distanciados. Había ido pasando con el tiempo.

—Mis padres podrían haber dicho más o menos lo mismo. Define lo de «distanciados».

—Ya no hacíamos el amor. —La voz de Hana se volvió algo ronca—. ¿Es eso lo que quieres decir?

—Es un principio. ¿Y cuándo acabó eso?

Hana se echó hacia atrás, con los brazos cruzados.

—Esto es perverso.

—Hazme caso, por favor —dijo David suavemente—. Tengo mis motivos para preguntártelo.

Con los brazos todavía cruzados, Hana bajó la vista.

—Seis meses o así antes de venir aquí.

—¿Había algún motivo?

—¿No basta con lo de la «distancia»? Él dejó de desearme. Yo no me quejé.

—¿Por qué no?

—Porque yo había dejado de desearle hacía mucho más tiempo. —Los ojos de ella relampaguearon—. ¿Quieres vengarte de mí, David? ¿Te sientes mejor sacándome estas respuestas?

David esperó hasta que la ira en el rostro de ella fue convirtiéndose en confusión.

—No —respondió—. Me pone muy triste que sea esto lo único que nos quede; pero no puedo quedarme atrapado en mis propios sentimientos, o en los tuyos, sean los que sean.

»Saeb tenía acceso a tu oficina, a tu móvil, a tu ordenador y al papel que tú usabas. Tu marido puede haberte tendido una trampa; el hombre que conocí en Harvard nunca lo habría hecho. Así que si lo ha hecho, algo tiene que haber pasado entre vosotros, algo tan visceral que haya convertido el amor en odio. —Su voz se suavizó—. Y necesito comprenderlo, Hana, por muy duro que sea para los dos.

Ella cerró los ojos.

—La verdad es muy sencilla, no hay ningún drama. Ya no le amaba.

—¿Por qué?

—Por muchos motivos. Algunos de ellos podríamos haberlos superado. Pero Saeb se estaba convirtiendo paulatinamente en un hombre que a mí no me gustaba, un hombre que despreciaba a las mujeres. —Hana le miró de nuevo, y su tono se hizo más neutro, como si estuviera intentando situar de nuevo su conversación—. A lo largo del tiempo, nuestra relación se convirtió en una batalla sobre Munira, casi como si ella fuese una sustituta mía.

—Cuando dices sustituta...

Hana miró hacia la mesa, como si luchase por verbalizar sus instintos.

—Cuando la familia de Saeb fue asesinada, yo me convertí en la única persona que él tenía, para todas esas cosas que la mayoría de nosotros necesitamos. Y así era cuando nos casamos. A Saeb, creer que yo no le quería, o que no quería hacer el amor con él, le habría matado por dentro.

«¿Y lo creía Saeb?», se preguntó David. Sin embargo, inquirió:

—¿Y qué tiene que ver todo esto con Munira?

—Nunca lo dijimos con palabras. Quizá Saeb culpaba a mi idea de lo que debe ser una mujer por el comportamiento que yo tenía con él. Quizá insistir en que Munira creciese de una forma diferente a mí era como una especie de represalia. Ciertamente, cuanto más radical se volvía él, más extremo en su religión, más intentaba controlar todos los aspectos de la vida de la niña.

»A lo largo del último año, cuando Munira cumplió los doce, la cosa empeoró. —La voz de Hana se llenó de ira soterrada—. De pronto, había un montón de cosas que ella tenía que hacer, de las que ya te he hablado: tenía que llevar velo, tenía que estudiar el Corán, tenía que rezar cinco veces al día... Y también había muchas cosas que no podía hacer: no podía maquillarse, no podía llevar pantalones vaqueros ni ir con chicos. Tuvimos muchas peleas muy duras por todos estos temas. Pero lo peor era el tema del matrimonio de Munira.

—¿En qué sentido?

—Saeb quería arreglarlo él. —Mientras ella hablaba, sus dedos se entrelazaban con fuerza—. Ya bastaba con que yo honrase nuestras tradiciones. La cosa tenía que acabar conmigo. Pero incluso ahora mismo, cuando Munira me visita, noto que cada vez se está alejando más y más. —Su voz temblaba—. Por mí misma, no me importa lo que me pase. Tengo que salir de aquí por Munira. Si me matan o si me paso en prisión el resto de mi vida, Saeb controlará su futuro. No podré soportar que a ella le ocurra eso.

Estaba ya a punto de llorar, y la profundidad de sus sentimientos resquebrajó el control que ejercía David sobre sí mismo. Con calma, preguntó:

—¿Por eso le dijiste a Nisreen que un hombre a quien conociste en la facultad de derecho habría sido un padre mejor para Munira?

Al oír esto, Hana no pudo mirarle.

—Qué estupidez. Pero yo quería una vida diferente para Munira —dijo con la voz angustiada, hablando cada vez más bajo—. Saeb y yo nunca hablamos de ti. Quizá no era necesario.

Había tantas cosas que él podía haber dicho; sin embargo, David sólo le preguntó:

—¿Qué sabes de algo que mandó Saeb a un laboratorio forense de Tel Aviv?

Hana pareció desconcertada.

—¿Cuándo fue eso?

—Hace unos nueve meses. Me pregunto si les envió papel de tu impresora, para asegurarse de que al menos una hoja tuviera tus huellas, pero no las de él.

Hana inclinó la cabeza.

—Es terrible pensar eso, David.

—Pues tenemos que hacerlo. ¿Sabes por qué sus visitas a Jordania duraban varios días?

—Pruebas médicas, supongo.

—No es cierto.

Hana levantó la vista de nuevo.

—¿Lo sabes?

—Sí. También tenía acceso a tu móvil, ¿verdad?

—Por supuesto. Pero ¿a medianoche? —Hana meneó la cabeza—. Quienquiera que fuese el contacto usó otro teléfono.

—Lo que sugiere que te tendieron una trampa. —David se inclinó hacia delante, con el rostro a poca distancia del de ella—. Esto es complicado, Hana. Creo que al menos dos israelíes están implicados. Pero a ambos los mataron antes de que yo pudiese averiguar algo más.

Hana abrió la boca.

—Por favor, debes contarme todo lo que ocurrió.

Él le explicó lo que pudo.

—Muhamad Nasir —concluyó— juró que Al Aqsa no tenía ningún plan para el asesinato, y que tú nunca fuiste miembro. Y ahora también está muerto.

Hana asimiló aquello, con los ojos llenos de muda desesperación. Al final, preguntó:

—¿Viste a mis padres?

—Sí. Estaban muy preocupados; sin duda me veían como una especie de marciano, y resultaba muy difícil para ellos comprender lo que estaba pasando, salvo que era obra de unos sionistas. Pero por lo demás, están bien.; al menos, todo lo bien que se puede estar en un lugar como ése.

Lentamente, Hana asintió con la cabeza.

—En Harvard había cosas de mi vida que me resultaba difícil transmitirte. Lo de Chatila era una de esas cosas; mi familia era otra. Ahora comprenderás mucho más de lo que yo nunca pensé que sabrías. —Hizo una pausa, y luego preguntó—: ¿También has visto a Sausan?

—Sí. Me gusta; mucho, en realidad.

—Ya me lo imaginaba. ¿Y te enseñó nuestro pueblo?

—Lo que queda de él —corrigió David con delicadeza—: ruinas en medio de los olivares. Lo único que queda de la casa de tu abuelo son los cimientos y unos fragmentos de cacharros de cerámica. El pueblo tal y como tú lo imaginas sólo existe en el recuerdo de tus padres.

El rostro de Hana se quedó sombrío.

—¿Se lo dijiste a ellos?

—No pude; no después de que tu padre me enseñase la escritura de tu abuelo.

—Entonces fuiste muy amable. —De pronto, las lágrimas inundaron los ojos de Hana—. Ojalá pudieras abrazarme, David, sólo un momento.

Pero no podía. Ni tampoco podía estar seguro de que ella fuese inocente, por mucho que lo deseara. Enfrentado a un juicio, él no podía perder la perspectiva.

—Lo siento mucho, Hana. Mi trabajo es liberarte, no quererte.

Él se agarró a aquello mientras se iba y Hana le observaba a través del cristal.

Capítulo 2

El siguiente paso de David fue contratar a una asesora para el jurado, una antigua ejecutiva de mercadotecnia muy acicalada llamada Ellen Castle cuyos retoques quirúrgicos y elegante melena rubia no dejaban traslucir su aguda percepción de la dinámica de los juicios.

Se reunieron en el despacho de ella media hora después de la puesta del sol, tomaron un café y David le explicó su dilema táctico.

—Tengo dos posibles vías de defensa —resumió—. La que más me gustaría proseguir es la de conspiración en la que están implicados israelíes, Hamás y quizá el marido de Hana. Pero la juez no me dejará seguirla a menos que le lleve pruebas.

»La defensa que Marnie Sharpe espera que lleve a cabo consiste en limitarme a alegar que hay dudas razonables: que Jefar puede mentir o estar engañado; que las pruebas contra Hana fueron colocadas por alguna otra persona. El problema es que no puedo ofrecer una explicación alternativa que apunte a la inocencia de Hana, o al menos sugiera una conspiración tan complicada que un jurado inclinado al escepticismo pueda sentir una duda razonable.

Castle se echó el pelo hacia atrás.

—Si quieres intentar llevar el caso al estilo Sharpe, ¿puedes conseguir que la juez excluya el testimonio de Jefar diciendo que es de oídas? Parece que toda su historia depende de lo que Hassan le dijo.

—Si la juez Taylor le impide subir al estrado —respondió David—, entonces la acusación de Sharpe se desmorona. Ya me gustaría que fuese así; pero Taylor tendría que tener mucho estómago para soltar a Hana sin juicio.

Castle pensó un momento.

—Si Jefar testifica —dijo al fin— y lo único que te deja Taylor es insistir en lo de la duda razonable, tu cliente tendrá graves problemas.

Aunque David siempre lo había sabido, oírselo decir a una experta resultaba deprimente.

—Por ahora —le dijo él—, el gobierno israelí no quiere contarme lo que sabe. Mis testigos de una posible conspiración están muertos. Excepto en el caso de Muhamad Nasir, ni siquiera sé quién los mató. Lo único que he conseguido son preguntas, no respuestas.

Castle frunció el ceño ante aquel dilema, y luego preguntó:

—Supongo que querrás que reúna a un jurado falso para que le presentes el caso y así ver cuáles podrían ser sus reacciones. La pregunta es: ¿qué caso?

David se acabó el café y examinó el fondo de su taza.

—El malo —respondió—. La duda razonable. Es la única defensa que estoy seguro de poder presentar.

Cuando David escuchó su buzón de voz, había un mensaje de Zev Enrheit.

Era por la tarde en Israel; David encontró a Zev en un ruidoso café de Tel Aviv, compartiendo la comida con su esposa y algunos amigos.

—Dios sabe quién más puede estar escuchando esta conversación —dijo Zev por encima de las voces—. Voy a buscar un lugar más tranquilo en la acera, para que al menos no me oiga la gente que hay en esta sala.

David esperó y notó que el ruido de fondo se transformaba en el estrépito del tráfico urbano.

—Hasta el momento —dijo Ernheit, en voz más baja—, no he averiguado nada de ese laboratorio criminalístico. Sin embargo, tengo algo de las visitas de Jalid a Jordania, aunque no puedo decirle dónde lo he conseguido. ¿Qué le parece un viaje a Irán?

David se puso tenso.

—¿Cuándo?

—Hace tres años. Nuestro gobierno no habría dejado nunca que un palestino viajase desde Israel a Teherán, pero volar hasta allí desde Amán no es ningún problema.

—¿Y cuánto tiempo estuvo allí?

—Dos días. No sabemos lo que hizo, ni a quién vio. Pero cuando volvió a Cisjordania a través del control fronterizo israelí, su pasaporte mostraba solamente un sello de los jordanos de entrada a Jordania. Su viaje a Irán no estaba registrado.

David pensó en varias preguntas, pero formuló la más obvia.

—Entonces, ¿cómo saben que Saeb estuvo allí?

—Porque él se lo dijo. Hojeando su pasaporte, uno de los nuestros notó que había entrado en Jordania dos veces con tres días de diferencia, sin registro alguno de salida. Jalid admitió enseguida que había ido a Irán, y dijo que no tenía ni idea de por qué no le habían sellado el pasaporte. Dijo que no se había dado cuenta; pero quién sabe, con todos esos burócratas...

—¿Explicó por qué había ido allí?

—Un capricho. Como residente de Cisjordania, los israelíes le prohibían viajar a Irán; como profesor de relaciones internacionales, quería ver Irán por sí mismo. Me han dicho que lo dijo muy fresco.

—¿Y los de inteligencia se lo tragaron?

Ernheit rio brevemente.

—No del todo; pero no podían llamar al servicio de inteligencia iraní, de modo que lo único que podían hacer era vigilar a Jalid.

»Con qué objetivo, no lo sé. Excepto que no hay pruebas de más viajes a Irán. Por supuesto, no tenemos los hombres suficientes para vigilar constantemente a todas las personas que nos odian, o que se relacionan con gente que nos odia.

—En los últimos viajes, ¿sabemos qué hizo en Amán, además de visitar al médico?

—Mis amigos anónimos quizá lo sepan —dijo Ernheit—, pero no lo dicen. Hiciera lo que hiciese, el caso es que no lo arrestaron por eso. Nuestro gobierno incluso le dejó viajar a Estados Unidos.

David sopesó esa información.

—Supongo que los iraníes están activos en Amán.

—Por supuesto —respondió Ernheit—, como en muchos otros lugares.

—Gracias, Zev. Vuelva y disfrute de la comida.

Aquella tarde, David y Bryce Martel caminaban por Baker Beach. Hacía un tiempo muy cálido para la estación, incluso para octubre, y familias enteras y parejas caminaban por la arena y metían los pies en el agua helada, con pantalones cortos o los vaqueros remangados. Ante ellos, una joven pareja arrojaba un *frisbi* a un retriéver, que lo recogía entre las olas y se sacudía el agua del pelaje mientras sus propietarios iban paseando hacia el puente del Golden Gate, de un rojo anaranjado en la distancia.

—¿Asesinarían los iraníes a Ben-Aron? —preguntaba Bryce retóricamente—. Ya te habrás enterado de su operación contra los israelíes en Argentina. Pero pocas personas saben que, hace algunos años, descubrimos pruebas de que el Servicio Secreto iraní estaba conspirando para matar al director de nuestra Agencia Nacional de Seguridad.

—Qué atrevimiento.

—Nuestro hombre había sido también muy atrevido al oponerse fuertemente al programa nuclear iraní. Durante un tiempo, el director trabajó en una ubicación secreta con protección del Servicio Secreto. —Martel se detuvo para quitarse la cazadora, y aprovechó para estirar los brazos—. Cada día estoy más anquilosado: el rígor mortis que va avanzando. La vejez parece ser la forma que tiene Dios de prepararnos para morir.

David se metió las manos en los bolsillos.

—Si los iraníes querían matar al director de nuestro Servicio Secreto, ¿por qué no también a Ben-Aron?

En silencio, siguieron al perro retozón a lo largo de la orilla del agua.

—Irán ha jugado históricamente a la geopolítica —respondió Martel al cabo de un rato—. La principal conexión de Irán ha sido con la Yihad Islámica. Pero también tiene lazos con Hamás. Y como Hamás, Irán desprecia a Faras por hablar de paz con Ben-Aron.

»Dado esto, comprendo que los iraníes reclutasen a alguien como Iyad Hassan, aunque fuera sin las bendiciones de Hamás. Y si está en juego el desarrollo de armas nucleares antes de que nadie pueda detenerlos, pueden arriesgar bastante, incluso.

—Supón que Irán lanza una bomba nuclear sobre Tel Aviv.

Martel emitió una áspera risa.

—Ya has visto Israel. Es una franja de tierra en el Mediterráneo. Una o dos cabezas nucleares matarían a centenares de miles de israelíes en un momento: aplastados por los edificios, desgarrados en mil pedazos por los fragmentos de cristal, o simplemente, incinerados. Otros morirían en tormentas de fuego o por la radiación. Las instalaciones médicas quedarían desbordadas; el suministro de agua, inutilizado; las casas y albergues, inservibles; los transportes y la comunicación, destruidos.

»La sociedad humana normal cesaría; el equilibrio de la naturaleza se desharía. Los cuerpos sin enterrar y las aguas residuales sin canalizar traerían consigo el tifus, la malaria y la encefalitis. En realidad, los vivos tendrían envidia de los muertos. El hecho de que Israel podría haber destruido también a Irán no los ayudaría en absoluto. —Martel meneó la cabeza con desánimo—. Por eso los iraníes desean un arma semejante. Todo lo que necesitan es tenerla, y nadie se atreverá a tontear con ellos. Pueden dominar Oriente Medio y trabajar para eliminar a Israel por unos medios menos dramáticos, incluyendo una Palestina islámica.

David se detuvo en seco, pensando que aquellas explicaciones hacían que Hana pareciese muy pequeña, un juguete diminuto en un juego implacable de política nuclear.

—¿Y Saeb? —preguntó.

—Podría estar a favor de Irán. ¿Tienes alguna prueba de ello?

—Ninguna. Pero supongamos que Saeb reclutó a Hassan, y Hassan reclutó a Jefar. ¿Podrían los iraníes hacerse con los explosivos, uniformes, motos, pasaportes, etc., que necesitaban en América?

—Sí. Aparte de los infiltrados en su misión en la ONU, tienen también una red de emigrados iraníes. Irán podría trabajar a través de durmientes de Hamás en lugares como Berkeley. Los iraníes podían haberles dado a cada uno de sus agentes individuales una parte del proyecto, y ninguno de ellos habría sabido a qué conjunto se añadía su parte. Puede que ni siquiera Hassan supiera para quién estaba trabajando. Nadie lo habría sabido, excepto un selecto grupito de gente en Teherán.

—Y eso nos deja Israel. ¿Qué capacidad tiene Irán allí?

—Pues tiene agentes, la mayoría árabes. Sin embargo, tu tesis requiere una conexión entre los agentes iraníes y Lev o Markis. —Martel siguió andando—. No tengo ningún problema en creer que compartían un objetivo común: la muerte de Ben-Aron. Pero es como convocar a Mozart y a Gengis Kan para tomar unas copas. Puede que a ambos les guste el whisky escocés, pero ¿quién es capaz de conseguir unirlos?

»Llevamos ya hablando una hora, David. Sin duda, todo lo que te he dicho es fascinante; pero estar ahí sentado hilvanando teorías es una pérdida de tiempo. Tú eres abogado, y los abogados se enfrentan al impedimento de las pruebas.

Tres días después, un grupo de desconocidos corroboró la última afirmación de Martel.

En la sala de reuniones de David, doce personas reclutadas por Ellen Castle —la mayoría estudiantes y jubilados— se reunieron a considerar el caso contra Hana Arif. Escucharon los planteamientos iniciales presentados por el socio de David, Angel Garriques, en el papel de Marnie Sharpe, y de David, a favor de Hana; analizaron los testimonios que se presentaron, sobre todo el de Ibrahim Jefar, y luego oyeron las conclusiones de Angel y la de David, examinando todas las pruebas contra Hana. Dos horas después, emitieron un veredicto de culpabilidad.

Después, David entrevistó a los jurados. La joven que había sido seleccionada como portavoz, que era una universitaria cuyas simpatías David había esperado ganarse, resumió los motivos.

—Insinúa que alguien ha tendido una trampa a su cliente —le dijo a David—; pero no puede darnos el nombre de una sola persona, ni un posible motivo. Y si usted no lo sabe, ¿quién lo sabe, entonces?

Capítulo 3

Pasada la medianoche, nueve horas antes de la última y crucial vista en el despacho de la juez Caitlin Taylor, David todavía seguía despierto.

Estaba todo lo preparado que se puede estar; pero eso no le daba paz, ni sueño. Al final, se puso un jersey y una cazadora, salió de su casa, anduvo hasta el puerto deportivo y luego siguió el camino a lo largo de la bahía, mientras los jirones de niebla le humedecían el rostro y el único sonido que se oía era el rumor profundo del oleaje. Le resultaba extraño experimentar toda aquella oscuridad y soledad, pero no tanto como para no darse cuenta de que su vida había cambiado muchísimo. Eligió un sitio donde sentarse, y resultó ser el banco donde unos meses atrás Harold Shorr le había implorado que no defendiera a la mujer que, trece años atrás, había amado más que a nadie, antes o después.

El recuerdo de su conversación con Harold le importunó; entonces mucho más que antes, David se daba cuenta de que también quería al padre de Carole y, de esa forma profunda en que uno ama la comodidad y la generosidad y la sensación de estar en casa, a la propia Carole. Y al final comprendió por qué su identidad como judío era tan definitoria. Israel y Palestina se lo habían enseñado.

Desde su regreso se había visto inmerso en la tarea que tenía ante él: la preparación de un juicio que, si no conseguía evitarlo, podía costarle la vida a Hana Arif. Sin embargo, tampoco podía negar el profundo efecto de su viaje a Oriente Medio, y todo lo que allí había percibido. Y por tanto, durante una hora, observando los rayos de la luz de luna que incidían en una bahía de obsidiana, dejó que su alma se pusiese en paz con su cuerpo.

La apuesta no era la vida de Hana, ni su libertad, sino el futuro de una niña cuya vida Hana parecía valorar mucho más que la suya propia. Ese amor irracional de una madre por un hijo se había revelado ante David; la joven a la que había amado en Harvard todavía no había conocido ese sentimiento. Esa emoción también había empezado a comprenderla David, en parte por Saeb, pero también porque había llegado a preocuparse por Munira. Todo eso hacía que el juicio de Hana fuese distinto de cualquier otro.

¿Y qué decir de la propia Hana? Si ella estuviese con él entonces, le podría haber contado muchas cosas: que se preguntaba si sentía algo por él debido a que la tristeza que impregnaba la vida de ella creaba un espacio adecuado para los recuerdos; que de no haber sido por el juicio, él quizá le hubiese dado el afecto que parecía necesitar, y habría averiguado cómo les sentaba eso a ambos; que cuando la miraba, todavía notaba aquella sensación, por muy irracional que fuese, de que existían sentimientos entre ellos que trascendían el lugar del que ambos procedían. Pero ahora él había visto de dónde venía ella, y no podía decirle ninguna de aquellas cosas. Y como abogado suyo, no podía tocarla. Ni siquiera podía estar seguro de que era inocente del asesinato de Ben-Aron.

David notó una oleada de rabia. Odiaba las elecciones que se había visto obligado a hacer: estar tan ligado a Carole y su padre, y luego, que sus relaciones se cortaran de forma tan abrupta era mucho más doloroso, ahora lo comprendía, que la pérdida de su carrera política. Desde la facultad estaba decidido a protegerse del dolor. Pero se había herido a sí mismo; se había convertido en una versión más reflexiva y más pausada de su padre. No era Hana quien le había hecho aquello, sino él quien se lo había hecho a sí mismo.

No obstante, ¿a quién podía contárselo?

A nadie. En aquel preciso momento, bastaba con que él lo supiera. Y se daba cuenta de que igual que perder a Hana durante todos aquellos años le había convertido en un sonámbulo emocional, su regreso le había despertado, obligándole a definirse por instinto, no por cálculo. Todavía no estaba seguro de si sentía agradecimiento; era inquietante ser consciente de sus fallos, de su confusión, de los bordes en carne viva de sus emociones, hasta de la sencilla verdad de que la vida no se puede controlar. No se había sentido tan asustado, y al mismo tiempo tan vivo, desde la noche que Hana salió de su vida.

Ahora ella había vuelto, no sabía con qué propósito. Y lo que fuera de ese propósito estaría en parte en sus manos y en parte en manos de personas desconocidas que no parpadearían ante una condena a muerte.

Al pensar aquello, miró a su alrededor, consciente de pronto; pero no se oía ningún sonido excepto el de la bahía y el roce de las ramas de pino en el banco. No podía temer por sí mismo; las siguientes semanas requerirían todos los recursos de los que disponía.

Se puso de pie y volvió a su apartamento, con la mirada concentrada en el camino que tenía ante él y sus pensamientos concentrados en la vista. En las últimas horas antes del amanecer, se durmió.

Para aquella vista, como antes, David y Sharpe habían guardado sus peticiones bajo llave, ocultándolas a cualquiera que no estuviera en el despacho de la juez Taylor. Los documentos de David incluían un relato de sus actos en Israel y en Cisjordania: la conexión entre Lev y Markis, sus muertes y la de Muhamad Nasir, sus reuniones con Nasir y la madre de Iyad Hassan. También contenían opiniones ajenas, posibles pistas, hechos significativos, pero no concluyentes, y teorías y sospechas que David no podía probar: las posibles conexiones de Hassan con Hamás y con Saeb Jalid; el misterioso viaje de Saeb a Irán; el acceso de Saeb al teléfono móvil de Hana, a su ordenador y su impresora. Como elemento de unión de todo aquello, recalcó la continua negativa del gobierno de Israel a revelar los frutos de su propia investigación. Todo lo cual pareció dejar perpleja a la juez Taylor, y sin saber lo que debía hacer.

Cuando lo expresó en palabras, David respondió sencillamente:

—Desestime el caso.

Los ojos de la juez se redujeron a dos rendijas, y Marnie Sharpe controló su tensión garabateando unas notas. Desde el fondo de la mesa de reuniones, Taylor hablaba con un acaloramiento poco habitual en ella, que revelaba lo nerviosa que estaba.

—¿Basándonos en qué hechos, señor Wolfe? No puedo desestimar estas acusaciones basándome en sus conjeturas, por muy intrigantes o incluso sorprendentes que puedan parecer algunas.

David estaba preparado para esa respuesta.

—Ésa es precisamente la base para mi petición de desestimación —replicó—. La señora Arif no debería ser castigada por mi incapacidad de ir más allá de mis conjeturas. La señora Sharpe ahora reconoce la probabilidad de que Ben-Aron fuese asesinado como resultado de un fallo en su propia seguridad. Pero cómo ocurrió ese fallo quizá sólo lo sepan los propios israelíes. Y alguien, todavía no sabemos quién, mató a los hombres que probablemente están implicados...

—Uno, mediante un terrorista suicida —interrumpió Taylor—; otro, mediante un francotirador. ¿Cómo puede ser responsable de eso la acusación?

—No lo es. Pero la acusación sí que es responsable de obtener de los israelíes información relevante para la defensa de la señora Arif, o enfrentarse a una posible desestimación del caso.

—En otras palabras —le cortó Taylor—, Israel debe decirle lo que sabe del fallo de seguridad... o nada; aunque sus investigaciones provocaran las muertes que usted cita como motivo para la desestimación.

—Este tribunal me envió a Israel —respondió David con firmeza—, con instrucciones de ir más allá, esperando que su gobierno me ayudase. No tuve otra elección que hacer lo que hice. Yo no maté a esos hombres, señoría. Lo hicieron otras personas. Su identidad y motivos son fundamentales para el caso contra la señora Arif.

La juez Taylor se arrellanó en su silla, mirando a David mientras buscaba una respuesta. La mirada de Sharpe se trasladó de una a otro.

—¿Y dónde deja eso sus conjeturas sobre Hassan o el doctor Jalid? —inquirió Taylor, más calmada—. ¿Se supone que debo requerir a la señora Sharpe que procure la cooperación de Hamás, Al Aqsa y los iraníes? Y si ellos no confiesan lo que sea que se supone que saben, ¿debo limitarme a soltar a la señora Arif y tan contentos? ¿Hasta dónde quiere llegar con su argumento?

—Al menos, hasta donde sepan los israelíes...

—¿Y si ellos cooperan? —le interrumpió Taylor—. Supongamos que los israelíes confirman que Lev y Markis ayudaron a tramar el asesinato. Eso, por sí mismo, no absuelve de complicidad a la señora Arif.

David notó que su confianza se evaporaba.

—Supongamos más aún —protestó—, que Hillel Markis llamó al contacto de Hassan y Jefar para que les filtrase el cambio de ruta. El contacto era Hana Arif o no lo era, lo que significa que Markis sabía si ella era inocente.

—No necesariamente. En el mejor de los casos, Markis podía saber que había alguien más implicado. —El tono de Taylor se hizo insistente—. Repito, Markis está muerto. Nadie piensa que lo mataran los israelíes. Y ese crimen no altera las pruebas contra Hana Arif.

—Es posible; pero hay demasiados cabos sueltos aquí.

—Sí, y también en Teherán.

—Por lo que yo sé —dijo David con desesperación—, los israelíes también saben eso. Aparte de Markis, ¿cómo puede Estados Unidos llevar a juicio a Hana Arif sin saber más de lo que, está claro, es una conspiración muy compleja?

—¿Y cuántos meses costaría eso, señor Wolfe? ¿Y cómo podría decir usted con toda seguridad que cualquier cosa que descubriera ayudaría a la señora Arif? —Taylor se inclinó hacia David—. John F. Kennedy lleva muerto más de cuarenta años. Lo único que parece claro es que Lee Harvey Oswald le disparó. ¿Deberíamos ahora exonerar a Oswald porque, según algunas personas, los hechos que rodeaban la verdad siguen estando turbios?

»Pide usted demasiado, abogado. No obstante, debería permitir a la señora Sharpe que diga lo que tiene que decir.

David pensó que Sharpe iba vestida de una forma tan sencilla —traje negro, blusa blanca—, que su ropa más bien parecía una armadura; su aspecto era tan impasible, que seguramente le costaba un esfuerzo extraordinario.

—El tribunal ya ha expresado mi punto de vista —respondió—. La petición de desestimación de la señora Arif tiene su base en un espacio oscuro lleno de teorías conspiratorias y especulaciones. Esta acusación, por el contrario, sólo se basa en hechos: según Jefar, Hassan le dijo que el contacto era Arif; Hassan tenía un trozo de papel que llevaba las huellas de Arif y su número de móvil; el número de móvil de Hassan muestra una llamada al móvil de la señora Arif; la explicación de la señora Arif para sus movimientos en las horas críticas antes y después del asesinato...

—¿Y el doctor Jalid? —interrumpió Taylor—. Parece ser la mejor alternativa del señor Wolfe.

—¿Basándose en qué? —Aunque algo tiesa, Sharpe tenía el talante de un abogado que ha examinado ese problema desde todos los puntos de vista posibles—. Nadie discute dónde estaba Jalid durante el asesinato: con su hija. A pesar de esto, hemos interrogado incesantemente a Jefar acerca de Jalid; hemos peinado el registro telefónico de Jalid y sus tarjetas de crédito, hemos seguido todos sus movimientos hora por hora, hemos investigado entre los israelíes su relación con Hassan, y buscado los motivos por los que viajó a Estados Unidos.

—¿Y qué pasa con Arif, entonces? —preguntó Taylor—. Según el señor Wolfe, al parecer, la iniciativa de venir a América no partió de ella.

—La iniciativa aparente —recalcó Sharpe—. ¿Quién sabe lo que ocurrió de verdad? Quizá la sugerencia de los detractores de Ben-Aron de que Jalid siguiera de cerca sus apariciones en Estados Unidos fuese una cobertura para la señora Arif, parte de esa conspiración elusiva del señor Wolfe...

—Quizá —exclamó Taylor con un atisbo de sonrisa— fuese financiada por los iraníes...

Sharpe abrió los brazos con un gesto de impotencia.

—O de colonos derechistas asesinos. Pero ¿por qué iba a tender una trampa Jalid a su propia esposa? Eso me parece algo muy peligroso.

Era cierto, pensó David, y ése era el obstáculo que volvía a aparecer ante él, una y otra vez.

—Pero volvamos a examinar —continuaba Sharpe— el fundamento de la petición del señor Wolfe: que la señora Arif debería quedar libre a menos que el gobierno de Israel nos diga lo que sabe, a pesar del hecho de que el asesinato de dos israelíes demostró que hacer tal cosa amenazaría su propia investigación, e incluso la seguridad nacional de Israel.

»Acepto que quizá yo no sepa todo lo que sabe el gobierno de Israel. Acepto que se han negado a entregarnos sus archivos, o a poner a disposición de la defensa su personal de seguridad. Pero estoy segura de que si los israelíes tuviesen información o incluso alguna pista que sugiriese la culpabilidad de Jalid, nos las darían. —La rápida mirada que dirigió Sharpe a David contenía un atisbo de triunfo—. Hace unas pocas horas —continuó—, el ministro de Asuntos Exteriores de Israel aseguraba a nuestro secretario de Estado que Israel no dispone de esa información. En breve recibiremos una cara del ministro confirmando ese extremo. No sé qué más podemos pedirle a Israel, antes de comenzar una acusación por el asesinato de su primer ministro.

David sabía que esta última revelación podía echar por tierra su petición.

—La investigación de Israel sigue avanzando —intervino rápidamente—, y está claro que se descubrirán otros hechos. El ministro de Asuntos Exteriores no es omnisciente.

—Ni nosotros tampoco —replicó la juez—. Y como ocurre a menudo en este mundo imperfecto, estamos limitados por lo que nos permite hacer la ley.

»Comprendo sus problemas, señor Wolfe. Éste no es un crimen doméstico, sino un caso internacional, con muchas complicaciones. Sin embargo, dadas las pruebas contra la señora Arif, sólo la complejidad no debe ser motivo para abandonar su acusación. —Taylor modificó el tono, con un gesto de compasión hacia un abogado que estaba a punto de oír una decisión que podía condenar su caso—. Si trae usted más información concreta, ciertamente, la consideraré.

En ausencia de ella, este juicio seguirá adelante. Se deniega la petición.

Siguió un breve silencio, que quizá fuese la forma que tenía la juez de dejar que David aceptase su decepción.

—Bien —le dijo—. Su otra petición es de mucha menor importancia: pide usted que se prohíba testificar al señor Jefar. Oigamos esa petición.

—Está más allá de toda discusión —respondió David con aspereza— que el testimonio de Jefar es de segunda mano. No se reunió nunca con la señora Arif. Nunca la llamó. No tiene ni idea de dónde sacó Hassan ese trocito de papel. Según su propio testimonio, lo único que sabe es lo que le contó un hombre muerto.

»Si Ibrahim Jefar miente, el jurado no debería escucharle. Si está diciendo la verdad, se limita a repetir la historia de un terrorista que pudo contarle todo tipo de mentiras, empezando por su supuesta pertenencia a Al Aqsa, y acabando con Hana Arif. ¿Cómo se supone que voy a conseguir demostrar nada interrogando a Hassan?

»Si se trata de una trampa, está blindada. El tribunal ya ha desestimado mi petición de más información. Si consideramos lo que queda, es una injusticia digna de Franz Kafka: la señora Sharpe busca la ejecución de la señora Arif sin ofrecer ni un solo testigo que pueda asegurar que sabe si ella es inocente o culpable.

Durante un momento, la juez Taylor dejó que las palabras de David quedaran suspendidas en el aire, permitiéndose así algo de tiempo para la reflexión.

—¿Qué dice usted, señora Sharpe?

—Que todos los casos de testimonio de segunda mano presentan las dificultades citadas por el señor Wolfe. Por eso normalmente se impide este tipo de testimonios: su credibilidad no se puede demostrar mediante un interrogatorio cruzado, y por eso también hay excepciones para testimonios como el de Jefar. —El tono de Sharpe se hizo menos confiado—. La afirmación de Jefar concerniente a la señora Arif admitía su propia complicidad. Es una indicación clásica de credibilidad, que cae bajo la excepción clave de la norma del testimonio de segunda mano: si se reconoce algo que va en contra del interés propio, exponiéndose al castigo.

—¿Qué interés? —preguntó David con voz incrédula—. Jefar fue arrestado en la escena del crimen con una motocicleta repleta de explosivos. Un centenar de testigos o más le vieron intentar hacer volar por los aires a Ben-Aron. El único impacto que tiene ese reconocimiento en contra de su propio interés es que puede rebajar su condena evitando la ejecución.

—La declaración de Jefar —respondió Sharpe— no se mantiene por sí sola. Viene respaldada por la llamada de móvil de Hassan al móvil de la señora Arif, y el trocito de papel con sus huellas. Él no inventó ninguna de estas cosas.

—¿Podría usted presentar su acusación sin él? —preguntó Taylor.

—No podría —reconoció Sharpe—. Pero ésa no es la cuestión. Lo único que compete al tribunal es si las normas de la prueba permiten testificar a Jefar, y sí lo permiten.

El aire imperativo de Taylor se había desvanecido; miró a David descontenta y agobiada.

—Debo decírselo —le dijo a Sharpe—, éste es el caso más duro de acusación de todos los que he visto jamás. Eso me molesta. Creo que también debería molestarle a usted. Pero con respecto a las peticiones del señor Wolfe, la ley cae de su parte. Ya tiene bastante para celebrar el juicio, y eso es lo que vamos a tener.

Volviéndose a David, añadió:

—El juicio empezará dentro de dos semanas, de no haber alguna sorpresa. Ya ha tenido todo lo que he podido darle.

Por primera vez desde que recordaba, David no pudo pronunciar las gracias de cortesía.

—Gracias, señoría —dijo Sharpe por los dos.

Escuchando el relato de David de la vista, los labios de Hana se separaron.

—Lo siento —concluyó él.

—Ya lo veo en tu cara. —Hana bajó la vista, rumiando todo lo que él le había contado—. Yo también intentaba tener esperanza. Pero no esperaba que ganases. Mi único consuelo es saber que ningún abogado podría haberlo hecho mejor.

David intentó sonreír.

—No has probado a los demás abogados.

—No tengo por qué. —El rostro de Hana estaba serio—. Ocurra lo que ocurra en ese tribunal, me sentiré mucho mejor sabiendo que tú estás allí.

«¿Y qué pasará con Munira?», quería preguntarle David; pero de nuevo se dio cuenta de que se veía obligado a defender a aquella mujer mientras al mismo tiempo estaba constreñido por leyes que seguramente aseguraban su condena.

—Parece que necesitas un abrazo —dijo Hana con un asomo de sonrisa—. Pero mi papel es liberarte, no amarte; al menos hasta que acabe el juicio.

Al escuchar estas palabras, David sólo pudo sonreír, aunque se preguntó qué querría decir ella.

Capítulo 4

Durante días, en unos tribunales llenos de periodistas impacientes, David y Sharpe seleccionaron un jurado bajo el cuidadoso escrutinio de la juez Taylor.

Las líneas generales estaban muy claras: Sharpe quería jurados que respetaran al gobierno, creyesen decididamente en la pena de muerte y aceptasen la historia de la acusación sin hurgar en sus debilidades. David buscaba a los que se mostraban escépticos con la autoridad establecida, preocupados por las ejecuciones erróneas y deseosos de considerar explicaciones alternativas para el mismo hecho. Para David, esa línea se veía complicada por la presencia entre los posibles jurados de varios jubilados judíos cuya posible tendencia a la apertura de miras se veía contrarrestada por la indignación ante el asesinato de Ben-Aron y la pasión por la supervivencia de Israel.

De mala gana, David usó el último veto de que disponía para descalificar a un ejecutivo judío retirado que pasaba varias horas cada semana buscando sitios electrónicos que alabaran a Israel y vilipendiaran a los palestinos; Sharpe usó el último de los suyos con un antiguo maestro inválido, también judío, que había protestado contra el programa de vigilancia doméstica de la Agencia de Seguridad. Un factor crucial favorecía a Sharpe: buscar la pena de muerte le permitía descalificar a cualquier jurado que se mostrase reacio a votar para una ejecución. Para David era una forma sofisticada de amañar un jurado: siete posibles jurados, seis de los cuales convenían a David, fueron descalificados por expresar reparos ante la pena de muerte.

El proceso costó ocho días. Entre los doce finalistas estaban cinco mujeres, todas, para satisfacción de David, madres o abuelas. Los líderes obvios parecían Bob Clair, antiguo ejecutivo de seguros, y Ardelle Washington, bibliotecaria cuarentona que le pareció a David la más enérgica de los cuatro miembros de minorías del jurado: dos afroamericanos, un hispano y un camboyano que acababa de obtener una licenciatura en antropología. Clair y Washington eran más importantes si cabe: David y Ellen Castle, que le ayudó a elegir los jurados, estuvieron de acuerdo en que con toda probabilidad uno se convertiría en presidente y, como tal, ayudaría a dar forma a las deliberaciones. Todo aquello no difería demasiado de una especie de cita a ciegas letal, en la cual lo que estaba en juego no era una velada malgastada, sino la muerte de Hana.

—Hay que traer a la hija —dijo Castle a David.

—Ya lo sé.

—Yo estaré allí —dijo Saeb, lacónico—. Y eso basta. Ese juicio no es lugar para Munira.

Desde su regreso, David apenas había visto a Saeb. Ahora, sentado frente a él en el estéril apartamento que compartía con Munira, David se sentía sorprendido por la precisión de los movimientos de Saeb: la fijeza con la que contemplaba las expresiones de David; el contraste entre sus ojos, tan vivaces, y una fragilidad que parecía mucho más aguda aún. David pensó que ese hombre moriría pronto, pero probablemente no antes de que su obstinación (o peor, sus designios) ayudasen a que el gobierno matara a su esposa.

David luchó por controlar su tono:

—Pueden ejecutarla, Saeb. Su defensa es mucho más emocional que basada en hechos: ¿por qué una mujer que ama a su hija se arriesgaría a abandonarla para siempre? Pero el jurado tiene que ver su interacción. Ésas son cosas que yo no puedo verbalizar.

—Munira sólo tiene doce años —replicó Saeb.

—Y es posible que su madre muera. No necesita que te esfuerces tanto.

Saeb se puso tenso, y luego preguntó, suavemente:

—¿Qué quieres decir exactamente?

—Que se trata de Hana, no de ti. Los jurados no saben nada de ti ni les importan tus prerrogativas paternales.

—¿Así que para ellos Munira tiene que jugar a ser la Barbie musulmana? —Mirando hacia el vestíbulo, Saeb habló con un tono demasiado bajo para que le oyera nadie más—. Asistir a la comparecencia de su madre ante la juez fue traumático. Munira es mucho más que un juguete de un tribunal.

—Y mucho más que una propiedad tuya. Su madre la necesita.

—Su madre está en prisión. —La voz de Saeb se hizo más suave todavía—. Pareces saber mucho de mi mujer. Dime, ¿desea Hana que

Munira elija entre su madre y su padre, o simplemente no le importa cómo afecte esto a su hija?

David le miró fijamente.

—A lo largo de los años —dijo al fin—, he pensado muchas cosas de ti. Pero nunca imaginé esto. ¿Por qué has seguido casado con una mujer a la que estás tan deseoso de dejar morir?

La sonrisa leve de Saeb no era una sonrisa en absoluto.

—Ya nos estamos acercando al quid de la cuestión, ¿verdad?

Los nervios de David estaban a flor de piel.

—¿Y qué significa eso exactamente?

—¿En este contexto, David? Que te has olvidado de cuál es tu papel. Sólo eres un abogado. Yo soy el marido de Hana y tengo mis derechos como padre. —Saeb se echó atrás, estudiando a David con el aire desdeñoso de un hombre que concede su atención a un pedigüeño—. Discutiré este tema con mi mujer. Mientras tanto, los jurados me verán a mí en el juicio. Quizá puedas asegurarles que Hana nunca se arriesgaría a separarse de su marido matando a Ben-Aron.

Esta última observación fue hecha en un tono tan carente de emoción, que David no pudo descifrarla.

—Al menos me gustaría hablar con Munira —dijo al fin—, aunque sólo sea para ver qué tal lo está pasando.

—No es necesario —dijo Saeb, desdeñoso—. Yo la llevo a ver a su madre, yo le digo a Hana cómo está. Quizá si no estuviera durmiendo...

Saeb acabó la frase encogiéndose de hombros. David se quedó pensando si Munira estaba o no detrás de la puerta del dormitorio, de la cual procedía un rayo de luz.

—Sólo son las ocho —objetó—. No es demasiado tarde para despertarla.

—Quizá —replicó Saeb—. Pero sin duda ya estarás cansado, y todavía tienes mucho que hacer. Mañana empieza el juicio.

David se fue. Raras veces en su vida se había sentido tan impotente y tan lleno de ira.

La primera mañana de un juicio por asesinato está llena de ansiedad. Sin embargo, David no había experimentado nada como aquello: el tribunal atestado de medios de comunicación del mundo entero; el edificio rodeado de camiones enviados por las cadenas de televisión, desde la CNN a Al Yazira; manifestantes proisraelíes y propalestinos, separados por la policía, que se gritaban insultos unos a otros... Sentados en la tribuna del jurado, doce aprensivos ciudadanos esperaban a las dos mujeres que faltaban: la juez y la acusada.

Hana fue la primera que llegó, escoltada por dos alguaciles. Llevaba una falda larga y una blusa color rosa, y se había arreglado dentro de lo posible. Miró al jurado con muda ansiedad, y luego a su marido, situado detrás de la mesa del defensor. Sentándose junto a David, le preguntó:

—¿Munira no?

David dijo que no con la cabeza. Cerrando los ojos brevemente, Hana murmuró:

—Quizá sea lo mejor.

Mirando hacia la tribuna del jurado, David vio que Ardelle Washington miraba a Hana y a Saeb. Sin embargo, Hana no pudo hacer lo que David deseaba: dedicarle una sonrisa a su marido. Intranquilo, David examinó la sala y vio a Angel Garriques situado junto a Saeb; a Marnie Sharpe, sumida en sus propios pensamientos, que parecía ajena a cuanto la rodeaba; y a Avi Hertz, a quien David no había visto desde el asesinato de Barak Lev. Y luego el alguacil dijo: «Pónganse en pie», y apareció la juez Caitlin Taylor y se sentó en el estrado con su toga negra tan adusta como sus modales.

—Señora Sharpe —inquirió la juez—, ¿está usted dispuesta?

Sharpe empezó, muy tiesa. No le correspondía a ella el encanto, sino la lógica. Parecía racional y meticulosa, una persona que se avendría muy bien con la mayoría de los jurados.

—Éste es un caso muy sencillo —les aseguró—. Estamos intentando hacer justicia por el asesinato de un líder mundial que luchaba por llevar la paz allí donde no hay paz. Pero al final no es más que un caso de asesinato; ustedes deben juzgar a la acusada mediante los mismos métodos que otros incontables casos de asesinato que se han juzgado en todo Estados Unidos. La única diferencia es el motivo: para matar la esperanza de paz.

Inclinando la cabeza hacia Hana, el tono de Sharpe se endureció.

—Para conseguirlo, dos hombres llevaron unas motocicletas llenas de explosivos hacia la limusina que transportaba a Amos Ben-Aron. Iyad Hassan murió al instante; por un grotesco giro del destino, Ibrahim Jefar vivió para nombrar a la mujer que dirigió ese acto tan atroz: la mujer que tienen ustedes delante, Hana Arif.

»¿Y cómo lo sabía Jefar? —preguntó Sharpe retóricamente—. Porque Iyad Hassan se lo dijo. Según Hassan, Arif le reclutó en la

Universidad de Birzeit, donde ella enseñaba; dirigió sus actividades letales en San Francisco y, ese día fatal, les dio la orden de que llevasen a cabo su terrible crimen. —Bajó la voz—. El primer atentado suicida de Estados Unidos, un crimen tan terrible e indiscriminado que segó la vida no sólo de su objetivo, sino también de un israelí y un americano (ambos maridos y padres) encargados de su protección.

Junto a él, David vio que Hana miraba a Sharpe mientras ésta observaba a todos los jurados, uno por uno.

—Amos Ben-Aron —siguió— sólo pudo ser identificado por la dentadura. Pero una característica peculiar de los atentados suicidas es que aquellos que los cometen esperan el mismo destino: la desaparición. Eso es lo que provocó la explosión de la calle Cuarta con Iyad Hassan, y lo que creía Ibrahim Jefar que le había de suceder a él también.

Varios jurados parecían asombrados y conmocionados, como si se esforzaran por imaginar el estado mental que podía suponer tal horror.

—La acusación de Jefar contra la señora Arif —les dijo Sharpe— se halla apoyada por otras pruebas en posesión de Iyad Hassan: un trocito de papel con las huellas de la señora Arif y su número de móvil; una llamada a ese mismo teléfono móvil registrada en el teléfono de Hassan. Sin embargo, que Jefar quisiera sacrificar su vida resulta de importancia crucial. Vino aquí a morir, no a mentir.

En su bloc de notas, David garabateó: «Suicidio = credibilidad». Al ver esto, Hana bufó.

—El señor Wolfe —continuó Sharpe— intentará hablarles de una oscura conspiración que implica a personas desconocidas. Esos conspiradores podrían existir, desde luego. De hecho, puede ser cierto que, de todas las personas de esta sala, sólo Hana Arif sepa quiénes son.

David pensó que era una ofensiva muy astuta, destinada a obligarle a sacar a Hana al estrado.

—Careciendo de mejores alternativas —añadió Sharp con un toque de burla—, el señor Wolfe se ve obligado a alegar que esos conspiradores desconocidos tendieron una trampa a la señora Arif por motivos desconocidos. Consideremos lo que esa teoría requiere que ustedes crean: que siguiendo las instrucciones de una mente criminal en la sombra, Iyad Hassan, que esperaba morir, mintiese a Ibrahim Jefar, que esperaba morir. ¿Por qué? El señor Wolfe no lo sabe. ¿Quién es esa mente criminal? El señor Wolfe no es capaz de decírnoslo.

David se dio cuenta de que Sharpe le estaba desafiando a que diera el nombre de Saeb Jalid como sospechoso. Pero David no tenía ninguna prueba, y acusar a Saeb sólo habría conseguido condenar a su mujer, y arriesgar la credibilidad del propio David. Al mirar a Saeb, David vio que estaba tan impasible como siempre.

—La razón de esa reticencia es sencilla —continuó Sharpe—: la supuesta conspiración criminal del señor Wolfe no existe.

»Cuando se acaben todas las especulaciones, ustedes deben confiar en las pruebas que tienen delante. Y las pruebas que les mostraremos conducen sólo a una conclusión. —Señalando hacia el otro lado de la sala del tribunal, Sharpe habló con firmeza—. Hana Arif tramó el asesinato de Amos Ben-Aron. Ahora su trabajo ha concluido, y empieza el de ustedes: hacer justicia a esos tres hombres asesinados y, al hacerlo, redimir el honor de nuestro país.

David pensó que el discurso inicial era sencillo, y tan efectivo como había temido. Sus jurados fundamentales, Bob Clair y Ardelle Washington, miraban a Sharpe con un respeto sombrío.

David se puso de pie y apoyó brevemente la mano en el hombro de Hana.

Se tomó un tiempo antes de empezar a hablar. En parte, era una táctica para atraer la atención del jurado hacia él. Pero también permitía a David recomponer sus argumentos mientras refrenaba sus emociones; tocar a Hana, que era un acto teatral más de aquella representación, le sentó bien.

Su mirada se paseó por el jurado, concentrándose al final en Ardelle Washington.

—Ha ocurrido un crimen terrible —le dijo—. Dos hombres son responsables de él, eso está claro, y uno de ellos ha sobrevivido: Ibrahim Jefar. Pero para evitar pagar el precio máximo, ha dado al gobierno otro nombre: el de Hana Arif.

»En cierto sentido, la señora Sharpe tiene razón: una característica habitual de muchas acusaciones de asesinato es un chivatazo. Y Jefar es un chivato normal y corriente: poco fiable, egoísta y culpable de un crimen espantoso. Pero Jefar es mucho menos creíble aún.

Con este comienzo, David vio que había captado la atención del jurado.

—La señora Sharpe quiere impresionarles diciéndoles que Jefar estaba dispuesto a morir. Entonces, ¿por qué acusa a la señora Arif para poder sobrevivir? No puede ser porque hubiera algún problema en su relación. Como les dirá el señor Jefar, él nunca vio a (ni habló con) la señora Arif. Lo único que asegura saber es lo que le dijo un hombre muerto.

»Qué conveniente. Nunca podremos oírselo decir a su supuesto acusador, Iyad Hassan, ni mirarle a los ojos. Pero éste es el principio de este juego de espejos al que el gobierno llama «acusación». Para matar a Ben-Aron, Hassan y Jefar necesitaron motocicletas, explosivos, uniformes, móviles, identidades falsas y dinero, y todo ello les fue proporcionado en Estados Unidos. Sin embargo, ni una sola prueba conecta a Hana Arif con ninguna de esas cosas.

Por el rabillo del ojo, David vio que Saeb miraba al suelo, pensativo.

—Qué extraño —continuó David—. Qué curioso que un complot que requería numerosas llamadas por móvil conservase registrada solamente una. Qué peculiar que esta profesora de derecho entregase una prueba incriminatoria a un asesino. Qué increíble que la supuesta orquestadora de un crimen tan complejo fuese tan poco sofisticada. Qué extraño que los Mártires de Al Aqsa, el grupo de resistencia de Ibrahim Jefar, confiasen ese asesinato a una mujer con la cual la señora Sharpe no puede mostrarnos ninguna conexión anterior. —Volviéndose a Hana, invitó al jurado a examinarla—. Y qué increíble resulta que esta esposa y madre responsable, tan dedicada a su hija de doce años, arriesgase su vida en un complot tan peligroso.

Tal y como le había dicho David, Hana devolvió la mirada al jurado, procurando establecer algún contacto humano.

—Sí, esto —les dijo David abruptamente— es todo lo que tiene la acusación: un chivato que no sabe si la acusada es inocente o culpable, y dos pruebas que carecen de todo sentido. El caso de la señora Sharpe es tan endeble no porque no haya intentado documentarlo mejor, sino porque es todo lo que pudieron tramar aquellos que tendieron una trampa a Hana Arif. Pero este plan tiene una virtud extraordinaria: si la mujer a la que han tendido la trampa no sabe nada, nunca sabremos realmente quién planeó el asesinato de Amos Ben-Aron.

»Cuánta perfección —dijo David con auténtico sarcasmo—. La señora Sharpe culpa a la señora Arif por el silencio de la inocencia, y a su abogado por no ser capaz de identificar al culpable. Pero sólo el culpable puede responder de ese crimen. Y algo mucho más importante aún: la señora Sharpe también se calla las preguntas que espera que ustedes no hagan, así como las respuestas que no puede darles a ustedes.

»Es responsabilidad suya hacerlas. Y si ella sigue sin poder responder, deben decirle a ella y al mundo que aquí no se condena a una mujer por asesinato sólo porque es lo único que tiene el gobierno.

Haciendo una pausa, David estudió las expresiones del jurado: perplejas, dudosas, deseando que alguien los convenciera. Pero él había hecho todo lo que había podido. Había dos cosas que no podía hacer: dar un nombre que supusiera una alternativa para Hana, y cambiar el hecho de que lo único que tenía que hacer Sharpe era encarar el supuesto papel de Hana en el asesinato. El juicio había empezado tal y como él había temido.

—Gracias —dijo en voz baja, y se sentó junto a su cliente.

Capítulo 5

En busca de un inicio llamativo, Sharpe llamó como primer testigo a James Emmons, jefe del destacamento del Servicio Secreto destinado a proteger al primer ministro Ben-Aron.

Su testimonio fue tal y como esperaba David, un relato de la explosión de la bomba y sus consecuencias realizado de forma tan comedida y serena que parecía realzar el horror que Emmons describía al jurado. Sin embargo, Sharpe no dejó nada a la imaginación: a pesar de las vehementes objeciones de David, presentó un vídeo de un aficionado con los últimos minutos de Ben-Aron.

En la sala del tribunal que se había dejado en penumbra, un procurador de la oficina de Sharpe puso en marcha el vídeo. Se había filmado en la calle Cuarta, según sabía David, a pocos metros del lugar donde estaban él y Carole. Las imágenes sin sonido llenaron la pantalla gigante: Ben-Aron saludando a través de la ventanilla; los coches negros que pasaban a toda velocidad, custodiados por policías en motocicletas, presentando una imagen de inexpugnable poderío. Entonces, una de las motocicletas, la de Iyad Hassan, giraba hacia el coche. Al contemplar aquello, David se puso tenso, temiendo lo que ya había visto.

Una segunda moto, la de Ibrahim Jefar, se deslizó junto a la ventanilla de Ben-Aron. Jefar miró hacia Hassan como si esperase una señal. Sin mirar a Jefar, Hassan puso su moto en ángulo hacia la limusina de Ben-Aron.

A cámara lenta, Hassan se acercó hasta encontrarse a un metro, luego a medio metro. Un tirador que se encontraba sentado en el maletero de la limusina, frente a Ben-Aron, apuntó y disparó. Un chorro de sangre y sesos de Hassan salió disparado por el aire justo antes de que la limusina explotara, desvaneciéndose entre el fuego y el humo que escupían fragmentos de metal en todas direcciones.

Hana dio un respingo y cogió el brazo de David. Entre los desechos que volaban por todas partes, vio miembros humanos, a Ibrahim Jefar que salía catapultado de lado, su moto que se inclinaba y luego caía. Iyad Hassan había desaparecido.

La pantalla se puso negra. Todavía paralizado, David recordó a Carole, que temblaba en sus brazos.

—Tienes que soltarte —susurró David a Hana, y los dedos de ella se soltaron de su muñeca.

El alguacil del tribunal encendió la luz. Parpadeando y desorientados, los miembros del jurado miraron hacia la pantalla vacía. El rostro esbelto de Bob Clair se había quedado sin color.

Sharpe seguía de pie en el mismo lugar que antes, a unos pocos metros del testigo. Emmons la miraba con estoico sufrimiento.

—¿Refleja esta película de forma adecuada la explosión de la bomba que usted presenció?

—Sí.

—Así pues, la limusina del primer ministro quedó totalmente destruida.

—Sí, y todos los que iban en ella: el primer ministro, Rodney Daves y Ariel Glick. No quedaron cadáveres, sólo restos.

—¿Conocía usted bien a Rodney Daves?

Aunque Emmons todavía miraba en dirección a Sharpe, sus ojos parecían nublados.

—Soy el padrino de sus hijos, Clay y Amy. Fui yo quien llamó a su mujer.

Aquí habría terminado David, y fue donde decidió acabar también Sharpe. Con una mirada de satisfacción, dijo a la juez Taylor:

—No hay más preguntas.

Taylor miró silenciosa al jurado. David vio que la más joven, Rosella Suárez, se secaba los ojos con un pañuelo de papel arrugado.

—Haremos un descanso de diez minutos —indicó la juez.

Hana y David se sentaron en una sala de testigos inhóspita, para tomar un café.

—El testimonio de Emmons habría bastado —dijo él—, pero Sharpe quería horrorizar al jurado.

Hana estaba pálida.

—¿Porque hace más fácil de conseguir la sentencia de muerte? ¿O para que el jurado tenga más ganas de condenarme?

David no respondió.

—Intentaré que Sharpe pague el precio —prometió.

ϒ

David se dirigió hacia Emmons con las manos en los bolsillos, manteniéndose a una distancia respetuosa del testigo. En un tono de ligera curiosidad, David preguntó:

—¿Sabe usted por casualidad, agente Emmons, cómo es posible que los asesinos estuvieran en la calle Cuarta?

Emmons meneó la cabeza negativamente.

—No.

—Entonces, a ver si entiendo sus procedimientos. Dos días antes de la llegada del primer ministro, un pequeño grupo de trabajo del Servicio Secreto, los israelíes y la policía de San Francisco, todos ellos actuando bajo su dirección, eligieron su ruta hacia el aeropuerto.

—Correcto.

—Y la ruta que usted eligió cogía Market Street hasta la calle Décima, no hasta la Cuarta.

—Eso también es correcto.

David inclinó la cabeza.

—¿Cuándo cambió la ruta?

Emmons cambió de postura en la silla del testigo.

—Veinte minutos antes de que el señor Ben-Aron partiese del Commonwealth Club. Fue una precaución extra.

—¿Y quién se suponía que conocía ese cambio?

—Sólo los miembros de nuestro equipo de protección conjunto.

Mirando brevemente hacia el jurado, David vio que estaban muy atentos y parecían menos afectados que antes.

—¿Comunicó usted personalmente el cambio de ruta?

—Sí, mediante un móvil seguro, al agente del Servicio Secreto que dirigía el primer coche; al responsable del equipo israelí, Shlomo Avner, y a John Russo, jefe de Protección de Dignatarios de la Policía de San Francisco. Todos ellos se encargaron de avisar a su personal respectivo.

—¿Y lo hicieron?

Emmons cruzó los brazos.

—Obviamente. La comitiva de vehículos tomó por la calle Cuarta.

—Donde esperaban Hassan y Jefar.

—Sí.

David le dirigió una mirada de extrañeza.

—Entonces, ¿quién les llamó?

—Pues no lo sé.

—Ellos no estaban en la lista de gente a la que llamar, supongo.

—Por supuesto que no.

—Sin embargo, alguien del séquito (un agente del Servicio Secreto, un agente israelí o un policía) tuvo que llamarles.

Sharpe se puso de pie al momento.

—Protesto —exclamó—. La pregunta exige que el testigo especule.

Taylor se volvió hacia David, y éste rectificó.

—Sólo hay esas posibilidades, señoría. Creo que podemos confiar en que este testigo elija entre ellas.

—De acuerdo. Puede usted responder a la pregunta, agente Emmons.

—Es una posibilidad —dijo Emmons a David—. La otra es que, de alguna manera, Hassan y Jefar consiguieran interceptar nuestras comunicaciones...

—En cuyo caso —interrumpió David—, no habrían necesitado que una tercera persona (supuestamente, la señora Arif) les comunicase el cambio de ruta.

Emmons pareció algo sorprendido.

—Pues supongo que no.

David sonrió débilmente.

—En ese caso, podemos irnos todos a casa.

—Protesto —exclamó Sharpe, muy acalorada—. Nosotros sostenemos que la señora Arif reclutó a Iyad Hassan. ¿Y quién, si puedo preguntarlo, puso en contacto a esos hombres con los explosivos?

—¿Quién fue, realmente? —preguntó David a la juez—. Pero déjeme que retire la pregunta y pregunte por el contrario al testigo si tiene alguna información que relacione a la señora Arif con algunos de los objetos utilizados por los asesinos.

Aparentemente despistado por el rápido cambio, a Emmons le costó un momento responder.

—Pues no.

—Muy bien. Además de la posibilidad de que las comunicaciones fuesen interceptadas, ¿han investigado el FBI y el Servicio Secreto (especialmente usted) la posibilidad de que alguien del séquito del Servicio Secreto o de la policía de San Francisco advirtiera a los asesinos del cambio de ruta?

—Sí, lo hemos hecho —respondió Emmons—. Hemos interrogado a todos los nuestros y a la policía implicada en el caso, hemos aplicado el polígrafo y revisado nuestros registros telefónicos y financieros en busca de cualquier anomalía. Incluso hemos duplicado las investigaciones para cada uno de ellos. Pero no hemos encontrado nada sospechoso.

—¿Y los israelíes?

Emmons dudó, claramente desgarrado entre su humano deseo de quitarse de encima las culpas y su obligación profesional de ayudar a la acusación dentro de los límites de la verdad.

—No hemos hecho ninguna investigación de los miembros del séquito de protección de Israel. Creo que el gobierno israelí está llevando a cabo su propia investigación.

—¿Sabe algo de lo que han averiguado?

—Nada.

—Excepto, por supuesto, que nada de lo que han encontrado implica a la señora Arif.

—Protesto —dijo rápidamente Sharpe—. La pregunta no tiene fundamento. Si el agente Emmons no sabe nada, por definición tampoco puede saber eso.

—¿No puede? —preguntó David a la juez, con aire divertido—. ¿Ni tampoco la señora Sharpe? Me parece increíble que el gobierno israelí sea capaz de ocultar información que relacione a la señora Arif con el crimen de su propio primer ministro.

Un atisbo de diversión apareció en los ojos de la juez.

—Su argumento tiene una cierta lógica —le dijo a David—; pero la señora Sharpe sólo nos puede dar lo que tiene. Si en su caso no hay testigos de Israel, eso habla por sí mismo. Por favor, haga otra pregunta.

Satisfecho, David miró más allá del jurado a Avi Hertz, tan inescrutable que parecía de cera. Con indiferencia, David preguntó al testigo:

—¿Ha oído hablar usted de un hombre llamado Barak Lev?

Emmons entornó los ojos.

—Sí. Es, o más bien era, un colono de Cisjordania, líder de un grupo extremista llamado movimiento Masada. Su objetivo es echar a los palestinos de Cisjordania, que creen que fue otorgada por Dios a Israel.

—No le gustaba mucho Ben-Aron, ¿verdad? De hecho, ¿no profetizó acaso Lev que Dios mataría a Ben-Aron?

Cruzando las manos, Emmons meditó su respuesta.

—Por sus declaraciones, Lev y otros del movimiento de Masada creían que Ben-Aron los abandonaría a los palestinos. Y por eso creían que Dios debía acabar con él.

Con las manos en las caderas, David miró a Emmons de reojo.

—Antes de la llegada de Ben-Aron, ¿preparó el Servicio Secreto lo que se suele llamar una «lista de vigilancia» de gente en Estados Unidos que podía suponer una grave amenaza para Ben-Aron?

Súbitamente consciente del lugar al que se dirigía David, Sharpe se puso de pie de forma refleja, como si fuese a protestar, pero luego pareció pensárselo mejor.

—Sí —respondió lacónicamente Emmons.

—Y esa lista ¿incluía a judíos americanos simpatizantes del movimiento Masada?

—Sí, los incluía —respondió Emmons con retintín—; pero sobre todo en Brooklyn.

David decidió dejar ese camino.

—¿Conoce usted a un hombre llamado Hillel Markis?

—Sí. —Una vez más, Emmons dudó—. Era miembro del equipo de seguridad israelí que debía proteger a Ben-Aron en San Francisco.

—¿Sabe usted también que Markis y Lev no sólo sirvieron juntos en el ejército, sino que de hecho eran amigos íntimos?

Emmons meneó negativamente la cabeza.

—No tenía conocimiento de primera mano de eso.

David hizo una pausa.

—Observo que ha hablado usted de Markis en pasado.

—Sí, así es —respondió Emmons—, porque murió.

—¿Cómo ocurrió tal cosa?

Plenamente consciente del papel de David en la muerte de Markis, Emmons le dirigió una mirada de velada hostilidad.

—Murió en un atentado suicida en Tel Aviv.

—¿Sabe si murió o resultó herido alguien más?

—Únicamente el terrorista. Markis estaba solo.

—¿Y cuándo ocurrió eso?

—Hace unos dos meses.

—¿Ha reivindicado alguien ese atentado?

—No.

De repente, Marnie Sharpe se puso en pie.

—Señoría, ¿puedo acercarme al estrado?

Siguiendo a Sharpe, David se unió a ella, y ambos se acercaron a la juez Taylor.

—Señoría —dijo Sharpe con considerable vehemencia—, las últimas cuatro preguntas deberían descalificar al señor Wolfe para que continúe como abogado de la señora Arif. Con aire de inocencia, pregunta a ese testigo por un conocimiento de segunda mano que fue presenciado, o casi, por el propio señor Wolfe. Éste no puede ser a la vez testigo y abogado.

—No me propongo serlo en absoluto —respondió David con tono neutro—. Ya hemos pasado por esto. No se discute en absoluto que Lev y Markis estén tan muertos como el primer ministro. Me gustaría no haber tenido relación alguna con esas muertes. No obstante, existen otros testigos para las tres, y la señora Arif quiere que sea su abogado.

Taylor se volvió hacia Sharpe.

—No acepto la petición de descalificar al señor Wolfe, si es eso lo que está sugiriendo. Podemos aplazar el juicio y tratar este tema. Pero el resultado es obvio, y el deseo de la señora Arif de que el señor Wolfe sea su abogado pesa mucho en mi ánimo. Así que déjeme que le plantee una cuestión práctica: si yo decido descalificar al señor Wolfe, ¿está usted dispuesta a llevar a cabo un nuevo juicio con un nuevo abogado, quizá dentro de unos meses o de unos años, o se limitará a intentar mantener la acusación contra el señor Wolfe?

David comprendió que tanto él como Sharpe se enfrentaban a un agujero negro lleno de incertidumbres. Aunque Sharpe deseaba librarse de David, el retraso que supondría todo aquello ayudaría a Hana, más que a la acusación. Por un instante, David incluso esperó que eso pudiera suceder. Frunciendo el ceño, Sharpe preguntó:

—¿Puedo considerar todo esto?

—Sólo hasta las nueve de la mañana de mañana —dijo la juez, concisa—. Mientras tanto, permitiré al señor Wolfe que continúe el interrogatorio.

Mientras David se alejaba, vio una curiosa doble imagen: la mirada de gratitud y preocupación que le dirigió Hana, y a Saeb, sentado tras ella, mirando el rostro de David. Volviéndose hacia el testigo de nuevo, David dijo:

—Estábamos hablando del asesinato de Hillel Markis. ¿Fue asesinado también Barak Lev?

—Sí; por un francotirador, un día después de Markis.

—Entonces, en resumen: un miembro del equipo de seguridad de Ben-Aron, Hillel Markis, estaba cerca del jefe del movimiento Masada, Barak Lev, que dijo en voz bien alta que deseaba que Dios eliminase a Ben-Aron. Ben-Aron resulta asesinado, y luego Markis, y más tarde Lev. ¿Es correcto todo esto?

—Tal como tengo entendido, así es.

—¿Sabe usted quién mató a Markis y Lev?

—No lo sé. Lo único que sé es que ambos murieron en Israel.

Acercándose a la mesa de la defensa, David se puso de pie junto a Hana.

—¿Sabe usted que existiera alguna relación entre la señora Arif y Markis o Lev?

—No.

—Entonces, volvamos a la lista de gente que podría suponer una amenaza para el primer ministro Ben-Aron. Que usted sepa, ¿incluía a alguien afiliado a la Brigada de Mártires de Al Aqsa?

Emmons dirigió una rapidísima mirada a Marnie Sharpe.

—No, que yo sepa.

—Y sin embargo, Ibrahim Jefar asegura que actuaba en nombre de Al Aqsa.

—Eso tengo entendido.

David se acercó más.

—Según su opinión, agente Emmons, el asesinato de Amos Ben-Aron ¿fue obra de un profesional?

—Sí, fue muy profesional.

—¿Cree usted capaz a Al Aqsa de una operación semejante en Estados Unidos?

—No. Al Aqsa carece de la infraestructura suficiente.

Echando una mirada al jurado, David captó la mirada de perplejidad de Bob Clair.

—¿Sabe usted si existe alguna conexión entre Al Aqsa y Hana Arif?

—No, ninguna —dijo Emmons, con rotundidad.

El tono de su respuesta sugería un avance decisivo: aunque pertenecía al gobierno, Emmons parecía preocupado por los huecos que había en aquel caso.

—Como miembro del Servicio Secreto —preguntó David—, ¿sabe usted que existen otros países de Oriente Medio hostiles al Estado de Israel?

—Por supuesto.

—¿Cuál de esos países tiene la capacidad en Estados Unidos para apoyar una operación compleja, como este asesinato?

Emmons se removió un poco.

—Irán —contestó con rotundidad—; en concreto, la Inteligencia iraní.

—¿Y sabe usted si existe alguna relación entre la señora Arif y la inteligencia iraní?

Durante mucho más rato del que merecía la pregunta, Emmons pensó la respuesta. De nuevo, David sintió que una dualidad curiosa dominaba el tribunal: el jurado y los medios, sin saber lo que se encontraba detrás de las preguntas de David; el testigo y la fiscal, ambos nerviosos, plenamente alerta para ver adónde quería dirigirse David. Saeb, aunque sin expresión alguna, parecía sorprendentemente tranquilo.

—No —respondió al fin el testigo—. Entre los iraníes y la acusada, no.

—Gracias —dijo David—. No haré más preguntas.

Capítulo 6

En el sueño de David, una mujer solitaria envuelta en un manto negro y una capucha entraba en un callejón oscuro, como una réplica fantástica de un campo de refugiados, y con movimientos temerosos y vacilantes, iba moviendo la cabeza a un lado y a otro. Estaba separada de David por un alambre de espinos: lo único que él podía discernir era que la mujer medía lo mismo que Hana, y que sus movimientos le parecían familiares. Aunque él deseaba ayudarla, la figura sombría, al acercarse, le llenaba de aprensión.

Cuando pasaba por el callejón, aparecían ante ella unas lápidas. David se inclinaba hacia el alambre, y las púas le pinchaban la frente.

A medio metro de distancia, la mujer estiraba hacia él un brazo esbelto y con unos dedos delicados le tocaba los suyos.

—Ayúdame —decía, en perfecto inglés.

—Pero ¿quién eres?

La mujer no respondía. David hacía un esfuerzo por verle los rasgos en la penumbra, y ella lentamente se echaba hacia atrás la capucha y liberaba así su largo cabello negro.

La mujer en realidad era una chica: Munira.

Despertándose sobresaltado, David vio los números de su despertador iluminados en color rojo.

Tenía la boca seca. Ya notaba que el sueño iba desapareciendo en su inconsciente, dejándole sólo fragmentos medio recordados. Como ocurría con los demás sueños, no tenía ningún sentido para él, excepto la explosión de emociones que había estado luchando por reprimir.

David cerró los ojos e intentó concentrarse en el día de mañana.

El primer testigo de la jornada, la doctora Elizabeth Shelton, era forense del Ayuntamiento y el Condado de San Francisco. Esbelta, rubia y de modales vivaces, Liz Shelton se había convertido, a sus cuarenta y tantos años, en una experta de reputación nacional.

Y según la opinión de David, su testimonio no servía para ningún objetivo concreto salvo revolver el estómago de los jurados.

Se lo había dicho así a la juez Taylor, ofreciéndose a aceptar las muertes. Sin embargo, Sharpe había insistido en que tenía derecho a probar, por los medios que considerase más oportunos, hasta los elementos más rudimentarios de un caso de asesinato, como, por ejemplo, que los asesinados estaban muertos de verdad. Y por tanto, Hana se quedó sentada junto a David, mirando a la mesa, mientras Sharpe iba extrayendo a la doctora Shelton hasta el detalle más minucioso de la forma en que las bombas que llevaba Iyad Hassan habían transformado a sus víctimas.

Esta exégesis se había ilustrado mediante unas diapositivas de fragmentos de miembros humanos, dientes y huesos proyectadas al jurado en una pantalla. Shelton dijo a los jurados que la causa de la muerte era una tremenda explosión; los restos carbonizados, tal y como habían quedado, no permitían a los forenses distinguir a una víctima de otra, salvo mediante los registros dentales y el ADN. Con los ojos cerrados, Hana ni siquiera miró las proyecciones.

En resumen, costó una hora entera a Sharpe y Shelton matar a Amos Ben-Aron, una hora más de lo que había costado esa misma tarea a Iyad Hassan. Cuando todo hubo concluido y la juez Taylor levantó la sesión, David notó una mano leve en su hombro.

—¿Así que crees que Munira tenía que haber oído o visto todo esto? —preguntó Saeb en voz baja.

David se limitó a mirarle. Saeb miró a su mujer y los ojos de ambos se encontraron, y luego Hana apartó la vista sin mirar a nadie.

Acercándose a la testigo, David se detuvo de repente, como si le asaltara una súbita idea.

—Dígame, doctora Shelton, ¿por qué está usted aquí?

Muy serena, Shelton miró a Sharpe.

—Protesto —exclamó la fiscal—. No sólo es una pregunta vaga y ambigua, sino que exige una conclusión legal. Obviamente, Estados Unidos ha llamado a la doctora Shelton para establecer la causa de la muerte.

—¿Existe alguna duda acerca de la forma en que murieron las víctimas? —preguntó David a la juez Taylor.

—Pensaba que no —dijo Taylor con tono árido—, pero apoyo la protesta de la señora Sharpe. Vaya usted a donde quiera ir a parar por otro camino.

—Gracias, señoría. —Enfrentándose a Shelton, David preguntó—: Por lo que usted sabe, doctora Shelton, ¿ha discutido alguna vez la defensa que la causa de la muerte fuese la explosión que la señora Sharpe proyectó ayer al jurado?

Los labios de Shelton se apretaron; David notó que no le había parecido bien que Sharpe la hubiese utilizado, y que tampoco le hacía ninguna gracia que intentara hacerlo David. Sin alterarse, dijo:

—No, que yo sepa.

—¿Conoce usted algún detalle sobre si Hana Arif es responsable de algún modo de esa explosión?

Shelton cruzó los brazos.

—No.

—Aparte de lo que ha oído usted decir de Iyad Hassan, ¿tiene algún conocimiento personal, el que sea, de quién pudo ser el responsable?

—No.

—Entonces, deje que vuelva a preguntárselo: ¿por qué está usted aquí?

—Protesto —volvió a decir Sharpe irritada, tal y como había esperado David—. La misma protesta. Esto es una pérdida de tiempo.

—Señoría —respondió David con calma—, me parece enormemente imprudente por parte de la señora Sharpe acusarme de perder el tiempo. Desde que la doctora Shelton subió al estrado, todos nosotros estamos una hora y cuarto más cerca del momento de nuestra muerte, y ni un minuto más cerca de llegar al conocimiento de la inocencia o culpabilidad de la señora Arif. Me parece de justicia establecer este hecho.

—Parece que ya lo ha hecho —replicó Taylor—, así que les ruego a los dos que no consuman más tiempo con discursitos.

Mirando al jurado, David vio que Ardelle Washington contemplaba a Marnie Sharpe con aparente disgusto, y notó que había establecido un segundo hecho, aun sin decirlo claramente: que Sharpe estaba intentando explotar las emociones del jurado.

—En ese caso —dijo a Taylor—, no entretendré más a esta testigo.

Durante el descanso para comer, David se retiró a su oficina con Angel Garriques; apresuradamente, ambos engulleron unos bocadillos mientras discutían los acontecimientos de la mañana. Respondiendo a las palabras de ánimo de Angel, David le dijo:

—He ganado todos los puntos que he podido. Pero igual podría hacerme tatuar en la frente las palabras «duda razonable». Nuestra defensa consiste en muchas preguntas y ninguna respuesta.

»La única prueba concreta en todo el caso apunta a la culpabilidad de Hana. Una vez que Sharpe llame al estrado a Ibrahim Jefar, toda esa carnicería volverá a los ojos del jurado. Y desde luego, ayudará a Sharpe a pedir la pena de muerte. Por eso está haciendo lo que hace.

El teléfono sonó. David dudó y luego lo descolgó.

Le llamaba Zev Ernheit.

—Todavía espero lo del laboratorio forense —le dijo Ernheit sin preámbulo alguno—. Es cierto que el laboratorio recibió unos materiales de Saeb Jalid pidiendo que los analizasen; pero todas mis fuentes aseguran que su objetivo no era encontrar huellas dactilares, ni de Hana ni de nadie más.

—Mierda.

—No sé qué fue lo que analizaron —continuó Ernheit—. No puedo conseguir los documentos.

David miró a Angel, que seguía la conversación con obvia preocupación.

—Siga intentándolo —dijo David a Ernheit—. Creo que puede ayudarnos.

—Si no buscaban huellas, David, ¿cómo podría ser útil?

—No estoy seguro. Pero la verdad es que tenemos problemas. Todo lo que nos ayude bienvenido será.

Ernheit se quedó callado. David se preguntó, una vez más, qué papel jugaba el gobierno israelí en los esfuerzos de Ernheit.

—Está bien —replicó al fin Erhneit—. Lo intentaré.

Por la tarde, Sharpe llamó a declarar al agente especial Dante Allegria, un experto en explosivos del FBI. Con su pelo oscuro y rizado, su rostro franco y sus modales expansivos, Allegria le recordó a David al contratista que te reforma la cocina, acaba en el plazo fijado y te cobra un precio razonable. También era un testigo experto y hábil; mientras testificaba, Allegria hablaba directamente al jurado y establecía comunicación con él.

—El asesino —les dijo Allegria— usó un explosivo plástico conocido como C-4. Es la versión americana de un explosivo plástico de Europa del Este, el Semtex, que es el explosivo que suelen utilizar los terroristas.

Sharpe estaba de pie a un lado, actriz secundaria en la clase de Allegria.

—¿Por qué eligió Hassan el C-4, según su opinión?

—Protesto —dijo David sin ponerse en pie—. Carece de fundamento. No sabemos quién eligió ese explosivo, pero estamos bastante seguros de que no fue Hassan. Según la acusación, él lo encontró en un contenedor en el sur de San Francisco. Lo único que hizo fue conectar los alambres.

—Se admite la protesta —replicó el juez.

—¿Por qué elegiría alguien —rectificó Sharpe algo exasperada— el C-4 para volar la limusina del primer ministro, y al señor Ben-Aron con ella?

—Porque se necesita una carga suficiente para destruir el blindaje. La mayoría de los explosivos no consiguen tal efecto. Pero una sola alforja de C-4, unida a una motocicleta, tiene una buena posibilidad de conseguir lo que ocurrió allí: destruir por completo un coche blindado. Sólo el metal que salió volando ya habría matado a las personas que iban dentro.

Sólo que no fue necesario, y Allegria no tuvo que añadir nada más. Más sutilmente que Liz Shelton, Allegria había permitido a Sharpe resucitar la carnicería.

—¿Y cómo prendió Hassan el C-4? —preguntó Sharpe.

—Es muy sencillo —replicó Allegria—. El plástico estaba conectado electrónicamente a un interruptor en el manillar de ambas motos. Apretando el botón, el C-4 hacía explosión. Técnicamente, lo único que necesitaba saber Hassan era cómo conectar el C-4 al interruptor.

—¿Conoce usted esa técnica?

—Sí. Al Qaeda la ha usado. En los territorios palestinos, también lo han hecho Hamás y la Brigada de Mártires de Al Aqsa. Lo único nuevo de todo esto es que pasó en Estados Unidos.

Al mencionar a Al Qaeda, David vio que Bob Clair levantaba las cejas. Con una sola pregunta, Sharpe había conseguido conjurar algo ajeno y terrorífico, la sombra del 11 de septiembre, mientras recordaba también al jurado que el segundo horror semejante, el asesinato de Amos Ben-Aron, había introducido a los terroristas suicidas en las calles de San Francisco.

—Gracias —dijo Sharpe—. Es todo.

Acercándose al testigo, David se colocó entre Allegria y el jurado, obligando a éste a concentrarse en David.

—¿Pudo usted determinar la fuente concreta del explosivo usado por Iyad Hassan? —preguntó.

—Ciertamente, lo intentamos —respondió el testigo, con seriedad—. Un lugar donde siempre miramos es entre los militares: soldados codiciosos o descontentos, a veces simpatizantes de Al Qaeda, que roban explosivos y los venden en el mercado negro. Pero aquí, sencillamente, no lo sabemos.

—De modo que no tiene ni idea del lugar de donde procedían estos explosivos en particular, ni quién los procuró, o quién los dejó para que los encontrara Hassan.

Allegria movió negativamente la cabeza.

—Me temo que no.

—¿Conoce usted alguna prueba que relacione a Hana Arif con la obtención de estos explosivos?

—Ninguna.

—Bien. A juzgar por la técnica que usted describe, ¿diría que el asesinato era un trabajo profesional?

Allegria pensó un momento, mirando a David con un toque de sinceridad pensativa en sus ojos de un castaño oscuro.

—Yo diría —empezó— que Hassan usó una técnica que suelen utilizar los que practican el terror de forma profesional, y que es particularmente adecuada para eliminar a un jefe de Estado.

»En otros atentados con bomba donde el objetivo es volar un coche, los terroristas a menudo detonan el explosivo mediante un control remoto. Pero es un poco menos fiable, y quizá no funcione en un coche blindado. En este caso, los que planificaron el atentado eligieron la técnica correcta, un atentado suicida; el plástico adecuado, C-4; y el sistema de ignición más adecuado para conseguir el trabajo.

David inclinó la cabeza.

—Pero todas esas opciones requerían también que el terrorista conociera la ruta concreta que iba a seguir la comitiva de Ben-Aron, ¿verdad?

Allegria dudó.

—Verdad.

—Y cualquier posible cambio en la ruta.

—Sí. Éste no era un atentado indiscriminado.

Habiendo atraído de nuevo los pensamientos del jurado hacia la posibilidad de un fallo de seguridad, David preguntó:

—Dada esta técnica, ¿usted diría que Iyad Hassan esperaba morir?

Durante un instante, el testigo pareció desconcertado; igual que Marnie Sharpe, por lo que vio David.

—A menos que se hiciera falsas ilusiones —respondió Allegria—. Una vez que apretase el botón, desaparecería.

—Pero ¿no antes?

—No. Hasta que se detona, el C-4 es muy estable. Usted y yo podríamos jugar a tirárnoslo sin problemas.

—No, gracias. Por su testimonio, supongo que el C-4 es muy fácil de conectar.

—Sí.

—Y Hassan consiguió conectarlo en su moto con gran éxito.

Allegria parecía ligeramente perplejo.

—Si quiere decir que Hassan lo hizo bien, pues, obviamente, sí.

—¿Y por qué no voló la moto de Ibrahim Jefar?

Durante un momento, Allegria devolvió la mirada a David.

—Pues no estoy seguro —respondió finalmente—. Cuando inspeccionamos la moto de Jefar, el hilo estaba conectado al interruptor, pero no al C-4 oculto en la alforja de la moto.

—¿Y por eso el plástico de Jefar no explotó? —preguntó David con incredulidad—. Es un error bastante elemental para Hassan, ¿no le parece?

La juez Taylor se inclinó hacia delante, obviamente interesada por el interrogatorio de David. Por primera vez el testigo bajó la vista, pensando su respuesta.

—Podría ser —respondió Allegria—, si fue eso lo que ocurrió. Quizá se soltara debido a la explosión.

—Pero si Jefar hubiese pulsado el interruptor antes que Hassan, que es lo que asegura la acusación, eso no habría ocurrido, ¿verdad?

—Pues supongo que no.

—De modo que la explicación más probable es que o bien Hassan no lo conectó adecuadamente, o bien Jefar lo desconectó, ¿no?

El testigo alzó las manos.

—Ambas cosas son posibles, ciertamente. Si fue Hassan, nunca lo sabremos.

—Pues es un problema, ¿verdad? Pero déjeme preguntarle una cosa: si usted asume que Hassan quería que Jefar viviese, ¿no haría justamente lo que estoy sugiriendo, no completar la conexión?

—Claro —respondió Allegria combinando la perplejidad y la protesta en su respuesta—. Pero ¿por qué demonios iba a querer eso?

En el estrado, Taylor miró al techo, intentando ocultar una débil sonrisa.

—Déjeme eso a mí —sugirió David a Allegria—. Por favor, responda a la pregunta.

Allegria se echó atrás en la silla del testigo.

—Aunque lo que diga es cierto, señor Wolfe, Hassan no podía estar seguro de que Jefar viviera. Era una explosión demasiado grande y con demasiados fragmentos volando por todas partes.

—Sin embargo, ¿no diría usted que quienquiera que desconectase o no conectase bien el alambre aumentaba sustancialmente las oportunidades de vivir de Ibrahim Jefar?

Allegria cruzó las manos.

—Dependería mucho de la suerte, y de lo cerca que estuviese Jefar de la explosión. Pero si «sustancialmente» significa pasar de no tener ninguna posibilidad a tener alguna, pues sí, el fallo en la conexión daba a Jefar la opción de sobrevivir.

—Y, de hecho, sobrevivió.

—Sí.

David notó que se le paraba el corazón.

—Por tanto —alegó—, Jefar quedó con vida para repetir la historia de Iyad Hassan acerca de Hana Arif.

—Protesto. —La voz de Sharpe resonó en el tribunal—. La defensa no hace más que especular.

A David no le importó: que había conseguido hacer mella quedó muy claro por la curiosidad que reflejaba el rostro de Bob Clair, quien miraba a Sharpe y luego a David.

—Lo retiro —dijo David a la juez con displicencia—. Las últimas respuestas son suficientes.

No obstante, el momento de satisfacción de David fue breve. A las cinco, cuando se levantó la sesión por aquel día, Angel se unió a él para empezar su segundo turno de ocho horas, y ambos ensayaron, reordenaron y debatieron el interrogatorio del siguiente testigo de Sharpe, Ibrahim Jefar.

Hacia la medianoche, David repitió lo que resultaba obvio para ambos:

—Muchas preguntas y ninguna respuesta.

Capítulo 7

Aunque David hubiese sido un simple visitante, habría notado que aquel día en el tribunal podía inclinar la balanza del caso contra Hana Arif.

En el exterior del edificio federal, la policía tenía las calles acordonadas, y los camiones de los satélites se apiñaban unos junto a otros. Un pequeño ejército de reporteros recitaba noticias en directo ante las cámaras; los manifestantes gritaban al otro lado de las barricadas. Dentro del tribunal, los reporteros se amontonaban en los incómodos bancos de madera. Los que habían llegado los últimos estaban apoyados contra las paredes a ambos lados, y su continuo parloteo era más ruidoso que nunca. En la mesa de la fiscal, Sharpe estaba flanqueada por su guapo y metódico ayudante principal, Paul MacInnis; Victor Valllis, el agente del FBI a cargo del caso, y George Jennings, jefe de la División Criminal del Departamento de Justicia. David estaba sentado entre Hana y Angel Garriques, que, como David, había memorizado todos los hechos que habían podido reunir sobre Ibrahim Jefar.

Mientras esperaba a la juez, Hana estaba tranquila y pensando en cosas que David no podía sino imaginar. Su breve conversación había tocado las noticias aparecidas aquella mañana: la muerte de dos miembros de Al Aqsa a manos del IDF en un pueblo junto a Ramala; la muerte de un colono judío que vivía encima del zoco, en Hebrón. Suavemente, con desesperación, Hana murmuró: «Mi país», y volvió a sumergirse en el silencio.

Detrás de ellos, Saeb tomó asiento en primera fila. Aunque parecía contenerse, el pulgar y el índice de su mano izquierda se frotaban sin cesar el uno contra el otro, como si estuviese retorciendo un trocito de papel y convirtiéndolo en una bola. Hasta el jurado parecía apagado.

—Todos en pie —exclamó el alguacil de la sala, y la juez Taylor apareció en el estrado.

Se hizo la tranquilidad. Con las manos juntas, la juez examinó la escena que tenía ante sus ojos. Con un tono que aspiraba a ser natural pero que no lo conseguía del todo, dijo a la fiscal:

—Puede llamar usted al siguiente testigo, señora Sharpe.

Muy atento, David asumió la primera impresión que le producía Ibrahim Jefar. En voz baja, Hana murmuró:

—Creo que es la primera vez que veo a este muchacho.

Su acusador era bastante delgado, con las mejillas hundidas y una barba bien recortada que no añadía edad a su rostro sin arrugas ni a sus límpidos ojos castaños. Parecía ajeno y confundido, como si acabase de llegar allí por algún accidente cósmico, por un pliegue en el tiempo o el espacio. Y algo terrible parecía haberse instalado en su mirada: una desesperación que invadía todo su ser, la visión de años y más años perdidos esperando la muerte, apartado de una vida que, desde ahora hasta el momento de su muerte, sólo existiría en su memoria. David pensó que habría sido mejor que Jefar hubiese volado en mil pedazos; no por Hana o por David, sino por el propio Jefar.

Después de unas preguntas preliminares, Sharpe le pidió a Jefar que contase la historia de la experiencia con su hermana en el control de carretera. Aun en ese momento, su voz sonaba hueca y disociada.

—¿Y por eso se unió a Al Aqsa? —inquirió Sharpe, con tono neutro.

—Sí —contestó Jefar con apatía—. Quería redimir el honor de mi hermana.

—¿Cómo se implicó usted en el asesinato de Amos Ben-Aron?

David observó que Jefar era incapaz de mirar a nadie durante mucho tiempo; su presencia allí parecía haber agravado mucho más aún su sensación de fracaso. Al final, dijo:

—Un día, Iyad Hassan se sentó a mi lado en clase. Conocía a mi hermana, y lo que le habían hecho los judíos. Hablamos durante una hora más o menos.

—¿De qué?

—De los sionistas. —Jefar cruzó las piernas—. Iyad decía que nunca seríamos libres hasta que la sarna de Israel desapareciera de nuestras tierras y volviéramos a reclamar lo que era nuestro. Decía que sólo los cobardes hacen oídos sordos a la voluntad de Dios.

Junto a David, Hana estudiaba a Jefar con aire de perplejidad; si su conocimiento del testigo era más profundo que el del propio David, no mostraba señal alguna de ello.

—¿Y cómo respondió usted? —preguntó Sharpe al testigo.

Jefar levantó la vista hacia ella fugazmente, casi con timidez.

—Por la forma que tenía Iyad de hablar, sabía que era más religioso que yo; pero estaba de acuerdo con él en lo de los judíos.

—¿Hablaron del primer ministro Ben-Aron?

Jefar miró a lo lejos, como si recordara la fatal división entre su vida de entonces y la de ahora.

—Yo dije que Ben-Aron era el abortista del hijo de mi hermana. Los soldados de aquel control fueron la única asistencia que tuvo.

—Y después de aquello, ¿continuó su relación con Hassan?

Jefar asintió, todavía mirando a cierta distancia.

—Después de clase, nos reuníamos para tomar café y hablar de la guerra santa y la ocupación. Yo tenía mucho cuidado: no quería revelar que estaba con Al Aqsa ni traicionar a Muhamad Nasir, mi comandante en Yenín. —Jefar dudó y luego dijo con rapidez—: Pero un día le dije a Iyad que cada vez que pensaba en mi hermana, mi sangre hervía y deseaba convertirme en mártir, para hacer que los judíos en Israel sintieran lo que nos habían hecho sentir a nosotros.

David miró al jurado. A través del abismo de experiencias y cultura, Bob Clair parecía examinar al testigo con un horror mudo, como si mirase al típico terrorista árabe de las pesadillas americanas.

—¿Y cómo respondió Hassan? —preguntó Sharpe.

—Al principio, Iyad estaba callado. Luego dijo que Dios me daría lo que yo buscaba.

—¿Dijo cómo iba a ocurrir eso?

—No, entonces no; pero la siguiente vez que nos encontramos, me pidió que fuese a su apartamento a comer. —Jefar se arrellanó, hablando con el tono monótono de un hombre que narra algo para una grabadora—. Esperaba que hubiera otros, pero Iyad estaba solo. Me enseñó unas fotos que habían tomado del muro de seguridad judío y de las barreras que el IDF había construido en torno a Birzeit. Cuando le expresé mi ira, él se quedó sentado y me miró a los ojos, y me preguntó si estaba dispuesto a pensar en el martirio.

—¿Y qué dijo usted?

En el cuello de su camisa abierta, la garganta de Jefar pareció temblar.

—Que sí.

Sharpe hizo una pausa, concentrada en su testigo.

—¿Dijo Hassan a qué se refería?

—Dijo que Muhamad Nasir le había asignado a él para que llevase a cabo una tarea especial, y que deseaba que yo me uniera a él; pero que eso implicaba realizar mi último servicio.

—¿Y cómo respondió usted?

Jefar, según veía David, parecía mirar a todas partes excepto a Hana.

—Estaba asustado —dijo—, pero también orgulloso. Había pedido a Muhamad Nasir aquel favor ya una vez, antes. De modo que le dije a Iyad: «Dime qué es lo que pide Muhamad».

Mientras Sharpe asentía para animar a Jefar a seguir hablando, David vio que Ardelle Washington se mordía el labio.

—¿Y qué dijo Hassan? —preguntó Sharpe.

Jefar tragó saliva y luego miró directamente a la fiscal.

—Se había decidido que no bastaba con vengarse del IDF. Mostraríamos nuestra decisión cortando la cabeza de la serpiente judía, el sionista que había vaciado el útero de mi hermana.

David notó que su piel se enfriaba. Junto a él, Hana dejó escapar un suspiro.

—¿Y usted estuvo de acuerdo?

—Al principio, estaba asombrado. Le pregunté a Iyad cómo era posible hacer eso. Él respondió que Muhamad le había asegurado que el plan estaba cuidadosamente trazado, pero que los detalles estaban ocultos incluso para él. Cada paso se nos iría revelando justo antes de llevarlo a cabo.

—¿Y le dijo Hassan cómo se le revelarían esos planes?

—Habría una seguridad total en aquella operación. No había que hablar con Muhamad Nasir, ni siquiera visitar Yenín. Todas las instrucciones vendrían sólo a través de Iyad. Él me las pasaría a mí.

—¿Dijo Hassan quién le pasaba a él las instrucciones?

Como si estuviera en trance, Ibrahim Jefar se limitó a asentir con la cabeza.

—Necesitamos que dé una respuesta audible, señor Jefar.

—Necesitábamos a alguien que estuviera cerca —dijo Jefar lentamente—, que pudiese viajar también a América; alguien cuya lealtad a Al Aqsa no fuese conocida.

—¿Y le dijo Hassan quién era esa persona?

—En México se lo pregunté. Iyad dudó y luego me hizo jurar que mantendría el secreto. —Jefar bajó la vista—. Era una profesora de Birzeit, me dijo, una mujer que se llamaba Hana Arif.

Aunque no podía haberse sorprendido, Hana parecía anonadada, y David vio que se quedaba pálida.

—¿Conocía usted a la profesora Arif? —preguntó Sharpe a Jefar.

—Sí, de vista; pero sólo eso.

—¿Y la ve aquí ahora?

Hassan parpadeó. Luego, de una forma que antes no había hecho, miró directamente a Hana y la señaló. Con voz ronca, dijo:

—Es ella.

Al otro lado de David, Angel Garriques agarró su bolígrafo con ambas manos. Taylor seguía mirando al testigo.

—El señor Jefar tiene varias horas de declaración por delante —le dijo a Sharpe—. Vamos a descansar diez minutos.

Mientras Taylor dejaba el estrado, Hana se volvió a David.

—Para Jefar, ésa es la verdad.

David asintió con la cabeza. Al volverse, vio a Saeb Jalid con los hombros caídos, mirando al suelo.

Durante la siguiente hora de testimonio, Sharpe acompañó al testigo a través de cada uno de los fatídicos movimientos que llevaron al asesinato: la partida de los asesinos de Ramala, su tortuoso camino hasta México, su travesía ilegal a Estados Unidos, la adquisición de nuevas identidades, el largo viaje hasta San Francisco.

Luego, paso a paso, los días que pasaron usando y tirando teléfonos móviles; la adquisición de la camioneta; el contenedor lleno de herramientas para asesinar, entre ellas un mapa que mostraba la ruta de los coches. Jefar recitó todo esto en tono sepulcral, excepto en el momento en que abrieron el contenedor, ante lo cual el rostro y la voz de Jefar expresaron una especie de asombro. Cada paso, según notaba David, parecía sumergir al jurado más y más en el mundo de los dos asesinos; cada paso iba precedido por una llamada telefónica realizada sólo a Hassan, después de la cual Hassan se refería a la persona que había llamado como «ella». Y cada referencia hacía que un jurado u otro echasen una mirada a Hana.

Hacia el final de toda esa letanía, Sharpe presentó la prueba de la acusación número 62, y se la tendió a David antes de pasársela al jurado. Silenciosa, Hana miró un trocito de papel que tenía escrito su propio número de móvil.

Cuando Sharpe se lo dio a Jefar, le preguntó:

—¿Puede identificar la prueba número 62?

—Sí. Hassan la trajo a San Francisco. Yo le vi arrojarla a la basura en el último motel.

—¿Le dijo a usted qué representaba ese número?

—Era el teléfono móvil internacional de la profesora Arif.

Angel Garriques se removió.

—Perfecto para que lo encontrase la Agencia de Seguridad —susurró a David—. ¿Quién iba a ser tan idiota?

Hana siguió mirando al testigo, esperando su relato del asesinato.

No tardó en llegar. Aunque escueto, el relato de Jefar de las últimas horas del complot ejerció su propio influjo: mientras el testigo hablaba, David veía a los asesinos poniéndose los uniformes de policía antes de amanecer; dirigiéndose a un solar vacío situado al sur de Market Street; sacando las motocicletas de la camioneta mientras amanecía; haciendo tiempo hasta que, con los rostros ocultos por cascos y gafas protectoras, se dirigieron a Market y la Décima, esperando nerviosamente a la comitiva que significaría su propia muerte. Iyad Hassan, recordó Jefar, empezó a rezar en voz baja en árabe. A Jefar le dijo en un murmullo:

—Tal y como ella había prometido.

Luego sonó el teléfono móvil de Hassan.

—Cuando Iyad lo escuchó —dijo Jefar a Sharpe—, se puso nervioso. Dijo: «Era ella. Han cambiado la ruta del sionista».

David vio que Bob Clair escuchaba todo aquello con gran curiosidad.

—¿Y qué ocurrió entonces? —preguntó Sharpe.

—Iyad dijo que debíamos irnos rápidamente, así que le seguí hasta la calle Cuarta.

—¿Se llevó el teléfono móvil?

—No. Lo tiró en un cubo de basura.

—Cuando llegaron a la calle Cuarta, ¿qué hizo usted?

Jefar inhaló con fuerza, con los ojos medio cerrados.

—Bajamos un poco por la manzana y esperamos. Al cabo de un minuto o así, la primera limusina dobló la esquina.

Sharpe se acercó más aún, subrayando el momento con su tono tranquilo.

—¿Tenían ustedes un plan, señor Jefar?

—Íbamos a unirnos a la comitiva junto a la limusina del sionista. Iyad sería el primero en acercarse a la parte posterior y detonar el explosivo. Yo le seguiría. —La voz de Jefar sonaba ronca—. Aunque los tiradores acabasen con Iyad, yo haría volar al sionista hasta el infierno.

—¿Siguió usted esas instrucciones? —preguntó Sharpe.

La respuesta de Jefar contenía una cierta vergüenza.

—Nos unimos a la comitiva; pero cuando vi la cara del sionista, no pude esperar.

—¿Y qué hizo usted?

—Apreté el botón.

—¿Y qué ocurrió?

—Nada. Entonces Iyad volvió su moto hacia la limusina del sionista...

—¿Y luego?

Jefar bajó la mirada.

—Todo explotó —dijo en voz baja—, hasta el mismo aire.

Sharpe se acercó aún más.

—¿Esperaba usted morir?

—En el momento en que apreté el botón. —Haciendo una pausa, Jefar asumió una cierta dignidad—. No esperaba estar aquí. No deseo estar aquí ahora.

Habría más preguntas, y David lo sabía: el momento en que Jefar se encontró vivo, su recuperación, sus tratos con el gobierno. Sin embargo, el resto no importaba demasiado. Jefar había montado perfectamente el caso de Sharpe.

Capítulo 8

Como fiscal, David Wolfe era famoso por sus implacables e incluso despiadados interrogatorios; en un caso, el acusado, un promotor de valores bursátiles que había estafado a los jubilados el dinero de sus pensiones, pidió un descanso para ir a vomitar. Sin embargo, medio día de observación de Ibrahim Jefar, combinado con el crimen incendiario del cual se acusaba a Hana, había confirmado a David en una estrategia distinta: un intento paciente de hurgar en todos los huecos que quedaban en el relato de Jefar. En su centro se encontraba la sensación turbadora de que Jefar había dicho la verdad, y que el mentiroso, si es que había alguno, era Iyad Hassan.

En el estrado de los testigos, Jefar parecía cauteloso y acobardado. Acercándose a él, David se detuvo a una distancia cómoda, con las manos en los bolsilllos. El tono que eligió fue objetivo, desapasionado.

—Creo haber entendido, señor Jefar, que usted no conocía a la señora Hana Arif.

Jefar asintió rápidamente con la cabeza.

—Es cierto.

—Nunca habló con ella de asesinar a Amos Ben-Aron.

—No.

—Ni siquiera sabe, de hecho, si ella está afiliada a Al Aqsa.

El testigo cambió de postura.

—Sólo lo sé a través de Iyad Hassan.

—Y también es cierto que Hassan es la única razón de que usted crea que Muhamad Nasir, el antiguo líder de Al Aqsa, quería que usted asesinase a Amos Ben-Aron.

Una mirada defensiva se proyectó en los ojos de Jefar.

—Sí, es cierto.

David hizo una pausa.

—Si yo le dijera que Muhamad Nasir aseguraba que él no tenía nada que ver con ese asesinato, y que afirmaba que Hana Arif no era miembro de Al Aqsa, ¿a quién creería usted?

—Protesto. —Una ira apenas contenida hizo saltar a Sharpe de su silla—. No existe fundamento alguno para tal pregunta, ni puede haberlo. Muhamad Nasir está muerto.

—Pero no estaba muerto cuando yo me reuní con él —dijo David a Taylor, rápidamente—. Estoy explorando la base de la acusación del testigo contra la señora Arif.

—Sobre la base de un improbable, hipotético...

—Ya basta —exclamó Taylor—. Ustedes dos, por favor, acérquense al estrado.

Así lo hicieron.

—Bueno —dijo Taylor a Sharpe en voz baja—. Dígame qué le pasa ahora; aunque ya me imagino lo que es.

—Estoy segura, señoría. En los últimos días de interrogatorio, el señor Wolfe ha dicho al jurado que tres supuestos testigos han sido asesinados. Esta última pregunta se basa en un relato tendencioso del señor Wolfe de algo que le contó interesadamente un terrorista muerto. No sólo es enormemente improbable, sino que es de segunda mano.

—Igual que todo el testimonio de Jefar contra Hana Arif —interrumpió David.

—Señor Wolfe —exclamó la juez agriamente—. Ambos sabemos lo que usted persigue. Ha hecho una pregunta inadecuada, ante la cual la señora Sharpe estaba obligada a protestar, y luego ha pronunciado una declaración gratuita, camuflada como argumento. Hágalo de nuevo y declararé nulo todo el proceso.

David inclinó la cabeza, fingiendo una mortificación que no sentía.

—De usted depende —dijo la juez a Sharpe—. Me encantaría instruir al jurado para que ignore las afirmaciones del señor Wolfe acerca de Muhamad Nasir.

Sharpe dirigió a David una mirada de rencor.

—Gracias, señoría, pero me temo que la repetición sólo serviría para la estrategia del letrado.

—Está bien —dijo Taylor a David—. Ya basta de este tema.

—Gracias, señoría. —Satisfecho, David volvió a su lugar frente al testigo—. Volvamos al plan del asesinato en sí mismo —dijo a Jefar—. ¿Habló del plan con alguien, aparte de Hassan?

Jefar pareció encogerse y volverse más pequeño.

—Iyad me dijo que no lo hiciera, que eran órdenes de Muhamad; de modo que no se lo dije a nadie.

—¿Sabe si Hassan mentía en eso?

Jefar parpadeó.

—Yo le creí...

—¿Por qué?

—Porque me lo dijo.

—Resumiendo, pues: lo único que sabía usted del plan para matar a Ben-Aron era lo que Iyad Hassan le había contado.

Jefar se toqueteó el cuello de la camisa.

—Sí, es cierto.

David inclinó la cabeza.

—Esta mañana ha testificado acerca de una conversación anterior con Muhamad Nasir en la cual usted le pidió convertirse en mártir. ¿Le dijo específicamente lo que usted deseaba?

—Que deseaba morir con una bomba en ese país bastardo llamado Israel.

—¿Y cómo le respondió Muhamad Nasir?

Al otro lado de la sala, David vio que Sharpe se removía, inquieta de forma instintiva por la referencia a Nasir. Pero su pregunta, a diferencia de aquella a la cual había objetado, estaba enraizada en el propio testimonio de Jefar. Y su impacto en el testigo era tan palpable —incomodidad y asombro—, que David supo de inmediato que lo que le había dicho Nasir de su reprimenda a Jefar era cierto. El testigo se frotó las sienes con los dedos, como para eliminar el dolor de cabeza.

—Lo que me dijo Muhamad —respondió finalmente— es que era mejor matar a los soldados del IDF que ocupaban nuestra tierra que a civiles judíos en la tierra que ellos pensaban que era suya, y que era mucho más útil para mí vivir tanto tiempo como pudiera.

—¿Entiendo correctamente que Nasir, y por tanto Al Aqsa, estaba dispuesto a aceptar una Palestina independiente que viviera en paz con Israel?

—Bajo determinadas condiciones: con el fin de los asentamientos, unas fronteras justas y el reconocimiento de las injusticias cometidas con nuestros refugiados.

—¿No era eso lo que quería Ben-Aron?

—Eso decía —respondió Jefar amargamente—; pero mi hermana no pudo oírle.

—E Iyad Hassan —insinuó David suavemente— sabía todo lo que le había pasado a su hermana antes de que se lo contara.

Jefar bajó la vista.

—Sí.

—Aparte de Hassan, ¿tiene usted algún motivo para creer que Muhamad Nasir, comandante suyo en Al Aqsa, hubiese cambiado de opinión acerca de la efectividad de los atentados suicidas?

—No.

—¿O acerca de si usted debía o no convertirse en mártir?

—No.

En la tribuna del jurado, Bob Clair levantó las cejas, como si tomara nota mentalmente. Por el interrogatorio previo de los jurados, David sabía que la forma de pensar de Clair era lineal: le gustaba que las cosas tuviesen sentido, y allí no lo tenían. Envalentonado, David le preguntó a Jefar:

—¿Es posible que Iyad Hassan, sabiendo lo de su hermana, explotase su odio a Ben-Aron para alistarle en un asesinato planeado por alguien que no era de Al Aqsa?

—Protesto —exclamó de inmediato Sharpe—. Es otra cuestión hipotética que carece de fundamentos teniendo en cuenta las pruebas.

Levantando la mano para pedir silencio, la juez Taylor se volvió hacia David:

—¿Señor Wolfe?

—La pregunta no sólo es legítima —aseguró David con firmeza—, sino que atañe a otro aspecto crítico del caso: si el origen del complot tal y como lo describe Ibrahim Jefar (y la acusación) es un hecho o una ficción.

—Ya lo entiendo —replicó el juez—. Pero quizá pueda plantear la pregunta de otra manera.

—Gracias, señoría. —Volviéndose hacia Jefar, David preguntó—: ¿Sabe usted personalmente quién planeó el asesinato?

—No.

—De modo que Hassan podía estar trabajando para cualquiera, ¿verdad?

Jefar pareció momentáneamente aturdido, como si el último consuelo de sus días y sus noches, que había llevado a cabo una misión autorizada por Muhamad Nasir, le estuviera siendo arrebatado. Muy bajo, dijo:

—No puedo saberlo.

—Esta mañana usted ha mencionado la seguridad de la operación, la necesidad de mantener en secreto todos los detalles. Y sin embargo, Hassan le dijo que Hana Arif era la persona que le daba las instrucciones. ¿No se pregunta por qué en el caso de la señora Arif Hassan incumplió los protocolos de seguridad?

—Porque yo se lo pregunté —respondió Jefar, cansado—. Iyad esperaba que muriésemos los dos.

Ésa era la respuesta que David esperaba.

—¿Le dio Hassan el nombre de alguna otra persona implicada?

—Sólo Muhamad Nasir. —De repente, Jefar añadió—: Acerca de Hana Arif, seguramente Iyad me dijo la verdad. Tenía su número de teléfono en un papelito.

—¿Y cómo sabía usted que era el teléfono de la señora Arif?

Jefar dudó.

—Iyad me lo dijo. Pero sí que era, ¿verdad? Iyad la llamó a ese número.

David se puso las manos en las caderas.

—¿Cómo lo sabe usted, señor Jefar?

Jefar miró a Sharpe.

—Por la fiscal. Aparecía su número en el móvil de Iyad, ¿no?

David sonrió.

—Los abogados, como la señora Sharpe se ha molestado en señalar, no son testigos. Basándose en su propio conocimiento personal, ¿llamó el señor Hassan al número de móvil que aparecía en ese papel?

Jefar se encogió de hombros.

—No lo sé.

—Y aunque Hassan hubiese llamado, usted no puede saber quién respondió, si es que respondió alguien.

—No.

—¿Sabe quién le dio a Hassan ese trozo de papel?

Jefar hizo una pausa.

—Iyad dijo que había sido la profesora Arif.

—Volvemos de nuevo a Hassan —dijo David con más dureza—. ¿Sabe usted, señor Jefar, quién le dio a Hassan el trocito de papel con el número de teléfono móvil de la señora Arif?

—No.

—También ha declarado que, justo antes del asesinato, Hassan arrojó su móvil en un cubo de basura. ¿Sabe por qué?

—Siempre los tiraba, cada uno o dos días. No quería que siguieran la pista a las llamadas.

—¿Veinte minutos antes de morir? Dado que Iyad Hassan iba a volar en pedazos, ¿qué cree que le hubiese pasado a ese móvil si se lo hubiese guardado?

Jefar cruzó los brazos.

—Quizá nos podía haber interceptado la policía. ¿Quién sabe lo que podía pasar?

Era una respuesta efectiva. David dudó y luego preguntó:

—Cuando Hassan arrojó el móvil en la papelera, ustedes estaban en Market Street, ¿verdad?

—Sí.

—Y Market Street estaba llena de gente que podía haber visto tal cosa.

—Supongo que sí.

David hizo una pausa.

—Y ése fue el móvil en el cual Hassan acababa de recibir una llamada que le decía que la ruta de Ben-Aron había cambiado, ¿no es así?

—Sí.

—¿Sabe usted el número de teléfono usado para hacer esa llamada?

—No. —Jefar dudó y luego respondió—: Pero en el móvil de Iyad aparecería, ¿no?

—¿Qué aparecería?

Jefar pareció extrañado, como si no entendiera cómo podía ser David tan obtuso.

—Pues el número de móvil —respondió.

—¿Internacional, o local con servicios limitados a Estados Unidos?

—Local. Hassan me dijo que todos los teléfonos que usaba eran locales. Me dijo que era para evitar que lo interceptaran en Estados Unidos o lo espiaran.

—Y sin embargo, el número de teléfono del pedacito de papel, que supuestamente es de la señora Arif, tenía el prefijo de Israel y, en concreto, de Cisjordania.

Jefar unió las yemas de los dedos.

—Sí, eso es lo que yo vi.

—¿Sabe por qué Hassan iba a llamar a un teléfono registrado a nombre de la señora Arif por el cual ella recibía una factura mensual de un proveedor de servicios palestino?

—No lo sé.

David sonrió débilmente.

—¿No le parece a usted un fallo de la «seguridad de la operación»?

Una vez más, Sharpe se puso tensa, buscando una posible objeción, al parecer; pero no había ninguna, y el jurado estaba muy interesado en oír la respuesta de Jefar.

—No lo sé —dijo éste en un tono monocorde.

Durante una fracción de segundo, David deseó poder ver la expresión de Saeb Jalid.

—Retrocedamos un poco —continuó—. Esta mañana, usted ha dicho que entró en un contenedor de almacenamiento por la noche y encontró unos uniformes de policía, explosivo plástico, motocicletas y un mapa en el que aparecía la ruta de Ben-Aron. ¿Tiene alguna idea de quién puso ahí todo eso?

—No.

—¿O de quién pudo ordenar que lo pusieran ahí?

—No.

—¿Quién conectó el plástico a las motocicletas?

—Hassan.

—¿Existe algún motivo para que usted no conectara la suya?

Jefar se encogió de hombros con impotencia.

—Es que yo no sabía cómo hacerlo.

—¿Comprobó usted el plástico para ver si Hassan lo había conectado adecuadamente?

—No. No habría sabido cómo comprobarlo.

—Así que no sabe cómo ni cuándo se desconectó el cable.

—No.

David hizo una pausa efectista.

—Pero usted sabe que se desconectó debido a la explosión, porque usted apretó el interruptor antes de que lo hiciera Hassan, ¿verdad?

—Sí.

—Contrariamente a la orden de Hassan, ¿no es cierto?

Jefar apartó la vista.

—Sí.

—La orden de Hassan era que él explotaría primero.

—Sí.

—Pero ¿no fue eso lo que ocurrió en realidad? Cuando su motocicleta no explotó, usted se quedó atrás, y fue Hassan quien se adelantó hacia la limusina de Ben-Aron e hizo estallar su propio explosivo plástico. Tal y como había planeado.

—Supongo que sí.

—De modo que usted está vivo porque se quedó atrás, tal como le ordenó Hassan, y porque su motocicleta, conectada por Hassan, no explotó.

—Protesto —dijo Sharpe rápidamente—. Es especulativo. El testigo no puede saber qué habría ocurrido.

—¿No? —replicó David—. Según el experto aportado por la

acusación, el señor Allegria, si la moto del señor Jefar hubiese explotado, él no estaría con nosotros. El señor Allegria también sugirió que el testigo habría muerto si se hubiese encontrado tan cerca de la limusina como Iyad Hassan.

Sharpe dio un paso al frente.

—El señor Wolfe ya tuvo oportunidad de hablar con el agente especial Allegria, señoría. Por su testimonio, el señor Jefar no es experto en explosivos.

Taylor pensó un momento en ello.

—Voy a aceptar la protesta, señor Wolfe. ¿Tiene alguna otra pregunta sobre este tema?

—Sí. —Volviéndose hacia el testigo, David preguntó—: Estaba usted cerca de la explosión. ¿Por qué cree usted que está vivo?

Jefar dudó.

—Porque no estaba cerca del coche cuando Iyad hizo contacto con él.

—Y ésas eran exactamente sus instrucciones, ¿verdad?

Sacando un pañuelo, Jefar se secó la frente.

—Sí.

—Bien. Hace un rato, mencionó la posibilidad de que usted y Hassan pudieran ser capturados, no asesinados. ¿Hablaron en alguna ocasión de lo que les podía ocurrir si vivían?

—Una noche, en México, Iyad habló de eso.

—¿Y qué dijo?

—Que los americanos nos entregarían a los israelíes para que nos torturasen.

Sharpe se inclinó hacia delante. Por su expresión, David notó que Jefar nunca le había revelado eso a ella.

—¿Discutieron alguna otra posibilidad? —preguntó David.

Jefar cerró los ojos.

—Iyad decía que podían enviarnos a una prisión de la CIA, en Rusia. Allí podían hacernos todo lo que quisieran: arrancarnos las uñas, ponernos cables eléctricos en los genitales.

Era una fantasía, y David lo sabía muy bien: cualquier implicación en aquel asesinato convertiría a Jefar y Hassan en figuras públicas, demasiado visibles para que fuera posible ningún tipo de tortura. Pero a alguien tan poco sofisticado como Jefar, la posibilidad debió de parecer bastante real.

—Lo que le contó Iyad Hassan de la tortura ¿influyó en su decisión de cooperar con la acusación e implicar a Hana Arif?

—Protesto —dijo Sharpe—. El gobierno no ha hecho tales amenazas. Lo único que se le ha dicho al testigo es que su testimonio, si creíamos que era veraz, le permitiría cierta consideración a la hora de pedir la pena de muerte o la prisión de por vida.

—Eso lo entiendo perfectamente —dijo David a Taylor suavemente—. Mi pregunta era si el señor Jefar estaba motivado para aceptar el trato porque temía ser torturado.

Asintiendo, la juez se volvió hacia Jefar.

—Cuando llegó a un acuerdo con la acusación —le preguntó—, ¿lo hizo, en todo o en parte, porque temía ser torturado tal y como le había descrito el señor Hassan, por los israelíes o por la CIA?

Jefar bajó la visa.

—Sí, temía la tortura, más que la ejecución.

Asintiendo, la juez volvió a mirar a David.

—¿Señor Wolfe?

David miró a Jefar. Apático, permanecía allí sentado, y sólo su coronilla resultaba visible para el jurado: un desecho humano expuesto al mundo como víctima propiciatoria; su debilidad y su miedo le dejaban desnudo, e ignorante de las fuerzas que podían haberle entregado a aquel destino. David sintió una momentánea compasión. Pero así era como deseaba que el jurado recordase a Ibrahim Jefar.

—Gracias —le dijo a la juez Taylor—. No haré más preguntas.

Volviendo a su asiento, vio la mirada de gratitud de Hana y luego cómo examinaba Saeb al testigo, con tanta frialdad como si estuviera observando un espécimen bajo un microscopio. Volvió a la mente de David una imagen de la película que le había mostrado el general Peretz: una figura en las sombras en una mezquita, que recordaba a Saeb, contemplando a Ibrahim Jefar mientras éste escuchaba la diatriba de un imán radical.

Después del descanso, Sharpe parecía haber animado a Jefar para buscar otro camino.

—Con respecto a la conspiración —preguntó a Jefar—, ¿le dijo alguna vez Hassan algo que no fuese verdad?

Jefar meneó negativamente la cabeza.

—No. Todo se desarrolló tal y como había dicho Iyad.

—¿Alguien que trabajase para la acusación mencionó alguna vez a Hana Arif antes de que usted nos la mencionara a nosotros?

—No, nunca.

—¿Le amenazamos alguna vez con la tortura?

—No.

—¿Le tratamos de forma inhumana?

—No.

—Cuando Hassan le dio el nombre de la señora Arif, ¿se refería siempre a la persona que le llamaba como «ella»?

—Sí.

—Sentado aquí hoy, ¿sigue creyendo todavía que Iyad Hassan le decía la verdad?

Jefar reunió todo el orgullo que le quedaba, con la voz todavía débil, pero más firme que antes.

—Sí.

Sharpe se acercó aún más, y el jurado la siguió. Hablando de forma lenta y precisa, preguntó a Jefar:

—¿Conoce algún motivo por el cual Hassan pudiera mentirle acerca de la implicación de Hana Arif?

—No conozco ninguno, ni por lo que hizo Iyad, ni por lo que dijo.

Y ése, pensó David, era el gran problema de Hana, las grandes preguntas sin respuesta: ¿por qué, y quién? Con la cabeza inclinada, Hana se tapó los ojos, igual que Jefar.

Capítulo 9

Con sus pesados párpados, la nariz curvada y la boca pequeña y fruncida, el agente especial Victor Vallis, el testigo final de Sharpe contra Hana Arif, le recordaba a David a una tortuga envejecida que esperaba atrapar una mosca. La mosca era Hana; el papel de Vallis era afianzar el caso de la acusación asegurando al jurado que su defensa no se basaba en nada que se pudiese calificar como pruebas. Al cabo de unos minutos, había desentrañado los hilos de la narración de Sharpe: la acusación de Jefar, el trozo de papel con las huellas de Hana y su número de teléfono, la llamada a medianoche de Hassan al móvil de Hana. A continuación, conectó la renuncia de Hana como miembro del equipo de negociación palestino con la orgullosa denuncia de Ben-Aron. Luego, pieza por pieza, Sharpe y Vallis analizaron exhaustivamente las pruebas.

—Con respecto al trozo de papel —le preguntó Sharpe—, ¿realizó pruebas el FBI para determinar de dónde procedía?

Vallis asintió con la cabeza.

—Lo hicimos. El papel fue fabricado en Ramala, y es el tipo de papel usado por todos los profesores de la Universidad de Birzeit, entre ellos la señora Arif.

—¿Tiene alguna huella más el trozo de papel, aparte de las de la señora Arif?

—Sólo las de Iyad Hassan.

David vio que Bob Clair asentía para sí. La actitud de Vallis era tranquila, desapasionada, sistemática, pensada por Sharpe para que atrajese a un pensador meticuloso como Clair.

—¿Cómo relacionaron ustedes el número de teléfono con la señora Arif? —preguntó Sharpe.

—Después de su arresto, confiscamos su teléfono móvil. Su número coincidía con el que figuraba en el papel.

—Y una vez confesó el señor Jefar, ¿qué pasos dio el FBI para comprobar su veracidad?

—Para empezar, hicimos que Jefar nos explicara todos y cada uno de los elementos de su confesión. Encontramos la camioneta usada por los asesinos. Encontramos el contenedor de almacenamiento y extrajimos de él huellas que coincidían con Jefar y Hassan. Seguimos sus pasos desde el día que cruzaron la frontera de México: facturas de moteles, comidas, alquiler de coches; todo pagado con la tarjeta visa que Hassan recogió en Texas. Luego interrogamos a Jefar de nuevo para llenar cualquier posible hueco.

—¿Y qué concluyeron ustedes?

—Que Jefar contaba toda la verdad —respondió Vallis con firmeza—. En ningún momento hubo discrepancia alguna entre el relato de Jefar y las pruebas físicas.

Junto a David, Hana estaba muy quieta: en ella, era un signo de tensión.

—¿Investigó usted los movimientos de la señora Arif? —preguntó Sharpe.

—Eso era importantísimo para su proceso —respondió Vallis—. Según la confesión de Jefar, Iyad Hassan recibió una llamada de móvil informándole de que la ruta de la comitiva había cambiado de la calle Décima a la Cuarta (Hassan identificó a la persona que llamó como «ella»), aproximadamente diez minutos antes de que estallara la bomba. Esto coincidía con una llamada que aparecía en el móvil de Hassan de un móvil con un código de zona de San Francisco. De modo que era importante explorar las actividades de la señora Arif en el lapso que rodeaba a esa llamada.

—¿Y qué determinaron ustedes?

—Por lo que ella decía, poco antes de que empezara el discurso del primer ministro, la señora Arif salió de su habitación del hotel y le dijo a su marido y a su hija que deseaba ir de compras sola. Un vídeo tomado por una cámara de seguridad en el vestíbulo del hotel la muestra saliendo a las once cincuenta y siete de la mañana, y volviendo a las trece treinta y uno. —Vallis hizo una pausa y se volvió hacia el jurado como si recitase unos hechos de memoria—. Hassan recibió la llamada concerniente al cambio de ruta nueve minutos antes, a las trece y veintidós. Los asesinos actuaron once minutos después.

»La señora Arif no ha explicado de forma específica sus movimientos durante ese lapso. No compró nada, y nadie en todo el personal de venta de la zona de Union Square recuerda haberla visto.

—¿Le preguntó a la señora Arif qué estaba haciendo?

—Sí, en una entrevista grabada.

Rápidamente, Sharpe presentó la cinta como prueba; recordando las vagas respuestas de Hana, David se preparó. Sharpe pulsó el botón del reproductor de cintas. La voz de Vallis resonó en la sala del tribunal.

«¿Dónde estaba usted durante el discurso de Ben-Aron?»

A pesar de su ensayo con David, Hana había dudado. El tono de su respuesta era frío, desdeñoso.

«Paseando sola.»

«¿Por dónde?»

«Por la zona de Union Square.»

«¿Por qué no vio el discurso con su marido y su hija?»

«Porque no me apetecía nada —respondió Hana, con la misma voz fría—. Ya he oído demasiados discursos.»

«¿Le dijo a su marido que se iba de compras?»

«Sí.»

«¿Y lo hizo?»

«No. Tampoco me apetecía comprar nada.»

David pensó que, desde aquel interrogatorio, había sabido que existía otra forma de interpretar aquellas respuestas: eran las respuestas de una mujer desanimada, cansada de su matrimonio y abatida por su futuro y el de Munira; una mujer que necesitaba un respiro de su familia. Pero el momento era terrible, y la voz de Hana en la cinta sonaba mucho menos abatida que indiferente.

«¿Fue usted a alguna tienda?», preguntaba Vallis.

«No; no que yo recuerde.»

«¿Y qué hizo entonces?»

«Como he dicho —respondía Hana—, pasear. No tengo ningún recuerdo concreto de por dónde.»

En la cinta, el tono de Vallis era seco.

«¿Habló usted con alguien?»

«No, al menos que yo recuerde.»

En el tribunal, Hana miraba hacia la mesa, oyendo el eco de sus propias palabras. Parecía darse cuenta de lo que David sabía demasiado bien: que sus respuestas eran las que se podían esperar si alguien requería hacer o recibir llamadas telefónicas sin que la vieran o la oyeran. Enfrentándose a Vallis, Sharpe detuvo la cinta.

—¿Pudo el FBI en algún momento encontrar una relación más precisa de los movimientos de la señora Arif que ésta que hemos oído?

—No. —De nuevo, Vallis miró al jurado—. Era casi como si, durante una hora y treinta y cuatro minutos, Hana Arif hubiese dejado de existir. —Aunque tranquila, la voz de Vallis tenía un leve tono condenatorio—. En cuanto al asesinato, la señora Arif llevaba en San Francisco un poco más de cuarenta y nueve horas. Por lo que ella cuenta, confirmado por tarjetas de crédito y la cámara de seguridad del hotel, ese período fue el único tiempo en el que no estuvo cerca de su marido o su hija.

Con expresión grave, la juez Taylor miró a Hana; entre los jurados, Ardelle Washington levantó las cejas.

—¿Intentaron ustedes determinar si alguna otra persona pudo ser el contacto? —preguntó Sharpe.

—Sí, lo hicimos —respondió Vallis con firmeza—. Ni nos sacamos a la señora Arif de la manga, ni descartamos otras posibilidades; pero no pudimos encontrar ninguna otra prueba que estuviese en conflicto con las afirmaciones de Iyad Hassan a Ibrahim Jefar, o con la confesión de Jefar.

Sharpe asintió, satisfecha.

—Gracias —dijo—. No haré más preguntas.

Cuando David miró a Saeb —un impulso que no pudo resistir—, vio que los ojos del hombre estaban clavados en los suyos, con una expresión fría y acusadora. Pero si esto reflejaba la creencia de Saeb de que David había fallado a su mujer o su sospecha de que esperaba ofrecerle a él como alternativa, David no podía asegurarlo.

David se acercó a Vallis inicialmente de forma objetiva y clara, haciéndose eco de la propia actitud del testigo.

—Volvamos a las pruebas que usted citó contra la señora Arif —sugirió David—. Empiece con la llamada del móvil de Hassan al de ella, la que ocurrió a las 12.04 la mañana anterior al asesinato. ¿Reflejaba el móvil de la señora Arif alguna otra llamada del señor Hassan o a él?

—No.

—¿O llamadas de o hacia algún otro número que no se pueda explicar?

—No. Pero según lo que ha dicho el señor Jefar, Hassan iba cambiando de móviles con frecuencia, para evitar que le siguieran la pista. Es lógico que la persona que le llamaba siguiera también ese procedimiento. Y por eso, creemos, la llamada a Hassan acerca del cambio de ruta fue hecha con otro móvil.

—Un móvil con un prefijo de la zona de San Francisco, ¿verdad?

—Sí.

—Que no puede usted relacionar con la señora Arif...

—Es cierto.

David se aproximó al testigo e hizo sus preguntas con la mayor velocidad posible.

—¿Han podido ustedes localizar ese teléfono móvil?

—No hemos podido.

—¿Han encontrado alguna pista de quién lo compró?

—No. Lo compraron al contado en Teague Electronic, en San Francisco. El vendedor no recordaba quién fue el comprador.

—Usted es un experto en antiterrorismo, agente Vallis. La técnica que usted describe, el uso de móviles comprados al contado, que se van reemplazando frecuentemente, ¿es habitual en los terroristas comunes?

—En los terroristas y los traficantes de drogas.

David adoptó un aire de desconcierto.

—¿Ha conocido alguna vez a un terrorista que hiciera o recibiera llamadas a un móvil registrado bajo su nombre real, por el cual recibe una factura mensual en la dirección de su domicilio?

Vallis dudó.

—No.

—Así que, según su considerable experiencia con terroristas, Hana Arif debe de ser la única terrorista tan tonta como para hacer una cosa así, ¿no?

Vallis cruzó los brazos.

—Imaginamos que esa llamada se debió a una emergencia.

—Han imaginado... —repitió David—. ¿Puede recordar algún caso en que un terrorista escribiese su número de teléfono para otro terrorista en un trozo de papel?

—No es habitual; a menudo, simplemente se llaman unos a otros y dejan que sea el móvil quien recoja los nuevos números. Pero he visto casos en los que alguien ha escrito su número.

—¿Recuerda algún caso en que el terrorista diera su número de teléfono impreso?

—No.

—Así que ustedes imaginaron que Hana Arif fue lo bastante tonta como para usar su propio móvil para comunicarse con el asesino de Ben-Aron, después de haber impreso astutamente su número de teléfono para ocultar su letra.

Vallis apretó los labios.

—No todo lo que hacen los terroristas es lógico.

—Ciertamente, en este caso, no. Según Iyad Hassan, los conspiradores usaban móviles locales para evitar la vigilancia. ¿Le parece lógico eso?

—Sí. Los terroristas con experiencia saben que la Agencia Nacional de Seguridad puede rastrear las llamadas de los números internacionales.

—¿Diría usted que los terroristas de este caso tenían experiencia?

—Si se refiere a los que idearon el plan, sí.

—Excepto la señora Arif —dijo David—. Supongo que nadie le dijo que no debía usar su móvil internacional.

David se dio cuenta de que Bob Clair estudiaba a Vallis con un atisbo de sonrisa que parecía reflejar humor, más que curiosidad. Encogiéndose de hombros, Vallis dijo:

—Sólo fue una llamada. Si el teléfono de Hassan hubiese saltado por los aires con él, nunca habríamos podido localizarla.

David reconoció que era una buena respuesta.

—Pero Hassan arrojó el teléfono en un cubo de basura —dijo—, donde la policía pudo encontrarlo.

—Eso es cierto.

—Y arrojó también el trocito de papel a una papelera de su motel, donde la policía pudo encontrarlo también. Con respecto a la señora Arif, parece que hubo un pequeño y afortunado error tras otro.

—Algunos errores, sí —aceptó Vallis—. Pero le recuerdo que las propias huellas de la señora Arif estaban en aquel trocito de papel. Nadie pudo ponerlas allí, salvo ella.

Era otra respuesta hábil, cuidadosamente ensayada, comprendió David, para recordarle al jurado lo que no podía explicar la defensa.

—Pero ¿diría usted que fue precisamente la profesora Arif quien imprimió ese número? —insistió David.

—No. La impresora que se usó para imprimir ese número no se puede distinguir de otras.

—Y ese modelo de impresora está en poder de todos los miembros de la Facultad de Derecho de la Universidad de Birzeit, ¿verdad?

—Cierto.

—Y también es cierto que cualquiera pudo entrar en el despacho de la señora Arif.

—Eso tengo entendido, sí.

—Y cualquiera pudo robarle una hoja de papel, o incluso usar la impresora de ella para imprimir su número.

—Cierto. Pero no encontramos ninguna otra huella en su ordenador. Y un intruso no habría sabido cuál de las hojas de papel en concreto tenía las huellas de ella.

Era la mejor respuesta posible, para la cual David no tenía contraataque obvio, sino tan sólo una sospecha sin confirmación alguna y que no podía expresar. Hizo una pausa, con las manos en las caderas.

—Aparte de ese trocito de papel y una llamada, ¿existe alguna prueba de que la señora Arif hubiese conocido a Iyad Hassan, o de que hubiese hablado o se hubiese reunido con él?

Vallis torció una comisura.

—Él estudiaba allí...

—¿Ésa es su respuesta? —interrumpió David con incredulidad—. ¿Recibió clases alguna vez Hassan de la profesora Arif?

—No. —Vallis dudó y luego añadió—: Recibió clases de Saeb Jalid, el marido de la profesora Arif.

—¿Está sugiriendo en serio que el doctor Jalid presentó a la profesora Arif a Iyad Hassan, y a partir de entonces ambos empezaron a mantener una relación clandestina, no detectada por nadie y encaminada a asesinar a Amos Ben-Aron?

—Protesto —dijo Sharpe de inmediato—. No hay fundamento alguno...

—Denegada —dijo la juez Taylor, antes de que David pudiera responder—. Me gustaría oír la respuesta del testigo.

—Es una posibilidad —respondió Vallis con tranquilidad—. Otra es que estaban relacionados a través de otros miembros de la conspiración, y que consiguieron comunicarse en secreto.

—¿Tiene alguna prueba de que la señora Arif fuese miembro de la Brigada de los Mártires de Al Aqsa?

—No.

—¿O de Hamás?

—No.

—¿Tiene alguna idea, la que sea, de cómo pudo convertirse ella en miembro de esa conspiración?

Vallis bajó la vista momentáneamente.

—No.

David sonrió.

—Por cierto, agente Vallis, ¿quiénes eran los otros miembros de esa conspiración?

Consciente de su conducta, el testigo clavó de nuevo la mirada en David, respondiendo con un aire de fingida sinceridad.

—Todavía no lo sabemos.

—¿Era Al Aqsa?

—No lo sabemos, señor Wolfe. Lo único que tenemos es la declaración de Hassan a Jefar.

—Como experto en terrorismo, agente Vallis, ¿cree usted que esa conspiración tan elaborada fue llevada a cabo en Estados Unidos por la Brigada de los Mártires de Al Aqsa?

Vallis dudó y, como cualquier experto bien enseñado, aceptó otra posibilidad, para mantener su credibilidad.

—No creo que tengan los medios necesarios.

—Entonces, ¿quién puso las motos en el contenedor de almacenamiento?

—No lo sabemos. Como quedó destruida en la explosión, no hemos podido identificar la motocicleta usada por Hassan. La que usaba Jefar fue comprada a través de un anuncio en Internet, en metálico, por un hombre del cual el vendedor sólo pudo dar una descripción vaga.

—¿Y que era...?

—Que parecía ser de Oriente Medio. Hemos sido incapaces de determinar quién era.

David hizo una pausa, dejando que el jurado se hiciera cargo: por primera vez, un conspirador que no era Hana ni los asesinos había entrado en la conciencia del jurado.

—¿Sabe cuál fue el origen de los uniformes de la policía? —preguntó.

—No.

—¿Y de la furgoneta?

Vallis siguió sereno.

—Lo mismo. Comprada a través de Internet y pagada en metálico; el comprador era un hombre normal, que podía ser árabe.

—¿Y qué hay del mapa? —preguntó David—. ¿Alguna idea de cómo llegó hasta allí el mapa?

—No.

—Según el jefe del equipo de seguridad del Servicio Secreto, él diseñó la ruta menos de tres días antes del asesinato, y sólo se lo contó a unos pocos miembros selectos del séquito de seguridad de Ben-Aron. Sin embargo, esa misma ruta aparecía en el mapa encontrado por Hassan y Jefar. ¿Tiene usted alguna idea de cómo ocurrió tal cosa?

—No.

—¿Ha preguntado al menos al gobierno israelí por este asunto?

Por un instante, Vallis pareció desconcertado. Quizá por los israelíes, o por David, o simplemente por verse obligado a admitir su ignorancia de forma repetida.

—El gobierno israelí está llevando a cabo su propia investigación confidencial. Sea lo que sea lo que han encontrado, si es que han averiguado algo, todavía no está disponible.

—Pero ¿no tiene usted curiosidad? Quiero decir que está aquí acusando a la señora Arif de un delito capital, y ni siquiera sabe quién dio a los asesinos la ruta original, o cómo es posible que esa persona la consiguiera.

Sharpe empezó a comprender. Antes de que pudiera protestar, Taylor levantó la mano, volviéndose hacia el testigo con una mirada de expectación.

—Nuestra investigación está todavía en curso —dijo Vallis—. Pero creemos que las pruebas contra la señora Arif hablan por sí mismas.

—Ella no puso el mapa allí, ¿verdad que no? Al menos eso sí que lo admitirá, ¿no?

Vallis cruzó las manos.

—Creemos que no puso el mapa allí, en efecto.

—Dado que ustedes conocen todos sus movimientos mientras estuvo en San Francisco, es imposible que lo hiciera.

—Por lo que nosotros podemos determinar, así es.

—Y sin embargo —dijo David con abierto desdén—, ahora mismo está ofreciendo usted al jurado una conspiración de tres personas: Hassan, Jefar y la señora Arif; uno de los cuales no puede testificar.

—Sabemos que había más personas implicadas...

—No tiene ni una sola pista de quiénes podían ser. ¿Está sugiriendo que era la propia señora Arif quien dirigía sus actividades?

—No.

—¿Quien diseñó esta compleja operación?

—No.

—¿Conoce algo de su entorno que pueda sugerir que ella es capaz de una cosa semejante?

—No.

—Y no tiene ni un solo nombre, ni en Estados Unidos ni en Oriente Medio, de quién puede haber planeado esto, o comprado la furgoneta, o puesto los explosivos en el contenedor, o conseguido los uniformes o las motos.

Vallis miró a Sharpe; pero la actitud de la juez Taylor había disuadido claramente a la fiscal de protestar.

—No, no hay ningún nombre —respondió.

—Ni sabe usted quién filtró el cambio de ruta.

—No.

—Algo tiene que saber. ¿Alguna idea de quién ordenó el crimen del hombre de la seguridad de Ben-Aron, Hillel Markis?

—No.

—¿O de su amigo Barak Lev?

—No. Si es que eran amigos.

David alzó las manos.

—¿No es mucha ignorancia para echarla sobre los hombros de una esposa y madre de treinta y seis años sin ningún historial previo de terrorismo?

Por el rabillo del ojo, David vio que Ardelle Washington dirigía a Vallis su mirada silenciosa, muy seria, exigiéndole que respondiera.

—Una vez más, repito —dijo Vallis— que no conocemos quién planeó el asesinato. Pero las pruebas contra la señora Arif no se pueden ignorar...

—¿No la estará acusando con la esperanza de que dé los nombres de aquellos que tramaron de verdad la conspiración?

—Protesto —dijo Sharpe—. Es una pregunta ya respondida. El testigo ya ha descrito las pruebas que sostienen esta acusación.

—Tal y como están las cosas —explicó David a Taylor—, creo que tenemos derecho a saber si el gobierno esperaba presionar a la señora Arif para que nombrase a otras personas.

—Protesta denegada —dijo la juez—. Siga, agente Vallis.

Con los ojos entornados, Vallis respondió.

—Tenemos las pruebas necesarias —insistió—. Por supuesto, siempre esperamos que los miembros de una conspiración identifiquen a los que han colaborado con ellos...

—Pero ¿y si la señora Arif es inocente? —interrumpió David—. Entonces no tiene forma de librarse de este juicio, ningún compañero de conspiración con el cual comerciar en la esperanza de evitar la ejecución.

—Protesto —dijo Sharpe—. Sin fundamento. Para encontrar esa respuesta, ya está el jurado.

—Aceptada —respondió la juez al momento.

Volviéndose hacia el testigo, David buscó una forma llamativa de concluir.

—Aparte de lo que ya ha dicho —preguntó David—, ¿sabe usted de alguna prueba más contra Hana Arif?

Vallis dijo que no con la cabeza.

—En este momento, no.

—Entonces, ¿no cree que tendría que haber esperado hasta tener más respuestas?

Vallis dudó.

—Creímos que teníamos lo suficiente para seguir adelante.

—¿Ah, sí? —exclamó David con desdén—. Supongo que para eso está el jurado. No hay más preguntas, señoría.

La réplica de Sharpe fue breve.

—Con respecto a las pruebas contra la señora Arif —dijo—, ¿tiene el FBI algún motivo para creer que son falsas?

—No lo tenemos.

Sharpe dio un paso adelante, hablando con más lentitud para poner más énfasis en cada palabra.

—¿Conoce a alguien, agente Vallis, que tuviese algún motivo para tender una trampa a la señora Arif?

—No conocemos a nadie.

—Según su experiencia del terrorismo, ¿encuentra usted alguna lógica en la teoría de que alguien pueda coger a una mujer inocente y decidir meterla en los entresijos de una conspiración para matar al primer ministro de Israel?

—No. —Haciendo una pausa, Vallis meneó la cabeza—. Esa teoría no tiene ningún sentido para mí, ninguno en absoluto.

Y con eso, el caso de la acusación contra Hana Arif llegó a su fin, con una pregunta para la cual David no tenía respuesta.

Capítulo 10

Antes de que los alguaciles se llevasen a Hana al centro de detención, David consiguió reunirse con ella en una sala privada de testigos. Aunque había un alguacil armado custodiando la puerta por fuera, la pequeña habitación no tenía ventana; durante unos minutos de soledad, raros desde que metieron a Hana en prisión, estaban solos y nadie los observaba.

Sin tener que dar una imagen de dignidad y de serenidad, Hana se derrumbó en una silla.

—Qué cansada estoy —dijo suavemente—. Tú también tienes que estarlo.

David sentía que se venía abajo al desvanecerse la adrenalina de su último interrogatorio.

—Es duro —reconoció.

Hana levantó la vista hacia él.

—Lo has hecho muy bien. No me imagino que otro pudiera hacerlo mejor.

Aunque David no podía sentir alivio alguno, consiguió sonreír.

—Es que no hay otro.

Sin sonreír, Hana le miró a los ojos.

—Dime la verdad —le preguntó con parsimonia—. Es lo que querías hacer, ¿no? Aquí, donde nadie puede verme la cara.

Su intuición había resultado tan acertada, que David no tuvo corazón para andarse con evasivas.

—Mañana empezaremos a presentar la defensa. El problema es que el jurado ya lo ha oído todo.

»Ya he hecho todas las preguntas posibles en los interrogatorios. Lo máximo que puedo hacer es repetirlas. Lo único que tenemos es un montón de suposiciones y una teoría que no podemos probar: que te tendieron una trampa. Pero ¿quién? ¿Y por qué? —El tono de David se suavizó—. Ambos sabemos quién es más plausible que sea; pero si existe un posible porqué, no sé cuál es.

Hana se encogió de hombros, un movimiento leve.

David examinó su rostro.

—No puedo ir a por él, Hana. No tengo ningún motivo.

Los párpados de Hana bajaron, sus pestañas velaron su mirada abstraída a la mesa que se encontraba entre ellos. Como si hablase para sí misma, murmuró:

—Dentro de una semana, dos tal vez, el jurado quizá me encuentre culpable. El portavoz recitará el veredicto y, en cuestión de segundos, mi tiempo como madre de Munira habrá terminado.

»No me permitirán estar a solas con ella. Apenas podré tocarla, ni a ella ni a nadie. —Las lágrimas se agolparon en sus pestañas—. La prisión me ha dado mucho tiempo para pensar, y deja poco espacio para la imaginación. Lo único que necesito es tomar los meses que he pasado sola y multiplicarlos por cien. La muerte podría ser una bendición.

»¿Te he descrito cómo es mi celda? Puedo hablarte de cada centímetro de ella. ¿Te describo mis fantasías? —Su voz quedó en suspenso, entre la vergüenza y la ironía—. Mejor que me las quede para mí sola. Quizá pueda mejorarlas.

Silencioso, a David le preocupó que la compostura de ella se desvaneciese por completo. Pero ella preguntó:

—Me pregunto cómo ha podido ocurrir todo esto. ¿Cómo es posible que todo lo que esperaba, todo lo que sentía y quería, haya quedado en esto? ¿Qué ocurrirá si Saeb controla su vida?

David no tenía respuesta. Con la voz temblorosa, Hana dijo:

—¿Tengo que preguntártelo acaso, David? Después de todo lo que nos ha ocurrido, parece tan poco...

A David le costó un momento entenderla. Luego, cediendo al instinto, se puso de pie y dio la vuelta en torno a la mesa. Ella se levantó de su silla para reunirse con él. Habían pasado trece años desde Harvard, trece años desde que él notó su esbelto cuerpo apretado contra el suyo propio, extraño y al mismo tiempo familiar. Ella se había quedado casi completamente inmóvil, como si quisiera guardar toda la calidez y proximidad de él para sí. Suavemente, David le acarició el cabello.

Un temblor recorrió el cuerpo de la mujer. Excepto por su quietud, era como si estuviesen haciendo el amor. Luego Hana echó atrás la cabeza, con los ojos sin lágrimas, y le miró, y sus bocas estaban tan cerca que él notaba el suave aliento que exhalaba ella entre sus labios separados, antes de formar una sonrisa nostálgica.

—Ya lo sé, David. No tienes que decírmelo.

Quizá lo que ella quería decir es que todavía era su abogado; él no lo sabía. Ella le tocó la cara con sus dedos fríos, dejándolos apoyados en ella.

—Ahora ya estoy bien.

Antes de que él pudiera responder, Hana se volvió y dio unos golpecitos en la puerta para llamar a los alguaciles.

Se la llevaron. David se fue a su casa en coche, intentando comprender el sentido de lo que acababa de ocurrir entre ellos. Luego se esforzó por concentrarse en el primer testigo de la defensa, Bryce Martel.

El juicio se reemprendió a las nueve de la mañana del día siguiente. Cuando llevaron a Hana ante el tribunal, ella dedicó a David una débil sonrisa, que aparecía más que nada en sus ojos. Luego miró a su marido, y su luz se desvaneció.

Los minutos iniciales de David con Bryce Martel se dedicaron a exponer un resumen de las credenciales de Martel como experto en seguridad nacional, inteligencia y lucha antiterrorista. En sí misma, la presencia de Martel daba nueva credibilidad a lo que hasta el momento había sido la solitaria defensa de David de una palestina acusada de terrorismo; pero el principal papel de Martel era enseñar a jurados como Bob Clair cómo actúan los terroristas.

—Para los terroristas y los espías —dijo Martel al jurado—, el engaño y el ocultamiento es un hecho vital. No puede ser de otra manera.

»Tomemos, por ejemplo, a Jefar y Hassan. Desde el momento en que entraron en Estados Unidos, dependían de seudónimos, identidades falsas y comunicaciones por móviles imposibles de rastrear. Eso es completamente coherente con toda la trama. Cada paso se daba de una forma tan rigurosa, que ni siquiera Hassan ni Jefar sabían lo que ocurriría hasta que recibían la siguiente llamada de su contacto. Y todo el plan estaba tan rodeado de medidas de seguridad, que el gobierno ni siquiera ha podido averiguar quién suministró los explosivos, las motos, el mapa o la furgoneta. La operación, sencillamente, se desvaneció, dejando cuatro hombres muertos. —Martel frunció el ceño—. A su manera nefasta, es un asesinato de manual, excepto por una anomalía.

—¿Cuál es? —inquirió David.

—El caso contra Hana Arif. Desde una perspectiva de planificación, todo lo demás en este crimen es impecable; pero todas las pruebas contra su cliente reflejan unos fallos que encuentro inexplicables. —Ajustándose las gafas, Martel se dirigió al jurado con la actitud lúcida de un conferenciante hábil—. Tomemos lo más obvio: Hassan le dijo a Jefar que Hana Arif era su contacto y la persona que le reclutó. Eso, sencillamente, no se hace; si Hassan hubiese mencionado un nombre, habría sido un seudónimo. Un seudónimo masculino, además.

—¿Aunque esperase morir?

Martel sonrió irónicamente.

—Un terrorista espera morir. Pero hasta Jefar admite que sabía que podía ser detectado y arrestado. Para Jefar, ése es el motivo por el cual Hassan tiró el último móvil. Y sin embargo, Hassan violó la regla más básica de la «seguridad operativa» que, por lo demás, mantuvo de una manera tan cuidadosa: no revelar jamás el nombre de tu contacto. —Haciendo una pausa, Martel se dirigió una vez más al jurado—. Y luego está la supuesta elección de la señora Arif, una mujer conocida de Hassan, por su tiempo en Birzeit, como contacto de Hassan. El contacto real debía ser siempre un extraño cuya auténtica identidad Hassan no llegara a saber nunca.

David miró a Ardelle Washinton, que, al parecer, tenía toda su atención captada por la claridad y la experiencia de Martel.

—¿Qué otras anomalías ha encontrado?

Un relámpago de desdén apareció en los ojos de Martel, el disgusto de un perfeccionista ante el error humano.

—No puedo hacerme a la idea de que la señora Arif usase su propio móvil para un complot de asesinato. Lo único que puedo decir es que, literalmente, es absurdo; igual que darle su número de teléfono a Hassan en un trozo de papel.

»Claro que ese papel podía tener sus huellas dactilares. Claro que alguien más podía encontrarlo. Hubiera sido como meter su tarjeta de visita directamente en la cartera de Hassan. Para que todo esto tenga algún sentido, tenemos que creer dos cosas: que la señora Arif es idiota, y que quienquiera que planeó este asesinato es un idiota mayor aún por haberla utilizado. —Martel hizo una pausa buscando más énfasis—. Todo lo que sabemos acerca de esta operación nos dice justo lo contrario. Quienquiera que planeó el crimen de Amos Ben-Aron puede considerarse un verdadero genio.

David hizo una pausa, dejando que el jurado asimilara lo último.

—Para atar algún cabo suelto, señor Martel, ¿cómo tendría que haber comunicado su número de teléfono una persona de contacto competente?

—De la manera más sencilla posible: yo te digo el número, y tú te lo aprendes de memoria. Luego, te olvidas lo antes posible.

—Entonces, ¿hay otra forma de llamar a todas estas anomalías?

—Pues sí —dijo Martel firmemente—. En lugar de asumir que no tienen sentido alguno, pensemos que en realidad sí lo tienen. Una vez lo hemos imaginado, esos fallos son coherentes con el conjunto: un plan intrincado, diseñado por una mente muy hábil, para culpar a una mujer que no sabe nada. —Los ojos de Martel brillaron con algo parecido a la admiración—. Si ése fuera el caso, la creación de una acusación circunstancial contra Hana Arif es un callejón sin salida perfecto, porque no conduce a ninguna parte. De hecho, se podría contemplar esta acusación en conjunto como un verdadero punto muerto: el gobierno sólo puede ir hacia atrás o en círculos.

Contemplando al jurado, David notó una honda satisfacción: el amigo de su padre había dado sustancia a la teoría de David. Sólo Marnie Sharpe parecía no haberse dejado impresionar.

Y ésa fue su actitud cuando se levantó para interrogar a su vez: cortante, escéptica y carente por completo de deferencia.

—Ya he oído su teoría —dijo a Martel—. Ahora volvamos a los hechos. Según nuestros registros telefónicos, la llamada de medianoche al móvil de la acusada duró más de cinco minutos. Si le tendieron una trampa a la señora Arif, ¿quién contestó?

Aunque Martel parecía impertérrito, dudó un momento.

—Pues no puedo decírselo, señora Sharpe. Me han traído aquí para dar una opinión como experto sobre el caso de acusación. No soy investigador privado, ni tampoco testigo de ningún hecho desconocido.

—Pero usted parece una persona lógica. Lógicamente, el genio que puso la trampa a la señora Arif necesitaba que alguien contestase esa llamada, ¿verdad?

—Eso parece.

—Y ¿cómo pudo acceder la persona que respondió, a quien usted no puede nombrar, a ese móvil?

David no miró siquiera a Saeb. Pero la estrategia de Sharpe estaba clara: obligar a la defensa a acusar a Saeb Jalid sin base suficiente, por hechos o por motivos, o arriesgarse a permitir que toda la teoría de David pareciese completamente improbable. Con admirable calma, Martel estableció la objeción de David:

—Una vez más, esto se halla fuera de mi campo como experto. Yo interpreto los hechos, no averiguo nada nuevo.

Aunque era verdad, aquella respuesta no satisfizo al jurado, como quedó bien claro por el rostro de Bob Clair.

—Como «intérprete de hechos» —preguntó Sharpe a Martel en un tono ligeramente jocoso—, dígame por qué no habría sido mucho más fácil para sus conspiradores atenerse a lo que usted define como reglas de juego normales de los terroristas: usar un seudónimo para el contacto, en lugar de correr el riesgo de acusar falsamente a una persona real.

—¿Por qué nombrar los conspiradores a la señora Arif? —preguntó Martel retóricamente—. Como he dicho, uno de los objetivos podía ser despistar: en lugar de buscar al verdadero contacto, ustedes creyeron que ya lo habían atrapado, y el único problema que les quedaba era hacer que ella hablase. —Haciendo una pausa, Martel devolvió la condescendiente sonrisa de Sharpe con una glacial por su parte—. Pero ¿y si la señora Arif no sabe nada? Si eso es cierto, lo máximo que pueden conseguir ustedes es literalmente enterrar su error, mientras nadie intenta encontrar a la verdadera persona cuya identidad podría ayudarles a desentrañar todo el complot: el verdadero contacto de Iyad Hassan.

David pensó que era una respuesta perfecta, y la única que podía dar Martel.

—¿Alguna idea de quién puede ser? —preguntó Sharpe.

—Ninguna, desde luego. Y sería muy irresponsable por mi parte especular.

—Cierto. Y entonces, ¿cómo consiguió ese contacto el papel de ordenador con las huellas de la señora Arif?

Martel se encogió de hombros.

—Hay formas, obviamente. Otras personas aparte de la acusada tenían acceso a su despacho.

Sharpe le dirigió una mirada de teatral escepticismo.

—Así que alguien usó su teléfono, alguien le robó el papel del despacho, y alguien le dijo a Hassan que mintiera. ¿Es eso?

Martel asintió con la cabeza.

—Estoy diciendo que podría ser.

—Y averiguar la identidad de quienquiera que planeara todo esto se halla fuera del ámbito de su función.

—Sí.

Sharpe le dirigió a su vez una sonrisa helada.

—Es muy decepcionante, señor Martel. No haré más preguntas.

Y

Durante el descanso del mediodía, David volvió a su despacho y se preparó con Angel Garriques para el siguiente experto de la defensa.

—Sharpe le quitó un poco de contundencia a Martel —dijo Angel, resignado.

—Un testigo experto no puede hacer más —respondió David, y luego sonó su teléfono.

Era Ernheit.

—Ya tengo la prueba del laboratorio —le dijo, apresurado—, la que hicieron para Saeb Jalid.

David se puso de pie.

—¿Qué es?

—Un informe de tres páginas. Pero no entiendo nada, la verdad, y no creo que tenga ninguna relación con su caso. A lo mejor usted lo entiende mejor.

—Mándemelo por fax —dijo David.

—En cuanto vuelva a mi despacho —prometió Ernheit—, dentro de unos cuarenta minutos.

Cuarenta y cinco minutos más tarde, cuando David se dirigió de nuevo al tribunal, el fax no había llegado todavía.

El segundo experto de la defensa, Warren Kindt, era un antiguo agente del FBI experto en la colocación de bombas. La media hora de interrogatorio directo de David sirvió para establecer un solo punto: en su papel como artefacto explosivo, la moto Harley-Davidson de Jefar estaba destinada a fracasar.

Aunque el pelo cortado al rape le daba un aire duro, Kindt era un hombre campechano, de voz agradable.

—El alambre no estaba conectado al plástico —dijo—. Así de sencillo. Jefar podía haberse pasado todo el día apretando el interruptor.

—¿Sabe usted por qué no estaba conectado? —preguntó David.

—Si lo que quiere decir es cómo se desconectó, no, no lo sé. No estoy seguro de que llegase a estar conectado en algún momento. El alambre probablemente tenía que ir sujeto con cinta adhesiva al plástico. Si se había caído la cinta, simplemente, se habría quedado en la alforja que contenía los explosivos. Pero allí no había ninguna cinta adhesiva ni residuo alguno de cinta.

—¿Y qué le sugiere tal cosa?

—O bien alguien había quitado la cinta, o bien Hassan nunca sujetó el alambre, ya de entrada. Elija lo que quiera. Lo único que sé con toda seguridad es que Jefar todavía está aquí para testificar contra su cliente.

En el interrogatorio, Sharpe hizo lo que pudo.

—¿No es posible que Hassan sujetara el alambre al plástico y luego éste se desprendiera cuando Jefar conducía su Harley? —preguntó.

—Podría haber sucedido así —respondió Kindt—. Pero ¿qué pasó con la cinta adhesiva, entonces? Tendría que haber estado en esa alforja. Sin embargo, sus compañeros del laboratorio criminalístico no encontraron cinta alguna.

Sharpe no se inmutó.

—Jefar asegura que no vio cómo conectaba el alambre Hassan —señaló—. ¿Necesitó cinta Hassan en realidad? ¿No bastaba con que el alambre tocase el plástico?

—Cierto —dijo Kindt con amabilidad—. Hassan pudo haber colocado los trozos de plástico encima del alambre y pensar que el alambre se quedaría donde estaba, sujeto con los explosivos. Sin embargo, había un problema: el alambre apenas era lo bastante largo para alcanzar las alforjas. Con una moto vibrando como suele vibrar una Harley, un alambre tan corto podía salirse totalmente de la alforja.

»Y eso fue lo que le ocurrió al alambre, cuando yo lo vi. Pero si pasó a causa de la explosión, o antes, o después, no hay forma de saberlo.

Sharpe le dirigió una mirada abstraída, buscando mentalmente la siguiente pregunta.

—Por simple curiosidad, supongamos, como ha imaginado la defensa, que Hassan quería que Jefar viviese. Si no conectaba el alambre, ¿eso quedaría garantizado?

—Difícilmente. La explosión se concentraría en su objetivo. Pero una explosión destinada a hacer puré una limusina blindada y a todos aquellos que estuviesen en su interior tenía que matar por fuerza a alguien que estuviera tan cerca como Jefar.

—¿De qué manera?

—Pues como prefiera: por trozos de metal, saliendo despedido de la moto y cayendo de cabeza. Hasta la fuerza de la propia explosión podía haber destrozado a Jefar, si no lo hacía primero alguno de los tiradores. —Kindt hizo una pausa y luego añadió, firmemente—: Lo que le estoy diciendo, lo único que digo, es que la moto de Jefar, por sí sola, nunca lo hubiera matado.

—Pero eso no es ninguna garantía —insistió Sharpe— de que, aunque existiera un fallo deliberado a la hora de conectar el plástico, Jefar siguiera con vida.

Kindt asintió ante la concurrencia, mucho más vigorosamente de lo que habría deseado David.

—Lo mire como lo mire, Ibrahim Jefar es un hombre afortunado; suponiendo que una vida en prisión cuya única salida es la muerte sea una fortuna para alguien.

David vio que Hana cerraba los ojos al oír la última respuesta de Kindt.

El nuevo interrogatorio de David fue breve y engañosamente superficial.

—Por cierto —preguntó—, ¿había visto usted antes esa técnica? Es decir, el plástico C-4 conectado a un detonador y detonado por control remoto.

—Claro. Al menos media docena de veces.

—Nombre las más recientes.

—Fue en Jordania —respondió Kindt, tal y como le había dicho previamente David—. Alguien aparcó una moto junto al coche de un disidente iraní en Amán. Cuando el hombre volvió a su coche, los asesinos hicieron volar la moto y a él también.

—¿Alguna idea de quiénes eran los asesinos?

David vio que Sharpe empezaba a levantarse; pero luego se encogió de hombros, señalando su indiferencia.

—No es seguro —dijo Kindt a David—. Las técnicas de colocación de bombas no están sujetas a derecho de propiedad. Pero todo el mundo supuso que era la inteligencia iraní: los mulás no querían a aquel hombre en absoluto.

—Gracias —dijo David—. No haré más preguntas.

Cuando David volvió a su asiento, miró a Saeb y levantó las cejas como diciendo: «Y tú ¿qué opinas?». Saeb respondió con una mirada más inexpresiva de lo normal.

—No tengo más preguntas —dijo Sharpe a la juez Taylor con ostensible aburrimiento, confirmando a los jurados que no habían oído nada importante.

ϒ

Eran las seis cuando David llegó a su despacho.

El fax de Ernheit estaba en su despacho: tres páginas cuidadosamente mecanografiadas. David lo examinó a toda prisa y luego más sistemáticamente, y su lectura se vio pausada por una sensación creciente de trascendencia, mucho mayor de lo que jamás podía haber imaginado.

Sin embargo, aparte de la sorpresa que contenía, no tenía que haberle costado tanto tiempo comprender el informe. «El cliente», Saeb Jalid, había enviado tres muestras de cabello para inspeccionar: espécimen A, espécimen B y espécimen C. Cada muestra era distinta; «el cliente» quería saber si sus fuentes estaban genéticamente relacionadas. En resumen, Saeb Jalid había pedido una comparación entre el ADN de tres personas.

David leyó los resultados una segunda vez, y luego una tercera. El donante del espécimen A no estaba relacionado con el donante de los especímenes B y C; pero los donantes B y C estaban genéticamente conectados, sin duda alguna.

A David se le secó la boca.

Durante largo tiempo —no sabía cuánto—, se quedó mirando la última página del informe. No podía moverse.

Al final, con la mano algo temblorosa, David buscó su agenda de escritorio. Le costó un momento, con dedos torpes, buscar la dirección que necesitaba. Procurando rehacerse, marcó el número de los laboratorios Diablo en Oakland, esperando que aún hubiese alguien, aunque era viernes por la tarde.

Respondió una voz masculina.

—¿Steve? —inquirió David.

—Me temo que sí. Aquí estoy otra vez, trabajando hasta tarde. ¿Quién es?

—David Wolfe.

—Eh, hola, David. —El tono de la voz de Levy se elevó—. Debe de ser por lo del caso Arif, ¿no?

David consiguió mostrar mucha calma; en el peor de los casos, le pareció que su voz sonaba como la de un abogado atribulado.

—Pues no sé —dijo—. Pero me temo que tengo un poco de prisa.

—Siempre hay prisa —respondió Steve Levy—. Bueno, ¿qué tienes?

—Quiero que eches un vistazo a los resultados de una prueba de ADN realizada en Israel.

Brevemente, David describió el informe.

—¿Tienes las muestras que examinaron? —preguntó Levy.

—No.

—Entonces no puedo decirte más de lo que me acabas de decir tú. Desde luego, no sé quién es toda esa gente, ni qué significa todo eso.

—Creo que sí que puedes —respondió David—. Te enviaré el informe por mensajero.

—¿Por qué?

—Porque voy a incluir una cuarta muestra. Me gustaría que comparases ese ADN con los otros.

—Para ya, claro.

—Es sobre el caso Arif. —A pesar de sus esfuerzos por controlarse, la voz de David se volvió ronca—. Lo único que puedo decirte es que esto podría ayudarme a salvar una vida. Pero es viernes, así que al menos tendrás el fin de semana.

Cuando David colgó el teléfono, miró hacia su ventana ya oscura, sin moverse. Luego cogió las tijeras que tenía en el cajón del escritorio y se cortó un pequeño mechón de cabello.

Capítulo 11

David pasó todo el fin de semana con el piloto automático puesto. Se puso al día de los medios de comunicación: prensa, televisión por cable, Internet; y descubrió con relativa sorpresa que las dudas que estaba despertando en el tribunal habían empezado a filtrarse en la conciencia colectiva. En una cena con un amigo, empleó sus reflejos sociales para evitar una lluvia de preguntas sobre su defensa de Hana mientras se entretenía con una charla que, al cabo de unas horas, había olvidado por completo. Los minutos pasaban con exasperante lentitud, o simplemente, se desvanecían. Vivía en animación suspendida, irreal hasta para él mismo.

El domingo se reunió con Nisreen Awad para ensayar su testimonio como testigo de carácter para Hana. Aunque ella le saludó con calidez, David siguió mostrándose distante y profesional, examinando todas las preguntas y respuestas con poca emoción o digresiones. La pregunta que le consumía era la única que no podía hacer.

El lunes por la mañana, amaneció inquieto. Al llegar al tribunal, pasó por el acoso de los fotógrafos sin hacer pausa alguna excepto para murmurar: «Todo va bien». Se sentó ante la mesa de la defensa sumido en sus propios pensamientos, mirando el estrado vacío de la juez Taylor mientras el escándalo de los espectadores iba en aumento. Ignoró por completo a Sharpe. Cuando entró Hana y se sentó junto a él, preguntándole cómo estaba, él la miró en silencio, con la mirada fija e intensa.

Los ojos de ella se abrieron ligeramente.

—¿Pasa algo, David?

—Aún no lo sé —dijo él, y apartó la vista.

Como testigo, Nisreen Awad se mostró precisa y firme, mucho menos emotiva que la mujer que había comido con él en Ramala.

Conocía a Hana desde hacía una década, dijo Nisreen al jurado, como colega en las conversaciones con Israel, y era su mejor amiga. Había visto a Hana en tensión, en la tranquilidad de su hogar, y, lo más importante de todo, como madre.

—Por encima de todo —dijo al jurado—, Munira es la razón de la existencia de Hana.

—Dado todo lo que sabe usted de Hana Arif —le preguntó David—, ¿cree que Hana es capaz de participar en el asesinato de Amos Ben-Aron?

Durante un breve momento, Nisreen miró a Hana.

—Desde luego que no —dijo con firmeza—. Hay muchos motivos que lo hacen completamente imposible.

—¿Como cuáles?

Nisreen levantó las manos.

—¿Por dónde empezar? En primer lugar, Hana cree (como me ha asegurado a mí muchas veces) que la violencia no sólo es inútil, sino que es una invitación a los soldados israelíes para que permanezcan en Cisjordania. Mire lo que está ocurriendo allí desde que ese hombre fue asesinado: más muertes, más represalias, más represión. Era completamente predecible, y era lo último que quería Hana.

»Ella se siente muy descontenta con la política israelí, y por eso dimitió de nuestro equipo negociador. Pero este crimen nos ha hecho retroceder. —Nisreen suavizó la voz—. Una vez más, oímos el sonido de las bombas y los cañones. Ésos son los sonidos que daban pesadillas a Munira, que todavía sufre. Recuerdo que Hana decía: «Si pudiera borrar sus recuerdos de explosiones y de muerte, ningún precio sería demasiado alto». Más que nada, ella desea que su hija sea sana de mente y de alma. Todo lo demás es secundario.

Por un instante, David tuvo la idea amarga e impertinente de que Nisreen Awad quizá no supiera cuán cierto era todo aquello.

—Durante su observación del matrimonio de Hana —preguntó David—, ¿supo cosas que pudieran persuadirle de que ella es incapaz de arriesgarse a la prisión o la muerte?

Escuchándola, Sharpe dirigió a David una mirada de sospecha y sorpresa. En el estrado de los testigos, Nisreen Awad miró incómoda a Saeb.

—En cuanto a Munira —dijo al fin—, había gran desacuerdo entre Hana y su marido. Saeb deseaba convertir a Munira en una mujer islámica en el sentido más tradicional: haciendo que se cubriese, no permitiéndole ir a ningún lugar donde pudiese reunirse con chicos, arreglando su matrimonio e incluso limitando su educación.

Hana sufre una aversión visceral a tales cosas: ella deseaba ardientemente que Munira tuviese la libertad y la oportunidad de convertirse en una mujer independiente.

»Y eso los llevaba a discusiones muy duras. Yo oí el final de una: Saeb le decía a Hana que una gata sería mejor madre que una mujer que era americana en todo excepto en el nombre. —Nisreen hizo una pausa, claramente turbada aún por aquel recuerdo—. Poco después, Hana se encontró un bultito en el pecho y pensó que podía tener cáncer. El bulto resultó benigno, pero todavía recuerdo el miedo que tenía Hana. Me dijo que no podía morir, que no podía dejar que ese hombre arruinase todo lo que era Munira.

En la tribuna del jurado, David vio a Ardelle Washington, que era divorciada y madre de tres hijos, estremecerse involuntariamente. El tribunal estaba mucho más callado que de costumbre; Taylor apenas parecía moverse, como si estuviese paralizada por lo que estaba oyendo. David tuvo que usar toda su voluntad para no dirigir una sola mirada a Saeb. Suavemente, Nisreen continuó:

—Hana no podía elegir si morir o no morir de cáncer; pero podía elegir no arriesgarse a morir por un crimen que, en cualquier caso, es totalmente contrario a su carácter. La fiscal podría mostrarme pruebas mucho más concluyentes que éstas; y aun así, le diría que es imposible que Hana sea culpable, imposible hasta la fibra más íntima de su ser. Un veredicto de culpabilidad la separaría para siempre de Munira. Sólo su peor enemigo podría imaginar un castigo más cruel.

David se quedó callado, dejando que la última frase hiciese eco en la sala del tribunal.

—Gracias, señora Awad. No tengo más preguntas.

Cuando volvió a la mesa de la defensa y miró directamente al marido de Hana, los ojos de Saeb brillaban de odio y de humillación. Hana miraba a la mesa.

—Quizá no tendrías que haber hecho eso —murmuró ella con apatía.

—Quizá no tendrías que haberte casado con él —soltó David en voz baja—. Pero a lo mejor es nuestra única defensa.

Hana apartó la vista.

Sharpe interrogó a Nisreen como lo habría hecho David, con un tono desapasionado e incluso ligeramente denigrante. Sí, Nisreen haría cualquier cosa para salvar a su amiga; cualquier cosa, añadió Nisreen, excepto mentir. Y no, afirmó Nisreen, no podía explicar las pruebas. Admitía que no había testigos de las conversaciones privadas que había relatado, y se veía obligada a reconocer haber oído decir a Hana, furiosa, que Amos Ben-Aron era un santurrón hipócrita, que hablaba de paz mientras robaba tierra y agua. Cuando Nisreen dejó el estrado, Sharpe había amortiguado algo su impacto, y David se estaba desplazando hacia una conclusión llena de riesgos: que Sharpe le estaba obligando a llamar a Hana como testigo a su propio favor.

David no le dijo aquello a Hana. Al mediodía, corrió a su despacho, notando al partir que Hana no podía ya mirar a su marido.

Steve Levy había llamado. Sentado en su silla, David aspiró aire con fuerza y le devolvió la llamada.

Levy estaba comiendo. Durante treinta minutos, David recorrió a grandes zancadas su despacho, haciendo una pausa para comer algunos bocados apresurados de un bocadillo de pastrami que no pudo acabarse. Cuando Angel llamó a su puerta, David le despidió insistiendo en que necesitaba tiempo para pensar.

Minutos antes de tener que irse, sonó el teléfono.

Era Levy.

—He hecho la prueba —dijo.

David se sentó de golpe.

—¿Y?

—No sé qué estás intentando probar, pero los resultados son muy claros. Ya sabías que la muestra B tiene una coincidencia genética con la C, mientras que la A no coincide con ninguna de las otras dos. —Levy hizo una pausa, como si consultara sus notas—. La muestra de cabello que me enviaste, y que yo llamo «muestra D», no coincide con A ni con B. La coincidencia genética es con la muestra C.

Pasaron unos segundos antes de que David pudiera preguntar:

—Y eso ¿qué significa?

—Mi conclusión, David, es que B y D están genéticamente reflejados en la persona representada por la muestra C. Es todo lo que puedo decirte.

David consiguió dar las gracias a Steve Levy y colgó el teléfono, abrumado al darse cuenta de lo mucho que había cambiado el sentido de su vida y, si él y Hana podían sobrellevarlo, el propio juicio.

David Wolfe era el padre de Munira Jalid.

Veinte minutos después, Sharpe y David estaban recluidos en el despacho de la juez Taylor y ésta observaba a los dos abogados desde detrás de su escritorio.

—El jurado nos está esperando —dijo a David—. Ha pedido usted esta conferencia.

David notó el cosquilleo de sus nervios.

—Necesito un aplazamiento —dijo, sin rodeos—. Al mediodía, he conocido una nueva prueba que puede transformar toda la defensa de mi cliente. También afecta a mi estatus como abogado suyo.

Las cejas de Taylor se elevaron. David la vio catalogar mentalmente las posibilidades, incluida la de que David acabara de descubrir que Hana Arif le había mentido acerca de su inocencia.

—¿Puede usted darnos una explicación un poco más detallada?

—No, no puedo, señoría; no antes de discutirlo con mi cliente.

Aunque recelosa, Sharpe le miraba con un atisbo de sonrisa; ella sospechaba, como David habría sospechado en su lugar, que fuera lo que fuese aquello que le había alterado tantísimo, no haría sino favorecer su caso.

—¿Señora Sharpe? —preguntó Taylor.

La fiscal se encogió de hombros.

—Por el bien de Estados Unidos, no soy partidaria de ninguna dilación; pero supongo que podemos esperar una tarde.

—Es lo único que puedo darle —dijo la juez a David—, así que ya puede reunirse con su cliente de inmediato.

Cuando David entró en la sala del tribunal, el jurado estaba reunido y Hana esperaba en la mesa de la defensa. Él pasó junto a Saeb sin hacerle ningún caso.

Hana le miró ansiosa.

—¿Qué ocurre?

A pesar de que David pensaba que la conocía, sintió como si estuviese viendo a una persona completamente distinta. Sentándose lentamente junto a ella, respondió:

—Le he pedido un aplazamiento a la juez. El alguacil nos está buscando una salita de testigos para que podamos hablar.

La preocupación se transparentaba en los ojos de ella.

—¿De qué?

David cogió aire.

—De trece años de engaño; tuyo, para ser más exacto.

Capítulo 12

Los alguaciles introdujeron a David y Hana en la misma salita de testigos claustrofóbica de antes, con la mesa de madera entre los dos. Ella le observaba con una mirada neutra, que no podía ocultar su ansiedad, como si notara un peligro que aún no podía definir. Cautelosamente, preguntó:

—¿Qué es lo que tenemos que discutir?

—Lo de nuestra hija.

Hana estaba muy quieta, sólo sus ojos se abrieron un poco más.

—¿Qué quieres decir?

—No hagas esto. —David pronunció esas palabras lentamente, con mucho énfasis—. Una mentira más, una evasiva más, y diré a Taylor que me dé permiso para retirarme como abogado tuyo. Cuando le cuente por qué, no tendrá otro remedio que concedérmelo.

La garganta de Hana latía.

—¿Cómo puedes saber que eres su padre?

—De la misma forma que Saeb. Hizo examinar tres muestras de cabello para ver el ADN: el suyo, el tuyo y el de Munira. Yo me he limitado a añadir el mío.

—Por favor, no entiendo nada.

—Ah, sí, creo que sí que lo entiendes. Nos has engañado a los dos, empezando ya por Harvard. Pero Saeb no es tan lerdo como yo. Aunque, para ser justos, ha vivido contigo trece años, y con una hija que se convirtió en una pista viviente. —La voz de David era neutra, implacable—. Siempre me pregunté qué podía haberte motivado a formar parte de este asesinato, pero ahora todo tiene sentido.

»En Israel, Zev Ernheit me contó la historia de una mujer casada que se convirtió en terrorista suicida. Estaba embarazada del hijo de su amante. Su cuñado le dio a elegir: o te llevas a varios judíos contigo, o te conviertes en víctima de un crimen de honor.

—¡Yo no lo sabía!

David ignoró eso.

—Saeb debió de darte a elegir —continuó—. O te usaban como chivo expiatorio, o te desenmascaraba por ser la puta que había engendrado la hija de un judío. Así que te convertiste en su protección operativa, aislándole para que no le descubrieran y comunicándote tú con Hassan...

—¿Y por qué iba a contratar al padre de Munira como abogado? —La voz de Hana temblaba, y las lágrimas aparecieron en sus ojos—. Sí, me lo preguntaba. Y cuando Munira se hizo mayor y más alta, tuve miedo. Pero eso es todo.

—¿De verdad? —David hizo una pausa y luego le citó de nuevo, después de tantos años, las propias palabras de ella—: «Pertenecemos a una cultura de la vergüenza, no de la culpa».

Hana le miró.

—¿Realmente me conoces tan poco?

David le dirigió una fría sonrisa.

—No te conozco en absoluto.

—Saeb nunca me dijo nada, David. Lo juro.

David no sintió compasión alguna.

—Vaya, qué matrimonio —dijo—. Espero que no te sientas demasiado engañada.

Hana se estremeció.

—Ya sé que estás herido...

—¿Herido? —replicó David—. Otra mujer podría encontrar quizá una palabra menos trivial.

—¡Déjalo ya! —Su voz sonaba tensa, desesperada—. Estás tan absorbido por mi traición, que ni siquiera reconoces la verdad cuando te mira a la cara.

—¿La verdad? ¿Cuál es hoy?

—Que no tenía motivos, y que el motivo de Saeb es Munira. Dime cuánto tiempo hace que lo sabía.

Sospechara lo que sospechase David, el temblor en la voz de ella tenía la sinceridad del descubrimiento, de consecuencias terribles.

—¡Casi un año!

Brevemente, Hana cerró los ojos como si luchara por obtener algún sentido a través de sus recuerdos.

—Saeb tuvo que sospecharlo durante años, antes —dijo lentamente—. Cuanto más dudaba, más dedicaba su propio tormento, las imágenes de nosotros dos como amantes, a convertir a Munira en todo aquello que yo no era. —Hana se frotó las sienes—. Y cuando Saeb supo de quién era hija, imaginó una forma de castigarme mucho más terrible que una bala en la cabeza: un crimen de honor musulmán disfrazado de juicio por asesinato americano.

»Un árabe ilustrado se habría divorciado de mí. Un hombre tradicional me habría matado. Saeb buscó una muerte mucho más útil. —Hana miró a David, implorante—. Soy inocente, David. ¿Cuántos polígrafos más quieres que pase?

David se sentía zarandeado por emociones demasiado complejas, incapaz de desentrañarlas.

—Entonces, según tu versión de la verdad, Saeb es el contacto.

—Sí. Él pudo adoptar ese papel, y cogerme el móvil del bolso. —La voz de Hana se llenó de angustia—. ¿Y qué pensaría hacer él con ella, una vez todo esto hubiese acabado? ¿Qué hará...?

—No la uses conmigo —exclamó David—. Lo único que quiero que me digas es la verdad.

—Puedes elegir qué verdad creer: o bien Saeb me hacía chantaje, o bien me tendió una trampa. Pero de la forma que sea, Munira es tu hija. Por favor, ella no tiene la culpa de nada de todo esto.

Al oír esto, David se sentó en silencio. Tenía una hija, una chica árabe que, durante la mayor parte de su vida, había sido castigada en lugar de su madre. Y ahora, el hecho y aquella muchacha eran la clave oculta para el juicio de su madre, y transformaban lo inexplicable en una clave con sentido, aunque de una forma espantosa.

—Lo que hay entre nosotros dos —dijo David al fin— tendrá que esperar. La única decisión que no puede esperar es el papel que jugará Munira en nuestra defensa.

El rostro de Hana se contrajo.

—No puedo exponerla, David; no en un tribunal abierto.

—No quiero que lo hagas. Me reservo esa revelación para más adelante.

—¿Y decirle a Munira y al mundo entero que Saeb no es su padre? ¿No ves lo que le pasaría a ella?

—Podría ser terrible —respondió David—. Pero entonces, ¿prefieres que te declaren culpable? ¿Crees que Munira preferiría tener una madre muerta que un padre judío?

David vio que la implicación última de aquella pregunta estaba desmoronando las últimas reservas de Hana. Ella se cubrió el rostro, y sus hombros temblaron con unos sollozos que él no pudo oír.

—¿Quién quieres que sobreviva, Hana: Saeb o tú? Sólo puedes proteger a Munira protegiendo al marido que dices que está intentando matarte. O puedes intentar salvarte tú y salvar a tu hija dejando que acorrale a tu marido y lo ponga contra la espada y la pared.

»Sólo sé que soy padre desde hace dos horas. Pero ahora puedo poner precio a todo lo que he abandonado por ti: la vida de Munira. Ningún padre dejaría a esa niña en manos de Saeb Jalid.

La única señal de que Hana le había oído fue el silencio. Al cabo de un rato, ella se descubrió el rostro haciendo uso de toda su voluntad.

—Dime qué es lo que quieres.

—Que testifiques en tu propia defensa, no como la furiosa mujer palestina que vi batallando con el FBI, sino como la que veo ahora. Y luego, quiero que te hagas a un lado y me dejes cambiar tu vida por la de Saeb.

—Aunque creas que yo soy el contacto. Aunque creas que Saeb me chantajeó y me obligó a ayudarle a asesinar a Ben-Aron...

—Aun así —respondió David—. Ben-Aron está muerto, y Munira todavía vive.

Hana le miró a la cara.

—Lo siento, David. Sé lo que te he hecho. Ser padre lo cambia todo.

David dejó la disculpa sin respuesta.

—Tienes dieciocho horas —dijo—. Entonces tendrás que elegir entre los sentimientos de Munira y su vida. Yo voy a pasar todo ese tiempo reflexionando sobre la única cosa de este laberinto de mentiras que sé con toda seguridad: que Munira es mi hija.

Como si estuviera en trance, David volvió a su despacho y se ocupó de los detalles que no podían esperar, esforzándose por aclarar su mente y así poder asumir el hecho de que, en algún lugar de aquella misma ciudad, una niña que formaba parte de él vivía asustada y sola.

David oyó un golpecito en su puerta. Creyendo que era Angel, exclamó bruscamente:

—¿Qué pasa?

Cuando se abrió la puerta, vio que su visitante era Carole Shorr.

Ella se detuvo en el umbral, indecisa, con los ojos llenos de inseguridad.

—Tenía miedo de llamar —dijo.

David se tocó el puente de la nariz y luego levantó la vista hacia ella.

—Podrías haberlo hecho —dijo con amabilidad—. Nunca me he negado a verte. Pero hoy no es un buen día.

Ella se quedó allí de pie, sin saber si quedarse o irse.

—He seguido el juicio. Lo único que quería decirte es que entiendo un poco mejor las cosas. Quizá cuando acabe todo podamos hablar de lo que esto puede representar para nosotros.

La palabra «nosotros» le dijo a David mucho más que cualquier otra cosa que ella hubiese dicho. Él no sabía cómo responder; todo lo que sentía en aquel momento era la necesidad de algún amigo, una forma de compartir su carga. Suavemente, Carole le dijo:

—Nunca te había visto tan cansado.

Quizá fuese la simple amabilidad de sus palabras, quizá el recuerdo de los días y noches en los que Carole fue su amiga más íntima, cuando hablaban y escuchaban y hacían planes y discutían, creyendo, o al menos esperando, que el único fin de su vida en común sería la vejez. Fuese cual fuese el motivo, David sintió una oleada de emociones contenidas que ya no podía controlar.

—Estoy más que cansado, Carole. Siento como si mi vida estuviera vuelta del revés, he perdido completamente el equilibrio. Tú me conoces. Siempre he sentido que estaba preparado para todo, para cualquier desafío que la vida me pusiera en el camino; pero ya no es así.

Carole intentó sonreír.

—Entonces, quizá está bien que haya venido.

David oyó una nota familiar en su voz, Carole como fuente de consuelo y de asesoramiento.

—Si alguien pudiera arreglar esto, serías tú —dijo él—; pero nadie puede.

—Podría intentarlo.

David meneó la cabeza.

—Es mucho más complicado de lo que imaginas. Y no puedo decirte por qué, ya que están implicadas las vidas de otras personas aparte de la tuya y la mía.

Carole hizo un gesto de desconcierto y de insistencia a la vez.

—Por favor, David. Intenté apartarme de ti; pero me estoy dando cuenta de que en realidad nunca lo hice del todo, no con el corazón. Dame la oportunidad de ayudarte. Por favor, no me eches.

—No quiero hacerlo —soltó David—. No sabes cuánto me gustaría hablar contigo, y no querría que pensaras que nunca te he querido, porque no es cierto. Pero lo que me ha ocurrido es algo que no puedo compartir con nadie. Porque podría sufrir una persona inocente, o algo peor que sufrir. Y no puedo echar a ninguno de nosotros un peso semejante a la espalda.

Carole le miró a la cara.

—¿Es acerca de Hana Arif? Por favor, cuéntamelo.

David suspiró.

—Hana y mucho más que Hana; también es algo sobre mí.

Carole volvió a mirarle, y la sangre pareció desaparecer de su rostro.

—Todavía la amas, ¿verdad?

David meneó la cabeza.

—No se trata sólo de amor, o de a quién amo o no amo. No puedo decirte nada más.

Carole apartó la vista. Al cabo de un rato, dijo:

—Una vez pensé que cada uno de nosotros era la esencia de la vida del otro. Sin embargo, tú no tienes vida que darme. Ocurra lo que ocurra, se la has entregado a ella. Nunca podré ser más que una sustituta de Hana, con la nariz apretada contra el cristal. —De repente, se puso en pie, hablando con abatimiento y precipitación—. Lo siento, pero tengo que irme. Tengo que seguir con mi vida.

Corrió hacia la puerta como si quisiera encontrarse fuera antes de derrumbarse. Luego desapareció, la puerta quedó entreabierta después de salir ella, y lo único que quedó fue el ruido de su rápido taconeo en el suelo de mármol.

Capítulo 13

Cuando llegó al apartamento de Saeb, David ya había recuperado el control, aunque todavía se sentía al borde de un precipicio. Pero cuando Saeb abrió la puerta, David notó una frialdad de acero en su interior.

El marido de Hana le miró, sin hacer movimiento alguno para apartarse a un lado.

—¿Qué pasa?

—He venido a veros a Munira y a ti.

Una emoción similar a la irritación pero más tensa aún cruzó por el rostro de Saeb.

—¿Sin llamar antes?

—Hana quiere que hable con su hija. Iba de camino a casa y me di cuenta de que era la oportunidad que necesitaba.

Los ojos de Saeb se endurecieron.

—Carezco de tu sentido de la urgencia. Munira no va a ir a ninguna parte. Como sabes, somos prisioneros de tu gobierno.

—Munira es una prisionera, ciertamente. Y yo todavía sigo en el pasillo. —David siguió hablando con la voz contenida—. Tú y yo tenemos que arreglar ciertas cosas. En cuanto a Munira, si quieres que Hana consiga una orden para que su abogado acceda a su hija, volveré. O podemos hablar ahora mismo, si quieres.

Una sonrisa de desdén, esbozada con esfuerzo, relampagueó y desapareció del rostro de Saeb.

—Qué teatral. No obstante, supongo que estás cansado.

De mala gana, Saeb le dejó entrar. David examinó el austero salón y buscó a Munira, pero no la vio. Se sentó antes de que le invitaran a hacerlo.

Saeb dudó y luego se sentó en el borde del sofá, frente a él.

—Hana testificará —dijo David bruscamente—. Quiero que Munira esté allí también. Profesar devoción maternal a una niña a la que el jurado no ha visto nunca ya no sirve como opción.

Saeb negó con la cabeza.

—Son demasiadas emociones para ella.

—¿Más que la muerte de su madre? No me parece que Munira sea tan frágil.

Saeb dirigió a David una mirada larga e inquisitiva.

—¿Y si me niego?

—Ya te lo he dicho —dijo David con tranquilidad—. No estoy aquí para pedirte permiso. Vengo para llevarme a Munira a comer y decirle lo que espero de ella, a solas.

Saeb guiñó ligeramente los ojos, como si notase un cambio en el equilibrio entre ellos.

—Están juzgando a Hana. Sus intereses son primordiales, estoy de acuerdo. Pero no es su abogado quien debe darme órdenes acerca de nuestra hija.

David inclinó la cabeza hacia los dormitorios.

—Cuento tres puertas en este salón. Puedo abrirlas las tres, o bien puedes traer a Munira tú mismo. No perderé más tiempo contigo.

Saeb dudó y luego sonrió, un esfuerzo tardío por manifestar superioridad.

—Tal como he dicho, qué teatrero. Pero pronto acabará todo esto y tú y yo nos separaremos, igual que Munira y tú; así que disfruta de tu breve momento de poder transitorio.

Saeb se puso en pie, muy tieso, y pasó junto a David hacia el vestíbulo. David no miró por encima de su hombro; oyó a Saeb que hablaba en árabe, luego la voz aguda de su hija. Sólo cuando se abrió una puerta David se volvió.

Munira estaba de pie junto a Saeb, mirando confusa a David. No era más que una niña que empezaba a convertirse en mujer. Pero la alteración que vio David en ella fue algo más que el paso de las semanas, e hizo todo lo que pudo para no demostrarlo en la expresión de su cara. Con una mirada penetrante, Saeb miró a Munira y luego a David.

—Le he explicado a Munira por qué has venido —dijo Saeb—. Aquí la tienes. Ya discutiremos esto tú y yo más tarde.

Uno junto al otro, caminaron cinco manzanas hasta el café Elite, donde David podía encontrar un rincón privado: un abogado con traje, una chica árabe con pañuelo y *abaya*. Al reconocer a David, las camareras los condujeron a una mesa, dirigiendo una curiosa mirada a Munira.

La chica se sentó frente a él, arreglándose con mucho cuidado los pliegues de la ropa con sus dedos gráciles.

—Has venido a hablarme de mi madre —dijo Munira, preocupada—. ¿Está bien?

David asintió, ateniéndose a su papel de abogado.

—Pronto saldrá a declarar. Yo sé, y tú sabes también, lo importante que eres para ella. Me gustaría que el jurado viese por sí mismo lo importante que ella es para ti.

Munira le miró desde debajo de sus oscuras pestañas.

—¿Quieres que vaya a declarar al tribunal?

—Sí.

—Entonces iré, no importa lo que diga él. No podría soportar perderla.

Dijo aquellas palabras con tal intensidad, que el corazón de David se entregó a ella. David imaginó sus noches sin dormir, sus días llenos de ansiedad, aislada del mundo en un lugar donde no tenía nada propio, ni siquiera la persona que, David estaba seguro ahora, Munira amaba más en el mundo.

—Muy bien —dijo—. Eso la ayudará de verdad.

Munira asintió gravemente. La camarera vino y les entregó unos menús.

—Echa un vistazo —sugirió David—. A lo mejor te apetece comer algo.

Mientras Munira examinaba las posibilidades de comida cajún que ofrecía el menú, David la estudiaba sin reprimirse. Sólo unos momentos después, su opinión anterior había cambiado: pensó que sería muy bella, aunque de una forma distinta a la de Hana, con las líneas del rostro más marcadas y fuertes, los ojos menos transparentes, pero brillantes e inteligentes. Mirando todavía el menú, Munira se puso el dedo medio curvado en los labios y apoyó el índice en la barbilla, y David reconoció al momento de dónde procedía aquel gesto. Era de su madre, de toda la vida.

David notó como si su corazón se hubiese detenido un momento. «Eres mi hija —quería decirle—. ¿No te das cuenta?» Levantando la vista hacia él, Munira preguntó:

—¿Qué es «siluro tiznado»?

David esbozó una sonrisa.

—No sé qué es lo que quieres saber, Munira. ¿Te gusta el pescado muy picante?

Él no sabía, por supuesto, lo que le gustaba o no le gustaba a su hija, excepto, quizá, los judíos.

—En casa —le informó Munira—, comemos muchas cosas picantes.

—Entonces quizá deberías probar el gumbo.

La camarera apuntó el pedido y le sirvió café a David. Munira miró la taza de porcelana que él tenía delante.

—Cuando veo una taza de café —dijo en voz baja—, me acuerdo de los padres de mis abuelos, que dejaron las tazas en la mesa cuando tuvieron que huir de los sionistas. Pensaban que volverían pronto.

Suavemente, David dijo:

—De eso hace casi sesenta años.

—No importa —insistió la chica—. Quiero que le devuelvan la casa a mi abuelo, tan bonita como era.

¿Cuánto tiempo pasaría hasta que el sueño del retorno no consumiera a los miembros de la familia de Hana? Munira era su hija y, sin embargo, no era su hija, apartada de él por la historia y el engaño.

—Lo más importante —le dijo David— es que tú tengas tu propia vida, y tus propios sueños. No puedes cumplir los de tus abuelos o incluso los de tus padres, no puedes arreglar todas las cosas que les ocurrieron a ellos.

Pero aquello era demasiado abstracto, David lo vio de inmediato. Acercando su cara a la de él, Munira dijo:

—Forman parte de mí. Su lucha es nuestra lucha, la lucha de todos los palestinos.

Ese eco memorizado de Saeb Jalid sacudió a David, recordándole cuán delicado era el espacio psíquico que ocupaba de pronto. Él no era diferente de un padre adoptivo, excepto en sus intenciones: Munira había vivido su vida con otros, ignorante del poder que tenía de cambiar la vida de David. Con torpeza, aventuró:

—Ya sé que las cosas pueden ser muy duras. Me preguntaba si podía ayudarte de alguna forma.

Las cejas de Munira se fruncieron al pensar en aquel ofrecimiento. Tímidamente preguntó:

—¿Te iría bien comprarme un teléfono móvil?

Aquella petición era tan inesperada, que David sonrió; luego se dio cuenta de que, para Munira, un móvil podía ser la única forma de romper su aislamiento.

—¿Y qué diría tu padre? —le preguntó.

Munira bajó la vista. Era una chica atrapada entre sus deseos y la verdad.

—Se pondría furioso contigo —admitió—. Pero mi madre no. Ella sólo me diría que no lo perdiera.

David inclinó la cabeza.

—Entonces, ¿qué debo hacer?

Munira le miró a la cara.

—Tengo que hablar con mis amigas —dijo con súbito orgullo—. No he hablado con Yasmin desde que mataron al sionista.

—¿Quién es Yasmin?

—Mi mejor amiga de Ramala. Pero ahora está en América, en Washington D. C. Sus padres trabajan para la Autoridad Palestina. —Sus palabras salían rápidas y furiosas—. Cuando vinimos a este viaje, mi madre me dijo que podría llamar a Yasmin todos los días. Pero perdí el móvil. Mi madre estaba durmiendo, y yo no encontraba su teléfono. Cogí prestado el de mi padre, y él se enfadó tanto que pensé que me mataba.

Tomándose el café, David miró por encima del borde de la taza a aquella niña indignada que era su hija.

—¿Cuándo fue eso?

—Hace mucho tiempo. —Haciendo una pausa, Munira miró al techo calculando el tiempo de la injusticia—. Fue el día antes, creo.

—¿Antes del asesinato de Amos Ben-Aron?

—Sí.

Cuidadosamente, David dejó la taza.

—¿Y pudiste llamar a Yasmin?

Munira asintió.

—Tuve que dejarle un mensaje. Pero entonces ella me llamó a mí, y hablamos hasta que se quedó sin batería. Acabábamos de hablar justo cuando mi padre empezó a dar golpes en la puerta.

—¿Qué pasó?

—Buscaba su móvil. Abrió la puerta y vio que lo tenía en la mano. Empezó a chillarme que se lo había robado del abrigo. —Munira parecía desconcertada—. A veces cojo prestado el de mi mamá; pero él dijo que los niños no deben usarlo y me preguntó si había llamado a alguien.

David siguió manteniendo un tono neutro.

—¿Y qué dijiste tú?

Munira bajó la vista.

—Tenía miedo de lo que podía pasar si admitía que lo había usado, así que le dije que no.

—¿Y él te creyó?

—Siguió preguntándome si estaba mintiendo o si era verdad. Yo estaba demasiado asustada para decirle la verdad. Le dije que la batería estaba agotada. —Munira meneó la cabeza—. Pero él todavía no me ha dado otro móvil. Es el castigo por robar.

David empezó a darse cuenta de una rápida secuencia de hechos: que Saeb había evitado que el FBI hablase con Munira; que había restringido sus contactos con David; que casi siempre había visto a su madre en compañía de Saeb; que había evitado que asistiera a un juicio en el que se hacían repetidas referencias a móviles y donde se había suscitado la cuestión omnipresente de quién más tenía acceso al móvil de su madre, que quizá no fuese la pregunta adecuada.

—Sólo por curiosidad —preguntó David, en tono informal—, ¿viste a tu padre usar ese teléfono?

—Pues no lo recuerdo. —Munira parecía algo confusa, como si estuviera alterada después de despertarse de una pesadilla que no podía recordar bien—. Ahora tiene otro, creo. No he visto ese que cogí desde que me lo quitó.

David se quedó callado un momento.

—Hablaré con tu madre sobre lo del móvil —le prometió—, y quizá también con tu padre.

A la mañana siguiente, poco antes de las seis —las nueve de la mañana en Washington—, David llamó a la oficina de la misión palestina. Cuando respondió la recepcionista, se identificó como el abogado de Hana Arif. Dijo que el objetivo de su llamada era difícil de explicar; pero necesitaba hablar con unos amigos de la familia Jalid que trabajaban para la Autoridad Palestina, un hombre o una mujer a quien sólo podía identificar por ser padres de una niña que se llamaba Yasmin.

Al final se puso al teléfono una mujer, con un inglés algo sibilante, pero bueno.

—Soy Furah Al-Shanty, la madre de la amiga de Munira, Yasmin. ¿Es usted David Wolfe?

—Sí.

—Bueno, señor Wolfe, parece usted un abogado muy bueno. ¿Por qué me llama?

—Es complicado y muy confidencial. Pero quizá usted tenga un documento de suma importancia para la defensa de Hana.

—Pues no me imagino qué pueda ser. De todas maneras, continúe.

—Su hija Yasmin tiene su propio móvil, me parece. ¿Guarda usted copias de sus facturas?

—¿De nuestros teléfonos? Sí, claro, por motivos de negocios. Pero del de Yasmin no sé, tendré que mirarlo.

De pie en su cocina, David empezó a andar de un lado a otro.

—¿Podría usted comprobarlo, por favor? En concreto, la factura que cubre el período anterior y posterior al asesinato. Tengo que ver si Yasmin recibió o hizo una llamada a un número de teléfono en particular.

—Bueno, de acuerdo. No puedo mirarlo hasta la noche. Y si encuentro algo, ¿qué hago?

—Mande un fax a mi oficina. Y si no estoy allí, dígale a mi secretaria que vaya a buscarme, aunque esté en el tribunal.

Cuando colgó, David se arrellanó en la silla. Cerró los ojos, más cerca de la oración de lo que había estado en los últimos tiempos, desde que se plantó ante el Muro de las Lamentaciones.

Capítulo 14

Cuando Hana subió al estrado de los testigos, ella y David habían ensayado hasta qué punto ella podía sugerir —sin indicar un motivo— que su marido podía haberle tendido una trampa. Aunque la conversación que él mismo había mantenido con Munira alteraba los pensamientos de David, no le contó a Hana nada de lo que habían hablado. Su testimonio requería todo el equilibrio que ella poseyera; si percibía que su hija era un posible testigo contra su marido, Hana sólo conseguiría atormentarse más, haciendo casi insoportable la presencia de Munira en el tribunal. Ella ya tenía bastantes cosas que asimilar: si Hana le había dicho la verdad, acababa de saber que la hija que orgullosamente se identificaba como palestina era árabe y judía a la vez.

En el momento en que Munira entró en el tribunal con Saeb, Hana se mostró ansiosa. No había visto a la niña desde que David le dijo que Munira era hija suya, y que su marido lo sabía. Sin embargo, Saeb no sabía que David y Hana lo habían descubierto, y Munira no sabía nada en absoluto. En los últimos momentos antes de que el alguacil pidiese orden en la sala, Hana no miró a Saeb. Por el contrario, sonreía a su hija, con la mirada fija, como si estuviera viendo a Munira por primera vez.

Para David, aquel momento tenía una inquietante duplicidad: el evidente dolor de Hana al no poder tocar a su hija era auténtico, y esperaba que conmoviera al jurado. Observando a los miembros del jurado, David vio que Ardelle Washington miraba atentamente, y su mirada parecía combinar la compasión de una madre con la curiosidad al ver a Hana, la imagen misma de la modernidad, y su hija, que, excepto la cara y las manos, iba completamente vestida de negro. Junto a ellos, Saeb miraba a David con tal intensidad que David se preguntó si Saeb notaba los peligros que se iban formando bajo la superficie del juicio. Entonces el alguacil dijo: «Pónganse todos en pie», y David volvió a concentrarse en la tarea que determinaría si Hana vivía o moría.

Después de los muchos días precedentes ante el tribunal, David notaba que, para Hana, el acto de testificar resultaba un alivio. Colocándose de modo que Hana estuviera frente al jurado mientras respondía a sus preguntas, David le preguntó, con toda sencillez:

—¿Estuvo usted implicada de alguna forma en el complot para asesinar a Amos Ben-Aron?

Por primera vez, los miembros del jurado oyeron la voz de Hana, suave pero firme.

—De ninguna forma. No sé más de ese crimen que cualquiera que lea los periódicos. Cuando supe que un terrorista suicida había matado al primer ministro de Israel, me quedé horrorizada.

—¿Habría usted considerado la posibilidad de participar en un plan para matarle?

—No. —Hana sacudió la cabeza con vehemencia—. No podría hacer una cosa semejante.

—Y eso ¿por qué?

—¿Por dónde empezar? —Mirando hacia el jurado, Hana hizo una pausa, como si no estuviera segura de cómo abordar la enormidad de semejante pregunta—. Ese crimen no consigue nada más que maldad. Ha causado más violencia y sufrimiento para mi pueblo. A los ojos del mundo, todos nos consideran terroristas. Esto no hace más que posponer el día en que tengamos nuestro propio país. Y puede condenar a nuestros niños y a los niños judíos a odiarse y matarse entre sí como hicimos nosotros y nuestros padres y abuelos hicieron antes de nosotros.

Durante un instante, Hana se detuvo. David vio en su rostro la verdad que se le había mostrado de pronto: que los hijos de ambos lados estaban personificados por su propia hija.

—A mí no me gustaba Ben-Aron —aceptó Hana—. No confiaba en él. Pero los hombres que tramaron ese asesinato no tenían visión alguna más que la de derramar más sangre. Hubiera sido mucho mejor para judíos y palestinos que los muertos hubieran sido ellos, y no Amos Ben-Aron.

Su última frase produjo un escalofrío en David: quizá ella estuviese hablando de su marido.

—Sin embargo, todo eso no significa nada —acabó Hana en voz baja—, comparado con el hecho de que soy la madre de Munira.

Nunca me arriesgaría a que nos separasen, o a dejar que la educase alguna otra persona.

En la mesa de los fiscales, Marnie Sharpe miró a Hana con expresión interesada pero neutra.

—¿Hay algo en la vida de Munira que intensifique su temor por ella? —inquirió David.

Hana bajó la vista como si intentara explicar su respuesta con el mayor cuidado.

—Munira —dijo al fin— es una niña que se está haciendo mujer, pero ya está tan traumatizada por la violencia que le provoca pesadillas. Quiero que sienta alegría de vivir, y no terror. Quiero que descubra lo inteligente y fuerte que es, lo capaz que es de actuar por sí misma. Quiero que sea una mujer completa.

Su voz estaba preñada de emoción. Hasta la juez Taylor, que había visto a auténticos psicópatas llorar en el estrado de los testigos por las víctimas que ellos mismos habían matado sin remordimiento alguno, miró a Hana con una expresión más blanda que antes.

—Munira —continuó Hana— es el tema en el que mi marido y yo hemos vivido las mayores dificultades. Es difícil contar cosas tan privadas en público, y delante de ella. Pero es la razón más profunda por la cual yo nunca podría haber tomado parte en el asesinato de Amos Ben-Aron.

»Saeb requeriría a Munira que se cubriera, que fuese servil y, cuando creciese un poco más, que se casara con un hombre a quien él mismo elegiría. Yo quiero que Munira sea lo que ella quiera y que, si ella lo decide, encuentre un marido que la respete como a una igual. —Su voz se llenó de tranquila decisión—. No quiero que mi hija quede enterrada, ni bajo las ruinas, ni bajo un sudario que cubra su cuerpo y mate su alma. Por ella es por quien lucho ahora. No puedo confiarle su futuro a Saeb.

Habían llegado al quid de la cuestión, y David se dio cuenta. El juicio reflejaba la vida de Hana: una lucha visceral entre marido y mujer, ahora enconada con la misma rudeza con que David había insistido en la presencia de Munira. Junto a ella, Saeb estaba sentado muy tieso, con un rictus de ira y de humillación en el rostro; Munira tenía los ojos bajos, el cuerpo hundido, como si deseara desaparecer.

—Sin mí —dijo Hana con serenidad—, no habría nadie que pudiese hablar por Munira, hasta que ella pudiese hablar por sí misma. —Mirando a su hija, los ojos de Hana se llenaron de dolor; cuando se volvió hacia David y el jurado, acabando su respuesta, sus palabras fueron totalmente espontáneas e improvisadas—. Miro a Munira y veo reflejada en ella toda mi vida. Cuando era joven, intentaba ser libre. Pero estaba tan ligada a la familia y a la lucha de mi pueblo, que eso definió mi vida y mi elección de marido. Siento muchísimo ese error, por Saeb, por Munira y por todas las personas afectadas por mi elección.

»Quiero que Munira siempre se sienta unida a nuestro pueblo y a su familia; pero quiero que sea ella siempre quien defina la forma en la que desee honrarlos. —Haciendo una pausa, Hana acabó, calmadamente—: Munira todavía no tiene trece años. Como mujer, ella y yo tenemos muchas cosas que hacer juntas. Y ese trabajo no incluye matar judíos.

Por el rabillo del ojo, David vio que Bob Clair, que también era judío, examinaba a Hana con una expresión que parecía contener una cierta simpatía. Después de una pausa, David preguntó:

—¿Por qué vinieron ustedes tres a San Francisco?

—Saeb viajaba a América para seguir de cerca a Ben-Aron y criticar su plan de paz. Pero eso era asunto de Saeb. Yo quería que Munira viese un país muy diferente del suyo propio, por si algún día deseaba estudiar aquí.

—¿Quién sugirió que viniesen ustedes?

—Saeb. —Hana dudó—. Yo me quedé sorprendida. El año pasado hubo mucha tensión entre nosotros, sobre todo por Munira.

La pasión de su voz había disminuido. La dolorosa necesidad de utilizar a su hija para su propia defensa parecía haberla agotado. Con tono neutro, David inquirió:

—¿Y cómo respondió usted a la invitación de Saeb?

—Diciéndole que sólo vendría si podía traer a Munira. Él respondió que no deseaba que Munira tuviese la experiencia de esta «cultura degradante».

—¿Cómo resolvió usted ese desacuerdo? —preguntó David.

—Le dije que si Munira se quedaba en casa, yo también. Al final, Saeb cedió.

Una repentina idea asaltó a David: si Hana no hubiera insistido en que viniese Munira, ella no estaría en aquellos momentos en aquel tribunal, y su hija no habría cogido el móvil de Saeb. De repente, David le preguntó:

—¿Conoció usted a Iyad Hassan?

Hana dijo que no con la cabeza.

—No —respondió firmemente—. Ni siquiera reconozco su foto.

—¿Imprimió usted su número de móvil para dárselo a Hassan?

—No.

—¿Quién más conoce ese número?

Hana miró a su marido y su hija.

—Por lo que yo sé, sólo Saeb y Munira. Donde vivimos nosotros, la vida es muy violenta e impredecible: tiroteos, bombardeos, retrasos por los controles... Yo quería estar siempre en contacto con Munira y que ella pudiera estar en contacto conmigo.

—¿Sabe cómo llegaron sus huellas a ese trozo de papel?

—Pues no lo sé, pero ese papel sólo puede proceder de dos sitios: de mi despacho o de casa.

—¿Quién tiene acceso a su casa? —preguntó David.

—¿Aparte de mis invitados? Sólo Saeb, Munira y la señora que limpia la casa.

—¿Y el acceso a su despacho?

—Soy la única que tiene llave, pero sólo cierro cuando me voy por la noche.

Ya estaban estableciendo un ritmo, construyendo un ejercicio de lógica para el jurado.

—Así que durante el día —siguió David—, ¿quién tiene acceso a su despacho?

—Colegas, estudiantes... Cualquiera puede entrar, en realidad.

—Así que, en teoría, cualquiera pudo entrar en su oficina y coger un trozo de papel que usted había tocado.

—Cierto.

David esperó un momento.

—Pero también tenían que saber su número de móvil, ¿no?

—Sí.

—Aparte de Saeb y Munira, ¿sabe de alguien más que pudiera conocer ese número?

—Lo siento, pero no —respondió Hana en voz baja.

La respuesta, como habían planeado, no era tanto una disculpa como el reconocimiento de una verdad perturbadora.

—Dígame —preguntó David—, ¿sabían Saeb y Munira que usted reservaba ese teléfono únicamente para ellos?

Hana dudó.

—No creo haberles dicho nunca eso.

Entre los jurados, David vio que Rosella Suarez miraba de reojo en dirección a Saeb.

—¿Dónde guardaba ese teléfono?

—Siempre en el bolso.

—¿Y quién tenía acceso a su bolso?

Hana sonrió débilmente.

—Nadie, si yo estaba presente; aunque Munira a veces buscaba alguna cosa que necesitaba.

David hizo una pausa de nuevo.

—Mientras usted estaba en San Francisco, ¿prestó alguna vez su móvil a Saeb o a Munira?

—No. Ni me lo pidió ninguno de los dos.

—A las 24.04 del 15 de junio, el día que fue asesinado Amos Ben-Aron, ¿qué estaba haciendo usted?

Una sombra cruzó por el rostro de Hana.

—Por entonces, llevaba cuatro horas durmiendo.

—En aquel momento, ¿recibió alguna llamada de alguien?

—No, que yo sepa —respondió Hana—. Nadie me dejó ningún mensaje. Y mucho menos el terrorista suicida, un hombre a quien no conocía.

—¿Sabe cómo es posible que el teléfono móvil de Iyad Hassan reflejase una llamada a su móvil?

Brevemente, Hana cerró los ojos.

—Si supiera quién tiene la culpa, no estaría aquí, acusada de asesinato. En mi lugar habría otra persona.

—Durante el discurso de Ben-Aron —dijo David—, usted le dijo al FBI que estaba paseando por Union Square. ¿Por qué no estaba viendo el discurso con su marido y su hija?

—Porque no quería oír otro discurso de Ben-Aron, ni ver a mi hija escuchando las denuncias de su padre. De pronto, la habitación del hotel me pareció demasiado pequeña y necesitaba estar sola.

—¿Por qué le dijo a su marido que se iba de compras?

—Porque era más fácil que decirle la verdad. No quería pelearme con él delante de Munira.

—Durante el rato que estuvo ausente, ¿habló usted con alguien por el móvil o en persona?

—No. —La emoción atenazaba su voz—. Fui caminando sin rumbo, pensando en mi vida. Era como si anduviese sonámbula.

David hizo una pausa estudiada.

—¿Concluye usted que alguien preparó las pruebas para implicarla en el asesinato de Amos Ben-Aron?

Hana pareció rehacerse.

—Sí.

—¿Y sabe por qué?

Hana podía haber dado muchas respuestas; pero dio la única que era literalmente cierta, elegida por David para preservar sus opiniones y mantener el elemento sorpresa.

—No —dijo en voz baja—. Lo único que sé con toda seguridad es que quienquiera que lo hizo tiene que odiarme mucho.

—Gracias —dijo David—. No haré más preguntas.

Durante el descanso de diez minutos antes del interrogatorio de Sharpe, David buscó vanamente a su secretaria, esperando que hubiese llegado con los registros telefónicos recuperados por la madre de Yasmin. En la mesa de la acusación, Sharpe tomaba notas metódicamente, sin prestar atención a los tres miembros de una familia que se estaba disgregando. David miró a cada uno de ellos: Hana estaba sumida en sus propios pensamientos; Saeb miraba al suelo fijamente, y Munira, con aire preocupado y desgraciado, en ese momento se sentaba quizá un poco más lejos del hombre al que todavía creía su padre.

Cuando el descanso terminó, Sharpe se puso de pie con rapidez.

—¿Cree usted, señora Arif, que los palestinos tienen derecho a matar israelíes?

Hana y David se habían preparado bien para todo eso.

—En el pasado —respondió Hana—, dije que estábamos legitimados para matar a aquellos que ocupaban nuestra tierra: soldados, no civiles. Pero ya no digo nunca esas cosas, ni las creo tampoco. Mi hija ya ha visto demasiadas muertes.

—Sin embargo, abandonó usted el equipo de negociación que intentaba dirimir las disputas con Israel.

—Sí.

—Y en ese momento llamó a los israelíes en general (y a Amos Ben-Aron en particular) ladrones y mentirosos.

Hana examinó a Sharpe con calma.

—En realidad, dije más cosas. Dije que la valla de seguridad era una coartada para robar tierra y agua, y que Amos Ben-Aron era un santurrón hipócrita y que no era ninguna paloma de la paz. Y creía cada una de esas palabras. Pero las palabras no son bombas. —Su voz adquirió un dejo de sarcasmo—. Si hubiera que meter en prisión a los palestinos por decir palabras fuertes, como hacen a veces los israelíes, el IDF no tendría a nadie a quien acosar en los controles. Todos seríamos prisioneros.

«Tranquila», aconsejó David mentalmente. Sharpe regaló a Hana una sonrisita escéptica.

—Bueno, pues dígame, señora Arif, ¿quién fue esa persona que le infligió esa terrible injusticia inventando pruebas contra usted?

—Como he dicho —respondió Hana—, no lo sé. Al ser inocente, no puedo saber quién es culpable.

—¿Ah, sí? ¿No tiene usted ni la más remota idea de cómo puede haber provocado usted tanto odio, o en quién?

David no miró a Saeb ni a Munira. En el estrado de los testigos, Hana se movió inquieta.

—Supongo que debe de haber gente que me odia. Pero en lo que respecta a quién hizo esto, no lo sé.

—De toda esa gente sin nombre que la odia, ¿cuántos tienen acceso a su despacho o a su móvil?

Hana se encogió de hombros, desalentada.

—Como he dicho, no tengo ninguna información acerca de eso.

—¿Le tendió una trampa su hija?

—Claro que no.

—¿No cree que tenga motivos?

Hana se rehízo.

—Esta pregunta no es seria. Munira tiene doce años. Nuestras peleas se refieren a sus deberes o a sus descuidos cuando pierde cosas.

Suavemente, Sharpe dijo:

—Supongo que eso nos deja a su marido.

Hana pareció que empezaba a hablar, pero calló.

—¿Qué quiere decir? —preguntó al final.

Sharpe sonrió con brevedad, como despreciando la debilidad de esa respuesta.

—Se lo diré más claro. La única explicación que tiene de las pruebas físicas que hay contra usted es que le tendieron una trampa. Sin embargo, admite que nadie tenía su número de móvil salvo su marido y su hija...

—Por lo que yo sé —protestó Hana.

—Por lo que usted sabe —repitió Sharpe, desdeñosa—. Así pues, ¿no me está diciendo usted que, por lo que sabe, le ha tendido la trampa su propio esposo?

Hana miró a Saeb y Munira, con una tensión palpable. David la había puesto al borde de la acusación, y Sharpe estaba tragándose su farol.

—Me gustaría pensar —contemporizó Hana— que nuestros desacuerdos conyugales no llegaron tan lejos.

—No me importa lo que a usted le gustaría pensar o no —soltó Sharpe—. A mí me importan las pruebas físicas: un número de teléfono, unas huellas digitales y una llamada telefónica. Usted dice que son falsas y que alguien las puso ahí. ¿Quién pudo ser, si no fue su marido?

Hana desvió la vista.

—No sé cómo ocurrió todo esto. No puedo decir quién fue.

—Obviamente, su marido —dijo Sharpe e hizo una pausa, como si se le ocurriera una idea de pronto—. Ah, claro, y también Iyad Hassan. ¿Acaso Hassan también la odiaba?

—No sé cómo podía odiarme. Como he dicho, ni siquiera le conocía.

—Entonces, ¿por qué éste dijo a Ibrahim Jefar que usted le había reclutado para asesinar a Amos Ben-Aron?

—No lo sé —insistió Hana—. Ni siquiera sé si en realidad Hassan le dijo eso a Jefar o no.

—En ese caso, ¿puede decirme por qué dos hombres a los que dice que no conocía, Hassan y Jefar, conspiraron para tenderle a usted una trampa?

Durante un momento, Hana pareció mirar al vacío. Entre el jurado, David vio que la inicial simpatía de Bob Clair se estaba viendo reemplazada por una mirada de agudo escepticismo.

—No sé cómo ocurrió —repitió Hana al fin.

Sharpe dejó a Hana un momento más allí sentada, como una lección viviente de lo que son las evasivas.

—En ese caso —dijo, despectivamente—, no tiene sentido que siga preguntándole nada más.

Este último y gratuito comentario estaba fuera de toda capacidad de reparación por parte de David. Preguntándose cómo reforzar la credibilidad de Hana sin revelar la paternidad de Munira, David miró por encima de su hombro y vio que su secretaria le tendía un sobre marrón.

—Señoría —dijo al juez—, pido un descanso de diez minutos.

Capítulo 15

Solo en la sala de testigos, David extendió los registros telefónicos ante él. Para su alivio, también venían incluidas las llamadas de larga distancia realizadas desde o hacia el teléfono de Yasmin. Como le había dicho Munira, la breve llamada al teléfono de Yasmin era el mensaje que aquélla le había dejado; la segunda llamada, desde el teléfono de Yasmin, de veintidós minutos de duración, estaba claro que reflejaba una conversación. Mirando el número de móvil de la persona que había llamado a Yasmin originalmente —Munira, sin duda—, David notó un vacío en la boca del estómago.

El número, (415) 669-3666, tenía el prefijo de la zona de San Francisco. Era el número acerca del cual el FBI había interrogado a Hana y a Saeb; el número, según había sabido David desde entonces, del móvil usado para advertir a Iyad Hassan del cambio de ruta de la comitiva de Ben-Aron desde la calle Décima a la Cuarta. Aunque lo había cogido Munira, el teléfono era el de Saeb, y eso significaba que Saeb Jalid, y no su mujer, pudo ser muy bien el contacto de Iyad Hassan.

David intentó hacerse cargo de la verdadera dimensión de lo que acababa de descubrir. Probablemente fue Hillel Markis el que filtró el cambio de ruta, y su llamada probablemente fue a Saeb. Si eso era cierto, significaba que Saeb debía de estar conectado con los autores fundamentales del complot, aunque fuera a través de un intermediario. Eso hacía mucho más plausible que Hassan hubiese mentido a Jefar acerca de la identidad de su contacto. Con este hecho, la credibilidad del resto de las pruebas contra Hana quedaba empañada; ahora había muchos menos motivos para dudar de la inocencia de Hana... y menos necesidad, excepto la necesidad normal de un abogado, de distanciarse de ella.

Sin embargo, seguía habiendo un problema inevitable y desgarrador: todo aquello, y la absolución de Hana, descansaba en el recuerdo de una niña de doce años, testigo involuntaria contra el hombre a quien creía su padre. Y peor aún: ese hombre podía ser, junto con sus desconocidos compañeros de conspiración, una amenaza para la vida de Munira desde el momento en que supiera lo que ésta había hecho. David estaba atrapado entre dos imperativos: liberar a Hana y salvar la vida de su hija.

Su descanso de diez minutos había concluido.

David corrió hacia el tribunal ordenando sus pensamientos con toda la rapidez que pudo.

No tenía tiempo de decirle nada a Hana. Haciéndole una seña a Sharpe, que se acercó a él, David se aproximó al estrado.

—¿Qué pasa? —preguntó Taylor, con una cierta aspereza.

—Me gustaría pedir a la señora Arif que deje el estrado, señoría, reservándome el derecho de volver a llamarla. Además, le pido que amplíe este descanso. Acabo de recibir una nueva prueba que creo que absolverá por completo a mi cliente.

—Entonces oigamos cuál es.

—No puedo hablar de ella todavía; no antes de hablar con mi cliente. —Ante la mirada de disgusto de Taylor, David añadió rápidamente—: Lo que acabo de saber, señoría, es algo que concierne de forma profundamente personal a la señora Arif. Con su permiso, se lo explicaré todo en su despacho. Lo único que puedo decirle es que implica mucho más que el resultado de este juicio, incluida la vida de una niña.

Taylor miró a Sharpe.

—¿No habíamos pasado ya por esto? —preguntó la fiscal con algo de fastidio—. No hace ni veinticuatro horas, el señor Wolfe tenía una importante información nueva que debía discutir con la señora Arif. Lo único que pasó fue que ella apareció aquí contando la misma historia de engaños y victimismo.

La juez asintió.

—Dejando a un lado las apreciaciones personales, lo que dice la fiscal es cierto —afirmó la juez.

David notó que se le cerraba el estómago.

—Como responsable ante este tribunal —respondió—, le aseguro que no es ningún truco. Si lo que acabo de saber no se lleva de forma responsable por parte de todos nosotros (la defensa, la acusación y el tribunal), puede haber consecuencias con las que ninguno de nosotros querría vivir después.

La juez le observó atentamente.

—Está bien —dijo—. Aplazaremos la sesión hasta las nueve de mañana. En ese momento, nos reuniremos en mi despacho o concluirá este juicio; así que haga buen uso de su tiempo con la señora Arif.

En la sala de testigos, Hana se sentó frente a él.

—Te debo una disculpa —le dijo David en voz baja—. Acabo de encontrar una prueba que demuestra que eres inocente.

Hana parecía asombrada.

—¿Cuál?

—Me la ha proporcionado Munira.

Hana meneó la cabeza, como intentando aclararse.

—El día antes de que mataran a Ben-Aron —dijo David—, Munira cogió sin permiso el teléfono móvil de Saeb. Cuando él averiguó que lo había cogido, se puso furioso, aunque Munira le aseguró que no lo había usado. Lo que él no sabía es que ella le había mentido: sí que lo había usado para llamar a Yasmin Al-Shanty. —David cogió la mano de Hana—. El móvil de Saeb fue el que se usó para llamar a Iyad Hassan. Tu marido es el contacto, Hana; pero sólo tu hija puede probarlo.

Hana cerró los ojos.

—Lo único que tenemos que hacer —continuó David— es hacer que Munira le cuente al jurado toda la historia, y luego presentar los registros de las llamadas del móvil de Yasmin; pero para Munira, eso requeriría traicionar a su padre para salvar a su madre.

»Y eso no es lo peor. Todas las personas a las que yo he encontrado y que podían ayudarme a desvelar este complot han sido asesinadas: Lev y Markis, de eso estoy seguro, por la gente que tramó esta conspiración. —David suspiró—. He llegado a pensar que Saeb odia a Munira tanto como te odia a ti; aún más, quizá, porque la mira y nos imagina a los dos juntos. Una vez descubra el resto, no estoy seguro de que nada pueda detenerle a él... o a ellos.

Hana le miró con los ojos muy abiertos y llenos de angustia.

—Tenemos que protegerla, David. ¿Cómo voy a dejarla testificar? Aunque no maten a Munira, la habremos traumatizado de por vida, haciendo que se odie a sí misma, y que nos odie a ti y a mí por obligarla a subir al estrado. No puedo traicionarla de esa manera.

—Estamos hablando también de mi hija. —David suavizó el tono—. No te dejaré morir, Hana. Y no me arriesgaré a dejar a nuestra hija en manos de alguien que puede matarla. Quiero posponer el juicio un día o dos y encontrar otra forma de salir de esto.

—¿Cómo?

—Pidiéndole a la juez que ponga a Munira en custodia protegida, y luego llamando a Saeb como testigo.

Las lágrimas corrieron por el rostro de Hana.

—¿Y le preguntarás por Munira?

—Sólo si es necesario —dijo David—. Pero haré lo que tenga que hacer. Con trece años y cuatro vidas torcidas es bastante. Si puedo acabar este asunto con Saeb, mejor que mejor.

Capítulo 16

Después de una llamada telefónica a la juez Taylor, seguida por una noche de sueño interrumpido, David apareció con Marnie Sharpe en el despacho privado de la juez. Taylor estaba sentada detrás de su escritorio, mirando expectante hacia David.

—Usted ha pedido esta reunión, señor Wolfe. ¿Qué tiene para nosotros?

Cogiendo su maletín, David tendió a Sharpe y Taylor copias de los registros de llamadas telefónicas de Yasmin Al-Shanty con las dos llamadas críticas rodeadas con tinta roja.

—Éste es el registro de una llamada realizada por Munira Jalid a una amiga en Washington, y la contestación de la amiga a Munira. La señora Sharpe reconocerá el número del móvil que usó Munira.

Sharpe cogió sus gafas de media luna, buscó el número y luego, al encontrarlo, se quedó mirando el papel fijamente. Levantó luego la vista hacia Taylor y dijo con lentitud:

—Es el móvil usado para llamar a Iyad Hassan.

Taylor lanzó una mirada de sorpresa a David.

—Supongo que podrá explicarnos esto.

—Munira puede hacerlo. Ella «cogió prestado» el móvil de Saeb Jalid sin que él lo supiera. Cuando la encontró con el móvil en su poder, él se enfureció e insistió en que le dijera si lo había usado. Afortunadamente, ella le mintió. —David miró a la la juez y luego a Sharpe—. Supongo que no tendré que explicar el resto.

Sharpe consiguió que sus facciones permanecieran imperturbables, y su rostro, neutro.

—¿Cómo ha sabido todo esto?

—La propia Munira me lo ha contado. Pero ella no entiende lo que significa, y mucho menos que se ha convertido en el testigo principal de su madre.

Sharpe le miró con insistencia.

—Esto no convierte mágicamente a tu cliente en inocente, como mucho sugiere que su marido es tan conspirador como ella.

La juez se volvió hacia David.

—Si Saeb es el contacto —le dijo a Sharpe—, entonces Hassan estaba mintiendo a Jefar, lo que sugiere que Jalid fue quien imprimió el número de móvil de Hana en el trozo de papel y le sacó a Hana el móvil del bolso, permitiéndole a Hassan hacer su llamada a medianoche..

—Pero nada más —interrumpió lacónicamente Sharpe—. El caso contra tu cliente es independiente de cualquier posible acusación contra su marido. Ambos podían ser los contactos, actuando juntos.

—Ya has oído el testimonio de Hana. Esos dos prácticamente no se soportan el uno al otro.

—Esos dos —replicó Sharpe— podrían ser muy buenos actores, y tú, su involuntario director de escena. Si quieres influir para que desestime este caso, olvídalo.

David se volvió hacia Taylor. La juez meneó la cabeza lentamente.

—Si no me da nada más, no puedo terminar este juicio, señor Wolfe.

—Entonces, al menos ponga a Munira Jalid bajo custodia protectora. Dos posibles testigos han sido asesinados en Israel. A menos que Munira esté a salvo, no puedo hacer subir a Jalid al estrado. Y eso es lo que la acusación está intentando obligarme a hacer. —Enfrentándose a Sharpe, añadió irritado—: A menos que el gobierno de Israel tenga otra idea. No tengo la intención de tolerar que mis interrogatorios se vean limitados por temas de seguridad nacional de ningún país.

—O sea que volvemos al chantaje.

—Esto está resultando ya muy cansado, Marnie. Un miembro del séquito de protección de Ben-Aron, probablemente Markis, al parecer llamó a Jalid. Y Jalid puede irse a la cama con Hamás o con los iraníes, quizá con ambos. Como fiscal, creía que al menos tendrías curiosidad; como abogado de Hana, creo que estoy facultado para hacer las preguntas.

—Sí, lo está —dijo Taylor volviéndose hacia Sharpe—; a menos, señora Sharpe, que quiera usted presentarme una apelación inmediata al tribunal del distrito. Lo único que puedo decirle es que yo no pienso atar de pies y manos al señor Wolfe, y no creo que el tribunal de apelación lo haga tampoco. Pero puedo aplazar el juicio, si quieren, y que intenten ustedes averiguarlo.

Sharpe dudó, con expresión agria.

—Tengo que consultar a algunas personas en Washington, y quizá haya también gente en Israel a la que ellos quieran consultar a su vez. Y como el señor Wolfe sabe muy bien, todo eso supone complicaciones.

—El señor Wolfe —dijo la juez con una leve sonrisa— lo sabe muy bien. Pero todavía queda la cuestión de lo que debemos hacer con Munira Jalid. Tal y como interpreto su petición, señor Wolfe, quiere usted que envíe a unos federales a recoger a la hija de su cliente antes de que su padre sepa lo que le va a pasar; lo cual, yo diría, resulta algo bastante fuera de lo corriente. ¿Me está queriendo decir que Jalid podría asesinar a su propia hija?

David hizo una pausa, pensando por última vez si revelar o no una verdad más incendiaria. Sin embargo, no tenía otra elección.

—Hay otro motivo de preocupación —dijo con el tono más tranquilo que pudo—, que hace referencia a la seguridad de Munira y a la sospecha de la señora Sharpe de que, en lugar de ser víctima de una trampa por parte de Jalid, Hana puede estar en connivencia con él. Lo único que pido al gobierno y a este tribunal es que mantenga la confidencialidad a menos que tenga que ser revelado en un testimonio abierto.

La juez frunció el ceño.

—Si no sé de qué se trata, no puedo hacer ninguna promesa, y dudo que la señora Sharpe pueda hacerlas tampoco; de modo que tendrá que confiar en nuestro juicio o guardarse lo que sea para usted.

De mala gana, David asintió. Luego tendió a Sharpe y Taylor copias de un documento de tres páginas. Rápidamente, Taylor lo examinó.

—¿De qué se trata, exactamente?

—Es una prueba de ADN solicitada por Saeb Jalid, basada en las tres muestras de cabello que él envió a un laboratorio de Tel Aviv. Demuestra que Jalid no es el padre de Munira, y que él lo sabe.

Con los labios apretados, Sharpe estudió el informe.

—Las muestras no están identificadas. ¿Cómo sabe usted que Jalid es la muestra A?

—Porque hay otra prueba —respondió David, y entregó a ambas mujeres copias de los análisis de ADN realizados por los laboratorios Diablo—. Esto completa todo el panorama.

Taylor leyó atentamente el informe. Al acabar, levantó los ojos hacia David, con las cejas arqueadas.

—¿Y quién es la muestra D, el padre?

—Yo.

La juez se echó atrás, con la cara muy seria, mirando a David.

—No está de broma, ¿verdad?

—No —respondió David, muy calmado—. No es ninguna broma.

—Dios mío —estalló Sharpe—. ¡Cogiste el caso porque Arif y tú erais amantes! Has estado jugando con el gobierno y con este tribunal, encubriendo la verdad...

—Espera un minuto —exclamó David—. No tengo por qué darte explicaciones de mi vida personal, ni de mis motivos para defender a Hana, ni de los motivos para que ella me lo pidiera. —Enfrentándose a la juez, le dijo—: Si fuese el marido de Hana, ella podría contratarme igualmente para que la defendiera como abogado. No hay ninguna norma ética que me impida intentar detener su ejecución.

—Podría haberla —replicó con enfado la juez—, si su hija ilegítima fuese un posible motivo para que Jalid tendiese una trampa a su mujer. Eso le convierte a usted en testigo en la defensa de su cliente, y le impide actuar como abogado. —La juez alzó la voz—. ¡No puedo creerlo! Ha puesto usted un motivo de nulidad justo en el centro de su defensa de Arif, sabiendo que podía hacer estallar todo el maldito juicio cuando le diera la gana... Llamar a esto falta de ética es ser demasiado cortés. Hay abogados que pierden su licencia por menos.

David se esforzó por mantener una calma que no sentía.

—Con todo el respeto, señoría, las cosas no son así. Yo no sabía que Jalid no era el padre de Munira hasta hace cinco días, y hasta hace dos no sabía que yo era el padre. Hay testigos en Israel y San Francisco que pueden confirmarle este hecho. Si lo hubiera sabido antes, ustedes también lo habrían sabido. Y si lo hubiese sabido antes del juicio, no sería el abogado de Hana.

»Pero lo soy, y ahora ya lo sabe. Este juicio es una artimaña de Jalid, un crimen de honor muy retorcido, y su venganza contra Hana y contra mí. Y ahí tenemos un motivo...

—Entonces, tú eres testigo —cortó Sharpe.

—No lo creo —dijo David—. Aquí lo relevante es que Jalid sabe que no es el padre de Munira, pero no sabe quién lo es.

—Señoría —protestó Sharpe—, el señor Wolfe presenció el asesinato de Ben-Aron. Ahora resulta que tuvo un lío con su defendida y que está ofreciendo a su hija como defensa principal de su amante. ¿Estará todavía más implicado en los hechos? La idea de que interrogue al hombre a quien le puso los cuernos es absolutamente grotesca.

—Pero divertida —dijo la juez sin asomo de humor. Volviéndose hacia David, le dijo—: ¿Cómo propone usted llevar todo esto, si puedo preguntárselo?

—Tal y como lo haría si Hana y yo fuésemos dos completos desconocidos. La fiscal dice que no se me debería permitir hacer esto. Pero si Hana sigue queriéndome como abogado (cosa que no dudo), entonces la cuestión real es si soy o no competente para acabar este trabajo. ¿La tarea que he llevado a cabo hasta ahora suscita alguna duda al respecto?

La cara de Taylor se nubló por las dudas. Después de un largo silencio, ella se volvió hacia Sharpe.

—Me siento tan incómoda por las revelaciones del señor Wolfe como usted misma. Pero ¿realmente quiere que declaremos nulo este juicio? No puedo hacerlo sin explicar por qué, cosa que no conseguiría más que alertar a Jalid. Sería mejor que desestimásemos el caso contra su mujer.

Sharpe frunció el ceño.

—¿Sin una explicación, sin basarnos claramente en algún hecho? No creo que el gobierno esté dispuesto a aceptarlo.

—Entonces la verdad estará mejor servida si dejamos que el señor Wolfe se las vea con su amigo Jalid. Reconozco que todo esto es muy raro. Pero ¿no es cierto que el objetivo final no era ver si Arif era culpable, sino saber quién más estaba implicado en el asesinato de Amos Ben-Aron?

Achicando los ojos, Sharpe parecía examinar una mancha que había en el escritorio de Taylor.

—¿No responde? —preguntó la juez—. Entonces, esto es lo que haremos.

»Voy a aplazar el juicio veinticuatro horas, para dar tiempo al gobierno para considerar si apela o no a mi resolución. Y mi resolución es la siguiente: voy a dejar que el señor Wolfe siga en el caso, y que llame a Saeb Jalid como testigo. Jalid puede invocar la quinta enmienda. Si es así, tendremos que aceptarlo; si no, quizá todos averigüemos algo más. —Volviéndose hacia David, la juez continuó—: Y en cuanto a Munira Jalid, daré instrucciones a la policía de que la coloquen en custodia preventiva con la excusa de que el tribunal ha recibido información confidencial relativa a su seguridad. Dado su sexo, edad y entorno, el personal que la proteja deberá ser femenino.

David notó un leve alivio.

—Gracias, señoría.

Taylor le miró atentamente.

—Se me ocurre preguntarme, señor Wolfe, si Munira sabe que Jalid no es su padre, o que lo es usted.

La pregunta puso serio a David al instante.

—Ella no sabe nada de todo esto, señoría.

—Entonces espero que lo averigüe de una forma mejor que en medio del juicio de su madre. Confío en que usted haya pensado ya en ello.

—Sí, lo he pensado; pero no puedo predecir adónde conducirá mi interrogatorio de Jalid. Lo único que sé con toda seguridad es que estaré muy agradecido de que Munira no se encuentre allí para verlo.

—Yo también, señor Wolfe —añadió Taylor—. Si la señora Sharpe decide que sigamos adelante, hágalo lo mejor que pueda, porque no vamos a tener otra oportunidad de juicio. Éste tiene que ser su primer y último intento con Saeb Jalid.

A la mañana siguiente, el gobierno había decidido no apelar contra la resolución de la juez Taylor. La policía federal de Estados Unidos había secuestrado a Munira Jalid y la mantenía en una habitación de un hotel desconocido, y un furioso Saeb Jalid, a quien se había entregado una citación para que apareciera como testigo por su mujer, estaba de pie ante la juez.

Taylor había despejado la sala, asegurándose de que ni el jurado ni los medios pudiesen oír lo que allí se decía. Junto a Sharpe y David, cada uno a un lado de Saeb, las únicas personas presentes además de ellos eran el alguacil, un secretario del tribunal y dos guardias de seguridad de la oficina de la policía federal. Si Saeb estaba asustado, no lo demostraba. Se dirigió a Taylor con precisión y con aire enojado.

—Lo que ustedes llaman «custodia protectora» —le dijo— no es más que secuestro de niñas, según la ley. Dígame cómo justifica que se hayan llevado a mi hija.

La expresión «mi hija» no causó cambio alguno de expresión en la juez Taylor.

—El tribunal tiene información —respondió— que sugiere que la vida de Munira puede estar en peligro. Ese hecho, combinado con la indicación del señor Wolfe de que podía llamarla como testigo en la defensa de su madre, ha hecho que adoptemos esta medida temporal. Si desea usted apelar a mi mandato, estoy dispuesta a mantener una vista justo después de que concluya su testimonio, o en cuanto usted haya conseguido un abogado. Baste con decir que no tomo estas medidas a la ligera, y que lamento haber tenido que hacerlo.

Saeb dirigió una mirada de soslayo a David, interrogante y furiosa a la vez.

—No sé cómo ha justificado esto el señor Wolfe —le dijo a la juez—, pero él no ha venido a verme a mí para proteger a mi hija. ¿Cómo pueden usurpar los derechos de un padre basándose en la palabra de un abogado? ¿Qué tipo de sistema es éste?

La rápida mirada que dirigió Taylor a David sugería que ambos compartían una idea común: que fuese lo que fuese lo que sospechaba Saeb, no sabía que David y el tribunal conocían el tema de la paternidad de Munira. Dijo a Saeb:

—Pues un sistema muy bueno, espero.

Sin saber cómo proceder, Saeb miró a Sharpe como si buscara su intervención. Como Sharpe no dijo nada, se irguió y, a pesar de su fragilidad, pareció más alto, con los ojos iluminados por la sensación de desafío de alguien que se siente atrapado.

—Me gustaría que el señor Wolfe me explicase con qué base me va a llamar a testificar, y por qué ha dispuesto el secuestro de mi hija.

«En otras palabras —pensó David—, quieres que te revele a qué trampas te enfrentas ahora.»

—El señor Wolfe —respondió la juez— ha expuesto ante el tribunal que cree que su testimonio puede ayudar a exculpar a la señora Arif. Pero no se le requiere que exponga de antemano su línea de investigación. Si desea consejo legal para negarse a la citación o para pedir consejo acerca de sus propios derechos como posible testigo, aplazaré el juicio para darle tiempo.

Saeb miró a David y luego compuso sus facciones mirando a la juez Taylor y adoptando el aire sorprendido de una persona que no comprende los misterios de la ley.

—Pero ¿no es ése un privilegio marital? ¿No violaría ese hecho mi testimonio?

La juez le miró con el mismo aire de paciencia.

—El privilegio marital, doctor Jalid, existe para evitar que uno de los cónyuges se vea obligado a testificar contra el otro. Pero el privilegio puede ser esgrimido sólo por el sujeto del testimonio, en este caso, la señora Arif. Su esposa se ha negado a aplicar este privilegio, y le libera a usted para que testifique. —Una brevísima sonrisa atravesó el rostro de la juez Taylor—. El señor Wolfe me asegura que sus preguntas no están destinadas a perjudicar en absoluto a su cliente. Sin embargo, si tiene usted alguna pregunta sobre el privilegio marital, puede consultar a algún abogado antes de que el señor Wolfe intente implicarle en sus esfuerzos por exonerar a su esposa.

Este último comentario, mordaz a pesar de su aparente neutralidad, dejó a Saeb sin saber qué decir.

—El otro privilegio que se debe considerar —continuó la juez— es el que protege a un testigo para que no preste un testimonio que pueda incriminarle. Obviamente, no puedo anticipar lo que diría usted bajo juramento, ni aconsejarle con respecto a los riesgos de testificar, si es que los hay. Pero nuestro abogado sí que podría, y puedo pedir uno a expensas del gobierno. Si necesita el consejo de un abogado antes de enfrentarse al interrogatorio del señor Wolfe, por favor, dígalo.

De nuevo, las observaciones de la juez, aunque legalmente eran impecables, contenían un ligero sarcasmo dirigido al orgullo de Saeb. Cualquier duda de que Taylor quería que testificase Saeb se había desvanecido: ella siempre había querido la verdad, y ahora tenía una oportunidad de conseguirla. Con los ojos brillantes, Saeb respondió:

—No necesito protección del señor Wolfe. Y estoy más que dispuesto a proteger a mi esposa, no importa lo peculiares que sean las estratagemas de su abogado.

A David le pareció que Sharpe tenía una expresión curiosa: algo picada porque el juicio se estaba escapando de su control, algo intrigada por lo que estaba a punto de pasar. Para que constase, la juez preguntó a Saeb:

—¿Está usted absolutamente seguro de esto?

Saeb cruzó los brazos.

—Por supuesto.

A un lado, el secretario del tribunal registró la respuesta de Saeb.

—Muy bien —le dijo la juez—. Si en algún momento durante el interrogatorio desea consultar a un abogado o acogerse a su privilegio contra la autoincriminación, por favor, avise al tribunal y aplazaremos los procedimientos de inmediato. ¿Comprende esto, señor Jalid?

Un breve espasmo de inquietud se reflejó en el rostro de Saeb, como si, en lugar de tranquilizarle, las advertencias de la juez fuesen una especie de trampa que le ligaba a un enfrentamiento con David Wolfe.

—Lo comprendo —respondió Saeb con menos seguridad que

antes. El taquígrafo del tribunal recogería sus palabras, pero no podría reflejar el aire de ambivalencia que las impregnaba. Y eso bastaba para la juez Taylor.

—Abra las puertas —dijo el juez al alguacil del tribunal— y traiga a la acusada. Entonces el señor Wolfe podrá llamar al doctor Jalid.

Saeb se volvió hacia David, con una sonrisa algo amarga en los labios. Éste pensó que, aunque nadie lo sabía, aquel momento llevaba trece años fraguándose. Al mirar a Saeb, casi podía notar que su propio pulso se iba haciendo más lento, una frialdad estudiada que se iba apoderando de su cerebro y de todo su cuerpo.

Un policía trajo a Hana, que se detuvo en seco y miró a su esposo y a David. Luego se encaminó hacia la mesa de la defensa mirando al frente, como si temiera agravar la alteración psíquica que parecía impregnar toda la sala del tribunal. Las puertas se abrieron, y la multitud que esperaba fuera irrumpió en la sala. Entre ellos, tal y como esperaba y deseaba David, se encontraba Avi Hertz, guardián de los intereses del Estado de Israel.

Capítulo 17

Los primeros momentos de la declaración contuvieron los preliminares de costumbre: el nombre de Saeb, su profesión, lugar de residencia, relación con Hana y, al menos aparentemente, con Munira. El tono de David era afable, el de un anfitrión considerado que presenta a su invitado a un entorno poco familiar. Pero el jurado, recordando el testimonio de Hana referente a su matrimonio, parecía contemplar a los dos hombres casi tan de cerca como Saeb vigilaba a David, mirándole a los ojos.

«Tranquilo», se recordaba David a sí mismo. Pero la verdad es que estaba más que tranquilo; notaba una rabia fría, oculta, una necesidad visceral de proteger a Hana y a Munira del hombre que estaba sentado a tres metros de distancia. Sólo podía esperar que aquella emoción le sirviera adecuadamente.

—Me gustaría empezar —dijo David— por hablar de las pruebas de la acusación contra su esposa. Se incluye entre ellas un trozo de papel en el que alguien imprimió el número de móvil de Hana, y que contiene las huellas dactilares de ella y las de Iyad Hassan. ¿Conoce usted el número de teléfono que aparece en ese trozo de papel?

—Por supuesto —dijo Saeb—. Es el número de Hana.

—¿Cuánto tiempo hace que conoce ese número?

—Desde que Hana se compró el móvil, como ha dicho ella.

—Y usted también tiene acceso a su despacho.

—El mismo acceso que cualquiera —respondió Saeb encogiéndose de hombros.

—Así que, en teoría, usted podría haber cogido el papel de su despacho.

—Cierto —dijo Saeb, sin entonación alguna—. Y también el papel que usaba ella en casa, y así le ahorro la molestia de que me lo pregunte.

—Gracias. Así que supongo que, en teoría, usted también pudo imprimir el número de teléfono en el trozo de papel y dárselo a Iyad Hassan.

Saeb le dirigió una sonrisa tolerante.

—En teoría, sí. Ése es uno de los problemas de esa prueba: que cualquiera podía haberla forjado.

David percibió que, en los aspectos que pudiera prever, Saeb sería un testigo hábil, que adoptaría el papel de colega de David en un esfuerzo común por despertar dudas sobre la culpabilidad de su esposa. En el mismo tono agradable, David le preguntó:

—Usted también tenía acceso al teléfono de su esposa, ¿verdad?

Saeb asintió.

—En el sentido de que vivíamos juntos. Recuerdo habérselo cogido en una o dos ocasiones cuando no tenía cargado mi propio móvil. Munira también hizo lo mismo, según creo. Tal como ha observado Hana, nuestra hija a veces pierde las cosas.

Aquello también era astuto: anticipándose a David, Saeb intentaba proponer un usuario alternativo del teléfono móvil de Hana.

—¿Está sugiriendo usted —inquirió David— que el quince de junio Munira cogió una llamada de primera hora de la mañana de Iyad Hassan?

—No sugiero nada. No sé qué llamada es ésa, ni quién la recibió, ni quién la hizo.

—Pero, en teoría, usted pudo haber cogido el teléfono móvil del bolso de Hana mientras ella dormía, ir al baño, recibir una llamada de Hassan y dejar el teléfono funcionando el rato suficiente para crear la impresión de que hubo una conversación.

Saeb miró al techo con aire de asombro, como si intentara seguir las evoluciones de la imaginación de David Wolfe.

—Supongo que podría haber hecho tal cosa —concedió en un tono agradable—. Pero lo que no entiendo es por qué iba a hacer una cosa tan insidiosa y tan torpe, y mucho menos a Hana.

Durante los primeros momentos del interrogatorio, David no se había movido de su lugar junto a la mesa de la defensa.

—¿Por qué?, es verdad. Por cierto, ¿ha traído usted su propio móvil a San Francisco, verdad?

—Sí.

—Y ese móvil, como el de Hana, tiene un servicio de llamadas internacional, y el código de país 972, usado por Israel y los Territorios Ocupados.

—Sí.

—Y usted entregó ese móvil al FBI cuando Hana fue arrestada, ¿verdad?

—Sí. —Saeb esbozó una sonrisa cansada—. He tenido que comprarme otro. Su FBI no ofrece recambios.

David hizo una pausa, con las manos en las caderas.

—Antes del momento en que el FBI se incautó de su móvil, ¿tenía usted otro teléfono móvil en su posesión?

Los ojos de Saeb se achicaron un poquito. Pero no pareció perturbarse; el FBI ya le había hecho aquella misma pregunta.

—No, que yo recuerde —respondió—; al menos en San Francisco.

—¿No recuerda tener un móvil con el prefijo 425 de San Francisco?

Saeb alzó las manos con la expresión tan natural como su tono.

—No.

En el estrado, Taylor se inclinó hacia delante, atraída por el espectáculo de un testigo a punto de quedar cogido en una trampa.

—¿Se le ocurre algún motivo —preguntó David— para que usted usara un móvil en San Francisco con un operador que no le permitía llamar a casa?

Todavía perplejo, Saeb meneó la cabeza.

—No, ninguno.

David notó que sus respuestas eran cada vez menos expansivas.

—Así que ¿no compró un teléfono de ese tipo mientras estaba aquí, en metálico?

—No. —Saeb dejó que una nota de fastidio se transparentase en su voz—. Como cualquier viajero con experiencia, nunca llevo mucho dinero en la cartera. Por ese motivo nunca habría comprado un móvil de esa forma.

Según creía David, eso era cierto: aquel teléfono móvil, como los que había usado Hassan, lo había comprado otra persona. Por el momento, Saeb podía sentirse a salvo; sólo él sabía dónde se había deshecho del móvil, y nadie podría seguirle la pista hasta llegar a él.

—Para que quede bien claro —continuó David—: ¿está usted absolutamente seguro de que, mientras estaba en San Francisco, nunca poseyó un móvil con el número (415) 669-3666?

Saeb sólo podía dar una respuesta.

—No reconozco ese número —dijo bruscamente—. Y sus preguntas anteriores no me despiertan absolutamente ningún recuerdo.

Por primera vez, David dio un paso al frente.

—Mientras usted estaba en San Francisco, doctor Jalid, ¿Munira cogió prestado su móvil en alguna ocasión?

Aunque ligeramente, Saeb palideció; pero el momento pasó con tanta rapidez que si David no le hubiese estado mirando, no se habría dado ni cuenta.

—No lo recuerdo.

Moviéndose un paso más en dirección a Saeb, David notó que Sharpe y el jurado le miraban, sabiendo la una y notando los otros que la dinámica entre testigo e interrogador estaba cambiando.

—Permítame que sea un poco más preciso —dijo David sin alterarse—. El día anterior al asesinato de Amos Ben-Aron, ¿no se enfadó usted con Munira porque la encontró con un teléfono móvil que ella le había cogido del bolsillo de su abrigo?

Los ojos de Saeb se abrieron de par en par. Con un placer algo salvaje, David vio que en la mente de su antagonista aparecían una serie de conclusiones: que Munira le había traicionado ante David; que se podía demostrar que sus respuestas previas, lejos de ser seguras, eran falsas; que David pensaba exponerle en el estrado de los testigos. Y entonces cogió la única vía de escape que pudo encontrar, la única que David le había dejado abierta. Con las cejas fruncidas, Saeb fingió que se esforzaba por recordar.

—Sí, me parece recordar que ocurrió algo así. Pero nos han pasado muchas cosas, hemos vivido muchas conmociones. Cuando están juzgando a tu esposa por asesinato, incidentes como ese que describe se borran de la memoria.

David asintió.

—¿Recuerda usted si recuperó su teléfono quitándoselo a Munira?

Saeb se frotó las sienes.

—Quizá, pero no lo recuerdo bien.

—¿Qué teléfono pudo ser ése, doctor Jalid?

Saeb vaciló. En ese momento, Sharpe podía haber protestado: se podía alegar que no había fundamento alguno para la pregunta de David. Sin embargo, Sharpe se quedó callada; quizá estuviera segura, como David, de que Taylor quería que él tuviera todo el margen que requería. Lentamente, Saeb dijo:

—Me está pidiendo que especule acerca de lo que es, como mucho, un recuerdo vago. No obstante, sólo pudo ser el teléfono que me confiscó el FBI. —Hizo una pausa, y luego pareció dispuesto a jugársela—. Si Munira lo usó, sin duda aparecerá en el propio teléfono, o en nuestros registros. Pero creo recordar que Munira me dijo que no lo había usado.

David sonrió, con los ojos fijos en Saeb.

—¿Y usted la creyó?

La pregunta alteró a Saeb mucho más visiblemente que cualquier otra; pareció encogerse en el estrado, y su cuerpo se estremeció ligeramente. David imaginó cuáles eran sus pensamientos: años atrás, Hana le había engañado, y ahora quizá también Munira.

—Por supuesto —respondió Saeb con voz indecisa—. Educamos a nuestra hija para que fuese sincera.

—Ah, los niños —dijo David apaciblemente—. Con ellos nunca se sabe. Suponga usted que le digo que Munira llamó a su amiga Yasmin Al-Shanty con el teléfono que le cogió a usted, y que Yasmin le devolvió la llamada. Si el teléfono usado por Munira no es el que le confiscó a usted el FBI, ¿cómo lo explicaría?

Saeb le miró.

—No podría.

—Entonces, déjeme que le haga la pregunta de otra manera. ¿Cómo explicaría usted que el teléfono usado por Munira tuviese el número (415) 669-3666?

En la tribuna del jurado, Bob Clair se inclinó hacia delante, hacia la barandilla, como si no quisiera perderse ni el más mínimo cambio de expresión.

—Pues no puedo responder a todas esas hipótesis —se defendió Saeb—. Sus preguntas están formuladas para disimular la verdad bajo una pantalla de humo, una serie de suposiciones...

—No, no son suposiciones —cortó David—. Son hechos. La madre de Yasmin ha presentado unos registros telefónicos que muestran llamadas hechas y recibidas por Yasmin, en las cuales aparece el número (415) 669-3666. También es un hecho que el número (415) 669-3666 es el que se usó para llamar a Iyad Hassan diez minutos antes del asesinato de Amos Ben-Aron. Mi pregunta es por qué se encontraba ese teléfono en el bolsillo de su abrigo el día antes de que Hassan hiciese volar por los aires a Ben-Aron.

Saeb miró hacia el tribunal, y sus ojos se dirigieron hacia Hana.

—El teléfono podía ser de Hana, y no mío.

—Muy caballeroso —dijo David con frialdad—. ¿Ahora sugiere usted que Hana se lo robó de su bolsillo?

—No lo sé, señor Wolfe. Ya no sé qué pensar.

David se irguió aún más.

—La mañana del asesinato, doctor Jalid, ¿recibió usted una llamada telefónica que le informaba de que la ruta de la comitiva de Ben-Aron había cambiado?

—No.

—¿Llamó usted a Iyad Hassan para decirle que la ruta había cambiado?

—Por supuesto que no —respondió al momento Saeb—. Estaba con Munira. Era Hana la que estaba sola.

Eso era cierto, y hacía más profundo aún el dilema de David: si Munira era la coartada de Saeb para el día del asesinato, sólo el testimonio de Munira podía refutar aquel hecho. Saeb se sentaba más erguido, como si notara que, al menos en ese aspecto, David no tenía ningún ángulo de ataque. Contemplando al testigo con una media sonrisa impasible, David preguntó:

—Así que usted no sabe absolutamente nada de quién planeó el asesinato, ni cómo se ejecutó, ni quién ayudó a llevarlo a cabo.

—Exacto —respondió Saeb con firmeza.

—Y no tenía usted motivo alguno para intentar llevar a cabo una acusación que pudiese resultar en la ejecución o el ingreso en prisión de Hana.

Por un instante Saeb miró hacia Hana, y luego respondió con una mezcla de desdén y diversión.

—Eso son meras fantasías. Los desacuerdos sobre la educación de una hija no constituyen ninguna base para su intento rebuscado de difamarme a mí en interés de mi esposa.

»¿Si siento que Amos Ben-Aron esté muerto? Pues, con toda sinceridad, no demasiado. ¿Si siento que se haya culpado a Hana de este crimen? Pues sí, mucho. Pero no puedo explicarlo, igual que no puedo explicar nada más de esta conspiración tortuosa.

David vio que Saeb estaba recuperando la confianza. La conmoción de los registros telefónicos de Yasmin se estaba desvaneciendo y se veía sustituida por la esperanza de que aquella fuese la única arma de la que disponía David.

De pronto, David preguntó:

—¿Sufre usted una dolencia cardíaca, profesor Jalid?

Un breve brillo de inquietud pasó por los ojos de Saeb.

—Sí —respondió—. Tengo el corazón débil, es algo congénito. Sufro de arritmias que, en condiciones extremas, podrían hacer que mi corazón dejase de funcionar.

—¿Y cuál es su tratamiento?

—Tomo una medicación. Y, por supuesto, voy al cardiólogo.

David vio la mirada expectante de la juez, y las expresiones de desconcierto de algunos rostros del jurado.

—¿En Amán, Jordania? —preguntó David.

Saeb dirigió a David una mirada de ofendida dignidad que no podía ocultar del todo su intranquilidad.

—No veo por qué mis problemas cardíacos deberían interesar a alguien que no sea yo mismo. Sin embargo, sí, he visitado varias veces en los últimos tres años a un especialista de Amán, el doctor Abdulá Aziz.

—¿Cuántas veces ha visitado usted al doctor Aziz?

—Varias. No llevo una cuenta exacta.

—Si yo le dijera que han sido cinco visitas en los últimos tres años, ¿me lo discutiría?

Saeb se encogió de hombros.

—Ni se lo discuto ni se lo confirmo.

—¿Puede decirme al menos cuánto duraban esas visitas?

—No controlaba el tiempo. Con los médicos, uno siempre tiene que esperar.

—Pero si le digo que los informes médicos de esas visitas demuestran que cada viaje a Amán suponía una sola visita al doctor Aziz, no tendría motivos para estar en desacuerdo, ¿verdad?

Ahora Saeb parecía más precavido, como si volviese a calcular los peligros a los que podía enfrentarse. Por el rabillo del ojo, David veía que Avi Hertz observaba a Saeb con ojo crítico.

—Nunca he visto mi historial médico —respondió finalmente Saeb—. Francamente, pensaba que era confidencial.

—¿Duró más de un día alguna de las visitas? —le interrumpió David.

Saeb dudó.

—Creo que no.

—Y sin embargo, en su pasaporte se observa que sus viajes duraban un mínimo de tres días en Jordania, en una ocasión incluso siete días fuera de Cisjordania.

Saeb esbozó una sonrisa condescendiente.

—¿Y qué significa eso? Quizá que es agradable liberarse de la ocupación israelí. Es lo único bueno que tiene mi estado de salud.

—¿Y qué hacía usted en Amán cuando no visitaba al doctor Aziz?

—Lo que cualquier otra persona: ver cosas, comer en restaurantes, pasear por ahí, observar a la gente; experimentar lo que es encontrarse en un lugar que, por muchos defectos que tenga, al menos está bajo gobierno árabe.

—¿Se reunió usted alguna vez con representantes de algún gobierno extranjero?

—Conozco a mucha gente. No siempre me acuerdo de preguntar para quién trabajan.

—¿Significa eso que sí, doctor Jalid, o que no?

—Ninguna de las dos cosas. —Saeb se irritó ligeramente—. Significa que no lo sé y no me acuerdo. ¿Por qué no me despacha y así podrá usted testificar por mí?

—Ah, porque estoy seguro de que tiene que haber alguna pregunta a la que sí sea capaz de contestar. Por ejemplo, durante uno de sus viajes a Amán, ¿no se desplazó usted a Teherán, la capital de Irán?

David vio que Marnie Sharpe se inclinaba un poco hacia delante al oír la pregunta.

—Sí —dijo Saeb muy tieso—. Que yo sepa, no es ningún crimen.

—¿Y qué hizo en Irán?

—Estaba deseando ver cómo era la vida en un Estado islámico, tan distinta de la vida en una colonia judía. Recuerdo una cena muy agradable en casa de un profesor iraní.

—Mientras estaba usted allí, profesor Jalid, ¿se reunió con algún representante del gobierno iraní?

—Intencionadamente no; quizá en la cena, pero no lo recuerdo.

—Seré más concreto, entonces. ¿Se reunió usted con alguien empleado por la inteligencia iraní?

Sharpe se removió como si estuviera pensando en protestar, y luego no dijo nada.

—Si fue así —dijo Saeb con cierta sorna—, no anunciaron su afiliación, igual que los agentes de inteligencia americanos tampoco llevan la palabra «CIA» bordada en los bolsillos de su traje. No entiendo qué tienen que ver todas estas preguntas con las acusaciones contra mi esposa...

—Mientras estaba usted en Teherán —interrumpió David—, ¿quién pagó la habitación de su hotel?

—Yo, por supuesto.

—Y durante sus viajes a Amán, ¿quién pagaba las facturas de su hotel, en el Intercontinental?

Una vez más, Saeb dudó.

—Pues yo también.

—¿Y cómo pagaba?

Saeb se volvió hacia la juez levantando las manos, como para preguntarle si debía contestar a una pregunta tan tonta. Como la expresión de Taylor no cambió, Saeb se volvió hacia David y dijo:

—Pues no me acuerdo, de verdad.

—Si le dijera que pagaba todas las facturas en metálico, ¿me lo discutiría?

—No le discuto nada —respondió Saeb con voz cortante—. No le confirmo nada. Nada de esto importa.

—¿Ah, no? Entonces, deje que le repita la respuesta que ha dado usted esta misma mañana: «Como cualquier viajero con experiencia, no llevo la cartera llena de dinero en efectivo. Por ese motivo jamás compraría un teléfono móvil de esa forma». ¿Recuerda haber hecho esa afirmación?

—Por supuesto.

—Entonces, veamos qué pasó con una factura de hotel de novecientos treinta dólares pagada dos semanas antes del asesinato de Amos Ben-Aron. ¿Pagó esa factura en efectivo?

—No lo recuerdo.

—¿Cómo es posible que pagara en metálico, si le disgusta tanto llevar dinero en efectivo?

La voz de Saeb se alzó.

—No recuerdo todos los procesos de mi mente.

—Fue hace menos de seis meses, doctor Jalid. Al menos recordará si ese dinero en efectivo se lo entregó a usted un representante de algún gobierno extranjero.

—Por supuesto que no. —Saeb hizo una pausa y luego añadió—: Al menos, que yo sepa.

—¿Así que recuerda usted que alguien le dio dinero para pagar esa factura?

En la tribuna del jurado, Ardelle Washington parecía intrigada. Aunque no sabía adónde quería ir a parar el interrogatorio de David, la agitación creciente de Saeb le sugería su importancia. Mordiendo cada palabra, éste dijo:

—No recuerdo nada en concreto.

David sintió que su corazón se aceleraba.

—¿No recuerda si obtuvo ese dinero sacándolo de su cuenta bancaria o de una fuente exterior?

—No.

—Pero, si lo sacó del banco, sus extractos lo mostrarían, ¿verdad?

Un asomo de pánico apareció en los ojos de Saeb. En aquel momento, David vio que por primera vez su antagonista temía que, igual que con Barak Lev e Hillel Markis, David Wolfe le llevase a él a la muerte. Con un tono menos seguro, Saeb dijo:

—No puedo decirle cuál es el estado de mis extractos bancarios.

—¿Niega que alguna otra persona le dio el dinero en efectivo para pagar ese hotel?

—Como antes, ni lo afirmo ni lo niego. —La voz de Saeb se alzó, desafiante—. ¿Sugiere usted que alguien me sobornó para implicar a mi propia esposa en el asesinato de Ben-Aron, al precio de una habitación de hotel en Amán?

David sonrió brevemente.

—No, doctor Jalid, no estoy sugiriendo tal cosa. ¿Está usted familiarizado con un concepto llamado «crimen de honor»?

Saeb se cruzó de brazos.

—No sé cómo se puede relacionar esa pregunta con este juicio.

David se acercó.

—Pues yo sí, y también la señora Sharpe, que, como observará, no ha protestado. Repetiré la pregunta: ¿conoce usted ese concepto que se llama «crimen de honor»?

Saeb miró a su esposa, y luego se enfrentó bruscamente a la juez Taylor, hablando con un tono que parecía más estridente que confiado:

—¿Debo responder a esa locura?

—Sí —respondió Taylor, ecuánime—. A menos que crea que la respuesta puede incriminarle a usted, y en ese caso, le daré la oportunidad de consultar a un abogado.

Saeb se puso muy tieso, con las manos agarradas a los brazos de la butaca. Sin responder a la juez, se dio la vuelta hacia David y dijo en tono burlón:

—Sí, estoy familiarizado con el concepto de «crimen de honor».

—Según ese concepto, doctor Jalid, un hombre árabe está facultado para matar a una mujer emparentada con él que ha traído la deshonra a su familia o a él mismo, ¿verdad?

Saeb miró directamente a los ojos de David.

—Sí —dijo a regañadientes—. Según ese concepto.

David se acercó más aún.

—¿Qué tipo de conductas pueden constituir una deshonra?

Saeb meneó la cabeza.

—Es demasiado subjetivo —protestó—. Me pide mi opinión sobre lo que podría pensar en general algún defensor de esos crímenes de honor…

—No —le interrumpió David—. Le estoy pidiendo lo que usted entiende del ámbito tradicional de un crimen de honor. Por ejemplo, ¿está autorizado un hombre a matar a su esposa si ésta ha tenido relaciones sexuales con otro hombre?

Los ojos se Saeb se endurecieron.

—He oído hablar de cosas semejantes.

—Supongamos —aventuró David con un tono de leve curiosidad— que la mujer en cuestión sea sólo su prometida. ¿Está autorizado un hombre árabe a matar a su prometida por tener relaciones sexuales con otro hombre?

La boca de Saeb se abrió, y su pecho se estremeció ligeramente. Una espantosa sospecha se insinuó en sus ojos; David se dio cuenta de que Saeb conocía su aventura con Hana, y que se proponía no ocultar nada.

—¿Según quién? —respondió Saeb—. Todo esto es hipotético.

—Entonces, procuraré estrechar la hipótesis un poco más. ¿Está facultado un hombre árabe para matar a su prometida por tener relaciones sexuales con un judío?

La leve capa de indiferencia desapareció de la expresión de Saeb. Con un tono impregnado de veneno, respondió:

—No puedo imaginar a una mujer tan degradada.

—¿Ah, no? —De repente, David se dirigió hacia la mesa de la defensa, mirando a Hana, que parecía conmocionada. «Tengo que hacerlo», intentó decirle con los ojos, sabiendo que, para los tres, todo lo que había pasado entre ellos antes y los trece años de engaño que siguieron habían llegado a su fin. David cogió un documento de tres páginas que se encontraba dentro de una carpeta marrón y se lo entregó al taquígrafo del tribunal. Saeb miró el documento, inmóvil por completo, como si fuera incapaz de hablar o de moverse. Con una calma que no sentía, David dijo:

—Me gustaría que marcaran ese documento como prueba veintitrés de la defensa.

El secretario del tribunal la selló. Mientras la juez Taylor los miraba con el rostro pétreo, David presentó la prueba a Marnie Sharpe, que hojeó sus páginas y se la devolvió. David le pasó luego el documento al jurado; cada uno de sus miembros la examinó y, mientras, David miraba al otro lado de la sala, a Saeb Jalid.

Saeb le devolvió la mirada con una expresión que combinaba el terror, la humillación y una rabia virulenta. Pero lo que David sentía hacia Saeb era una frialdad extrema; como le ocurrió con Muhamad Nasir, David tuvo la súbita sensación de que estaba mirando a un hombre muerto. No le importaba que Saeb muriese en el estrado de los testigos o víctima de un crimen destinado a silenciarle, precipitado por las preguntas de David. Lo único que importaba era si Saeb le obligaría a seguir hasta el amargo final, exponiendo la paternidad de

Munira y traumatizando a una jovencita que no era hija de Saeb, sino de David. Cada momento que pasaban los miembros del jurado examinando la prueba del laboratorio, sin comprender todavía lo que significaba, acercaba más a aquellos dos hombres al momento de la decisión de Saeb, un momento que David temía tanto como suponía que temía Saeb.

Al fin, David recuperó la prueba del jurado. Cruzando la sala, la puso en manos de Saeb.

—¿Puede identificar la prueba número veintitrés de la defensa?

Saeb levantó la cabeza, con el documento que tenía en el regazo casi olvidado, y los ojos de los dos hombres se encontraron como había ocurrido en una comida, hacía muchísimo tiempo, en Cambridge, con Hana entre los dos. «No hay salida posible para nosotros —le había dicho entonces Saeb—. Al final, sólo uno de nosotros sobrevivirá.»

De repente, el marido de Hana se volvió hacia la juez Taylor. Con voz chillona, dijo:

—Voy a buscar un abogado, para discutir mis derechos.

La expresión de Taylor era opaca.

—Muy bien, doctor Jalid. Aplazaremos el juicio hasta mañana por la mañana. Si no puede encontrar o costearse un abogado, el tribunal le dirigirá a un defensor público federal.

David notó un estremecimiento de alivio que le recorrió por entero. Entonces vio el embotamiento terrible que había aparecido en los ojos de Saeb. En aquel momento, al fin, David notó algo parecido a la compasión por Saeb Jalid.

Capítulo 18

Al cabo de diez minutos, Saeb Jalid había salido corriendo, los guardias habían escoltado a Hana de vuelta a la prisión y David había pedido una visita al despacho de la juez.

—Ése ha sido un momento que no olvidaré —dijo la juez a David, desde detrás de su escritorio—. Supongo que quiere presentar una petición.

—Sí —respondió David—. Pedimos un aplazamiento más largo que nos dé más tiempo para insistir en nuestra petición de información al gobierno de Israel.

Sharpe parecía algo irritada; la juez, en cambio, ya se lo esperaba.

—¿Qué información quieren? —preguntó Taylor.

—Cualquier cosa que una a Saeb Jalid con Hamás, con los iraníes o con la filtración del equipo de seguridad de Ben-Aron: testigos, documentos, registros telefónicos... Cualquier conexión, ya sea directa o indirecta, que pueda conectar a los iraníes con la derecha israelí. Cualquier información sobre los asesinatos de Hillel Markis y de Barak Lev. Toda la información posible sobre las operaciones del servicio de inteligencia iraní en Estados Unidos o Israel. Cualquier cosa que sea relevante para mi próximo interrogatorio de Saeb Jalid, suponiendo que decida testificar. —David se volvió hacia Sharpe—. Y nada de corteses peticiones a través de los canales legales, por favor. Quiero que el embajador israelí, o algún otro funcionario adecuado, aparezca en persona ante el tribunal. Si Israel sigue negándonos sus averiguaciones, Estados Unidos no podrá mantener esta acusación.

La juez inclinó la cabeza hacia Sharpe.

—Antes de que responda, señora Sharpe, le explicaré lo que me preocupa. Gracias al doctor Jalid, la defensa que alegaba el señor Wolfe (una conspiración con múltiples facetas) se ha hecho menos especulativa y más atinada. En mi opinión, el caso contra Jalid es tan bueno como el suyo contra Arif. Y sin embargo, el gobierno de Israel todavía puede estar reteniendo pruebas que atañen a Jalid y a la teoría conspirativa del señor Wolfe, mientras que Estados Unidos mantiene esta acusación basándose en la única prueba que puede tener alguien contra la señora Arif. Si usted estuviera presidiendo este juicio, se sentiría tan incómoda con esta situación como yo misma.

—Este juicio —respondió Sharpe— es el de Hana Arif. Lo que hagamos con Jalid es un asunto aparte. Pero la falacia del argumento del señor Wolfe es que su prueba directa de la culpabilidad de Jalid, que procede de las quejas de una niña de doce años por el uso de su teléfono móvil, una niña que hasta el momento ni siquiera ha prestado declaración, lógicamente, no significa la inocencia total de su clienta. Las pruebas contra ella siguen intactas. —Una nota de acusación se insinuó en el tono de Sharpe—. El señor Wolfe protesta por el uso del término «chantaje». Pero es lo que está intentando hacer para concluir esta acusación, y no con el veredicto de un jurado o en base a las pruebas, sino acorralando al Estado de Israel, que ha asegurado que no posee prueba alguna sobre la propia Arif. Como gran parte de su defensa, es sólo un bonito truco escondido bajo una hoja de parra de legalidad.

»En cuanto a la defensa objetiva, vuelve al mismo tema repetitivo del complot: culpar al conspirador que ayudaba a su cliente de todo lo que éste hizo. Eso no justifica una expedición de pesca en el aparato de seguridad nacional y los procesos investigadores de Israel. El tribunal debería decirle al señor Wolfe que prepare su teoría para presentarla ante el jurado, que sean ellos quienes decidan por sí mismos. —Sharpe alzó ambas manos con las palmas extendidas—. Quizá Hassan mintiera deliberadamente a Jefar. Quizá preparase la motocicleta de Jefar para que no detonara, confiando (por algún motivo que se me escapa) en que Jefar sobreviviera a la explosión. Quizá Jalid consiguió no dejar sus huellas dactilares en un trozo de papel que estaba seguro de que contenía las de Hana. Quizá se introdujo en el lavabo a medianoche para que Hassan pudiera llamarle al teléfono de su mujer. Quizá informó a Iyad Hassan del cambio de ruta mientras miraba la CNN con la hija de la señora Wolfe. Quizá las mentes criminales en la sombra que planearon el asesinato estaban más preocupadas por ayudar a la venganza de Jalid contra su esposa que por asegurarse de que Jefar hiciera volar a Ben-Aron, si Hassan no podía hacerlo. Quizá la señora Arif estuvo paseando por Union Square por simple coincidencia. Y quizá, dados los considerables talentos del señor Wolfe, él pueda vender esta historia ridícula al jurado. No obstante, este tribunal debería dejar que lo intentara.

La sarcástica letanía de Sharpe puso nervioso a David. En esencia, acababa de oír las conclusiones de Sharpe, y resultaba tan convincente como cualquier cosa que él pudiera tramar, al menos sin exponer la paternidad de Munira y llamarla como testigo.

—Es una refutación muy hábil —reconoció ante la juez Taylor—, pero sólo funciona si la fiscal saca todos los hechos de contexto. Éste es el contexto: el topo israelí, que sin duda era Markis, ¿llamó a Jalid? No lo sabemos, pero los israelíes quizá sí. ¿Trabajaba Jalid para los iraníes? No estamos seguros, pero los israelíes quizá sí. ¿Qué relación tenía Jalid con Hamás? Sólo tenemos indicios; quizá los israelíes tengan hechos. ¿Planeaban los conspiradores tender una trampa a Hana, o fue Jalid quien alteró el complot? Si los israelíes pueden ponernos en el camino para averiguar todo esto, el argumento que acaba de presentar la señora Sharpe se desmorona por completo. Y yo no me veré obligado a hacer lo que, de otro modo, quizá tenga que hacer: conmocionar al mundo obligando a declarar a una niña de doce años para defender a su madre…

—Ése no es problema mío —cortó Taylor con brusquedad—. Su drama doméstico es asunto suyo, exclusivamente. Pero sigo preocupada por la perspectiva de condenar a Hana Arif basándonos en un testimonio de segunda mano en el cual Jefar habla por un hombre muerto, Hassan, a quien el jurado nunca ha visto. Y ahora existe un problema más: el testimonio de Jalid. ¿Qué debo hacer si Jalid se niega a continuar, y el fiscal no puede interrogarle a su vez, en beneficio del jurado?

—Existen sólo dos cosas que pueda hacer este tribunal —intervino Sharpe al momento—. O bien instruir al jurado para que no tenga en cuenta el testimonio de Jalid o, mejor aún, declarar nulo el juicio y empezar otra vez desde cero, con un nuevo jurado. Cualquier otra cosa es injusta para la acusación.

—Puede que sea cierto —respondió la juez con una sonrisa irónica—. Sin embargo, la justicia es algo que requieren ambas partes. Nos preocuparemos por Jalid cuando llegue el momento. Pero en este juicio, o en otro nuevo, la señora Arif debe tener el beneficio de toda la información relevante que pueda poseer Israel.

»Yo decidiré lo que es relevante. Pero mi idea de la relevancia está muy cerca de la del señor Wolfe. Voy a aplazar el juicio una semana. Dentro de cuatro días, el lunes que viene, quiero que un representante designado por el Estado de Israel me diga si posee alguna información sobre la conexión directa o indirecta de Jalid con el equipo de seguridad israelí, con Hamás, con Irán, con Barak Lev, y qué está dispuesto a divulgar. Y también quiero que el gobierno de Estados Unidos emita para el tribunal, bajo la más estricta confidencialidad, cualquier información que pueda poseer sobre si los iraníes o Hamás estuvieron implicados en el asesinato de Amos Ben-Aron.

»Israel puede decidir qué hacer. Basándose en esa decisión, el tribunal o bien desestimará el caso o bien permitirá que el juicio continúe. Y ningún gobierno debe asumir que este tribunal se está tirando un farol.

Taylor se calló un momento, y el alivio eliminó la aprensión y el cansancio de David.

—Una cosa más —dijo rápidamente—: Jalid. No sólo existe gran riesgo de que huya, sino que los testigos de este caso tienen mucha propensión a ser asesinados. Lo que le he hecho hoy quizá sea motivo para que se le encause, y para poner su vida en peligro. Por cualquiera de los dos motivos, el tribunal debería colocarlo en custodia protegida.

—Ah, sí, ya me proponía hacerlo —respondió la juez—. Ya nos faltan demasiadas piezas, no podemos perder también al profesor Jalid. Basándonos en lo que hemos visto esta mañana, sería una auténtica pena perderle.

Dos horas después, David estaba solo en su oficina, pensando en las opciones que tenía en el caso de que Taylor decidiera continuar el juicio y Saeb invocase la quinta enmienda. Si declaraban nulo el juicio, podría empezarlo un nuevo abogado, mejor armado de lo que había estado David. Pero Saeb Jalid era la clave para la defensa de Hana. Un nuevo jurado nunca le vería; los jurados actuales, por muy severamente que intentara la juez instruirlos, no podrían borrarle de sus mentes. Y luego había una dolorosa consideración final: una defensa en la que Saeb no fuese testigo dependería mucho más aún de Munira, tanto de su testimonio implicando a su presunto padre como exponiendo quién era realmente su padre.

David intentó imaginar lo que Munira debía de estar sintiendo entonces, custodiada por extraños, asustada por su madre, quizá adivinando que debía elegir a uno de sus progenitores contra el otro. Encontraba muy doloroso pensar en su tormento y confusión: el instinto de protección de un padre hacia su hijo, en aquel caso basado en poco más que la biología, era más fuerte de lo que podía haber imaginado jamás.

Estaba asimilando aquello con auténtica sorpresa cuando sonó el teléfono.

—Soy la juez Taylor. —La voz de la juez era tan lúgubre que le estremeció—. Ya he llamado a la señora Sharpe. Necesito que vengan a mi despacho de inmediato.

No explicó nada más, y David no le preguntó.

—Voy hacia allí —respondió.

Vestida con un traje de chaqueta gris, Taylor estaba sentada a la cabecera de su sala de reuniones, con aire cetrino bajo la luz fluorescente. Lo que había ocurrido parecía haber eliminado toda vivacidad de su rostro y su voz.

—No quiero prolongar el misterio —dijo la juez a David—. Jalid está muerto.

Una oleada de emoción sacudió duramente a David, una sensación de incredulidad mezclada con la intuición de lo inevitable, y como residuo una sensación pegajosa, similar a la náusea. Saeb Jalid estaba muerto. Quizá hubiese sido David el agente de su muerte.

—¿Cómo ocurrió? —consiguió preguntar.

—Nadie está seguro todavía —dijo Sharpe con gravedad—. Le encontraron en el suelo de su apartamento. No existe signo evidente alguno de violencia ni de intrusión. Pudo ser un ataque al corazón; como Munira no estaba, no había nadie que pudiera ayudarle. Quizá la autopsia nos diga algo más.

David intentó suponer lo que había ocurrido.

—¿Cómo quedará tu acusación después de esto? —preguntó.

—No la concluye. En cuanto a la posición que tomaré acerca del juicio nulo, he pedido instrucciones a Washington. No puedo decirte nada más.

Por una vez, el tono de Sharpe era objetivo, y no de enfrentamiento. Los tres parecían aturdidos, como los supervivientes de algún desastre natural.

—Tengo que contárselo a Hana —dijo David al fin—. Y luego creo que Hana y yo debemos ver a Munira.

Asintiendo lentamente, Taylor miró a Sharpe.

—Haremos los arreglos necesarios —dijo la fiscal.

Bryce Martel estaba sentado en el salón de David con un vasito de whisky de malta en la mano.

—¿Ataque al corazón? —dijo Martel—. Qué raro. Si fuera tú, pediría como prueba las cintas de cualquier cámara de seguridad que pudiera haber en el edificio de apartamentos de Jalid, y vería si aparece alguien introduciéndose por el garaje.

»Era arriesgado matarle. Pero quizá más arriesgado dejarle vivir; si tienes razón, en última instancia Jalid podía llevar el complot hasta el siguiente nivel, y quizá exponer a la persona que había planeado el asesinato. Así te han dejado fuera por completo, igual que con Lev y Markis.

—Cierto. Pero Sharpe dice que no había señal alguna de violencia ni de intrusión en el piso.

Martel se encogió de hombros.

—Quizá Jalid los conocía. Quizá alguien le puso una pistola en la cabeza y le hizo tomar cloruro de potasio, que puede provocar un ataque al corazón, o pastillas para dormir, para ayudarle a «suicidarse». Nunca lo sabremos. Podrían ser los iraníes; ciertamente, han matado a algunos disidentes en América. Quizá incluso el Mossad, aunque es difícil saber cuál podía ser el motivo. O quizá le has matado tú. —La sonrisa de Martel era vaga y pasajera—. Esta mañana me he colado en la sala del tribunal, en la parte de atrás. Le has castrado en público, o has estado a punto de hacerlo. No querías sólo dejarle en evidencia, David, sino destruirle. Pero tu deuda con él se remonta a muchos años atrás, creo. —Haciendo una pausa, Martel inquirió suavemente—: La hija es tuya, ¿no?

David le miró a los ojos, pero no dijo nada.

—Siempre hay explicación —dijo Martel de forma realista—, incluso para lo que parece más inexplicable. Desde el principio me lo preguntaba. —Se echó hacia atrás con el vaso de whisky cogido entre ambas manos, y la mirada meditabunda—. Es posible que él quisiera morir. Imagina cuán desgarrador debía de ser que se expusiera la verdad, para un hombre como Saeb Jalid: cornudo por culpa de un judío, y delante de todo el mundo, con la perspectiva de pasar toda la vida en una prisión americana. Cada día tenía que ser una tortura para él.

David se sintió en carne viva.

—No tenía elección, Bryce, ni como abogado ni como hombre.

—Ya lo sé —respondió Martel con amabilidad—. Nunca dije que Jalid fuese la única víctima, David. Tampoco te envidio a ti. No os envidio a ninguno de vosotros: tú, Hana, Munira. No importa lo que pase ahora, habéis empezado aceptando una sentencia de por vida. La única pregunta es cómo os adaptaréis.

Capítulo 19

A las diez de la noche, mediante una dispensa especial de la fiscalía de Estados Unidos, David se reunió con Hana en la sala de testigos del centro federal de detención y le contó que Saeb había muerto.

Ella se quedó aturdida, como si no lo comprendiera. Su único movimiento visible fue un breve temblor.

Suavemente, David dijo:

—Es posible que lo hayan matado, Hana.

Hana meneó la cabeza, como para aclarar sus ideas.

—¿Quiénes?

—Saeb quizá alteró el plan para implicarte a ti, pero otras personas fueron los arquitectos.

Hana inclinó la cabeza.

—No sé qué pensar —murmuró—. Ni siquiera sé cómo sentirme. Es demasiado.

Se quedaron sentados uno frente al otro en silencio, sumidos en sus propios pensamientos. Al final, ella levantó la vista.

—Y tú, David, ¿qué sientes ahora?

David dudó, luego decidió decir la verdad, tal y como él la percibía.

—Que todo esto ha sido una emboscada que nos esperaba desde hace mucho tiempo, desde la noche en que saliste por última vez de mi apartamento. Y que de todos nosotros, el más libre ahora es Saeb. Y que la persona más afectada es la única de todos nosotros que es completamente inocente.

Hana cerró los ojos.

—¿Qué le diremos? —dijo, cansada—. Después de todos estos años, ¿cómo decírselo?

David reflexionó.

—He tenido unas horas para pensarlo —respondió a regañadientes—. En algún momento y lugar más adecuados, podríamos ir haciéndolo como quisiéramos, diciéndole lo mucho o poco que considerásemos adecuado para ella. Pero ahora te están juzgando por asesinato, y tu defensa tiene dos elementos clave. En cuanto al primero (que fue Saeb, y no tú, el contacto de Hassan), la llamada de Munira a Yasmin la convierte en único testigo. Y en cuanto al segundo, que Saeb te tendió una trampa, el motivo es Munira.

»Dentro de cuatro días, la juez decidirá si se reanuda o no tu juicio. A menos que decidas arriesgarte a lo que, en el mejor de los casos, sería una vida en prisión, el último regalo de tu marido a ti y a Munira, tenemos que contárselo todo a Munira.

El rostro de Hana era un poema.

—Que tengamos que decidir estas cosas...

—Ya lo sé —exclamó David con suavidad—. Pero sólo hay dos formas de acabar este asunto, me temo. Una de ellas, que es la declaración de nulidad del juicio, sería sólo temporal, y no creo que nos convenga.

—¿Por qué?

—Porque empeora mucho las cosas para ti. Si Sharpe propone la anulación del juicio el lunes, cosa que creo que hará, será sobre la base de que ella no puede interrogar a un hombre muerto, Saeb, cuyo testimonio interrumpido puede haber perjudicado su caso. Y tendrá razón, claro está. Y por eso sugeriremos que sencillamente Taylor indique al jurado que ignore lo que de hecho no puede ignorar, permitiéndonos llamar a Munira para que testifique acerca de su llamada por móvil, y luego culminar tu defensa probando que Saeb no era su padre biológico.

Hana cruzó los brazos, resistiéndose de forma instintiva.

—Lo siento —le dijo David—. Pero aunque Sharpe consiga que anulen el juicio, lo volverán a celebrar dentro de seis meses: seis meses más pasados en la cárcel, separada de Munira, preguntándote cada día si la anulación habría disminuido tus posibilidades de absolución. Y lo único que conseguirás para Munira es un aplazamiento de seis meses para que conozca la verdad.

Desesperada, Hana miró hacia las paredes blancas de la sala de testigos.

—¿Y cuál es la segunda forma? —preguntó.

—Puede depender de cómo respondan los israelíes a la asquerosa elección que les hemos dado: o revelan lo que saben, o se arriesgan a que el juez desestime la acusación y te deje libre. Es la única forma que tenemos de explicarle esto a Munira, de la forma que creemos que es correcta. —David se inclinó hacia delante—. Pero Taylor no tiene que tomar esa decisión ahora mismo, ni tampoco los israelíes. Al morir, Saeb les ha dado a ambos (y también a Sharpe) una salida. En lugar de obligar a elegir a los israelíes, el juez puede, sencillamente, declarar el juicio nulo y comprarse para sí y para ambos gobiernos seis meses de tiempo. Y eso es exactamente lo que creo que va a hacer.

Hana se quedó callada. David notaba que ella luchaba por comprender los efectos plenos de una elección hecha hace muchos años, que su marido estaba muerto, que ella y David tendrían que vivir a partir de entonces con ese hecho, que su hija había sufrido y sufriría, más aún, las consecuencias o bien de la verdad (la conmoción de saber que David era su padre) o de una mentira, la posible condena de su madre.

—¿Qué hago para protegerla mejor, David?

—Contarle la verdad, con toda la delicadeza que puedas. —David suavizó su voz—. Ella puede enfrentarse a esta situación de dos formas: o bien fue ella misma quien precipitó la muerte de su padre, o bien salvó la vida de su madre. Saber quién soy yo para ella, por duro que resulte, podría ser una forma de suavizarlo.

Hana cubrió las manos de él con las suyas propias.

—Pero sería terrible decírselo de esa manera, tan abruptamente, a su edad, y luego exponerla en público con tanto en juego. Yo la conozco. Con todo lo que le ha pasado, la muerte de Saeb ya es demasiado para ella.

David meneó la cabeza.

—Saeb murió —respondió— porque todos nosotros estábamos dominados por una mentira. Y mira lo bien que le ha ido a Munira.

Pensativa, Hana miró sus manos encima de las de David.

—Si la juez no nos da otra elección —dijo tranquilamente—, se lo diremos. Hasta entonces, espero que haya una forma mejor y un momento mejor. No sólo por el bien de ella, sino por el nuestro. —Levantó la vista hacia él—. Puede que tú seas su padre. Pero, no importa de quién sea la culpa, ahora mismo sólo le quedo yo. Debes dejarme esa parte a mí.

Escuchando las palabras de su madre, Munira se abrazó a sí misma llena de angustia y luego se echó a llorar, emitiendo un lamento leve y dolorido por Saeb Jalid que le rompía el corazón a su verdadero padre.

Acongojada, Hana la abrazó. David apenas podía comprender

cómo formaba él parte de todo aquello: sentado junto a Hana en una habitación desconocida de un hotel custodiada por la policía, viendo a una muchacha musulmana envuelta en ropajes negros que era su hija llorar al hombre a quien creía su padre.

Cuando al final Munira pudo hablar, con el rostro apoyado contra el pecho de Hana, susurró:

—¿Y por qué ha muerto?

David vio la desesperación reflejada en el rostro de Hana: la pregunta podía tener dos sentidos, uno mucho más terrible que el otro. Con amabilidad, Hana respondió:

—No lo sabemos. Pero ya sabes que tu padre tenía el corazón muy mal.

Munira echó atrás el rostro, mojado de lágrimas, mirando a su madre.

—Estaba muy enfadado conmigo. A lo mejor no quería vivir ya más conmigo...

Tocando la mejilla de su hija, Hana intentó sonreír.

—Los niños creen que son la causa de todo, Munira. Las mujeres lo entendemos todo mejor. Y tú ya tienes casi trece años, y estás más cerca de ser una mujer que una niña.

»Nos peleábamos por ti, es cierto. Pero las peleas eran cosas nuestras. Habíamos dejado de querernos, y no queríamos vivir juntos. —Las lágrimas asomaron a los ojos de Hana brevemente—. El amor que se convierte en rencor es algo terrible. Pero tú eres la víctima de ese rencor, Munira, no su causa.

Como si se sintiera aliviada, aunque sólo fuera por ese momento, Munira inclinó la frente hacia el hombro de su madre. Verlas de nuevo juntas le resultaba a David profundamente conmovedor; pero también sabía que lo que Hana acababa de decir no era más que otra mentira: cuando Munira supiera quién era su verdadero padre, la colocaría en el centro de todo lo que había ocurrido, como causa de todo.

—Vamos, todo irá bien —le aseguró su madre suavemente—. Pase lo que pase, David nos ayudará.

Capítulo 20

Los últimos minutos que Hana pasó en libertad, David la dejó a solas con Munira, saliendo del hotel sin plan alguno más que caminar sin rumbo fijo en aquel día de finales de noviembre, de una calidez impropia de la estación, dejando que sus pensamientos vagasen a donde quisieran. Una limusina negra se detuvo junto a él. David se volvió, poniéndose alerta al instante, pensando en la muerte de Saeb, mientras la ventanilla de la parte trasera se deslizaba hacia abajo.

—Entre —le dijo Avi Hertz.

David dudó. Hertz abrió de par en par la portezuela, y David se introdujo en el asiento junto a él.

Los dos hombres iban solos con el conductor.

—No se preocupe —dijo el israelí—. Creo que ya han terminado las muertes, a menos que siga usted por ahí dando palos de ciego, intentando adivinar algo que ni siquiera ve.

El coche aceleró.

—¿Adónde vamos? —preguntó David.

—A tener una de esas conversaciones que nunca han sucedido y que nunca le revelará usted a nadie, a menos que sea un idiota mucho mayor de lo que a mí me parece, a quien no le importa nada su cliente.

David se echó hacia atrás en el asiento, mirando por la ventanilla y preparándose para los posibles escollos de un enfrentamiento que había temido y esperado al mismo tiempo. Racionaría sus palabras hasta que las promesas (o amenazas) de Hertz le mostrasen qué debía hacer.

Su destino, al parecer, era el centro de la bahía de San Francisco. Cuando la lancha a motor se abrió camino por las heladas aguas, dando la vuelta a Alcatraz, el israelí le dio a David un impermeable para aislarle del frío. El chófer de Hertz, ahora piloto de la lancha, no podía oírles por el estrépito del motor y las olas que levantaban en su estela.

Señalando hacia la prisión abandonada, Hertz dijo:

—Siento verle en este sitio tan frío. Pero estamos solos, y me gusta el símbolo. Ha ido usted desentrañando una historia, señor Wolfe, tanto fuera como dentro del tribunal, intentando ahorrarle a su cliente un destino similar al de los primeros presos de este desgraciado lugar. Quizá no le importe que una mi imaginación a la suya. Así la historia puede adquirir un poco más de sentido.

—Eso depende de cómo acabe.

Con un gesto imperioso, Hertz señaló a David un asiento acolchado en la popa de la barca.

—No puedo prometerle nada, pero ya veremos.

Encogiéndose de hombros, David se sentó junto a él.

—Empecemos con el asesinato —dijo Hertz—. Entre sus efectos más obvios, está desacreditar a Faras y a Al Aqsa, arruinar la última y endeble esperanza de paz, y reafirmar el poder de Hamás. Ciertamente, es razonable suponer que un hombre como Saeb Jalid y el propio Hamás deseasen un resultado semejante.

Un chorro de agua salada humedeció la cara de David.

—Hamás y otros —rectificó.

—Quedémonos con Hamás por ahora. Hamás tenía mucha presencia en Birzeit. También es razonable postular, como ha hecho usted, que Iyad Hassan no era de Al Aqsa, sino de Hamás, y que engañó a Jefar acerca de su verdadera afiliación; igual que es posible imaginar que Jalid, y no Hana Arif, fue quien se acercó a Hassan. Sencillamente no lo sé, sea lo que sea lo que usted desee creer, y francamente, creo que usted tampoco lo sabe. —Hertz puso la mano en el puño de David—. Lo que ambos sabemos, y Jalid también sabía, es que Munira Jalid es hija suya. Eso parece haber influido (aunque no alterado) los acontecimientos y le ha dado a usted otro interés que proteger.

—Y eso quizá me convierte en un idiota —respondió David—, pero de un tipo distinto.

—Entonces, por el bien de su recién hallada familia, le ayudaré a salir un poco de su idiotez. —Haciendo una pausa, Hertz habló con dureza—. Quizá usted haya alimentado la fantasía de que el Mossad, o alguna otra agencia de Israel, intervino a la hora de eliminar a Lev y Markis, o incluso, Dios nos ayude, a Amos Ben-Aron. Usted y Martel quizá se pregunten incluso si lo hicimos en el caso de Saeb Jalid.

Pero fue usted, y no nosotros, quien intervino a la hora de matar a todos ellos. Usted los encontraba, y a continuación venía el crimen.

»Al único conocido suyo que despachamos nosotros fue a Muhamad Nasir, pero sólo porque se lo merecía de verdad; aunque no fuera por Ben-Aron, sí por muchas otras muertes. En lo que respecta a Nasir, puede usted consolarse diciéndose que alargó usted su vida, y no la acortó. Nuestra gente de Yenín le vio a usted reunirse con él. Si no hubiera sido por su presencia, habríamos volado a Nasir a pedacitos.

Mirando a Hertz a los ojos, David notó que se le ponía la carne de gallina.

—Nunca pensé que fuese el Mossad quien mató a Ben-Aron —dijo David—. Pero sí que está claro que algunos israelíes, como Markis y Lev, ayudaron a matarlo. ¿Me está diciendo que a esos hombres no los mataron otros judíos?

—¿Ahora nosotros también somos terroristas suicidas? —dijo Hertz con desdén—. Ésa no es nuestra forma de actuar. Pero hay algunos que creen que el trozo de carne anónimo que mató a Hillel Markis recibió las órdenes de Hamás, o quizá de la Yihad Islámica...

—Déjese ya de acertijos de mierda —le cortó David—. Usted sabía desde el principio que Lev y Markis, probablemente, eran cómplices. Usted decidió quedarse ahí sentado mientras Hana estaba a merced de la tempestad. Esos hombres murieron porque usted animó al gobierno de Estados Unidos a seguir con la acusación, esperando que Hana fuese culpable e intentase escapar a la pena de muerte delatando a la facción árabe del complot. Pero ella es inocente, así que lo único que consiguió fueron dos judíos muertos y un abogado judío a quien echarle la culpa.

El rostro de duendecillo de Hertz no cambió de expresión.

—Y entonces, ¿quién reclutó a Lev y Markis? ¿Hamás?

—Eso todavía no lo sé.

—Entonces es usted libre de improvisar. Supongamos, como hago yo, que Lev y Markis despreciaban a los palestinos, odiaban a Ben-Aron por ser un traidor, y querían salvar el sueño del Gran Israel. La extrema derecha israelí, como Hamás, tenía muchos motivos para desear que muriese nuestro primer ministro. Pero cada lado desprecia al otro... —Volviéndose hacia David, Hertz habló en voz baja, con rostro severo—. Así que quienquiera que planeó esto tenía que usar un hombre de paja. Alguien que pareciera ser judío israelí, al menos con los pantalones puestos... o quizá incluso quitados. Hay judíos que viven en Irán.

La teoría sorprendió a David.

—¿Fue eso lo que ocurrió?

La lancha se balanceó con fuerza, obligando a David a cambiar el peso.

—Usted y yo estamos escribiendo una historia —respondió Hertz—. Lo único que necesitamos es que resulte plausible. Y lo que hace más plausible todo esto es que la inteligencia iraní, con la ayuda de nuestros árabes indígenas, opera dentro de Israel.

—Y a través de Hamás —replicó David—. Con la ayuda de Saeb Jalid, que se había convertido en agente de Irán, Hamás podía proporcionar un terrorista suicida que matase a Markis, y un tirador que matase a Lev. Eso eliminaba a los dos israelíes que podían conectar el asesinato de Ben-Aron con su agente pseudojudío y, al parecer, de Irán.

—Sí —respondió Hertz con frialdad—. Esperábamos seguir esa pista, de una forma lenta pero segura. Creo que podríamos haberlo hecho; pero usted ayudó a poner nerviosos a los conspiradores (los iraníes y Hamás, según nuestro relato) por lo de Lev y Markis. Ya no estamos seguros de quién le puso en la pista de los dos israelíes. Pero si aquellos que lo hicieron creyeron que estaban ayudando a una causa política cualquiera, su plan se estropeó por completo. —El desdén se reflejó en la voz de Hertz—. Ellos y usted quizá imaginaron que oficialmente se estaba cubriendo toda la historia. Le aseguro que es difícil ocultar algo en Israel, aunque hay fuerzas (la extrema derecha y los políticos aliados con los colonos) que quizá hubieran deseado hacerlo. Pero el caso es que usted destapó la única cobertura que existía precipitando que matasen a dos personas.

Sin hacer esfuerzo alguno por limpiarse el agua del mar que le salpicaba el rostro, David, sencillamente, se quedó mirando a Hertz.

—Estoy dispuesto a compartir el mérito con usted, dado que usted pudo haber ayudado a Hana y decidió no hacerlo.

—Ella nunca nos preocupó —respondió Hertz con total frialdad—. No podíamos confiar en ella, y sus asuntos se habían convertido en los asuntos de usted; de modo que tampoco podíamos confiar en usted. —Después de una breve pausa, Hertz habló en un tono más bajo aún—. Sólo puedo decirle esto: la brecha en la seguridad de Ben-Aron era nuestra, no de los americanos. Alguien de nuestro lado le dijo al contacto de Hassan, quizá a Saeb Jalid, quizá a su esposa, lo del cambio de ruta.

—Quizá a Saeb Jalid, quizá a su esposa —repitió David—. Venga, hombre. Ya sabe que Munira le cogió el teléfono a su padre. Si tuvieran la más mínima prueba de que Hana estaba relacionada con la inteligencia iraní, Sharpe la habría usado.

—No creíamos que estuviese conectada con la inteligencia iraní —replicó Hertz, calmado—, sino con su esposo; es decir, por ejemplo, que Jalid pudo chantajear a Arif para que recibiera una llamada de Markis el día de su asesinato, usando el teléfono de él, y luego llamara a Hassan mientras Jalid miraba la CNN con Munira. Quizá Arif hizo todas las llamadas a Hassan, eso cuadraría con lo que afirmó Hassan a Jefar. Ni siquiera su teoría de la defensa, que Jalid inventó todas las pruebas contra Arif, descarta que Arif pasara información de Markis a Hassan, mientras aseguraba que paseaba por Union Square como sonámbula. Usted no puede estar seguro, ni nosotros tampoco.

La precisión de sus palabras desconcertó a David, subvirtiendo su sensación de que, al menos con respecto a Hana, había llegado a averiguar toda la verdad. Hertz le miró de cerca.

—Quizá, señor Wolfe, entienda usted ahora nuestra renuencia a confiar en usted. Es bastante posible que Munira, aunque implicase correctamente a Jalid, estuviese realmente con él durante el tiempo en que su madre llamaba a Hassan.

David prefirió no decir nada.

—Pero continuemos —dijo Hertz con voz fluida—, hasta plantear una de nuestras preguntas más legítimas: ¿quién tenía la capacidad de planear y llevar a cabo este asesinato en Estados Unidos? Al Aqsa por sí mismo, no; ni siquiera Hamás, que tiene sus fieles entre la población palestina estudiante de Estados Unidos, pudo tramar todo esto. El Mossad sí que podía, pero no lo hizo. Y eso nos deja a los iraníes.

David estudió la estela que dejaban, dos franjas de espuma blanca que agitaban las aguas azules.

—¿Y sus motivos?

Hertz se encogió de hombros.

—Es un tema de especulación sofisticada. Pero usted adivinó algunas de las razones. Para empezar, el gobierno iraní está dominado por clérigos fanáticos y creyentes acérrimos. Uno de sus objetivos es conseguir un Irán nuclear. Un arsenal de armas nucleares podría, en efecto, inmunizar a Irán contra todo ataque, permitiéndoles subvencionar y ayudar a Hamás, Al Qaeda, Hezbolá, la Yihad Islámica y a cualquiera, expandiendo su dominio en Oriente Medio y en el mundo entero. Todo ello, mientras avanzan en el único objetivo que une a absolutamente todos esos grupos: la erradicación de Israel.

»Los iraníes son lo bastante sofisticados para haber reclutado a Lev y Markis sin que ninguno de los dos hombres supiera que en realidad estaban trabajando para Irán; para implicar a Hassan a través de Saeb Jalid y para establecer en Estados Unidos la estructura necesaria para equipar y apoyar a Hassan y Jefar. Matando a Ben-Aron, podían matar también su plan de paz, desacreditar a Faras y a Al Aqsa, asegurar las represalias israelíes en Cisjordania, desviar la atención tanto de Israel como de Estados Unidos del propio Irán y estar seguros de que el próximo gobierno israelí se opondrá tan firmemente a las negociaciones de paz como Hamás.

»En la superficie, la recompensa última de Irán sería mantener a israelíes y palestinos enzarzados entre sí, y por tanto extender e inflamar la causa fundamental del odio entre Israel y Estados Unidos por un lado y el islam radical por otro. —Hertz miró a David con intensidad—. Ésa es su teoría, y podría bastar para ellos. Pero supongamos que Irán también creía que Ben-Aron intentaba hacer la paz con Marwan Faras, y luego atacar las instalaciones nucleares iraníes, asumiendo que eso fuese posible, antes de que su programa de armas nucleares llegase a fructificar del todo.

Una vez más, David se sorprendió.

—¿Era eso lo que pretendía Ben-Aron?

—Hay algunos que lo creen así; entre ellos, los iraníes.

—Pero aun así —repuso David—, asesinar a Ben-Aron es un riesgo para Irán. Porque si se sabe que Irán ha asesinado al primer ministro de Israel, eso podría conducir a una operación militar concertada por Israel, los Estados Unidos y quizá otros, destinada a derrocar el régimen iraní.

—Cierto. De modo que también es posible que algunos elementos dentro del servicio de inteligencia iraní (el más fanático) hicieran esto sin aprobación de los mulás ni de ese patético presidente decorativo que tienen que niega el Holocausto. Incluso es posible que lo tramaran todo sin implicar al propio Hamás, sino sólo a un par de simpatizantes suyos. —Volviéndose, Hertz miró a través del agua brillante hacia Alcatraz—. Y en cuanto al riesgo que tomaron Jalid y Arif, eran elecciones razonables. Ninguno de ellos estaba en la lista de vigilancia de su servicio secreto, ni del nuestro. Eran simplemente dos opositores a Israel. Jalid parecía más inflexible que su esposa...

—Pero si cogían a Jalid —interrumpió David—, los iraníes serían vulnerables. Ése era otro motivo para que tuviera sentido la trampa de Hana: ella no sabía nada de su marido, ni nada de Irán. Era un absoluto callejón sin salida, y Saeb (como agente de Irán) tenía motivos más que suficientes para ofrecerla como sujeto de esa trampa. Si ella hubiera sido culpable, podía haberlos conducido hasta Jalid, y luego hasta Irán. Pero si es inocente...

—Sí —dijo Hertz con un atisbo de sonrisa—. Por eso, a diferencia de Sharpe, yo no considero que su teoría de la trampa sea tan tonta. Y los iraníes no podían imaginar que usted, la clave del odio de Jalid a su esposa, decidiría representarla, o que Munira decidiría explicarle a usted sus quejas sobre los teléfonos móviles.

»Si tiene razón, quizá los iraníes planearon esa trampa desde el principio. O quizá Jalid hizo unos pequeños ajustes al complot que le habían entregado los iraníes para implicar a su mujer, esperando que Estados Unidos ejecutase a Arif en su lugar; una cosa peligrosa, conociendo a los iraníes, como Jalid sin duda habría comprendido. Pero quizá a él mismo tampoco le importaba demasiado la vida. —Hertz cruzó los brazos y se echó hacia atrás—. En cualquier caso, sin tener en cuenta si Arif es inocente o culpable, usted consiguió poner a Jalid en el punto de mira, igual que hizo con Lev y con Markis. Y ahora está muerto, y hay muchas cosas que nunca sabremos, entre ellas el papel jugado por la madre de su hija.

La deprimente verdad que se encerraba en aquella afirmación envolvió a David. Durante un rato, estuvo mirando las gaviotas que se deslizaban en el aire. Al cabo, dijo:

—Así que ¿creen que Jalid fue asesinado?

Hertz se puso unas gafas de sol.

—Es bastante posible —dijo con modales impasibles—. Lo que no puedo decirle es quién estaba con Jalid cuando murió, si es que había alguien. Pero existe una buena oportunidad de que cuando el FBI examine las cintas de seguridad de su apartamento, vea a dos hombres que suben al ascensor en torno a la hora en que murió Jalid, y ninguno de los cuales es residente. Pero aunque encontremos a esos hombres, no sabrán nada útil, excepto que los enviaron a matar a Jalid.

Una vez más, David se preguntó qué elementos de la narración de Hertz eran suposiciones y cuáles mucho más que eso.

—Ocurriese lo que ocurriese —concluyó Hertz—, la muerte de Jalid es el paso final de una trama perfecta, una operación que no ha dejado ninguna huella. Si fue un asesinato, fue simplemente un ajuste sin importacia de un plan que, por otra parte, no tenía defecto alguno; especialmente si Arif es inocente, como ella asegura.

—Y sin embargo —dijo David realmente enfurecido—, ustedes siguen dispuestos a contemplar cómo nuestro gobierno mete en prisión a Hana de por vida, o incluso la ejecuta.

Hertz se encogió de hombros.

—No creíamos en su inocencia. Y ahora no lo sabemos.

Le tocaba a David mover pieza en aquel juego de ajedrez que Hertz había dispuesto para ellos. Cruzó los brazos para protegerse del frío.

—Entonces, hablemos de algo que sí les importa. Una vez Munira relacione a Jalid con el mismo móvil usado por Hassan, la brecha de la seguridad israelí quedará encima de la mesa y se hará pública. Quizá a ustedes no les preocupe la tormenta política que se puede provocar, o el cisma en el interior de Israel cuando yo relacione el crimen de Ben-Aron con la derecha israelí. Pero ¿está dispuesto su gobierno a que se airee a los cuatro vientos la vulnerabilidad del sistema de seguridad de elite?

Herz no se inmutó.

—Es el juego que ustedes han jugado con nosotros desde el principio. Las consecuencias dentro de Israel quizá sean desagradables, eso lo admito, pero no tan terribles como para secundar la fuga de una conocida conspiradora en la muerte de nuestro primer ministro.

David analizó aquella respuesta.

—Pero usted no sabe si Hana conspiró con alguien —dijo—. Y tiene otras preocupaciones, aparte del simple hecho de que se rompió la seguridad de Ben-Aron. Lo que preocupa verdaderamente es que, al menos según su teoría, son los iraníes los que parecen haberla roto. Esa acusación, si se hace pública, puede provocar algunas cuestiones bastante feas de geopolítica nuclear. Y forzaría al gobierno de Israel a responder, quizá antes de que esté preparado para hacerlo.

La expresión de Hertz se oscureció.

—Y, por supuesto, usted está dispuesto a colocarnos en esa situación para procurar los intereses de la señora Arif.

—Alguien tiene que velar por sus intereses —replicó David—. Y aunque Sharpe pueda evitar que saque ese tema en el juicio, nada me impedirá romper el silencio una vez se haya celebrado el juicio. Para empezar, estoy seguro de que Larry King y el programa *Today* estarían encantados de volverme a convocar para que haga una autopsia.

Hertz miró a David sin parpadear.

—Déjeme que le aclare una cosa, señor Wolfe. Es muy peligroso para usted jugar con fuego de esa forma. Dicho de forma sencilla: no podemos permitir que Irán se convierta en un poder nuclear. Eso desencadenaría una carrera nuclear armamentística en Oriente Medio, proporcionaría un escudo para las agresiones iraníes, fortalecería a los extremistas islámicos dentro de Irán, aumentaría las posibilidades de más asesinatos de cualquier líder mundial que no le gustase a Irán, ayudaría a Irán a consolidar a Hamás en el poder, y crearía la posibilidad de que Irán, como los paquistaníes, vendiese sus conocimientos nucleares a otras fuerzas igual de malas. En resumen, sería una catástrofe para Israel y para el mundo.

»Sin embargo, no existe un camino claro para evitar una cosa semejante. Una invasión destinada a derrocar el régimen podría encontrar gran resistencia, y enfurecería a todo Oriente Medio. Un intento de destruir los emplazamientos nucleares de Irán podría tener un éxito muy improbable: están en lugares dispersos, muy protegidos, colocados bajo tierra, y el odio hacia Israel en toda la región se inflamaría muchísimo. Si intentamos embargar el petróleo iraní, los precios del crudo en todo el mundo subirían, perjudicando a Estados Unidos y a otros países y permitiendo a Irán enriquecerse en el mercado negro. Y nimiedades como los lazos políticos o culturales son tan patéticas como parecen. —El tono de Hertz se hizo más seco—. La mayor oportunidad de que tenga éxito cualquier camino que emprendamos es el apoyo absoluto de Estados Unidos y Europa y la aquiescencia de las Naciones Unidas. Ahora mismo, esos poderes están divididos. La única forma de unificarlos es conseguir pruebas, no simples sospechas, de que Irán planeó y llevó a cabo el asesinato de Amos Ben-Aron.

Mientras continuaban dando la vuelta en torno a Alcatraz, David consideró su postura. Él no estaba seguro de que la «historia» de Hertz no fuese otra forma de disimular y ocultar hechos por motivos que no deseaba que David supiera. Pero fuera cual fuese el caso, seguirle el juego podía servir a los intereses de Hana.

—Comprendo lo que me está diciendo —dijo David al fin.

—Entonces entenderá esto. —Hertz tocó con un dedo el pecho de David, quitándose las gafas de sol y mirando a David a los ojos—. No podemos permitir que usted, el ciudadano privado David Wolfe, vaya por ahí buscando culpables prematuramente, jodiendo nuestra investigación y exigiéndonos respuestas en público. Como abogado de Arif, no se le permitirá poner sus torpes dedos en la balanza de la historia. Sus preocupaciones son privadas: el destino de una mujer que posiblemente sea culpable y la tierna sensibilidad de una jovencita de doce años que puede que averigüe de forma intempestiva que su padre es un judío.

Sabiendo que estaban llegando al final del juego, David notó que sus nervios estaban tensos. Con fingida contrición, dijo:

—Por favor, perdone usted mi falta de perspectiva.

—No sea pretencioso —dijo Hertz con frialdad—. Usted se olvida de que Sharpe podría hacer que anulasen el juicio, y entonces podríamos extraditar a Arif para que la juzgasen en Israel. No tiene usted en su poder todas las cartas.

David ya había pensado en aquello.

—Sí, pueden extraditar a Hana, tiene razón. Pero la única forma de hacerme callar es meterme una bala en la cabeza, a menos que intente echarme por la borda.

Hertz se encogió de hombros.

—Es una posibilidad, aunque los iraníes podrían adelantarse.

—Aunque yo estuviera muerto, no cambiaría nada. El problema ya no soy yo, sino la acusación contra Hana Arif. Basándose en el registro del interrogatorio que hice a Saeb Jalid, cualquier abogado competente tendrá que sacar el tema de Irán. Lo que necesitan ustedes es una salida.

—Sí —dijo Hertz—. Ya esperaba que llegase a eso.

—No es sólo que lo esperase, es que lo deseaba. Así que no sea condescendiente. Esta acusación es mala para todo el mundo. Lo supe desde el principio, en cuanto vi que mi defensa de Hana se veía afectada por los objetivos a largo plazo de Israel en el mundo. Pero obstruyendo nuestras peticiones, usted me ha obligado a probarlo. Quizá no le gusten los resultados, pero ustedes se preocuparon condenadamente bien de asegurarlos. La cuestión ahora es si quieren parar con tres testigos muertos o pretenden llevar este asunto hasta el final.

Para sorpresa de David, Hertz se rio con ligereza.

—Quizá sea usted un aficionado como espía, señor Wolfe; pero como abogado es muy bueno. ¿Qué es lo que quiere?

—Que Sharpe desestime el caso.

Hertz se limitó a encogerse de hombros.

—Eso también lo esperaba. Pero Sharpe y su superior, el fiscal general de Estados Unidos, no trabajan para nosotros.

—Pero trabajan con ustedes, y es la muerte de su primer ministro lo que obligó a preparar este caso a nuestro gobierno. —David siguió con tono desapasionado—. Sólo Israel puede dar cobertura a Estados Unidos. No basta con que yo haya relacionado a Jalid con el crimen: Israel tiene que decir que ha descubierto nueva información que sugiere que Hana Arif es inocente, pero no puede revelarla por motivos de seguridad nacional...

—Imposible —dijo Hertz rotundamente—. En primer lugar, es mentira. No tenemos información de ningún tipo sobre Arif.

—No sabía que tenían ustedes la sensibilidad tan tierna —respondió David, sarcástico—. Les dejaré a usted y Sharpe que den con algo que permita a Estados Unidos salvar la cara y a mi cliente quedar libre. Pero es un requisito indispensable que el gobierno israelí le diga al mundo que no puede aceptar la orden de la juez Taylor.

Herz pensó un momento.

—¿Cuando dice usted «quedar libre»...?

—Quiero decir ir a donde quiera. Aquí, espero..., quiero que Estados Unidos le garantice ese extremo. Pero allá donde decida vivir, quiero que me garantice que nunca jamás la tocarán.

—¿Y si quiere volver a Cisjordania?

La pregunta provocó en David un hondo sentimiento de pesar.

—Ambos debemos esperar que no lo haga —respondió—; pero «libre» significa eso.

Hertz centró su mirada en Alcatraz.

—¿Y si consigo todas esas maravillas?

—Entonces, estoy seguro de que querrá poco de mí —dijo David con tranquilo sarcasmo—. Simplemente, que abandone en Israel a aquellos que quieren la paz, y que deje que los palestinos sirvan como cabezas de turco para el juego geopolítico de Irán, les cueste lo que les cueste.

—Por desgracia —le corrigió Hertz—, quiero más, por muy desagradable que pueda ser para ambos como pueblo. Usted no le contará a Hana Arif esta conversación. No quiero aumentar su fervor patriótico, para que decida exculpar a sus compañeros palestinos culpando prematuramente a Irán. Y ustedes tres (Arif, usted y su hija) se callarán como si su vida dependiera de ello, cosa que posiblemente sea cierta.

»De modo que sí, eso significa que usted tendrá que traicionar a la gente que le ayudó en Israel, así como a muchos palestinos quizá más inocentes que su cliente. De otro modo, la juzgaremos en Israel y la niña sabrá la verdad. Así que si le damos libertad a Arif sin la exoneración que usted busca, pues mala suerte. Ella tendrá que sufrir los daños de su reputación sin quejas ni comentarios, no importa cuánta gente la siga considerando todavía una asesina. Mejor eso que la muerte o una sentencia de cadena perpetua.

David se quedó callado. Le parecía repugnante dar la espalda a aquellos israelíes con quienes simpatizaba —Moshe Howard, Ari Masur y Anat Ben-Aron—, mientras reducía a los palestinos al papel de chivo expiatorio; pero, al fin y al cabo, era el abogado de Hana.

—Haremos un trato —dijo con gran reluctancia—, en el momento en que Hana quede libre; pero no antes, y no habrá trato si le ponen un dedo encima en cualquier momento más tarde.

Durante largo rato, Herz se limitó a contemplar inexpresivamente el rostro de David.

—Creo que nos comprendemos el uno al otro —dijo—. Quizá a su debido tiempo la verdad pueda emerger sin nosotros.

Llamando a su chófer, Hertz señaló hacia la costa. Los minutos que les costó llegar hasta ella los pasaron en silencio. Cuando llegaron al Saint Francis Yacht Club, David y el israelí se separaron sin decir una palabra más.

David se quedó solo en el muelle, observando la tópica imagen de dos barquitos de vela que daban bordadas al viento frente a la desnuda roca de Alcatraz. Apenas podía creer lo que acababa de pasar, o el papel que el destino le estaba obligando a desempeñar. Ni tampoco estaba seguro de que Hertz pudiese conseguir lo que le había pedido David. Lo único que podía hacer David era esperar.

Durante un momento, curiosamente, los pensamientos de David se dirigieron a Ibrahim Jefar, condenado a morir en una prisión federal. Fuera cual fuese la verdad, Jefar era un simple peón en aquella historia; pero todos ellos —Hana, David, Munira, Saeb, incluso Amos Ben-Aron— se habían convertido en juguetes de la historia. Lo único que quedaba por hacer era ver qué historia ofrecían a aquellos que quedaban con vida.

Capítulo 21

David pasó los tres días siguientes preparándose para el juicio, como si no hubiese esperanza alguna de liberar a Hana. Sin embargo, la esperanza alteraba su concentración, con más insistencia aún cuando iba preparando las preguntas que le haría a Munira. Su otra distracción —la idea de que podía encontrarse en un peligro considerable— aparecía más a menudo en los lugares públicos, y por la noche. No daba a esos miedos tanta importancia como habría debido, quizá; el acto de matar a alguien era tan extraño a él, que no podía creer que estuviese gobernado por las leyes de la razón.

Pero aparentemente al menos, no ocurría nada. Aquellos tres días fueron herméticos, como si estuviera esperando que se reanudara una vida más plena, más humana. No podía evitar preguntarse cómo iba a pasar el fin de semana Marnie Sharpe, qué discusiones estaban teniendo lugar entre Israel y Estados Unidos. David no cogió las llamadas de la prensa; aunque en los medios se especulaba mucho, nadie se acercaba siquiera a la historia que David y Avi Hertz habían ido tejiendo en medio de la bahía de San Francisco. Esa historia sólo se volvería real, y eso lo sabía David muy bien, si Sharpe la hacía posible el lunes. Hasta entonces, intentó no imaginar la vida que podía esperar a Hana y Munira a partir de entonces.

El lunes por la mañana amaneció radiante y limpio. David se esforzó por ver ese hecho como un buen presagio.

A las nueve de la mañana, en lugar de entrar en una sala llena de ávidos reporteros, la juez Taylor convocó a David y Sharpe en su despacho.

—Quería usted que nos reuniésemos en privado —le dijo a Sharpe—. ¿Qué ocurre?

Sentada en una silla junto a David, Sharpe parecía serena, pero al mismo tiempo abatida, una letrada a punto de renunciar a una obsesión: la esperanza de ganar un juicio de altas expectativas en el cual había invertido incontables horas y hasta la última partícula de sus habilidades, un juicio que sería recordado cuando todos los demás casos en los que ella había participado quedasen olvidados. Sin mirar a David, habló con tono monótono, como si recitara una declaración que hubiese escrito alguna otra persona.

—El gobierno —le dijo a la juez Taylor— desea desestimar el caso contra la señora Arif sin perjuicio de nuestra capacidad de volverlo a emprender si salen a la luz nuevas pruebas. Estamos lejos de tener la convicción de que es inocente. No obstante, el testimonio del señor Jalid suscita unas preguntas cuya respuesta se verá muy dificultada por su muerte.

Taylor la miró con intensidad.

—Podría haber motivos para la anulación del juicio —dijo la juez—. ¿Y qué ocurre con el gobierno israelí? Yo les ordené que enviaran a un representante.

—Ése es el segundo factor que ha influido en nuestra decisión —dijo Sharpe con el mismo tono quejoso—. El gobierno de Israel nos ha autorizado a decir que tiene cierta información que atañe a una conspiración más amplia que en sí misma no excluye a la señora Arif, pero que se vio afectada por la defensa del señor Wolfe y la orden del tribunal del último jueves. Por motivos de seguridad nacional, y para no poner en peligro la investigación en curso que está llevando a cabo Israel sobre la conspiración para asesinar al primer ministro Ben-Aron, Israel no desea proporcionar esos materiales a la defensa.

«¿Saldrá bien todo esto?», se preguntó David.

—También estoy autorizada para decir —continuó Sharpe— que, basándonos en los datos registrados y otros hechos que no se han hecho públicos, el gobierno israelí cree que Saeb Jalid estaba implicado en el asesinato. Lo único que tiene que decir nuestro gobierno es que la posición de Israel y los acontecimientos del juicio han creado una ambigüedad suficiente para desestimar la acusación. No hay estatuto de limitaciones para el asesinato, y este crimen es demasiado grave para que no sigamos investigando. Pero ésa es nuestra postura, hasta el momento.

—De modo que Hana queda atrapada en una especie de limbo —dijo David a Sharpe—. ¿Y qué te hace pensar que el caso contra ella alguna vez tendrá una oportunidad más de...?

—No tiente a su suerte —interrumpió la juez con una sonrisa

tensa—. Y no se quede entusiasmado con el espectro de una victoria total, señor Wolfe. En el mejor de los casos, lo que tendrá es una anulación del juicio. —Volviéndose hacia Sharpe, añadió—: Pero debo decirle, señora Sharpe, que dudo que un jurado razonable condene a la señora Arif a menos que tenga usted más pruebas, cosa que no creo que consiga nunca. Así que no se quede despierta por las noches dándole vueltas a la idea de que el señor Wolfe ha jugado con el sistema.

»A riesgo de parecer cínica, diré que el señor Wolfe quizá no sea el único aquí cuyo sentido de las normas es, digámoslo así, elástico. Se me ocurre que Israel puede querer que usted desestime el caso por si pueden extraditar a Arif para juzgarla en Israel. Espero que ellos comprenderán que no me parezca demasiado bien que se lleve a cabo una petición semejante.

—El Estado de Israel —respondió Sharpe— me ha autorizado a decirle que no pedirá la extradición.

La juez elevó las cejas.

—Alguien parece haber pensado en todo... ¿Hay algún otro tema importante, señor Wolfe?

David asintió.

—Hay algunas consideraciones prácticas, señoría. Creo que la señora Arif y su hija podrían estar en peligro si vuelven a Cisjordania. Me gustaría que pudieran quedarse en Estados Unidos indefinidamente.

Sharpe reprimió la irritación que asomaba a sus ojos.

—¿Esperando obtener una custodia conjunta, o sólo derecho a visita los fines de semana? —preguntó con un tono algo cáustico.

—Ya que lo plantea de esa forma tan personal —respondió David fríamente—, espero tener una hija viva. También espero que el gobierno sea lo bastante competente para evitar que los iraníes maten a nadie más en San Francisco...

—Ya basta —le interrumpió la juez con aspereza—. ¿Tiene usted alguna respuesta que nos pueda ser útil, señora Sharpe?

Sharpe habló, con expresión apesadumbrada.

—Estados Unidos extenderá el visado de la señora Arif y el de Munira Jalid a un año, pendiente de posteriores actuaciones por parte del Departamento de Estado e Inmigración. Durante ese tiempo, ellas pueden solicitar la residencia permanente sobre la base que decidan.

David notó que su cuerpo se relajaba, aunque apenas podía creer en el cambio de fortuna de Hana.

—¿Existen otras variaciones que desee acordar en este trato de ensueño? —le dijo la juez secamente—. Aparte del perdón ejecutivo, claro está.

—Sí. Protección para Hana y Munira si desean quedarse, al menos durante el período de un año que ha mencionado la señora Sharpe.

—Creo que es razonable —dijo Taylor a Sharpe—. A Saeb Jalid le habría sido útil, y ése es uno de los motivos por los cuales estamos aquí.

Sharpe afirmó.

—Ya acordaremos los detalles con el señor Wolfe. —Volviéndose hacia David, dijo—: Por su parte, esperamos que usted y su cliente estén de acuerdo en no hacer declaración alguna sobre el caso, como, por ejemplo, quién puede haber sido el autor de esta conspiración. Ni conferencias de prensa ni cotilleos anónimos. Nada.

Así que de ese modo pensaba obligarles Hertz a guardar silencio: una mordaza de por vida a cambio de la libertad de Hana.

—Es aceptable —respondió—, mientras nunca se vuelva a procesar a Hana. Y mientras nadie de su lado hable tampoco de la paternidad de Munira ni de lo que se ha sabido acerca de Jalid. Si no, el trato queda roto.

La juez miró a Sharpe y luego a David.

—El silencio no se puede exigir —dijo—; pero, ciertamente, parece aconsejable para todos nosotros. —Haciendo una pausa, la juez dirigió una ligera sonrisa a David—. Alguien realmente ha pensado en todo, ¿verdad?

David no dio ninguna respuesta; la juez tampoco lo esperaba.

—Acudamos a la sala —dijo al cabo de un momento—. Y ya se pueden largar su cliente y su hija.

Al salir del despacho de la juez, Sharpe y David se quedaron un momento en el vestíbulo.

Sharpe esbozó una sonrisa glacial.

—Lo has conseguido —dijo ella—. Era lo que querías desde el principio. Has jugado con Israel contra Estados Unidos, y has hecho que el coste de la acusación sea demasiado alto para que lo pague Israel.

David no le devolvió la sonrisa; en aquel momento, no sentía ningún júbilo.

—El coste —respondió— era mucho mayor de lo que yo mismo pensaba.

—¿Demasiadas muertes, quieres decir?

—Demasiadas muertes, demasiados conocimientos. —Hizo una pausa y luego añadió, cansado—: Algunos días, Marnie, me siento como si hubiera mordido la manzana de Eva.

Ella le miró, extrañada.

—Pero ¿qué más sabes? ¿Estuvo Munira realmente con Jalid todo el tiempo durante el cual el contacto llamó a Iyad Hassan?

—No sé nada de eso —respondió David—. Y a menos que decida presionar a Munira, quizá no lo sepa nunca. Pero Hana pasó el polígrafo. Y nada de lo que dijo sobre este caso (ni al FBI, ni a mí, ni a ti) resultó ser mentira; excepto, quizá, cuando se trataba de proteger a Munira.

—Ésa es la cuestión, ¿verdad? —replicó Sharpe—. Si Arif ayudó a su marido para proteger a su hija... El chantaje de Jalid opuesto a tu propio chantaje.

David meneó la cabeza.

—Una vez acusaron a Hana, ella habría denunciado a Saeb antes de dejar que fuese él quien educase a Munira.

—Eso no son más que especulaciones —dijo Sharpe con displicencia—, y eso es lo único que nos queda, ni más ni menos. —Su tono era mucho más fatalista que irritado—. No me gusta nada que las cosas queden así, ya lo sabes. Pero ahora que hemos llegado hasta aquí, tampoco estoy muy segura de que me hubiese gustado ganar. Me sentía como una pieza de un juego, y no sé muy bien quiénes eran los jugadores. Aquí no puede haber final feliz.

Así que Sharpe también era consciente.

—No —replicó David—. Pero es el único final con el que podría vivir.

Sharpe le dirigió una última mirada suspicaz.

—Entonces, espero que saques algo bueno de todo esto —dijo, y se dio la vuelta y se alejó de David, dirigiéndose hacia la sala del tribunal.

Cuatro horas después, David esperaba a Hana en el exterior del centro de detención federal.

Flanqueada por dos policías federales, ella salió, vestida con la misma ropa que llevaba la noche de su arresto. Se detuvo un momento, parpadeando bajo la luz del sol. Luego, alejándose de los policías, se dirigió hacia David. A medio metro delante de él, se detuvo de nuevo al ver a los medios de comunicación al otro lado de la verja. Luego le cogió las manos y le miró a la cara.

—Gracias —le dijo, con los ojos brillantes—. Pero no basta con las gracias. Me has devuelto mi vida y a mi hija.

David intentó sonreír.

—Para eso me contrataste, ¿no?

—Sí. Y el único que ha pagado por esto has sido tú. —Brevemente, Hana bajó la mirada—. Ocurra lo que ocurra, David, tengo que verte. No así, en un tribunal, ni en un despacho.

Él no podía asegurar qué quería decir ella con aquello. Consciente todavía de las cámaras que la enfocaban, ella se alejó y se volvió hacia los policías. Brevemente, miró hacia atrás. Luego, los policías la escoltaron hacia la furgoneta que empezaría el viaje hacia donde ella y Munira decidiesen.

Capítulo 22

La tarde pasó desdibujada, mientras David procuraba huir de los medios pronunciando una letanía cuidadosamente ensayada: Hana era inocente; la desestimación del caso la reivindicaba; su liberación era el inicio de una vida que ella deseaba compartir sólo con su hija, conmocionada por la muerte de Saeb Jalid. David insistía en que Hana nunca había deseado convertirse en una figura pública y no quería que unas acusaciones erróneas o unas preguntas sin respuesta sobre su marido la mantuvieran a la vista del público. Lo que necesitaba era curarse, y eso requería que no dijera nada más, ni entonces ni nunca, que lo que ya había declarado ante los tribunales. Ese capítulo de su vida estaba cerrado.

En su mayor parte, los medios se mostraron incrédulos u ofendidos: los reporteros estaban acostumbrados a funcionar como una sala de espejos a través de la cual las personas arrojadas a la luz pública, aunque fuera accidentalmente, iban pavoneándose con un narcisismo que adquirían rápidamente. Eso era lo que esperaban de Hana, y de David. No sabían, por supuesto, que aquel silencio era el precio de la libertad de Hana. Ni tampoco sabrían nunca, si David podía evitarlo, las razones más profundas, enterradas en el pasado, de que la reticencia de abogado y cliente no fueran solamente su deseo, sino también una necesidad.

Por tanto, cuando David volvió a su piso en Marina, convertido en un hombre sin una visión clara de su futuro, ignoró al grupo de reporteros que se habían congregado ante su puerta y las insistentes llamadas a su teléfono y a su puerta. Cuatro horas más tarde, cuando miró hacia fuera desde la ventana del salón, vio que los reporteros se habían ido.

Un poco más tarde de las nueve de la noche, David oyó un leve golpecito en su puerta. Levantándose de la silla donde estaba sentado en la penumbra, atisbó por la mirilla.

Sorprendido, abrió la puerta.

Hana iba vestida con pantalones vaqueros y un jersey. Estaba de pie ante su puerta, insegura, esperando que él la invitara a entrar.

—Intenté llamarte —dijo, al fin.

Él retrocedió y se apartó de la puerta. Mirando por encima de su hombro, Hana atisbó hacia el interior.

Estaban de pie en el vestíbulo, mirándose el uno al otro.

—Qué sensación más rara —dijo ella finalmente—. A veces imaginaba que estaba contigo a solas de nuevo, una fantasía de chica; pero nunca creí que eso pudiera volver a ocurrir.

David inclinó la cabeza.

—¿Quién está con Munira?

—Nisreen. —Hana dudó—. Munira duerme.

David notaba el golpeteo de su pulso.

—¿Y si estuviera despierta?

—Hay cosas que todavía no puedo contarle. Apenas puedo decírtelas a ti. —Su voz estaba llena de tristeza y remordimientos—. Yo no sé cuáles son tus sentimientos, David, pueden ser muy distintos. Fui egoísta de joven, y al pedirte que me defendieras. Intentaré ser menos egoísta ahora. Si es mejor que me vaya ahora mismo, lo comprenderé.

David negó con la cabeza. Entonces, instintivamente, pasó los brazos en torno al cuerpo de ella. Notó que Hana cerraba los ojos y dejaba que su cuerpo se relajase en contacto con el suyo. Se quedaron abrazados en silencio, acunándose suavemente.

—¿Y qué es lo que quieres? —murmuró él.

Ella se separó un poco, mirándole de nuevo a los ojos.

—Quedarme —respondió ella con sencillez—. Pasar un tiempo contigo, no importa cómo decidamos pasarlo.

David la miró a la cara, tan encantadora que, así de cerca, casi dolía mirarla. Luego sus dedos le acariciaron la nuca, y él inclinó su cara hacia la de ella.

Su boca era suave y cálida, a la vez extraña y familiar. David notó que ambos estaban suspendidos en el tiempo, sin ser conscientes de nada más, sin tener claro si aquello era el pasado o el presente. Y luego, el ansia de ella volvió, la pasión postergada, los años que desaparecían. Ya no importaba nada de lo que significaba todo aquello.

Sus labios encontraron el hueco del cuello de Hana, y ella tembló, apretándose más contra él. Cogiéndole la mano, David la condujo hacia el dormitorio.

Mientras se desvestían, sus ojos no se separaron. Se metieron entre las sábanas frías. De inmediato sintieron el frenesí, menos tierno que exigente, desterrando el pasado con la misma falta de misericordia, hasta que ambos gritaron.

Después, él le tocó la mejilla con los dedos curvados, mirando a los ojos de una mujer a la que no estaba seguro de conocer del todo.

—¿Ha sido sólo gratitud? —le preguntó.

Los ojos de ella se empañaron por las lágrimas.

—Si fueras capaz de ver en mi interior, no me preguntarías eso. He pasado trece años pensando en ti; pero ya no te conocía, de modo que amaba el recuerdo que tenía de ti, o lo que yo imaginaba que habrías sido.

»Te proteges más a ti mismo de lo que yo recuerdo, quizá por mi culpa. Y lo único que puedo hacer ahora es sentir lo que has perdido.

—Me digo a mí mismo que ha sido para bien —respondió él en voz baja—. Quizá algún día me lo crea.

Aceptando esto, Hana descansó su cabeza en el pecho de él. Momentos después, David descubrió que era él quien la necesitaba a ella.

Aquella vez fue más dulce, más íntimo, menos la cauterización de una necesidad que el cumplimiento de un deseo de estar más cerca. Después, llenos de ilusión, él y Hana pudieron sonreír cada uno al ver el rostro del otro.

—Bueno —dijo él intentando bromear—, ¿y adónde nos lleva todo esto?

—Me gustaría verlo. —Haciendo una pausa, Hana apartó la vista—. Ha sido extraño para mí, hoy... Estaba mirando a Munira y, de repente, te he visto a ti. Y he notado una especie de paz, como si partes diferentes de mí consiguieran reconciliarse al fin.

»Pero Munira ha vivido casi trece años sin ti. Ahora mismo, es una niña que ha perdido a su padre, al que quizá sienta que ha traicionado. Lucho por saber lo que es mejor para ella.

—Quedarse aquí —respondió David con firmeza—. Es lo mejor para ti y para Munira. ¿Por qué sacrificarse por odios que ella no ha causado de ninguna manera? Estados Unidos será un lugar muy seguro para las dos. Es el hogar de gente sin hogar, o de gente que se ha vuelto demasiado peligrosa. No habrá paz en Cisjordania.

—Los sueños no se abandonan tan fácilmente —dijo Hana—. ¿Cómo podemos Munira y yo abandonar a nuestro pueblo en un momento en que el mundo nos convierte en parias, una vez más? Se nos necesita más que nunca, para intentar construir un país para todos nosotros, no sólo extremistas que nos condenen a la estrechez de miras y el odio. Por muy duro que sea, todavía intentamos crearnos un hogar y no sólo una casa.

David notó una punzada de culpabilidad ante lo que no podía decirle a ella.

—¿Por Hamás? —preguntó—. ¿Imaginas a Munira como una abuela de cuarenta años con velo? Es mi hija también. Es judía, tanto como árabe, y americana por derecho de nacimiento. —David miró a Hana intensamente—. Vuestra historia, la tuya y la de Saeb, es la historia de lo que le ocurre a la gente cuando la guerra y las represalias no terminan nunca. Y después de esto, no hay final a la vista. Pero ¿acaso esa tragedia entre judíos y palestinos tiene que definir a Munira? Al menos podemos hacer para ella algo mejor de lo que hicimos para nosotros mismos.

—De lo que hice yo —corrigió Hana, pausada—. Pero, por favor, no me avergüences por ello. Yo fui quien convirtió a Munira en palestina, y su hogar y sus amigos están allí. Entre mis amigas, como Nisreen, se apoya a las mujeres jóvenes para que crezcan dentro de nuestra identidad...

—¿Y qué identidad es ésa? —la interrumpió David—. ¿Puedes decirle a Munira quién es su padre? ¿Puedes decirles a tus amigas que su padre es un judío? ¿O seguirá siendo Munira el producto de un pecado que hay que ocultar a todo el mundo, incluida la propia Munira?

A la débil luz de la lámpara de la mesita de noche, Hana parecía desarmada.

—Los adolescentes son muy moralistas, David, pero sólo en el sentido más estrecho. No perdonan los pecados de sus padres, y no aceptan la ambigüedad moral. Decirle a Munira la verdad ahora sería como darle una madre que es una mentirosa y una puta, y un padre a quien su supuesto padre le dijo que debía odiar.

»Puede que ella nos rechace a los dos. Podría convertirse en nuestra peor pesadilla: la fanática cerrada que Saeb intentó crear con tanta insistencia. —Hana cogió la mano de David—. Cuando esté a punto de convertirse en mujer, se lo diré. Entonces ella quizá sienta algo de compasión por nosotros; pero ahora es más que suficiente para mí ayudarla a curarse y a liberarse por completo de Saeb.

David notó que volvía su ira enterrada.

—¿Y cuál es mi papel en todo esto, Hana? ¿Enviarle correos electrónicos? ¿Considerarme como un donante de esperma? Ese guión ya estaba agotado hace trece años. —Se esforzó por hablar con más calma—. Yo tengo algo más que ofrecerle: una vida que no ostente las huellas de la historia, ni del odio, ni de una religión irracional. Cuando accedí a defenderte, lo hice porque quería creer en ti. Ahora tengo una hija, y lo que hice, en resumidas cuentas, ha servido tanto para ella como para ti.

»Estoy dispuesto a ser paciente. No creo que seas deudora mía. Pero los últimos meses me han cambiado por completo, y yo quiero formar parte de la vida de Munira.

Lentamente, Hana asintió.

—Entonces es justo, para todos nosotros. Encontraremos una forma, de algún modo.

—Sólo si vivís aquí —replicó David—. No hay lugar para mí en Cisjordania, y tú lo sabes. Igual que sabes que Munira y tú estaréis más seguras aquí.

—¿Por qué? —preguntó entonces Hana—. ¿Porque si vuelvo allí, los que quizá han matado a Saeb me matarán por lo que sé? Si no lo hacen, quizá finalmente acabes por aceptar con toda seguridad que soy inocente. De otro modo, nunca llegarás a amarme de verdad.

Aquello era tan cierto, que silenció a David.

—¿Y eso te importa? —le preguntó al final.

Acercándose más a él, Hana le tocó la cara de nuevo.

—Yo no soy norteamericana, David. Nunca he creído en finales tipo Cenicienta. Ni tampoco puedo ser demasiado optimista con el futuro que le espera a Palestina. Pero esto sí que lo creo: podría buscar durante el resto de mi vida y nunca jamás sentiría por otro hombre lo que siento por ti. Si eso es cierto, otro año más o menos no representará ninguna diferencia para mí.

—¿No ha bastado con trece años?

—Por el bien de Munira, no. Para nosotros ya es demasiado. Tú no mereces dejar tu vida en suspenso, ciertamente, no por mí. Quizá no tengas ánimos para hacerlo. Si es así, o si todo lo que ha ocurrido es demasiado... —Su voz se fue apagando, y ella esbozó una sonrisa al final—. Entonces, siempre serás bienvenido en la vida de Munira, y en la mía.

David notó que su garganta se oprimía.

—¿Y ahora?

Hana cerró los ojos un momento.

—Es hora de que Munira y yo volvamos e intentemos seguir con nuestra vida. Nos iremos pasado mañana, David. ¿Vendrás con nosotras al aeropuerto?

Con tristeza y aprensión, David esperó junto a la puerta de embarque a que Hana y Munira pasaran el control para coger su vuelo de Nueva York a Tel Aviv, desde donde el gobierno israelí las escoltaría hasta Ramala. Era antes de las siete de la mañana, y el aeropuerto estaba tranquilo; sólo la vigilante presencia de la policía federal sugería que aquellas dos pasajeras eran especiales. Pero para David, Hana y Munira estaban a punto de situarse al borde de la incertidumbre y el peligro.

Cuando cogieron los billetes, Hana susurró algo a Munira. Ésta asintió y, mirando tímidamente a David con unos ojos muy parecidos a los de su madre, se dirigió hacia él, sola.

Munira llevaba un vestido suelto y fino, muy parecido al de Hana. De repente, David se dio cuenta de que era más alta que cuando se vieron por primera vez, y su comportamiento ya era más el de una mujer que el de una niña. Con cierta formalidad, dijo:

—Gracias por ayudarnos.

Podrían haber sido una familia, pensó David, de no ser por la historia de dos pueblos. Por el contrario, su hija no sabía quién era él, y volvía a un lugar completamente ajeno a él, un lugar dividido por el odio y unos agravios tan antiguos que ya se aceptaban.

—No te digo adiós —le dijo David—. Iré a verte pronto, y procuraré ayudarte a que conserves los móviles. Y quizá algún día, como tu madre, puedas estudiar en Estados Unidos.

El rostro de Munira se nubló. David se dio cuenta de que para ella Estados Unidos había sido un lugar mucho más terrorífico que una vida bajo la ocupación de Hamás. Ella tampoco podía imaginar su futuro. Pero, quizá por simple cortesía, asintió, tendiéndole la mano.

David la tomó entre las suyas.

—Cuídate mucho, Munira.

Hana apareció tras ella. Dulcemente, le dijo a su hija:

—Déjame hablar con David un momento.

Munira se alejó. Acercándose a él, Hana le preguntó:

—¿Qué vas a hacer ahora?

—¿Con mi vida? —David sonrió un poco—. Parece que me has hecho famoso. Quizá haya encontrado una nueva carrera defendiendo a los atribulados. —Hizo una pausa y luego le dio la respuesta que ella esperaba—. Antes de que tú vinieras, yo me dirigía de cabeza hacia la política; ahora sé que eso no ocurrirá. Es raro, pero la destrucción de todos mis planes debería hacer que sea más yo mismo. Pero quizá es lo que ha ocurrido a fin de cuentas, por duro que sea.

Hana le miró con ternura y preocupación.

—Eres un abogado muy bueno, David. Quizá lo que necesitabas en realidad era que algo le diera a tus dotes algo más de sentido.

Quizá fuera así. Pero aquélla no era la conversación que él deseaba mantener.

—No quiero hablar de mí mismo —le dijo a ella—, como si fuera un solitario. El mundo está lleno de solitarios; pero también está lleno de familias, algunos de cuyos miembros se ven entre sí porque lo son, y hasta se dicen la verdad.

Mientras lo decía, David se dio cuenta de que él tampoco había contado toda la verdad a Hana, otro precio de su libertad. Pero ella no lo sabía. Brevemente, la compostura de ella se desvaneció, y su voz se volvió ronca.

—La verdad, entonces. Antes de que volviéramos a vernos, tú todavía vivías en mi interior; pero ahora, estoy llena de ti. Dejarte es mucho más duro que antes todavía, y me resulta mucho menos claro que sea lo correcto.

David notó que la esperanza colisionaba con su profunda sensación de pérdida.

—Sin embargo, te vas. Pero éste no puede ser el fin para nosotros. Tenemos a Munira.

En silencio, Hana tocó el brazo de David, mirándole a la cara como hizo en una ocasión, hacía muchos años, con los ojos todavía luminosos, pero ya más mujer, con el fuego atemperado por el tiempo y la comprensión. Luego se volvió antes de que David pudiera tocarla y se fue, llevando a Munira hacia la seguridad, una madre y una hija que caminaban con el mismo paso decidido, ambas con el cabello oscuro sin cubrir.

Nota del autor y agradecimientos

La tragedia continua de Israel y los palestinos es el tema más complejo y polémico que me he encontrado. Los desacuerdos entre israelíes y palestinos y dentro de cada comunidad son tan emocionales y están tan profundamente enraizados, que resulta difícil incluso encontrar un vocabulario común: por ejemplo, Cisjordania, a quien los palestinos se refieren habitualmente como los «Territorios Ocupados», para muchos israelíes son «Judea y Samaria», parte de la tierra bíblica de Israel. Y cuando llegamos a la causa y el efecto de la violencia, esas diferencias se hacen incendiarias.

Admito una parcialidad: la creencia de que sólo la solución de crear dos Estados, destinada a asegurar Israel y una Palestina viable, tiene alguna esperanza de liberar a ambos pueblos del pasado. Pero mi objetivo al escribir esta novela no era poner en tela de juicio la «verdad», ni dar pistas para una solución, ni exponer de forma implícita algún argumento sobre la equivalencia moral entre un lado y otro en disputa. Más bien mi objetivo era crear una narración atractiva que entretejiese las diversas experiencias y perspectivas de judíos y palestinos, y sugerir por qué sigue siendo tan elusiva la perspectiva de una paz duradera. Confío en que el lector comprenderá que contar la historia de alguien no significa estar de acuerdo con ella, y en que ejercite su propio juicio y discernimiento.

No tengo duda alguna de que algunos lectores encontrarán algo en esta novela que les desagrade. En realidad, algunos partidarios de ambos lados están tan obsesionados por sus propias historias, que se ofenden muchísimo ante cualquier desviación. Pero creo que conocer las perspectivas de los demás resulta esencial para la coexistencia. Un modesto ejemplo: sería tan posible para los palestinos y sus defensores comprender por qué los judíos, después de siglos de persecución, desean un Estado judío, como debería ser para Israel y sus partidarios reconocer las aspiraciones y resentimientos de los palestinos sin Estado, incluidos aquellos cuyas familias se vieron desplazadas por la fundación de Israel. Pero, para muchos, eso resulta mucho más difícil de lo que parece.

Unas pocas observaciones más. En primer lugar, aunque los personajes son ficticios, la historia, el contexto y la identidad de las fuerzas en conflicto representadas en esta novela son muy reales. Obviamente, aunque Amos Ben-Aron y Marwan Faras son líderes imaginarios, sus predecesores, hombres como Ariel Sharon, Yitzhak Rabin, Benjamin Netanyahu y Yaser Arafat, a los que se hace referencia en la novela, son figuras muy importantes en esta compleja historia. Las ambiciones nucleares de las clases dominantes de Irán se dieron a conocer públicamente durante la escritura de este libro; la construcción del muro de seguridad de Israel continúa; las acciones de Fatah, Hamás, la Brigada de los Mártires de Al Aqsa y la Yihad Islámica aparecen en nuestros medios a diario. Los lugares también son reales: no sólo Jerusalén, Tel Aviv y Ramala, sino Yenín, Aida, Hebrón, Qalqilya, el control de Qalandiya, Mukeble, Masada y el poblado de Atwani se encuentran entre los lugares que yo vi por mí mismo.

En segundo lugar, aunque los acontecimientos de esta novela son imaginarios, están basados en viajes e investigaciones exhaustivas a las que me refiero en esta nota. No podría escribir acerca de las cargas de aquellos que supervisan la seguridad de Israel sin haber entrevistado a los responsables del IDF; ni acerca de la Brigada de los Mártires de Al Aqsa sin haberme reunido con uno de sus líderes, ni acerca de las víctimas de los atentados suicidas sin entrevistar a los supervivientes, ni acerca de los colonos de extrema derecha sin haber visitado los asentamientos, ni sobre política y geopolítica sin haber consultado a diplomáticos y políticos; o representar a aquellos que buscan la paz por ambos lados sin haber solicitado su punto de vista. Éstos son simples ejemplos: mi objetivo era ser exhaustivo. Reconozco que algunas personas se pueden sentir ofendidas por aquellos a los que decidí entrevistar, entre los que estaban figuras altamente controvertidas como un líder de la Brigada de los Mártires de Al Aqsa buscado por el IDF. Mientras llevaba a cabo la investigación, mi objetivo era puramente informativo; limitar mis observaciones no habría servido ni a mi historia ni a mis lectores.

En tercer lugar, la elección del lenguaje: al seleccionar términos como «palestinos» y «Territorios Ocupados», empleo términos de uso común, aunque algunos israelíes podrían afirmar que los «palestinos» no son un pueblo y que Cisjordania, por muy intensamente poblada que estuviera por árabes, es la concesión bíblica de Dios al pueblo judío, y por tanto no puede estar «ocupada». De forma similar, no puedo evitar los sentimientos antisemitas que uno se encuentra en Cisjordania. Seguramente no satisfaré a ideólogos y puristas, pero tampoco lo intentaba.

Finalmente, aunque pocas cosas de las que observé daban motivos para el optimismo, fue una maravillosa experiencia sumergirme en este tema, y conocer a tantas personas interesantes y a menudo admirables. He intentado hacer justicia a la ayuda que me prestaron, pero los errores, tanto de hecho como de interpretación, son inevitables, y en el caso de que hayan ocurrido, la responsabilidad es sólo mía. También debo consignar que, por necesidades de la narración, he simplificado la cronología de los atentados suicidas en relación con las operaciones militares en Yenín, pero no de tal forma que llegasen a alterar la afirmación del IDF de que esa operación fue una represalia por los atentados.

Una vez dicho todo esto, paso a dar las gracias a todas las personas que me ayudaron.

En los primeros estadios de la novela, entrevisté a un gran número de norteamericanos con conocimientos especiales de geopolítica de Israel y el resto de Oriente Medio: Wolf Blitzer, de la CNN; Sandy Berger, antiguo consejero de Seguridad Nacional; Jim Bodner, del grupo Cohen; el ex secretario de Defensa William Cohen; el ex embajador de Israel, Martin Indyk; Dan Kurtzer, embajador de Israel en aquel entonces; Matt Leavitt, experto en terrorismo; Dennis Ross, antiguo jefe de las negociaciones de paz de Oriente Medio, y Jim Bodner, Danny Sebright, Bob Tyrer y Doug Wilson, del grupo Cohen.

Otros estadounidenses me ayudaron a dar cuerpo a los aspectos legales, de investigación y de seguridad del relato: los ayudantes del fiscal de distrito Al Giannini y del fiscal de Estados Unidos Phil Kearney; la ex ayudante del fiscal de Estados Unidos Martha Boersch y los abogados defensores Jim Collins y Doug Young. El antiguo ayudante general de la Fiscalía Philip Heymann y Jeff Smith, antiguo consejero general de la CIA, me ilustraron sobre los pros y los contras de los litigios que implicaban a la seguridad nacional e información clasificada. La juez de distrito Susan Illston me ayudó generosamente a tramar algunos de los aspectos más peliagudos del juicio. Bob Huegly, de la Protección de Dignatarios del Departamento de

Policía de San Francisco; Terry Samway, que perteneció al Servicio Secreto; Jeff Schlanger, de Kroll and Associates; el antiguo agente del FBI Rick Smith, y el experto en explosivos Dino Zografos, del Departamento de Policía de San Francisco, contribuyeron con su asesoramiento en temas de seguridad e investigación. Gracias especiales al abogado defensor Dick Martin, antiguo ayudante del fiscal de Estados Unidos, por su ayuda en muchas facetas de los problemas legales presentados aquí.

Tuve la fortuna también de recibir ayuda por parte del Ministerio de Asuntos Exteriores de Israel a la hora de preparar entrevistas y realizar nuestro viaje a Israel, que resultó muy gratificante. Muchísimas gracias a Hamutal Rogel, del Ministerio de Exteriores, y especialmente a David Siegel, de la embajada israelí en Washington D. C., que trabajó de forma infatigable y creativa compartiendo sus perspectivas y abriéndonos muchas puertas. Los funcionarios israelíes que fueron muy generosos compartiendo sus conocimientos conmigo incluían al embajador Alan Baker, el general Amos Gila'ad, el general Yossi Kuperwasser, el ministro de Vivienda Isaac Herzog, el embajador Gideon Meier, del Ministerio israelí de Asuntos Exteriores, y el juez Eliakim Rubinstein, del Tribunal Supremo de Israel. Fue un privilegio muy especial visitar al viceprimer ministro Shimon Peres, dos veces primer ministro de Israel.

Muchas gracias también a los numerosos israelíes que me ayudaron a comprender muchas cosas: Abad Allawi, alcalde de la ciudad dividida de Ghajur; Ami Ayalon, almirante retirado y defensor de la paz; el educador Sundos Battah; el colono fundamentalista Gershon Ferency; Michael Herzog, experto en política y seguridad; el escritor Etgar Keret; el profesor Moshe Ma'oz; Dahlia Rabin, del Instituto Rabin; el profesor Avi Ravitsky; el periodista Meier Shalev; Myra Siegel, especialista en comunicaciones, y el escritor conservador Ariel Stav. Estoy especialmente agradecido por los conmovedores relatos de los supervivientes de las víctimas de un atentado suicida en Haifa, dos de las cuales no sólo perdieron a sus maridos y sus hijos, sino que fueron supervivientes también del bombardeo: Ron Carmit, Rachel Korin y Nurit y Doran Menchel.

Finalmente, tengo que dar las gracias a dos israelíes que se convirtieron en amigos míos: Ron Edelheit, maravilloso traductor, guía y experto en arqueología, cuyos conocimientos y entusiasmo hicieron revivir para mí de igual manera el Israel histórico y contemporáneo, y el doctor Yossi Draznin, que no sólo contribuyó con su experiencia, sino que me hizo comentarios sobre el manuscrito.

También estoy muy agradecido a todos aquellos que llevaron la experiencia palestina ante mis ojos, tanto en Estados Unidos como durante nuestros viajes a Cisjordania: Akram, líder de una comunidad en Yenín; Nisreen Haj Ahmad y Zeinah Salahi, de la Unidad de Apoyo a las Negociaciones de la OLP; Khader Alamour, líder comunitario en el pueblo de Atwani; Nidal Al-Azraq y Nidal Al-Azra, líderes comunitarios en el campo de refugiados de Aida; la doctora Hanan Ashrawi, antigua portavoz de la OLP y ahora miembro del congreso palestino; Amjad Atallah, especialista en resolución de conflictos; Muhamad Abu Hamad, comandante en Yenín de la Brigada de los Mártires de Al Aqsa; Sami Awad, defensor de la no violencia; la profesora Wafa'a Darwish, de la Universidad de Birzeit; Yaser Darwish, de la Universidad de Birzeit; Faten Farhat, del Instituto Sakakini; Said Hamad, de la Misión Palestina en Washington; Ibrahim Jaber, hábil traductor, observador y guía; el empresario Majdi Jalil y el abogado Jonathan Kuttab, que compartieron sus observaciones y experiencias de detenciones; Zahi Jouri, empresario e inversor; el guía Issa Loussei; Nabil Mohamad, que me describió vívidamente sus experiencias durante la tragedia de Sabra y Chatila; Amer Rahal, que se ocupa de niños discapacitados en Yenín; Iyad Rdeinah, del Trust de Tierra Santa; el guía, traductor y activista George Rishmawi; Basima Zaroor, de Yenín, y Reem Al-Hashimy, de la embajada de los Emiratos Árabes Unidos, que resultó maravillosamente evocador al ayudarme a imaginar los personajes. Gracias también a Kristin Anderson, Diane Janzen y Kathie Uhler, de los Equipos Cristianos de Pacificación, que nos introdujeron en el pueblo de Atwani.

Varios estadounidenses me ayudaron a dar forma a los personajes de Harold y Carole Shorr. Resultaron fundamentales las observaciones de las hijas de los supervivientes del Holocausto: Nadine Greenfield Binstock, Arlene Breyer, Karen Chinka, Sally Cohen, Esther Finder, Lillian Fox, Janice Friebaum, Jenette Friedman, Suzanne Jacobs, Alys Myers, Michele Rivers, Marsha Rosenberg y Ruth Shevlin. David Kahan, superviviente del Holocausto, fue generoso e infatigable al relatarme sus experiencias. Y mi compañera, la doctora Nancy Clair, enriqueció la narración sugiriendo que recogiera el Holocausto y su impacto; leyó todos los capítulos a medida que yo los iba escribiendo y me acompañó a Israel y Cisjordania, donde sus experiencias como consultora internacional de educación la convirtieron en una observadora impagable para mí.

También leí muchísimo: entre otras obras, *Occupied Voices*, de

Wendy Pearlman; *A History of Israel*, de Howard Sachar; *The Missing Peace*, de Dennis Ross; *Cain's Field*, de Matt Rees; *Prisoner 83571*, de Samuel Don; *I saw Ramallah*, de Mourid Barghouti; *El muro de hierro: Israel y el mundo árabe*, de Avi Shlaim; y artículos y fragmentos de Hillel Halkin, Matt Leavitt, Michael Eisenstadt, Neri Zilber, Patrick Clawson, Akiva Eldar, James Bennett, Erskine Childers, Ellen Siegel, Nabil Ahmed, John Kifner, Jill Drew, Jim Zogby y Benny Morris. También vi los siguientes documentales: *The Accused*, de la BBC; *Children of Shatila*, de Mai Masri; *Yenín, Yenín*, y una parte de un programa de la PBS sobre los colonos derechistas israelíes.

El manuscrito mismo se benefició del consejo de varios lectores con criterio: mi ayudante, Alison Porter Thomas, que hizo un trabajo excelente comentando cada página con detalle; Fred Hill, mi maravilloso agente, que me animó desde el principio; y John Sterling, director y editor de Henry Holt, que creyó en la idea, me ayudó a dar forma a la novela y compartió mi opinión de que la ficción popular tiene que entretener y a la vez ilustrar, aunque se centre en los temas más difíciles.

Finalmente están Alan Dershowitz y Jim Zogby, a quienes está dedicado este libro. Igual que con otras novelas, Alan me dio consejos fundamentales en una coyuntura muy temprana, ayudándome así a enmarcar la extensa investigación que siguió, así como recomendándome que entrevistara a otros expertos. Igualmente importante fue Alan, que me transmitió su profunda preocupación por Israel y su futuro en numerosas conversaciones a lo largo de los años, y leí (y releí) su incisivo libro *The Case for Israel* para tener una base sobre la esencia del entorno tan polémico de Israel y los palestinos. Sin la pasión y generosidad de Alan, dudo que hubiese sido tan receptivo al desafío de Jim Zogby: «¿Por qué no te enfrentas al problema israelí-palestino?». Quizá ni siquiera hubiese escrito este libro.

El doctor Jim Zogby es, por supuesto, jefe del Instituto Árabe-Americano, defensor de una mejor comprensión entre árabes y norteamericanos y, de una manera más amplia, de los diversos pueblos de Oriente Medio. Jim pasó muchas horas compartiendo conmigo sus pensamientos de la manera más paciente y generosa que podría desear; conectándome con aquellos, en Estados Unidos y Cisjordania, que podían permitirme escribir este libro tal y como lo hice y, finalmente, dándome consejos sobre el mismo manuscrito. Espero que el resultado haga justicia tanto a Alan como a Jim de la única forma que yo sé: contando historias a la gente para transmitir mejor la humanidad común de judíos y árabes atrapados en ese trágico conflicto, así como las barreras históricas, vivenciales, religiosas y psicológicas que los separan. Ciertamente, ha sido un privilegio intentarlo.

Este libro utiliza el tipo Aldus, que toma su nombre
del vanguardista impresor del Renacimiento
italiano Aldus Manutius. Hermann Zapf
diseñó el tipo Aldus para la imprenta
Stempel en 1954, como una réplica
más ligera y elegante del
popular tipo
Palatino

* * *

* *

*

Exilio se acabó de imprimir en un día de
otoño de 2007, en los talleres de Brosmac, S. L.
carretera Villaviciosa - Móstoles, km 1
Villaviciosa de Odón
(Madrid)

* * *

* *

*